KB149045

주해 을병연행록

乙丙燕行錄

주해 을병연행록 一

18세기 장편 국문 연행록의 현대어 완역본

乙丙燕行錄

홍대용 지음
정훈식 옮김

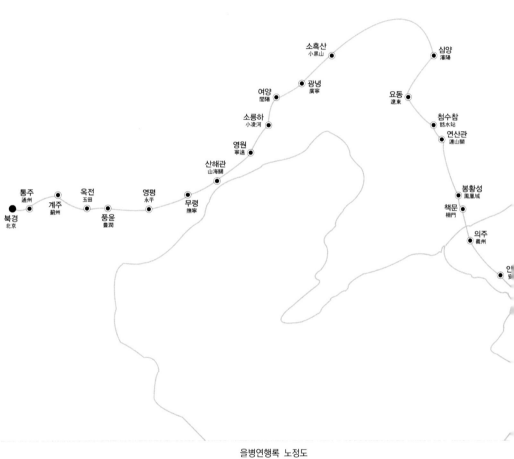

소흑산
小黑山

심양
瀋陽

여양   광녕
閭陽   廣寧

소릉하   요동
小凌河   遼東

영원   첨수참
寧遠   甛水站

산해관   연산관
山海關   連山關

통주   옥전   영평   무령   봉황성
通州   玉田   永平   撫寧   鳳凰城

계주   풍윤   책문
薊州   豐潤   柵門

북경   의주
北京   義州

안
동

을병연행록 노정도

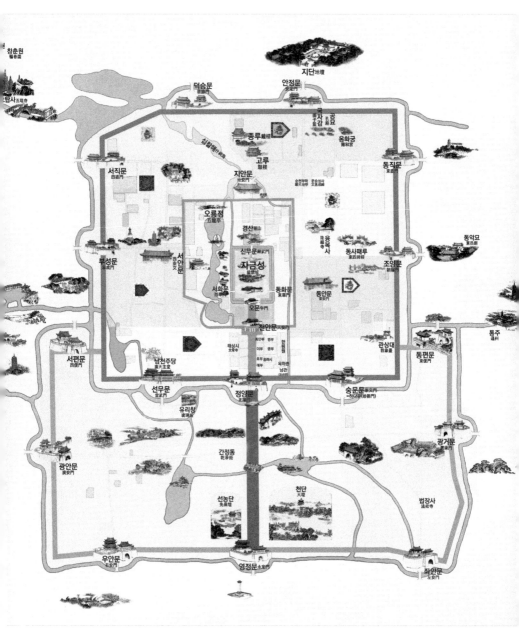

청대 북경 황성도

일러두기

1. 이 책은 홍대용의 북경여행기인 『을병연힝록』(장서각본)을 저본으로 삼아 현대 우리 말로 옮긴 것이다. 숭실대본 『을병연행록』을 교감본으로 삼았으며, 장서각본을 영인 한 『을병연힝록』(명지대출판부)과 『연행록전집』(임기중 편, 동국대출판부)에 수록된 『을병연힝록』, 『주해 을병연행록』(소재영·조규익·장경남·최인황, 태학사, 1997)과 『산 해관 잠긴 문을 한손으로 밀치도다』(김태준·박성순 옮김, 돌베개, 2001) 등을 참조하 였다.
2. 저본은 20권 20책으로 구성되어 있으며 차례는 날짜순으로 되어 있으나, 이 책에서 는 적절한 곳에 제목을 붙여 장을 나누었다.
3. 현행 어문 규정에 맞게 옮겼으나, 될 수 있는 대로 당대 국문체의 예스러운 모습이 드러나도록 하였다.
4. 한자어는 한글로 표기하는 것을 원칙으로 하고 순화할 수 있는 낱말은 우리말로 바 꾸어 표기하였다. 다만 인명, 지명, 관직명과 같은 고유명사, 전고가 있는 한자어, 지금은 잘 쓰지 않는 옛 한자어 등은 한자를 병기하여 그대로 쓰고 필요한 경우 주 해를 덧붙였다.
5. 당시 언문생활사를 이해하는 데 도움이 될 만한 낱말(우리말, 외래어, 외국어 등)과 구절은 표기법만 어문 규정에 맞게 고치고, 원문 그대로 표기한 뒤 필요할 경우 주 해를 덧붙였다.
    예) 갈범(줄무늬가 있는 범. 츩범), 가께수리(왜궤인 가께스즈리懸掛硯를 뜻하는 외래어), 푸자鋪子(점포의 중국어)
6. 뜻풀이가 어려운 낱말이나 구절은 각주로 표시하였다.
7. 주해는 간단한 경우 간주間注를, 긴 내용일 경우 삭주를 달았다.
8. 이 책에 수록된 한시의 원문은 『연기燕記』(홍대용 지음), 『연항시독燕杭詩牘』(후지츠 카 치카시藤塚鄰 엮음, 하버드 옌칭 도서관 소장), 『철교전집鐵橋全集』(엄성 지음, 서 울대 도서관 소장) 등을 참조하여 추가하였다.

2012년 봄에 간행한 『을병연행록』 두 권을 깁고 고쳐 다시 펴낸다. 뜻풀이를 보완하여 표제도 『주해 을병연행록』으로 바꾸었다.

이 책이 간행된 때를 전후해 홍대용에 대한 학계와 독서계의 관심이 두루 확대되었다. 우선 학계의 관심은 다방면에서 매우 진지한 논의로 이어졌다. 무엇보다 홍대용의 연행록에 대한 관심이 커졌는데, 역사적 전개에서 볼 때 연행의 양상과 연행록 저술의 변곡점이 되었다는 점이 폭넓게 해명되었다. 홍대용의 연행을 기점으로 조·청 문사들의 교류가 크게 확대됨은 물론, 박지원의 『열하일기』, 박제가의 『북학의』 등 대표적 연행 텍스트가 홍대용의 연행기록을 자양분 삼아 저술될 수 있었다는 점이 그 확고한 근거다. 특히 『간정동필담』에 대한 관심도 더욱 증대되어 이와 관련된 새로운 논의가 활발하게 전개되었다. 여러 차례 개정 간행된 필담집의 계보적 고찰을 통해 그 개정 양상과 방향을 어느 정도 파악할 수 있었음은 물론 홍대용이 얼마나 항주의 세 선비와 사귄 일을 중시 여겼는지 다시금 확인할 수 있었다. 홍대용의 학문과 사상에 대한 논의도 치열하게 펼쳐졌다. 홍대용 사상의 요체인 '화이막변華夷莫辨'은 그의 중국여행 경험과 천문학 등에 대한 관심에서 형성되었음이 구체적으로 논의되었다. 홍대용 학문 방법의 줄기인 공관병수公觀倂受가 특별히 주목되었는데, 이는 현재 우리 사회에 얽힌 문제를 푸는 데도 매우 유용한 가치를 지닌 것으로 평가된다.

독서계에서 담헌의 삶과 학문에 대한 관심도 커졌다. 특히 과학자적 삶의 궤적이 큰 관심을 끌었지만, 연행록의 저자로도 주목받고 있다. 이는 무엇보다 독서열에 가까운 현상을 보여주고 있는 연행록에 대한 높은 관심 때문이다. 물론 이를 주도하고 있는 작품은 박지원의 『열하일기』지만, 이 외 연행록에 대한 관심도 커져가고 있다. 그 가운데 가장 주목받는 작품이 바로 홍대용의 『연기』, 『간정동필담』, 『을병연행록』 등 연행기록이다. 이들 텍스트는 중국을 읽는 관점, 서술 방법 등에서 여타의 연행록에 비해 빼어난 면모를 보이는데, 이는 곧 『열하일기』에 영향을 끼치는 요소로 작용한다.

　연행록에 대한 관심이 커지는 까닭은 무엇보다 동아시아 시대가 눈앞에 펼쳐지고 있기 때문이다. 동아시아 각국은 근 두 세기에 걸쳐 드리운 서구의 영향력을 빠른 속도로 걷어내며, 경제 방면에서 상호의존적 관계를 더 심화하고 있음은 물론, 정치·문화적으로 매우 빠른 속도로 밀접한 관계를 강화하고 있다. 가히 문명사적 대전환기라 할 만한 지금, 우리는 과거 주체적 역량을 상실한 채 숱한 아픔을 겪어야 했던 역사적 교훈을 망각하지 않고 활로를 모색하기 위해서라도 철저하게 준비하지 않으면 안 된다. 그 일환으로 중국, 일본 등 지역의 주요 나라를 제대로 알아야 하는 일은 지금 매우 긴요하다. 그러나 한국의 중국학, 일본학은 과연 중국의 한국학(조선학)과 일본학, 일본의 한국학(조선학)과 중국학에 비해 대등한 수준에서 수행되고 있다고 할 수 있는가? 지금 단계로서는 자신 있게 말하기 어렵다. 상당한 역량을 투입해 전략적 견지에서 동아시아 연구를 백방으로 강화하고 있는 중국과 일본에 비해 우리의 동아시아 연구가 그에 비견될 만큼 수행되고 있다고 보기는 힘들다. 그렇다고 중국과 일본의 연구가 동아시아 공동체의 전망을 밝히는데 이바지할 것이라고 보는 데는 회의적이다. 지역에 증폭되는 패권 경쟁을 해소하는데 이들의 연구가 크게 기여한다고 보기 어렵기 때문이다.

이 상황에서 우리의 동아시아 연구는 어떤 방향으로 나아가야 하는 가? 전근대 동아시아 삼국은 서로 문명의 주인 행세를 하려는 고압적 태도로 갈등을 겪는 경우가 많았다. 중국은 화華, 조선은 소중화, 일본 은 중국과 또 다른 화를 자처하며 상대를 오랑캐夷로 간주하며 지배와 교화의 대상으로 삼았으니, 이것이 동아시아에서 불행의 씨앗이 되었 다. 이를 넘어서지 않고서는 동아시아의 연대와 평화를 논할 수 없다. 특히 우리는 무엇보다 소중화를 자처한 조선과 같이 어느 한편에 기 울어 있으며 나라를 보존할 힘도 없이 재발조짐이 보이는 동아시아 주도권 다툼에 휘말릴 것이냐, 아니면 새로운 사상적 모색을 시도하 여 지역의 평화체제를 구축하고 연대를 강화하는 주도세력이 될 것이 냐 하는 물음에 진지하게 대면해야 한다.

조선조의 중국, 일본 연구는 거의 대부분 사행제도라는 통로에 의 하고 있었으나, 그 기반은 지금보다 비할 바 없이 열악하였으며, 사상 적 분위기 또한 조야의 대부분이 소중화주의에 사로잡혀 낡고 고루하 기 한량없었다. 그럼에도 분명 지금과 뚜렷하게 두드러진 측면이 있 었는데 바로 앞서 말한 질문에 진지하게 대면하고 토론한 학술 집단 이 있었다는 사실이다. 오늘날 우리는 이들을 가리켜 '북학파北學派'라 부른다. 북학이라는 개념은 흔히 '중국을 배우자'는 뜻으로 알려져 있 지만, '중국을 새로 알자'라는 의미도 내장되어 있다. 다시 말해 북학 은 오래된 '한학'과 결별을 고하고, 새롭게 태어난 '중국학'이라 할 수 있다. 이런 견지에서 보자면 홍대용은 중국을 새롭게 사유하고자 한 학술공동체의 수장이라는 점은 분명하다.

홍대용의 새로운 중국 알기는 단지 중국에 시선이 집중되지 않고, 세계와 우주의 높이에서 사유가 전개된다는 점에서 특별하다. 그의 학문과 사상이 집약된 만년의 역작 『의산문답』에서 이를 확인할 수 있다. 먼저 "사람의 관점에서 물物을 보면 사람이 귀하고 물이 천하지 만, 물의 입장에서 사람을 보면 물이 귀하고 사람이 천하다. 하늘이 보면 사람이나 물이 마찬가지다". 이는 인물균人物均을 뜻하는 말이다. 사람과 만물이 균등한 가치를 지닌다는 뜻으로, 중화나 오랑캐의 구분이 무의미하다는 화이막변의 기초가 되는 대목이다. 다음으로 "중국은 서양에 대해서 경도經度의 차이가 1백 80도에 이르는데, 중국 사람은 중국을 정계로 삼고 서양으로써 도계倒界를 삼으며, 서양 사람은 서양을 정계로 삼고 중국으로써 도계를 삼는다. 그러나 실상 하늘을 이고 땅을 밟는 사람으로서 지역에 따라 다 그러하니, 횡橫이나 도倒할 것 없이 다 정계다". 이는 중국이 중심이라는 논리를 타파하는 진술이다. 서양이나 그 어느 나라도 자국을 중심으로 세상을 본다는 말은 당시 조선에서 볼 때 사뭇 급진적이다. 마지막으로 "이 지구 세계를 태허太虛에 비교한다면 미세한 티끌만큼도 안 되며, 저 중국을 지구 세계와 비교한다면 십수 분의 1밖에 되지 않는다". 이는 중국=대국이라는 고정관념을 깨는 파괴력을 지녔다. 이 대담한 논리는 오랜 역사를 거치며 형성된 정전으로서의 중국에 대한 이미지와 관념을 일거에 걷어내고, 그 자리에 새롭게 텍스트로서의 중국을 읽고자 하는 '북학'의 초석을 놓는 데 기여한다. 이는 지금 학계에서도 찾아보기 힘든 중국학의 새 지평을 연 것이다. 북학이 보여주는 세계관적 기초와 방법론은 비단 중국학에 한해서 적용되는 것일 뿐만 아니라 다른 나라, 다른 분야의 지적 탐구에도 적용될 수 있는 보편성을 지니고 있다. 나아가 지금의 남북 관계를 성찰하고 해법을 모색하는데도 참으로 유용한 지침이 될 수 있다.

　홍대용이 이렇듯 획기적인 논리를 세우는 계기와 과정은 여러 방면에서 확인할 수 있는데 가장 두드러진 부분은 바로 중국여행이다. 이를 통해 실지로서의 중국을 직접 발로 걸으며 체험하고 중국을 새롭게 보는 인식론적 전환기를 마련한다. 이를 통해 틀 잡은 논리를 또 십 년 넘게 다듬으며 체계화한 것이 바로 『의산문답』이다. 그러니 그의 연행과 연행기록은 바로 조선에 이른바 북학이라는 새로운 중국학을 수립하기 위한 대장정을 시작하는 발걸음이었다.

요컨대 홍대용의 연행록은 오늘날 동아시아 연구의 방법적 지혜를 오롯이 담고 있는 보고다. 특히 그의 연행체험을 일기체 형식으로 자세하게 기록한 『을병연행록』은 서세동점기를 거쳐 동아시아 시대에 이르는 동안 한반도에서 새로운 중국학의 처음을 장식하는 텍스트로 자리매김할 수 있다. 이 점을 염두에 두고 책장을 넘겨보면 무엇보다 유익하리라 본다.

사족이지만, 책을 읽는 데 도움이 되는 방향을 더 안내한다. 먼저 홍대용의 시선을 따라가는 방식으로 읽어보자. 홍대용은 주도면밀하게 청나라를 보고자 하였다. 규모가 어느 정도인지, 문명과 기술의 수준은 어디까지 도달했는지, 그리고 청인은 무슨 생각을 하며 어떻게 살아가고 있는지 등 그의 관심의 영역은 한계가 없었다. 소소한 생활도구의 묘리를 알기 위함은 물론, 청나라의 체제가 돌아가는 원리와 실상을 알기 위해서라면 갖은 수단을 동원하여 지적 욕망을 충족하려고 했다. 그렇게 해서 남긴 견문기록은 놀라움을 금치 못할 정도로 세밀하여, 문자기록이지만 도감이나 영상을 보는 듯한 체험을 할 것이다. 무엇보다 홍대용의 시선을 따라 가보면 조선의 궁벽한 선비가 어떻게 중국에 대한 인식을 바꿔 가는지 더욱 분명하게 알 수 있을 것이다.

다음, 홍대용의 여행 방법에 관심을 가져보자. 우선 홍대용은 중국을 가는 목적을 분명히 세웠다. 대국의 규모를 자기 눈으로 보는 것도 목적이지만, 마음 맞는 선비를 만나 실컷 담론하는 것이 가장 큰 목적이었다. 이를 위해 홍대용은 중국어를 익히고, 경비를 들여 청심원과 부채 등 선물로 쓸 것을 제법 준비하였다. 중국역사와 역대문장과 시문, 유가 경서와 제자백가서를 두루두루 섭렵하는 일은 굳이 중국여행을 위한 것이 아니라 할지라도 조선 문사들에게는 중요한 과업이었을 것이나, 이 또한 중국여행에 매우 유용한 준비가 되었다. 홍대용의 여행 목적은 지금 보면 매우 당연하고 소소하게 보일 수도 있지만 당시로서는 전례가 드물었다. 더구나 그 시대 상황에서는 매우 혐의쩍은 일이었음에도, 홍대용은 자신이 이번 여행에서 목적한 바를 성취했다. 북경을 오가는 길에서 많은 중국인들을 만나는데, 그 중 항주에서 올라온 세 선비를 만나 천애지기를 맺은 일에 홍대용은 가장 큰 의미를 두었다. 주목할 것은 이것이 단순히 사적인 벗사귐에 그치지 않았다는 점이다. 홍대용과 항주선비의 사귐은 조선에서 1등인논쟁이라는 이념논쟁을 불러일으킴과 동시에 조·청 문사들 간 교류에 하나의 모델이 되었다. 실로 막중한 사상·문화적 파급 효과를 일으켰다 할 만하다. 가히 여행의 시대를 살고 있다고 해도 무방한 지금 많은 이들이 제각각의 목적을 가지고 여행을 떠나지만, 홍대용처럼 개인의 사적인 체험을 넘어 시대와 호흡하는 계기를 마련하는 여행이 되면 그 또한 가치 있는 일로 기억되리라.

이 책을 준비하는 과정에서 홍대용에 관한 풍부한 연구 성과가 많은 도움이 되었다. 책의 오류를 바로잡고 보완하는 과정에서, 특히 최근에 발표된 논저들을 통해 국내외 여러 학자들과 대화하고 소중한 논평을 들을 수 있게 되어 뜻 깊은 시간이었다. 그럼에도 질정을 구해야 할 부분이 더 있을 것이다. 여러 기관에 도움도 많이 받았다. 숭실대학교 한국기독교박물관, 한림대학교 박물관에 소장된 자료를 열람하고 사용할 수 있게 협조해 준 담당자께 고마움을 전한다.

진작 서둘러야 했을 일을 미적거리다 겨우 시작했는데, 공교롭게도 코로나19 전염병이 확산일로에 들어선 때라 난처한 일이 많았다. 현지에 가 새로 이미지와 자료를 확보하려고 했지만 답사가 어려운 상황이라 무엇보다 아쉽다. 다만 십여 년 만에 다시 홍대용 생가터를 딸과 함께 가서 잠시 거닐어 본 것으로 아쉬움을 날랠 뿐이다. 그럼에도 이번 일은 또한 나에게 흐트러진 생각을 다독여주는 여행이 되었다. 다시 홍대용과 함께 북경을 동행하는 동안 세계를 바라보는 담헌의 호한한 마음가짐과 공관병수의 가르침을 거듭 되새길 수 있어 무척 다행으로 여기며, 그의 지혜가 작금의 동아시아에서 더없이 소중한 것임을 깨달았다. 누구나 한번쯤 겪는 극심한 심신의 침체기가 찾아왔을 때 나와 인연을 맺어준 아내가 아니었다면, 이 책의 간행은 기약 없는 일이 되었을 것이다. 무엇보다 이렇게 힘든 시기에 출판을 결정해 준 양정섭 대표님께 깊은 고마움을 전한다.

2020년 8월 염천에
소안도에서
정 훈 식

을병연행록 1
차 례

산해관을 들어가 북경에 이르다

북경에서 새해를 맞이하다

황성을 두루 유람하다

을병연행록 2
차 례

간정동에서 항주 선비를 만나다

서산을 유람하다

천애지기를 맺다

2월 18일 관에 머물다
2월 19일 관에 머물다
2월 20일 관에 머물다
2월 21일 관에 머물다
2월 22일 관에 머물다
2월 23일 간정동에 가다
2월 24일 관에 머물다
2월 25일 관에 머물다
2월 26일 간정동에 가다
2월 27일 관에 머물다
2월 28일 관에 머물다
2월 29일 관에 머물다

북경을 출발하다

3월 초1일 북경에서 출발하여 통주에서 자다
3월 초2일 연교포에서 아침을 먹고 삼하에서 자다
3월 초3일 방균점에서 점심을 먹고 반산을 보고 계주에서 자다
3월 초4일 송가성을 보고 봉산점에서 점심을 먹고 옥전현에서 자다
3월 초5일 옥전현서 출발하여 초7일 영평부에 이르다

서울에 돌아오다

3월 초8일 영평부에서 출발하여 초9일 팔리포에 이르다
3월 초10일 팔리포에서 출발하여 14일 소릉하에 이르다

3월 15일 소릉하에서 출발하여 17일 소흑산에 이르다
3월 18일 소흑산에서 출발하여 22일 심양에 이르다
3월 23일 심양에서 출발하여 29일 송참에 이르다
3월 30일 삼차하에서 점심을 먹고 책문에서 자다
4월 초1일로부터 초7일에 이르러 책문에 머물다
4월 8일 책문을 나와 12일 의주에 이르고 27일 서울에 이르다

서울을 출발하다

금석산. 지금은 오룡산으로 불린다. 이 산은 단동 교외에 있는 산으로 의주에서도 보인다고 한다.

제 비록 더러운 오랑캐이나
중국을 차지하여 100여 년 태평을 누리니,
그 규모와 기상이 어찌 한 번 보암직하지 않겠는가.

을유년(1765) 11월 초2일 서울에서 출발하여 고양에 이르러 묵다

진시황의 만리장성을 보지 못하니

남아의 의기 쟁영함을 저버렸도다.

미호 한 굽이에 고기 낚는 배가 작으니

홀로 도롱이를 입고 이 인생을 웃노라.

未見秦皇萬里城　男兒意氣負崢嶸*1*

渼湖一曲漁舟小　獨束簑衣笑此生

　이 네 구절 시는 김농암*2* 선생이 연행하는 사람에게 주어 보내신 글이다. 대저 사람이 작은 일을 즐기고 큰일을 모르는 것은 그 마음에 크고 뛰어난 뜻이 적은 까닭이요, 좁은 곳을 평안히 여겨 너른 곳을 생각지 않는 것은 그 도량度量에 원대한 계획이 없기 때문이다. 이런고로 장주가 말하기를, '여름 버러지와 더불어 얼음을 말하지 못할 것이

　1　쟁영은 산의 형세가 가파르고 높다는 뜻이다.

　2　조선 후기의 학자인 김창협金昌協(1651~1708)으로, 농암農巖은 그의 호다. 문집으로 『농암집農巖集』이 있다.

요, 편벽된 선비와는 족히 더불어 큰 도를 의논치 못하리라夏蟲不可以語於
氷者 篤於時也 曲士不可以語於道者 束於敎也'³라 하였다.

우리나라의 예악문물이 비록 작은 중화로 일컬어지나, 터가 백 리를
열린 들이 없고 천 리를 흐르는 강이 없으니, 땅이 좁고 산천이 막혀
중국의 한 고을도 당하지 못한다. 사람이 그 가운데 있어 눈을 부릅뜨고
구구한 영리를 도모하며, 팔을 걷어붙이고 소소한 득실을 다툰다. 그
스스로 넉넉하다 여기는 마음씨와 악착스런 생각이 세상 밖에 큰 일이
있고 천하에 큰 땅이 있는 줄을 알지 못하니, 어찌 가련치 아니한가.

중국은 천하의 종국宗國이요, 교화의 근본이다. 의관제도와 시서문
헌이 사방의 기준이 되는 곳이로되, 삼대三代 이후로 성왕이 일어나지
않아 풍속이 날로 쇠약해지고 예악이 날로 사라졌다. 이때 변방 오랑
캐가 군사의 강함을 믿고 중국이 어지러운 틈을 타 침범하여 오랑캐
의 말이 완락宛洛(완읍과 낙양, 곧 서울)의 물을 마시니, 조정이 몽고와의
화친을 강론하여 백성이 창끝과 살촉에 걸리고 왕풍王風이 형극荊棘(가
시덤불)의 고통 속에 버려졌다. 그로부터 대개 천여 년이 지나지 않아
원나라가 중국을 차지하니, 신주神州(중국)에 액운이 극진하였다. 그러
더니 대명이 일어나 척검斥劍을 이끌어 오랑캐를 소탕하고 남경과 북
경의 천험天險에 웅거하여, 예악의관의 옛 제도를 하루아침에 회복하
였으니, 북원北苑(황실 원림)의 너름과 문치文治의 높음이 가히 한당漢唐보
다 낫고 삼대三代에 비길 만하였다.

이때 우리 동국이 또한 고려의 쇠란함을 이어 청명한 정교와 어질
고 후덕한 풍속이 중화의 제도를 숭상하며, 동이의 고루한 습속을 씻
어 성신聖神으로 위를 이으시고 명현明賢이 아래로 일어났다. 중국이 또
한 예의지방으로 허하여 불쌍히 여기고 은혜를 베풂이 내복內服(천자
직할 지역)과 다름이 없었으니, 사신과 벼슬아치가 사행길에서 서로 만

---

3 『장자』 외편에 전하는 구절이다.

나고, 황화皇華(중국)의 시가 우리나라의 이목을 흔들어 대었다.

슬프다! 사람이 불행하여 이같이 융성한 때를 만나 한관漢官의 위의威儀[4]를 보지 못하고, 천계天啓(명나라 희종의 연호, 1620~1627) 이후 간신이 조정을 흐리고 유적流賊이 천하를 어지럽혀, 만여 리 금수산하를 하루아침에 건로建虜(건주여진, 곧 청나라)의 기물器物로 만들어 삼대의 남은 백성과 성현이 끼친 자손이 다 머리털을 자르고 호복을 입어 예악문물에 다시 상고할 만한 곳이 없으니, 이러하므로 지사와 호걸이 중국 백성을 위하여 잠깐의 아픔을 참고 마음을 삭일 뿐이다.

그러나 문물이 비록 다르나 산천은 의구하고, 의관이 비록 변하나 인물은 고금이 없으니, 어찌 한 번 몸을 일으켜 천하의 큼을 보고 천하의 선비를 만나 천하의 일을 의논할 뜻이 없겠는가? 또 제 비록 더러운 오랑캐이나 중국을 차지하여 100여 년 태평을 누리니, 그 규모와 기상이 어찌 한 번 보암직하지 않겠는가. 만일 오랑캐의 땅은 군자가 밟을 바가 아니요, 오랑캐 옷을 입은 인물과는 족히 더불어 말을 못하리라 하면 이것은 편벽한 소견이요, 어진 자의 마음이 아니다.

이러하므로 내 평생에 한 번 보기를 원하여 매일 근력을 기르고 정도程度(능력이나 수준)를 계량하며, 역관을 만나면 중국말을 배워 기회를 만나 한 번 쓰고자 생각하였다. 그런데 을유년(1765) 6월 도정都政[5]에서 계부季父[6]를 서장관書狀官으로 임명하시니, 이는 뜻있는 자의 일이 마침내 이루진 것이다. 계부께서 또한 행색이 고단함을 염려하시어 데려가고자 하시고, 양친의 연세 독로지경篤老之境(일흔 살)에 이르지 아니하셨으니, 이 기회를 잃기 어려워 이런 뜻을 아뢰어 가기를 청하니, 양

---

4 한관의 위의는 중국 관리의 복식 의장 등을 말한다. 후한의 광무제가 왕망을 무찌르고 낙양에 이르자 늙은 관리들이 눈물을 흘리며 "오늘에 다시 한관의 위의를 보게 될 줄은 생각하지도 못하였다."라고 탄식한 고사에서 유래한다.

5 도정은 백관을 차출하는 회의인 도목정사의 줄임말이다.

6 홍대용의 계부는 홍억洪檍(1722~1809)으로 자는 유직幼直이며, 호조참판 숙瑀의 손자이자, 충청도 관찰사 용조龍祚의 아들이다.

친 또한 평생의 고심苦心이 있는 줄을 아시고는 쾌히 허락하시고 어렵게 여기는 기색이 없으셨다.

드디어 행계行啓[7]를 내정하고 10월 12일 수촌壽村[8]을 떠나서 15일 경성에 들어와 다음 달 2일 사신이 배표拜表[9]하고 출발했다. 상사께서는 나를 서장관의 자벽군관自辟軍官[10]으로 아뢰어 청하셨으니, 이에 호조戶曹에서 군관으로 치장하라고 명주 두 필과 쌀 두 섬을 주었는데 여기에 보태어 약간의 의복을 만들었다. 세전양청歲典兩廳[11]에서는 여행 경비로 주는 여러 물건이 있어, 더러는 나누어 주고 남은 것으로 청심원 한 제를 지었다.

아침을 먹은 뒤 가친을 모시고 홍제원弘濟院[12]에 이르니, 송별하는 사람이 상하 수십 명이 나와 있었다. 오후에 계부께서 배표拜表를 마치고 먼저 나오셨다. 임금께 하직인사를 할 때에 나라에서 어필御筆로 열여섯 자를 써 내리셔서 길을 보내셨다.

시종 신하로서 저문 해에 연경으로 떠나니
특별히 불러 음식을 주나, 내 마음은 창연하도다.
以侍從臣暮年赴燕 特召饋饌余心悵然

이는 흔치 않은 은혜였다. 날이 저물어 가친께 하직하고 화중과 함께 먼저 고양高陽으로 향했다. 성번盛蕃과 차충次忠은 뒤떨어져 행차를

---

7 왕태후王太后, 왕후王后, 왕세자王世子 등이 출입하는 일, 또는 그 출입을 말한다.
8 수촌은 홍대용의 고향인 충청도 청원군 수신면 장산리를 말한다.
9 배표는 임금이 내린 표문을 받은 사신이 절을 하고 천자에게 올리는 표문을 봉하는 예를 말한다.
10 자벽군관은 사신의 자제나 근친으로 따라가는 자제군관으로 사신이 임명하여 조정의 승인을 받는다.
11 세전양청은 세폐색歲幣色과 전객사典客司를 이른다. 전자는 사신의 세시 폐물을 공급하고, 후자는 외국 사신의 영접, 조공, 설연 등을 맡았다.
12 홍제원은 조선시대에 설치했던 국영여관으로, 지금의 서대문구 홍제동에 있었다.

모시고, 세주世柱는 병이 있어 함께 먼저 떠나 초경(저녁 7~9시) 후에 고양에 이르러 잤다. 별장시문別章詩文이 약간 있으나 다 기록하지 못하고, 다만 가친께서 주신 글 일곱 수만 기록한다.

1
슬프다! 아들의 행역이여.
어찌하여 연경 길인가.
남아의 사방 뜻이
오랫동안 품은 바 있구나.
쉬파리가 천리마의 꼬리에 붙으니
멀리 여행하는 것이 때인즉 좋도다.
떠나서는 다시 염려치 말라.
내 나이 늙지 아니하였노라.
磋爾子行役 胡爲燕京道
男兒四方志 宿昔有所抱
蒼蠅驥附尾 遠游時則好
行宜勿復念 吾年未耄老

2
괴이타! 네가 유자의 무리로되
도리어 호반의 의복으로 종사하는구나.
막료[13]는 진실로 천한 것이 아니요,
선비는 하물며 친히 극진하도다.
붙들어 호위할 땐 반드시 정성을 다할 것이요,
돕고 기움은 또한 옳은 일이 있어야 할 것이다.
충성과 공경을 힘써
데려가는 뜻을 저버리지 말라.

---

13 막료는 조선시대에 사신을 따라다니며 돕는 무관을 말한다.

怪爾儒門徒 靮韋反從仕
幕僚良非賤 儒夫況親摯
扶護必殫誠 裨補亦有義
努力勉忠敬 無孤帶去意

3

너를 성문 밖에 나가 보내니
때는 오직 중동절仲冬節이로다.
막막히 산천이 가로 끼고
묘연히 소식이 끊어지는구나.
찬바람이 겹갓옷을 뚫으니
요동들판에 사나운 눈이 날리도다.
만일 중도에 병듦이 없으면
어찌 해 지나는 이별을 아끼리오.
送爾白門外 時維仲冬節
漠漠山川間 杳杳音信絶
寒風透重裘 遼野飛惡雪
如無中途病 何惜隔年別

4

네 시전 읽은 것을 보았으니
응당 하천시[14]를 외우리라.
황조가 오랑캐 굴혈에 빠졌으니
열사가 깊은 슬픔을 품었도다.
높은 대보단[15]이요,

---

14 「하천下泉」은 『시경詩經』 「조풍曹風」에 있는 시로, 조나라가 곡식과 풀을 적셔주는 시냇물과
같은 은덕을 베풀어 준 주나라의 덕이 쇠해진 것을 탄식하는 내용이다.

15 대보단은 숙종 31년(1704)에 임진왜란 때 군대를 파견해준 중국 명나라의 태조, 신종, 의
종을 제사지내던 사당으로, 창덕궁 금원 옆에 설치되었다.

거룩한 만동사[16]로다.

이 의리가 점점 사라지니

슬프다! 이를 아는 사람이 드물구나.

見爾讀葩經　應誦下泉詩

皇朝淪胡窟　烈士抱深悲

峨峨大報壇　穆穆萬東祠

斯義漸泯沒　痛矣人鮮知

5

너를 경계하노니 연경과 계주 길에

은근히 기특한 선비를 찾으라.

이름을 장醬 파는 집에 감추고

자취를 개 다니는 저자에 숨겼노라.

끼친 풍속이 오히려 강개할 것이니

응당 머리 깎인 부끄러움을 품었으리라.

오랑캐와 한인이 비록 서로 섞였으나

어찌 좋은 마음을 품은 사람이 없으리오.

勉爾燕薊路　慇懃訪士奇

藏名賣醬家　混迹屠緜市

遺風尙慷慨　應懷被髮恥

胡漢雖相雜　豈無好腸者

6

너를 경계하노니 방탕치 말라.

내 몸을 스스로 검칙하리로다.

마음을 풀어 버리면 혹 지킨 것을 잃을 것이요

---

16 만동사는 명나라 숭정제崇禎帝를 향사享祀하는 사당이다. 1704년에 충북 청주 화양동에 세워졌다.

놀기를 탐하다가 험한 데를 지나기 쉬우리라.
어찌 홀로 네 아비의 근심뿐이리오.
유식한 사람의 폄론함이 될까 저어하노라.
평생의 욕심을 이기던 공부를
거의 오늘날 징험할 것이로다.
戒爾勿放蕩　吾身宜自儉
弛心或失守　耽遊易涉險
奚獨乃父憂　恐爲識者貶
平生克己功　庶幾今日驗

7
너를 생각하니 본디 병이 많은지라
이것이 내 근심을 펴지 못하노라.
길에 있으매 반찬을 더하고
관에 머물매 기거를 조심하여라.
어찌 험한 산에 오름을 수고로이 하리오.
모름지기 집에서 기다리는 부모를 위로하라.
돌아올 기약에 스스로 한정이 있으니
오직 평안한 편지를 기다리노라.
念爾素多病　是吾憂未舒
在道加飯餐　留館愼起居
何勞陟岐岵　須慰倚門閭
歸期自有限　惟待平安書

서울서부터 역마를 타고 가며 뒤에 마두 한 명이 따랐다. 하속들이 '나으리'라 일컫고, 제 있는 곳을 비장청裨將廳[17]이라 하며 진지陣地와 행차, 거취를 물으니 매우 우스웠으나 하릴없었다.

부사副使議 얼육촌孼六寸(서얼 출신의 육촌 형제) 김재행金在行은 자字가 평중平仲인데, 아침에 와서 잠깐 보고 갔다. 화중은 여기서 떨어지고, 식후에 행차를 따라 파주坡州에 이르렀다. 고양에서부터 참站에 들면 차담茶啖 한상을 먼저 주는데 군관과 함께하고, 혹 자제군관이라 하여 곁상으로 주는 곳도 있었다. 먼 길에 밥을 잘 먹어야 폐단이 없을 것이요, 반찬으로 고기를 많이 먹으면 비위가 쉽게 상할 듯하여 차담으로 국수 국물을 마셔 잠시 추위를 다스릴 따름이었다. 반찬으로 채소를 주로 먹으니 길에서 음식 탈이 나지 않고 반찬이 어려운 줄을 모르고 왕래하였다.

---

17 비장청은 조선시대 감사監司, 병사兵使, 유수留守, 수사水使 등을 수행하던 막료를 가리키는 비장들이 업무를 보던 곳을 말한다.

초5일 송도松都에서 묵고 금천金川에서 점심을 먹으니 이날은 이상하게 따뜻했다. 역관들이 말하기를,

"전부터 동지사행冬至使行이 대동강을 배로 건넌 적이 없었는데, 이번은 날씨가 이러하여 강이 얼어붙을 리 없을 것입니다."

하였다. 출발할 때 홀연 구름이 끼고 비를 뿌리더니 어느새 큰 눈이 오고 오후에야 그쳤는데, 이어 큰 바람이 일어 매우 추워졌다. 저녁에 평산平山에 이르니 찬바람이 점점 심해지고, 초6일 총수의 중화참에 이르니 추위가 더욱 심하였다. 상하 모두 안색이 좋지 않으니 역관들이 말하기를,

"북경 추위가 여기보다 심합니다."

하였다.

초7일 봉산鳳山에 숙소를 정하였다. 부사府使 이응혁은 젊은 호반虎班인데 밤에 나와서 나를 보고, 스물셋에 서장군관으로 북경에 들어가 구경하던 말을 대강 전하기를,

"그때는 사은사謝恩使 길로 여름이라 여행의 고역이 더욱 심했으나, 오룡정五龍亭에 연꽃이 만발하여 그 향기가 십 리에 풍기니 사행에서 흔히 보지 못하는 것이었습니다."

하고, 또 이르기를,

"책문柵門을 든 후에는 중국말을 못하면 곳곳에서 남의 입을 빌려야 하니 답답한 구석이 많고, 구경도 잘할 길이 없으니 부디 미리 알아두어야 할 것입니다. 길을 가며 온갖 물건의 이름을 묻고 약간 아는 말로 수작하면 자연히 익혀지니, 나는 돌아올 때 역관의 신세를 지지 않았습니다."

하면서, 중국어로 여러 말을 하였다.

초8일 황주黃州에 숙소를 정하였는데 추위가 많이 누그러졌다. 초9일에는 머물러 사대査對하였다. 사대란 북경 가는 나라 표문表文에 혹 그릇됨이 있을까 하여 황주, 평양平壤, 안주安州, 의주義州 네 곳에서 자

세히 살피는 것이다. 식후에 일행 중 두어 사람과 함께 월파루月波樓에 올랐다. 누각은 남쪽 성 위에 지었는데, 크기가 20여 칸으로 제도가 웅장하며 단청이 영롱하였다. 성 밑으로 큰 내를 굽어보니 눈 속에 작은 배가 하나 있어, 여름이면 물이 많은 줄을 알 수 있었다. 서남쪽으로 수십 리 들이 열렸으니, 이때 쌓인 눈이 땅을 덮고 아침 햇빛이 빛나니 설경의 장엄함이 평생에 처음이로되, 눈이 부셔 뜨지 못했다. 찬바람이 살을 베는 듯하여 오래 머물지 못하고 즉시 숙소로 돌아왔다.

초10일 평양에 이르니 10여 리를 못 미처 수유나무 수풀이 길 좌우를 끼고 강가에 이르렀는데, 얼음이 육지 같이 언 지 여러 날이 되었다. 분첩粉堞(성 위에 낮게 쌓아 석회를 바른 담)이 강에 닿아 있고, 연광정練光亭과 대동문大同門 등 아득한 누각이 즐비한 여염 밖으로 나는 듯 서 있으니 경물이 장려하였다. 신유년(1741) 11세 때 조부祖父의 행차를 모시고 이곳에 와 연광정에서 하룻밤을 묵었는데, 때는 비록 겨울과 여름의 다름이 있으나 옛 모습이 여전한지라 옛일을 생각하니 슬픔을 이길 수 없었다.[18] 숙소에 이르니 고을에 아는 사람이 여럿이 와서 보고 별장別章을 주는 이도 서넛 있었다.

---

18 홍대용의 조부는 홍용조洪龍祚(1686~1741)로, 평안도 용강군 삼화부사三和府使를 지낸 바 있다. 홍대용이 11세 때 조부를 따라 평양에 와 유람을 하며 머물다 갑자기 조부상을 당하였다.

11월 11일과 12일 **평양서 묵다**

평양은 옛 기자箕子의 도읍이다. 은殷나라가 망한 후에 기자가 주周나라의 신하가 되지 않으려 하니, 무왕武王이 그 뜻을 굽히지 않아 동으로 조선에 봉하였다. 기자가 옛 백성 2천여 명을 데리고 예악문물을 갖추어 평양에 도읍하여, 여덟 가지 가르침을 베푸시니 풍속이 크게 변하였고, 문물제도가 성하고 빛나 실로 우리 동방 풍교의 근본이 되었다. 이런 고로 이곳이 강산이 장려하고 풍악이 번성할 뿐만 아니라, 기이한 고적이 나라 안에서 으뜸이 되니 가히 보지 않을 수 없다. 허나 연이

〈평양도〉, 서울대학교박물관 소장

일제강점기 엽서에 담긴 애련당

어 매서운 추위를 무릅쓰고 말을 몰아 몸이 편치 못하여 문을 닫고 조용히 누워 있었다. 그런데 예로부터 사행이 사대査對를 끝낸 후에는 연광정에서 감사와 도사를 모아 풍악을 베풀었는데, 오후에 상사께서 사람을 보내 함께 놀기를 청하거늘 마지 못해 말을 타고 갔다.

길가의 애련당愛蓮堂을 찾아 먼저 들어가니, 물 가운데 정자와 널로 놓은 다리가 옛날 보던 모양이 변치 않았다. 문 밖에서 말을 내려 다리를 건너 정자에 앉으니 못의 얼음에 눈이 덮여 원래 모양이 없었다. 그러나 정자를 육각으로 지어 가운데 방을 들여놓고 방 밖으로 돌아가며 마루를 놓아, 마루 밖에 분합分閤[19]과 난간을 맑고 깨끗이 만들어 단청이 영롱하였으며, 여섯 면에 풍경을 달아 바람이 불면 소리가 쟁쟁錚錚하여 서로 응하였다. 처한 곳은 비록 성시 가운데 있으나 아름다운 풍치와 맑고 깨끗한 기상이 저잣거리의 어지러움을 잊을 만한 곳이다.

이때 바람이 매우 차 오래 머물지 못하고 즉시 문을 나와 연광정으로 향하니, 사대를 아직 파하지 못하였다. 뒷문으로 들어 대청 뒤에 한 누에 올라 앉았는데 이름이 운영루雲影樓라 하였다. 누각 아래 위에 남녀가 어지럽게 뒤섞여 요란함을 견디지 못할 듯해 누각 서쪽 난간 가에 자리를 얻어 이윽히[20] 앉아 있었다. 사대를 마치자 감사는 중복 重服[21]이 있어 먼저 영營으로 돌아가고, 상사께서 내가 온 것을 듣고 사

---

19 분합은 한옥의 대청 앞쪽 전체에 드리는 긴 창살문을 말한다.
20 '이윽하다'는 '밤이 꽤 깊다, 지난 시간이 얼마간 오래다'라는 뜻인 '이슥하다'의 평안 방언이다.
21 중복은 상례喪禮 중 망자와의 혈통관계의 원근에 따라 상복을 규정한 제도인 오복五服 제도

람을 보내어 들어오라 해서 즉시 들어가 자리에 앉았다. 마루 삼면에 발을 드리우고 뜸(비바람을 막는 물건)을 둘러 비록 엄동嚴冬이지만 추위를 잊을 수 있었다. 좌우에 오륙십 명의 분바른 기생을 벌여 비단 의상에 눈이 부시고, 풍류 악기는 채색이 선명하여 다른 데서 보지 못하던 것인데, 이는 감사가 새로 고치고 더 넣은 것이다. 삼현三絃(거문고·가야금·향비파)을 타는 공인工人(악공)은 다 관대를 입고 머리에 그림을 그린 복두를 썼으니, 이는 서울 악공을 모방한 것이다. 그 호화스런 기구며 화려한 거동이 온 나라에 유명한 것이 이상하지 않았다. 날이 저물어 풍류를 채 보지 못하고 숙소[22]로 돌아왔다.

12일 찬바람이 불어 매우 어려우나 내일은 길을 떠날 것이요 돌아올 때의 일을 예측하지 못하여, 드디어 아침밥을 재촉하여 먹고 평양 구경에 나섰다. 황진사 염조는 외성에서 사는 사람으로 이곳 고적을 익히 알아 함께 갔다.

동북쪽 장경문長慶門으로 나가니, 이 문은 연광정 북쪽으로 수백 보 떨어진 곳이다. 문 밖의 벼랑길이 겨우 두어 보 너비이며, 길 동쪽은 강이고 서쪽은 100척 창벽蒼壁이 강을 임하여 4~5리를 깎은 듯이 둘러져 있었다. 성은 그 위의 지형을 따라 성가퀴가 웅장하니, 이 벽 이름을 청류벽淸流壁이라 하였다. 벽을 의지하여 4~5리를 행하여 부벽루浮壁樓에 이르니, 평양성 북쪽으로 모란봉이라는 높은 봉이 있어 오르니 성 안을 굽어볼 수 있었다. 이러므로 북쪽에 따로 성을 쌓아 모란봉 위로부터 강가를 둘러 본성本城에 이었고, 영명사永明寺라는 절을 그 가운데 두고 총섭總攝(승군을 통솔하는 승려직책)으로 하여금 승군을 거느려 지키게 하였다.

의 하나다. 오복은 참최斬衰, 자최齊衰, 대공, 소공小功, 시마緦麻로, 중복은 대공 이상의 상복喪服을 말하며, 소공, 시마는 경복이라 한다.

22 원문은 하처下處로, 웃어른이나 점잖은 손님이 길을 가다가 묵는 집을 높여 이르는 말이다. 이하 모두 '숙소'로 옮긴다.

영명사와 부벽루

부벽루는 그 성 동쪽에 강을 굽어보고 지은 집으로, 제도는 매우 거칠고 엉성하여 볼품없고 안에 벽돌을 깔았을 뿐이나, 안계眼界의 광활함은 연광정과 다름이 없었다. 앞으로 능라도綾羅島라는 섬이 물 가운데 비꼈으니, 수목이 줄을 지어 벌여 섰고 약간의 인가人家가 있으니, 이는 연광정에 없는 경치다. 또 성시城市를 멀리하고 경계가 매우 푸르니 청탈淸脫한 기상과 아득한 경치는 연광정이 미칠 바가 아니었다.

누각 북쪽에 조그만 정자가 있으니 이름을 함벽정涵碧亭이라 하였고, 절 앞으로 큰 누각이 있어 이름을 득월루得月樓라 하였다. 서남쪽으로 성 구비에 높고 사면이 네모반듯한 곳이 있어 이름을 을밀대乙密臺라 하니, 울창한 소나무 숲 사이로 표연히 반공에 솟아나 있어 보기에 기이하였다. 절 뒤에 돌로 쌓은 우물이 있으니 이름이 기린굴麒麟窟이다. 전하여 이르기를, 고구려 때 동명왕이라는 임금이 병란을 만나 피할 곳이 없었는데 용마를 타고 이 굴로 들어가 난을 면하였다 하니, 그 말이 극히 허황하다. 조그만 우물에 깊은 구멍을 보지 못하였으니 후대에 메워서 막힌 것이 아닌가 싶었다.

서쪽 문을 나오니 온 산에 솔이 하늘과 해를 가리고, 눈이 길을 덮어 말을 타지 못할 지경이었다. 말에서 내려 간신히 걸어가 기자묘에 이르니, 분형墳形이 네모나며 사면에 낮은 분장粉牆을 두르고 앞에 석인石人과 석양石羊을 각 한 쌍씩 세웠다. 가운데 작은 비를 세워 기자묘라 썼고 그 뒤에 옛 비를 세웠는데, 이는 임진왜란 때 도적이 깨뜨려 상한 것을 조각을 합하고 박철縛鐵로 묶은 것이다. 계절階節(무덤 앞에 평평하게 만들어 놓은 땅) 앞으로 대를 쌓아 한 길(2.4~3m)이나 되고, 대 아래 정자를 짓고 그 안에 상탁床卓을 놓아두었는데, 문이 잠겨 들어가 보지 못하였다.

말을 타고 서남쪽으로 내려가 칠성문七星門으로 들어가니, 이 문은 임진왜란 때 명나라 장수 이여송李如松이 군사를 거느리고 들어와 왜적을 물리친 곳이다. 감영監營 서쪽 담 밖으로 행하여 장대將臺에 오르니, 장대라는 것은 난리를 당하여 성을 지킬 때 대장이 올라앉아 깃발과 북으로 사면의 성을 지키는 군사를 호령하는 곳이다. 성중에 가장 높은 곳을 가려 대를 세우고 그 위에 집을 지었으니, 오르면 사방이 내려다보여 번성한 여염이 보이지 않는 곳이 없고, 동강 북쪽의 넓은 들과 점점한 산이 다 연광정의 경치를 가졌으니, 또한 볼 만한 곳이다.

칠성문의 옛 모습

평양 숭령전

서쪽으로 내려 숭령전崇靈殿에 이르니, 이곳은 단군과 동명왕의 위판을 봉안한 묘당이다. 단군은 동방에 처음으로 나온 임금이라 참봉參奉(왕릉을 관리하는 종9품의 관직)이 여기서 지킨다고 하였다. 서쪽으로 숭인전崇仁殿에 이르니 이는 기자의 위판을 봉안한 곳이었다. 화상畵像 세 벌을 걸었는데, 의관은 전에 보지 못하던 제도였으니 필연 은나라의 의관인가 싶었다.

서문 안 무열사武烈祠에 이르니, 이는 명나라 병부상서 석성石星[23]의

---

23 석성은 임진왜란 때 조선에 구원병을 보내준 명나라 벼슬아치로, 홍순언 일화에 관련 이야기가 전한다.

위판을 봉안하고, 제독提督 이여송과 양원楊元·이여백李如栢·장세작張世爵 등 여러 장수를 배향한 곳이다. 석상서는 임진왜란 때 우리나라가 구병을 청하자 군사를 징발할 의론을 힘써 아뢰어 전후의 나라를 구호한 일이 많았으나, 마침내 참소讒訴에 걸려 우리나라 일로 화를 면치 못하였으니, 그 은혜를 생각하여 사당을 세워 봄가을로 제사를 받들게 했다. 석상서와 이여백은 화상이 있었다. 숭령전과 숭인전은 왕의 사당이라 감히 참배하지 못하였는데, 이곳은 참배를 허락하여 두 번 절하고 나왔다.

서문으로 나가 1~2리를 가서 충무사忠武祠에 이르니, 이곳은 고구려 장수 을지문덕의 사당이다. 수나라 때 양제煬帝가 천하 병력을 다하여 수백만 군사로 친히 고구려를 치려 할 때 고구려 정승 을지문덕이 수천 군을 거느리고 살수에서 맞아 두어 번 싸워 수나라 군사를 크게 물리치니, 수나라 군사는 겨우 천여 명이 살아남아 돌아갔다. 이로써 고구려는 망하지 않았는데, 평양은 그때 도읍이었다. 이러하므로 뒷사람이 이를 기려 사당을 세웠다.

이곳을 지나 인현서원仁賢書院에 이르니, 이는 이 고을 사람들이 서원을 지어 기자 위판을 봉인하고 선비를 모아 글을 읽은 곳이다. 사우문祠宇門을 열고 참배하니 또 한 화상이 있었다. 밖으로 나와 강당에 앉았는데, 현판에 홍범당洪範堂이라 하였다. 서원 하인이,

"효종대왕이 친히 쓰신 글입니다."

하고, 소반에 책 한 권을 받들어 내어다 보이기에 공경히 열어 보았더니 정축년(1637)에 심양에 들어가실 적에 서원에 참배하시고 『심원록瀋源錄』에 이름을 올리신 것인데, '봉림대군鳳林大君' 네 자를 쓰셨다.

남으로 외성外城을 향하여 중성을 나가니 옛 성의 터만 남아 있었다. 이 바깥의 길이 넓고 좁은 것이 다 법도가 있는 듯하고, 바르기가 줄로 친 듯하며, 거리마다 돌을 세워 표하였다. 큰길 사이에 작은 길을 가로로 베어서 조금도 빗나간 곳이 없었고, 네 길 사이에 있는 밭의

형상이 정정방방하여 큰 들에 다 같은 제양制樣이었으니, 이는 기자가 정전법井田法을 시행한 곳이다. 비록 햇수가 오래되었으나 오히려 정대한 제도가 이러하였으니, 성인의 정사政事가 어찌 이상하지 않겠는가? 길가에 조그만 단이 하나 있는데, 이는 기자께서 계시던 대궐 터였다. 단 위에 작은 비를 세웠는데 '구주단九疇壇' 세 자가 씌어져 있었다. 이 앞으로 남쪽을 향하니 우물이 하나 있었는데, 이는 '기자정箕子井'이라 하며 깊이가 8~9장丈(1장은 약 3.33m)이고, 위에 둥근 구멍을 뚫어 벽돌로 덮었다.

말을 돌려 중성에 들어가 '일영지日影池'라는 못을 보니 사방이 열 걸음 남짓 되었다. 가운데 조그만 섬이 있고 섬 위에 조그만 정자를 세웠으니, 이는 기자께서 해 그림자를 살피시던 곳이라 전한다. 못 북쪽에 한 서재가 있어 글 읽는 소리가 있었지만 날이 저물어 가 보지 못하고 남문으로 들어가 숙소로 돌아왔다.

11월 13일 평양에서 출발하여
20일 의주에 이르다

　식후에 서문을 나서 보통문普通門에 이르렀다. 이 문은 옛 외성문外城門
으로, 성은 터만 남았으나 문이 홀로 우뚝 서 있으니 당초에 튼튼히
지은 것임을 알 수 있다. 순안順安 숙소에 이르니 차담과 밥상을 다 서울
음식으로 정결히 차려, 구미가 당겨 많이 먹는 줄을 깨닫지 못하였다.

　14일 안주安州 숙소에 이르니 성 제도가 웅장하고 시장의 번화함이
평양에 버금간다. 객사문客舍門이 2층이니, 이는 다른 곳에 없는 제도다.

　15일 안주에서 묵었다. 식후에 연초정燕超亭에 올랐다. 이 정은 본관
동헌 남쪽에 있다. 성 둘레는 대략 2~3리로 극히 작으나 처한 곳이 매
우 높아 산성과 다르지 않으며, 이 정자는 성 가운데에도 높은 곳에
있다. 사방을 둘러보니 쌓인 눈이 산과 들을 덮었고, 성 밖 남쪽에 남
당이라 하는 여염이 성 안보다 배나 더 번성하여 다 무릎 아래 있는
듯하다. 이윽히 배회하니 사람의 눈과 마음을 상쾌하게 하였다.

　곧이어 말을 타고 병영문兵營門 안으로 들어가 망경루望京樓에 올랐다.
이 누각은 성 동남쪽에서 제일 높은 곳이다. 아래로 삼면을 거느려 은
연히 몸이 공중에 앉은 듯하고, 성 밖의 땅을 덮은 여염과 성안의 여

러 곳 누각이 한 곳 숨은 데 없으니, 가히 연광정 경치와 서로 겨루었다. 안계의 단정함은 혹 연광정만 못하나, 지세의 웅장함은 연광정이 이에 미치지 못한다. 성 밖 동쪽 수백 보에 높은 봉우리 하나가 있어, 이 누 아래로 따로 성을 쌓아 천여 보를 둘러 동문에 연결하였다. 그 안에 충민사忠愍祠라 하는 사당이 있으니, 이는 옛 정묘호란 때에 이 성 안에서 사절死節한 사람들을 위한 곳이다.

날이 추워 오래 머물지 못하고 내려와서 백승정百勝亭에 이르렀다. 이는 새로 지은 집이라 제도는 극히 장려하나, 경치는 망경루에 비하지 못한다. 이어 백상루百祥樓에 이르니 이 누각은 성의 서북 모퉁이에 있다. 앞으로 큰 들이 펼쳐 있고 청천강淸川江이 성 밖을 둘렀으니 또한 이름이 있을 곳이다. 누각 제도는 30여 칸이고 누 밑에 두어 길 높이의 기를 세웠다. 규모가 극히 웅장하고 동북으로 큰 들이 흰 눈에 덮여 사오십 리를 열리고 산 모양이 삭기朔氣(북방의 차가운 기운)를 띠며

≪관서십경도≫ 중 〈백상루〉, 국립중앙박물관 소장

변방의 기운이 있어, 마주하니 평양 강산과 확연히 달랐다. 하인이 와서 아뢰기를,

"사행이 망경루에 오르십니다."

하였다. 남쪽 난간에 의지하여 바라보니 깃발과 따르는 자가 수백 보에 뻗어 있고 육각六角[24] 소리가 성중을 울리니, 이곳 기구의 장함을 볼 수 있다.

16일은 가산嘉山에서 묵고, 17일에는 정주定州에 머물고, 18일에 선천宣川에 이르렀다. 이곳에 의검정倚劍亭이라는 누각이 또한 이름나 있다. 말에서 내리니 상사께서 먼저 이르러 풍악을 베풀며 바야흐로 노닐고 계셨다. 이 집은 오륙십 칸이 넘는데 새로 보수하여 단청이 찬란하였다. 서쪽은 관덕당觀德堂이라 하는 집이니 활을 쏘는 곳이다. 두 집 사이에 길게 누를 지어 서로 이었으니, 이름은 보허루步虛樓라 하였다.

19일은 양책良策에서 묵고, 20일 의주에 이르렀다. 연이어 행차 뒤에 따르려고 말을 급히 몰아 먼지로 눈을 뜨지 못하였는데, 이날은 뒤에 떨어져 천천히 가니 적이 편안하였다. 살문령箭門岑에 오르니 오랑캐 땅이 10여 리 앞에 있었다. 금석산金石山이라는 뫼가 완연히 앞에 있고, 봉황산鳳凰山 두어 봉우리가 그 뒤로 아득히 솟아 있으니, 자연 마음이 날아올라 옛 사람이 변새邊塞에 나가는 뜻을 상상할 수 있었다. 구남문을 드니 이는 옛 성문으로 터만 남았는데, 문 밖에 감관監官이 앉아 들어가는 물화物貨를 수험搜驗하는 곳이다. 중영에 숙소를 정하였다.

---

24 육각은 북, 장구, 해금, 피리와 태평소 둘로 이루어진 악기 편성을 말한다.

11월 20일부터 26일에 이르러 의주에 머물다

　의주는 변방의 중요한 곳이다. 면적은 그리 넓지 않으나 전답이 다 옥토이고, 나라에 공세貢稅 바치는 일이 없어 호구수가 많고 재물이 매우 번성하다. 책문까지 말 부리는 삯이 큰 생리生利가 되는 고로, 말을 세우지 않는 집이 적어 읍내만 헤아려도 천 필에 가까울 것이라 하였다. 역관들이 이곳에 이르러서는 다 사주인私住人(사사로이 묵는 숙소)을 정하였으니 전후 10여 일 묵는 연가煙價(여관이나 주막의 밥값)로 50냥을 넘게 주는 이가 많고, 통인通引25이 역관을 소개하면 여남은 냥의 돈을 얻어먹는 것이다. 이러하므로 통인들이 앞참으로 나와 역관에게 다투어 들어가 서로 시기와 싸움이 대단한데, 내게는 여남은 살 먹은 버려진 놈이 와서 심부름도 변변히 못하였으니, 극히 민망하되 하릴없었다.

　여기에 위화도威化島라 하는 섬이 있으니, 부윤府尹이 겨울마다 그곳

---

25 통인은 조선시대 지방 관아에 속하여 수령守令의 잔심부름을 하던 구실아치를 말한다. 이서吏胥나 공천公賤 출신이었다.

에서 사냥하면 사슴과 꿩이 많이 잡히고 군사가 세차게 달리는 거동이 매우 볼 만하다 하였다. 지금은 섬에 갈대가 가득하여 미처 베어내지 못하였고, 온 고을의 군정軍丁을 징발하면 폐단이 생길까 어려워해, 읍내 별무사別武士 100여 기를 징발하여 23일에 나귀섬이라는 땅에서 사냥을 시켰다.

식후에 계부를 모시고 남문을 나오니 상부사께서 앞에 서 계셨다. 큰 깃발과 군악을 앞에 벌이고 삼현이 그 뒤에 서고, 기생 10여 명이 말을 타고 군복에다 전립을 각별히 선명하게 갖추고 두 줄로 늘어서서 갔다. 5리를 가 한 언덕 위에 이르러 장막을 높이 치고 그 안에 자리를 마련하니, 일행이 다 말에서 내려 자리를 정하였다. 앞을 바라보니 압록강 한 가닥이 언덕 밑을 둘러 얼음이 육지와 같았고, 강 서쪽은 섬이 있어 수풀이 울창한데, 이곳이 곧 나귀섬이다.

서남쪽 첩첩한 산은 다 오랑캐 땅으로, 두어 곳 뫼 위에 검은 연기가 장히 일어났는데, 이는 오랑캐들이 사냥하면서 피운 불이다. 장막 앞에 깃발을 벌이고 군악 소리가 진동하더니, 이윽고 군악을 그치고 다른 깃발을 다 물리고 방포 소리 하나에 붉은 기 하나를 언덕 위에서 휘둘렀다. 그러자 강 위에서 말 탄 군사들이 함성을 웅장하게 지르며 숲을 향하여 활과 창검을 휘두르고 일시에 말을 달려 들어갔다. 군사가 비록 적었으나 또한 쾌한 구경이었다. 다만 수풀을 뒤졌으나 짐승 한 마리를 만나지 못하였고, 여러 사람이 매와 개를 데리고 두루 소리하고 다녔으되 종시 꿩 하나를 얻지 못하니 흥이 아주 깨어졌다.

드디어 징을 울리고 기를 휘둘러 도로 물리고, 기 하나를 모래밭에 박아 마군 다섯씩 한 패를 지어 기 뺏기를 다투게 하였는데, 이는 예로부터 하던 일이다. 다섯 사람이 말머리를 가지런히 하고 섰다가 대 위에서 북을 울리고 나발을 불면, 다섯이 일시에 소리 지르고 채를 쳐서 말을 달린다. 먼저 기를 뺏는 사람은 뺏은 기를 좌우로 휘두르고 소리를 크게 질러 용맹함을 자랑하는데 또한 볼 만하였다.

병사 하나가 자원하여 기 다섯을 좌우에 세우고 동서로 말을 두루쳐 한 번에 빼겠다고 했다. 즉시 기 다섯을 내려서 꽂은 후에 북을 치고 나발을 부니, 말을 급히 몰아 첫 기를 빼내고 이어서 말을 돌려 다른 기를 다 빼냈는데, 말 다루기는 다른 병사보다 나은 듯하였다. 부윤이 기를 빼낸 병사를 불러올려 돈과 삼승三升(성글고 굵은 베)으로 상을 주었다. 이윽고 차담상이 나오고 저물어서야 숙소로 돌아왔다.

26일에 동문을 나와 구룡연九龍淵을 가보았다. 이곳은 압록강 상류라 강가 절벽이 천 척尺이 넘어 위에서 차마 아래를 볼 수가 없었다. 옛적한 통인通引이 관가 기생에 빠져 있었는데, 별성別星(봉명사신)이 그 기생을 빼앗고자 하여 통인을 잡아 다스리려 하였다. 그러자 그 기생이 통인과 더불어 도망하여 여기에 이르러 띠를 끌러 서로 동이고 함께 강에 떨어져 죽었다 한다. 언덕 위에 큰 소나무가 가득하고 그 가운데한 묘당이 있으니, 이곳은 용왕묘龍王廟이다. 이 묘당 동쪽으로 강을 임하여 단정하고 묘한 곳이 하나 있다. 옛 증조부[26]께서 부윤으로 계실때 이곳에 구룡정이라는 정자를 지으셨는데, 그 후에 무너지고 터만남아 있었다. 날이 추워 오래 머물지 못하고 돌아와 양상서원[27]을 찾았다. 이곳에는 고구려의 어진 정승 을파소乙巴素[28]의 위판을 봉안하고, 청음 김상헌金尙憲(1570~1652) 선생을 배향하였다. 참배한 후에 강당에 앉았더니 두어 선비가 있기에 잠깐 말을 주고받고 돌아왔다.

---

26 홍대용의 증조부는 홍숙洪潚(1653~1714)으로, 1702년에 의주부윤을 역임하였다.
27 양상서원은 경종 3년(1722)에 세워진 사당인 기충사紀忠祠를 말한다.
28 을파소(?~203)는 고구려 재상으로 고국천왕의 신임을 받고, 정교政教·상벌을 명백히 하였으며, 진대법을 실시하는 등 태평성대를 이룩하였다.

압록강을 건너 심양에 이르다

심양 고궁 앞 저잣거리. 무공방(武功坊, 앞)과 문덕방(文德坊, 뒤)이란 이름의 두 패루가 서 있다.

수십 년 평생의 원이 하루아침의 꿈같이 이루어져
한낱 서생으로 융복에 말을 달려 이 땅에 이르니,
상쾌한 의사와 강개한 기운으로 말 위에서 팔이 솟구침을 깨닫지 못하였다.

11월 27일 강을 건너 구련성 한데서 밤을 지새우다

이날 조식 후에 계부께서 먼저 강가에 수험으로 나가시니, 나는 떨어져 짐을 다 검사하여 내보낸 후에 군복 위에 도포를 껴입고 나아갔다. 마두는 선천 역노 덕유德裕요, 말은 함경도 수성 역마이다.

통군정統軍亭에 오르니 이 정자 또한 유명한 곳이다. 성 서북쪽 높은 곳에 있어 앞으로 멀리 보이는 곳이 다 오랑캐 땅이다. 산세가 뛰어나다 북방의 기운을 띤 듯하였고, 사냥하는 연기가 곳곳에 일어나니 경색景色이 다른 누관과 같이 아니하였다. 압록강 가로 이어서 파수막把守幕이 있어 군사가 항상 지키고 있으니, 부윤이 혹 밤에 이 누각에 올라 천아성天鵝聲¹을 불면 일시에 파수막에 불을 켜고 응하여 소리치니 지극한 장관이라 하였다. 북으로 바라보니 강가에 장막을 치고 사람이 구름같이 모여 서서, 서북 두 문으로 나가는 짐이 서로 꼬리를 이어 멀리서 바라보니 붓으로 두 구이九二²를 그은 듯하다.

---

1 천아성은 변사變事가 생겼을 때, 군사를 모으기 위하여 길게 부는 나팔 소리다.

2 구이는 『주역周易』,「건괘乾卦」에 나오는 말로, 밑에서부터 두 번째 양효陽爻를 가리키며 '一' 로 표시한다.

≪관서십경도≫ 중 〈통군정〉, 국립중앙박물관 소장

정자 서쪽 언덕으로 내려와 수성촌 청음淸陰 선생께서 머무시던 곳[3]을 찾아가니, 그곳에 유적비를 세우고 뒤에 사적을 기록하였는데, 단암丹巖 민상공[4]의 글이다. 서수문에 이르러 말을 타고 장막에 이르니 사행과 부윤이 다 모여 있었다. 다섯 곳으로 나누어 지나가는 인마와 짐을 모두 수험하는데, 옷을 벗기며 상투밑과 주머니와 바지를 다 뒤지고, 역관들의 말은 안장 밑과 수레와 결낭을 다 헤쳐 보니, 자리관紫笠冠(융복을 입을 때 쓰는 붉은 대관)과 저고리 따위의 지저분한 행구들이 모랫바닥에 헤쳐져 보기에 몹시 부끄러웠다. 차충도 또한 수험에 들어 의복과 전립과 망건을 다 벗기고 상투를 두 손으로 휘저어 죄인 잡

---

3 청음은 김상헌金尙憲(1570~1652)의 호다. 기묘년(1639)에 청음이 심양에 잡혀가게 되었을 때 심양 수성촌에 머물렀다.

4 조선 후기의 문신이자 노론의 영수였던 민진원閔鎭遠(1664~1736)을 말한다. 김상헌의 증손 김창집과 사돈지간이며, 숙종 비 인현왕후의 오빠이기도 하다.

죄는 듯하여, 분을 내고 부끄러워하는 거동이 배꼽을 잡게 했다.

상부사께서 먼저 강을 건너시고, 계부께서는 부윤과 더불어 수험을 감독하신 후 해가 거의 저물고자 할 때 행차를 떠나오셨다. 여기서부터는 전배前陪[5] 육각이 다 떨어지고 마두놈이 소리를 높여,

"삼방 아래를 차려라."

하니, 다만 좌차 하나에 하인 세 놈뿐이었다. 좌차라 하는 것은 의주에서 수레를 만들어 위를 가마 모양으로 꾸며 타고 가는 것이다. 이때 비로소 도포를 벗어 짐 속에 넣고 갓을 벗어 의주사람에게 맡기고, 은 징자에 공작우孔雀羽가 달린 총병거지를 쓰니, 상하에 아니 웃는 이 없었다.

압록강이 이 앞에 이르러 세 갈래로 나뉘니, 여기가 삼강三江이라 이르는 곳이다. 이때 삼강이 다 얼어붙었고 그 위에 눈이 쌓여 말을 타고 지나니 강인 줄을 깨닫지 못하였다. 삼강을 지나니 좁은 길이 겨우 수레를 통할만하고, 좌우에 갈 수풀이 길을 꼈으니 행색이 극히 수절하였다. 하물며 깊은 겨울의 석양이 산에 내리는 때를 당하여 친정을 떠나 고국을 버리고 멀리 만 리 북경 사행을 떠나는 마음이 어찌 굿브지[6] 않겠는가만, 수십 년 평생의 원이 하루아침의 꿈같이 이루어져 한낱 서생으로 융복에 말을 달려 이 땅에 이르니, 상쾌한 의사와 강개한 기운으로 말 위에서 팔이 솟구침을 깨닫지 못하였다. 드디어 말 위에서 미친듯 한 곡조 노래를 지어 읊었다.

하늘이 사람을 내매 쓸 곳이 다 있도다.
나 같은 궁생窮生은 무슨 일을 이루었던고.
등불 아래 글을 읽어 장문부長門賦[7]를 못 이루고

---

5 전배는 벼슬아치가 행차할 때나 상관을 배견할 때에 앞을 인도하던 관리나 하인이다.
6 '굿브다'는 '속이 타다'라는 말이다.
7 「장문부」는 사마상여司馬相如가 지은 작품이다. 한무제漢武帝 때 진황후陳皇后가 장문궁長門宮

말 위에서 활을 익혀 오랑캐를 못 쏘도다.

반생이 녹록하여 전사田舍에 잠겼으니

비수를 옆에 끼고 역수易水를 못 건넌들[8]

금등金滕이 앞에 서니 이것이 무슨 일인가.

간밤에 꿈을 꾸니 요야遼野를 날아 건너

산해관山海關 잠긴 문을 한 손으로 밀치도다.

망해정望海亭 제일 층에 취후醉後에 높이 앉아

갈석碣石을 발로 박차 발해를 마신 후에

진시황 미친 뜻을 칼 짚고 웃었더니

오늘날 초초 행색이 뉘 탓이라 하리오.

5리쯤 가니 날이 저물어 의주 창군 10여 명이 횃불로 앞을 인도하였다. 10여 리를 가니 곳곳에서 숲 사이로 불을 피우고 사람들이 모여 있으니, 이는 짐을 실은 말몰이꾼이 두루 흩어져 머무는 것이라 한다. 길가에 외로운 나무가 하나 있으니, 북경에 가는 사람들이 다 종이에 밥을 싸서 가지에 걸고 두어 번 절하여 바라는 일이 이루어지기를 빌고 가는지라, 온통 나무에 꽃이 핀 듯하였다.

이윽고 한 곳에 이르니 불빛이 수풀을 두르고 무수한 인마가 사방으로 헤친 듯하니, 이는 일행이 머무는 곳으로 이름은 구련성九連城이다. 사행이 머무는 곳은 의주에서 미리 군사를 보내어 큰 구덩이를 파서 그 위에 널을 깔고 널 위에 장막을 쳐 두었다. 널 밑에는 숯불을 만들어 연이어 넣으니 구들과 다름이 없었다. 상방은 예로부터 쓰던

에 퇴거하여 시름에 잠겨 세월을 보내던 중, 사마상여가 문장을 잘한다는 말을 듣고 황금 100근을 주고 시름을 푸는 글을 지어 달라 하였다. 이에 사마상여가 그녀를 위해 장문부를 지어 무제에게 바쳐 무제의 마음을 회오悔悟시킴으로써, 그녀는 다시 무제의 총애를 입게 되었다고 한다.

8 형가荊軻가 진시황秦始皇을 죽이기 위해 출발할 즈음에, 이른바 '역수한풍易水寒風'의 비가悲歌를 부르고 떠난 고사를 이른다.

몽고 장막인데, 그 형상이 인경人定(조선시대 통행금지를 알리는 종)을 엎어 놓은 듯하며 안은 한 칸이 넘고 앞에 널문을 내었으니 이는 몽고의 제도다. 부방과 삼방은 임시로 집을 짓고 개가죽을 덮었는데 안이 매우 좁았다. 역관들은 한데다 겹장막을 치고, 하졸들은 곳곳에 모여앉아 사방에 장막을 한 길 남짓 쌓고 불을 질러 발을 쬐면서 밤을 새웠는데, 만일 큰 풍설을 당하면 얼어 죽는 이가 많을 것이다. 계부를 모시고 장막 안에 누우니 매우 좁아 편하지 않았지만 하릴없었다.

이날부터 조석 음식을 상방과 부방에서 사흘씩 돌아가며 지었다. 밤에 호환이 무서워 자주 천아성을 불러 여러 사람이 일시에 함성으로 서로 응하니, 이 때문에 끝내 잠이 깊이 들지 못하였다.

11월 28일 구련성을 출발하여
29일 책문에 들다

성번과 차충이 장막 밖에서 자다가 동이 튼다고 하거늘 옷을 입고 밖으로 나와 앉았다. 무수한 하졸이 화톳불에 의지해 다 발을 불 밑으로 뻗치고 누워 코골고 자는 이가 반이 넘었는데, 아주 추워하는 모양이 적어 서북 사람이 추위를 잘 견딘다는 말이 그르지 않았다. 불빛에 보니 내 옷에 눈이 두루 떨어져서 이상히 여겨 밤에 눈이 왔는가 물으니, 눈이 온 일이 없다고 하였다. 성번이 나의 전립戰笠을 가리키며 말하기를,

"여기 눈이 많이 있습니다."

하거늘, 놀라 벗어 보니 한편에 두어 줌 눈이 허옇게 엉켜 흔들어도 즉시 떨어지지 않았다. 그제야 생각하니 밤에 장막 속에 걸어 두었더니 장막 틈으로 찬 기운이 들어와 더운 김과 서로 엉키어 성에가 된 것이었다.

날이 쾌히 새어 주방에서 흰죽을 주는데, 이후에는 줄곧 아침에 죽을 주었다. 역관들을 만나 밤 지낸 말을 묻고 서로 위로하니 사경을 지낸 듯하였다. 평중이 와서 밤 경색을 서로 말하고 장막 밖에 나가

두루 둘러보니, 토산土山이 높지 않고 사방에 잡목이 삼대(삼 줄기)가 선 듯하였다. 언덕 너머 산이 두른 곳은 은연히 마을이 있어 개와 닭 울음소리가 들릴 듯하였다. 단묘한 산봉우리가 명당을 만들고, 좌우 사각으로 고르게 두른 곳에는 의연히 무덤이 있으며 석물을 벌여 놓은 듯했다. 평중이 더욱 혀를 차고 기특하다며 말하기를,

"만일 이 땅을 얻어 사람을 살게 하면 내가 먼저 들어올 것이다."

하니 듣는 이들이 다 크게 웃었다. 대개 산천이 깊은 중에 맑고 은은하니 과연 살 만한 곳이다.

해가 돋아 출발하여 좌차의 뒤를 따라갔다. 10여 리를 행하여 한 언덕 밑으로 나가니 길 아래 큰 냇물이 있다. 사냥하는 오랑캐 여러 명이 얼음 위에서 개 두어 마리를 데리고 막대로 수풀을 쑤시며 무슨 괴이한 소리를 내었다. 말을 멈추고 마두로 하여금 무슨 말을 하는지 묻게 하였더니, 두어 말을 묻고 저희 또한 대답하되 한 말도 알아듣지 못하였다. 마두로 하여금 묻기를,

"꿩을 몇이나 잡았소?"

하니,

"하나도 못 잡았습니다."

하였다. 또,

"고기는 잡았소?"

하니,

"고기도 없습니다."

했다. 그들이 혹 조선말로 대답한다고 하였지만 더욱 알아들을 길이 없었다. 모두 머리에 헌 감투 같은 것을 쓰고 낡은 양가죽 동옷(남자가 입는 저고리)을 털이 밖으로 나오게 입고, 무릎 아래는 가죽 다로기(긴 가죽버선)를 신고 노끈으로 무릎 밑까지 동였다. 얼굴이 검고 더러워 사람의 형상이 없으니, 보기에 놀랍고 괴이하였다.

금석산金石山 밑에 이르니 이곳은 점심을 하는 곳이다. 마른풀을 베

단동시 교외의 오룡산. 금석산의 산세를 기록한 것에 의하면 이 산을 가리키는 것으로 보인다.

어 깔고 그 위에 장막을 쳐서 일행이 앉고, 냇가에 솥을 걸어 밥상을
차려 왔다. 금석산은 의주에서 바라 보이던 곳으로 산봉우리가 동서
로 벌어져 병풍을 펼친 듯하니, 그 가운데 필연 볼 만한 곳이 있을 듯
하였다. 식후에 먼저 떠나면서 여기서부터 사마치⁹를 매니 바람과 추
위에 극히 유익하였다.

저녁에 총수蔥秀에 이르렀다. 이곳은 물가에 있고 물 남쪽으로 절벽
이 둘러져 은연히 우리나라의 총수와 같으니 우리나라 사람이 이름을
지었는가 싶다. 사자관寫字官 하나가 자문咨文을 모시고 마냥 앞서 길을
가는데, 이날 비로소 보니 바리를 만들어 말에 싣고 누런 보를 덮은
뒤에 누런 깃발 하나를 그 위에 꽂았다. 이날 밤은 바람이 불고 날이
더욱 추워져 일행이 아주 어렵게 지새웠다.

29일 해가 난 후에 떠나 2~3리를 가니 역관 하나가 먼저 문에 가
사행이 오고 있음을 알리고 마중 와 있었다. 또 10리를 가 책문 밖에
이르니, 먼저 온 인마들이 짐을 문 밖에 부리고 밥 짓는 연기가 들을
덮었다.

---

9 사마치는 예전에 융복을 입고 말을 탈 때에 두 다리를 가리던 아랫도리옷을 말하는데, 고
습袴褶이라고도 한다.

책문柵門은 두 산 사이에 한 길만 한 나무 살장[10]을 늘어세우고 작은 나무를 가로매어 인마를 통하지 못하게 하며, 가운데 집 한 칸을 크게 세워 널문을 낸 곳이다. 이 문은 봉황성장鳳凰城將이 나와 문대사門大使라는 관원과 함께 앉아 일행의 인마를 헤아려 들이는 곳이다.

사행이 모두 문 밖에 장막을 치고 앉아 성장을 기다렸다. 마두를 데리고 살장 밑에 이르러 문 안을 엿보았더니, 인가는 열다섯을 넘지 못하지만 집 제도가 매우 크고 높아 우리나라 제도의 몇 배나 되었고, 다 이엉으로 이었으나 이은 법이 우리나라와 달라 바람이 불어도 걷어치워지지 않을 것 같았다. 문 안에 한 집은 성장이 앉는 아문이다. 아문 앞에 두세 칸의 담을 세웠는데, 다 벽돌로 만들어 극히 정교하였다. 문 안에는 오랑캐들이 무수히 오가고, 살장 틈에 와서 역관과 하인들과 더불어 서로 말하고 기롱하며 반가워하는 무리가 많았다. 이 사람들은 다 의복이 선명하여 길에서 보던 이와 아주 달랐다.

이곳은 변방의 거칠고 쓸쓸한 곳으로 온갖 것이 일컬을 만한 것이 없었지만 강을 건넌 후 처음 보는 곳이라, 이 앞에 수천 리를 행하여 번화한 모습과 웅장한 제도를 수 없이 보았으나, 종시 이날의 기이한 일을 잊지 못할 것 같았다.

황력역관皇曆譯官이 북경에서 돌아와 문에 이르렀으니, 이는 해마다 역관 한 명씩 북경에 들어가 책력冊曆을 타오는 것이다. 역관이 문을 열고 밖에 나와 사행에게 보이고 용안龍眼[11]과 여지荔枝[12]를 나누어 드렸다. 이윽고 대여섯 오랑캐가 총을 가죽 끈으로 매어 어깨에 메고 말에 작은 수레를 매고 들어오는데, 그 수레 위에 사슴과 토끼, 꿩을 가

---

10 살장은 광산의 동발(갱도 따위가 무너지지 않게 받치는 나무 기둥)과 띳장(광산의 구덩이나 굴속에서 좌우의 기둥 위에 가로로 걸쳐 얹는 굵은 나무) 사이에 끼워서 흙이나 돌 따위가 떨어지지 못하게 하는 나무를 말한다.

11 용안은 열대과일로 갈색의 열매를 손으로 열어보면 안에는 반투명하고 즙이 많은 과육이 나오는데 단맛이 강하다. 과육 안의 씨는 까맣고 말랑말랑하다.

12 여지는 용안과 비슷한 열매로 과육은 사향 같은 맛이 나는데 마르면 시고 매우 달다.

득 실었다. 한 명을 붙들어 마두로 하여금 말을 시켰더니 두어 마디 대답하고 **빠져** 달아났다. 이곳에 사는 무리들은 성정이 사나운 변방 인물일 **뿐** 아니라, 조선이 가까워 우리나라 사람을 자주 보는 까닭에 조금도 반기는 기색이 없고 업신여김이 여지없었다.

날이 저물어도 문을 열지 않아, 사행이 당상역관들을 불러 주선을 잘못했다고 여러 번 엄히 분부하니, 성장이 무슨 연고가 있어 내일에 야 나와 문을 열어드리게 되었다고 했다. 그러나 여기서는 장막도 준 비하지 못하여 만일 한데서 밤을 지내게 되면 큰 낭패가 될 일이었다. 사행이 번갈아가며 분부를 엄절히 하였더니, 해진 후에 성장은 나오 지 않고 장경章京이라 하는 관원이 나와서는 사행만 들일 수 있다고 하였다. 하지만 종시 문을 여는 일이 없었으니, 사행이 다 쌍교와 좌 차에 들어가 기다렸다.

어두워진 후에 문을 열어 사신과 비장, 역관만을 들여보낸다고 하 였다. 문이 겨우 열리자 의주 사마꾼들이 그 밖에 섰다가 사오십 명이 일시에 헤치고 들어가 미처 막지 못하였다. 문을 지키는 관원이 크게 노하여 다시 문을 닫고 사신도 들이려 하지 않으니, 이때 밤이 이미 깊었고 풍한이 점점 심하였으니 일이 급하게 되었다. 이에 계부께 말 씀드리자 계부께서 좌차를 이끌어 문 바로 밖에 머무시고 사마꾼 영 장을 잡아들여 수죄를 엄히 하며 문 안의 역관에게 분부하기를,

"이렇게 다스리는 사정을 관원에게 전하여라."

하시고, 각각 곤장 다섯을 치는데, 검장檢杖(곤장 수를 셈)하는 소리를 매 우 웅장히 질러 문 안까지 진동하게 하였다. 이어서 군노와 영장에게 엄히 분부하시어 군관 역관과 삼행차 하인 외에는 모두 멀리 물리쳐 각각 노숙할 기구를 차리게 하였다. 문 안에 서 있는 갑군들이 매질하 는 거동을 틈으로 엿보며 놀라는 기색이 있더니, 이윽고 문을 크게 열 고 갑군 두어 명이 바삐 내달아 좌차의 앞채를 잡아당기면서 저희 말 로 창황히 이르기를,

만주족의 전통 가옥. 허투아라 만주족 민속촌

만주풍의 온돌인 캉

"바삐 앞서 들어가십시오."
하였다. 그 놈이 비록 사납다 이르나 저희에게 당치 못할 곤장 다섯에
이같이 놀라니, 그 소탈한[13] 마음이 또한 기특하였다. 계부께서 만일
먼저 들어가시면 뒤에 잡란한 일이 있을 것이라, 역관에게 그런 말을
이르게 하니 갑군이 채를 놓고 물러섰다. 상부사 행차를 먼저 청하여
들어가게 하니, 상부사께서 군노에게 곤장을 들려 문 좌우에 세워 잡
인을 엄히 금한 뒤, 천천히 문을 들어가셨다. 나는 마두를 데리고 걸
어서 문을 들어갔는데, 날이 어두워 다른 것은 보지 못했으나 길 너비
가 수십 보나 되는 듯하였고, 좌우에 집이 이어져 있으며 문들이 다
컸다.

숙소에 이르러 바깥문으로 들어가니 뜰이 아주 넓었다. 좌우에 집
이 있으며 가운데 남향하여 큰 채를 지었다. 앞면으로 다 창을 내고,
그 가운데 조그만 널문이 있고 문 안으로 문염자門簾子를 드리웠다. 문
염자라 하는 것은 문에 치는 발로, 삼승三升으로 만들며 크기는 문보다
조금 크게 하였다. 아래위와 가운데 세 곳에 안팎으로 주홍칠을 한 좁
은 전반剪板[14]을 마주 대고, 서너 곳에 주석 국화 사북[15]을 박아 항상

---

13 원문은 '허위한'이다. 허위하다는 '넓다, 너그럽다'라는 뜻의 '어위다'로 보인다. 이후에 이
   말은 문맥에 따라 '소탈하다', '너그럽다' 등으로 옮긴다.

드리워 두는 것이다. 염자를 들고 문 안에 드니, 그 안이 넓이가 대여섯 칸이나 되었다. 아래는 다 벽돌을 깔고 양쪽에 벽을 의지하여 섬돌처럼 만들었는데 높이가 겨우 무릎에 지나고, 둘 사이에 한 칸 정도 비어 있었는데 이는 벽돌을 간 땅이다. 계부께서 그 위에 올라앉아 계시거늘, 나아가 뵙고 하인에게 방이 어디에 있는지를 물으니, 하인들이 다 웃으며 이르기를, 앉으신 곳이 방이라 하니, 비로소 북경의 캉炕 제도가 이러한 줄 알았다. 캉은 중국말로 불을 때는 구들이다. 계부께서 주무시는 캉 맞은편은 휘장으로 막고 하졸들이 자게 하였다. 동쪽으로 문이 있고 문 안에 또 작은 캉이 있으니, 건량 역관 정호신丁好信과 함께 머물렀다.

주인의 성은 악가岳哥인데 옷이 극히 남루하여 가난한 모양이었다. 동쪽 문에 친 문염자는 무늬 있는 비단으로 만들었고, 북쪽 바람벽에는 송학과 산수가 그려져 있다. 한편에 장롱과 뒤주와 상자를 놓았는데, 장롱은 높이가 한 길이 되었고 널문 두 짝을 하여 닫고 가운데 좁은 설주를 세웠다. 두 문짝과 설주에 배목[16]이 있는데 다 구멍이 가로로 가게 박고 자물쇠를 채웠는데, 자물쇠 채우는 법은 온갖 물건이 다 한 모양이었다. 이러하니 장롱 자물쇠의 사이가 다 넓은 것이다. 장롱의 밖은 두 짝이요, 안은 이층도 있고 혹 삼층인 것도 있다. 뒤주에는 발은 있으나 모양은 궤의 제도였고, 위로 작은 말斗만큼의 구멍을 뚫어 널을 덮고 앞으로 작은 나무를 꽂아 빠지지 못하게 밖으로 자물쇠를 채웠다. 상자는 우리나라의 반닫이와 같은데, 가죽으로 싸고 그림을 그린 뒤 그 위에 황칠[17]을 하였다. 만든 제양制樣이 튼튼하고 품질

---

14 전반은 종이 가장자리를 가지런하게 자를 때에 쓰는 좁다랗고 얇은 긴 나뭇조각이다.

15 사북은 문고리나 배목을 박는 데에 튼튼하고 보기 좋게 하기 위하여 양쪽에 끼워 넣는 둥그스름한 쇠붙이 조각이다.

16 배목은 문고리를 걸거나 자물쇠를 채우기 위하여 둥글게 구부려 만든 고리 걸쇠다.

17 황칠은 황칠나무의 진으로 만든 목공예용 칠의 하나로서, 남해안 섬이나 제주도에서 많이 난다.

이 극히 정하고 깨끗하니 하나도 추한 것이 없었다. 이곳이 이러하니 번화한 곳은 그 기물이 정교함을 가히 알 수 있었다.

작은 캉 앞에 솥을 걸었는데 크기가 가마 모양이고 나무 뚜껑을 덮었다. 한 편에 독 두어 개를 세웠으니 이는 물을 길어 부은 뒤에 뚜껑으로 쓰는 것으로, 우리나라의 독과 같은데 다만 밑이 너무 좁아 조심하지 않으면 넘어질 듯하였다. 등경燈檠[18]을 등태라 하니 길이가 거의 한 길이 되고, 캉 아래 놓아서 캉 위로 비추게 한 것이다. 캉 앞에 나무로 화로를 높게 만들고, 그 위에 무쇠화로를 얹어 숯불을 많이 피우고는 그 곁에 교의交椅(접을 수 있는 의자)를 놓았다. 젊은 주인이 더러운 의복을 입고 그 위에 걸터앉아 작은 담뱃대를 물었는데 모습이 극히 추악하였다. 하인이 내려오라고 꾸짖자 희미하게 웃으며 내려오는 체하더니 도로 앉았다. 발바리라 하는 개가 있었는데 작은 강아지 같았지만 소리가 크고 사람에게 사납기가 큰 개보다 더하였다. 주인과 말을 수작하여 보고 싶었지만 입이 굳어 종시 나오지 않고, 그들이 하는 말을 유의하여 들어도 한 구절을 쾌히 알아듣지 못하겠다. 또 하인들이 서로 수작하는 모습을 보니 말이 전에 알던 것과 많이 달라, 예삿말도 통할 가망이 없을 듯하여 매우 답답하고 통분하였다. 밤에 건량관과 같이 자며 말을 알아듣지 못하는 사연을 말하니 건량관이 말하기를,

"처음에는 으레 그러하나 날이 오래되면 차차 나아질 것입니다. 또 잘못하는 것을 부끄러워하지 말고 만나는 곳마다 실없이 말끝을 내면 자연스레 익혀집니다."

하였다. 이날부터 건량관과 온갖 수작을 중국말로 태반이나 하고, 매일 곤하여 먼저 자고자 하는 때에도 말을 그치지 않으니 매우 괴로이

---

18 등경은 등경걸이로, 나무나 놋쇠 같은 것으로 촛대 비슷하게 만들어 등잔을 올려놓는 기구를 말한다.

여길 적이 많았다. 캉이 종시 서늘하여 밤에는 매우 추웠고, 마두는
캉 아래에서 짚을 얻어 깔고 잤다.

11월 30일 봉황에서 자다

아침에 일어나 세수와 빗질을 마치고 문 밖에 나가니, 곁집에서 주인 여자가 무슨 그릇을 들고 나오다가 하인들을 보고 반겨 인사하며 웃고 들어갔다. 검은 삼승으로 만든 긴 옷을 입었는데, 우리나라 장옷[19] 모양이요, 고름을 하지 않고 턱밑부터 깃까지 단추를 끼웠으며, 버선 위에 바지 대님을 붉은 헝겊으로 매고 삼승 당혜唐鞋를 신었다. 머리에는 계髻(쪽)를 하였는데 가난한 여자라 꽃도 아니 꽂고 여러 날을 빗지 않아 얼핏 보면 우리나라의 사내가 상투 바람으로 있는 모양이니 처음 볼 때 심히 우스웠다. 주인의 어린 자식은 예닐곱 살 되었는데, 담뱃대를 물고 앞으로 다니거늘 하인에게 붙들어오라 하니, 눈을 부릅뜨고 뿌리치고 달아나 조금도 저투리는[20] 일이 없었다.

죽을 먹은 후에 건량관을 데리고 한 푸자鋪子(점포의 중국어)에 들어가니, 이는 외지 사람이 물화物貨를 가지고 사신 행차를 따라와 의주 사

---

19 장옷은 조선시대에 부녀자들이 외출할 때 내외용內外用으로 머리부터 내리쓴 옷이다.
20 '저투리다'는 '두려워하다'의 옛말이다.

람들과 매매를 하는 곳이다. 문에 들어서니 주인이 손을 들어 '하오아!好啊'라고 하였는데 '하오아'란 '평안하냐'라는 말이다. 나 또한 손을 들어 대답하고 캉 앞에 가 서니, 캉 위에 여러 역관들이 모여 앉아 밥을 먹다가 내가 오는 것을 보고 다 일어서서 맞이하였다. 주인이 수상히 여겨 역관에게 묻거늘 역관이 기롱欺弄하여 말하기를,

"이분은 북경을 여러 번 오셔서, 그대도 익히 알더니 잊었습니까?"

하니, 주인이 다시 보고 웃으며 말하기를,

"기억을 못하겠습니다."

하니, 역관이 또한 웃으며 말하기를,

"이분은 삼대인의 궁자公子로 이번에 처음 들어옵니다."

하였다. 삼대인은 서장書狀을 이른 말이고, 궁자는 자제子弟라는 말이다. 주인이 크게 웃으며 나를 향해 '칭조請坐'라고 하니 '칭조'란 '앉으시오'란 말로 대접하는 말이다.

드디어 캉에 올라앉으니 즉시 차 한 그릇을 내어 와 대접하며 귀한 사람이라 하였다. 좌우에 여러 층의 시렁이 있으니, 그 위에 황모黃毛와 서피黍皮(담비 모피의 일종), 양가죽과 여러 상품을 많이 쌓아 두고, 탁자 위에 천칭天秤이라 하는 저울을 놓았으니 이는 은을 다는 것이다. 가운데에 줏대를 세우고 저울대 한판을 줏대에 얹어 양쪽 경중이 같게 하고, 양끝에 주석 바탕을 드리워 한쪽 바탕에는 다는 은을 얹고, 다른 쪽 바탕에는 약과만 한 네모반듯한 주석을 얹었다. 그 위에 근량을 써 두어 저울대를 바로 하여 은 근량이 주석 무게와 같음을 알게 하는데, 제양制樣이 극히 정묘하였다. 주인은 비단 거죽(옷의 겉을 이루는 천)한 옷을 입었으니 매우 화려하고, 머리에 돈피獤皮(담비 모피) 마래기(방한모)를 쓰고, 마래기 위에는 다홍실로 띠 수을(장식용 실) 모양으로 가늘게 꼬아 덮어 드리웠다. 옷소매는 겨우 팔이 들어갈 만큼 만들었고, 소맷부리는 한쪽이 둥글게 길어 말굽 모양 같은 까닭에 마제수구馬蹄袖口라 하니, 평상시는 걷어 얹고 높은 사람을 보면 풀어 손등을 덮

었다. 역관들과 서로 웃고 말하여 기롱하는 모습이 매우 관곡하고 너그러웠다. 역관들이 내가 약간 말을 하는 줄을 아는지라 다 권하여 수작을 해 보라 하지만, 역관들이 여럿이 있는 고로 종시 한 마디도 나오지 않았다.

드디어 덕유를 데리고 부방 숙소로 가니 계부께서 와 앉아 계셨다. 부사께서 나에게 말씀하시기를,

"우리는 체면을 거리껴 두루 보지 못하나, 그대는 허물이 없으니 두루 자세히 보고 더러 좋은 말을 듣게 하라."

하였다. 평중이 또한 함께 가기를 청하거늘, 이에 평중을 데리고 가는데, 문을 나와 남쪽 냇가로 향하였더니 말 탄 갑군 여남은 쌍이 두 줄로 정제히 오고 있었다.

덕유가 말하기를,

"봉황성장이 이제야 문을 열러 옵니다."

하기에, 길가에 머물러 섰더니 뒤에 장중하게 태평차 하나가 오는데 성장이 탄 수레였다. 수레를 내려 한 집으로 들어가니 여러 갑군이 다 말에서 내려 고삐를 이끌고 들어갔다. 덕유로 하여금 들어가 성장 보기를 청하라 하였다. 갑군이 듣고 들어가더니 이윽고 도로 나와 무엇이라 하였지만, 그 말을 알아들을 길이 없어 덕유에게 물으니,

"들어가지 못하리라고 합니다."

하였다. 드디어 큰길로 나와 두루 거니니 눈에 보이는 것이 다 첫 소견이었으나, 그 기특하고 이상함을 다 기록하지 못하였다.

서쪽 큰길에서 짐을 실은 수레가 무수히 나오니, 이는 황력을 가지고 나오는 우리나라 사람의 짐이다. 한 수레에 말을 서너 마리 매었고, 혹 대여섯 마리도 매었지만, 짐 실은 높이가 큰 집채만 하였다. 수레 모는 사람이 짐 위에 높이 앉아 대여섯 발 말채를 휘둘러 여러 말을 한 번에 치는 소리가 벽력같았고, 수레 앞에 대여섯 되 들이 풍경風磬을 쌍으로 달았으니, 그 소리가 뫼를 울렸다. 이만 보아도 중국이 큰

줄을 짐작할 수 있다.

길가에 납으로 만든 바탱이(오지그릇) 그릇을 놓았으니, 이는 물을 데워 차와 음식을 만들어 파는 그릇이다. 한편에 물 붓는 긴 부리가 있고, 밑에 구멍이 있어 그 안에 숯불을 피웠으니, 신선로 모양으로 쓰는 그릇이다. 한 푸자에 들어가니 여러 층 선반을 달아 화기畵器를 많이 쌓아 놓았으니 소견이 찬란하고, 우리나라에 혼히 나오는 그릇들이다. 한 사람이 병이 들어 캉 위에 이불을 덮어쓰고 누웠거늘, 캉 아래 교의에 앉으니, 주인이 덕유에게 번 줄 묻고 차를 내어왔다. 내 이를 받아 마시며 물었다.

"저 캉 위에 누워 있는 사람은 뉘신지요?"

"동무하여 온 사람이 병이 들어 누워 있습니다."

내가 다시 물었다.

"무슨 병입니까?"

"다리를 앓고 있습니다."

"우리 행중에 의원이 있으니 한번 보이는 것이 어떻겠습니까?"

누워 있는 사람이 머리를 들어 보고,

"부질없습니다."

하였다. 주인이 덕유에게 내가 몇 번째 오는지 물으니, 덕유는 이번이 첫 번째라 말했다. 주인이 말하기를,

"돌아올 적에는 말을 다 익히겠습니다."

하였다. 이윽고 서너 사람이 들어와 캉 위에 앉아 술을 먹으며 무슨 말을 크게 지껄이는데, 이는 봉성鳳城에서 나온 장정들이다. 사행의 예단을 받을 말을 하는가 싶었다. 요란하여 앉아 있기 어려워, 손을 들어 다시 보자고 하고, 다른 푸자로 들어갔다. 단묵(젤리)과 민강귤閩江橘 병을 많이 쌓아 놓았고, 문을 들어가니 사람 대여섯 있는데, 그 중 한 늙은 사람이 우리를 맞이하여 캉 위에 앉히고, 차를 내어 와 관곡히 대접하였다.

"어디 사람입니까?"

내가 물으니 주인이 답하였다.

"산서 사람입니다."

또 성을 물으니,

"오가吳哥입니다."

하였다. 이어 실없이 여러 말을 수작하였다. 서로 못 알아듣는 말이 많았으나, 처음에 비하면 적이 나아진 듯하였다. 덕유가 매우 신기해 여겼으나, 평중은 전혀 알아듣지 못해 용심을 내고 답답해 여기는 거동이 우스웠다. 내가 오가에게 말하였다.

"그대 머리를 보니 중과 다름이 없는지라, 보기에 좋지 않습니다."

오가가 이를 듣고 부끄러워 머리를 숙이거늘, 내 다시,

"농담이니 괴히 여기지 마시오."

하니, 오가 또한 웃었다. 차를 계속 부어 주고, 큰 대접에 민강귤병을 가득히 담아 앞으로 내어 권하였다. 내 사양하였지만 듣지 않았다. 마지못해 덜어 먹고 덕유를 주어 싸 가게 하니, 그 싸는 모습을 보고, 그릇을 열고 더 많이 내어 종이에 대강 싸서 덕유에게 맡겼다. 사람에게 후함이 이러했다. 주인은 저희 머무는 곳이 심양 서문 밖이요, 책문 매매를 마치면 즉시 돌아가는 고로 사행 돌아갈 때 부디 다시 찾으라 하였다.

다른 푸자에 들어가니 캉 위에 여러 사람이 앉아 밥을 먹고 있었다. 의복이 선명하고 모양이 준수한 이가 많으니 부유한 장사치라 하였다. 그 중 한 사람이 나이 늙고 표피 옷을 입은 이가 있거늘, 덕유를 시켜 물으니, 북경 대통관大通官 서종맹徐宗孟의 삼촌으로, 별호를 '류다예六大爺'라 하고, 제 아들은 버금 통관이다. 집이 봉성에 있고, 제 족속의 형세를 믿고 조선 짐 싣는 수레를 제 손에 넣어 많은 삯을 태반이나 제 것으로 만드니, 아무도 감히 집적거리지 못한다 하였다. 류다예가 조선말을 잘한다 하여, 내 우리말로 말하기를,

"영감께서 우리말을 많이 아신다고 하니, 한번 듣고 싶습니다."

하니, 희미하게 웃으며 대답하기를,

"많이 모릅니다."

하고, 드디어 제 칼과 의복을 가리키며 우리말로 이름을 말하지만 분명치가 않았다.

서쪽 산 밑에 절이 있다 하여, 올라가 보니 다 퇴락하여 볼 것이 없었고, 약간의 장사치들이 머물고 있었다. 화살이 있거늘 내려 보니 버드나무로 만든 것으로 매우 크고 촉이 없는 살이었다. 내 주인에게 물었다.

"그대 활을 쏠 줄 아십니까?"

"못 쏩니다."

주인이 머리를 흔들며 말하고는 내 머리의 공작우를 가리키며 말하였다.

"노야께서는 응당 활을 쏠 수 있을 분 같습니다."

대개 북경에 '사史'라 하는 벼슬이 있으니, 우리나라 선전관宣傳官[21] 같은 소임을 맡은 호반虎班 벼슬이다. 이 벼슬하는 사람은 다 마래기에 공작우를 다는지라, 이러하니 나를 호반으로 여겼던 것이다. 내 웃으며 말하기를,

"쏠 줄 압니다."

하고는 나왔다.

숙소에 돌아와 아침밥을 먹으니, 그제야 문을 열어 문 밖에서 한둔한 인마들이 모두 들어왔다. 수역이 태평차 하나를 보냈다. 북경까지 타고 왕래하는 데 은 45냥을 주는데, 이번에는 일곱이 나왔는지라 여러 역관들이 다투어 얻어 탔다. 내게 보내온 수레는 낭자산狼子山에 사

---

21 선전관은 조선시대의 관직 이름으로, 형명(군대의 호령)·계라(왕의 거동 때 취타를 아룀)·시위·전명을 맡았던 무관직이다.

청대 북경의 마차. 〈일월합벽오성연주도(日月合璧五星聯珠圖)〉 중 부분. 서양(徐揚), 타이베이고궁박물원.

는 왕가王哥의 수레로, 수레를 모는 이는 왕가의 아들이다. 나이가 어리고 인물이 밉지 않다고 하여 가려서 내게로 보낸 것이다. 수레 제도는 우리나라 수레와 대체로 같으나 극진히 단단하고 정밀하게 만들어 가히 앉을 만하였다. 위는 가마모양으로 꾸미고 검은 삼승으로 겹장을 만들어 높이 씌웠다. 앞으로 문염자를 드리웠고, 앞과 양옆에 말斗만큼 모나게 구멍을 내고 딴 더데22를 덮고 단추를 끼워 여닫게 하였다. 쌍교 안은 적이 넓어 족히 누울 만하니, 밖에서 보면 위는 둥글고 길어 천연히 우리나라의 소금장素衾帳23 모양 같았다. 말 두 마리를 매었는데 하나는 가운데 매어 양쪽 채(수레 앞쪽 양옆에 댄 긴 나무) 끝에 밑으로 말뚝을 박고 조그만 길마24에 걸피(길마 위에 걸쳐 매는 띠)를 걸어 쌍교雙轎 메듯 하였으며, 걸피에 가죽을 매고 말 가슴에 끼워 벗겨지지 않게 하였다. 다른 말 하나는 옆으로 매었는데, 양쪽에 큰 바를 걸어 수레에 매었다. 바닥에 요를 깔고 이불과 의복과 약간의 행장을

22 더데는 더뎅이, 즉 부스럼 딱지나 때가 거듭 붙어서 된 조각이란 말인데, 여기서는 나무조각이란 뜻으로 쓰인 듯하다.

23 소금장은 곧 소장素帳으로, 장사 지내기 전에 궤연几筵 앞에 치는 하얀 포장을 말한다.

24 길마는 짐을 싣거나 수레를 끌기 위해 소나 말의 등에 얹는 안장을 말한다.

보자기에 동여 뒤로 놓고 앞쪽으로 앉으니 매우 편하여, 말 탄 이와 내도하였다.[25]

계부의 행차를 뒤따라 천천히 몰아가다가 마을을 지나자, 왕가가 또한 수레 문 앞에 올라앉아 채를 들고 말을 몰았는데, 이는 저희들의 법도이다. 문 앞에 두 개의 널이 깔려 있고, 널 위에 삼승 대련의 제 행구를 넣어 얹고 그 위에 올라 앉아 있으니, 문을 걸으면 옷이 서로 닿았다. 전에 들으니 수레를 처음 타는 사람이 날이 비록 추우나 앞을 막으면 어지러워 멀미하기 쉽다 하였으므로, 문을 걸어 얹고 옆 장막을 또한 제쳐 매어 밖을 시원히 볼 수 있게 하였다. 편한 길은 아주 좋으나 다만 험한 곳을 만나면 좌우 요동하여 붙박여 앉아 있지를 못하고, 수레의 바퀴 구르는 소리가 우레 같아 지척의 말을 통하지 못하였다. 왕가의 이름은 문거文擧요 나이 열일곱이로되, 수레에 오르내리며 말을 부리는 모양이 극히 날쌨다. 나를 '우리 노야老爺(나리)'라 일컬으며 극진히 공경하되, 다만 심히 간사하고 꾀 많은 인물인가 싶었다.

4~5리를 가다가 성장城將이 봉성으로 돌아가는 길과 만났는데, 갑군 하나가 수레 앞에 와 내리라 하였다. 저희 국법이 친왕親王(청나라 때 최상급의 작위) 밖에는 하마下馬시키는 일이 없으나, 봉성은 우리나라와 가까워 우리나라 일을 익히 아는지라, 우리나라 사람에게만 홀로 우리나라 규범에 따르라 하니 가소로웠다. 할 수 없이 수레를 멈추고 잠시 땅에 내려서니, 성장이 태평차를 타고 여러 갑군이 앞뒤를 호위하여 가는데, 말이 다 크고 좋아 우리나라 군사에 비할 수 없었다.

서가의 마을을 지나니 밖에서 보아도 집 모양이 장려하여 부잣집 같았지만, 바빠서 들어가 볼 길이 없었다. 해 진 후에 봉성 숙소에 이르니, 주인 아이 나이가 열네 살이었다.[26] 얼굴이 매우 준수하여, 캉

---

25 '내도하다'는 거리가 멀다는 뜻의 옛말이다.
26 『연기燕記』「악기樂器」에는 이 아이의 이름을 '애인년艾引年'이라 하였다.

위에 올려 앉히고 말을 물으니, 글은 사서四書를 읽었노라 하는데, 거동이 극히 영리하였다. 어디서 큰 종 치는 소리가 나거늘, 아이에게 물으니 대답하기를,

"아문에서 시각마다 쇠북 치는 소리입니다. 시방 두 번을 치니 2경입니다."

하였다. 식후에 계부를 모시고 부방 숙소로 가니, 부사께서 거문고를 타라 하셨다. 캉에 앉아 거문고를 타고 있으니, 그 아이가 또 들어와 캉 아래에 서 있었다.

"네 여기를 어찌 왔느냐?"

내가 물으니, 그 아이가 말했다.

"이 집은 숙부 댁입니다. 마침 왔더니 소리가 나 풍류를 듣고자 하여 들어왔습니다."

이윽고 유심히 듣더니, 홀연히 눈물을 들먹이는 거동이 있거늘, 곁에 역관 하나가 섰다가 괴이하게 여겨 물었다.

"네 풍류를 듣는데 어찌 슬픈 마음이 일어나느냐?"

그 아이 웃으며,

"그런 일이 없습니다."

하였다. 부사께서 역관을 시켜 여러 말을 묻고, 먹 한 장을 내어 주었다.

내가 말하기를,

"귀한 분께서 먹을 주시니 네 절을 하지 않을 수 없을 것이다."

그 아이가 대꾸하기를,

"무엇을 준들 어찌 절을 하겠습니까."

내 다시 말하기를,

"귀인은 너를 사랑하시어 먹을 주셨거늘, 하물며 어른이 주는 것을 절하여 받지 않고 공연히 가져가려고 하느냐?"

그 아이 낯빛을 붉히고 먹을 던지며,

"누가 먹을 달라고 하였습니까?"

하고 즉시 문 밖으로 달아나니, 역관이 도로 이끌어 들여 말을 잘못 들었다고 다시 달래어 먹을 주어 보냈다. 이곳이 우리나라와 가까워 매우 업신여기니 이런 아이들도 절하기를 욕되게 여기는가 싶었다. 밤이 깊어 숙소로 돌아왔다.

12월 초1일 솔참에서 자다

　이날도 늦게 떠났다. 죽을 먹은 후 평중과 함께 문을 나서려는데, 주인의 아이가 또 들어왔다. 내가 이르기를,

　"우리가 성 안을 구경하고자 하는데, 길을 모르니라. 함께 가는 것이 어떠하냐?"

하니, 그 아이 대답하기를,

　"일이 있어 못 갑니다."

하였다. 여러 번 간청하였으나, 종시 즐겨 하지 않으니, 마음에 꺼리는가 싶었다. 드디어 덕유로 하여금 소전小錢 두어 냥을 지니게 하고 큰 거리로 나가니, 좌우에 화려한 가게와 번성한 인물에 눈이 부시고, 마음이 놀라웠다. 처음 책문 저잣거리를 보고 지극한 구경으로 알던 것이 도리어 우스웠다. 넓은 길이 30보를 넘고 양쪽에 행랑行廊이 수천 보를 서로 이었으니, 다 금은 진채眞彩로 단청을 영롱히 하였고, 현판과 큰 패에 각각 표하는 글자를 새겨 무수히 걸어 놓았다. 온갖 물건을 층층이 쌓아 놓고, 교의에 한가로이 앉아 흥정을 일삼는 자 또한 비단 의복을 입고 준수한 인물이 많았다.

북쪽으로 바라보니 높은 누각의 제도가 장려하니, 이는 용봉사龍鳳寺라는 절이다. 먼저 그 절로 들어가니 큰 문 안에 작은 집이 있어 아로새긴 창에 단청을 사치스럽고 화려하게 하였다.

"문을 여시오."

하니, 한 사람이 문을 열고,

"이 용패를 보십시오."

하거늘, 들어가 보니 큰 패를 세우고 '황제만만세皇帝萬萬歲'라 써 놓았다. 이어 뒤로 들어가니 겹겹이 이어진 집에 구비마다 문이 있어 어디로 들어가야 할지 몰랐다. 내가 기물이 장하고 볼 만한 곳이라 일컬으니, 덕유가 이르기를,

"이곳은 피폐한 곳이라 볼 것이 전혀 없습니다. 북경에 이르면 이같은 절을 다 볼 겨를이 없을 것입니다."

하였다. 뒤에 이층 누각이 있으니 이를 두모궁斗姥宮[27]이라 하였다. 오르니 신선 같은 여래 소상을 앉혔는데 무엇인지 모르겠다. 누 밑에는 캉이 있고 문염자를 드리웠다. 밖에서 사람을 부르니, 안에서 한 사람이 염자를 들고 들어오라 하였다. 안으로 들어가니 수십 인이 모여 술을 먹고 있는데 한 사람이 교의를 가리키며 앉으라고 하였다. 또 담배를 피우라고 권하니 맛이 괴이하여 피우기 어려우나, 마지못해 받아서 피우며 교의에 앉아 있었다. 한 사람이 작은 잔에 술을 부어 권했으나 나는 본디 술을 못한다고 하였다. 그러니 그 사람이 한잔만 마시라고 권하였다. 내가,

"우리나라에 금주령이 있어 마시지 못합니다."

하니, 그 사람이 제 동료를 둘러보면서 말하였다.

"술을 드십시오. 무슨 금령이 있다 하십니까. 괴이합니다."

이에 다른 사람이 무슨 말을 하니, 우리나라 금령을 아는 사람인가

---

27 두모궁은 오늘날 요녕성 안산시에 있는 도교 사원이다.

싶었다. 그제야 술을 권하던 자가 머리를 끄덕이고 물러갔다. 사람들 중에 취한 사람이 많으니, 혹 곤란한 일이 있을 듯하여, 이에 다시 보자고 하고선 문을 나섰다.

다시 한 전방으로 들어가 처마 밑에 서니, 주인이 앉으라고 일렀다. 여러 층 선반에 여러 물건을 쌓아두고, 그 앞으로 반 칸 정도 사이를 두고 검은 칠을 한 궤 모양으로 만들어 가로 꺾어서 막고, 옆으로 사람 하나가 겨우 드나들게 틈을 내고, 따로 문짝 모양으로 만들어 막았으니, 높이 반 길이요, 넓이가 한 자 남짓하였다. 그 위에 필묵과 산판算板과 발기件記[28]를 놓아두고 흥정하는 사람이 오면 그 밖에 서고 주인은 물건을 내려 그 위에 놓고 값을 매기고, 주판을 두드리며 장부에 기록하였다. 밖으로는 반등板凳(긴 나무 걸상) 서넛을 놓았으니, 하나에 서너 사람이 앉을 만하였다. 흥정하는 사람과 쉬는 행인이 앉을 수 있도록 한 것이다. 반등에 앉아 두루 살펴보니 사방 벽에다 모두 그림을 붙여 놓았으며 기이한 기물이 많았으나 이루 기록하지 못하였다. 내가 그림을 보고 좋다고 칭찬하니, 한 젊은 사람이 안으로 들어와서 내게 물었다.

"당신 나라에도 이런 그림이 있습니까?"

"일양一樣[29]입니다."

내가 대답하니, 그 사람이 나를 이끌고 북쪽 벽 밑에 이르러 한 그림을 가리키며 또 물었다.

"이 그림이 어떻습니까?"

내 가까이 가서 그림을 보니 모두 음란한 거동을 그린 것이다. 내 즉시 물러나 말하기를,

"당신네 풍속이 괴이합니다."

---

28 발기는 사람이나 물건의 이름을 적어 놓은 책이다.
29 '일양'은 '같다'는 뜻의 중국어다.

라고 하니, 모두 크게 웃었다.

다른 푸자(점포)에 이르니, 납으로 만든 온갖 그릇이 벌여 있고 두어 장인이 바야흐로 온갖 연장을 가지고 그릇을 만드니, 일하는 모양이 전일專─하고 근검하여 우리나라 사람이 들어갔으나 거들떠보는 일이 없었다. 엄동嚴冬이로되 겹것[30]을 입고 땀을 흘리니, 중국 사람의 성실한 풍습이 실로 기특하였다.

한 음식 파는 푸자로 들어가니, 문을 들어 더운 김과 연기가 가득하여 지척을 분변치 못하였다. 구석에 조용한 곳을 골라 앉아서 보니, 안이 넓어 이삼십 칸이나 되었다. 줄줄이 탁자와 반등을 무수히 놓고, 문 옆에 젊은 사내가 칼과 온갖 그릇을 가지고 음식을 만드는데 손을 신속히 놀려 미처 살필 수가 없었다. '허로餄餎'[31]라 하는 것은 국수 모양이요, '분탕粉湯'(밀푸러기)이라 하는 것은 수면 모양이며, '변시匾食'[32]라 하는 것은 만두 모양이니 다 제육국을 만들고 마늘과 초를 넣어 양념한 것이다. 장궤지掌櫃的[33]를 부르니 장궤지라는 것은 술막 중놈[34] 같은 것이다. 한 사람이 차관을 들고 앞에 와 물었다.

"무엇을 드시겠습니까?"

내가,

"아무거나 요기할 것을 바삐 가져오너라."

라 하니, 장궤지가 알겠다고 하고 가더니 접시에 탕보보糖餑餑 서넛을 가져왔다. 하나를 들어 보니 우리나라 상화떡[35] 모양이다. 떼어서 맛을

---

30 겹것은 솜을 넣지 않고 거죽과 안을 맞붙여 지은 옷을 말한다.

31 허로는 메밀가루나 수수가루로 만든 틀국수다.

32 변시는 원나라 때의 몽골어로, 물만두를 말한다.

33 장궤지는 손금고를 지키는 주인장이란 뜻의 중국어다.

34 술막은 주막을 이르며, 중놈은 곧 중노미로 음식점이나 여관에서 허드렛일을 하는 사람을 말한다.

35 상화떡은 밀가루를 누룩이나 막걸리 따위로 반죽하여 부풀려 꿀팥으로 만든 소를 넣고 빚어 시루에 찐 떡이다.

보니 속에 설탕을 넣어 족히 먹을 만하였다. 이윽고 허로 한 그릇을 갖다 주니 입에 맞지 않았으나 그럭저럭 먹을 만하였다. 그러나 국이 심히 느끼하여 많이 먹지 못하고 평중은 전혀 먹지 못하였다. 탁자마다 필통 같은 것을 놓고 주홍 나무젓가락을 많이 넣어 두어 음식 먹는 사람이 임의로 빼서 먹게 하였다. 덕유가 내 수저를 가지고 있다가 내어 놓으려고 하였으나, 물리치고 그 젓가락 한 쌍을 내어 먹었다. 다 먹은 후에 소전으로 값을 헤아려 주니, 허로 한 그릇이 육칠 푼 하고, 보보 하나에 두서 푼을 받았다. 한 노인이 앞에서 옷을 벗고 낯을 씻고 있는데 팔목에 백통 고리를 끼웠거늘, 그 곡절을 물으니 무엇이라 하였으나 알아듣지 못하였다. 음식 사 먹는 사람이 줄을 지어 들어오니, 혹 글을 아는 이가 있는지 헤아려 말을 물었으나 다 무식한 인물이었다. 숙소로 돌아오니 일행이 행차를 떠나려고 하며 내가 돌아오기를 기다리고 있었다. 계부께서 너무 지체함을 걱정하시며 이르시기를,

"예서부터 밥 먹기를 잊고 저리 마음대로 다니니 북경에 가면 어찌하리오?"

하시니, 상사 부사께서 모두 크게 웃으셨다. 주인 아이가 또 들어왔거늘, 밥상에 상추를 주니 받아서 다른 아이를 주는데, 불편하게 여기는 기색이었다. 그 아이 아비가 들어와 섰거늘 부사께서 하인을 시켜 이르기를,

"그대 아들이 매우 영리하니 내 돌아갈 때 황제께 여쭙고 데려가겠네."

하였다. 그 사람이 크게 웃으며,

"그리 하십시오."

하며 매우 사랑스러워 하는[36] 기색이 있었다.

이날은 수레를 일행 중 병든 자에게 빌려주고 말을 타고 갔다. 사행

---

36 원문은 '두굿기는'이다. '두굿기다'는 '사랑스러워하다'의 옛말이다.

체마替馬하는 곳에 이르니 일행이 다 말에서 내려 쉬었다. 길가 전방 위에 한 표피 갖옷을 입고 은근히 앉은 자가 있었다. 머리에 금 징자를 달았고, 오른쪽 엄지손가락에 노각 깍지를 꼈으니, 호반 벼슬인가 싶었다. 징자頂子라는 것은 마래기 위에 주홍실 영자纓子를 덮고 영자 위에 따로 박은 것으로, 이것으로 품수를 정하는 것이니, 금 징자는 그 중 낮은 품이다.[37] 그 모양은 우리나라 놋그릇 꼭지 같았다. 뒤따르는 수삼 인이 모두 문 밖에서 행차를 구경하는데 그 중 하나가 적이 우아한 모양이 있어 나아가 물었다.

"저기 앉은 노야께서는 무슨 벼슬을 하십니까?"

그가 대답하기를,

"심양방어瀋陽防禦 벼슬입니다. 지금 봉성에 공무로 가는 중입니다." 하였다. 이어 서로 이름과 나이를 묻고 내 벼슬을 물었다. 내 공작우를 가리키며 '사史'라고 하니 동행한 역관들이 듣고 웃었다. 이윽고 징자 단 관원이 말을 타고 그 사람이 또한 따라가려고 하는데 내가,

"우리 인연이 있습니다. 돌아올 때 다시 모입시다." 하니, 그 사람이 듣고 크게 기뻐 감격하는 사색을 이기지 못하고 말을 탈 때 말채를 들어 섭섭한 뜻을 뵈고 가니, 중국 인품의 넉넉하기가 종시 우리나라와 달랐다.

솔참에 이르렀다. 이곳을 혹 '설이장'이라 하니 당태종의 장수 설인귀薛仁貴가 이 땅에서 났다 하였다.

---

[37] 청나라는 관리의 품계에 따라 징자 모양을 달리 하였는데, 옹정雍正 8년(1730) 새로 고친 징자제도에 의하면 1품 벼슬은 밝은 홍색 유리亮紅頂, 2품은 어두운 홍색 유리涅紅頂, 3품은 밝은 남색 유리亮藍頂, 4품은 어두운 남색 유리涅藍頂, 5품은 밝은 백색 유리亮白頂, 6품은 어두운 백색 유리涅白頂, 7품 이하는 똑같이 금색 징자素金頂를 달게 했다.

12월 초2일 솔참에서 출발하여
초4일 감수참에 이르다

이날은 일찍 떠났다. 수레를 재촉하였으나 왕가 나이가 어려 잠을 심히 겨워하고, 또 겁이 없는 인물이라 여러 번 꾸짖어도 요동치 아니하니 통분하였다. 수레 안이 낮아 전립 징자가 많이 상하였거늘 이날부터 수레에 들어갈 때면 벗어 덕유를 씌우고 감투와 휘양揮項(방한용 모자)만 쓰니 역관들도 수레 타는 이는 다 이와 같이 하였다. 왕가는 말을 매우 급히 하여 알아듣기 어려웠으나, 글을 약간 알아 모르는 말은 손바닥에 쓰고 매번 천천히 하라 하였다. 또 수레 타고 길을 나서면 길가에 보이는 것과 제 몸의 의복 이름을 묻고 우리나라 우스운 이야기를 중국어로 옮겨 말하면 왕가가 듣고 매우 좋아하고 저 또한 혹 우스운 말과 중국어의 좋은 문자를 이르니, 이로써 여행의 괴로움을 많이 잊을 수 있었다.

덕유는 내가 타는 역마 뒤에 빈 말로 오는지라 다리 쉬기를 청하고 다른 역관의 마두도 제 관원이 수레를 타면 다 말을 얻어 타는지라 마지못해 허락하여 태웠다. 이에 역관들이 수레 위에서 담배 붙이기 등 소소한 심부름을 다 왕가를 시키니 자연 얼굴이 익어 허물이 없었다.

제 혹 졸릴 때면 말채를 나에게 맡겨 '라오예老爺 말을 보십시오' 하고, 내 무릎을 베고 누우니 이리 하는 거동이 극히 우습고 먼 길에 또한 소일할 도리가 되었다. 나 또한 졸릴 적이 많으니, 만일 잠을 든다면 병이 나기 쉽고, 머리를 자주 다쳐 크게 상하고 놀랄 적이 많았는데 매번 잠이 오면 왕가를 시켜 무슨 말을 하라 하면 왕가는 할 말이 없다고 하고는 왕왕 괴로이 여길 때가 많았다.

대장령大長嶺, 소장령小長嶺 두 고개를 넘으니 길은 그리 좁지 아니하였으나 빙판이 심히 미끄러워 말이 자주 엎더졌는데, 이럴 때면 왕가가 말을 때리며 욕을 하는 거동이 우리나라 말 부리는 자의 말씨와 다름이 없었다. 험한 곳을 만나 내려서 걸으려 하면, 왕가는 매번 말리면서 불안해하였다.

아침 길에 죽을 먹으면 혹 배도 고프고 추워 어려운 때가 많아 연이어 전방에 들어 음식을 사 먹고 왕가와 덕유와 역마부도 함께 사 먹이는데, 왕가는 이 음식이 나쁘면 제 돈을 내어 다시 사 먹었다. 팔도하八渡河에서 조반을 먹으니 조반하는 곳에 주방의 밥 한 그릇을 값을 주고 왕가를 찾아 함께 먹였다. 그 나머지 조석 밥과 말 먹이는 다 제 자비로 하게 하니 이는 요사이에 정한 전례라 하였다. 왕가는 우리나라 밥을 특별히 좋아하여, 아침에 먹고 남은 흰죽이 있으면 덕유가 왕가와 함께 나누어 먹었는데, 만일 못 얻어먹는 날이면 씩씩거리며 화를 내었다. 주인의 집에 톱과 대패가 있으니 다 우리나라 장인이 쓰는 것과 같고, 세 길 남짓한 나무에 삼지창을 맞추어 세웠거늘, 물으니 고기 잡는 연장이라 하였다. 낮참에는 삼사행이 다 한 캉에 앉으니, 방값을 돌아가며 내었다. 방값은 대개 부채와 종이로 주었는데, 주인이 혹 사나우면 하인과 다툴 적이 많았다. 사행이 숙소를 정한 곳 옆방에 비장裨將들이 숙소를 정하여 나도 함께 앉으니, 다른 비장들이 아주 불안해하였다. 내가 이르길,

"우리가 만 리를 동행하고 하물며 다 같은 비장이니 소소한 체면을

어이 허물하겠는가? 서로 마음을 놓고 함께 누워 쉬면 내 마음도 편안하겠네."

하니, 모두 웃으며 그리하자고 하였으나, 속으로는 종시 괴로이 여기는 기색이다. 우리가 앉은 곳 맞은편 캉에 여인네 너덧이 앉아 있었다. 의복이 비록 선명하지 못하나 머리에 가화假花를 무수히 꽂았고, 얼굴에 분을 많이 바른 채 화로에 둘러 앉아 불을 쬐었다. 그 중 두어 여인은 어린 자식을 안고 있었다. 발이 크고 귀에 작은 쇠고리를 꿰었는데 아마도 만주 여인인가 싶었다.

식후에 길을 떠나니 바람이 심히 차가웠다. 수레 문을 드리우고 가다가 한 가게가 있어 수레를 내려 들어갔다. 열 명 남짓한 사람들이 서로 화로에 손을 쬐며 앉아 있는데 모양이 모두 추악하고 사나워 내가 들어가도 맞이하여 인사하는 일이 없고, 서로 보며 웃으니 심히 괴로웠다. 이미 들어왔으니 마지못해 캉에 올라 앉아 담배를 피우니 두어 명이 대를 가지고 와 담배를 달라 하거늘, 덕유를 불러 각각 한 대씩 주게 했다. 그 중 한 소년이 모양이 적이 조촐하고 마래기에 푸른 구슬을 달고 있어 무슨 벼슬이 있느냐고 물으니 소년이 크게 웃으며 있다고 하였다. 내 다시,

"무슨 벼슬이냐?"

물으니, 제 동료를 돌아보며 웃으며,

"무슨 벼슬이 있겠습니까."

하며, 오히려 내 징자를 가리키며 묻기를,

"그대는 무슨 벼슬입니까?"

물으니, 내 또한 웃으며 말하기를,

"네 벼슬만 한 벼슬이니라."

하니, 소년이 웃고 내 전립을 붙들며,

"징자를 보고 싶습니다."

하였다. 내 벗어서 땅에 놓고 보라 하였다. 소년이 제 머리에 쓰고 두

루 보며 크게 웃었다. 역마부는 북도北道[38] 역졸이라, 의복이 더럽고 다 떨어진 전립을 썼으니, 여러 놈들이 들어옴을 보고 다 웃으며 좀놈이라 하거늘, 내 기롱하여 말하기를,

"제 비록 가난한 사람이나 지혜 많고, 힘이 100여 명을 당하니, 사람을 어찌 인상으로 의논하느냐?"

하니, 다 웃으며 말하기를,

"내 믿지 않겠습니다."

하였다. 왕가 문 밖에서 들어오지 아니하고 불평하는 기색이 있거늘, 여러 번 불러 들어오라 하여, 그 까닭을 물으니,

"말씀드릴 것이 있어도 길에서 이르겠습니다."

하고, 가기를 재촉하였다. 드디어 문을 나서 수레에 앉은 뒤 다시 물으니 왕가가 아뢰길,

"전방이 극히 더럽고 거기 앉은 놈이 다 도적 같은 더러운 인물입니다. 노야께서 어찌 오래 앉아 계실만한 곳이라 하겠습니까?"

하였다.

통원보通遠堡의 숙소에 이르렀다. 주인에게 생리를 물으니,

"밭이 11경頃이 있어 지난해 수수와 조를 30석을 거두었으나 금년은 여름에 큰물이 여러 번 져서 농사를 망쳐 겨우 열 섬을 하였습니다."

하였다. 무명 잣는 물레를 보니 우리나라 제도와 대체로 같으나, 제작이 극히 정밀하여 기물답고, 쇠가락이 크기 붓대만 하고 길이 거의 한 자 정도 되었다.

초3일 초하구草河口에서 점심을 먹고 여러 고개를 넘었는데 길이 매우 사나웠다. 길에서 왕가와 말을 주고받았다.

"내 어제 주인에게 들으니 근래 농사가 참흉이라 하는데, 네 집 농

---

38 북도는 경기도 북쪽에 있는 도道인 황해도, 평안도, 함경도를 이른다.

입관 전 누르하치와 팔기군의 모습을 그린 벽화. 허투아라 만주족 민속촌에 있다.

사는 어떠하냐?"

"밭 수십 경이 있어 지난해 오류백 석을 타작하였으나, 올해는 100 석도 못하였습니다. 이러니 여러 식구가 살기 어려워졌습니다."

"너희 이곳 사람이 세 가지 명색이 있으니, 백성과 한군과 만주이다. 너는 무엇이냐?"

"한군漢軍 정홍기正紅旗입니다."

한군이라 하는 명색은 오랑캐가 북경을 통일하기 전에 항복하여 군사가 된 것의 자손이고, 정홍기라 하는 말은 오랑캐 군법이 팔기八旗로 이름을 정하여 천하의 군사를 나누어 붙인 것 가운데 하나였으니, 팔기는 다음과 같다.

> 정홍기正紅旗 양황기鑲黃旗 정황기正黃旗 양홍기鑲紅旗
>
> 정람기正藍旗 양람기鑲藍旗 정백기正白旗 양백기鑲白旗

이 여덟 중에 정황, 양황, 정홍 세 기를 상삼기上三旗라 하여 그 중에 귀히 여기는 것이니, 황제와 친왕 종실은 다 정황기에 들고, 그 나머지 만주와 한군 두 명색은 다 각각 팔기에 붙여 남정네가 나면 우리나라 군정 박듯이 각각 기를 정하여 붙이니, 그 중 군사에 뽑히면 한 해에 은 20냥을 먹되 말과 군장을 다 자비로 하는 고로 어려워하는 기색이 많다. 만주라 하는 것은 근본 오랑캐 자손이요, 백성은 한족을 말하니, 한군도 또한 한족 사람이로되 먼저 항복하여 군사가 된 연유로, 한인과 달리 하여 팔기에 속하게 했다.

연산관連山關 숙소에 이르러 밤이 깊어 자고자 하더니, 성번이 바삐 와 이르길,

"숙소 뒤에 가야금 소리가 나는 것이 들음직 하니 불러서 들어 보면 좋겠습니다."

하였다. 계부께서 들으시고 마두로 하여금 불러오라 하시니, 즉시 청하여 왔다. 캉에 올려 앉히니 키가 매우 크고 인물이 의젓하였다. 소년 하나를 악기를 들리고 데려왔으니, 그 성을 먼저 물으니,

"악가岳哥입니다."

하였다. 어디 사람이냐고 물으니,

"산서 사람입니다. 팔 것을 가지고 이곳에 온 지 3년이 되었습니다."

하였다. 그 악기를 보니 둥근 통으로 만들고 앞뒤에 큰 뱀 가죽으로 메우고, 그 위에 검은 나무로 두 자 남짓 한 주대를 세우고 줄 넷을 매었으니, 이름은 현자絃子라 하는 것이었다. 내 이르길,

"이 뱀 가죽이 매우 큰데 어디든지 있습니까?"

하니, 악가가 이르길,

"운남雲南 땅에서 나는 뱀 가죽입니다. 다른 데는 없습니다."

하였다. 운남은 북경에서도 만여 리 떨어진 땅이다. 내가 가죽만 보아도 무섭다고 하니 악가가 크게 웃었다. 그 소리를 듣고 싶다고 하니, 악가는 즉시 허락하고 어려워하는 기색이 없이 줄을 고르고 노래를 부르며 손으로 현자를 타 맞추니, 네 번을 다른 곡조를 하여 물으니,

"춘하추동 사계절 노래입니다."

하였다. 격조는 비록 우리나라와 다르나 또한 들을 만하고, 또 다른 악기를 가져왔으니, 이름은 호금胡琴이다. 우리나라 해금奚琴 모양이지만 줄이 넷이다. 데려온 소년의 성이 정가鄭哥라 하거늘, 내 건량관에게 이르길,

"만리타국에서 동성同姓을 얻으니 가히 반갑겠구나."

하였다. 건량관이 듣고 부끄러워하니 우스웠다. 악가는 인물이 극히 소탈하였다. 계부께서 건량관을 시켜 무슨 말을 해보라 하시니, 건량관이 악가에게 말하기를,

"우리가 처음 보아도 큰 연분이요, 또 잠깐 사이라도 정분이 있으니, 서로 기롱함이 있어도 허물치 마십시오."

하니, 악가 고개를 끄덕이며 옳다고 하였다.

건량관이 말하기를,

"가족을 만 리에 이별하고 이곳에 온 지 3년이 넘었으니, 밤이 깊고 홀로 잘 때면 필연코 무슨 생각이 있을 것이니, 어찌 민망치 아니하겠습니까."

악가가 무릎을 치며 크게 웃으며 말하길,

"민망하여도 하릴없습니다."

하였다. 내가 묻기를,

"우리나라 거문고를 보시렵니까?"

하니 악가가,

"가져온 것이 있으면 보고자 합니다."

하였다. 두어 곡조를 타고 건량관으로 노래를 부르게 하니, 악가 겉으로는 좋다고 하나, 무미하게 여기는 기색이고, 다시 제양制樣을 자세히 보고 말하기를,

"내겐 쓸 데가 없습니다."

하였다. 약과와 잣박산을 내어 먹으라 하니, 여러 번 감사하다 하고

종이에 싸 갔다. 닭이 울 때 여차하여 보냈다.

초4일 아침에 일어나니 악가가 와서 말하기를,

"어제 밤 대인께서 음식을 주시고 대접을 관곡히 하시니, 제가 술과 고기를 드려 사례코자 합니다."

하였다. 건량관이 말하기를,

"술은 금령이 있어 드리지 못하고, 고기는 대인께서 즐기지 아니하십니다."

하였다. 악가가 말하기를,

"그러면 하릴없거니와 내 몸에 병이 있어 청심원을 얻고자 합니다."

하고 돌아가더니, 부사께서 악가의 말을 듣고 불러서 앉히고 사람을 보내어 나를 청하거늘, 즉시 갔다. 악가가 바야흐로 캉에 앉아 노래를 부르며 현자를 타는데 대강하고 서두르는 기색이 있었다. 돌아와 밥을 먹은 후에 계부께 악가의 말을 사뢰고 청심원 하나를 얻어 가지고 악가의 푸자로 갔다. 네댓 명이 함께 앉아 밥을 먹다가, 내 들어가니 맞이하여 캉에 앉으라 하고 차를 내어 왔다. 현자 한 곡조를 다시 듣고자 하니, 악가가 말하길,

"지금 일이 있어 통원보에 다니러 가니 돌아오실 때 다시 들으십시오."

하고 말안장을 들고 문을 나서려 하였다. 내가 청심원을 주고 이르길,

"이는 대인이 그대를 주시는 것이니 상품입니다. 우리 임금께서도 친히 잡숫는 것입니다."

하니, 악가가 받고는 감사하다고 하고 즉시 말을 타고 갔다.

숙소에 돌아와 길을 떠나 회령령會寧嶺을 넘었다. 큰 재는 높고 수레가 통하기 어려워 10리를 돌아 작은 재로 넘어갔다. 재 밑에 한 전방에 들어 변시扁食를 사 먹으니 수레 탄 역관들이 여럿이 들어와 더러는 음식을 사 먹는 이도 있으나, 아무리 굶주려도 그 음식을 차마 먹지 못하는 이도 있었다. 캉 위에 10여 명이 앉았는데 거동이 심히 호한하거늘,

물으니 다 희자戱子들이다. 희자는 우리나라 산대놀이 하는 광대와 같다. 벽에 악기를 걸었거늘 그 소리를 들어보고자 하니, 여러 사람이 나뉘어 각각 부른다. 나팔과 태평소는 우리나라 제도와 같고, 피리 소리는 매우 맑고 높으니 듣기가 좋았다. 그 중 한 사람이 물었다.

"노야께 여별 망건이 있거든 파는 것이 어떠합니까?"

내가 없다고 하고, 무엇에 쓰고자 하는지 물으니, 희자놀이할 때 쓴다고 하였다. 저녁 때 감수참甜水站[39]에 이르렀다.

---

[39] 대개는 첨수참으로 읽지만, 여기서는 원문을 존중하여 그대로 표기하였다. 감수참으로 읽은 또 다른 예는 권근權近의 『봉사록奉使錄』 가운데 「過㶚水站 有百戶王禮設酒」라는 시에 보이는데, 음은 같지만 한자가 다르다.

12월 초5일 낭자산에서 자다

아침 죽을 먹은 후에 덕유가 남은 죽을 왕가에게 주었더니 식기 뚜껑을 잃어버렸다. 덕유가 주인에게 도적이라고 욕을 하며 얻어 내라고 하니, 주인이 우리나라 짐을 맡아서 싣는 사람이라 극히 무안하여 추후에 아무쪼록 얻어 보내겠다고 하였다. 왕가 또한 제 탓이라 하여 낯을 붉히고 부끄러워 사죄하며 낯이 없다고 하거늘, 내가 그리 말라 여러 번 말하니 감사하다고 하였다. 길을 나서니 영송관迎送官과 배행통관陪行通官이 다 수레를 타고 앞뒤에 함께 가더니, 청석령靑石嶺을 넘을 때는 모두 수레를 내려 걸어서 넘고 재 아래에 이르러서는 배행통관이 역관 둘과 함께 앉았다. 인물이 의젓하고 선두른[40] 휘양을 마래기 위에 썼으니, 북경에는 휘양 쓰는 법이 없으나 이는 조선 사람의 거동을 배운 것이다.

낭자산 숙소에 이르렀다. 여기서 왕가의 집이 수 리 떨어져 있다. 왕가는 길에서부터 제 집으로 가기를 청하니, 다시 의논하여 정하겠

---

40 '선두르다'는 물건의 가장자리에 무엇을 그리거나 둘러서 꾸민다는 말이다.

다고 하는데, 수레 앞에서 한 사람이 창황히 웃으며 내 손을 잡아 '편히 오셨습니까?' 하여, '편히 왔습니다' 하고는, 덕유에게 그가 누구인 줄 물어보라고 하였다. 이때 왕가가 수레에서 내려서니, 덕유가 이 사람이 누구냐고 물으니 왕가가

"제 부친입니다."

하였다. 덕유가 웃으며 말하기를,

"그러하면 어이 즉시 이르지 아니하느냐?"

하였다. 내 왕가의 아비에게 이르기를,

"그대 아들이 추운 길에 나를 위하여 수고가 많습니다."

하니, 왕가의 아비가 말하기를,

"무슨 수고입니까. 궁자께서 사랑하고 보살핀 덕이 적지 않습니다."

하고, 덕유에게 묻기를,

"노야께서는 몇 번째 중국에 오십니까?"

하니, 덕유가 이번이 첫 번째라고 하였다. 큰 왕가가 제 아들을 돌아보고 말하기를,

"첫 길에 능히 중국말을 하시더냐?"

물으니, 왕가가

"능히 하십니다."

하니, 큰 왕가는 머리를 흔들고 믿지 않는 기색이었다. 다시 내 손을 잡으며 이르기를,

"오늘밤 부디 제 집으로 갑시다."

하거늘, 내가

"숙소에 이르러 다시 의논해야 합니다."

하였다. 그러자 왕가는 다시 뵙겠다고 하고 먼저 총총히 갔다. 수레를 내려서니 왕가는 계부 앞에 가 허리를 굽혀 우리나라 법으로 절을 하고 궁자를 청하여 제 집으로 가겠다고 하였다. 건량관과 하인들을 불러 가부를 물으니, 모두 이르기를,

"왕가의 집이 매우 좋고, 전부터 조선 사람의 식성을 알아 음식 대접을 극진히 하니, 가는 것이 해롭지 않습니다. 또 저희 풍속이 조선 사람을 특별히 귀하게 여기는 고로 부디 여럿을 청하여 가고자 하고, 하물며 궁자는 더 존중한다 하여, 한번 제 집에 이르면 큰 생색이 되니 아니 가지 못할 것입니다."

하였다. 해서 계부께 여쭙고 가기로 결정하였으니, 왕가의 아비가 들어와 캉에 앉아서 간청하거늘 내 가기로 허락하니 크게 기뻐하였다.

드디어 다시 수레에 올라 큰 내를 건너 수 리를 가니, 수풀 사이에 큰 마을이 있고, 그 가운데 왕가의 집이 있다. 안팎을 다 기와로 이었고 제양이 매우 화려하니, 지은 지 10년이 안 된 듯하였다. 문 앞에 이르러 큰 왕가가 노새를 타고 손에 큰 병을 들고 문 안에 들어온 뒤, 즉시 노새를 내려 창황히 들어가니 술을 사 오는 모양이다. 중문을 드니 문 안으로 널판장을 세워 문을 막고 좌우로 사람이 다니게 하였으니, 다 벽돌로 길을 높게 쌓고 가운데는 잔돌을 깔고 꽃무늬 모양으로 회를 섞어 메웠으니 매우 공교하였다. 내당에 이르니 소복素服한 늙은 여인이 내밀어 보고 창황히 피하니, 왕가의 어미인가 싶었다. 동쪽 작은 문을 드니 너르기 10여 칸이요, 사방 벽에 서화를 붙이고 늘어놓은 집물이 극히 사치하였다. 캉은 길이가 다섯 칸이고, 그 위에 검은 담요 한 장을 펼쳐 깔았는데 그 두께가 거의 한 치나 되었다. 캉에 올라 앉았는데 그 앞에 교의 대여섯을 놓고 사람 하나가 앉았거늘, 물으니,

"나도 손님이니 주인의 외삼촌입니다."

하였다. 한 아이가 차를 들고 들어와 권하거늘, 차를 받으며 물으니, 문거文擧의 아우라고 하였다. 이름은 운현이요, 나이 열세 살이니, 매우 영리하거늘, 손을 잡아 캉에 올려 앉히고, 글 읽은 수를 물으니 시방 『시전詩傳』을 읽고 있다고 하였다. 차 그릇에 뚜껑을 덮어 놓았는데 이를 벗기고 마시니 찻잎이 위에 떠 있어 모두 입으로 들어갔다. 운현이 보고 그릇을 달라 하여 뚜껑을 덮고 그 틈으로 조금 마셔 보이며

이르기를,

"이렇게 하는 것입니다."

하였다. 그대로 뚜껑을 덮고 마시니, 찻잎이 잎에 들어가지 않고 차도 쉽게 식지 않아 매우 알맞았다. 자리를 정하매 수역首譯 김봉서 또한 왕가의 수레를 탔는지라, 다른 역관 하나를 데리고 들어오거늘, 캉에 함께 앉으니 주인이 탁자를 들여놓았다. 수역이 이르기를,

"우리 둘은 한 탁자에서 먹겠으니, 궁자께는 딴 탁자에 놓아 주시오" 하니, 주인이 알겠다고 하고는 즉시 다른 탁자를 내 앞에 놓아 먼저 젓가락 한 쌍을 각각 놓고, 이어서 장 담은 종지와 배추 짠 김치를 담은 접시와 우리나라 무장아찌 같은 것을 초에 띄워 각각 접시에 담아 놓았다. 또 큰 대접들을 가운데 놓고 여러 가지 과실을 차례로 들여다가 그 위에 놓고는, 하나를 놓은 후에 먹고 난 후에야 다른 것을 들이니, 과실은 준시蹲柹(납작하게 말린 감), 건포도, 민강귤, 병도토리 등등 일여덟 가지요, 작은 중배끼(유밀과의 하나) 같은 것과 설탕 넣은 작은 떡이 여러 가지니 다 향기로워 먹음직한 음식들이었다. 그 중 흰 엿은 요동에서 파는 것이니, 우리나라 엿가래 같이 희기 눈빛 같고, 입에 넣으니 매우 달고 연하여, 씹히는 듯 녹는 듯하니, 드문 음식이었다. 준시는 이곳에 곶감이 없어 다 준시 모양이나, 살이 없고 맛이 좋지 못하였다.

과실을 다 먹은 후에 여러 가지 나물을 다 각각 접시에 담아 차려 놓고, 열구자탕悅口子湯을 그릇째 숯불을 피워 가운데 들여놓고 작은 구기ㅅ를 놓았으니, 국을 떠먹게 한 것이다. 뒤이어 제육국과 생치(꿩) 닭을 굽거나 삶아서 연달아 들여오는데 다 뜨거운 것을 갖다 놓으니 양이 있으면 많이 먹을 것이요, 제육과 열구자탕은 맛이 심심해 우리나라 음식에 비하지 못하였으나, 먹을 길이 없어 한두 조각씩 맛만 볼 따름이었다. 나중에 밥을 들여놓으니 조그만 보아(보시기)에 담아 들이고, 제육국에 말아 먹으면 매우 좋다 하였다. 가져오라 하여 먹어 보

니, 산도山稻(밭벼) 쌀로 지은 밥이라 맛이 다르고, 여러 음식을 먹은 끝이라 많이 먹지 못하였다. 한 보아를 겨우 먹고 탁자를 물려 하인들을 먹으라 하니, 큰 왕가 들어와 수역에게 말하기를,

"음식이 기름지지 못하여 궁자께서 다만 맛만 보고 많이 드시지 않으니 극히 부끄럽습니다."

하였다. 납으로 만든 촛대에 육촉肉燭을 켰으니, 초 길이는 세 치는 되고, 몸피는 큰 칼자루만 한데, 아래는 가늘게 만들고 위를 크게 하였으니 눈빛 같이 매우 희고, 속이 먼저 녹고 가는 더디게 녹아 기름이 밖으로 흐르지 않고 아주 맑았다. 이는 온갖 짐승의 기름을 모아 만든 것이라 하였다.

왕가 아비의 삼촌이 안날(바로 전날) 죽었다고 하였다. 큰 왕가도 흰 띠를 쓰고, 여인의 소복도 상복을 입은 것이었다. 죽은 사람은 수역과 친했던지라 무명 한 필을 보내어 부의賻儀하노라 하니, 그 아들인 여남은 살 먹은 아이가 들어와 캉 아래에 엎드려 절하였다. 수역이 손을 잡고 위로하니, 그 아이는 흰 마래기를 쓰고 흰 띠를 썼다. 수역이 고기 한 그릇을 주며 먹으라 하거늘, 내가 말하기를,

"아무리 어린 것인들 제 아비 죽어 입관을 못 하였다 하니, 어찌 고기를 권하겠소."

하니, 수역이 말하기를,

"저런 것을 어이 예법으로 문책하겠습니까."

하였다. 그 아이 또한 예사로이 먹으니 과연 오랑캐의 풍속이다. 수역이 이르길,

"죽은 사람의 큰 아들을 책문에서 보니, 제 아비가 세 아들에게 각각 은 삼천 냥씩 나누어 주고 맏이를 더 주지 않아, 내게 부디 더 주도록 권하여 달라 하니, 이놈들의 인사人事를 가히 알 수 있었습니다."

하고 크게 웃었다. 그 아이에게 제 형에게 부고했는지 물으니 큰 왕가가 대답하길,

"곧 돌아올 것이라 알리지 않았습니다."

하니 그 무식함이 이러하였다. 내 운현을 불러 제 읽은 책을 가져오라 하니, 장문을 열고 『시전』을 한 권을 가져오거늘, 캉 위에 올려 앉히고 읽으라고 하니, 두어 장을 읽었지만, 그 뜻을 물으면 다 모른다고 하였다. 붉은 아승두[41] 하나를 내어 주며 말하길,

"네 글을 읽으니 내 기특하게 여겨 부채를 상으로 주는 것이니 네 가지고, 부디 글을 부지런히 하여라."

하니, 운현이,

"편치 않습니다."

하였다. 어디서 경쇠 치는 소리가 나거늘 왕가를 불러 물으니, 집 뒤에 절이 있으니 이름은 계명사鷄鳴寺라 하였다. 이곳에서 땅을 파다가 돌 하나를 얻었는데, 닭 모양으로 생긴 것이라 절을 짓고 부처와 같이 모셨다 한다.

---

41 아승두는 승려의 머리처럼 둘레가 둥근 부채를 말한다.

12월 초6일 신요동에서 자다

이날은 두 참을 가는지라, 일찍 일어나니 주인이 제육국에 밥을 말아 권하였다. 청심원 세 개와 약과 다섯 닢, 백지 세 권, 별선 세 자루를 왕가를 주어 제 부모에게 드리라 하였다. 역마부가 간밤에 제육 등의 음식을 많이 먹고 설사를 무수히 하여 갈 수가 없다 하여 마지못해 제 가진 말을 타고 뒤에 천천히 오라 하였다. 큰 왕가가 제육 한 다리와 다른 음식 서넛을 가지런히 차려 가지고 계부 숙소로 드리러 갔는지라 길이 바빠 못 보고 떠났다. 문을 나와 두어 집을 지나, 한 집 안에 흰 관을 놓고 소복한 여러 여인들이 섰거늘, 왕가를 불러 물으니, 제 할아버지 집이라 하니, 어제 고기 먹던 아이 집이다. 내 이르기를,

"네 할아버지 집에 가서 곡을 하였느냐?"

왕가가 이르기를,

"어제는 밤에 들어오고 오늘은 노야께서 길을 재촉하니 어느 겨를에 가겠습니까?"

내 이르기를,

"내 길이 비록 바쁜들, 네가 인사를 차리려고 한다면 내 어찌 막겠

느냐.”

왕가 웃으며 이르기를,

“곡을 하지 않아도 괜찮습니다.”

내가 말하기를,

“네 어제 네 아비를 보고도 절하는 일이 없으니, 너희 풍속이 본래 이러하느냐?”

왕가가 말하기를,

“어이 그러하겠습니까. 우리 풍속에 길에서 절하는 일이 없어 집에 들어가 부모께 각각 팔배八拜를 합니다.”

하지만, 그 부끄러워하는 거동이 거짓말인 듯하다. 내 말하기를,

“길이 바빠 네 부친을 미처 보지 못하니, 어제 후하게 대접하던 뜻을 잊은 듯하구나.”

왕가 말하기를,

“무슨 후한 대접이라 하십니까. 노야께서 많이 드시지 못하여, 제 부모님이 다 잘못 대접하였다고 부끄러워하고, 노야께서 이리 말씀을 하시니 저 또한 낯빛이 붉어짐을 깨닫지 못하겠습니다.”

내가 말하기를,

“많이 먹지 못한 것은 내 먹는 양이 적어 주인의 후한 뜻을 받들지 못하였거니와 음식의 풍성함은 우리나라에서도 보지 못하는 것이었다.”

왕가 머리를 혼들며 말하기를,

“조롱하시는 말씀이옵니다.”

내 말하기를,

“어제 음식이 얼마나 허비되었느냐?”

왕가가 말하기를,

“큰 돼지 둘을 잡고 여러 음식에 은 10여 냥이 들었습니다.”

하였다. 10여 리를 행하여 한 전방에 내려 쉬다가 계부 행차를 기다려

뒤에 따랐다. 전방 옆에 작은 초가 집이 있고, 밖에서 보니 나귀 하나가 그 안에서 절로 돌아다니거늘, 괴이하게 여겨 문을 열어 보니 맷돌에 밀을 갈고 있었다. 맷돌의 크기는 세 아름이 넘고, 가운데에 둥근 나무를 세우고 큰 나무 한 쪽에 구멍을 뚫어 그 나무에 꿰고 다른

나귀가 맷돌가는 모양

한편에는 크고 둥근 돌을 박아 돌 밖으로 나간 나모 끝에 줄을 매어 나귀에 맸다. 바깥 줄은 길고 안쪽 줄은 짧게 하여 나귀 줄을 목에 걸고 맷돌 가를 쫓아 돌아가면 둥근 돌이 나귀와 같이 맷돌 위에서 돌아가니, 곡식을 계속해서 넣어 갈리도록 함이었다. 아이 하나가 채를 들고 구석에 앉아 나귀를 꾸짖으며 채찍질을 하고 있었다.

"하루에 가는 곡식이 얼마나 되느냐?"

내가 물으니 아이가 답하였다.

"두 섬이 됩니다."

나귀의 두 눈에 가죽을 덮어 보지 못하게 한 것을 물으니 아이가 대답하길,

"눈을 가리지 않으면 어지러워 병을 얻습니다."

하였다.

냉정冷井 중화참中火站에 이르렀다. 마을의 본래 이름은 왕보대이나, 마을 옆에 찬 우물이 있어 이로 인하여 우리나라 사람이 지은 이름이다. 숙소로 정한 집에 활 한 장이 있거늘, 내려 보니 제양이 우리나라의 큰 활 모양이요, 쇠가죽으로 시위를 하였다. 당겨 보니 세어서 작[42]

---

42 '작'은 활을 쏘기 위해 줌손으로 활의 한 가운데 줌통을 잡고 깍지손으로 활시위를 최대한 잡아당기는 동작을 이르며, 그 상태를 현재 활쏘기에서 '만작'이라 한다.

을 채우지 못할 정도였다. 주인을 불러 당겨 보라 하니, 주인은 두어 번 당기고 힘을 자랑하는 기색이 있었다. 화살을 가져오라 하니, 궤문을 열고 살 두엇을 내었는데 다 나무 살이요, 깃이 매우 넓었다. 내가 말하기를,

"당신네 활이 비록 크고 강하나 살이 나무요 깃이 넓으니, 필연 멀리 보내지 못할 것입니다."

하였다. 주인이 말하기를,

"이는 말 위에서 도적과 짐승을 쏘는 것입니다. 40보는 능히 갑니다."

하였다. 내가 말하기를,

"우리나라 활은 비록 크기는 작으나 살을 다 대나무로 만든 것이라, 한 번 쏘면 가까우면 백이삼십 보요, 멀면 혹 삼사백 보를 가니, 당신네 활과 화살은 종시 쓸 데가 없구려."

하였다. 주인이 웃으며 말하기를,

"그대 거짓말로 우리를 놀리는군요. 어찌 그리 멀리 갈 리가 있습니까."

하였다. 이 참은 구경하는 사람이 매우 많아 집 안팎을 메웠으니, 다 의복이 더럽고 말과 모양이 사나워 아주 괴로웠다. 부사께서 쌍교를 타는데 사람이 적어 메기 어려운지라, 부사께서 마두를 시켜 구경하는 사람들에게 메어 달라 하고 그 거동을 보라 하니, 두어 놈이 달려들어 메는데 어려워 여기는 기색이 없더니, 한 늙은 사람이 보고 크게 꾸짖어 메지 말라고 하니, 다 겸연쩍어 물러섰다. 내가 묻기를,

"저 사람이 좋은 뜻으로 길 가는 사람을 도와주거늘 그대가 말리고 성내어 꾸짖는 것은 무슨 곡절입니까?"

하였다. 그 사람은 대답하지 않고, 메던 사람을 여러 번 꾸짖어 나라 법을 모른다고 하였다.

10여 리를 가서 석문령石門嶺을 넘었다. 압록강을 건너서부터 이곳에

요양 백탑

이르러 다 산이 험하고 물이 많아 길과 마을이 다 산 가운데 있어 우
리나라 두멧길과 다름이 없더니, 이 재를 넘어 10여 리를 가서 뫼 어
귀를 나가니 큰 들이 하늘에 닿아 앞으로는 산을 보지 못하였다. 먼
수풀과 희미한 촌락이 구름 가운데 출몰하는 거동이 일시 경치가 좋
을 뿐 아니라, 실로 사람의 옹졸한 가슴을 통연히 헤치고 악착한 심사
를 돈연히 잊을 만하였다. 스스로 평생을 헤아리니 독 속의 자라와 우
물 안의 개구리였다. 어찌 하늘 아래 이런 큰 곳이 있는 줄 뜻하였겠
는가. 이때 비를 뿌리고 구름이 들을 덮어 비록 멀리 바라보지 못하
나, 수레에 앉았으니 은연히 한 닢 작은 배를 만경창해에 띄운 듯하
니, 과연 평생의 큰 구경이요, 장부의 쾌한 놀음이었다.

수십 리 밖에 큰 성이 있고 관부와 여염이 극히 번성하니 이는 요동성이니 그러므로 이 들을 요동들이라 일렀다. 요동성 가운데 높은 탑이 있으니 수십 리 떨어져 있으나, 오히려 공중에 솟아나 하늘을 괸 듯하니, 그 길이 수천 척尺이 되는가 싶었다. 태자하太子河를 건넜다. 이 물은 옛날 연태자燕太子가 숨었던 곳이다. 얼음이 굳게 얼어 물의 깊이를 알지 못하나 물 북쪽에 모래밭이 길게 뻗어 있다. 길 좌우에 쌓인 재목이 큰 사장을 덮었는데, 크고 작은 것을 각각 무리를 지어 쌓되, 하나도 허투루 놓은 것이 없었다. 아래는 너르고 위는 좁게 하여 무너지지 않게 하여 여러 재목이 길이 한결같았다. 양쪽 그루를 보면 100여 그루 재목이 다 한 칼로 벤 듯하니, 중국 사람의 정제하고 세밀한 규모를 가히 알 것이요, 사당 아래위 10여 리를 쌓아 그 수는 천만 그루로 헤아리지 못할 지경이었다. 그 인민의 번성함과 기구의 호대豪大함이 실로 외국이 미칠 바가 아니었다.

신요동新遼東 숙소에 이르니 날이 춥고 캉이 심히 차가워 자기 어려웠다. 하인이 주인을 여러 번 보채어 불을 더 넣으라 하니, 늙은 주인이 수숫대를 가지고 불을 붙이며 말하기를,

"불을 갓 넣었으니 조금 기다리면 따뜻해질 것인데, 주인을 못 견디게 합니다."

하였다. 내 말하기를,

"주인장이 부질없는 말을 하는구려. 만 리 길을 온 사람을 찬 방에 재워 병이 들게 하는 것이 옳습니까? 잔말 말고 바삐 불을 넣으시오."

하니, 주인이 크게 노하여 말하기를,

"불을 떼고 있는데 어찌 사람을 업신여기는 말을 합니까?"

하거늘, 내 말하기를,

"내 처음으로 이 길을 오는지라 말을 자세히 알지 못하여 실언했는가 싶으니 미안하게 되었습니다."

하니, 주인이 또한 웃고,

"무슨 허물이겠습니까."

하였다. 예서부터는 사방이 들이라 나무 벨 곳이 없으니 불 때는 것이
다만 수숫대뿐이었다. 한 움큼 값으로 은 한 돈을 주니 생업이 어려울
듯하나, 수숫대 길이 세 발 남짓 되고 한 움큼에 불과 여남은을 묶었
으니 곡식 되는 수는 우리나라에 비하면 월등히 나은가 싶었다. 주인
의 집 가운데 높은 감실 모양을 만들고 그 안에 네 화상을 걸었으니,
하나는 불상이요, 하나는 관왕이나, 둘은 알지 못하는 것이었다. 주인
을 불러 물으니, 주인이 말하길,

"하나는 우리 조상의 화상이요, 하나는 이르고 싶으나 당신이 놀라
지 않을까 합니다."
하거늘 내 말하기를,

"괜찮으니 빨리 말해 보십시오."
주인이 말하기를,

"이는 옛날 동쪽으로 당신 나라를 치던 당태종입니다."
하거늘 내 웃으며 말하였다.

"그게 무슨 놀랄 말입니까. 당태종이 치던 나라는 조선이 아닙니다.
또 당태종이 끝내 이기지 못하고 한 쪽 눈을 화살을 맞고 돌아갔으니
어찌 무서워하겠습니까?"

주인이 무식한지라 다만 머리를 끄덕일 뿐이었다. 대개 여행길에
보니 제 조상을 위한 곳은 흔치 아니하고, 관왕과 부처는 아니 위한
곳이 없었다. 화상 앞에는 가운데 향로를 놓고 좌우에 촛대를 세웠으
니 다 납으로 만든 것이다. 조석으로 향을 피우니, 향은 백단향을 갈
아 만든 것이다. 굵기는 철사 같고 길이는 두 뼘이 되는데, 끝에 불을
붙여 두세 개씩 향로에 꽂으니, 식경食頃을 불이 꺼지지 아니하나 향내
는 맹렬치 못하였다.

책문에 든 후로 숙소에 이르면 매번 주인을 불러 말을 물어 수작을
익히고, 생리와 풍속을 알고자 하였다. 그런데 두어 말을 하면 즉시
노야에게 아뢸 말이 있노라 하고 청심원을 달라 하니, 임의로 수작을

하면 아니 주지 못하여 마지못해 하나씩 주었으나, 가져간 것으로는 남을 길이 없었다. 그런고로 역졸들이 만들어 온 거짓 청심원 수백 개를 값을 주고 얻어 덕유에게 맡겨 두고 두어 개씩 수응하니, 거짓 것으로 사람을 속이는 일이 부끄러우나 저희들 또한 매년 거짓 것을 얻어도 구하기를 마다않고 혹 일러,

"당신네 청심원이 다 거짓 것이오. 우리도 그 흙 같은 것을 모르지 않소이다. 그러나 병에 먹으면 분명히 효험이 나고, 다른 사람이 얻어 달라 하는 이가 많으니, 이러하므로 비록 거짓 것이 되어도 많이 얻는 것을 좋아하오."

하였다.

12월 초7일 신요동을 떠나
초8일 심양에 이르다

 숙소 앞에 한 절이 있으니 이름은 자항사慈航寺[43]이다. 몇 해 전에 종실宗室 해흥군海興君[44]이 상사로 들어와 죽은 곳이다. 밖에서 바라보니 층층한 누각이 매우 웅장하여 아침에 들어가 보고자 하였으나, 왕가가 늦게 오고 행차가 이미 떠나시는지라 미처 들어갈 길이 없다. 동행 역관들이 모두 말하기를,

 "이 절이 밖은 비록 웅장하나 안은 퇴락하여 볼 것이 없고, 또 이런 절에는 때때로 임자 없는 주검이 있기도 하니 어찌 들어갈 수 있겠습니까?"

하였다. 마을을 지나다가 긴 담을 두르고 그 안에 수목을 많이 심어 놓은 곳이 있었으나, 집을 보지 못하였다. 왕가가 말하기를,

 "높은 벼슬을 한 사람의 무덤입니다."

하였다. 책문에 들어서부터 큰길에 좌우를 끼고 버들을 심었으나 끊

---

43 자항사를 영수사永壽寺라고도 한다.
44 해흥군은 이름이 연櫏으로, 임오년(1762)에 동지정사冬至正使로 북경에 가던 중 사망하였다.

어진 곳이 많더니, 요동서부터는 더욱 많이 심어 북경까지 끊어지지 않는다 하니, 법령이 성함을 볼 수 있다. 여름에 큰물이 져 들을 덮을 때 이 나무 사이로 표를 하여 길을 찾는다고 했다.

난니보爛泥堡에 이르러 아침밥을 먹고 떠나니, 눈이 오고 바람이 크게 일어 수레 문을 종일 막았더니 심히 답답하였다. 역관들이 제 수레를 모는 사람들에게 다 풍차風遮(방한용 두건)를 주어 쓰게 하니, 왕가 또한 풍차를 얻고자 여러 번 귀가 시리다는 말을 하였다. 내가 이르기를,

"역관들은 휘양이 여럿이어서 여벌을 씌우지만, 나는 가난한 선비라 단벌을 가졌으니 네 추위를 구할 도리가 없구나. 심양에 이르러서 좋은 마래기를 사 쓰면 값이 비싸고 싼 것은 내 헤아리지 않을 것이다."

하니, 왕가가 감사하다고 하였다.

십리포十里鋪 숙소에 이르니 마을 어귀에 관왕의 묘당이 있는데, 새로 지어 단청이 휘황하거늘, 수레를 내려 먼저 사처로 보내고 덕유를 데리고 들어가 보고자 했으나, 앞문을 잠가 놓았다. 지키는 사람을 찾으니 동쪽 집에서 한 사람이 나와 말하기를,

"구경하시려거든 이리 오십시오."

하여, 그 사람의 뒤를 따랐다. 동쪽 작은 문이 있어 들어가니, 집 제양은 비록 크지 않았지만 소상塑像과 단청丹靑을 모두 새로 고쳐 매우 볼만하였다. 가운데 관왕의 소상을 앉혔으니 키는 두 길이 넘고 얼굴에는 금칠을 하였다. 탁자 앞에 또 작은 소상 하나를 앉혔는데, 모양은 큰 소상과 다름이 없으나 길이는 한 자가 못되었다. 내가 지키는 사람에게 이르기를,

"내가 절을 하고자 하는데 어떻겠소?"

하니, 그 사람이 이렇게 말하였다.

"관왕에게 절하는 것을 뉘 그르다고 하겠습니까?"

내가 드디어 군복 차림으로 자리에 나아가 두 번 절하니, 그 사람이 탁자 앞에 나아가 채를 들어 종을 치는데, 한 번 절할 때마다 한 번

씩 치고 물러나다가 나중에는 거듭 두 번을 치고 물러났다. 좋은 탁자 위에 받쳐 놓아 땅에 닿지 않게 해 놓았다. 왼쪽에는 소상이 셋 있는 데 다 여인의 상이다. 이는 낭랑娘娘이라 일컫는 것으로, 이는 생산生産 을 맡는 신령이라고 한다. 그 중 하나가 두 손으로 사람의 눈 하나를 받들었거늘, 물으니 지키는 사람이 이르기를,

"이것은 안광眼光 낭랑입니다."

하니, 눈을 생기게 하는 귀신이라는 말인가 싶었다. 문을 나와 사처를 찾는데 한 집안에서 소고小鼓 치는 소리가 나거늘 덕유에게 물었더니, 면화 타는 소리라 했다. 들어가 보고자 하였으나, 주인이 문을 굳게 닫고 열어 주지 않았다. 덕유가 말하기를,

"심양에 가면 길가에 무수히 있으니 흔하게 볼 수 있습니다."

하거늘, 버리고 지나 상방 숙소에 이르니, 문이 크고 집이 넓어 유명 한 부잣집이라 했다. 들어가니 계부께서 또한 먼저 와 계셨다. 창호를 다 아로새겨 채색으로 메웠고 집 안의 온갖 집물들이 매우 사치하니, 강을 건넌 후에 처음이다. 주인의 나이는 쉰아홉으로, 몸이 장대하고 상이 풍후豊厚하여 과연 부유한 자의 모습이다. 세 아이가 있는데 다 부유하고, 집이 좋은 고로 둘째의 집은 부방 숙소요, 셋째의 집은 삼 방(서장관)의 숙소이다. 그 어미가 있으니 나이가 팔십이고 둘째 집에 머문다고 하였다. 집을 둘러보고 서쪽 채에 이르러 문염자를 들어 보 니, 주인의 여인들이 바야흐로 한 탁자를 놓고 밥을 먹고 있었다. 그 중에 젊은 여인도 있는데, 다 웃고 말하여 괴이하게 여기는 기색이 없 었다.

계부를 모시고 숙소로 향하여 문을 나서니 한 푸자가 있거늘, 모시 고 들어가 온갖 물화物貨를 구경하였다. 지포紙砲라 하는 것이 무수히 쌓여 있었거늘, 이는 종이를 두껍게 말아 속에 화약을 넣어 소리가 터 지게 하는 것이다. 세시歲時 때면 집집마다 무수히 놓아 귀신을 쫓는다 고 하였다. 소전 5푼을 주고 한 개를 사서 불을 놓아 그 소리를 듣고

자 하니, 주인이 향 한 가지에 불을 붙여 처마 아래에 나아가 그 통에 불을 질러 공중을 향하여 던지니, 땅에 미처 떨어지기도 전에 방포 소리 웅장히 나고, 통과 종이가 다 날리며 떨어졌다.

숙소에 이르러 주인의 노모를 청하여 오라고 하니, 이윽고 노파가 막대를 짚고 들어왔다. 계부께서 캉 위에 청하여 앉히니, 비록 늙었으나 거동이 극히 정정하고 의복수식이 모두 조촐하였으며 머리에 가화를 꽂았다. 계부 건량관을 시켜 말씀하시기를,

"나이가 많고 홀로 있으니 비록 꽃을 꽂은들 누가 곱다고 하겠습니까?"

하니, 노파가 웃으며 말하기를,

"사람은 늙어도 꽃은 늙지 아니합니다."

하였다. 그 자손 수를 물으니, 아들이 넷이고 성손이 열여섯이요, 집안에 거느린 자손이 삼사십이 되니, 진실로 유복한 노인이었다. 캉 아래에 서너 여인이 따라왔는데, 하나는 며느리이고 하나는 손부孫婦요, 또 하나는 처녀 손녀였다. 또 사내아이 두 명이 서 있으니, 하나는 손자이고 하나는 증손이었다. 계부께서 찬합을 내어 약과와 광어, 전복을 권하시니 약간 먹고 며느리에게 그릇째 주며 말하기를,

"안심치 않습니다."

하고, 손수 담배를 피워서 계부께 권하였다. 이윽히 수작하다가 노파가 내려가려 하니, 며느리가 가만히 이르기를,

"청심원을 구하세요."

하였다. 노파가 듣고 머뭇거리며 말하기를 어려워하자, 주인이 아래에 서 있다가 건량관에게 말하기를,

"어머니께서 노병이 있어 청심원을 얻고자 합니다."

하였다. 이에 계부께서 들으시고 즉시 환 하나를 내어 노파에게 주시니, 노파가 손에 쥐고 크게 기뻐하였다. 주인은 나이가 사십을 갓 넘었고 사람이 극히 양순하였다. 그 아들과 며느리가 다 내 캉으로 와서

만주족 복장을 한 여성

청심원을 구하는데, 진짜를 달라고 하여 작은 것을 주어도 받지 아니
하니 매우 괴로웠다. 그 며느리는 나이가 스물이 갓 넘은 여자로, 의
복과 수식이 아주 선명하되, 다만 눈이 크고 선량하게 보이지는 않았
다. 세 살 먹은 자식을 등에 업고 들어와 청심원을 달라고 심하게 보
채기에 내가 말하기를,

"청심원은 있으니 진짜를 하나 내주겠지만, 나 또한 청할 일이 있으
나 불안해서 못 하겠소."

하니, 그 여자가 말하였다.

"무슨 일인지요? 말씀하세요."

내가 말하기를,

"그대 머리에 꽂은 수식과 계警(쪽)의 제도를 보고 싶으나, 남녀가
다른 고로 감히 가까이서 자세히 보지 못하니 애달프구려."

하니, 그 여인이 이르기를,

"무엇이 어렵겠습니까."

하고, 자식을 제 남편에게 맡기고 머리에서 여러 가지 비녀를 다 빼어 보이고, 두 손으로 캉 앞을 짚고 머리를 내 앞으로 숙여 좌우로 돌리며 자세히 보라고 하니 매우 우스웠다.

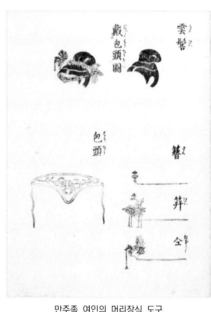

만주족 여인의 머리장식 도구
(『淸俗紀聞』, 큐슈대 도서관 소장)

계의 제도를 보니, 머리털을 사내의 상투모양으로 모아서 접은 헝겊으로 모두 매었는데, 사나이 상투보다 뒤로 한 주먹이 놓일 만큼 물려서 매고, 앞으로 한 번을 꺾어 높고 둥글게 굽혔으니 높이가 반 뼘 남짓 되었다. 위로 간 구建帩(부인의 머리꾸미개)를 붙이는 사이를 비우고 털을 넓게 다듬어 치포건緇布巾(검은색 베로 만든 수건) 모양과 거의 방불하였다. 머리를 묶은 줄기는 굽혀서 온 굽이를 한데 땋고 남은 머리털을 꼬아 그 밖으로 차차 둘러 방석을 틀듯이 하고, 작은 비녀를 여러 개 꽂아 풀어지지 않게 한 뒤, 그 위로 비단 조화 여럿을 꽂았다. 처녀의 머리 제양은 다른 것은 다 같고, 앞으로 한 치의 가르마를 갈라서 두 가닥을 좌우로 올려 모은 털을 한데 매었다. 한족 여인은 그 위에 여러 가지 관을 각각 쓰고, 혹 복건 같은 것도 썼는데, 만주 여인은 쓰지 않는가 싶었다.

북경의 무식한 말로 딸을 창다오强盜라 하는데, 이는 불한당不汗黨 같은 도적을 이르는 말이다. 그 여인이 나에게 물었다.

"노야는 창다오가 몇이나 있습니까?"

"사람의 집에 어찌 창다오를 두겠습니까?"

"노야는 그 말을 모르시는 것 같습니다. 이는 딸을 이르는 말입니다.”

“딸을 어찌하여 창다오라 합니까?”

“딸을 시집보낼 때는 의복과 집물 등의 재물을 많이 허비하게 되니, 어찌 창다오와 다름이 있겠습니까?”

그 여인이 웃으며 이렇게 말했다. 내가 말하기를,

“그러하면 나이나이奶奶도 창다오를 면치 못하였겠구려.”

하니, ‘나이나이’란 여자를 높이는 말이다. 그 여자가 웃으며 말하였다.

“창다오는 조선 사람에게 해당하는 것이고, 우리는 구냥姑娘(아가씨)이라 하고 창다오라는 말은 없습니다.”

그 여인의 성을 물으니 장가張哥라 하거늘, 내가 말하기를,

“아까 남편의 성을 물으니 장가라 했는데, 나이나이 또한 성이 장이면 동성끼리 서로 혼인할 수 있습니까?”

하니, 그 여인이 말하기를,

“성은 비록 같으나 친척이 아니면 서로 혼인할 수 있습니다. 조선은 성만 같아도 혼인을 하지 않습니까?”

하기에 내가 말하기를,

“성이 이미 같으면 당초에 한 근본이 아닌 줄 뉘 알겠습니까. 그래서 우리는 동성이면 혼인을 하지 않아요.”

하고는 청심원 하나를 내주었더니, 그 여자가 손으로 받으려 하였다. 내가 머리를 흔들어 그렇게 하지 말라 하고 땅에 놓아 집어가라 하니, 즉시 집어 제 아들의 손에 쥐어 주고 감사하다고 하며 나갔다.

초8일 일찍 길을 떠나 야리강耶里江(혼하渾河)에 이르러 순식간에 강을 건너 백탑보白塔堡에 도착하였다. 마을 동쪽에 흰 탑이 있어 7~8층이나 되는데, 날씨가 춥고 눈이 날려 가보지 못하였다.

식후에 길을 떠나 수 리를 가니, 길에 죽은 사람의 관을 실었는데, 제도가 매우 크고 붉은 칠을 하여 위에 덮은 것이 없으니, 가난한 집의 행상인가 싶었다. 관 위에 수탉 하나를 발을 매어 얹었으니, 이는

전에 들으니 멀리 가는 행상에 닭을 얹어 그 울음소리에 혼백이 깨쳐 떠나지 않게 함이라 하니, 그 의미를 모르겠다.

이즈음에 이르러서는 길에 버들이 더욱 성하고 다니는 수레와 말이 점점 많아 인물이 이따금 준수하였다. 그 중 벼슬 있는 자는 머리에 징자를 붙이고 손수 말채를 잡고 말 탄 사람 셋을 거느렸는데, 앞에 하나를 세우고 뒤에 둘을 세워 무슨 분부할 일이 있으면, 뒤에 사람이 말을 몰아 앞에 와 말을 듣고 물러나 몸을 한 번 굽히고 채를 치면 말이 네 굽을 모아 번개같이 뛰어 달리니 극히 상쾌하였다. 한 사람이 말을 타고 있는데, 일신 의복이 다 누렇고 마래기를 또한 누른 털로 만들었으니, 이는 몽고 중이다. 이름을 라마승喇嘛僧이라 하니 심양의 황제원당皇帝願堂을 지키는 중들이었다. 길가에 한 전방이 있거늘 내려서 음식을 사 먹는데 라마승 하나가 서 있었다. 전에 들으니 라마승은 아래 바지를 입지 않았다고 하거늘, 덕유로 하여금 기롱을 하다가 불의에 옷을 걷어 부치게 하니, 그 중이 크게 노하여 욕하며 달아나니, 보는 사람이 다 웃었다.

수십 리를 못 미처 세 층 성문이 표묘히 바라보이고, 성 밖으로 한 탑이 보였다. 다만 한 층이로되, 높이가 성문과 거의 같고, 위가 너르고 둥그스름하여 다른 탑 모양과 다르니, 이는 라마승들이 지키는 원당이라 하였다. 왕가에게 가 보고자 하는 뜻을 이르니 왕가가,

"이곳은 족히 볼 것이 없고, 서문 밖에 볼 만한 원당이 있으니 모레 갈 때 들어가 보시기 바랍니다."

하니, 그저 지나쳐 갈 뿐이었다. 토성에 드니 심양성 남쪽으로 별도로 토성을 쌓아서 막고, 문을 내었다. 문은 이문里門 모양이요, 극히 초라하였으나, 문 안으로 들면 길에 인물들과 좌우 저자의 번화한 모습이 붓으로 이루 형용치 못할 정도이다. 수 리를 행하여 남문에 이르니 토성부터 이 문에 이르기까지 좌우에 저자가 이어지고, 성문 밖으로 옹성을 웅장하게 쌓았으니, 그 안이 둥글어 사면으로 100여 보가 되고,

옹성 좌우에 다 문을 내어 거마를 통하게 하였으니, 성 높이는 7~8장이 되니 다 벽돌에 회를 이겨 쌓았다. 그 빛나고 단단함이 인력으로 미칠 바가 아닐 듯하였다. 성문을 드니 박석薄石에 여러 수레 구르는 소리가 우레와 같았고, 문 안이 너르기가 서너 길 막대를 두를 정도였다. 문 두께는 매우 널러, 들어가는 동안 깊고 멀어 은연히 몸이 굴 속에 들어가는 것 같으니, 그 웅장한 제도를 이로 상상할 수 있었다. 문 안을 드니 첩첩한 제택第宅이 구름에 닿을 듯하고 층층한 누각이 연기 속에 희미하니, 그 웅장한 경색이 봉성에 비하면 또한 수백 배 더하였다. 왕가를 밀어 수레 아래로 내리고, 수레 앞에 나와 앉아 좌우로 둘러보니 휘황찬란한 채색이 눈을 뜨지 못할 듯하고, 사람의 어깨가 서로 부딪히고 수레바퀴가 서로 부딪히니 사람으로 하여금 마음을 놀라게 하고, 절로 탄식이 나는 줄 깨닫지 못하였다.

이 문을 들어 100여 보를 행하여 서쪽 골목으로 들어 숙소에 이르니 집이 옹색하고 더러웠다. 계부께서 만상군관灣上軍官[45]을 결곤決棍하시고 다른 집으로 옮기니, 주인은 태학 조교 벼슬하는 사람이었다. 새 문을 들어 정당에 이르니, 집이 극히 너르고 집물이 사치하니 부잣집인가 싶었다. 수레를 내리니 날이 거의 저물었는지라, 급히 덕유를 데리고 큰길로 나가 먼저 시사를 구경하였다. 이때 덕유가 은을 가지고 돈을 바꾸려고 하여 푸자에 함께 들어갔다. 주인은 덕유가 아는 사람이라 반겨하며 여러 말을 묻고 은을 주니, 저울에 달아 경중을 보이고, 산판에 산을 두어 손가락을 한 번 둘러쳐 수를 말하고 즉시 돈을 내어 주니, 그 익숙하고 신속한 거동이 기특하였다.

네거리에 이르니 세 층 문루를 세우고 아래층에 네거리 길을 따라 성문 모양으로 둥글게 열십자 길을 통하였으니 집 높이가 성 문루와

45 만상군관은 곧 의주義州의 장교로, 삼사신의 숙소를 정하고 행중行中의 식재료를 조달하는 일 등을 맡았다.

다름이 없고, 제도와 단청은 배나 빛나니, 새로 고친 지 오래지 않아 보였다. 한 전방에 들어가니 주인이 무슨 매매 있을까 하여 반갑게 청하여 앉히고,

"무엇을 사고자 하십니까?"

하거늘, 내 말하길,

"나는 가난한 사람이라 매매할 것이 없고 다만 구경이나 하고자 합니다."

하였다. 주인이 말하길,

"무슨 구경할 것이 있겠습니까?"

하니, 내 그 문 안을 가리켜 말하기를,

"저 문을 열면 필연 구경할 것이 있을 것입니다."

하니, 주인이 웃고 일어나 들어가라 하거늘, 문을 드니 그 안에 상품을 무수히 쌓아 놓았고, 아로새긴 창이 다 기이한 무늬가 있는 나무요, 비단으로 바르고 현판을 두루 붙여 지극히 사치스럽게 하였다. 이때 주인이 차를 권하려고 하였으나, 날이 저물었는지라 바빠 못 마시겠다고 하고 문을 나서니, 큰길에는 사람이 드물고 여러 전방이 일시에 물건을 거두고 처마에 판장板墻 맞추는 소리 진동하더니, 잠깐 사이에 소리가 그치고 각방이 다 검은 판장을 세워 올 때 보던 모양과 다른 곳 같으니, 이런 예삿일이라도 우리나라 규모와 아주 달랐다.

숙소에 돌아오니 주인의 네 아들이 다 나와 보니 모두 준수하고, 아래로 둘은 미처 혼인을 못하였다. 맏이의 성을 물으니 나가羅哥라 하고, 막내의 성을 물으니 오가吳哥라 하였다. 이는 만주의 풍속이다. 둘째를 데리고 계부께서 앉으신 캉 아래 앉아 여러 말을 물으니, 북경 사람은 다 상에 걸터앉고 바짓가랑이를 좁게 만들어, 쪼그려 앉기를 잠시도 어려워 여기니, 그 못 견디어 하는 거동이 우스웠다. 저희 읽는 책을 가져오라 하니, 한 갑 책을 내어 왔는데 제목을 『만한사서滿漢四書』라 하였다. 빼어서 보니 지두紙頭에 오랑캐 언문을 가득히 썼으니

우리나라 언해 같다. 두어 역관이 들어왔거늘, 이곳 성지의 장함과 인물의 번성함을 서로 이르더니, 한 역관이 웃으며 말하기를,

"연전에 한 재상이 부사로 들어와 이곳에 이르러 좌를 정하여, 여러 역관이 나아가 문안을 드리는데, 대답하지 아니하고 무엇을 생각하는 거동이더니, 이윽고 다시 일어나 앉으며 팔을 걷어붙여 손으로 공중을 향하여 빈 글자를 쓰며 스스로 말하기를 '심양까지는 내 이미 얻어 놓았거니와 다만 누구로 하여금 지키게 하리오' 하였습니다. 여러 역관이 그 거동을 보고 다 마음속으로 우습게 여기더니, 한 역관이 당돌한 인물이라 앞에 나아가 소리 질러 말하길 '극히 황공하옵거니와 소인이 능히 지킬까 하옵니다' 하니, 여러 역관이 다 웃음을 참지 못하여 물러가니, 그 부사가 역관의 조롱인 줄 깨닫고 웃고 말을 아니 하니 이 수작이 지금까지 전하여 웃음거리가 되고 있습니다."
하였다.

12월 초9일 심양에서 묵다

    내가 자는 캉은 동쪽에 있는데, 북쪽에 또한 작은 문이 있고 염자를 드리웠으니, 이는 내당으로 들어가는 문이다. 문염자 틈으로 여인들이 많이 엿보고 있었다. 계집아이 하나가 머리를 깎고 어린아이를 안고 섰거늘, 내 주인에게 묻기를,

    "여자도 머리 깎는 법이 있습니까?"

하니, 주인이 말하기를,

    "여자는 깎는 일이 없으나, 이는 애기라 머리털을 잘랐는데, 지금은 미처 자라지 못한 것입니다."

하였다. 그 안은 아이를 물으니,

    "둘째 아들입니다."

하거늘, 데려오라 하니 종이 안고 나와 캉에 앉히거늘, 나이를 물으니 두 살이라 하였다. 내가 말하기를,

    "내게 또한 두 살배기 아들[46]이 있으니, 이 아이를 보니 각별히 사

---

[46] 홍대용의 외아들 홍원(洪薳, 1764~1818)을 가리킨다.

랑스럽구나."

하였다. 제 아비가 듣고 매우 기뻐하는 표정이 있더니, 염자 안에서 젊은 여인이 열어 보며 이르기를,

"생일을 물어보세요."

하니, 그 아이 아버지가 나에게 묻기를,

"그대 아들은 생일이 어느 달입니까?"

하였다. 내가,

"이 달이 첫돌이니, 이 길을 들어와 보지 못하니 궁금합니다. 이 아이 생일은 어느 달입니까?"

하니, 주인이 말하기를 5월이라 하였다. 염자 안에서 또 말하기를,

"그 아이 능히 걸을 수 있는가 여쭈시오."

하니, 그 주인이 나에게 전하여 물었다. 내가

"집을 떠날 때 겨우 일어서는 것을 보았으니 아직 걷지는 못할 것입니다."

하니, 주인이 그 아이를 물려 세우고 앞으로 걸어오라 하며 말하기를,

"이 아이는 능히 걷습니다."

하니, 이는 자랑하고자 함이다. 두 살 먹은 것을 머리털을 깎고 마래기를 씌웠으니, 소견이 심히 아니꼽고 눈이 매우 커 심히 불량하여 어여쁘지 아니하지만, 억지로 앞에 앉혔다. 그 종이 안고 문 안으로 들어가면, 문 안에서 종을 꾸짖어 내어다가 앞에 앉혀 두라 하니, 내 사랑스러워 함을 보고 여인도 속으로 사랑스러워 하는 거동이다. 그 아이 막내 아재비는 열여섯 살 아이다. 조카를 안고 어르며 입 맞추는 거동이 우리나라 사람의 거동과 다름이 없었다. 내가 보고 웃으니 그 아이가 묻기를,

"조선 사람도 아이 입맞춤을 합니까?"

하니, 내가 말하기를,

"다름이 없느니라."

하니, 그 문 안에 선 여인들이 서로 말하며 웃었다. 서쪽 벽 위에 조그만 감실 모양으로 만든 것이 있고 그 안에 흰 종이에다 저희 언문으로 예닐곱 글자를 새겨 걸었다. 물으니 제 조상 신령을 위하여 모신 것이라 하였다. 캉 앞에 긴 탁자 두엇을 놓았는데 발이 높고 너비가 한 뼘은 되니 이는 거문고를 타는 상이다. 문 안에 세수하는 틀이 놓여 있으니, 우리나라 고족상高足床[47] 모양으로 만들어 그 위에 작은 전대야에 물을 떠 올려놓고 한 편에 두 기둥을 높이 세우고 가운데는 풍모란을 새겨 끼웠으니, 그 위에 수건과 마래기를 걸게 한 것이다.

근래에 우리나라 사람들이 약재로 녹용을 숭상하여 먹는데, 이곳이 몽고 땅에 가까운 고로 녹용이 많이 나니 사행이 들어오면서 아니 구하는 자가 없었다. 그러니 값이 점점 솟아, 서로 단골을 맞추어 시기하고 기이는[48] 거동이 소견에 괴이하다. 예부터 이르기를 '역관이 강을 건너면 사촌을 몰라본다' 하더니, 이 거동을 보니 거짓말이 아니었다. 또 재상의 부탁을 받아 온 역관은 서로 걱정하고 원망하여 길을 못 다니게 하였다 하니, 듣고 한심하였다.

죽을 먹은 후에 일행 중 두어 사람을 데리고 성 밑에서 서쪽 행하여 서남쪽 큰길에 이르렀다. 이 성문이 또한 세 층이요, 문 안팎이 다 저자로되, 번화하기는 어제 보던 곳만 못하였다. 길가에 새로 지은 한 전방이 있는데 단청이 극히 찬란하거늘, 문을 들어 사람을 부르니 북쪽 문에서 비단 염자를 들고 두어 사람이 묻거늘, 내가 대답하기를,

"우리는 조선 사람입니다. 그대 전방이 매우 좋아 구경하고자 합니다."

하였다. 그 사람들이 다 웃고 들어오라 하거늘, 문을 드니 그 안이 너르기 10여 칸이 되었다. 온갖 물건을 쌓아 두었는데, 시렁이 5~6층이

---

47 고족상은 잔치 때 음식을 차리는 데 쓰는 다리가 높은 상을 말한다.
48 '기이다'는 어떤 일을 숨기고 바른 대로 말하지 않는다는 말이다.

라 다 사다리를 놓고 오르내렸다. 서쪽 바람벽에 악기가 걸렸거늘, 이름을 물으니 '쟁箏'이라 하였다. 모양은 우리나라의 가야금 같고, 줄은 열셋이다. 그 소리 듣기를 청하니, 주인이 말하기를,

"타는 사람이 마침 없으니 직접 타 보십시오."

하고, 내려서 먼지를 털어 내 앞에 놓으니, 줄 소리 또한 가야금과 다름이 없었다. 차를 권하기에 마시고 돌아왔다. 이때 길가에 맷돌을 가는 소리가 나거늘, 문을 두드려 사람을 부르니, 한 사람이 문을 열고 들어오라 하였다. 문을 드니 안이 어두워 사람을 겨우 분간하였으나 오래 서 있으니 점점 밝아졌다. 그 안에는 넓은 맷돌을 놓았는데, 크기가 4~5칸에 가득히 놓이고, 둥근 돌 셋을 걸고 노새와 말을 메워 돌리니, 가는 것은 종이 뜨는 닥나무로 이를 물에 풀어 넣었다. 안문을 열고 들어와 보라 하거늘 들어가니, 그 안에 종이 가마 서넛을 놓고 바야흐로 종이를 뜨니 그 모양은 우리나라 법과 다름이 없었다. 한 편에 풀무 부엌 모양으로 벽돌을 높이 쌓고 그 안에 숯불을 피웠으니, 양쪽 벽이 덥기가 방바닥 같았다. 떠 놓은 종이를 붙이면 잠깐 사이에 마르니, 즉시 떼고 다른 것을 붙였다. 여러 사람이 나에게 묻기를,

"당신 나라의 종이는 무엇으로 만듭니까?"

하니, 내가 말하기를,

"닥으로 만듭니다."

하였다. 여러 사람이 웃고 서로 말하며 또 나에게,

"닥으로 만드는데 어찌 그리 질깁니까?"

하기에, 내 말하기를,

"닥이 각각 다른가 싶습니다."

하니, 다 머리를 끄덕이며 옳다고 하였다.

숙소에 돌아와 밥을 먹고 행중 여러 사람을 데리고 다시 남문 안 큰길에 이르러 북쪽 네거리를 향하여 갔다. 오늘은 날이 청명하고 길이 마르니, 오가는 수레와 말이 더욱 많고 저자에 벌여 놓은 상품과 단청

심양 고궁 앞 저잣거리

채색이 더욱 빛나니, 말로 이루 전할 길이 없어 대강 기록하였다.

　성문은 여덟 곳이고, 관원은 오부五部를 설치하였으니 규모는 황성
제도를 모방하여 변방의 강한 군사를 거느리고 처한 곳은 화이華夷의
요충要衝을 웅거하여 천하의 기이한 물화物貨를 감추었다. 십 리 곧은길
이 화살대 같으니 성문이 서로 바라보고, 양쪽에 높은 집이 구름에 닿
으니 난간이 마주 비친다. 크고 날렵한 말 위에 수놓은 안장을 얹고
앉은 호준豪俊한 오랑캐가 채를 치며 쌍쌍이 거리로 다니고, 평안한 수
레와 보배로운 휘장에는 단장한 여인이 발을 걷고 행인을 구경하고
있다. 분을 내어 기운을 다투면 팔을 걷어붙이고 눈을 부릅뜨되, 한
번도 더러운 욕설을 하지 않으니, 풍속의 두터움을 가히 알 것이다.
모여서 상품을 받고 각각의 품질을 논하며 값을 의논하되, 요란히 지
껄임을 듣지 못하니 규모의 간략함을 볼 수 있다.

호화롭고 사치스런 갖옷을 입고 교의에 걸터앉아 담배를 피우며 행인을 부르는 자는 장사치가 오로지 흥정을 잘 하기 위함이요, 얇은 의복에 가슴을 헤치고 땀을 흘려 추위를 잊는 이는 장인의 일을 힘써 하는 것이다.

　처마에 납병鑞瓶을 달고 층층이 놓인 탁자에 온갖 물건을 놓아둔 곳은 잡화 푸자鋪子요, 온갖 마래기抹額(청나라 관리들이 쓰던 모자의 한 종류)를 줄줄이 걸고 탁자 위에 둥근 사모집 같은 것을 무수히 얹은 이곳은 마래기 푸자다. 온갖 갖옷과 여러 가지 의복이 네 벽에 걸린 곳은 이는 의복 푸자요, 온갖 비단을 종이로 둥글게 말아 종류 별로 탁자에 얹어 쌓은 곳은 비단 푸자다. 집이 매우 높고 단청을 사치스럽게 하여 그 안에 사람의 일용 집기가 없는 것이 없고, 각각 종이로 쪽지를 붙여 표하고, 밖에 높은 대를 세우고 대 끝에 큰 패를 달고 패에 맡을 당當 자를 쓴 곳은 전당 푸자요, 문 앞에 별양 높은 패를 세워 네다섯 길이 되고, 탁자의 무수한 화병에 온갖 약재 이름을 쓴 곳은 약재 푸자이다. 나귀 밀치49 모양으로 여럿을 꿰어 줄줄이 달고 저울 밑에 가위 모양의 은銀 베는 연장을 놓은 곳은 돈 바꾸는 푸자요, 북채 같으나 끝을 뾰족하게 하여 처마에 여럿을 걸어 놓은 곳은 바늘 푸자이다. 층층이 놓인 탁자에 온갖 서적을 층층히 쌓아 놓고 각각에 쪽지를 붙여 제목을 표한 이곳은 서책 푸자요, 높은 대에 비단 깃발을 달아 좋은 문자를 쓰고 문 앞에 취한 사람이 많고 문 안에는 온갖 풍류가 잡스럽게 들리는 곳은 술과 음식을 파는 푸자다.

　길에 다니는 장사치도 다 표한 것이 있으니, 혹 작은 징을 울리며, 혹 소고小鼓를 치고, 혹 소고에 두 귀를 달아 흔들며, 혹 죽비를 친다. 곳곳의 번화한 경물을 눈으로 미처 보지 못하며, 귀로 미처 듣지 못할

---

49 밀치는 말이나 당나귀의 안장이나 소의 길마에 걸고 꼬리 밑에 거는 좁다란 나무 막대기를 말한다.

것이니, 천하에 이름이 있을 곳이요, 세상의 비길 데 없는 구경이었다.

길가의 한 아문을 지나니 문 밖에 수레와 말이 매여 있다. 수레는 다 바퀴를 뒤로 물려 매었으니, 이는 수레 안이 편케 함이요, 말안장은 수놓은 다래와 삼거리(말안장에 장식한 가슴걸이와 부속품)에 도금한 것이 많았다. 나드는 인물이 다 준수하니, 이는 장군의 아문이라 하였다. 문 앞으로 10여 보를 나와 서너 발 둥근 나무를 가로로 여럿 박아 양쪽에 하나씩 눕혀 놓았는데, 다 검은 칠을 하였으니, 이는 우리나라 대궐 앞에 홍마목紅馬木[50] 제도와 같은가 싶었다.

한 푸자로 들어가니 여러 역관이 이곳 창고 지키는 관원을 청하여 방물 바칠 일을 의논하니, 북경 들어가는 방물을 옛날부터 여기에 바치게 하였다. 이 푸자는 잡화 푸자라 네 벽에 그림과 현판을 붙이고 집물이 빛나나, 석탄 내로 인해 머리가 아프고 속이 눅눅하여 오래 앉아 있을 길이 없었다. 석탄이라 하는 것은 돌로 만든 숯이니, 이곳에서 생산된 것이다. 한 번 피우면 나무 숯과 달라 여러 날 동안 꺼지지 아니하니, 이곳에서 캉 데우기와 쇠 다루는 대장이 다 석탄을 쓰니 일용의 보배로되, 다만 그 냄새가 심히 독하고 누려 처음 맡는 이는 견디지 못하고, 심하면 어지러워 숨이 막힌다 하였다.

캉 앞에 불 넣는 구멍이 아주 좁고 그 위에 벽돌을 덮었는데, 둥근 구멍을 뚫고 구멍에 물을 넣은 차관을 얹었으니, 항상 물이 끓었다. 이러하므로 손님이 갑자기 와도 대접하기 어렵지 아니하였다. 먼저 문을 나오니 문 앞에 반등이 놓였거늘 앉아 쉬었더니, 구경하는 사람이 잠깐 사이에 수십 명이 둘러서서 앞을 보지 못하고, 아니꼬운 냄새가 많이 나거늘 내 말하기를,

"우리가 해마다 들어오니 당신들은 여러 번 보았을 것인데, 무슨 구경이 있겠습니까? 이리 막아섰으니 내 답답하여 견디기 어렵습니다.

---

50 홍마목은 궁궐 문 밖에 있던 네 발 달린 나무받침틀로 가마 등을 올려놓을 때 쓴다.

당신들이 날 불쌍히 여겨 조금 물러서는 게 어떠합니까."
하였다. 그 중 한 사람이 듣고 소리를 크게 하여,
　"다 물러가자."
하고 일시에 헤어지니, 내가 말을 공손히 하므로 저희도 깨우쳐 들었
거니와, 그 소탈한 풍속이 기특하였다.
　북으로 향하여 천천히 가다가 한 집에서 면화 타는 소리가 나거늘,
들어가니 조용한 집에 문을 닫고 사람 하나가 면화를 타는데, 활이 매
우 크고 손 쥐는 곳에 줄을 묶어 천장에 달았으니 팔이 덜 아프게 함
이었다. 상 위에 씨를 뺀 면화를 많이 얹어 가죽 시위를 면화에 닿게
하고, 나무 막대 같은 것을 두어 번 희미하게 타다가 한 번씩 많이 치

〈어제면화도(御題棉花圖)〉 중 탄화(彈花)

니, 면화가 흩어지며 공중에 날리어 눈 오듯 하여, 잠시 입은 군복이 하얗게 되었다. 활 한쪽 끝으로 너르게 홈을 만들고, 그 위에 얇은 가죽을 붙여 크게 칠 때마다 쾡쾡 하는 북소리가 나니 그 소리 나는 곡절은 알지 못했다.

또 한 푸자로 들어가니 나무 그릇(목공품) 파는 푸자다. 교의, 탁자 같은 온갖 기구가 가득히 쌓여 있고, 한편에 쌓아 놓은 관이 여러 개가 있는데, 더러는 붉은 칠을 하고 더러는 그 위에 혹 이금泥金[51]으로 화초를 그리고 혹 전자篆字로 당호堂號를 썼으니 괴이하였다. 파는 신주神主 두엇을 놓았는데 우리나라 제도와 대강 같았다. 길에 신주 있는 곳을 보지 못하였으나, 이로 보면 혹 쓰는 집이 있는가 싶었다. 네거리 누각 밑에 이르러 서쪽 길로 꺾어 내려가니, 이곳은 저자가 더욱 번성하였다. 길 가운데로 장막을 치고 소소한 집물을 펼쳐 놓았으니, 매우 괴이한 것은 없으나 다 칠이 빛나고 제도가 신선하여 오로지 사람의 눈을 어지럽게 하였다. 서책 푸자에 들어가니 새로 박은 책이라 겉으로 보기는 비록 아름다우나 판본은 좋은 것이 적었다. 역관 둘이 들어와 책을 사는데 그 값을 다투는 거동이 호리毫釐를 아끼고 거짓 맹세와 어리석은 거동이 극히 괴이하다. 함께 그곳에 앉은 것이 심히 겸연하여 책 한 질 사고자 하다가 버리고 먼저 일어나니, 나의 졸한 규모를 스스로 웃었다.

서쪽 네거리에 이르러 남쪽으로 향하니, 길가 사람들이 푸자에서 내가 지나감을 보고 다 소리를 크게 하여,

"상공, 이리 오시오."

하니, 무슨 흥정하러 다니는가 여긴 모양이다. 동쪽 작은 골목으로 들어 대궐 앞에 이르니, 큰 문 앞에 패루牌樓를 세우고 패루 옆에 난간

---

[51] 이금은 금물이라고 하며, 아교에 개어 만든 금박 가루를 말한다. 그림을 그리거나 글씨를 쓸 때 사용하며, 특히 어두운 바탕의 종이에서 독특한 효과를 낸다.

모양으로 붉은 나무를 세워 잡 사람이 못 나들게 하였다. 패루라 하는 것은 우리나라 홍살문 같은 것인데 위에는 기와로 이었고 단청을 영롱히 하였다. 패루 안으로 두어 사람이 나들거늘, 내 또한 들어가고자 하여 그 밑에 이르니, 북쪽 집에서 환도를 찬 갑군이 나와 소리를 크게 하여,

"들어가지 마시오."

하였다. 멈춰 서서 덕유에게 달래어 보라고 하니, 덕유가 나가 이르길,

"우리 조선 사람이 해마다 들어와 이 안을 출입하여 구경하는데 어찌 이렇게 사납게 구시오? 좋은 청심원과 부채를 구하지 않습니까?"

갑군이 말하기를,

"이곳은 완수여萬歲爺께서 머무시는 집이니, 어찌 경솔히 들어갑니까?"

하며 종시 허락하지 않으니, '완수여'란 황제를 이른다. 드디어 남쪽 길로 돌아 동쪽 패루 앞에 이르니 여러 사람이 모여 앉아 기롱하더니, 그 중 한 사람이 덕유를 보고,

"평안하셨습니까?"

하고, 심히 반가워하였다. 덕유가 나아가 손을 잡고 서로 말하거늘 내가 물었다.

"이 분은 뉘시냐?"

덕유가 말하기를,

"이는 대궐 지키는 관원의 아들입니다. 이 사람을 달래면 대궐 안을 가히 볼 수 있을 것입니다."

하고, 그 사람에게 구경하고자 하는 뜻을 이르니, 그 사람이 이르기를,

"아까 들으니 당신 대인들이 대궐을 구경하고자 하였습니다. 우리 부친께서 아문에 아뢰러 갔으니 오래지 아니하여 돌아올 것입니다. 대인들과 함께 들어가 구경함이 마땅합니다."

하였다. 덕유 말하기를,

“이러하면 기다리기 어렵지는 않겠지만, 우리 노야께서 길가에 오래 앉아 있기 어려우니 그대 집으로 들어가 쉬는 것이 어떠합니까?”
하니, 그 사람이 좋다고 하고 앞서 가며 이리 오라 하였다. 그 뒤를 따라가 문 앞에 이르니 그 사람이 문 밖에 머물고 나를 먼저 들어가라 하는데, 손님을 먼저 문에 들이는 것은 북경 사람의 예문이다. 내 먼저 문을 들어가 자리를 정하고 주인의 성을 물으니 김가라 하였다. 내 이때 매우 목이 말라, 덕유에게 차를 청하라 하였다. 주인이 종을 부르니 옆문에서 계집아이 종이 나와 말을 듣고 들어가더니, 차관에 물을 넣어 화로에 놓고 석탄을 피울 때 덕유가 물을 퍼 석탄에 뿌리니 주인이 웃으며 말하기를,

“북경을 여러 번 다닌 고로 이 묘리를 아시는군요.”
하였다. 석탄에 물을 뿌리면 불이 빨리 핀다 하였다. 두어 여인이 문을 엿보는데 그 중 젊은 여인이 둘이 있으니, 의복이 선명하고 단장을 영롱히 하였다. 자색이 또한 뛰어나거늘 덕유에게 물으니, 하나는 주인의 아내요, 하나는 누이라 하였다. 주인이 나이가 젊고 심히 경망한 인물이라 덕유를 데리고 서로 욕질하여 기롱하고, 또 막대를 가지고 우리나라 군노의 매질하는 모양을 하니 우스웠다. 활 두 장이 걸려 있거늘 보기를 청하니 그 주인이 내려 주고 말하기를,

“그대 응당 활을 쏠 수 있을 것이니 당겨 보십시오.”
하였다. 하나를 당기니 주인이 말하기를,

“활법이 매우 좋습니다.”
하였다. 또 하나를 당겨 보라고 하였으나 세어서 당길 길이 없어 반만 당기고 놓으니, 주인이 힘껏 당기며 이리 당기라 하니 힘을 자랑하는 의사였다. 화살을 보고 싶다고 하니 두개를 내어 왔다. 역시 나무 살이었다. 하나는 촉이 넓고 하나는 촉이 긴데, 넓은 것은 사냥에 쓰고 긴 것은 싸움에 쓴다고 하였다.

탁자에 나무로 만든 작은 우리를 놓아두고 새 두 마리를 넣어 놓았

다. 하나는 메추리요, 하나는 작고 털이 금빛인데 이름은 모르겠다. 발발이 한 마리가 있는데 두 눈이 멀었다. 주인이 불러 캉 앞에 세우고 재주를 넘으라고 하니, 여러 번 꾸짖으면 머리를 땅에 박아 두어 번을 넘고, 또 앉으라 하면 뒷다리를 꿇고 앞다리를 들어 사람 모양으로 앉으니 요망하였다. 그 중 영리한 것은 혹 온갖 심부름을 한다 하였다.

이윽고 사신 행차들이 오신다 하거늘, 급히 문을 나가니 계부께서도 오시고, 군관 역관 여럿이 따라 왔다. 주인의 아비가 뒤쫓아 이르러 쇠를 가지고 인도하여 들어갔다. 정문을 드니 뜰이 사방 100여 보요 사면에 벽돌을 깔았고, 대 위에 두층 높은 집이 있으니 현판에 숭정전崇政殿이라 하였다. 문이 잠겨 열지 못한다고 하거늘 틈으로 들여다보니 아로새긴 상탁과 비단 담요가 매우 사치스럽고, 가운데 누런 보를 덮은 곳이 있으니 황제 앉는 탑榻(길게 만든 평상)이라 하였다. 뜰 좌우로 다 행각을 세워 정문에 딸렸으니 왼쪽은 비룡각飛龍閣이라 하고 오른쪽은 상봉각翔鳳閣이라 하였다. 숭정전 뒤로 담이 있고 양쪽에 각각 문이 있으니, 왼쪽은 좌익문이요, 오른쪽은 우익문이다. 좌익문 안으로 엿보니 첩첩한 누각이 다 황후가 머무는 궁이라 하고, 서쪽으로 세 층 높은 집이 있어 난간이 그림 같으니 이는 갓 지은 집으로, 이름은 봉황루鳳凰樓라 하였다. 좌익문 동쪽에 담이 있고 이 층 여덟 모로 지은 집이 있으니 제양이 신교하였다. 이는 황제가 조회 받는 집이라 하였다. 여러 집들과 담을 다 누런 기와로 이었으니, 황제의 복색은 다 누런 것을 숭상하므로 황제가 머무는 집은 다 이리 하였다. 숭정전 앞에 양쪽으로 시각을 보는 일영日影을 세웠는데, 이 해 3월에 큰 지진으로 많이 무너졌는데 우익문이 또한 무너져 미처 고치지 못하였다.

이때 눈이 날려 오래 머물지 못하였다. 문을 나서 동쪽으로 신우궁神祐宮이라 하는 집을 들어가니, 이는 도사가 위하는 신령인데 안에 삼청三淸[52]이라 하는 세 소상을 앉히고 온갖 기명과 집물이 극진히 사치

심양고궁의 봉황루

하니, 대궐 옆에 지어 때로 제를 올려 황제의 장수를 기도한다 하였
다. 안팎에 현판이 있으니 강희康熙와 건륭乾隆의 어필이라 하였다. 보
기를 마치고 문을 나가니 관원이 사행을 제 집에 모시고 쉬게 하며 차
를 권하고자 하였다. 사행이 편치 않다고 하여 아니 들어가니 계부 또
한 숙소로 돌아가셨다. 나는 주인의 집으로 다시 들어가 차 두어 그릇
을 마시고 돌아올 때 주인이 문까지 나와 보내거늘, 주머니에서 큰 청
심원 하나를 내어 주었다. 숙소에 돌아와 주인이 맏아들과 함께 말하
는데, 내가 묻기를,

"벼슬이 무엇입니까?"

주인이 답하기를,

"벼슬이 없고 한산閑散53입니다."

---

52 삼청은 도교에서 숭배하는 삼존신三尊神인 천보天寶, 영보靈寶, 신보神寶를 말한다.
53 한산은 한량閑良과 산관散官을 아울러 이르는 말이다. 한량은 시대마다 뜻이 다르나 대체로
   향촌 지배계층 중 벼슬이 없는 자를 이르고, 산관은 일정한 직무가 없는 벼슬을 말한다.

내가 말하기를,

"글을 착실히 하여 과거를 보면 어찌 벼슬 없음을 근심하겠습니까."

주인이 말하기를,

"요사이 안질이 심하고 게을러 글을 착실히 읽지 못합니다."

내 말하기를,

"글을 착실히 읽으면 과거와 벼슬도 얻으려니와 옛 사람의 좋은 말과 하던 일을 효칙效則하면 또한 내 몸이 착한 사람이 될 것이니, 어찌힘써 하지 않겠습니까."

주인이 말하기를,

"다 옳은 말씀입니다. 조선도 공자를 존숭합니까."

내가 답하기를,

"공자는 천하의 으뜸 성인이시라, 사해 안에 다 존숭하거늘 하물며 우리나라는 중국이 가깝고 예의를 힘쓰는 고로 오로지 공자의 도를 배웁니다."

주인이 나에게,

"조선 사람들도 엿을 먹습니까?"

하여, 내 말하기를,

"못 먹을 것이 어이 있겠습니까?"

하니, 주인의 아들이 제 아이를 불러 이르더니 안에서 엿 두 접시를 담아 내어 와 한 접시는 나를 권하고 한 접시는 계부께 드리라 하였다. 이에 하나는 마두를 불러 계부 계신 곳으로 보내고, 하나는 내가 먹으며 말하기를,

"음식이 먹기도 좋거니와 주인의 후한 뜻에 감격했습니다."

하니, 주인의 형제 다 웃고 내 손바닥에 써 말하기를,

"조선 군자이십니다."

하였다. 내 머리를 흔들어 말하기를,

"내 어찌 이 칭호를 감당하겠습니까? 그대 나를 조롱함이 과하십니

다.”

　주인이 말하기를,

　“어찌 감히 조롱하는 뜻이 있겠습니까.”

하였다. 계부께서는 약과와 잣박산을 그 접시에 담아 주인을 주시고, 나는 먹 넉 냥을 내어 주인 형제에게 나누어 주었다. 밤이 깊어 자리를 깔고 정히 눕고자 했는데 젊은 주인이 나와 말하기를,

　“우리 부친이 그대를 보고자 합니다.”

하고, 큰 주인이 안에서 나오니 검은 갓옷을 입고 금 징자를 붙였으니 나이 오십이 넘고 인물이 은근하였다. 내 캉에 내려 읍하여 맞이하니 주인이 붙잡아 이르기를,

　“이곳이 내 집이니 먼 데 손님이 어찌 내려서 맞이하겠습니까? 먼저 앉으십시오.”

하거늘, 내 앉아 말하기를,

　“밤이 깊어 웃옷을 벗었으니 노야께서는 허물치 마십시오.”

하였다. 주인이 말하기를,

　“무슨 허물이겠습니까. 이 길을 몇 번째 오시는지요?”

　내 말하기를,

　“첫 번째입니다.”

　주인이 말하기를,

　“처음이면 어찌 능히 말을 하십니까?”

　내 말하기를,

　“길에서 약간 배워 두세 구절 말을 통하지만 심히 분명치 못하니, 혹 잘못하는 말이 있어도 허물치 마십시오.”

　주인이 말하기를,

　“말을 매우 잘 하십니다.”

하고, 아들을 돌아보고 말하기를,

　“매우 총명한 분이시구나.”

하니, 그 아들이 말하기를,

"말도 능히 하시고 글 또한 잘 하십니다."

하니 큰 주인이 말하기를,

"그대는 무슨 벼슬이며 과거를 하였습니까?"

내가 말하기를,

"약간 글을 알지만 지금 과거를 못 하였고 벼슬이 없어 숙부의 군관 명호를 빌려 중국을 구경하러 왔습니다."

주인이 말하기를,

"그대 인물을 보니 오래지 않아 과거를 높이 하여 숙부의 벼슬을 이을 것입니다."

내 말하기를,

"재주가 용렬하니 어찌 과거를 바라겠습니까. 노야께서는 무슨 과거를 하셨으며 태학 조교는 무슨 벼슬입니까?"

주인이 말하기를,

"이곳은 만주 언문으로 조정 정사를 의논하여 책문을 지어 과거를 보게 하니 나도 이 과거를 하였고, 태학 조교 또한 선비들을 일로 권장하여 가르치는 소임입니다."

이어서 우리나라 벼슬 이름과 과거 제도를 묻고 또 묻기를,

"일본은 조선에서 얼마나 됩니까?"

하여, 내 답하기를,

"수로로 천여 리 떨어져 있습니다. 일본은 우리나라와 달라 예의를 숭상치 아니하고, 성정이 혹독하여 죽기를 무서워하지 않으니, 천하의 강하고 무서운 나라입니다."

주인이 말하기를,

"아라사俄羅斯(러시아)를 보았습니까?"

내 말하기를

"보지 못하였습니다."

주인이 말하기를,

"북방에 있는 나라인데 코가 매우 크고 성정이 사나워 사람의 모양이 없으니 진짜 더러운 인물이요, 담배를 코로 먹고 계집을 만나도 피하지 아니하고 오줌똥을 아무렇지 않게 눕니다."

내 말하기를,

"이는 과연 짐승과 한가지입니다."

하니 주인이 크게 웃고 말하기를,

"옳은 말입니다."

내 말하기를,

"더럽기는 여지없으나 싸움을 당하면 필연 대적하기 어렵습니다."

주인이 말하기를,

"무엇이 어렵습니까. 한갓 사나울 뿐 지혜가 없고 진법陣法을 모르니 이러하므로 중국에 매번 패하고, 시방은 다 항복하여 해마다 조공을 합니다."

이 밖에 여러 말을 하였으나 다 기록하지 못하고, 닭 울 때라 하여 들어가거늘, 내 또 캉에서 내려 보내 드리니, 주인이 문으로 들어가다 그 아들이 말하기를,

"또 내리십니다."

하니, 돌아보고 도로 와 붙잡아 캉에 올리고 들어갔다.

산해관을 들어가
북경에 이르다

각산 장성

서북쪽으로 의무려산 한 끝이 바다를 향하여 한 가지를 뻗었으니,
기괴한 봉우리와 위험한 구렁이 천병만마가 세차게 달려가는 형세요,
그 위에 장성 한 구비 뫼를 인연하여 웅장한 분첩粉堞이 구름 속에 빗겼으니,
실로 평생에 처음 보는 장한 구경이다.

12월 초10일 심양에서 출발하여 소흑산에 이르다

식후에 길을 떠날 때 큰 주인이 나와 잘 다녀오라고 하니, 뜻이 심히 관곡款曲하였다(매우 정답고 친절하다). 왕가가 새 마래기를 사서 썼으니 여우 가죽이었는데, 털이 두꺼워 돈피獤皮와 다르지 않았다. 어제 덕유에게 값을 주어 보내었는데 나에게 노야의 은혜라고 감사히 여겼다. 내가 말하기를,

"이것도 따뜻하기는 따뜻하려니와 위에 다홍 영자纓子를 드리워 일시 호사함이 어떠하냐?"

하니, 왕가가 말하기를,

"저는 할아버지 상중이니 백일 동안은 영자를 못 씁니다."

하니, 저희들 예법인가 싶었다. 수레를 타니 담요 두 장을 사서 뒤와 양 옆을 막아 두었는데 아무리 추위를 당하여도 걱정이 없을 것 같았다. 길을 잃어 성 북문 밖의 서쪽 길로 돌아 수 리를 가니, 길가에 큰 묘당이 있고 묘당 앞에 하마비下馬碑를 세웠다. 갑군이 소리를 크게 하며 수레를 내리라 하거늘, 물으니 이 묘당은 옹정황제雍正皇帝(청5대 황제, 재위 1723~1735) 원당願堂이라고 하였다. 매우 볼 만하다 하거늘 드디어

수레를 내려 그 문 앞에 이르러 갑군에게 구경하고자 하는 뜻을 일렀다. 처음은 못 보리라 하더니, 면피面皮를 주마 하니, 그제야 허락하고 앞으로 인도하야 동쪽 협문으로 들어갔다. 면피는 선물이란 말이다.

문 안에 뜰이 너르고 북쪽에 큰 집이 있고 처마에 누른 옷 입은 중이 하나 교의에 은근히 앉고, 좌우에 여러 중이 다 누른 의복으로 모시어 섰으니, 모양이 어른 중인가 싶었다. 그 앞으로 나아가려 하니 젊은 중 서넛이 마주 나와 말하길,

"구경을 하시려거든 이리로 오십시오."

하고, 동쪽 작은 문으로 들어가거늘 그 중을 따라가니 너른 뜰에 다 벽돌을 깔고 늙은 솔 열 그루 남짓 한편을 덮었다. 남향하여 큰 법당이 있거늘 문을 열라 하니 중이 열쇠를 가지고 면피를 먼저 내라 하였다. 다른 것은 가져온 것이 없어 돈 한 쟈오鈔(지폐나 고액 화폐 단위)를 주니 중이 크게 기뻐하며 문을 여니 한 쟈오는 160문文(푼)이다. 중들의 풍속이 극히 절통하였다. 문을 드니 부처 셋을 앉혔는데 소상 모양과 좌우에 벌여 놓은 집물이 대체로 우리나라 법당과 같으나 제도와 단청이 사치하기가 이상하고 기둥에 각색 용을 새겨 비늘과 발톱이 움직이는 듯하였다. 함께 들어간 역관이 왜국倭國을 본 사람이라, 그 역관이 말하기를,

"왜국이 사치를 이상히 하여 구리 기둥과 무쇠 기와를 곳곳에 이었으나, 이런 공교한 제도를 보지 못하였습니다."

하였다. 탁자 위에 동개[1] 하나를 놓고 활과 화살을 꽂았거늘 물으니,

"황제께서 차던 것인데 부처께 공양하였습니다."

하였다. 중이 돈을 붙여 앞에 놓거늘 내 말하기를,

"부처도 돈을 사랑합니까?"

하니, 중이 크게 웃었다. 그 중이 말하기를,

---

1 동개는 활과 화살을 넣어 등에 지도록 만든 물건을 말한다.

"그대 이 부처를 다 아십니까?"

내가 말하기를,

"어이 모르겠습니까. 가운데는 석가여래요, 한편은 문수보살, 한편은 보현보살이지요."

중이 말하기를,

"어찌 아십니까?"

내 말하기를,

"우리나라에도 이런 묘당이 있고 부처를 여기와 같이 두었습니다."

중이 말하기를,

"그러면 그대 어이 절을 하지 않습니까?"

내가 말하기를,

"우리는 공자를 존숭하고 부처에게 절하는 일이 없습니다."

하니, 그 중이 대답하지 아니하고 수상히 여겼다. 바깥 집 앞에 이르니 그 중이 아직 교의에 앉았거늘, 그 앞으로 들어가니 곁에 선 중들이 손을 저으며 오지 말라 하니 우리나라 사람을 괴로이 여기는가 싶었다. 내 못 들은 체하고 섬돌에 오르니 그 중이 교의에 내려 억지로 인사하고 안으로 들어가자 하였다. 따라 들어가니 그 중이 캉에 오르고 한편에 비단 방석을 놓고 나에게 올라앉으라 하였다. 내 사양하지 아니하고 올라앉으니, 다른 중들이 캉 아래에 늘어서 다 노색이 있으니, 내 올라앉음을 불평하여 하는가 싶었다. 내 말하기를,

"화상和尙께서는 무슨 벼슬입니까?"

하니, 아래 선 중이 말하기를,

"교주教主 벼슬이니 극히 존중합니다."

하였다. 차를 권하는데 맛이 심히 짜 먹지 못하였다. 교주가 쓴 마래기가 매우 작거늘 내 말하기를,

"저 모자는 이름을 무엇이라 합니까?"

아래 선 중들이 내 말을 잘못 들어, 벗겨 보자는 말로 듣고 크게 노

하여 말하기를,

"무슨 말씀이십니까? 그대가 쓴 모자는 벗지 못합니까?"

내가 말하기를,

"내가 말을 그릇 하였습니다만, 그대들도 내 말을 잘못 들었습니다."

하니, 중들이 종시 노색이 있거늘, 혹 욕된 일이 있을까 하여 즉시 가노라 하고 나왔다.

대석교大石橋에 이르러 전방에 내려 음식을 사 먹었을 때, 한 사람이 어깨에 활을 메었는데 제양制樣이 다른 활과 달랐다. 아래 전방 앞에 와 말을 내려 들어가거늘, 음식을 먹은 후에 그 사람이 있는 전방으로 들어가 캉 아래에서 손을 들어,

"하오아好啊!"

하니, 그 사람이 웃는 낯으로 대답하고, 올라앉으라 하였다. 뜻이 매우 관곡하거늘 두어 말을 한 후에 내 말하기를,

"그대 활 제양이 다르니 내 구경하고자 합니다."

그 사람이 활을 집어 주며 보라 하거늘, 받아서 자세히 보니 시위를 대나무로 하였으나, 중간은 가죽으로 두 가락이 되게 하고, 가운데에 고리 모양으로 하여 엄지손가락이 나들 만큼 둥근 구멍을 내었거늘,

"이 활은 무엇에 씁니까?"

물으니, 그 사람이 말하기를,

"탄자彈子 쏘는 활입니다."

하고, 주머니를 열어 탄자 하나를 내어서 보이니 개흙으로 만든 것이었다. 내가 묻기를,

"이것을 사냥과 전쟁에 다 씁니까?"

하니, 그 사람이 말하기를,

"전쟁과 사냥에 쓰는 일은 없고 사람을 놀래고, 집에서 작은 도둑을 막는 데 씁니다."

하였다. 내 말하기를,

"쏘는 모양을 잠깐 구경하고자 합니다."

하니, 그 사람이 캉에 내려 탄자를 그 구멍에 끼우고 길 가운데 말구유를 가리키며 만작하여(시위를 한껏 당겨) 쏘더니 과연 구유에 맞고 탄자는 튕겨 나오니 도로 집어서 주머니에 감추었다.

대방신大方身에서 묵고 11일 닭이 울 때 출발하니, 이날은 월참越站을 하였다. 30리를 행하여 고가자孤家子에 이르니 하늘이 비로소 밝아졌다. 수레 문을 드리우고, 휘양을 둘러 낯을 덮고 앉아 졸며 갔으나 종시 잠을 깊이 들지 못하였다. 전방에 내려 음식을 먹으려 하는데, 상방 주방에서 의이薏苡(율무)를 쑤어 왔거늘 먹고 갔다. 하인들과 말을 탄 역관들은 온몸에 서리가 하얗게 쌓여 있고, 수염에 고드름이 엉기어 보기에 놀라웠다. 10여 리를 가다가 수레가 쉰 대가 넘게 무리지어 왔다. 한 수레에 궤를 다섯씩 실었으니, 이는 해마다 북경에서 심양으로 보내어 심양 여러 관원의 1년 녹봉을 주기 위한 것이며, 남은 것은 영고탑寧古塔으로 들어간다 하였다. 영고탑은 우리나라 북도北道에 접계接界한 곳이니, 오랑캐의 근본 발상지다. 심양에서 방물 바칠 때 매번 이은 짐이 한 번에 당하여 지체할 적이 많다고 하였다. 한 궤에 은 5천 냥 씩 들었다고 하니, 궤 수는 250이요, 은수는 125만 냥이라, 중국 재물의 많음을 볼 수 있다.

신민둔新民屯에 이르러 조반을 하니 마침 장날이라 구경하는 사람들이 뜰에 가득하여 길을 통하지 못하니, 군노가 곤장을 들어 두루 휘두르며 쫓았지만 즉시 도로 모여 들었다. 주인의 집 뒤를 들어가니 맷돌에 나귀를 메어 밀을 갈고, 그 옆에 풍궤자風穀車라 하는 것을 놓았으니, 우리나라 곡식 까부는 키 대신으로 쓰는가 싶었다. 그 제도는 뒤주 모양으로, 밖은 널로 막고 그 안에 한쪽은 물레 모양으로 만들어 넓은 널을 여러 개 박아 돌리면 바람이 나게 하고, 한쪽은 널 두 장을 나란하게 하여 비스듬히 세워 두 끝이 서로 닿게 하고 가는 구멍이 길

풍궤자

게 잇게 하되, 새끼손 끝이 겨우 들어가게 하고, 그 구멍 밑으로 긴 나무를 끼워 구멍을 막아 긴 나무 한 끝은 궤 밖으로 나갔다. 곡식을 갈기를 다 한 후에 삼태기에 담아 그 비스듬히 세운 널 위에 붓고 먼저 물레 꼭지를 두어 번 둘러치면 한쪽 터진 데에서 바람이 나가는지라, 즉시 구멍 막은 긴 나무 끝을 한 번 틀면 나무가 돌면서 구멍이 열려 그 위에 곡식이 긴 구멍으로 발을 드리운 듯이 흘러내린다. 한편에 바람이 나오는 고로 무거운 알곡식은 다 아래로 빠지고 가벼운 겨는 바람에 날려 터진 데로 몰려 나가니, 간편하고 신속하되 인력이 많이 들지 않으니 기이한 제도였다. 뒤로 들어가니 가리키는 것이 있는데 또한 뒤주 모양으로 크게 만들고, 그 안에 네모진 큰 체를 넣고 체에 자루가 있어 궤 밖으로 나왔으니, 자루 밑에 조그만 기둥을 세우고 기둥 끝에 가는 나무를 박아 위로 꽂았으니 사람이 궤를 집고 두 발로 서로 디디면 체가 부단히 젖히도록 한 것이다.

길을 떠나니 사람과 수레에 길이 막혀 간신히 뚫고 나갔다. 백기보白旗堡에 숙소를 정하니 이날은 100여 리를 왔다. 행중에 앓는 사람이 많고 나 또한 기운이 심히 거북하였다. 12일 동틀 때 길을 떠나니 이 날도 참站을 건너뛰었다. 일판문一板門 전방에 내려 분탕 한 그릇을 사 먹으니 맛은 먹음직하나 제육국으로 만들어 심히 느끼하여 배가 매우 불편하거늘 왕가의 빈랑檳榔 한 조각을 씹으니 뱃속이 차츰 평안해졌다. 빈랑은 약재 이름으로, 음식을 내리고 회충蛔蟲을 다스린다. 북경 사람이 제육을 많이 먹는지라 빈랑을 입에 넣어 구슬리는데, 음식이 체할 때면 극히 유익하였다. 길에 파는 사람이 많거늘 두어 줌을 사서 왕가의 주머니에 넣어두고 자주 먹었다.

이도정二道井에 이르러 조반을 하니, 캉 밖에 사람이 둘러서 있고, 그 중에 한 아이 상이 조촐하거늘 오라 하니 즉시 들어왔다. 글을 읽는다 하니 『사서』를 다 읽고 시방 『시전』을 읽노라 하거늘 외워 보라 하니 「관저장關雎章」을 외웠다. 인물이 매우 영리하니 부사께서 또한 기특하게 여겨 여러 말을 묻더니, 그 앞에 나아가 절하면서 말하기를,

"내 부친이 병이 있어 여러 가지 약이 효험이 없으니, 노야의 청심원 하나를 얻고자 합니다."

하니, 부사가 듣고 기특히 여겨 주머니에서 환 하나를 내어 주니, 그 아이 다시 절하고 갔다. 이날은 매우 덥고 바람이 없으니 수레 속이 덥고 답답하되, 가져온 역마 위가 편치 못하여 타기 어려웠다. 하여 좌차坐車 멘 말 중에 하나를 바꾸어 타고 길을 나서 좌차 뒤를 따르니, 좌차를 빨리 몰지 못하였다. 4~5리를 가니 허리가 아프고 몸이 배나 가빠 못 견딜 듯하여 길가에 벽돌 굽는 곳이 있어 들어갔다. 부엌 깊이가 일여덟 길이 되고, 너르기가 두어 칸이 되었다. 곁에 집 하나가 있고 사람 다섯이 있으니, 다 상이 검고 더러우니 숯쟁이 모양이 이렇다. 잠간 쉬고 다시 가니 행차 멀리 가 계시거늘 말을 임의로 몰아가니 상쾌하나 뒤에 말 탄 하인들이 다 말을 내려 걸어가니 극히 편치

아니하였다.

신점新店에 이르니 행차 체마替馬하는 곳이다. 뒤에 조그만 고개가 있으니 요동을 지난 후 처음으로 언덕이 보인다. 그 위에 올라 동쪽으로 지나온 길을 바라보니 망망한 들이 하늘에 닿았고, 두 줄 버들이 너른 들을 가로질러 끝을 보지 못하니, 또한 기이한 구경이다. 도로 수레를 타고 가니 사람 여럿을 철쇄鐵鎖로 목을 잠가 말 탄 사람이 호령하며 가는데, 이는 다 죄인이었다. 그 중 붉은 옷을 입힌 것은 죽을 죄인이라 하였다. 연대烟臺라 하는 것은 명나라 때에 오랑캐가 자주 들어와 도적질을 하니, 이 대를 산해관山海關에서부터 연이어 쌓아 그 위에 봉화를 켜서 도적이 들어는 것을 알리도록 하는 것으로, 우리나라 봉대烽臺와 같으니 벽돌로 쌓아 성 모양과 같다. 둘레가 수십 보는 될 것 같고, 높이가 7~8장이나 되었다. 해 질 때에 소흑산小黑山 숙소에 이르렀다.

12월 13일 소흑산에서 출발하여
14일 십삼산에 이르다

　새벽에 길을 떠나 양장하羊腸河라 하는 물을 건너 전방에 내려 분탕한 그릇을 사먹고 중안포中安浦에서 조반하고 말을 타고 갔다. 길에서 한 중이 작은 불상을 탁자에 올려놓고 행인을 보면 종을 울리고 그릇을 들고 와 돈을 달라 하는데, 이 앞에 잇달아 있었다. 수레 앞에 와서 달라고 하면 나는 모르는 체하나 왕가는 매번 제 돈을 내어서 두어 푼씩 주거늘 내가 말하기를, "저런 중들이 거짓 부처를 의탁하고 백성을 속이며 또 농사의 생리를 다 버리고 공연히 남의 재물을 차지하려 하니 이런 고로 나는 주는 일이 없노라." 하니, 왕가가 듣고 웃었다.

　이곳에 이르러 비로소 서북쪽으로 큰 뫼가 가로막았으니, 이는 유명한 의무려산醫巫閭山[2]이다. 북진묘北鎭廟라 하는 큰 묘당이 그 밑에 있으니, 하인들이 가리켜 뵈었다. 이즈음은 흙으로 쌓은 담이 흔하고,

---

2　의무려산이란 명칭이 처음 쓰인 곳은 『주례周禮』 「직방職方」으로, "동북은 유주라 하는데 그 진산을 의무려라 하였다東北曰幽州 其山鎭曰醫無閭"라고 하였다. 고대 중국의 순임금이 전국을 12주로 나누고 각 주마다 진산을 하나씩 두었는데, 의무려산은 그 중 유주의 진산으로 봉해진 것이다. 또한 주나라 때는 의무려산이 오악오진五嶽五鎭의 하나였다.

북진묘에서 바라본 의무려산

또 집을 흙으로 지었으되 위에 물매(지붕을 경사지게 함)를 아니하고 평평하게 지었으니 그 뜻을 모르겠다.

신광녕新廣寧에 이르러 길에서 들으니, 이곳에 마상재馬上才 하는 여인이 있어 값을 주면 본다 하여 두루 물어보라 하니, 구광녕성 안에 있고 이곳에는 없다 하였다. 몇 해 전은 책문에도 여러 번 나가 상하에 구경한 사람이 많았는데, 그 거동을 대강 들으니, 여인이 희미한 복색을 하고 뛰는 말 위에서 창검과 궁시를 가지고 서거니 눕거니 하며 좌우로 치돌馳突한다 하니 볼 만한가 싶었지만 만나지 못하니 애달팠다.

주인집 캉이 심히 길고 사이를 판장으로 막았으니, 그 안쪽은 주인의 여인들이 있는 곳이다. 서너 여인이 아이들을 데리고 웃으며 말하는데, 벽을 의지하여 들으니 무식한 여인과 미거未擧한(철없는) 아이들이 입을 벌리매, 다 기이한 문자를 쓰니 이로 보아 중국말이 귀한 것을 알겠다. 여인들이 말하는 소리를 들으면 다 맑고 가늘어 짐짓 꾀꼬리 소리 같았다. 그 소리를 들으매 그 얼굴이 필연 기묘한 태도가 있는가 여겼더니, 앞으로 지나다닐 때 보면 더럽고 괴이한 상이 많았다. 대체로 북경 여인들의 소리 가늘기보다 더하였다.

심양 동쪽은 한족 여인을 흔히 보지 못했는데, 이즈음은 한족의 집이 더 많았다. 그 여인의 발 모양을 처음 보니 놀랍고 아니꼬워 차마 보지 못하였다. 신 모양이 말굽 같고 앞으로 조그만 부리를 내었으니 인두릿꼬 부리 같았다. 한족 여자는 태어나자마자 헝겊으로 두 발을 동여 늙도록 주야로 푸는 일이 없는 고로, 갓난 아이 발모양으로 그대로 있고 그 살이 다 위로 몰리어 대님 맨 지경이 매우 커 수종다리 같으니 이는 비록 중국 풍속이나 괴이한 제도이다.

14일 동틀 때 길을 떠나 흥룽점興隆店에 이르러 분탕 한 그릇을 사먹고 여양역閭陽驛에 이르니 여염과 저자가 매우 번성하였다. 주인이 어린 자식이 있어 요차搖車에 얹어 울음을 달랬다. 요차라 하는 것은 가죽으로 둥우리 모양으로 만들었으니, 넓이 한 자 정도이고 길이는 두 자 남짓하며 밖으로 채색으로 화초를 그렸다. 그 안에 포단을 두껍게 깔아 아이를 올려 앉히고, 양쪽에 줄을 매어 들보에 달고 사람이 한편에 앉아 밀치며 그네 띄우듯 하니, 울던 아이가 과연 소리를 그쳤다.

조반 후에 길을 떠나 20여 리를 가니 한 사람이 말을 타고 앞에 말 하나를 세웠다. 안장 위에 무슨 짐을 얹고, 그 위에 붉은 담요를 덮어

요차

길게 늘어놓았거늘, 왕가에게 물어보라고 하니 벼슬하는 사람의 이불 짐이라 하였다. 수 리를 가서 한 푸자에 준마 여러 마리가 매어 있는 데 안장이 다 빛나니, 무슨 관원의 행차인가 싶었다.

십삼산+三山 숙소에 이르니, 마을 남쪽에 작고 외로운 뫼가 있어 10 여 개의 봉우리가 솟아 있으니, 이로 인하여 이 마을이 십삼산이라 하는가 싶었다. 압록강에서 북경에 이르는 길이 이천 리가 되는데 이곳 이 반이 된다 하였다. 주인의 아들이 나이 열다섯이요 글을 읽노라 하거늘, 책을 가져와 보라 하니 가져오지 않았다. 여러 번 이르니 그 아이 의 어미가 나와서 듣고 꾸짖으며 책을 가져오라고 하며 말하였다.

"놀기만 좋아하고 글을 읽으라 하면 싫어하니 무엇에 쓰겠느냐. 노 야께서 너를 사랑하시어 글을 읽히려고 하는데, 네 어이 그 뜻을 모르느냐."

그 아이 그제야 책을 가져왔는데 『맹자』아래 권이었다. 캉에 올려 앉혀서 두어 줄을 읽히고는 제 선생을 물으니 노야라 하거늘, 자세히 물으니 이곳 역승驛丞(역을 관장하던 벼슬, 찰방)이니 역마 50필을 관장하는 소임이다. 내가 걸랑에서 먹 한 장을 내어 주며 말했다.

"내 평생에 글 읽는 아이를 사랑하는지라 이것으로 내 뜻을 표하노라."

그 아이는 받고 말이 없으니, 그 어미 보고 안심치 아니하다고 하면서, 그 아이에게,

"네 글을 읽지 아니하면 이런 것을 어찌 얻어 가지겠느냐?"
하였다.

마을 뒤에 생황 부는 사람이 있다 하거늘, 하인을 보내어 불러오라 하니, 부사께서 또한 오셔서 계부와 함께 앉아 계셨다. 그 사람이 들어오거늘, 캉 앞에 교의를 놓아 올려 앉히고 소리 듣기를 청하니, 품에서 생황을 내어 비단집을 벗기고 딴 부리를 맞추는데, 통과 부리는 다 백통白銅3으로 만들었다. 생황은 상고적 여와씨女媧氏가 만든 것으로,

둥근 통을 만들고 가운데 작은 통 열일곱을 만들어 박았는데 길이가 차차 줄어들고 밑에 구멍을 뚫고 금엽金葉[4]을 붙여 부리로 김을 들이면 적은 대통으로 소리가 각각 나는데, 청아격렬淸雅激烈하니 풍류 중에 제일 높고 귀한 것이다. 두어 곡조를 들으니 매우 상쾌하고 청아하여 우리나라 풍류가 이에 비하지 못할 것이다. 건량관에게 노래를 부르라 하고 장단에 맞추라 하니, 종시 합하지 아니하였다. 구경하는 사람 중에 하나가 노래를 부른다 하거늘, 여럿이 권하여 부르라고 하니, 그 사람이 졸한 인물이라, 떠는 소리로 두어 곡조를 부르나 들음직하지 아니하였다. 생황 부는 사람이 노래를 몹시 못한다고 꾸짖고 욕하는 거동이 극히 허랑한 인물이다. 내 그의 성을 물으니 석釋 자를 써 뵈거늘, 내 말하였다.

"이는 중의 성이로다."

그 사람이 마래기를 벗어 보이며,

"머리를 보시오."

하니, 과연 중이었다. 대저 오랑캐 법이 머리를 깎되 꼭뒤에 한 움큼을 남겨 땋아 늘이는데 그 이름을 변자辮子(변발)라 하니, 속한俗漢과 중을 이 변자로 분별할 뿐이니, 이러하므로 처음에는 몰라보았다. 그가 중인 줄 안 뒤에는 그 거동이 더욱 가증하거늘, 내 물었다.

"여기 중은 고기를 먹습니까?"

"아니 먹는 중도 있으나 나는 먹습니다."

그 말을 들으니 더욱 가증스러웠다. 내 또 물었다.

"여기 중은 계집을 둡니까?"

"계집 두는 이는 없습니다."

"여기도 여승이 있습니까?"

---

3 백통은 구리, 아연, 니켈의 합금을 말하며, 은백색으로 화폐나 장식품 따위에 쓴다.
4 금엽은 생황의 대롱 아래 끝에 붙여 떨어 울리게 하는 쇠청을 말하며 백동으로 만든다.

내 또 물으니, 그 중이 말하였다.

"있습니다."

"이왕 여승이 있으면 이것이 중의 계집이 아니고 무엇입니까?"

내가 이렇게 말하니 그 중이 크게 소리 지르며 나를 보며 보챈다고 하고, 일떠서서 내 가슴을 밀치니 좌우에 듣는 사람이 다 크게 웃었다. 듣기를 마치고 그 중이 가노라 하니, 계부께서 부채 하나와 백지 한 권과 담뱃대 하나를 주시니, 그 중이 제 머리를 가리키며 말하였다.

"나는 중입니다. 어이 면피를 받겠습니까?"

내 생각하되 오히려 중의 마음이 있으니 기특하다 하여 건량관을 불러 잘 달래어 주어 보내라고 하니, 건량관이 달래어 이르니 그 중이 부채와 종이를 가리키며 말하기를,

"이런 좀스런 것으로 색책塞責만 하여⁵ 주니, 이럴 줄 알았으면 내 당초 어이 왔겠소."

하고, 노색이 있으니 애초부터 적게 여겨 점퇴點退⁶하는 말이었다. 매우 분하여 내가 말하였다.

"네 중이 아니라 진정 창다오구나."

그러니 그 중이 대노하여 중얼거리며 떨치고 달아나거늘, 주는 것을 안 가져가는가 여겼더니 밖에서 달라 하여 가져가더라 하니 더욱 절통하였다. 이때에 구경하는 사람이 집안에 가득 하였더니, 하인이 와서 이르기를,

"어떤 젊은 벼슬하는 사람이 들어와 구경하고자 합니다."

하거늘 청하여 들어오라고 하니, 한 사람이 들어오거늘, 보니 몸이 장대하고 인물이 극히 준수하며, 눈 모양이 여느 사람과 달랐다. 교의에 올라앉게 하고 먼저 성을 물으니, 그 사람은 대답하지 않고 곁에 다른

---

5 '색책하다'는 임시변통으로 꾸미는 일을 말한다.

6 점퇴는 받은 물건을 살펴보아 마음에 들지 않은 것은 도로 물리치는 일을 말한다.

사람 하나가 따라와 서 있으니, 가정家丁(집에서 부리는 남자 일꾼)인가 싶었다. 가정이 대답하기를,

"성이 우가禹哥입니다."

하거늘 내가 말하기를,

"크우천口ㅊ인가?"

하니, 북경은 오가吳哥를 '우가'라 하고 '크우천'은 오자를 파자破字하여 이르는 말이다. 가정이 말하기를,

"아닙니다."

하거늘, 내가 말하였다.

"그러면 무슨 우자인가? 써 보게."

하니, 그 사람이 쓰거늘 보니 만주 언문이라 알 길이 없었다. 나이를 물으니 열여덟이요, 의복이 다 기이한 비단이요, 입에 무엇을 씹고 있거늘 물으니 가정이 대답하길,

"빈랑입니다."

하거늘, 내 말하기를,

"우가는 어이 말을 대답지 아니 하느냐?"

가정이 답하여 말하기를,

"이 사람은 만주 사람입니다. 집이 흑룡강 가에 있으니, 이곳에서 동북으로 삼천 리 밖입니다. 그곳은 한어를 모르고 진서眞書를 또한 숭상치 않으니, 다만 만주 언문과 만주말을 알 따름입니다. 나이가 어린데다가 북경을 처음 들어가는 고로 말을 하지 못합니다."

하였다. 일행 중 역관 변한기가 만주말을 잘 하였다. 즉시 불러 말을 물으라 하니, 그 가정은 나이 40이 넘고 인물이 극히 호한해 보였다. 묻기를,

"우가께서는 무슨 일로 북경에 가셨습니까?"

가정이 대답 왈,

"우리 큰 노야께서 호부낭중 벼슬로 북경에 계셔 근친覲親하러 갔으

청나라 팔기군의 사냥하는 모습을 그린 「만주팔기수렵도(滿洲八旗狩獵圖)」. 건륭제 때 서양인 궁정화가인 낭세녕(郞世寧)이 그린 것이다.

나 시방 황제의 명을 받자와 북방에 사냥하러 갔습니다.”

묻기를,

“우가께서 나이가 어린데 사냥을 어찌 하십니까?”

가정이 말하기를,

“비록 나이 어리나 용력이 뛰어나고 활쏘기와 창 쓰기를 신통히 하여 사냥을 여러 곳에 다녀 이미 큰 범 둘을 잡았습니다.”

내가 그 용력이 있음을 듣고 우가의 손을 매우 힘써 쥐었는데, 우가는 제 힘을 시험코자 하는 줄 짐작하고 내 손을 잡아 희미하게 힘을 썼는데, 손이 매우 아팠다. 내 생각에 혹 못 견디는 거동을 뵈면 저의 웃음거리가 될까 하여 드디어 웃으며 말라 하니, 우가 또한 웃으며 손을 놓으며 발을 들어 걸어 다리에 희롱하는 거동을 하니, 제 힘을 시험코자 하는 뜻을 가소롭게 여기는가 싶었다. 묻기를,

“낭중이 북경에 있으면 가솔들은 어디에 있는가?”

가정이 말하기를,

“가족은 다 흑룡강에 두었고, 첩 하나가 낭중을 좇아 머물고 있습니다.”

하였다. 음식 두어 가지를 반에 놓아 우가를 권하니, 우가가 먹으며 심히 감격하는 기색이요, 먹다가 가정에게도 집어 주기도 하는데, 가정이 또한 집어다가 먹으니 무식한 일이었다. 또,

"우가가 사냥을 잘하면 싸움도 잘 하느냐?"

물으니, 가정이 말하기를,

"싸움과 사냥이 다름이 없으니, 10여 년간은 천하가 평안하고 변방이 일이 없어 싸움을 하지 못하였습니다."

하였다. 또 묻기를,

"그 이전은 무슨 싸움이 있었으며, 자네는 싸움을 당하여 보았는가."

하니, 가정이 답하였다.

"10여 년 전에 회자국回子國이 변방에서 난을 일으켰습니다. 황제 장군을 명하여 10여만 군사로 가서 칠 때, 나는 장군을 따라 북경에서 3만 리를 들어가 전후 수십 번을 싸워 여러 번 죽을 지경을 지내고, 필경 싸움을 이겨 사로잡은 도적이 쉰세 수레가 되었습니다. 공을 이루고 돌아오니 각각 벼슬과 상을 주었는데 나는 은 수백 냥을 얻었습니다."

또 묻기를,

"회자국의 인물은 어떠하며 싸움은 어떠하였는가?"

하니, 가정이 답 왈,

"인물이 극히 사납고 힘이 세어 싸움이 치열했으나, 다만 진법이 없는 고로 마침내 이겨 항복을 받았습니다. 그 나라는 예법이 많이 없어 남녀 소마(오줌)를 서로 피하지 않아 짐승과 다름이 없었습니다."

하였다.

"여러 번 싸움에 이쪽 군사는 얼마나 죽었는가?"

"우리 군사가 반 넘게 죽었습니다. 한밤에 싸울 때 도적과 섞여 어지러워서 우리 군사를 무수히 잘못 죽이니 일로 인하여 거의 패할 뻔하였습니다."

"병기는 무엇을 썼는가?"

"총과 활, 창검을 다 쓰되, 그 중 말 위에서 쏘는 총이 극히 날쌔고 맹렬하여 도적이 가장 두려워하였습니다."

하면서 눈을 부릅뜨고 손으로 총 쏘는 모습과 창 쓰는 모습을 하니 극히 날쌔고 맹렬하였다. 손에 각지를 끼었거늘 내 보고자 하니 힘을 오래 주어 겨우 빼고, 도로 끼울 때는 침을 묻혀 간신히 끼웠다. 우가가 가정을 데리고 무슨 말을 하나, 다 몽고의 말로 하니 알아들을 길이 없었다. 가정이 말하기를,

"우리 주인이 귀한 음식을 먹고 후한 뜻을 감사하게 여기나, 길가는 사람이라 아무것도 회사할 것이 없음을 부끄러워합니다."

우가가 일러 가고자 하더니, 가정이 말하기를,

"조선 청심원이 신통한 약이라 하니 하나를 얻고자 합니다."

하고, 우가에게 몽고말로 무슨 말을 하더니, 우가가 가정을 크게 꾸짖고 손을 저으며 급히 일어나 밖으로 달아나니, 대략 회사回謝하는 것이 없는데다, 또 약을 구하는 것을 부끄러워하는 의사였다. 다시 붙잡아 교의에 앉게 하고 부사께서 청심원 하나를 내어 주니, 우가 부끄러워하는 기색이 많고, 캉 아래에서 두 번 허리를 굽혀 절하고 창황히 나가니, 그 숫되고 소탈한 거동이 기특하였다. 이때 밤이 삼경이 지났고, 내일 또 월참越站을 하는 고로 입은 채 잠깐 잠을 들었다.

12월 15일 십삼산에서 출발하여
16일 영원에 이르다

　배개에 히즈려[7] 잠이 들었더니, 하인이 닭이 운다 하고 일어나기를 청하거늘, 즉시 일어나니 죽상이 들어왔다. 서둘러 먹고 문을 나서니, 날이 그리 차지 않고 달빛이 낮 같으니 새벽 경치가 기특하다. 그러나 감기로 몸이 편치 않아 수레 문을 단단히 막고, 이불을 덮어쓰고 졸다가 깨다가 하며 대릉하大凌河까지 30리를 이르니, 아직 동이 트지 않았다. 생양점生陽店에 이르러 아침을 먹고 떠나니, 날은 잔풍이 불고 몸이 곤하여 매우 졸렸으나 잠을 자다가는 혹 감기가 더할까 하여 왕가를 보채어 무슨 말을 하라 하니, 왕가가 말하기를,

　"저는 드릴 말씀이 없으니, 노야께서 좋은 말씀을 하시면 제가 대답하겠습니다."

하거늘, 내 말하기를,

　"내 중국어를 배우고자 하지만 모르는 말이 많고 아는 말도 어훈(말소리)을 잘 못하느니라. 너희를 만나면 귀먹은 사람 같고, 벙어리 같기

──────────

　7 '히즈리다'는 '옆으로 눕다'라는 뜻의 옛말인 '히즈눕다'를 이르는 듯하다.

도 하니, 어찌 부끄럽지 아니하겠느냐. 네가 좋은 말과 말하는 어훈을 가르치면 내 그 은혜를 사례할 것이다."

왕가가 웃으며 말하기를,

"온갖 말씀을 다 하시는데 다시 배울 것이 어이 있습니까? 다만 어훈이 익숙지 못하니, 이는 첫 번 길인 탓입니다. 북경을 다녀 돌아올 적이면 자연 익힐 것이니 걱정하지 마십시오."

하거늘, 내 말하기를,

"말을 배우려는 까닭은 북경에 들어가 쓰려는 것이니, 돌아올 적은 아무리 익은들 한 번 우리나라 땅을 건너면 다시 쓸 데가 없다. 알고 있다고 한들 무엇에 쓰겠느냐?"

왕가가 웃었다. 내가 말하기를,

"네 장가를 들었느냐?"

왕가가 말하기를,

"아직 들지 않았습니다. 우리 풍속은 장가를 일찍 드는 일이 없습니다."

내가 말하기를,

"너희 혼인할 때 재물을 얼마나 들이느냐?"

왕가가 말하기를,

"정한 것이 없으니 부유한 집이면 은으로 천 냥을 넘게 허비하고, 궁박한 집은 사오십 냥으로 겨우 의지합니다."

내 말하기를,

"너희 집 형세만 하면 얼마나 들이느냐?"

왕가가 말하기를,

"제 집 형세만 하여도 여자가 혼인을 하려면 은 이삼백 냥이 들것입니다. 남자는 그 반이 듭니다."

내 말하기를,

"너희 혼인하는 예법은 어떠하냐?"

왕가 말하기를,

"만주와 한족이 각각 다르니, 우리는 한군이라 한족의 예법을 쫓으니, 혼인날 신랑이 새 의복을 입고 음식을 장만하여, 손님을 청하고 집에서 기다리면 신부가 가마를 타고 신랑의 집으로 들어와 서로 절합니다."

내 말하기를,

"절만 하고 도로 돌아가느냐?"

왕가가 웃어 말하기를,

"무엇 때문에 돌아가겠습니까? 신랑 집에서 함께 잡니다."

내 말하기를,

"함께 자면 밤에 무슨 예법이 있느냐?"

왕가가 크게 웃고,

"이는 모릅니다."

하며, 심히 부끄러워하니 우습더라. 내 말하기를,

"만주족 집은 어찌 하느냐?"

왕가 말하기를,

"만주는 신랑이 신부의 집으로 친히 나가 신부를 데리고 돌아와 예를 이루고, 신랑 집에서 또한 잡니다."

내 묻기를,

"신랑은 일품一品 대인大人의 복색을 하느냐?"

왕가가 웃으며 말하기를,

"아무리 혼인이 중한들 어찌 감히 일품 대인의 복색을 하겠습니까."

내 말하기를,

"옛 사람이 혼인을 중히 여기는 고로 품복을 입게 하였으니, 이는 옛적 중국 예법이다."

왕가가 웃으며 믿지 아니하였다.

송산보松山堡, 행산보杏山堡를 지나 고교포高橋鋪에 숙소를 정하니, 주인의 성은 주가朱哥니 왕가의 작은삼촌이다. 제 아주머니가 그 집에 머무는데도, 왕가는 수레를 내린 후 전방으로 나가고 주인도 구태여 만류하지 아니하니, 풍속이 각박하였다. 주인의 아들이 셋이니, 막내는 농마두 덕형의 양자라 한다. 서로 역졸이 해마다 이 길을 다니니 연로에 양자와 양녀를 예사롭게 두었으니 들어올 제면 우리나라 소산을 힘닿는 대로 여러 가지를 주고 주인이 또한 술과 고기를 각별히 대접한다 하였다. 아이들 팔자가 혹 나무木라 하면 우리나라 자녀 많은 사람에게 팔아 장수長壽를 바란다고 하였다. 주인의 아들이 들어오거늘, 성을 물으니 주가라 하거늘 내 말하기를,

"네 성이 그뿐이냐?"

하니, 그 아이 대답하기를,

"전가이기도 합니다."

하니, 덕형의 성이 전가라 극히 우스웠다. 맏아들의 나이는 열아홉이니, 글을 읽고 인물이 영리하거늘, 불러서 여러 말을 수작하고, 저희들 글 읽는 순서를 물으니, 먼저 백가서百家書를 읽고 다음 『삼자경三子經』, 『천자문千字文』을 읽으며 『대학大學』, 사서四書를 읽은 후에 시서詩書를 읽는다 하였다. 주인을 불러 소임을 물으니 참리站吏라 하였다. 참리는 우리나라 역졸 같은 것이다. 1년 녹봉이 은 30여 냥과 쌀 32석이라 하고, 역마 수를 물으니 한 참마다 50필이요, 매년 심양에서 9필 값을 주되 한 필마다 15냥이다. 합하여 135냥을 주어 1년 내에 50필 안에서 죽었거나 병든 말을 대신해 세우게 하니, 모두 역승을 맡아 남으면 스스로 쓰고 모자라면 자기 돈을 문다 하였다.

지나가는 관원을 대접하는 법을 물으니, 표문表文이 있는 자는 수대로 말을 주고, 음식을 해서 먹이는 것은 심양에서 미리 주는 은이 있으니, 한 사람에 한 끼 먹이는 데 돈 700씩 쓴다 하고, 100이 16문(푼)이 되고 은 한 냥에 돈 9냥씩 받는다 하였다.

연로沿路의 참站마다 일행 인마 수를 헤아려 양태糧駄와 찬물饌物을 주

되 군노 두 놈이 맡아 나누는데 반 넘게 제 것을 삼으나, 사행 분부와 일행 군관 역관의 사환을 다 두 놈이 맡아 구실이 극히 괴로운 고로, 떼어 먹는 것을 아는 체 하지 않는다 하였다.

16일 해가 난 후에 길을 떠나니 왕가가 제 아주머니 청으로 청심원을 구하거늘, 하나를 주었다. 낮참에 연산역連山驛에 이르니 구경하는 사람이 안팎에 가득 모였는데, 중 한 명이 있거늘 불러 말을 물으니, 또한 병이 있노라 하고, 청심원을 달라 하였다. 내 대답하지 아니하였더니, 사행 앞에 나아가 절하고 엎드려 여러 번 청하여 얻어가지고 물러나와, 나에게 또 부채를 달라고 하거늘, 내 말하기를,

"병이 있으면 약은 구하기 괴이치 아니 하거니와 부채는 이 동절에 쓸 데가 없을 것이니 재물을 구차하게 구하는 것은 중의 도리가 아니다."

하니, 그 중이 무료하여 물러갔다. 오수전五銖錢[8]을 파는 이가 있으니 우리나라에서 점돈(점칠 때 쓰는 돈)에 쓴다. 작은 청심원 일곱을 주고 일곱을 샀다. 식후에 길을 떠날 때 길에서 한 사람이 머리털을 앞으로 두 쪽으로 갈라 드리우고, 큰 주석 고리를 머리에 끼웠거늘, 왕가에게 물으니 도사라 하였다. 중 하나를 만났는데, 소매 너른 옷을 입었으니 우리나라 도포 모양이나 띠를 아니 매었고, 머리에 관을 썼으되 검은 비단에 솜을 두어 만들고, 제양은 우리나라 모관을 모로 쓴 모양이다.

영녕사永寧寺라 하는 절을 지나쳤으나 바빠서 보지 못하였다. 절 뒤에 높은 봉우리가 있으니, 전하여 이르기를 구혈대嘔血臺라 하는데, 이는 피를 토한 곳이라는 말이다. 건륭乾隆의 조상에 한汗(누르하치)이라 하는 오랑캐가 있었으니 대명 말년에 심양을 웅거하여 중국을 침노하였다. 이때 대명이 조정이 어지러워 변방이 부실하여 군사가 자주 패

---

8 오수전은 중국 한 무제 때 쓰던 동전으로, 여기에 무게를 나타내는 오수五銖라는 글자가 새겨져 있다.

≪연행도≫ 중 〈구혈대〉, 숭실대 한국기독교박물관 소장

하고, 백성이 어육이 되었다. 이때 원숭환袁崇煥이라는 장수가 나이 20
여 세에 불과하였으나, 위명威名과 지략이 일세에 진동하였다. 관동 군
사를 거느려 영원성寧遠城을 지켰는데 누르하치가 수십만 군사를 거느
리고 영원성을 에워싸니, 숭환이 외성 안과 내성 밖에 지뢰포地雷砲를
매복해 두었다. 오랑캐가 외성을 파괴하고 내성을 에워싸니, 한소리
방포에 땅 속의 화약이 일시에 일어나 벽력같은 소리 천지를 움직이
며, 경각傾角에 수십만 군사를 숯과 재로 만들어 공중에 날려 버렸다.
이때 누르하치가 이 봉우리에 올라 몸은 비록 죽기를 면했으나 놀라
고 분하여 피를 토하고 돌아가 병들어 죽었다 한다. 그때의 일을 상상
하면 원숭환의 모략과 공렬功烈이 백세 후에도 오히려 사람의 마음을
움직였다. 이런 장수가 오래지 않아 간신의 모함을 면치 못하였으니
어찌 애달프지 않으리오.

10여 리를 가서 외성 동문으로 들어 수백 보를 들어가 내성 문에 이
르니 문 안팎에 저자와 여염이 매우 번성하였으나, 성이 여지없이 허
물어지고 성문도 무지개 문뿐이요, 문루도 없었다. 문을 들어가 네거

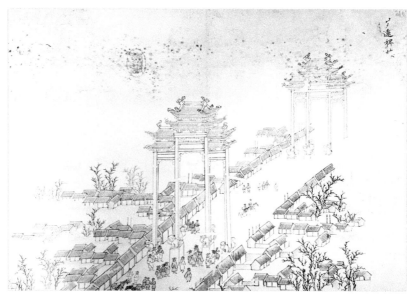

≪연행도≫ 중 〈영원패루(조가패루)〉, 숭실대 한국기독교박물관 소장

리에 이르니 구경하는 사람이 검은 담을 두른 듯하나, 종시 여자가 사나이 무리 중에 서 있는 것을 보지 못하니, 남녀의 분별은 우리나라가 당치 못하였다.

네거리에서 남으로 꺾어 수백 보를 가니, 조대락祖大樂·조대수祖大壽의 두 패루가 있었다. 이 두 사람은 원숭환이 죽은 후에 장수가 되어 이 성을 지킨 자다. 이 패루는 우리나라의 정문旌門과 같은 것이니 두 장수의 공렬을 표하기 위한 것이다. 높이 대엿 길이 되고 가운데 누는 높고 양쪽은 낮아 수십 보 너른 길에 웅장하게 가로질렀는데, 아래 위를 오로지 기이한 돌로 만들어 나무와 기와를 드리지 아니하고, 기묘한 새김으로 온갖 짐승을 그렸으니, 그 제도의 신통함이 인력으로 미칠 바가 아닐 듯하였다. 이때 나라를 어지럽히고 변방을 위태롭게 하는 적을 당하여 재물을 아껴 군사를 기를 줄을 생각지 아니하고, 무한 공력을 이런 곳에 허비하여 쓸데없는 부문을 숭상하니, 마침내 성이 함락되고 몸이 사로잡혀 나라를 저버리고 오랑캐 신복이 되니 어찌 마땅치 않으리오.

남문을 나와서 외성 밖 숙소에 이르니, 주인의 집에 석류분石榴盆 하나가 있으니, 분 모양은 우리나라 제도와 조금도 다름이 없었다. 내가 보고 여러 번 좋다고 일컬으니, 주인이 말하기를,

"좋으면 갈 때에 가져가십시오."

하였다. 부사께서 사람을 보내어 오라고 하였다. 계부를 모시고 가니 선비 둘이 와 있었다. 하나는 성명이 왕위王渭니, 평중과 더불어 풍월을 약간 창화하였으나 글이 좀스럽고 글씨도 용졸하였다. 그러나 이 땅에 든 후로 선비 이름을 가진 자를 처음 만났던 것이라, 부사 또한 기특하게 여기셨다. 여러 말을 더불어 여러 말을 수작하였지만 이루 기록하지 못하나 대강 기록하면 다음과 같다.

"학문은 누구를 숭상하십니까?"

"오로지 주자를 존숭합니다."

"한족 사람도 과거에 급제를 많이 합니까?"

"왕성한 기운이 만주에 있으니 만주 사람이 많이 합니다."

조가 형제의 사적을 물으니, 대답하기를,

"시방 조정의 촉법할 말이 많으니 못합니다."

내 묻기를,

"몇 해 전 산해관에 임본유林本裕라 하는 선비가 있다고 하는데 아십니까?"

하니, 둘이 서로 말하고,

"우리 둘 다 모르겠습니다."

하였다. 부사께서 청심원과 먹을 내어 두 사람을 나누어 주니, 한 사람은 절을 하고자 하였지만 왕위는 즐겨하지 않는 기색이었다. 하직하고 캉에서 내리는데, 하나는 내려서 몸을 굽혀 절하고 왕위는 그냥 나갔다. 돌아와 자리에 누우니 닭이 울었다.

12월 17일 영원에서 출발하여
18일 양수하에 이르다

　새벽에 일어나 죽을 먹은 후 일행 두어 사람을 데리고 말을 타고
먼저 떠나 성안으로 들어갔다. 패루 밑에 이르러 다시 자세히 보는데
이때 바야흐로 아침 저자를 베풀었다. 좌우에 생선을 무수히 쌓아 놓
고 온갖 나물을 길가에 펼쳐 놓았으니 은연히 우리나라 저자 같았다.
네거리에 이르러서 서쪽으로 꺾어 서문을 향할 때 푸자에 그림 붙인
곳이 많은데 화격과 채색이 다른 곳보다 각별히 빛났다. 길 가운데 소
한 마리를 동여 누이고 발에 자갈을 박으니, 처음 보는 것이라 매우
우스웠다.

　외성 밖에 이르니 길가에 관왕의 묘당이 있는데 극히 장려壯麗하였
다. 말을 내려 들어가니 중 두어 명이 맞이하여 문을 열어 보이고 소
상 앞에 나아가 두 번 절하니, 또한 탁자에 종을 쳤다. 집 안팎에 현판
을 무수히 붙이고 여러 문자를 새겼는데 필법이 모두 정묘하고 채색
이 영롱하니 다 관왕을 찬양한 말이었다. 대개 북경 땅을 들면서 묘당
이 특히 많으니, 수십 가구의 마을이면 관왕의 묘당이 없는 곳이 없었
다. 처마에 청룡도 하나를 틀에 꽂았거늘, 근수를 물으니 82근이라 하

였다.

동쪽 담 밖에 약왕묘藥王廟라 하는 묘당이 있으니, 이는 옛날 의술을 시작하여 약을 만든 사람을 기리기 위함이었다. 처마에 관 하나가 놓였거늘, 주검이 들었는가 하여 놀라 물러섰다. 중이 말하기를,

"이는 빈 관으로 마을 사람이 어버이를 위하여 만들어 둔 것입니다."

하거늘, 나아가 보니 붉은 칠을 영롱히 하였고, 이금泥金으로 화초와 불상을 그리고 뒤에 전자篆字로 당호堂號를 썼다. 중이 청심원을 구하여 하나를 주니, 매우 기뻐하며 제 캉으로 들어가 차를 권하려 하거늘, 길이 바빠 오래 머물지 못하노라 하고 즉시 나왔다. 묘당 문 밖에 소 목장 하나가 두어 사람을 데리고 온갖 것을 만드니, 연장 모양과 일하는 거동이 우리나라와 같았다.

성문을 나니 서쪽에도 또한 외성이 있었으나 다 무너지고 터만 남았다. 성 밑을 좇아 남쪽으로 수 리를 가니 조가들의 무덤이 있었다. 그 중 두 무덤은 분상墳上을 벽으로 쌓고, 앞에 표석을 세우고, 상석과 향로석이 다 있으나, 두 무덤은 분상이 무너지고 그 위에 나무 있는데, 한 아름이 넘으니 괴이하였다. 앞에 문이 있으나 큰 쇠로 잠갔거늘 말 위에서 담을 넘어 보니 그 옆에 한 집이 있어 사람이 나와 이르기를,

"들어가 보고자 하면 문을 열어 주겠습니다."

하였으나, 바빠 그냥 지나쳤다. 문 밖에 여러 걸음의 패루를 또 하나 세웠으니 규모는 비록 작으나 성령性靈의 공교함은 문안과 다름이 없었다. 패루 앞 수십 보에 두 쌍 망주를 세웠으니 높이 거의 세 길이요, 위에는 각각 쇠로 용의 머리를 새겨 씌웠다.

말을 바삐 달려 체마소遞馬所에 이르니 사행이 이미 떠났다. 다시 10여 리를 행하여 왕가의 수레를 만나 말을 내려 수레를 타고 갔다. 이곳은 바다가 멀지 아니하여 가까운 곳은 혹 몇 리 밖에 떨어지지 않았다. 한 전방에 내려 허로飴餎 한 그릇을 샀는데 맛이 이상하게 짜서 먹

지 못했다. 보보餑餑 하나를 사 먹으니 좁쌀로 만든 것이다. 속에 설탕을 넣지 아니하였으나 맛이 먹을 만하였다.

평중이 수레를 타고 내 앞으로 가면서 졸다가 휘양이 벗겨지는 줄 깨닫지 못하니, 그 휘양이 땅에 떨어졌는데 왕가가 보고 집어서 감추었다. 평중이 깨어나서 휘양을 찾으니 왕가가 모른다고 하거늘, 내 그 기색이 수상함을 의심하여 수레 안을 두루 뒤지니, 과연 요 밑에 감추어 두었다. 내가 왕가에게 말하였다.

"이 휘양이 여기 있는데 네 어찌 모른다고 하느냐?"

왕가가 말하였다.

"제가 길에 떨어진 것을 얻었으니 임자가 비록 있은들 값을 받지 않고 공연히 줄 수 있습니까?"

"길에서 떨어진 것을 줍지 않는다고 하는 것이 너희 풍속이거니와, 수천 리 동행하는 사람을 도와줄 생각은 아니하고, 잃은 것을 주워 굳이 감추고 값을 받으려고 하니, 어찌 사람의 행실이냐?"

"제가 줍지 않았으면 그 휘양을 잃었을 것이니, 제가 비록 우연히 얻었으나 어이 값을 주지 않고 공연히 가져가려고 합니까."

"내 너를 사랑하여 정분이 깊은 고로 너를 옳은 길로 인도하고자 하나, 사람이 재물 얻기만 생각하고 옳은 도리를 돌아보지 아니하면 마침내 더러운 인물로 돌아가느니, 임자 있는 휘양을 감추고 값을 받으려고 하면 창다오와 다름이 없도다."

내가 이렇게 말하니 왕가가 버럭 화를 내며 말하기를,

"제가 길에 떨어진 것을 주웠을 따름이요 도적질 한 것이 없으니, 노야께서 어이 창다오라 하십니까? 노야께서 아무리 일러도 값을 받기 전에는 내 아니 내놓을 것입니다."

하였다. 내 말하기를,

"네 창다오의 이름에는 노하나, 창다오의 일은 부끄럽게 여기지 아니하니, 족히 더불어 말할 것이 없다. 이때까지 너를 사랑하던 것을 뉘우치고 오늘부터는 다시 말을 아니 할 것이니, 네 마음대로 하라."
하고, 종일 말을 아니 하니, 왕가 처음은 노색이 가득하더니 식경이 지나매 부끄러워하고 뉘우치는 기색을 보이고, 자주 돌아보며 말을 하고자 하나, 내 못 본 체하고 잠잠히 앉았으니 더욱 무안해 하였다.

사하소沙河所에 이르러 점심을 먹었다. 주인의 성은 곽가郭哥로 상이 풍후하고 인물이 얌전하였다. 캉 앞에 교의를 놓고 교의 앞에 글 읽는 데 쓰는 높은 탁자를 놓았거늘, 역관에게 그 사람이 글을 아는가 물으라고 하니 역관이 곽가에게 묻기를,

"그대 전방에 있으며 구구한 생리를 일삼는 데 저 탁자를 놓았으니, 이 가운데서 능히 글을 읽습니까?"
하였다. 곽가가 말하기를,

"일이 있으면 아이들을 가르치고 일이 없고 조용한 때면 혹 책을 봅니다."
역관이 말하기를,

"그러하면 과문을 지어 과거를 착실히 봅니까?"
곽가가 말하기를,

"과문을 하다가 버린 지 10년이 넘었습니다."
역관이 묻기를,

"이미 글을 하면 어이 과거를 구하지 아니합니까?"
곽가가 대답하기를,

"과거를 하여도 별양 즐거운 일이 없고, 과거를 아니 하여도 별양 괴로운 일이 없으니, 무엇 때문에 반드시 얻지 못할 일을 구차히 하겠소이까?"
역관이 말하기를,

"그대 마음을 속여 겉으로 큰 말을 하는 것입니다. 사람이 세상에 나서 과환科宦보다 더 중한 일이 있습니까? 지체가 높고 녹봉이 두터워 위엄과 재물이 평생의 지기를 펴게 하니, 이것이 진정 장부의 일입

니다. 이제 그대를 보니 몸이 전방에 있어 길 가는 사람의 종과 다름이 없고, 방전과 나무 값을 흥정하여 터럭 같은 이익을 다투니 마음이 자잘하고 일이 용속한지라, 비록 구차히 굶주림을 면하나 몸이 욕되고 사람이 업신여기니, 이것이 괴롭지 아니하겠습니까."

곽가 하늘을 우러러 크게 웃으며 말하기를,

"그대는 과거를 하여 벼슬 있는 사람이라 스스로 자랑하여 그런 말을 하거니와 이 겨울을 당하여 눈바람을 무릅쓰고 도로의 고행을 극진히 겪으니, 이것이 무슨 연고라 하겠습니까? 지체가 비록 높으나 남의 눈을 좋게 할 따름이요, 녹봉이 비록 두터우나 허비하는 것이 또한 적지 아니하고, 내 위에 높은 사람이 있으니 위엄을 보이지 못할 곳이 있고, 사람의 욕심이 한정이 없으니, 재물을 가히 자랑하지 못할 것입니다. 더구나 임금을 두려워하고 법을 조심하니 무슨 지기를 펼수 있겠습니까. 앞을 보고 뒤를 잊으며 복을 탐하고 화를 생각지 아니하니, 그 미혹함을 볼 것입니다.

아침에 문을 열어 행인을 맞이하고 아이들을 가르치며 주식을 정히 만들어 먼 길에 괴로움을 위로하니, 비록 값을 받으나 이는 행인이 줄만한 것이요 나 또한 받을 만한 것이라 도리에 해롭지 아니하고 법에 그르지 아니하니, 이로 인하여 세간을 갖추고 처자를 거느려 집안이 화락하고 일신이 평안한 것입니다. 체면은 비록 낮으나 남에게 업신여김을 받지 아니하고, 녹봉이 비록 없으나 내 몸에 배고픔과 추위를 면하고, 위엄이 없으나 남들의 원망을 사지 아니하고, 재물이 적으나 이웃의 보채임을 받지 않습니다. 몸에 일이 없고 마음이 부끄럽지 아니하면 이것이 진정 한가한 부귀요 가없는 공명이니, 그대의 말은 가히 하나를 알고 둘을 모른다 하겠습니다."

또 탄식하여 말하기를,

"지금 시절은 한인이 벼슬할 때가 아닙니다."

하거늘, 내 듣고 급히 내려가 곽가의 손을 잡고 일러 말하기를,

"그대는 식견이 높은 사람입니다. 이 말이 족히 세상 사람의 꿈을 깨우고 미혹함을 풀 것입니다."

곽가는 웃고 말을 아니 하니, 이 사람이 필연 뜻이 있고, 저자의 숨은 사람이라 가히 더불어 말을 물음직 하나, 행차가 이미 떠났는지라 나발을 불고 밖이 요란한데 곽가 또한 밖으로 나가 다시 만나지 못하니 극히 애달팠다.

길을 나서 영원지현寧遠知縣의 행차를 만나니, 지현은 원을 이르는 것이다. 앞에 말 탄 갑군 한 쌍을 세웠으니 동개(활과 화살을 넣어 등에 지는 제구)를 차고 꽂은 궁시를 다 남대단藍大緞(남빛을 띤 중국 비단)으로 집을 하여 씌웠다. 지현은 태평차를 탔으니 위를 가마뚜껑 모양으로 만들고 흰 담으로 휘장을 하였고, 앞과 두 옆은 담 가운데 큰 유리를 붙였으니 제도가 극히 빛났다. 말을 묶은 안장을 갖추었는데, 다 도금한 장식이다.

동관역東關驛에 숙소하니 건량청에서 돼지 두 마리를 삶아 일행 하인과 배행하는 역관의 마두와 마부를 다 먹이니, 이는 전부터 하는 전례라 하였다. 수레를 내린 후에 왕가가 전방에 말을 매고 즉시 들어와 덕유에게 말하기를,

"제가 노야에게 죄를 얻어 노야께서 저를 더럽게 여기니, 저는 노야께서 사랑하던 뜻을 저버렸습니다. 그 휘양을 김 노야께 즉시 돌려 드리고 노야께 볼기 맞기를 원합니다."

하니, 덕유가 들어와 왕가의 사죄하는 뜻을 고하고 건량관이 또한 듣고 말하기를,

"그런 인물을 어찌 행실로 책망하겠습니까?"

하고 불러들이라 하니, 왕가가 들어와 말하기를,

"내 다른 사람을 속여 노야께 큰 죄를 얻었으니, 노야께서는 볼기를 많이 치십시오."

하거늘, 내가 말하기를,

관제묘

"내 어찌 감히 너를 치겠느냐? 네가 허물을 고치면 내 또한 당초에 너를 과히 꾸짖은 줄을 사죄하리니, 내일 수레 위에서 다시 말이 있을 것이다."

하고, 제육을 먹여 내보내었다.

18일 새벽에 길을 떠나니 이곳은 들이 너르고 바다가 가까워 해마다 풍한風寒을 만났는데, 이번은 날이 이상하게 따뜻하고 바람이 아니 일어나니, 일행이 다 다행이라 하였다. 중후소中後所에 이르니, 이곳은 우리나라에 들어오는 감투와 관을 만드는 곳이다. 여염이 극히 번성하고 마을 동쪽에 관왕묘가 있어 제도가 장려하고, 앞에 점하는 산통算筒이 있어 예부터 영험이 있다 하였다. 계부를 뫼시고 들어가니 소상이 별양 웅장하고 낯빛이 대추 빛이었다. 우리나라 관왕묘 소상과 같고 또 작은 소상을 앉혔다. 탁자 앞에 또 여러 소상을 세웠으니 다 장수의 모습이다. 거동이 개개 웅장하고 어둑한 집안에 서리 같은 창검이 좌우에 벌였으니 마음이 송연하였다.

관왕은 천하의 영웅이다. 범 같은 위엄과 금석 같은 충성으로 뜻을 이루지 못하고 비명에 원통히 죽으니, 이러하므로 분울憤鬱한 정신과 웅장한 혼백이 공중에 맺혀 천여 년 간 풀리지 아니하니, 자주 신병을 거느려 구름 속에 얼굴을 나타내며 천하의 옳은 싸움을 돕고 도적을 놀라게 한다. 이러하므로 중국 사람이 공경하여 섬김이 거의 공자보다 더 하고, 임진왜란 때를 당하여 우리나라에도 동관왕묘를 세웠다. 그 후에 신종황제는 수천 냥을 내리셔서 남관왕묘를 세우게 하시니, 집을 이루고 소상을 봉안하매 모든 장수 정성을 조촐히 하여 제사를

지내며 말하기를,

"제사를 파한 후에 만일 비가 오고 우레가 치면, 이는 관왕의 신령이 이르러 옴이니, 필연 큰 도움이 있어 병난을 평정할 기약이 있을 것이다."

하였다. 이때 하늘이 맑고 별이 밝으니 사람이 다 믿지 아니하더니, 제사를 거의 파할 때 즈음 홀연 바람이 일어나 서북쪽에서 검은 구름을 몰아 하늘을 덮고 천둥과 번개가 진동하였다. 사람이 다 놀라고 이상하게 여기더니 오래지 않아 관백關白 평수길平秀吉이 죽고 적병이 물러가니, 지금까지 관왕의 영험으로 여겼다. 이는 괴이한 사적이요 생각지 못할 일이다.

묘당 앞으로 각각 이 층 누각을 짓고 한편은 북을 달고 한편은 종을 달았으니, 다른 곳도 큰 묘당은 다 이 제도를 따랐다. 문 밖으로 길을 건너 10여 칸 누각을 지어 단청이 영롱하니 이는 희자戲子 놀리는 집이다. 큰 묘당에는 모두 이 누각이 있으니, 그 의사를 모르겠다. 묘당 뒤로 또 큰 집이 있고 현판을 '문창묘文昌廟'라 하였다. 문창은 천하의 문장을 차지하는 별 이름이니, 이는 그 별의 신령을 위한 것이다. 머리에 사모紗帽를 쓰고 곤룡포를 입혔으니, 얼굴이 극히 화려하여 유복한 왕자의 기상이 있다. 좌우에 적은 현판을 붙였으니, '공부에 힘쓰고 게으름을 경계하라'고 하였으니, 이는 선비들의 공부를 계칙한 말인가 싶었다. 문을 나서니 죄인 두엇이 길가에 다니거늘 물으니,

"이곳은 죄 있어 칼을 씌워도 마래기를 벗기지 아니하고, 가벼운 죄는 가두는 일이 없어 임의로 다니게 합니다."

하였다. 칼 모양은 우리나라 행차칼⁹ 같으나 네모졌다. 숙소에 내리니 구경하는 사람이 더욱 많았다. 사향 파는 사람이 많으나 사는 사람이

---

9 행차칼은 형구의 하나로 보통의 칼보다 짧으나 폭은 넓으며 죄인을 다른 곳으로 옮길 때 씌운다.

청나라 때 칼을 쓴 죄인의 모습

없거늘 물으니, 역관들이 말하기를,

"이곳 사향은 거짓 것을 만들어 사람을 속입니다."

하였다. 생강 파는 이가 있으니 크기는 우리나라 생강보다 크나 실이 많고 맛이 좋지 않다 하였다.

감투 만드는 곳을 매우 보고 싶어, 식후에 덕유를 데리고 한 푸자로 들어갔다. 문을 드니 그 안이 너르기 열대여섯 칸이요, 큰 화로 다섯에 숯불을 가득 피우고 두어 곳 큰 솥을 걸고 물을 끓이니, 그 안이 덥기가 여름 같았다. 사오십 사람이 좌우에 늘어 앉아 다 겹바지를 입고 마래기와 의복은 다 벗어 벌건 몸으로 앉아 감투를 만드니, 혹 털을 편짓는[10] 이도 있고, 혹 손에 침을 묻혀 광을 치는[11] 이도 있고, 혹 캉 아래 구유를 여럿 놓고 더운 물로 씻는 이도 있으니, 하나도 노는 사람이 없고, 뛰어다니며 손을 놀려 그 급히 서두는 모양이 놀란 거동과도 같고 일 만난 사람과도 같으니, 그 일에 성실함이 우리나라 장인을 생각하매 실로 부끄럽고 또한 드문 구경이었다.

길을 떠나니 이곳은 땅이 다 가는 모래다. 거마가 지나는 곳에 희미한 바람이 불어도 티끌이 하늘을 가려 10여 보 밖은 서로 보지 못하니, 만일 대풍을 만나면 행인이 견디지 못할 것이다. 이즈음은 서북쪽으로 점점 산이 가까워지는데, 솟은 봉우리가 은연히 우리나라에서 보던 면목이 있으니 극히 반가웠다.

---

10 '편짓다'는 목재의 감을 용도에 따라 여러 몫으로 나누어 두다, 혹은 인삼을 한 근씩 달아 묶을 때 편ᄉ을 일정한 수효로 골라 놓는다는 뜻이다.

11 '광을 치다'는 '윤기를 내다'는 뜻이다.

길가에 말똥 줍는 사람이 무수하여 거의 끝이 없었다. 쇠로 네 가지를 잇게 만들어 안으로 적이 오므라져 천연히 사람이 손을 벌린 모양 같은 연장을 한 손에 들고, 한 어깨에는 삼태기를 메어 길 가는 말이 똥을 누면 다투어 들이 달아 그 연장에 담아 삼태기에 넣으니, 매우 신속하여 미처 알아보지 못하였다. 이는 농사하는 집에서 거름에 쓰는 것으로, 길가에 거름을 쌓아 놓은 곳을 보면 혹 네모지며 혹 둥글며 혹 세모나 있으나 다 정제하고 방정하여 한 곳도 허투루 마구 놓아둔 곳이 없으니 중국 풍속이 비록 자잘한 곳이라도 구차한 이 없는가 싶었다. 양수하兩水河에 이르러 갔다.

12월 19일 양수하에서 출발하여
20일 유관에서 자다

　새벽에 길을 떠나니 날씨는 많이 차지 않으나 바람이 불고 모래가 일어나 지척을 분변치 못하여, 잠깐 사이에 사람의 의복과 낯이 먼지로 누렇게 되어 동행이 서로 보아도 누구인 줄을 거의 알아보지 못하였다. 왕가가 그의 휘양을 안날에야 평중에게 주고 값을 달라는 말이 없다고 하거늘, 이날 내가 왕가에게 일러 말하였다.

　"그 휘양은 내 것이 아니요, 휘양의 임자도 나의 친척이 아니다. 그 득실이 나와 관계한 일이 없는 줄을 네 아느냐?"

　"아옵니다."

　"네 그 휘양을 얻어 공연한 값을 받아도 내게는 조금도 해로운 일이 없는 줄을 너는 또한 아느냐?"

　"아옵니다."

　"그러하면 내 너를 여러 번 꾸짖어 값 받을 계교를 말라는 것은 무슨 마음으로 그러했겠느냐? 네 생각해 보아라."

　"제가 어찌 노야의 뜻을 모르겠습니까요? 이것은 노야께서 저를 사랑하여 그른 곳에 빠지지 않게 하기 위함입니다."

"내 말이 비록 분명하지 않으나 너는 자세히 들거라. 길 가는 사람이 그른 일이 있어도 웃고 더럽게 여길 따름이요, 마음에 거리끼지 아니함은 다름이 아니라 정분이 없어 외면하는 것이요, 친한 벗이 허물이 있으면 노하여 꾸짖어 고친 후에야 비로소 그치는 것은 다름이 아니라 아끼고 사랑하기 때문이다. 내가 너와 더불어 근본은 비록 당치 않은 사람이나, 수천 리 길에 고초를 함께 하고, 또 일찍이 네 집에 이르러 네 부친의 후한 대접을 받았으니, 내 어찌 너를 사랑하여 옳은 일로 인도코자 않겠느냐. 네 이미 내 뜻을 알았으면 내 당초에 너를 과히 꾸짖던 일에 노하지 말고, 이 일로 인하여 앞으로 더욱 조심하는 것이 어떠하느냐?"

"제가 어찌 감히 노하겠습니까요? 노야의 사랑하는 뜻을 감사히 여길 따름입니다."

중전소中前所에 이르러 조반을 파한 후에 장차 망부석望夫石을 보고자 하여 먼저 떠났으나, 바람이 점점 심하여 왕가가 다른 길로 가는 것을 매우 어려워하나, 내 노여움을 풀었는지라 감히 어기지 못하였다. 수십 리를 행하여 남쪽 작은 길로 들어 수 리를 연하여 언덕을 올라 망부석 정녀묘貞女廟에 이르렀다. 망부석이라는 말은 지아비를 기다리는 돌이란 뜻이요, 정녀묘는 정렬한 여인의 묘당이라는 말이다. 진시황 때에 천하 백성을 동원하여 만리장성을 쌓을 때, 10여 년이 지나도 마치지 못하니 주검이 장성 아래에 쌓이고 원망이 사해四海에 미쳤다.

이때 강씨姜氏라는 여인이 있었으니, 그 지아비 또한 징발된 무리에 들어, 집을 떠난 지 10년이 넘었으나 소식이 끊어졌다.

강녀묘 입구

강녀묘 소상

강씨는 그가 돌아올 기약이 없음을 슬퍼하여 어린 자식을 이끌고 수천 리 고초를 돌아보지 않고 이곳에 이르러 지아비를 찾았으나, 그 지아비는 이미 죽었다. 강씨는 설움을 이기지 못하여 이 돌 위에 올라 밤낮으로 울더니 이 때문에 죽었다고 한다. 혹 이르기를 이곳에서 밤낮으로 울다가 홀연히 몸이 화하여 돌이 되었다고 하니, 그 말이 황당하여 믿기 어려우나 대강 정렬한 여인의 사적이 있는 곳이라, 이러한 인연으로 그 돌 앞에 묘당을 지어 강씨의 정절을 표한 것이다.

들 가운데 조그만 뫼가 울창하게 솟아 있고, 그 위에 그 돌이 놓였는데, 높이가 한 길이요 너비는 두세 칸이었다. 돌 빛이 검고 윤택하며 모양이 기이하니, 강씨의 정렬한 전형이 있는 듯하다. 한편에 서너 곳 파인 곳이 있어 사람의 발자취 같으니, 이는 강씨가 섰던 자취라 전한다. 그 위에 '망부석望夫石' 세 자를 새기고 또 칠언율시 하나를 새

망부석   건륭이 지은 칠언율시

겨 강씨를 찬양하였는데, 건륭乾隆의 글씨였다.

앞으로 묘당을 세웠으니, 제도는 비록 작으나 매우 정쇄하며, 뜰과 언덕에 다 바위가 깔려 있다. 오르내리는 길의 수십 층 섬돌을 모두 벽돌로 만들고 좌우의 난간을 돌로 기이하게 꾸몄다. 강씨의 소상은 고운 여인의 형상이며 옆에 동자 하나를 세웠는데, 이는 그이가 데려 온 자식이다. 한편에 우산을 든 사람 하나를 세웠는데, 이는 길을 따라오던 종인가 싶었다. 소상 뒤로 양쪽 기둥에 각각 긴 패를 붙이고 글을 스물두 자를 새겼으니, 이는 송나라의 유명한 충신 문천상文天祥의 글이었다.

진시황은 어디 있는가?
만리장성에 원망을 쌓았을 따름이오
강녀는 죽지 아니하였도다.
일천년 한 조각 돌에 정절이 머물렀느니라.
秦皇安在哉
萬里長城築怨
姜女不死也
千年片石留貞

대개 신하가 임금을 섬기는 도리는 여자가 지아비를 섬기는 것과 다름이 없다. 의로써 합하여 골육의 친을 겸하고 하나를 지켜 죽어도 고치지 않으니, 이러하므로 군신君臣과 부처夫妻를 부자父子와 병칭하여 삼강三綱이라 이르는 것이다. 문천상은 나라가 어지러운 때를 당하여 평생 강개한 마음으로 몸을 버려 나라를 지킬 뜻을 품었는 고로, 이곳에 이르러 강씨의 정절을 생각하고 천고千古의 성명을 흠모하여 이 글을 지어 쓴 것이다.

그 글의 뜻을 의논할진대, 진시황이 천자의 높은 자리에 웅거하고 천하의 풍요로움을 누려 번화 부귀함을 평생 이목의 욕심으로 궁극히 하였는데, 몸이 죽으매 만세에 더러운 이름을 무릅써 조금도 착한 사적을 남기지 못하였으니, 이것이 '진황안재재'라는 것이다.

자손을 위하여 만세를 보전코자 하여 장성을 일으켜 오랑캐를 막았으나, 주검을 찾지 못한 채 나라가 망하고 자손이 끊어져 부질없는 역사役事로 천하 백성을 보채었다. 이는 성을 쌓음이 아니라 원망을 쌓은 것이니, 이것을 '만리장성축원'이라 이른 것이다.

강씨는 한낱 여인이라 버러지 같은 몸이요, 평생에 괴로움을 만나 한없는 설움을 품어서 홍안紅顔(젊어서 혈색이 좋은 얼굴)에 규방의 즐거움을 버리고 백골이 변방 진토塵土에 버려졌으나, 다만 높은 절의와 아름다운 이름이 만세를 흐르고 후세에 비치어 일신의 혈육은 비록 사라졌으나, 방촌方寸의 외로운 마음이 지금까지 사람의 이목을 용동聳動하니, 이것을 '강녀불사야'라 이른다.

거친 언덕에 한 조각돌이 강씨의 정신을 전하고, 정녀의 그림자가 머물러 바람이 바다를 흔들어도 이 돌은 움직이지 못하며, 상설霜雪이 초목을 후려쳐도 이 돌은 썩히지 아니하니, 망부석의 이름이 천추만세에 천지와 더불어 늙고 일월과 더불어 빛을 다툴 것이니, 이것을 '천년편석류정'이라 이르는 것이다. 이로써 강씨의 만고정절과 문천상의 두 구절 시의 필적이 천하 만세에 아내 된 여자와 신하 된 남자의 거울이 됨직하다.

내 소상 앞에 나아가 두 번 절하고 물러나니, 왕가 또한 들어와 돈한 쟈오鈔를 탁자 위에 놓고 여러 번 절하였다. 왕가는 무식한 인물이라 정녀의 사적을 알지 못하고 다만 바라는 일이 이루어지기를 구하니 그 거동이 극히 우스웠다. 중 두어 명이 있었는데 그 가운데 어른 중 하나가 두루 인도하며 사적을 가리켜 일러주었다. 제 캉으로 들어가자 해서 들어가니 그 안이 또한 맑고 깨끗하였다. 교의에 앉으니 차를 권하고 대접이 관곡하였다. 동쪽 벽 위에 관음화상이 걸려 있고, 그 앞에 높은 탁자를 놓아 그 위에 향로와 꽃 꽂는 화병 한 쌍과 차를 넣은 항아리 한 쌍을 얹었다.

청심원 둘을 내어 그 중에게 주고 문을 나와 북쪽으로 수 리를 행하여 장대將臺에 이르렀다. 전하여 이르기를, 오랑캐가 산해관山海關을 칠 때에 하루 만에 이 대를 쌓아 성 안을 굽어보게 하였다 한다. 이름은 비록 장대이나 실은 작은 성이다. 사면이 100여 보나 되고 높이가 열 길이 넘었으니, 단단하고 웅장함이 과연 금성철벽이다. 남쪽 성 밑으로 조그만 문을 내었으나, 거마車馬를 통치 못하게 하고 사람이 겨우 나들게 하였다.

그 안으로 들어가니 성 두께는 10여 보다. 안으로 네모진 바닥이 멍석을 편듯하고, 사면에 성이 둘러져 있어 은연히 우물 속에 들어가 하늘을 보는 것 같았다. 사면에 성 두께의 반을 뚫어 성문 모양을 만들었는데 그 안의 넓이는 사오십 명의 군사를 족히 감출만 하다. 한편에 다섯씩 만들었는데 이는 군사를 쉬게 하는 곳이라 하였다. 네 편 구석에 성 위로 오르는 섬돌을 내었는데, 사오십 층이 되고 벽돌이 많이 이지러져 오르기 심히 위태로웠다. 그 위에 오르니 과연 성 안의 대강이 보이고, 사면으로 굽어보니 웅장한 제도와 준절한 형세가 실로 상상이 미칠 곳이 아니다. 만일 사람과 양식이 있으면, 비록 천만 군사가 있어도 범할 길이 없을 것이다.

산해관

　남으로 바라보니 행차가 이제야 지나간다. 뒤를 따라 이리점二里店에
이르니, 이 마을은 성에서 2리 떨어진 곳이다. 산해관은 북경의 제일
요긴한 관액關阨이다. 나드는 인마와 물화를 다 조검照檢하여 금물禁物을
엄히 살피고, 우리나라 사신은 심양장군의 표문을 바친 후에야 문을
열어 들이는데, 이때 영송관迎送官이 표문을 가지고 뒤쳐졌다. 날이 저
물면 문을 여는 일이 없으니, 사행이 당상역관을 불러 영송관이 뒤처
지게 한 일을 꾸짖고, 바삐 문을 열게 하라 하였다. 여러 역관들이 산
해관 아문에 이 사연으로 정문呈文을 전하여 해 진 후에 표문을 보지
않고 문을 연다 하거늘, 일행이 다 문 밖에 나가니 아문의 관원이 미
처 이르지 못하였다.
　문 밖에 수레를 멈추고 기다려 날이 어두워진 지 오래라 성지와 여

염을 자세히 보지 못하였으나, 희미한 가운데 10여 장 성첩城堞이 반공에 비껴 있어 소견에 매우 웅장하였다. 길가 푸자에 현자絃子 소리가 한가하게 나고, 두어 사람이 서로 노래 부르며, 웃고 말하는 소리가 가까이 들리거늘 덕유를 불러 그곳을 찾아보라 하였으나, 이윽고 문이 열리며 일행의 수레와 말이 먼저 들어가기를 다투어 가히 머물 길이 없었다.

드디어 문을 들어가니 첫 문은 장성문이다. 이 문으로 들어가 수백 보를 행하여 관성문關城門으로 들어가니, 문 옆에서 갑군이 '이거 양거一個 兩個' 한다. '이거 양거'라는 것은 '하나 둘'이라는 말로 우리나라 사람의 수를 세어 들이는 말이다. 10여 보를 가니 갑군 수십이 두 줄로 늘어서서 소리를 크게 지르며 내리라 하니, 이는 아문 앞이라 마지못하여 수레에서 내려 걸어서 아문 앞을 지나가고, 그런 후에 수레를 가져오라고 하였다. 왕가가 아문에 들어가 제 거주와 성명을 치부置簿하고 표문을 맡아 가지고 간다 해서 드디어 말을 타고 갈 수 있었지만, 행차는 이미 지나가 버렸다. 벌써 어두워져 지적을 분간치 못하고, 길가의 수레 자국이 때때로 무릎까지 오르니 말이 여러 번 서슴거려 매우 무서웠으나, 불을 얻을 길이 없어 하릴없었다. 길가에 허옇고 높은 기둥이 마주 서 있거늘 이상히 여겨 가까이 가 보니, 돌로 사자를 만들어 세운 것이다. 그 안에 넓고 높은 문이 희미하게 보이는데, 이는 호부아문戶部衙門이다.

숙소에 이르니 이곳은 문창궁文昌宮이라 하는 절이다. 큰 집에 들어 두어 굽이를 돌아 계부께서 계신 곳에 이르니, 사면에 도벽을 맑고 깨끗하게 하고 벌인 기물이 기이한 것이 많아, 필연 의젓한 중이 거처하는 곳인가 싶었다. 하인에게 일러 주인 중을 찾아오라 하니, 하인이 말하기를,

"곁 캉에 여러 중이 있는데, 다 모양이 용렬합니다."

했다. 들어가 보니 젊은 중 둘이 캉에 누웠다가 일어나 인사하는데,

거동이 다 허랑하였다. 내가 묻기를,

"너희의 어른 화상和尚은 어디 갔느냐?"

하니, 그 중들이 말하기를,

"일이 있어 멀리 갔습니다."

하니, 그 중들은 말할 인물이 아니라 즉시 나왔다. 문 밖에 두어 사람이 철사로 얽은 초롱을 들고 들어오고자 하니, 그 얼굴이 다 준수하거늘 불러 보고자 하였으나 하인들이 말하기를,

"이는 다 매매를 구하는 부류입니다. 글을 하고 유식한 선비는 오는 일이 없습니다."

하고, 다 꾸짖어 도로 보냈다. 대개 사행에 선비가 곧 오면 건량청 지전을 허비하는 일이 있으므로, 반드시 가로막고 쫓아내니 원통하고 분하였다.

내가 자는 방은 문이 다 떨어져 매우 썰렁하였다. 맞은편에 잠긴 곳이 하나 있는데 건량관이 말하기를,

"이곳은 사람이 죽으면 관을 절에 두는데, 저 캉이 아마도 수상하니 열어 보기 전에는 여기서 머물지 못할 것입니다."

하였다. 나 또한 의심하였으나 발설하지 않았다. 대개 집 모양은 오랫동안 닫아 놓아 사람이 거처하던 모양이 아니요, 심히 충충하여[12] 소견이 매우 근심스럽거늘 주인 중을 불러 그 문을 열라고 하였다. 처음에는 열어 주지 않아 더욱 의심하여 여러 번 말하기를,

"너희가 사람의 주검을 여기에 감추고 감히 값을 탐내어 행인을 이곳에 재우려고 하느냐?"

하였더니, 그 중이 듣고 즉시 문을 열어 보였다. 덕유에게 들어가 보라 하니, 아무것도 없고 약간의 세간을 감추었을 뿐이다. 여럿이 다 웃고는 이내 자기로 정하였다.

---

12 '충충하다'는 '물이나 빛깔 따위가 맑거나 산뜻하지 못하고 흐리고 침침하다'는 말이다.

이윽고 한 사람이 들어오는데 의복이 선명하고 인물이 준수하니, 이는 조선과 매매하는 장사치였다. 방균邦均 땅에 있는 항가項哥이니, 예전 건량관과 친할 뿐 아니라, 건량관이 나라의 무역을 위해 가져오는 은이 많은 까닭에 들어와 반겨하는 거동이 관곡하였다. 나를 가리켜 말하기를,

　"저분은 궁자로 온 사람입니까?"

하자, 건량관이 그렇다고 하였다. 내 인하여 더불어 약간 수작을 하니, 그는 조선 사람을 익히 겪었는지라 그 말이 알아듣기 어렵지 않았다. 항가가 나간 후 여러 사람이 들어와 건량관을 찾았는데, 다 흥정을 맞추고자 하는 이들이었다. 한 명이 나를 향하여 매우 관곡히 이르기를,

　"궁자의 물화 매매는 다 제가 맡아 하리다."

하니, 내가 말하기를,

　"나는 가난한 사람이라 한 푼의 은조차 가져온 것이 없으니 무슨 매매가 있겠습니까?"

　그 사람이 다시 말하기를,

　"궁자가 되었으니 어찌 매매가 없겠소이까? 이는 둘러대는 말입니다."

　건량관이 말하기를,

　"궁자는 구경을 하기 위한 사람이요, 이익을 구하는 사람이 아니니 실로 매매할 것이 없습니다."

하였으나, 그 사람이 종시 믿지 않는 기색이었다.

　대개 북경은 사람이 번성하여 상고를 특별히 숭상하고 우리나라 매매는 이익이 되는 것이 많은 고로, 이전은 불과 5~6명이 담당하였으나 해마다 번성하여 요사이는 30여 명이 되니, 각각 단골을 맞추어 미리 은을 얻고자 다투었다. 이러므로 앞참에 마중 나와 온갖 음식으로 대접하는 법이 매우 관곡하여 심양부터는 거의 참참이 왔는데, 북경 사람의 생리도 어려운가 싶었다. 캉이 매우 썰렁해 자기가 어려워서

주인 중을 불러 불을 더 넣어 달라 하자, 그 중이 말하기를,

"청심원을 주면 불을 넣어 드리겠습니다."

하였다. 작은 것 두어 개를 주자 그 중이 나무를 가져오겠다고 하고 가더니, 이윽고 간 곳이 없어 찾지를 못하여 분통이 터졌으나 하릴없었다.

20일 새벽에 일어나 죽을 먹은 후에 먼저 떠나 망해정望海亭으로 향하였다. 망해정은 만리장성이 중국 서북쪽에서 일어나 동남으로 만 리를 뻗어 이곳에 이르러서는 바다로 수백 보를 들어가 그친 곳으로, 그친 곳의 바다를 임한 곳에 이 정자를 두어 천하에 유명한 곳이 되었다. 왕가에게 망해정을 가고자 하는 뜻을 이르니, 왕가가 말하기를,

"길을 모르니 어찌 가겠습니까?"

하고, 싫어하는 기색이 있거늘, 드디어 말을 타고 남문으로 나서니, 행중 한 사람이 함께 갔다. 문 안에 번화한 시사와 준수한 인물이 심양에 지지 아니하였다. 길에 다니는 여인을 자주 만나는데, 다 의복이 선명하며 작은 나귀를 타고, 사내 하나가 왼편에서 견마를 잡았다. 긴 옷 안으로 치마를 입었는데, 주름을 잘게 무수히 잡아 끝까지 내려오고 옆이 터졌으니, 전삼후사前三後四[13]로 한 듯하다.

성을 나서 남쪽으로 갔다. 동쪽으로 바라보니 장성 한 곳이 10여 칸이 터져 붉은 나무로 책문을 세웠다. 이는 오랑캐가 처음으로 들어올 때에, 적의 성을 헐고 들어온 곳이다. 대명 말년에 틈적闖賊[14] 이자성李自成은 천하의 사나운 도적으로, 수 년 사이에 군사가 100여만이 넘어 북경을 함락하니, 숭정황제崇禎皇帝는 만세산萬歲山에 올라 조정에 사람이 없음을 탄식하시고, 백성이 도탄에 빠짐을 슬퍼하시어 스스로 목을 매어 사직을 좇았다.

---

13 전삼후사는 앞면이 세 폭, 뒷면이 네 폭이라는 말로, 옷 앞폭에 세 번 주름 잡고, 뒷폭에 네 번 주름 잡은 것이다.

14 틈적은 명말明末 반란을 일으켜 틈왕闖王으로 불린 이자성李自成과 고영상高迎祥을 말한다.

이때 오삼계吳三桂라 하는 장수가 산해관을 지키며 오랑캐를 막고 있었다. 삼계는 이 소식을 듣고 원수를 갚고자 하였으나, 한 번 이곳을 떠나면 오랑캐의 군사를 막을 길이 없고, 이자성이 북경을 웅거하여 천하의 병력을 차지하였으니 그 형세 또한 당하기 어려웠다. 그런고로 드디어 머리를 깎고 오랑캐에게 항복하여 함께 자성을 쳐서 원수를 갚으면 천하는 다시 다른 데 돌아가지 않으리라 하니, 오랑캐가 크게 기뻐하고 허락하였으나 오히려 관문으로 들어오기를 의심하였다. 이에 삼계가

숭정황제가 목을 맨 곳. 북경 경산공원에 있다.

장성 한 곳을 군사 수만을 내어 헐어 놓은 후에 청하니, 오랑캐 수십만 정병이 일시에 들어와 산해관 서문 밖 석하石河 위에서 자성을 사로잡고, 격서를 전하여 수십 년 사이에 천하를 평정하였다. 이로부터 다 머리를 깎고 호복으로 갈아입고 지금까지 100여 년을 누리고 있으니 바로 이곳이 그 처음 들어온 곳이다.

그때의 형세를 상상하면 삼계의 계교 또한 마지못한 일이거니와, 다만 앞으로 자성을 치고 뒤로 오랑캐를 막아 힘이 미치지 못하면 몸이 죽어 구천에 머리털을 보전하고, 대명大明의 신하 이름은 고치지 아니했어야 옳았다. 마침내 공을 이루기를 구하고 죽기를 어려이 여겨 몸이 오랑캐 공신이 되고 욕을 만세에 끼치니, 어찌 애달프지 아니하리오.

남으로 5리를 가니 한 작은 성이 있고, 그 안에 작은 마을과 수백 호의 여염이 있다. 길을 물어 또 남으로 5리를 가서 바다 구비에 이르니, 바다를 임하여 2층집을 웅장히 지었으니, 이곳이 망해정望海亭이다.

망해정. 지금은 징해루란 현판을 달아 놓았다.

앞으로는 작은 집이 있으니, 누런 기와로 이어 건륭의 시와 글씨를 큰 비에 새겨서 세워 두었다. 남으로 바라를 바라보니 푸른 물결에 성에를 띄워 하늘에 닿았고, 뫼 같은 풍랑이 언덕에 부딪히매 땅이 울리며 집이 무너질 듯하였다. 서북쪽으로 의무려산 한 끝이 바다를 향하여 한 가지를 뻗었으니, 기괴한 봉우리와 위험한 구렁이 천병만마가 세차게 달려가는 형세요, 그 위에 장성 한 구비 뫼를 인연하여 웅장한 분첩粉堞(석회를 바른 성가퀴)이 구름 속에 빗겼으니, 실로 평생에 처음 보는 장한 구경이다. 드디어 성첩을 의지하여 농암선생 절구를 읊은 후에 스스로 생각건대, 만일 이곳에 이르러 이런 장관을 보지 못하면 조그만 지방의 구구한 공명이 무슨 장부의 가슴을 헤침이 있으리오.

이때 평중이 이미 좇아왔거늘, 함께 성을 따라 물가로 내려가니, 여기서부터 성이 바다 속으로 수백 보를 들어갔다. 전에 들으니 이 성

산해관 노룡두

쌓을 때 무쇠를 녹여 부어서 바다를 메우고 성을 쌓았다 하더니, 그 말은 믿지 못하나 무너진 곳을 보면 농(시루) 같은 돌에 쇠로 은정隱釘[15] 구멍을 파고 쇠를 녹여 부은 흔적이 있으니, 당초의 공력을 상상할 수 있었다.

서쪽에 또한 바다를 임하여 수백 칸 누각의 용왕묘龍王廟란 곳이 있으나 길이 바빠 들어가 보지 못하였다. 망해정은 위층에 사다리를 놓고 문을 내었으나 잠겨 있어, 지키는 사람을 불러 열어 달라고 하니, 여러 명이 무리지어 청심원을 달라 하나, 각각 줄 길이 없었다. 덕유가 없노라 하며 돌아올 때 주마하고 거짓 맹세를 무수히 하니, 나중에 중문重門을 열어 주었다. 들어가 오르니 처한 곳이 높은 고로 소견이

---

15 은정은 은혈못으로, 아래위를 뾰족하게 깎아 만든 나무못을 말한다.

더 웅장하였다. 날이 추워 오래 앉아 있지 못하고, 길이 바빠 즉시 내려와 서쪽으로 향하였다. 길이 무수히 갈라져 있어 곳곳마다 물으니 길을 찾기가 매우 어려웠다. 이즈음은 조선 사람이 흔히 다니는 곳이 아니라 아이들이 혹 놀라 울며 달아나고 혹 멀리서 바라보고 급히 안으로 들어가면 그 집 여인들이 문간에 무리지어 구경하니 왕왕이 의복이 선명하고 고운 단장이 많았다.

20리를 가서 비로소 큰길을 얻으니, 이때 날이 늦었고 매우 시장하였다. 전방을 찾아 무슨 요기할 음식을 구하니, 파는 밥 한 그릇을 주거늘, 두어 술을 먹으니 매우 되게 지은 것이고, 맛이 괴이하여 차마 먹지 못하였다. 분탕 한 그릇을 얻어 그 밥을 말아 맛을 보지 않고 억지로 먹으니, 먹은 후에 요기되기는 좋은 음식과 다름이 없었다.

예서부터는 5리 씩 띄워 너덧 길 돈대墩臺를 쌓아, 그 위에 작은 집을 세워 처마에 깃대 하나를 박고, 사면 성첩 사이에 대완구大碗口(큰 화포)를 놓았으니, 또한 봉대烽臺 모양인가 싶었다. 대 아래 한편으로 벽돌로 큰 독 모양으로 다섯을 쌓고, 위에 백토칠을 하였으니 이는 봉화 켜는 곳인 듯하다. 또 한편은 아문 제도로 짓고 두 편에 담을 길게 쌓고, 담 위에 궁시와 창검을 그렸다. 그 곁에 조그만 나무 패루를 세우고, 양쪽에 나무를 버텨 넘어지지 않게 하였는데, 다 검은 칠을 하고, 그 위에 지명과 리里 수를 썼으니, 이는 우리나라 장승 모양으로, 북경까지 그치지 않은 곳이 없었다.

봉황점鳳凰店에 이르니 조반하는 곳이다. 일행이 이미 떠나고 부방 하인이 밥상을 가지고 기다리고 있었다. 잠깐 쉬어 밥을 먹은 후에 길을 재촉하여 떠날 때 건량관이 또한 떨어져 있다가 내가 온다는 말을 듣고, 즉시 와 보고 아뢰길,

"오랫동안 돌아오지 아니 하니 필연 무슨 연고가 있는가 하여 내마중 가고자 하였습니다."

하거늘, 내가 웃으며 말하기를,

"그대 사람을 아이로 대접하시는구려. 천병만마를 헤치고 도적의 진중도 다녀오는 이 있으니, 10여 리 길에 무슨 염려가 있겠습니까?" 하니, 건량관이 웃었다. 유관榆關에 이르니 날이 어두워졌다.

12월 21일 유관에서 출발하여
22일 사하역에서 자다

　새벽에 길을 떠나 20리를 행하여 무령현撫寧縣에 이르렀다. 무령현은 예부터 사대부가 사는 곳이라 벼슬하는 집과 글하는 선비가 많이 있어 집물과 서적이 사치스럽기로 이름이 났다. 유관을 지난 후에는 연이어 산이 높고 골이 깊어 두메산골 같더니, 이곳에 이르러 다시 들이 열리고 산이 낮아 흰 모래와 긴 수풀 곳곳에 촌락이 극히 맑고 깨끗하였다. 서남쪽으로 두어 봉 기이한 봉우리가 반공에 솟아나 피지 못한 연꽃망울 같으니, 이는 창려현昌黎縣 문필봉文筆峯이라 일컫는 곳이다. 산천이 이렇듯 맑고 아름다운 고로 인물의 문명文名(글을 잘하여 세상에 이름이 알려짐)함이 여러 대를 거쳐도 쇠하지 않으니, 지리를 또한 속이지 못할 것이다.

　동문으로 들어 수백 보를 행하니, 좌우에 저자가 매우 번성하고 다니는 인물이 준수한 이가 많았다. 그 중 선명한 의복에 머리에 징자를 붙인 자는 다 선비와 품직이 있는 사람이었다. 높은 문과 큰 집이 양쪽으로 수 리를 연하여 있고 문 위에 현판이 무수히 달려 기이한 문자를 새겼으니, 다 주인의 덕행 사적과 벼슬 이력을 찬양한 말이었다.

길 북쪽에 문이 매우 높고 현판 서넛을 층층이 붙인 집이 있으니 이는 서 진사徐進士의 집이다. 서 진사는 글 용한 선비요, 집이 부유하고 서화와 집물이 기이한 것이 많아, 해마다 사행이 그 집에 나아가 서화를 구경하고 시율을 창화하여 혹 돌아온 후에도 서로 서찰을 끊지 않는 이가 있었다. 이러하므로 우리나라에 이름이 있는 사람이 되었으나 죽은 지 10년이 지났으며, 그 아들이 있으나 가산이 예 같지 아니하고, 문식이 또한 부족하였다. 이러하므로 우리나라 사람을 구태여 반기지 아니하고, 사행이 또한 들어가는 때가 드물다 하였다.

서문 안에 이르니 사행이 체마遞馬하는 곳이다. 길가에 한 집이 있는데 현판 여럿을 달았거늘, 수레에서 내려 그 문으로 들어가니 정당의 문이 잠기고 아로새긴 창에 단청이 영롱하였다. 내가 소리를 높여 주인을 부르니, 한 사람이 밖에서 들어와 이르기를,

"무슨 일이 있어 주인을 찾으십니까?"

하거늘, 내가 말하기를,

"주인이 있으면 청할 일이 있으니, 그대가 들어가 주인을 불러 주십시오."

그 사람이 말하기를,

"나도 또한 주인이니 할 말이 있으면 들어와 캉에 앉으십시오."

하고, 아이를 불러 열쇠를 가져오라 하여 문을 열고 읍하여 들이거늘, 들어가 교의에 앉았다. 그 안이 너르기 7~8칸이요, 네 벽에 서화를 무수히 붙였다. 동쪽 탁자에는 10여 갑 서책을 얹었고, 그 앞에 향로와 필통과 두어 가지 소쇄한 집물을 놓았다. 남쪽에는 두어 폭 족자를 걸었는데, 하나는 글씨요 하나는 그림이다. 그 임자는 미처 묻지 못하였으나, 그림은 채색이 희미하여 겨우 전형이 있으나 흰 비단으로 새로 꾸몄으니, 필연 오랜 필적인가 싶었다. 주인의 성은 선가宣哥요, 나이가 쉰셋이었다. 선가가 말하기를,

"그대 하실 말씀이 무엇인지요?"

하여, 내 말하기를,

"나는 조선 선비입니다. 중국에 들어와 중국의 높은 선비를 만나 보고자 했는데, 마침 그대 문을 지나다가 문 위에 여러 현판이 주인의 높은 행적을 짐작케 했습니다. 이러하므로 한번 뵙기를 청하여 높은 의론을 듣고자 합니다."

하였다. 선가 웃으며 말하기를,

"내 어찌 높은 선비 이름을 당하겠습니까."

이때 선가를 따라 들어온 사람이 네댓 사람이었다. 다 나이 젊고 단아하거늘, 내 뉜 줄 물으니, 선가 말하기를,

"이는 다 나의 친척입니다. 글을 읽어 과업을 숭상하니, 그대가 들어오는 것을 보고 구경하고자 들어왔습니다."

하였다. 차를 내오고자 하니, 덕유가 들어와 말하기를,

"행차 이미 떠나 길이 바쁩니다."

하거늘, 내가 일어나고자 하니, 선가 말하기를,

"고려 청심원이 신통한 약이라 하니, 두어 개를 파십시오."

하거늘, 내 말하기를,

"나는 상고를 일삼는 사람이 아닙니다. 하물며 병을 위하여 약을 얻고자 하면 내 어찌 아끼리오마는, 다만 길가는 사람이라 행장에 깊이 들어 있고 몸에는 가진 것이 없으니, 돌아올 때 다시 만나면 진품 두어 개를 받들어 보내겠습니다."

하고, 문을 나서니 여러 사람이 다 나와 보내었다. 이곳의 변시扁食라 하는 음식이 우리나라 만두와 같은데, 다른 곳보다 이곳이 매우 좋기로 이름이 있었다. 덕유가 한 그릇을 사 먹기를 청하였으나 길이 바빠 그저 지나갔다.

서문 안에 이르니 갑군 한 쌍이 각각 동개를 차고 말을 달려 앞을 인도하고, 뒤에 한 관원이 태평차를 타고, 또 그 뒤에 여러 명 말 탄 사람이 따랐다. 수레에 장막을 드리워 그 관원 상은 보지 못하였으나,

덕유에게 그 벼슬과 가는 곳을 물으라 하니, 북경 호부상서戶部尙書요, 무슨 공무가 있어 심양으로 간다고 하였다. 그 뒤에 두 관원이 또 왔는데, 가슴에 흉배胸背[16]를 붙였으며 얼굴이 극히 단정하였다. 그 중 한 사람은 무령지현撫寧知縣이라 하였다. 배음포背陰鋪에 이르니 마을이 두 뫼 사이에 있어 앞으로 작은 시내를 끼고 남쪽에 약간의 바위와 솔이 있으니, 의연히 우리나라 산과 계곡의 모습이다.

식후에 길을 떠나 8리를 가서 쌍망포雙望鋪에 이르렀다. 무너진 성이 있는데 사방이 100여 보를 넘지 못하니, 이는 마을(관청)을 베푼 곳이 아니라 도적이 일어나는 때를 당하여 근처 백성을 모아 성을 지켜 난을 피하게 한 것이다. 이로부터 영평부永平府에 이르기까지 작은 고개와 긴 골짜기가 수레를 겨우 용납할 곳이 많았다.

해 진 후에 영평부에 이르니 성지의 웅장함과 인물의 번성함이 영원에 비길 만하다. 두 아문이 있으니 영평부윤永平府尹과 노룽지현盧龍知縣이라 하였다. 숙소에 이르니 주인의 성은 우가禹哥였다. 캉이 정쇄하며 네 벽에 약간의 서화를 붙이고, 캉 아래 예닐곱 교의와 글 읽는 탁자 여럿을 놓았으니, 주인이 글 하는 선비인가 싶었다. 아이를 불러 주인을 청하여 오라 하니, 아이가 말하기를,

"주인이 푸자에 있어 미처 돌아오지 아니하였으니, 오래지 않아 돌아올 것입니다."

하더니, 이윽고 한 사람이 들어와 아이를 불러 무슨 기별을 하더니 그 아이가 말하기를,

"우리 큰 주인이 왔습니다."

하거늘, 내 그 사람을 청하여 캉 위에 앉히고 물었다.

"벽 위에 서화를 보고 탁자에 약간 서책이 있으니, 주인이 필연 글을 숭상하고 문장이 높을 것이라 여깁니다. 원컨대 좋은 의논을 들어

---

16 흉배는 왕, 왕세자, 문무백관이 입는 관복의 가슴과 등에 장식한 표장表章을 말한다.

해외의 고루한 소견을 밝히고자 합니다.”

주인이 말하기를,

“나는 약간 글을 읽었으나 중간에 그만두고 호반虎班 공부를 합니다.”

하고, 인하여 벽 위에 붙인 글귀 하나를 가리켜 말하기를,

“그대 이 글을 아십니까?”

하거늘, 내 중국어 발음으로 한 번 읊으니 주인이 듣고 말하기를,

“조선의 글자 소리가 중국과 다름이 없습니다.”

하였다. 내 웃으며 말하기를,

“아까 읊은 것은 중국 발음을 따라 해본 것이고, 우리 본음은 이렇지 않습니다.”

하고, 드디어 우리나라 발음으로 한 번을 읊으니, 주인이 웃으며 말하기를,

“이는 알아듣지 못하겠습니다.”

하였다. 곁에 한 사람이 있으니, 주인이 가리켜 이르기를,

“이 사람은 글이 용한 선비입니다. 그대 더불어 글을 강론함이 어떠합니까?”

하여, 내 기뻐 말하기를,

“이는 나의 소원이거니와 다만 내 북경을 처음으로 들어오는지라 말이 분명치 못하고 글을 의논하면 더욱 입을 열지 못하니, 필묵을 내어 서로 뜻을 통함이 어떠합니까?”

하였다. 주인이 말하기를,

“좋습니다.”

하거늘, 내 걸랑을 열고 필묵과 종이를 내어놓으니, 그 사람이 보고 손을 저어 싫다 하고, 즉시 일어나 나갔다. 내 괴이하게 여겨 주인에게 다시 청하라 하니, 주인이 웃고 나가더니 또한 들어오지 아니하고, 주인 아이가 들어오거늘 내 물었다.

“그 선비께서 바삐 나가시니 무슨 연고가 있느냐?”

그 아이 웃으며 말하기를,

"무슨 연고가 있겠습니까. 글을 쓰다가 노야께 웃음을 살까 두려워하는 것입니다."

하니, 내 말하기를,

"나는 외국 사람이라 어찌 감히 중국 사람을 비웃겠느냐? 반드시 그 선비가 나를 더러이 여겨 더불어 말하기를 부끄러워하는 것이다."

하였다. 그 아이 말하기를,

"어찌 그러하겠습니까?"

하거늘, 내 다시 권하여,

"그 선비를 청하여 오너라."

하니, 그 아이 나가더니 들어와 말하기를,

"그 선비 부끄러워 아니 들어오니, 또 청하여 무엇 하시겠습니까?"

하였다. 한 사람이 들어와 건량관을 보고 돈피獤皮 두어 장을 사라고 하거늘, 캉에 앉히고 그 성명을 물으니,

"유가劉哥올시다."

하였다. 벼슬을 물으니,

"영평 부윤의 서반序班입니다."

하였다. 서반은 우리나라 서리 같은 소임이다. 내가 호두석虎頭石 있는 곳을 물으니, 호두석은 범의 머리 같은 돌이란 말이다.

"남쪽으로 10리 밖에 있는데 천여 년 풍상에 남은 것이 없으니 무엇을 구경하고자 하십니까?"

"옛 사람의 사적이 있으면 비록 형체 남은 것이 적으나, 어찌 한 번 보암직하지 않겠습니까?"

"비록 보고자 하나 길 아는 사람이 없으면 찾기 어려울 것입니다."

"그대의 말씀이 옳소이다. 내 정히 길 아는 사람을 얻고자 하니, 그대 이미 그런 줄을 알진대, 날 위하여 아는 사람을 얻어 길을 가르치게 하여, 먼 데 사람으로 하여금 고인의 사적을 보게 함이 어떠신지

요?"

"그대 부디 보고자 하면 내 집에 아이 하나를 빌려주리다."

"그대의 후한 뜻에 깊이 감사드립니다. 비록 그대의 종이나 나를 위하여 공연히 길을 부리지 못할 것이니, 밝은 날 삯을 준수하게 보내리다."

"어찌 삯을 구하리오. 다만 청심원을 얻고자 합니다."

영평부는 한漢나라 때 우북평右北平 땅이다. 한나라 때 장수 이광李廣이 일찍이 북평北平(북경의 별칭) 태수가 되어 오랑캐를 막을 때 용력이 뛰어나고 활쏘기를 잘하니 오랑캐가 두려워하는 장수라 하였다. 광이 일찍이 사냥을 나갔다가 날이 저물매 술에 취하여 돌아오는데, 어두운 수풀 가운데 흰 범이 언덕을 지고 사람을 엿보니, 광이 크게 노하여 활을 당겨 힘을 다하여 쏘았다. 범이 살을 맞고도 움직이지 아니하거늘 광이 괴이하게 여겨 나아가 보니 범이 아니요, 흰 돌이 언덕 위에 섰던 것이다. 살이 그 돌에 박혀 깃 붙인 지경까지 다 들어갔거늘, 광이 크게 놀라 다시 살을 빼 두어 번을 쏘았으나 종시 들어가지 아니하였다. 광은 천고의 유명한 장수요, 이런 괴이한 사적이 있는 고로, 이곳 사람이 지금까지 전하여 무식한 아이들이 다 이장군의 호두석이라 일컫는다.

22일 동틀 무렵에 일어나 덕유를 불러 유가의 집에 가 사람을 데려오라 하니, 밥을 미처 먹지 못하였다 한다. 이날 길이 두 참이요, 행차가 바야흐로 떠나시니 기다리지 못하고 그저 가고자 하여 덕유를 보내어 유가의 실없음을 꾸짖으라 하니, 유가 급히 따라와 이르기를,

"내 어이 믿음을 저버리겠습니까? 내 종이 비록 밥을 못 먹었으나 다른 것으로 요기를 시켜 지금 내어 보낼 것이니 먼저 서문으로 나가십시오."

하거늘, 내 말하기를,

"만일 미처 오지 못하여 서로 잃어버리면 중도에 낭패를 면하지 못

할 것이니, 그대 생각하여 이르시오."

하였다. 유가 말하기를,

"내 어찌 모를 리가 있겠소. 염려 마십시오."

하거늘, 청심원 둘을 내어 유가를 주어 말하기를,

"오늘 고적을 구경함은 그대의 은혜이니, 돌아올 때 그대의 집에 나아가 몸소 사례하리라."

하였다. 드디어 서문을 나서니 평중이 듣고 또한 함께 갔다. 서문을 나서 호두석 길을 물으니 한 사람이 말하기를,

"동쪽 작은 길로 가십시오."

하였다. 말을 머무르고 기다리니, 유가의 종이 덕유를 데리고 왔다. 그 아이를 내 말 앞에 세우고 제 성명과 길을 물으니, 그 아이 극히 영리하고 말이 분명하였다.

"네 호두석을 아느냐?"

"호두석은 범 같은 돌이니, 옛날 이 장군이 활 쏘던 곳입니다."

"게 무슨 구경이 있느냐?"

"무슨 구경이 있겠습니까? 언덕 위에 한 뭉치 돌이라 조금도 기이한 것이 없으나 다만 고적이라 하여 사람이 귀하게 여기고 그 위에 비를 세웠으니 비에 쓴 글을 보면 알 것입니다."

오른쪽은 청룡하靑龍河를 끼고 왼쪽은 높은 산이 이어졌다. 산 위에 한 절이 있어 누각이 매우 웅장하거늘, 그 이름을 물으니 난대사灤臺寺라 하였다. 7리를 가니 한 마을이 있고 마을 북쪽에 비 하나가 서 있다. 말을 내려 보니 강희康熙 때 채가蔡哥의 비석이다. 마을 이름을 물으니 호두석점虎頭石店이라 하였다. 작은 고개를 넘으니 아이가 가리켜 아뢰기를,

"저 비를 보십시오."

하니, 과연 물가 언덕에 작은 비 하나가 서 있다. 말을 바삐 몰아 그 밑에 이르러 말을 내려 보니, 비에 새겨 있기를 '한비장군사호처漢飛將軍

射虎處’라 하였으니, 한나라 때 비장군이 범 쏜 곳이란 말이요, 그 뒤에
도 새겼는데 ‘강희 16년(1677)에 세우다’라 하였다. 그 아이를 불러 호
두석을 가리켜 보라 하니, 그 아이 비 위에 한 돌 무더기를 가리켜 말
하기를,

　“이것을 호두석이라 합니다.”

하였다. 내 말하기를,

　“네 사람을 속이는구나. 이것이 무슨 범 같은 모양이 있느냐?”

하니, 그 아이 말하기를,

　“제가 어이 알겠습니까? 노야께서 비를 보았으니 내가 속이는 것이
아님을 알 것이요, 또 이 돌이 가까이 보면 같지 아니하나, 멀리서 보
면 은연히 범이 엎드린 형세가 있습니다.”

하였다. 내 말하기를,

　“이 돌에 화살이 들어간 구멍이 있을 것이니, 네 가리켜 보아라.”

하니, 그 아이 웃으며 말하기를,

　“여러 천년이 넘었으니 구멍이 어이 그대로 있겠습니까?”

하였다. 내 또한 웃으며 말하기를,

　“만일 구멍이 없으면 네 사람을 속이는 것이다.”

하니, 그 아이 웃고 말하기를,

　“노야께서 고적을 보지 아니하고 사람을 희롱하십니다.”

하였다. 대개 그 돌이 비록 미쁘지 아니하나 예부터 전하여 이르는 곳
이니 필연 멀지 않을 것이요, 그 돌을 자세히 보니 빛이 희고 반은 흙
속에 감추어져 있어 어두운 수풀에서 취한 눈으로 보면 혹 범으로 의
심하기 괴이치 아니하고 또 그 돌이 단단한 바위가 아니라 석비레[17]
같은 것이니, 살이 들어가는 것도 혹 괴이치 아니할 듯하였다. 내 평
중에게 말하기를,

---

[17] 석비레는 푸석푸석한 돌이 많이 섞인 흙을 말한다.

"우리가 행역의 괴로움을 돌아보지 아니하고 빙설을 헤치고 이곳에 이르러 다만 한 용렬한 돌 뭉치를 보고 가니, 어찌 동행의 웃음을 면하리오. 그대 의사는 어떠시오?"

평중이 말하기를,

"고적을 귀히 여기고 흥미를 취하면 무미한 곳에 참 구경이 있는 것이니, 어찌 반드시 이목의 일시 즐거움을 구하겠나. 모르는 속인의 웃음을 또한 부끄러워할 것이 없네. 이곳에 이르러 그때의 정황을 상상하면 음참한 바람이 저녁 수풀을 움직이고 희미한 달에 뫼 길이 어두운지라 사냥을 파하고 필마로 돌아올 때, 이마가 흰 모진 범이 갈 길을 막았거늘, 취안을 부릅뜨고 원비猿臂¹⁸를 잠깐 들어 살 끝에 벽력 소리 호산을 진동하니, 그 웅장한 의기와 호준한 기상이 눈앞에 펼쳐 있고, 마음이 용동하니, 이는 천고의 기이한 고적이요, 우리의 제일 장관이로다."

하고, 또 말하였다.

"오히려 애달픈 일이 있으니, 이곳에 와서 연남燕南의 좋은 술을 백배百杯를 기울이지 못하고 눈 속에 추위를 참아 행색이 쓸쓸하니, 나는 장군의 신령이 우리를 웃을까 저어할 따름이구나."

내가 크게 웃으며,

"좋습니다."

하고, 말을 타고 돌아올 때 수십 보를 행하다 말을 두드려 세우고 다시 돌아보니 과연 범의 전형이 있으니, 만일 수풀이 성하고 풀이 푸르면 범으로 의심하기를 괴이치 아니할 것이다. 그 아이가 따로 가고자 하니 아승두 하나를 주니 그 아이 말하기를,

"부채는 내 원치 않으니, 청심원을 주십시오."

하나, 이때 가진 것이 없어 소전 이백을 주어 음식을 사 먹고 가라 하

---

18 원비는 원숭이처럼 긴팔을 뜻하나, 주로 활쏘기에 알맞은 팔을 비유하는 데 쓰는 말이다.

였다.

서문 밖에 이르러 청룡교를 건너는데 길에 섶을 메고 가는 사람이 많으니, 한 발 나무를 넓게 다듬어 어깨에 메고, 두 끝에 줄을 매어 섶을 달았으니, 이것의 이름을 편담扁擔이라 하였다. 이곳은 온갖 짐을 등에 지는 일이 없고 다 이것으로 멘다. 양쪽 어깨에 둘러메니, 이는 인력이 덜 지칠 것이요, 몸을 약간만 굽히면 짐이 땅에 놓일 것이요, 쉬기도 또한 편하나, 높은 데와 험한 길에는 두루 걸려 쓰기 어려울 것이다.

한 사람이 말을 맨등에 타고 말 100여 필을 앞뒤에 거느려 냇가에 물을 먹이고 돌아오니 긴 채를 들고 괴이한 소리를 하여 여러 말을 몰아오니, 말이 그 무리를 지어 제 항오行伍를 떠나지 아니하니 이상하였다. 그 사람이 나를 보고 말하여 몇 마디 나누었다.

"그대 남쪽 길로 나오니, 호두석을 보고 오는 길입니까?"

"그러합니다. 그대도 호두석을 알고 있습니까?"

"당신네 외국 사람이 아는 곳을 내 어이 모를 리가 있겠소?"

"우리는 필마를 탔는데도 오히려 견마를 들렸는데, 그대는 안장 없는 말을 타고 한 채로 100여 필 말을 모는 모양을 보니 짐짓 사나이 일입니다."

그 사람이 웃으며 갔다. 20리를 가서 전방에 내려 밥과 분탕을 사 먹었다. 이 전방은 술 파는 곳이다. 온갖 술이 다 있어 근 수를 달아 팔고, 작은 납병에 받아 조그만 잔에 부어 마시니 한 잔에 담긴 술이 한 모금을 넘지 못하는데도 거의 열 번을 쉬어 마시고, 한 번을 마시매 눈살을 찡그리니 소견에 못 먹는 사람 같으나 많이 먹는 이는 저물도록 쉬지 않고 여러 번을 먹는다 하였다.

야계둔野鷄屯에 이르니 조반을 하는 곳이다. 행차가 미처 떠나지 못하고 계시거늘, 계부께 들어가 뵈니, 상사 부사께서 모두 호두석을 물으시니 내 소견으로 대답하고 평중의 말을 전하니, 모두 크게 웃었다.

곁에 한 역관이 말하기를,

"몇 해 전에 우리나라의 정승이 상사로 들어와 돌아올 때 야계둔에 이르러 쌍교雙轎를 떨치고 호마胡馬 하나를 얻으니 매우 크고 재빨랐습니다. 견마를 물리치고 손수 채를 들어 바로 호두석 밑에 이르러 오래 배회하여 날이 늦으매, 술을 대취하고 채를 쳐 말을 달리니 일행 추종이 다 따라 갈 수가 없었습니다. 홀로 필마를 달려 영평부로 들어와 말하기를, '오늘에야 으뜸 고적을 보고 제일 좋은 놀음을 하였노라' 하니 평중의 말씀이 과연 이 정승의 소견입니다."

하니, 다 웃었다. 나와 비장들이 있는 캉에 들어가니 여러 비장들이 다 호두석 구경을 묻거늘, 내 희롱하여 말하기를,

"뫼 밑에 큰 돌이 있는데 짐짓 범의 모양이었습니다. 처음에는 무서워 나아가지 못하겠더니, 나중에 가까이 들어가 자세히 보니 살 들어간 구멍이 완연하고, 구멍에 손을 넣어 보니 살촉이 여태 박혀 있었습니다."

하니 모두 크게 웃었다.

식후에 길을 나니 길가에 갖가지 과수果樹가 줄줄이 무수히 서 있는데, 그 중 배나무가 많고 넓은 그릇에 배를 곳곳에 담아 놓아 행인에게 사라고 하였다. 왕가가 두어 개를 사 먹으며 하나를 권하니, 추운 길에 기침이 무서워 먹지 못하였다. 배 크기는 우리나라 배와 같으나 빛이 붉고 윤택하여 갓 딴 것 같으니 과실 간수하는 법이 이상하였다. 밭고랑에 무슨 나무를 심었는데 수백 보를 줄로 친 듯하니, 이 나무는 잎은 뽕잎 같고 껍질은 닥나무 같아 종이를 만드는 것이다.

사하역沙河驛에 이르렀다. 작은 성이 있으나 다 무너지고 성문이 또한 모양이 없었다. 마을이 심히 쓸쓸하여 숙소로 정한 집에 우리가 머물 곳이 없어 길 건너 다른 집을 얻어 잤다. 이때 어디서 태평소 부르는 소리가 나거늘, 주인이 심히 무식하였지만 불러 물었다.

"이 소리는 어디서 나는 것입니까?"

"마을에 사람이 죽어 이것을 부릅니다."

"상갓집에서 풍류를 하는 것이 이곳 풍속입니까?"

"우리는 사람이 죽으면 사흘 만에 생황, 태평소와 갖가지 풍류를 갖추어 죽은 사람을 즐겁게 합니다."

"한족의 집도 이리 합니까?"

"이 일은 만주와 한인이 다름이 없습니다."

밤에 길거리로 큰 징을 울리며 잠자지 말라 외치거늘, 주인에게 물으니 주인이 말하였다.

"조선 사람이 왔는고로 그리합니다."

"조선 사람을 당신들의 도적으로 알아 무엇을 잃을까 하는 것입니까?"

주인이 웃으며 말하였다.

"어찌 그러하겠습니까? 조선 사람의 짐을 잃으면 마을에 피책被責이 오는 고로 조선 사람을 위하여 그리 하는 것입니다."

12월 23일 사하역에서 출발하여
24일 옥전현에서 자다

심양 동쪽은 숙소로 들어간 집이 다 높고 너르더니, 산해관 안팎은 큰 집이 적고 세간 집물이 다 가난한 모양이 많았다. 평명에 길을 떠나 망해정과 호두석을 다 말로 왕래하고 수레를 타지 않으니, 왕가가 심히 부끄러워하고 불안해하는 기색이 있더니 이날 나에게 일러 말하기를,

"노야께서 망해정과 호두석을 보시니 어떠하더이까?"

내 말하기를,

"두 곳은 다 천하의 유명한 곳이다. 그 경치와 고적을 어찌 입으로 전하겠느냐."

왕가가 말하기를,

"그러면 저를 함께 데리고 가서 보게 하지 아니하니 노야께서 저를 사랑하시던 정이 어디 있습니까?"

내 꾸짖기를,

"네 과연 간사한 인물이로다. 네 수 리里를 도는 길을 괴로이 여겨 핑계 대는 말이 있으니, 내 비록 걸어 다닌들 어찌 네게 구차히 빌어

수레를 타자고 하겠느냐? 네 이미 스스로 면하여 아니 갔거늘 이제 도리어 나를 원망하니, 우리나라 속담에 '도적이 도리어 매를 든다'라는 말이 과연 너를 이른 말이구나."

왕가가 낯빛을 붉히며 말하기를,

"쇤네 길을 모른다고 아뢰었고 가기를 괴로이 여김이 아니었거늘, 노야께서 쇤네를 의심하여 다시 하신 말씀이 없고, 계속 말을 타고 다니시니, 실로 낯이 부끄럽습니다."

내 말하기를,

"네 진정 괴로이 여기는 일이 없었다면 이는 나의 과격함이니 내 스스로 부끄럽구나."

왕가 말하기를,

"노야께서 극진히 저를 사랑하시니, 내 어찌 수 리 길을 괴로이 여기겠습니까? 요사이는 날이 춥고 구경할 때가 아니거니와, 돌아올 때는 어디라도 함께 모시고 갈 것이니, 노야께서는 다시 의심을 마시기 바랍니다."

내 말하기를,

"네 뜻이 이러하면 내 어찌 의심하겠느냐? 다만 네 말과 마음이 서로 응치 않을까 염려스럽구나."

왕가가 머리를 흔들며 말하기를,

"그렇지 않을 것입니다."

하였다. 이즈음 이르러 빌어먹는 사람이 많은데, 아이를 데리고 있는 여인이 많아 혹 아이를 가리키며 길가에 엎드려 절하고 말하기를,

"대노야大老爺, 돈 한 푼 주십시오."

하니, 소견이 불쌍하였다. 덕유를 불러 소전 두어 푼씩 주고 덕유가 없으면 왕가에게 주라고 하였다. 여인은 모두 발이 작은 한족 여인이었다. 전에 들으니 한족 여인은 발이 작은 고로 바람이 불면 다니지 못하고, 다녀도 벽을 붙들고 겨우 걷는다 하더니, 비는 여인들이 왕왕

수레를 채를 붙들고 따라오면 왕가가 짐짓 말을 채찍질하여 바삐 몰아가며 돈을 천천히 빼며 그 거동을 보는데 수레 채를 종시 놓지 아니하고, 혹 채를 잡지 않고 수백 보를 따라오며 보채니 불쌍한 가운데 괴로운 때가 많았다. 빌어먹는 여인의 의복이 다 남루하나, 오히려 머리에 꽃을 꽂고 그 위에 각색의 관을 썼으니 우스웠다. 내 왕가에게 물었다.

"나는 저 여자가 매우 불쌍해 보이는데 네 그 곡절을 아느냐?"

"노야께선 가난하여 빌어먹음을 불쌍히 여기는 것입니다."

"그럴 뿐 아니라 비는 여인이 다 발이 작고 발 큰 여인은 하나도 보지 못하니, 이는 다름이 아니라 한족이 형세를 잃어 생리가 어려운 고로 처자妻子가 유리遊離하여 이 지경에 이르렀으니, 혹 전조 때 벼슬하던 집이면 어찌 더욱 가련치 않겠느냐? 너희도 비록 한군이나 근본은 한인과 한가지다. 저런 것을 보거든 각별히 불쌍히 여기거라."

"조선은 기자의 자손이라 하니, 노야도 그 자손이 되는 것입니까?"

"우리는 비록 자손이 아니나 외손은 아니 되는 집이 거의 없느니라."

"요동 동쪽이 옛날에는 조선에 속하였다 하니, 노야께서는 아십니까?"

"내 어이 모르겠느냐? 너희 낭자산이 또한 조선 땅이니, 너도 근본은 조선 사람이다."

왕가가 웃으니 내 또 말하였다.

"만일 우리나라가 황제께 청하여 옛 땅을 도로 찾으면 너희도 다시 조선 백성이 되어 머리털을 길러 우리 복색을 좇을 것이니, 어찌 좋지 않겠느냐?"

왕가 웃으며 말하기를,

"머리털을 깎지 않으면 가려워 견디기 어려울 것입니다. 또 조선 사내들의 머리를 보면 계집과 다름이 없으니, 어찌 부끄럽지 않겠습니까?"

내 물었다.

"네 집에 선대의 화상畫像이 있느냐?"

"저희 집에는 없으나 다른 집에는 흔히 있습니다."

"그 복식이 무슨 제도더냐?"

"명조 때 화상은 다 사모단령紗帽團領이요, 머리털을 깎지 아니하였습니다."

"그러면 네 조상도 근본은 우리 머리 제도와 같으니, 네가 지금 우리 머리를 나무라는 것이 옳으냐?"

왕가가 웃고 말을 아니 하였다.

산해관을 들어온 후에는 나귀가 매우 흔하였으나, 모두 작은 것들이라 사람 하나를 이기지 못할 듯한데, 역참마다 세 주는 나귀가 무수하여 10리에 불과 소전 7~8푼이었다. 이따금 의복이 더럽고 빌어먹는 모양이지만, 큰 대련에 짐을 많이 넣어 안장 뒤로 얹고 앞으로 앉아 손에 채를 쥐었는데, 큰 조초독 같은 나무였다. 그 채를 한 번 치면 뼈가 으스러질 듯하니, 소견이 잔인殘忍하였다.

나귀 안장은 극히 허름하고 나무로 만든 등자였다. 우리나라 사람이 오면 길가에 무수히 늘어서서 삯을 주고 타기를 청하니, 하인들이 혹 거짓 타려고 한다 하고, 따라오라 하면 나귀 임자는 그 말을 듣고 따라온다. 왕왕 4~5리를 가다가 값이 없어 못 타노라 하면, 그저 돌아갈 따름이요, 하나도 노하여 욕하는 이 없으니 중국 사람의 소탈한 성품이 기특하나, 우리나라 사람은 부질없는 간사를 부려 다른 나라에 신의 없음을 보이니 분통이 터졌다. 마두 놈이 길가의 행인을 부질없이 침노하여 욕하고, 혹 가만히 흙을 쥐어 입에 넣으면 다 웃고 뱉을 따름이요, 종시 노함을 보지 못하니 이상하니, 우리나라가 예부터 중국으로부터 간사한 이름을 얻은 것이 이상하지 않았다.

산해관을 든 후에는 길에 양과 염소와 돼지를 몰면서 가는 이가 많으니, 다 수백 두를 무리를 지어 앞에 큰 염소를 세웠는데, 목에 방울을 달았으니, 그 염소 가는 곳을 따라가는데 한 마리도 따로 떨어지는 일이 없고, 사람 하나가 채를 들고 뒤에 한가로이 따라 가니 어거하는 법도가 있으려니와, 짐승의 성품이 또한 우리나라와 다른가 싶었다.

50리를 가서 진자점榛子店에 이르렀다. 숙소의 맞은 편 캉에 사람이 여럿이 앉아 있고, 그 중 늙은 사람이 모양이 심히 어른스러웠다. 구레나룻이 배를 지나는데 앞턱은 다 깎았으니 소견이 괴이하였다. 대저 수염이 많은 자는 앞턱을 깎은 이가 많은데 그 영문을 모르겠다. 그 노인을 불러 성을 묻고 두어 말을 수작하니, 약간 글을 하는지라 알아듣지 못하는 글자는 손바닥에 써 보이니 내가 유식한 사람인가 하여 각별히 공순하게 대접하더니, 밥을 먹고 문을 나서매 그 노인이 부채와 종이를 들고 나에게 이르기를,

"그대 하인이 방값을 다 못 쓸 것을 주니 일러 주시오."

하니, 그 거동이 극히 용속하거늘 내가 말하기를,

"이는 나의 알 바 아니니 일러도 내 말을 듣지 않을 것이오."

하였다. 노인이 말하기를,

"그대는 벼슬 있는 사람이니, 어찌 말을 듣지 않겠습니까? 필연 평계하는 말입니다."

하니, 내 말하기를,

"무슨 평계를 댄다고 그러시오. 내 또한 한마디 하겠소이다. 중국말에 이르기를 '천 리의 손을 잘 대접함은 만 리에 이름을 전하고자 함이다' 하니 그대의 캉에 잠깐 앉아도 상한 것이 없고 그대 또한 허비함이 없으니 방값을 바라지 않아도 가하고 혹 받은들 좋고 나쁨을 어이 다투겠습니까."

하니, 그 노인이 대답하지 않고 물러섰다.

20리를 가니 들이 다시 열렸다. 서쪽으로 바라보니 수풀이 하늘에 닿았고 아득히 백탑이 보이거늘, 풍윤성豊潤城 남쪽에 있는 탑이라 하였다. 길에 바퀴를 단 수레를 여럿을 만나니, 위를 꾸미고 밑으로 바

퀴를 구르게 만든 것은 작은 수레이니, 사람 하나가 뒤로 두 채를 어깨에 메고 앞으로 밀며 다니고, 혹 양쪽으로 꾸미고 바퀴를 그 가운데로 구르게 하니 이는 큰 수레이다. 하나는 뒤로 어깨에 밀고, 하나는 줄을 매어 앞으로 끄는데 혹 사람이 타거나 무거운 짐을 실으면 둘이 끌었다. 이 수레 가진 사람은 다 의복이 남루하고, 실린 짐이 다 피폐한 행장이다. 밀고 당기는 거동이 심히 가빠하는 모양이니, 필연 가난한 사람이 쓰는 것인가 싶었다. 산동 사람이 많이 쓴다고 하고 말의 목에 열다섯 방울을 달았으니, 긴 줄에 달아 가슴걸이를 삼은 것은 산서 사람이라 하였다.

풍윤현에 이르니 날이 아직 일렀다. 이곳이 예부터 벼슬하는 집이 많고 글 용한 선비들이 있다 하니, 아무도 인도하여 찾을 사람이 없고, 역관에게 구하여 오라 하면, 다 긴요하지 않게 여기는 기색이라 하릴없었다. 두어 사람이 들어오는데 인물이 적이 청수淸秀하거늘 내 맞이하여 캉에 앉히고 그 성을 물으니, 곡가谷哥라 하거늘 내 물었다.

"곡응태谷應泰를 아시는지요?"

"나는 그 종손입니다."

그 곁에 사람이 가리켜 말하였다.

"이는 그 종손입니다."

곡응태(1620~1690)는 명말 사람이다. 청조에 벼슬하여 도어사都御史에 이르고 문장이 매우 높아 명나라 사기史記를 지어 세상에 전하였다. 내 말하기를,

"곡 어사는 문장이 뛰어나 우리나라에도 이름이 있는 사람입니다. 그 자손이 응당 문학으로 세업을 이을 것이니, 그대의 공부와 문장을 듣고자 합니다."

모두 말하기를,

"약간 과업을 숭상하나, 어찌 선업을 따르지 않으리오."

내 말하기를,

"이 땅에도 문장이 높은데 과거를 구하지 않고 성현의 사업을 배우고자 하는 이가 있습니까?"

한 사람이 대답하기를,

"문장이 높으면 다 공명을 취코자 할 따름입니다."

하고, 되묻기를,

"그대 무슨 책을 사고자 하십니까?"

내 말하기를,

"좋은 것이 있으면 혹 사려고 하나, 나는 가난한 사람이라 값이 많으면 못삽니다."

그 사람이 아이를 불러 대여섯 가지 책을 보이니, 별로 살 만한 것이 없거늘, 내가 말하기를,

"이는 내가 구하는 것이 아니올시다."

그 사람이 말하기를,

"『통지通志』[19]라 하는 책이 있으니 수는 300권이고, 값은 은 300냥인데 사고자 하십니까?"

내가 말하기를,

"이는 내 은이 없어 비록 사지는 못하나 책이 좋으면 구경해도 좋습니까?"

그 사람이 그리하라 하고 총총히 나가니, 책 팔러 다니는 사람인가 싶었다.

24일 평명에 길을 떠날 때 계부께서 수일 전부터 치통이 극심하셔서 밤을 새우셨다. 이곳에 생치生雉를 흔하게 파는데 다 총으로 잡은 것이고, 철환을 잘게 깨어 여럿을 넣어 잡은 것이다. 그러니 여러 철환이 살에 두루 박혀 아무리 가려내도 종종 남은 것이 박혀 있다. 나도 두어 번 물어 여러 날을 앓았는데, 계부께서도 이로 인하여 앓으시

---

19 『통지』는 남송의 정초鄭樵(1103~1162)가 지은 기전체紀傳體 중국 통사다.

니 북경 다니는 사람은 조심할 것이었다.

고려보高麗堡를 지나니 이곳은 옛적에 고려 사람들을 사로잡아 살게한 곳이다. 이런 고로 이름이 고려보라 하였다. 책문을 든 후에 각색 곡식을 다 밭에 심었고, 물 대어 논을 만든 곳을 보지 못하였는데, 이곳에 이르러 길 좌우에 약간 논이 있어 밤이 도심히 잘고 두렁이 거칠어 해포 진폐한 곳 같으나, 사람의 풍속이 오히려 전하는 곳이었다. 이곳에 이르러 이 마을 이름을 듣고 이 제도를 보니 극히 반가웠다. 파는 떡이 있는데 좁쌀로 만들었다. 밤과 대추를 넣어 맛이 의연히 우리나라 음식이니, 전하여 오는 것이라 하였다.

이전에는 우리나라 사행이 들어오면 이 마을 사람들이 스스로 고려의 자손이라 일컫고 각각 집으로 청하여 대접이 간곡하였는데, 해마다 조선 사람이 그 관곡함을 이용하여 거짓말로 속이고 세간을 도적하니, 근래는 우리나라 사람을 보아도 또한 반기지 아니하고, 혹 고려사람의 자손 있음을 물으면 대답하기를, '고려의 조상은 있으나 고려의 자손이 예 어이 있으리오' 한다 하였다.

관인 하나가 지나가는데 머리에 검은 징자를 붙였으니, 이는 2품 벼슬이다. 공작우를 달고 말을 탔으니 사史 벼슬이요 호반인가 싶었다. 손수 채를 잡아 말을 치고 앞뒤에 여러 명 추종이 다 말을 타고 하나도 걸어서 따르는 이가 없으니, 이곳 풍속이 항상 고락苦樂을 함께 한다. 몇 리를 가니 여러 사람이 등에 짐을 졌는데, 다 가볍지 않은 것이었다. 말을 달려 바삐 가거늘, 무슨 짐인지 물으라 하니, 지나가던 관원의 치중輜重(말에 실은 짐)이라 하니, 짐을 지고 말을 탄 거동이 괴이하였다. 이곳 풍속이 각색 짐을 다 수레에 싣고, 작은 것은 편담을 어깨에 메어 다니고, 우마의 등에 싣는 법을 보지 못하였더니, 두어 사람이 말을 타고 앞에 말 여러 필을 몰았으나, 다 길마(안장)를 짓고 흰 삼승三升에 무슨 짐을 동여 실었으니 길마 가지는 괴이하게 길어 말의 배 아래로 드리웠는데 짐 실은 법은 우리나라 모양이었다. 물으니 왕

가가 말하기를,

"이 또한 산서山西 장사치입니다."

하였다. 수레 안에서 『김가재일기』를 가지고 심심할 때면 그 지명과 구경하던 곳을 상고하였다. 이때 한 전방에 이르러 왕가에게 그 마을 이름을 물으니, 왕가가 모른다고 하거늘, 내 말하기를,

"네 북경에 두 번째 들어오면서 길가 지명을 어이 모르느냐?"

하고, 그 지명을 이르니, 왕가가 믿지 않다가, 마을 앞에 이르러 지명을 묻고 놀라 말하기를,

"노야께서는 어찌 아십니까?"

하니, 내 웃으며 말하기를,

"내 비록 외국에 있으나 중국 일을 모르는 일이 없으니, 중국말에 이르기를 '선비는 문을 나서지 않아도 널리 천하의 일을 안다'라 하니, 네 어찌 이 말을 듣지 못하였느냐?"

하였다. 왕가가 의심하고 괴이하게 여겨 매양 마을을 만나면 지명과 리 수를 물으니 우스웠다.

한 마을 앞에 이르니 우물 위에 양쪽으로 나무를 세우고 두 나무에 구멍을 뚫어 다른 나무로 그 구멍에 가로 박고 바깥에 꼭지를 만들어 물레 돌리듯 하고, 버들로 걸어 두레를 만들고 줄을 그 가로 박은 나무에 메었으니, 꼭지를 틀어 두레를 오르내리게 한 것이다. 어떤 곳은 혹 두레 둘을 한 나무에 메었으니, 하나는 줄 왼쪽에 감고, 하나는 줄 오른쪽에 감아 한 두레 올라오면 한 두레가 내려가 서로 물을 담아 올리니 인력이 덜 들고 물을 많이 얻으니, 북경 사람이 마음이 너그럽고 풍속이 굵으나 그 중에 일하는 기계는 다 공교하고 세밀하기 이러하니, 사사로이 우리나라가 미치지 못할 곳이었다. 내 왕가에게 일러 말하기를,

"네 저 물 긷는 기계 이름을 아느냐?"

하니, 왕가가 대답하기를,

녹로, 『고금도서집성(古今圖書集成)』

"모르겠습니다."

하였다. 내 말하기를,

"이것이 녹로轆轤(도르래)라 하느니라."

하니, 왕가가 믿지 아니하고 다른 수레 모는 제 동료를 불러 물으니, 또한 녹로라 하였다. 왕가가 웃으며 말하기를,

"노야께서 저에게 온갖 이름을 물으시더니, 이제부터는 쇤네가 노야께 배워야겠습니다."

하였다. 우물 모양은 모두 깊어 서너 길 아니 되는 곳이 없고, 속은 너르게 둥글고 위는 돌에 구멍을 뚫어 덮었으니, 심히 적어 우리나라 화로 둘레에 지나지 못하니, 평양에 기자 정箕子井 제도를 처음 보고 괴이하게 여겼는데, 책문 든 후에 우물 제도를 보니 비로소 중국 제도인 줄 알았다. 큰길 가에 우물 있는 곳은 모두 길 좌우로 나무통 두엇을 늘어놓고 큰 구유를 놓아 물을 가득 부어 행인의 말을 먹게 하고, 한 말 먹는 데 소전 한 푼씩 받았다.

사류하沙流河에 이르니 아침을 먹는 곳이다. 서책 팔러 온 사람이 많은데, 한 사람이 들어와 책 한 질을 사라 하니, 값이 과하여 아니 사니 그 사람이 품에 책을 넣고 캉 아래에 섰거늘, 내 더불어 약간 말을 물으니, 글자 하는 선비다. 이때 역관 하나가 책 파는 사람을 데리고 들어와 책 두어 질을 값을 다투고, 거짓 청심원을 내어 책값을 주며 말하기를,

"이는 사신이 사는 책입니다. 사신이 가져온 청심원은 거짓 것이 없습니다."

하니, 내 앉아서 듣기를 심히 불쌍히 여겼는데, 그 선비가 역관을 여러 번 보며 심히 불평하여 하는 기색이 있다가, 나에게 일러 말하기를,

"저 청심원은 다 거짓 것입니다. 조선 사람은 거짓말을 잘합니다."

하니 매우 부끄러웠다. 책 파는 사람은 나이가 젊었다. 그 선비가 하는 말을 들었을 것으로되 다른 말을 않고, 그 청심원을 가져가거늘 괴이히 여겼다. 그 후에 북경 들어가 들으니, 그 사 온 책이 반이 넘게 낙권한 책이요, 다른 몹쓸 책을 거짓 제목을 써 권수만 채웠으니, 이곳 사람의 간사하기 또한 이러하였다. 실로 그 선비를 다시 보고 이말을 일러 저의 부끄러운 거동을 보고 싶으나, 돌아올 제 만나지 못하니 애달팠다. 세상 사람이 남을 속이고 스스로 자랑하여 얻은 체하나, 남이 저를 먼저 속인 줄을 깨치지 못하니, 어찌 경계하지 않으리오. 그 선비가 열두어 살 먹은 아들을 데리고 왔거늘 내 밥을 먹다가 산적을 집어 그 아이를 주니 아이가 부끄러워 받지 않았다. 그 선비가 꾸짖으며 받으라고 하고, 매우 기뻐하는 기색이었다.

옥전현玉田縣 숙소에 이르니, 풍윤과 옥전은 다 벼슬하는 집이 많고 지현이 있는 곳이다. 성지와 여염이 무령현에 버금간다. 숙소는 성 바깥이다. 연로에 우리나라 사행을 들게 한 집이 있어 이름을 찰원察院이라 하고, 혹 조선관朝鮮館이라 일컬었다. 이전에는 일행이 다 관중에 머물고 밤이면 문 밖을 나지 못하게 하였는데, 집이 폐하여 사신이 거처하기가 어려워 해마다 통관에게 면피를 주고 빌려서 마을 집에 숙소를 정하였는데, 요사이는 점점 전례가 되었다. 일행이 다 숙소를 정하고 관은 빈집이 되어 이따금 떠도는 걸인이 그 속에 가득하였다. 역관들이 들어왔거늘, 내 선비를 못 얻어 보는 줄을 여러 번 한탄하니, 한역관이 년 전에 이곳에 이르러 지현 만나던 말을 전하니, 대강 아래와 같이 말하였다.

"두어 사람이 이곳 향교를 찾아 선비를 얻어 보고자 하더니, 마침 두어 사람을 만나 수작하였는데, 그 사람들은 지현의 아들이었습니다. 지현이 듣고 아문으로 한가지로 들어오라 하여 청하거늘, 여럿이 따라 들어가니 음식을 풍성하게 차려 대접이 관곡하였습니다.

또 우리나라 사모관대를 보고자 하니, 마지못해 마두를 보내어 짐을 풀고 가져다가 뵈니, 지현이 일러 안으로 들어가 내당의 여러 사람을 다 청하여 교의에 앉히고, 그 집안의 여러 여인이 또한 한편에 앉으니, 지현이 홀연히 마래기를 벗고 민머리에 사모를 쓰고 인하여 관대를 내어 입어 목휘양을 갖추고 다시 교의에 올라앉으매 두 눈에 눈물이 비 오듯 하여 서러움을 이기지 못하는 거동이요, 그 여인들과 아들이 다 눈물을 들먹였습니다.

괴이히 여겨 물었더니, 지현이 말하기를, '이것은 우리의 옛 의관입니다. 우리 조상이 입었던 것을 생각하매 절로 슬픈 마음이 생깁니다' 하고, 이어 다시 본색을 하고 사람을 불러 무슨 말을 이르렀습니다. 이때 밤이 깊었는데 여러 초롱이 문에 밝게 비치고, 교자를 메어 문 안에 놓으니 지현이 어디로 가고자 하는 거동이었습니다. 그 가는 곳을 물으니 지현이 말하기를 '조선은 이 의관이 있으니 극히 귀한 나라입니다. 내 그대 대인들을 가서 보고자 합니다' 하니 역관들이 사신의 의향을 모르고 혹 죄책 있을까 하여 지현에게 이르기를 '밤이 깊었으니 대인들이 다 잠에 들었을 것입니다. 가도 뵙지 못할 것입니다' 하니 지현이 심히 창연해 하는 거동이었다 합니다.”

이 일이 10년이 안 된 일이다. 중국이 오랑캐 옷을 입은 지 100년이 넘으니, 비록 우리나라 의관을 보고 겉으로 좋다하나, 실은 옛 일을 잊고 조금도 한탄하는 기색이 없더니, 이 지현이 홀로 슬퍼하기가 이 지경에 이르니, 어찌 기특하지 않으리오. 다만 이러한 마음으로 벼슬을 버리고 몸을 숨기지 못하니, 작록을 사양함이 어찌 어렵지 않겠는가. 무식한 역관이 그 강개한 회포를 자세히 묻지 못하고 또 그 사신을 보고자 함이 무슨 의사가 있었을 것이거늘, 악착한 마음과 물정에 어두운 의심이 마침내 저의 뜻을 펴지 못하게 하였으니, 극히 애달팠다. 우리나라 사람이 짐짓 말할 인물이 적어 필연 그 지현의 업신여김을 면치 못하였을 것이다.

12월 25일 옥전현에서 출발하여
26일 연교포에 이르다

이즈음 이르러서는 북경이 가깝고 조선과 매매하는 장사치들이 연로에 많이 있어, 술과 음식을 가지고 두루 찾아보며 그 반기는 거동과 관곡히 구는 거동이 친척과 다르지 않다. 가난하고 매매 없는 역관과 하인을 만나면 인사가 변변찮으니, 이러하므로 은이 많은 자는 의기양양하고 권력이 두터워 일행을 기울이고, 은이 없는 자는 뜻이 국축踞縮하고[20] 모양이 처량해 그 운(바람)에 들지 못하니, 빈부의 차이와 염량炎凉[21]의 야속함이 천하가 한가지다. 일로 볼진대 제 식견이 고결하여 스스로 도를 즐기고 가난을 평안히 여기지 못하면 목숨을 걸고 이익을 탐하고, 부를 구하는 것이 또한 인정에 책망치 못할 일이다. 나는 건량관과 같이 있어 장사치들을 무수히 만나고, 혹 일행이 나를 각별히 대접하는 것을 보고 모르는 자는 큰 매매가 있을까 하여 심히 관곡히 굴고자 하니, 매우 우스웠다.

---

20 국축하다는 '국척하다'로, '두려워하거나 삼가고 조심하다'라는 말이다.
21 염량은 세력이 있을 때는 따르고 쇠할 때는 푸대접하는 세상인심을 말한다.

강세황, ≪사로삼기첩(槎路三奇帖)≫ 중 〈계문연수〉, 1784년, 국립중앙박물관 소장

　평명에 길을 떠나니 이곳은 계주薊州에 속한다. 계문연수薊門烟樹라 하는 것이 예부터 북경 길에 제일 경치로 이르는 것이니, 계문에 내[22]가 끼인 나무라는 말이다. 들이 너르고 여러 곳 큰길이 사면으로 갈리어 길마다 두 줄 버들이 끝을 보지 못하고, 각색 과목果木과 온갖 수풀이 곳곳에 마을을 둘러 하늘에 닿았고, 한 조각 둔덕조차 안계眼界를 가림이 없으니, 비 갠 후와 햇빛이 두꺼운 때이면 무슨 기운이 들을 덮고 숲을 잠기게 하여 10여 리 밖은 땅을 보지 못하고 망망탕탕茫茫蕩蕩하여 가없는 바다와 같아 처음 보는 이는 아니 속는 이 없었다. 바다가 굽어 들어온 곳이라 하여 성한 수풀은 섬으로 의심하고 외로운 먼 나

_____

22 '내'는 물건이 탈 때에 일어나는 부옇고 매운 기운이다.

무는 돛대로 의심하니 대개 그 기운이 내 같으나 내가 아니요, 안개 같으나 안개도 아니다. 땅 기운이 하늘빛과 서로 비추어야 되는가 싶었다. 이날은 계속해서 날이 흐리고 눈이 날리니, 그 본래 경치는 보지 못하나, 희미한 가운데 가없는 수풀이 또한 장한 구경이었다.

20리를 가니 길 북쪽에 높은 언덕이 있고, 언덕 위에 무슨 묘당이 있어 남으로 들을 임하였으니, 그곳을 오르면 필연 기이한 구경이 있을 것이로되, 눈이 오고 길이 바빠 오르지 못하였다. 길가에 한 사람이 있거늘 그 묘당 이름을 물으니, 보살암菩薩庵이라 하였다.

체마소遞馬所에 이르니 여러 역관이 모여 앉아 한 젊은 역관을 보고 보채고 웃거늘 불러 그 곡절을 물으니, 배행통관陪行通官 쌍림雙林은 대통관大通官 오림포烏林哺의 아들로, 나이가 젊고 경박한 인물인데 우리나라 언문으로 기생의 거짓 편지를 만들어 젊은 역관에게 붙였는데, 그중에 못 잊는 사연과 우스운 말이 많아 이런 고로 모두 보채고 웃는다 하였다. 그 편지를 가져오라 하여 보니, 우리나라 백지에 썼는데 글씨와 사연이 다름이 없었다.

대개 북경 통관이 우리나라 언문을 먼저 익힌 후에 비로소 말을 배우니, 이런 고로 비록 분명치 않으나 언문을 모르는 이는 없다. 대통관 서종맹徐宗孟은 그 중에 말을 잘하고 언문에 익숙하니, 『삼국지三國志』와 『남정기南征記』를 언문으로 옮긴 것을 얻어 항상 읽는다 하였다.

낮참에 별산점別山店에 이르니 집이 비록 전방이나 아로새긴 창호에 단청이 휘황하고 도벽塗壁과 집물이 다 정쇄하였다. 부사께서 벽 위에 붙인 글을 가리켜 말씀하시길,

"저 글을 보면 이 집이 필연 양한지養漢的(창기)가 머무르는 곳인가 싶다."

하시거늘, 내 보니 과연 방탕한 말이다. 사람의 집에 붙일 만한 것이 아니거늘, 하인을 불러 물으니,

"이즈음 흔히 있습니다."

하였다. 양한지라 하는 것은 '갓나희'를 이르는 말이다. 큰 문 안에 10여 필 말이 매어 있는데, 안장이 휘황하고 한 쌍은 붉은 담毯을 끼쳤거늘 물으니,

"무슨 관원의 행차들입니다."

하거늘, 덕유를 보내어 그 종인 하나를 불러오니, 의복이 선명하고 인물이 가장 얌전하였다. 내가 물었다.

"너희 노야는 무슨 벼슬이며 어디로 가느냐?"

"노룡지현盧龍知縣이요, 새로 도임하러 갑니다."

"성은 무엇이며 본집이 어디 있느냐?"

"성은 방方이요 집은 호북湖北에 있으니, 북경에서 4천 리 떨어진 땅입니다."

"지현의 1년 녹봉이 얼마나 되느냐?"

"지현의 1년 녹이 은 수천 냥이 될 듯하나, 저는 노야를 따라 처음 가는지라 자세히는 모릅니다."

"네 노야를 잠깐 보아 말을 하고자 하니, 네 먼저 가 연통하는 것이 어떠하냐?"

"지금 길을 떠나니 말할 겨를이 없을 것이옵니다."

종인은 이렇게 말하고 총총히 나가니, 그 사람은 남쪽 사람이라 말이 북경 어훈(말소리)과 다르니 알아듣기가 분명하지 않았다. 식후에 떠나가더니, 내 뒤의 수레를 탄 역관이 왕가를 불러 이르기를,

"내일 너는 좋은 운수를 만날 것이다."

하니, 왕가가 듣고 낯을 붉히며 웃어 말하기를,

"노야의 좋은 운수입니다. 저는 좋게 여기지 아니합니다."

하였다. 내가 왕가에게 물으니, 왕가가 대답하지 않고 부끄러워하는 거동이 있거늘, 내 의심하여 여러 번 물으니 왕가가 말하였다.

"내일은 연교포烟郊鋪에 숙소하니 그곳에 전부터 양한지가 많이 있는 곳입니다. 일로 인하여 뒤에 오는 노야께서 나를 기롱하여 보채는

것입니다.”

수일 전에 왕가가 주머니를 여러 개 넣은 것을 내어 보더니, 그 속에 넣은 것이 밀기름 같은 것이다. 내 물으니, 왕가가 말하기를,

“낙타 기름으로 만든 것이니 낯 씻는 데 쓰고, 이름은 이자胰子(비누를 뜻하는 중국어)라 합니다.”

하니, 우리나라 비누 대신으로 쓰는가 싶었다. 내가 왕가에게 일러 말하기를,

“네 요사이 이자를 가지고 낯과 손을 이상히 다스리거늘, 내 괴이하게 여겼더니, 과연 이 곡절이구나.”

왕가가 크게 부끄러워 말하기를,

“제가 나이도 어리고 장가도 들지 않았는데, 어찌 이런 마음이 있겠습니까? 이자로 낯 씻는 것은 나 혼자 하는 일이 아니요, 집에서부터 하던 일이니, 노야께서는 어찌 당치 않은 것을 가지고 사람을 보채십니까?”

내 말하기를,

“네 말은 진실로 미덥지 못하거니와 네 부끄러워하는 기색을 보니 필연 무심한 사람의 거동이 아니다. 나는 뜻하건대 그 노야의 말이 일시 부질없는 말이 아닌가 여겨지구나.”

왕가 말하기를,

“제가 무슨 부끄러움이 있겠습니까? 노야께서 다만 보채는 말이십니다.”

내 말하기를,

“이곳에도 양한지養漢的로 인해 창질을 전염하는 일이 있느냐?”

왕가 왈,

“북경은 이 병 앓는 사람이 아주 많습니다. 길에 코 없는 사람을 보면 그 병든 줄을 압니다.”

내 말하기를,

“그 병을 얻어도 죽는 이는 없느냐?”

왕가가 말하기를,

"약을 잘 다스리면 죽는 일은 없거니와 코가 떨어지고 몸이 헐었으면, 죽은 것과 다름이 없습니다."

내 말하기를,

"네 말이 가장 옳구나. 이미 그런 줄을 알면 일시 욕심을 참지 못하여 이런 위태한 일을 조심하지 아니하면 어찌 총명하다 하겠느냐. 네 만일 겉으로만 좋게 하고 실로 조심할 마음이 없어 사람의 허랑한 거동을 배우고, 계집의 요사한 말에 혹하여 마침내 이런 병을 얻어 코가 무너지면 조만간 네 집으로 돌아가 무슨 낯으로 네 부모에게 뵈겠느냐?"

왕가 웃으며 말하기를,

"노야의 말씀이 듣기 불편합니다."

내 말하기를,

"네 내 말을 괴이하게 여기지 말라. 너를 사랑치 않으면 내 말이 여기까지 이르지 아니하느니라."

왕가 얼굴을 낮추어 이르기를,

"노야의 말씀이 옳으니, 내 어찌 모르겠습니까?"

하며, 매우 감격하는 기색이었다.

방균점邦均店 숙소에 이르러 수레를 타고 문을 들어가니, 한 늙은 사람이 수레 앞에 와 허리를 굽혀 절하고,

"평안히 오셨습니까?"

하는데, 그 상이 의희依稀하여(희미하고 흐릿하여) 생각하지 못하였다. 미처 대답하지 못하였더니 내린 후에 생각하니, 산해관에서 말하던 항가項哥였다. 내 비로소 대답을 못한 줄을 뉘우치고 덕유에게 항가를 보거든 그 사연을 이르라 하였다. 이곳은 항가의 집이었다. 저녁에 항가가 제 아들을 보내어 건량관을 청하여 제 집으로 오라 하니, 장차 음식으로 대접하고자 함이었다. 건량관이 묻기를,

"우리 행중에서 누구를 청하여 갑니까?"

하니, 작은 항가가 헤아려 이르기를,

"일행이 아니 가는 이 없습니다."

건량관은 항가가 여러 번 괴로이 청하여도 연고가 있노라 하고, 종시 가지 않았다. 그 곡절을 물으니, 건량관이 말하기를,

"여러 장사치들이 우리를 청하여 한 번 음식에 수십 냥 은을 허비하니, 제 무슨 각별한 정이 있겠습니까? 그 뜻은 은을 많이 얻어 제 물화를 처치하려는 것에 불과입니다. 그 음식을 먹고 은을 주면 오히려 괴이치 아니하거니와 전부터 행중 사람들이 다만 제 주식을 난만히 먹을 따름이요, 북경에 들어서는 다 각각 제 친한 장사치의 낯을 내고, 음식 먹이던 사람에게는 한 푼 은이 미치는 일이 없습니다. 나는 이 일을 실로 불쌍히 여기는 고로 은을 주지 못할 곳은 가는 일이 없습니다. 항가는 전부터 친하던 상고요, 이번에도 가져온 은을 반이나 저를 줄 것이라 제 음식을 먹기 부끄럽지 아니하나, 다른 사람의 일이 애달파 아니 갈 것입니다."

하였다. 산해관을 든 후는 숙소로 삼은 집이 다 거의 전방이다. 나그네가 들면 캉에 불을 넣고, 없으면 여러 날을 폐하는 고로, 이곳도 캉이 누습하여 심히 어려웠다.

26일 동틀 무렵 길을 떠날 때, 길 북쪽에 큰 집이 있으니, 항가의 집이라 하였다. 저자에 방망이 같은 것을 많이 걸었으니, 이곳은 바늘 파는 푸자가 많고, 우리나라에 나오는 채바늘이라 일컫는 것이 또한 이곳 것이라 하였다. 길가에 한 교자轎子가 놓여 있는데, 각색 비단으로 휘장을 만들었고 위에 온갖 물상을 번잡하게 새겨 꽂았거늘, 왕가에게 물으니,

"혼인 하는 집의 신부가 타는 교자입니다."

하였다. 수 리를 행하여 한 전방에 이르니 발이 작은 한 여인이 낯에 분을 발라 단장 의복이 매우 선명하였다. 손에 붉은 칠을 한 긴 담뱃대를 들었는데, 우리나라 건량관과 예단이 들어가는 것이다. 걸어가

는 거동이 매우 몸을 흔들어 교태를 뵈고, 사내를 보매 웃고 말하며 부끄러운 기색이 없으니, 묻지 않아도 양한지인 줄 짐작할 수 있었다. 내 왕가를 희롱하여 말하기를,

"저 계집이 너를 보고 웃으니 무슨 곡절이냐?"

하니, 왕가 또한 그 계집을 보다가 웃으며 말하기를,

"노야께서는 그 계집을 아십니까?"

하거늘, 내가 웃으며 말하기를,

"나는 처음 오는 사람이다. 그 계집을 어찌 알겠느냐. 다만 너를 보고 웃으니 너와 친하던 계집인가 싶어 묻는 것이다."

하였다. 왕가가 내가 짐작함을 알고 크게 웃었다.

이즈음에 이르러서는 몽고인을 자주 만나니 복색은 특별히 다른 것이 없으나, 다만 입은 갖옷이 거죽을 올리지 아니하고, 상이 다 더러워 아무 때도 씻는 일이 없는가 싶었다. 이때 햇빛이 채 펴지 못하고 아침이 심히 추운데, 길가에 몽고인 수십 명이 여러 수레를 머무르고, 바야흐로 퉁노구(솥)에 밥을 짓고 있다. 수염과 눈썹에 성에가 가득히 맺혀 있고, 옷에 서리가 하얗게 내려 있으니, 몽고의 풍습은 방이 없는 까닭이다. 벼슬 있는 자는 장막으로 집을 삼고, 백성과 군사는 모두 밤낮으로 한데서 풍설을 피하지 않는다. 이러므로 북경을 다니매 비록 여염을 만나도 들어가서 자는 일이 없고, 수레 위에서 밤을 새운다고 하니 실로 사나운 거동이다.

싸움을 당하면 대적하기 어려운 정병이 될 것이니 이러하므로 오랑캐가 천하의 힘을 가졌으나 오히려 몽고의 강성함을 두려워하여 황제의 공주로 서로 혼인을 통하고, 선비를 불러 과거를 보게 하여 온갖 벼슬길을 열어 주고, 물화 매매에 왕래를 임의로 하게 하였다. 이런고로 서른여덟 부락이 조공은 아니 하나, 실은 일통一統이나 다름이 없는지라 싸움이 그치고 변방이 평안하여 100여 년 태평을 누리니 다 강희제가 정한 법이다.

호타하潺沱河[23]라 하는 물을 건너니, 이는 옛 한漢나라 광무제光武帝가 왕랑王郎에게 패하여 비바람을 무릅쓰고 위태할 지경에 이르자, 그 장수 풍이馮異가 보리밥을 얻어 나오던 곳이다. 그때 군신의 고단한 처지를 생각하면 비록 여항閭巷의 필부가 되기를 구하여도 오히려 얻지 못할러니, 마침내 제업帝業을 이루어 중흥 사업이 천고에 이름을 드리우니, 장부의 일시 액경厄境은 족히 근심할 일이 아니다. 이 같은 옛 일을 다만 책을 보며 마음으로 상상할 따름이었으나, 몸이 이 땅에 이르러 호타하 옛 이름이 오히려 바뀌지 않았다. 이에 고적古蹟을 어루만져 군신이 서로 만났음을 탄식하고 세상을 돌아보아 중국이 오래 민몰함을 슬퍼하니, 해외의 한낱 서생이 부질없이 강개함을 이기지 못하는 것이다.

조림장棗林庄에 이르러 밥을 먹으니 한 사람이 걸터앉아 말하기를,

"당신들은 밥을 먹으매 사양치 아니하니 예법이 없도다."

하니, 중국 풍속이 한 곳에서 만나면 서로 인사를 통하고 주식을 먹으니, 서로 사양한 후에야 먹는다. 이러하므로 이 사람이 우리나라가 예의지방이라 하여 구경하고자 왔다가 그 무식함을 보고 꾸짖는 것이다. 내 손을 들어 사례하여 말하기를,

"내가 잊었으니 그대 괴이하게 여기지 마십시오."

그 사람이 말하기를,

"무엇을 괴이하게 여기겠습니까? 풍속이 다름을 알고자 함입니다."

하였다. 내가 성과 나이를 묻고 말하기를,

"그대 우리 의관을 보고 괴이하게 여기지 않는구려."

하니, 그 사람이 말하기를,

"당신네들의 의관이 진짜 의관이오."

---

23 호타하가 이곳에 있다는 말에는 약간의 착오가 있는 듯하다. 이 강은 산서성 동북쪽 번치현繁峙縣에서 발원하여 동남쪽 하북성 석가장 위를 흘러가다 헌현獻縣에서 부양하滏陽河와 합쳐져 자아하子牙河가 되어 바다로 흘러가는 강으로, 하북성 계주 쪽으로 흘렀다는 기록은 보이지 않는다.

하였다. 제 몸을 가리켜 말하기를,

"이것이 무슨 모양입니까? 우리도 명조 때에는 그대들의 의관과 같았습니다."

하니, 내 말하기를,

"그대 이미 우리 의관을 좋게 여기면 머리를 깎지 말고 우리 의관을 좋음이 어떠합니까?"

하니, 그 사람이 웃으며 말하기를,

"황상이 못하게 하니 뉘가 감히 어길 것입니까?"

하였다. 길을 나서니 바람이 크게 일어나 역관들은 왕왕 갓을 쓰지 못하여 마두에게 맡기고, 혹 등에 지고 가니, 소견이 괴이하였다.

하점夏店을 지나니 저자가 매우 번성하였다. 길가에 한 묘당이 있어 문이 매우 높으나 길이 바빠 들어가 보지 못하였다. 길가에 사람 여럿이 무리를 지어 앉아 큰 짐승 여섯을 옆에 세웠거늘, 물으니, 왕가가 말하기를,

"몽고 사람이 낙타를 데리고 밥을 지어 먹습니다."

하였다. 내 말하기를,

"내 낙타를 보고자 하니 수레를 그 앞으로 몰아 자세히 보게 하여라."

하니, 왕가가 그 앞으로 몰아 가다가 수레에 매어 둔 말이 낙타를 보고 놀라 뛰어 달리니, 왕가가 겨우 붙들어 수레가 거의 넘어질 뻔하여 놀라고 분해하며 말을 욕하고 쳤다. 가운데 맨 말은 흰 말이요, 옆으로 맨 말은 붉은 말이다. 천 리 길을 오되 조금도 여윈 거동이 없었다.

그 말 먹이는 법을 물으니, 왕가가 말하기를 집에서 부리지 않을 때는 작은 굴레를 벗겨 들에 놓아 풀을 뜯길 따름이요, 부릴 때면 하루에 콩 닷 되를 먹이고, 두어 번 물을 먹인다고 하였다. 콩은 다 볶아서 먹이는데 수수를 섞어서 먹이니, 이곳 마되斗子 모양은 밑이 좁고 위가 넓어 크기는 우리나라에 비하면 두 배 가까이 더 들 것이다. 그 말 먹이는 법이 우리나라에 비해 수 세 배나 되니, 이러하므로 이곳 말들이

길을 나서면 여윈 것을 보지 못하였다.

연교포에 이르니 장사치 유가 또한 건량관을 찾아왔다. 인물이 조용하고 어음이 분명하여 더불어 여러 말을 수작하니, 내가 그릇 하는 말이 있으면 고쳐서 일러 주고, 또 아는 말을 잘 한다고 칭찬하였다. 내 나이를 물으니, 내가 대답하기를,

"헛되이 35세를 지내었습니다."

하니, 이것이 또한 중국 나이를 이르는 법이다. 유가가 허리를 굽혀 말하기를,

"벼슬이 있고 체면이 높으니, 어찌 헛되이 지냈다고 하겠습니까?"

하였다. 내 웃으며 말하기를,

"나는 선비 몸이니, 무슨 벼슬이 있겠습니까? 또한 부형의 형세를 자뢰資賴(밑천으로 삼음)한 것이니, 무슨 체면이 있습니까?"

하였다. 건량관이 또한 내가 들어온 곡절을 이르니, 유가가 듣고 말하기를,

"귀한 사람이군요. 장래에 필연 대인으로 들어올 것이니 부디 나를 두호斗護(남을 두둔하여 보호함)해 주시기 바랍니다."

하거늘, 내 웃으며 말하기를,

"비록 대인을 당하여 들어온들 무슨 두호할 일이 있겠습니까? 나는 그대의 두호함을 입어 두루 구경할 곳이 막히지 않기를 바랄 따름입니다."

하니, 유가가 웃었다. 밤에 옆집에서 노래 소리가 나는데, 맑고 가늘어 여인의 소리 같거늘, 하인을 불러 물으니, 이곳 갑군들이 양한지養漢的를 데리고 논다고 하였다. 주인이 들어오거늘 내 물으니,

"양한지가 이곳에 많이 있다 하니, 그대 집에도 두었습니까?"

주인이 말하기를,

"전에 두엇 두었는데 계주 아문에서 엄금하여 요사이는 없습니다."

하였다.

12월 27일 북경에 들어가다

방균점에서 계주, 통주通州를 지나 황성으로 들어가니, 이는 참수站數로 정한 큰길이로되, 사행이 매번 들어갈 때는 일자가 급한 고로 연교포로 길을 정하니, 한참−站을 줄인다 하였다.

새벽에 길을 떠나니 바람이 일고 아침이 매우 찼다. 20리를 가서 남쪽으로 통주성을 바라보니 성첩과 여염이 극히 장성하고, 성 밖으로 무수한 돛대가 수풀 서듯 하였다. 『김가재일기』에 통주의 범장帆檣이 장관이라 일컬었으나, 길이 달라 가까이 가 보지 못하니 답답하였다.

큰 물을 건너거늘 그 이름을 물으니, 왕가가 통하通河라 하였다. 물이 두 가닥으로 갈리고, 수십 척 배를 가로 이어 다리를 만들었는데, 배 양끝에 큰 나무로 말뚝을 박고 고리로 서로 얽어 요동치지 않게 하고 그 위엔 바자(갈대 따위를 엮어 만든 울타리) 같은 것을 깔고 흙을 덮었으니 튼튼하기가 돌다리에 지지 않았다. 이러하므로 짐 실은 수레라도 염려 없이 다녔다.

팔리교八里橋에 이르니, 이 다리는 통주에서 황성으로 통하는 큰길이다. 다리를 고친 지 오래지 않았고, 10여 칸 너비요 500여 보 길이다.

한 길 남짓한 난간에 각각 물상物象을 기이하게 새겼는데, 희고 윤택하여 멀리서 바라보매 예사 돌이 아닌가 싶었다. 다리 서쪽에 마을이 있으니 또한 이름을 팔리포八里鋪라 하였으니, 통주에서 8리가 되는 곳이라 이렇게 이르는 것이다. 이곳에 이르면 거마와 행인이 길을 메우고, 그 중 준수한 인물과 화려한 의복, 사치스런 안마鞍馬의 번화한 거동과 호한한 기상이 이미 다른 곳과 현연히 달랐다. 스스로 행색을 생각하매 은연한 외방의 궁생窮生과 두메의 어리석은 백성이 피폐한 행장으로 한강을 건너 도성을 향하는 모양이었다. 팔리교부터 큰길 가운데는 전부 숙석熟石(다듬은 돌)으로 이를 맞추어 깔았는데 너비가 여남은 걸음이고 길이는 황성 30여 리를 이었으니, 웅장한 기구는 이를 것이 없었다. 그 위로 수레 구르는 소리 우레 같아 지척의 말을 통하기 어렵고, 정신이 현란할 듯하였다.

팔리포에 들어 아침을 먹고 나니 바람이 점점 일어났으나, 길가의 구경을 위해 수레를 버리고 말을 타고 갔다. 길 좌우로 수풀이 들을 덮고 수풀 사이로 첩첩이 분장을 두르고, 높은 문과 큰 집이 멀리 서로 바라보고 있으니, 이는 북경 재상宰相과 사대부의 분원墳園이다. 분상墳上 모양이 둥글고 높았는데 다 흙으로 쌓았을 따름이요, 사초莎草(잔디)를 덮은 곳은 보지 못하였다. 혹 아래로 한 자 남짓한 병풍석을 두르고 분상 앞으로 여러 채 집이 있으니, 우리나라 원릉園陵(황제의 능)의 정자각丁字閣[24] 제도다. 그밖에 수풀 속의 무수한 무덤이 빈틈이 적으니, 이는 백성의 무덤이다.

10여 리를 가서 체마소遞馬所에 이르니 여염이 점점 성하고, 좌우에 술과 음식 파는 푸자가 무수하였다. 집 앞으로 높은 나무를 세워 여러 칸의 삿집을 만들어 그 안이 깊고 너른지라, 줄줄이 반등을 놓아 사람을 앉히니 주식과 고기가 다투어 나오고, 처마 밖으로 수레와 말을 매

---

24 정자각은 왕릉에 제사를 지내기 위하여 봉분 앞에 '丁'자 모양으로 지은 집이다.

었는데 개개가 화려하여 길 위에서 서로 빛났다.

　길 양쪽에 개천이 있는데, 너비가 두어 칸이 되었다. 길 북쪽에 돌로 무지개다리를 정치하게 놓았고 다리를 임하여 큰 문이 있는데, 담 밖으로 굵은 분원이 여럿 있거늘 문 앞에 이르러 안을 엿보니, 그 안에 삿집을 여러 칸 짓고 사람들이 여럿 있어 무슨 역사役事하는 모습이었다. 역관 하나가 이르기를,

　"사람을 영장永葬하는 곳입니다."

하거늘, 그 거동을 들어가 보고자 하였더니, 안에서 한 아이가 나왔는데 나이가 열예닐곱 즈음이고 인물이 매우 단정하였다. 내 묻기를,

　"너희 집에서 영장을 하는가 싶으니, 우리가 잠깐 들어가 구경코자 하니, 네 먼저 들어가 전하여라."

하니, 그 아이 자세히 알아듣지 못하고 다만 말하기를,

　"일이 있으니 못 들어가십니다."

하였다. 우리 여럿이 말하기를,

　"그 일을 있는 줄 아니, 정히 구경하고자 하노라."

라고 여러 번 이르니, 그 아이는 심히 부끄러워하는 거동으로 다시 대답하지 않았다. 그 아이는 돈피獤皮(담비 가죽)로 꾸민 새 마래기를 썼는데 주홍 영자纓子를 선명히 드리웠고, 일신 의복을 다 겹겹이 문단紋緞(무늬 있는 비단)을 입었거늘 여럿이 그 의복을 들어 보고 말하기를,

　"네 집이 어찌 부유해서 의복을 이리도 사치스럽게 입었느냐?"

하자, 그 아이는 대답하지 않고 심히 괴로워하는 기색이었다. 안에서 두어 사람이 나오자 그 아이가 무엇이라고 이르니 그 사람들이 말하기를,

　"이 집이 오늘 혼인하여 신부를 맞이하는 날이니 들어가지 못합니다."

하였다. 그제야 영장하는 집이 아니요 새 의복 입은 아이가 오늘 혼인하는 신랑인 줄 알고 모두 크게 웃었다. 그 아이에게 말하기를,

"네 어이 그 말을 아니 하였느냐?"

하였으나, 그 아이는 끝내 부끄러워하는 기색으로 대답하지 않으니, 이런 소소한 풍습이 또한 천하가 매한가지였다. 모두 웃으며 다리를 건너 말을 타고자 하는데, 그 집안에서 예닐곱 여인이 몰려나와 문을 의지하여 구경하였다. 늙은 여인이 앞으로 서고, 젊은 여인 서넛은 뒤로 섰는데, 모두 의복과 단장이 찬란하였다. 일행이 다 칭찬하고 구경하는데, 평중은 그 여인들을 미처 보지 못하여 말을 타고자 하여 전립을 숙이고 다리 위로 창황히 올라가니, 여인들이 보고 크게 놀라 일시에 소리 지르며 흩어져 들어갔다. 일행이 크게 웃으며 평중의 눈치 없음을 조롱하니, 평중이 그제야 듣고 애달파 하는 거동이 우스웠다.

북경은 들이 넓고 산이 적어 비록 부귀한 집이라도 분원들이 다 평지에 있다. 이즈음에 이르러는 좌우에 아로새긴 담과 단청한 높은 문이 더욱 성하였고, 혹 분상 뒤에 대여섯 길의 조산造山을 만들어 여러 봉우리가 병풍을 친 듯하고, 수목을 무수히 심어 천일이 어두울 듯하였다. 그 중 측백側柏나무가 특히 많았는데, 푸른 잎이 땅을 덮어 겨울인 줄을 깨닫지 못하였다.

문 앞으로 개천을 임한 곳에는 모두 높은 다리를 놓았는데, 무지개처럼 휘어 놓고, 좌우 난간이 매우 정교하였다. 그 중에 이따금 담이 무너지고 집이 퇴락하여 분상과 석물의 형용만 남은 곳은 필연 대명 시절 분원이리라. 형세를 잃고 자손이 유락流落하여 고쳐 지을 사람이 없는가 싶으니, 마음이 처연하여 눈물을 금치 못할 듯하였다.

길 북쪽에 이 층 높은 집이 서 있는데, 위는 누런 기와로 이었고 그 안에 서너 길 큰 비를 세웠다. 역관들이 말하기를,

"이는 황제의 글이니, 이 길에 박석薄石(넓고 얇게 뜬 돌)을 세워 놓고 그 사적을 기록한 것입니다."

하였다. 이 비각을 지나자 북쪽에 한 분원이 있는데, 큰 문 안에 첩첩한 누각이 다 청기와로 덮였다. 문 앞에 세 칸 패루를 세웠는데 길이

는 세 길 남짓하고 모두 돌로 만들고 나무를 들이지 않으니, 신비로울 정도로 교묘한 제작이 영원위 조가의 패루와 다름이 없는데, 이것은 황제 아우의 분원이라 하였다.

황성이 점점 가까워오매 거마와 여염이 점점 번성하고, 호한한 인물들이 가벼운 갖옷 차림으로 살진 말을 천천히 몰며 우리 일행을 구경하고 서로 가리키며 웃고 말하는데, 우리나라 사람이 말을 타고 뒤를 싸매는 거동을 보면 다 대소하며 조롱하였다.

대개 오랑캐 의복이 다 뒤를 트고 자락을 걷어 단추를 끼웠으니 안장에 앉아도 뒤를 쌀 것이 없고, 말을 탈 때에도 손수 고삐를 이끌어 평지 위에서 대수롭지 않게 올라앉아 견마와 등자를 붙드는 법이 없다. 이러하므로 우리나라 사람의 똑똑하지 못하고 날렵하지 못함을 비웃는 것이다.

일행 중에 키 작은 역관 두엇이 있어, 대련에 행구를 두껍게 넣었는지라, 말을 탈 때면 마두의 등을 디디고 차츰 기어오르니 모양이 극히 우습고, 오랑캐의 조롱과 업신여김을 입으니 마땅하였다. 두어 사람이 말을 타고 나와 나란히 가며 서로 말하였다.

"이는 무슨 벼슬인가?"

"입은 의복이 호반의 벼슬인 듯하네."

"은 징자를 달았으니 무슨 품인가?"

"공작우를 달았으니 사史 벼슬인 듯한데."

"이는 모양이 적이 청수하니 무던하군."

우리나라 사람이 저희들의 말을 모른다고 하여 서로 수작하는 것을 말 위에서 들으니 극히 우스웠다. 내가 탄 말은 몸집이 매우 작으나 성질이 사납고 또 차기를 잘하였다. 그 중 오랑캐 말을 보면 더욱 날뛰어 반드시 차려고 하는데, 이때 덕유가 뒤에 오다가 그 사람들에게 일러 말하기를,

"우리 말이 사나우니 당신들이 가까이 다가가다가는 필연 말에게

차일 것이오."

하니, 그 중 한 사람이 말하기를,

"어느 말이 찬단 말이오?"

하였다. 덕유가,

"우리 말이 찰 것이라는 말이오."

하자, 그 사람들이 서로 말하며 희미하게 웃고 비켜 가지 않으니, 우리나라 말이 작은 것을 보고 찬다는 말을 가소롭게 여기는 거동이다. 수십 보를 가다가 내 말이 과연 소리를 지르며 옆에 가는 말을 한 번 찼다. 그 말 크기가 내 말의 거의 두 배가 되니 만일 성내어 내 말을 차면 필연 거꾸러질 것이요, 차는 말굽이 내 몸 위에 오를 듯싶으니 마부를 꾸짖어 한편으로 몰라 하였다. 그런데 그 말이 한 번 차인 후에 특별히 겁내는 거동도 없고 노하는 거동도 없어 대수롭지 않게 비켜 갔다. 그 사람들이 그 거동을 보고 크게 웃고 일시에 채를 휘두르니, 서너 말이 일시에 굽을 들어 저 앞으로 나가니 100여 보를 행하매, 잠깐 몸을 굽혀 채를 두어 번 없으니 말이 네 굽을 모아 일시에 뛰어 경각 사이에 간 곳이 없었다. 그 거동이 극히 상쾌하여 우리나라가 미칠 바가 아니었다.

짐승의 성정을 보아도 우리나라 말은 제 몸이 작음과 힘이 약함을 잊고, 한갓 교만하고 자존심이 강한 성질을 이기지 못하여 당치 못할 오랑캐 말을 굳이 차고자 하고, 오랑캐 말은 제 힘과 기운이 족히 우리나라 말 두엇을 제어할 것이로되, 족가하여²⁵ 겨루지 아니하니 가소로이 여기는 거동이었다. 국량局量²⁶의 크고 작음과 기품의 깊고 얕음을 짐승을 보아 사람을 짐작하리라. 스스로 생각하니 애달프고 부끄러움을 이기지 못하겠다.

---

25 '족가하다'는 '다그치다, 따지다'의 옛말이다.
26 국량은 남의 잘못을 이해하고 감싸 주며 일을 능히 처리하는 힘을 말한다.

길가에 한 젊은 사람이 걸어가며 활을 쏘는데, 화살 밑이 심히 커서 우리나라 고도리(작은 새를 잡는 데 쓰는 고두리살) 같았다. 한 번 쏘매 수십 보를 가고 휘파람 같은 소리가 나거늘, 덕유를 시켜 그 화살을 보고자 하는 뜻을 청하라고 하니, 그 사람이 어렵게 여기지 않고, 말 앞에 와서 화살을 주었다. 다 본 후에 내가 도로 주면서 말하기를,

"한번 쏘아 보십시오."

하자, 그 사람이 웃고 즉시 한 번을 쏘았다. 그 살은 나무로 만든 것이고 끝에 쇠뿔 고도리를 박았는데 속이 비었고 여섯 구멍을 뚫어 소리를 나게 하였으니, 이름을 향박두響樸頭(우는 살, 효시)라 하였다.

성안에서 나오는 수레에 이따금씩 10여 명을 실었으니, 휘장 뒤를 헤치고 앞뒤에 가득히 앉았고 두 연채에도 걸터앉았는데, 다 의복이 더럽고 빈천한 거동이다. 덕유에게 물으니 이는 성 안에서 삯을 받는 수레로 행인을 여럿 모아 태우고 각각 값을 받으니, 값은 적으나 체구가 큰 이는 이 수레에 함께 타는 일이 없다 하였다. 사람은 여럿이 앉았는데 매인 말은 다만 하나이고 혹 조그만 나귀를 매었는데 수레가 구르는 것은 다름이 없으니, 길이 편하고 수레를 정교하게 만든 것이라 바퀴 돌아가는 것이 저절로 구르는 듯하다. 짐을 실어도 말 등에 싣는 것과 다른지라 비록 점점 무거워지나 뚜렷이 깨닫지 못하는가 싶었다.

한 사람이 수레 위에서 소고小鼓를 치니, 모양은 우리나라 거사(탁발승)의 양식 비는 소고 같거늘, 물으니 아이들이 가지고 노는 것이다. 붙인 것은 우리나라의 장지壯紙(두껍고 질긴 종이)라 하였다. 『김가재일기』를 상고하면 이날 분원에 다니는 여인이 많다 하였는데, 길에서 흔히 볼 수 없었으니 풍속이 그 사이에 변했는가 싶었다.

여인 여러 명이 다 소복을 입고 혹 수레에서 내려 한 음식 푸자 뒤로 들어앉았는데, 다 머리에 흰 수건 같은 것을 둘러 뒤로 매었으니, 이는 상복 입은 여인의 제도였다. 사내는 푸자에 들어가 음식을 사 먹

으나 여자는 들어가는 일이 없고, 혹 음식을 가져다가 뒤에 가서 여인을 주어 먹이니, 여자가 푸자에 들어가지 않음은 또한 좋은 풍속이다.

이즈음 이르러는 행인이 길을 덮어 뚫고 가기가 극히 어려웠다. 성문에 거의 이르니 길에 세 패루를 세웠는데, 웅장한 단청이 다 휘황하다. 그 안으로 들어가니 천만 사람이 어깨를 걸어 좌우로 끼고 층층한 누각의 영롱한 채색에 눈이 부시고 정신이 현란하니, 비로소 중국이 크고 인물이 번성함을 쾌히 알 수 있었다. 돌이켜 심양을 생각하여 이곳에 비할진대 또한 작은 지방이요, 쓸쓸한 경색이었다.

북쪽으로 두 층 높은 문이 있어 아래위에 금벽이 밝게 비치니 이는 동악묘東嶽廟라 하는 묘당으로, 예로부터 사신이 잠깐 머물러 옷을 갈아입는 곳이다. 큰 문으로 들어 말을 내리니 구경하는 사람이 문 안팎을 메워서 어디로 들어가야 할 지 몰랐다.

큰 문 안의 양쪽에 두 깃대를 세웠으니 우리나라 돛대 모양 같았다. 높이가 수십 장이 될 것이요, 중간에 각각 박철縛鐵[27]한 곳이 있으니, 나무를 이은 곳인가 싶었다. 모두 붉은 칠을 하였고, 사방에 대엿 길 나무를 받쳐 넘어지지 않게 하였으니, 이는 묘당에 제사 지낼 적이면 무슨 기를 달고 등을 켜는 것인가 싶었다. 연로에 큰 묘당을 세운 곳이 많으나 이런 웅장한 것은 처음 보았다.

또 큰 문 둘을 드니 남향하여 이층 정전이 있으니, 뜰 너르기 400여 보 정도이고 가운데로 노도路道를 내어 정전正殿으로 들어가는 길을 만들었으니 높이가 한 길이 되었다. 정전 앞으로 큰 향로를 하나 놓았으니 높이가 두어 길이요, 몸피 두어 발이 되며 푸른빛이요, 온갖 정교한 새김이 신통하였다. 정전으로 들어가니 서너 길 높이의 왕자 소상을 앉혔으니 곤의袞衣와 면류冕旒를 갖추고, 좌우에 관복을 입은 선관 여럿을 모셨는데 다 의관이 정제하고 위의가 엄숙하여 과연 제왕의 기상이 있으

---

27 박철은 못을 박을 곳에 못 박기가 어려울 때 못 대신에 검쳐 대는 쇳조각을 말한다.

동악묘 입구

니, 이는 태산의 신령을 위한 것이다. 중국에 큰 산 다섯이 있어 이름을 오악五嶽이라 하는데, 동쪽은 태산泰山, 서쪽은 화산華山, 남쪽은 형산衡山, 북쪽은 항산恒山, 중간은 숭산崇山이다. 태산은 옛 노魯나라 근처에 있으니 이곳에서 천여 리 밖이로되 방소方所를 의논하면 북경이 또한 중국 동쪽이요 태산에 속한 지방이다. 이러하므로 황성 동쪽에 이 묘당을 세운 것이다.

소상 앞에 각색 음식을 기이한 화기에 높이 괴어 무수히 벌였고, 꽃을 꽂은 화병과 온갖 집물이 하나하나 정묘하여 이루 다 기록하지 못하였다. 탁자 밖으로는 각색 비단으로 줄줄이 드리우고 온갖 구슬로 그 끝을 꾸몄으니 소견이 찬란하였다. 앞에 큰 가마 하나를 놓았으니 안에 두어 섬 곡식을 용납할 수 있었다. 기름을 가득히 붓고 위에는 철망을 얽어 뚜껑을 덮고, 가운데에 기둥을 세우고 큰 심지에 불을 켰다. 역관이 이르기를,

"속에 든 것은 기름이 아니라 옻입니다."

하니, 그는 과히 들은 말인가 싶었다. 반자[28]에 향 피우는 틀을 달았는데, 나무 바닥 가운데 기둥을 세우고 사면에 철사로 벌이줄[29]을 늘이고 피우는 향을 철사 모양으로 길게 만들어, 그 위로 돌려 감아 서로 닿지 않게 틈이 있었는데, 둘레가 크고 무수히 감겼다. 한끝에 불을 피우니 실 같은 푸른 연기에 희미한 향내가 있는지라, 빨리 타도 한 열흘은 그치지 않을 듯하다. 소상 앞의 탁자 아래에 당혜唐鞋(신발) 네 짝이 놓여 있는데, 비단으로 만들고 낡은 것이었다. 지키는 사람에

---

28 반자는 방이나 마루의 천장을 평평하게 만들어 놓은 시설을 말한다.
29 벌이줄은 물건이 버틸 수 있도록 이리저리 얽어매는 줄이다.

게 물으니 불을 켜려고 온 사람이 공양한 것이라 하였다. 신던 신을 신령 앞에 놓게 하니 매우 무례하고 괴이하였다.

정전 뒷문을 들어 북으로 수십 보를 가니 이층집이 있는데, 위층에 누를 만들어 밑으로 사다리를 놓았거늘 그 위에 오르니 현판에 옥소궁玉霄宮이라 하였다. 가운데 옥황상제의 소상을 앉혔는데 정전 소상에 비하면 아주 작고 벌인 집물이 반에도 미치지 못하였다.

남쪽 문을 여니 문 밖에 툇마루를 놓고 마루의 가장자리는 다 채색한 난간이었다. 난간에 의지하여 좌우로 둘러보니 옥소궁 양쪽에 한 층을 낮추어 또 한 누각을 지어 난간을 베풀었는데 합하여 수십 칸이었다. 누 양쪽에 각각 월랑月廊을 지어 동서로 꺾어 정전문으로 이었으니, 합하면 100여 칸이 될 듯하다. 그 웅장한 제도와 휘황한 단청을 이루 말로 전할 길이 없으니, 은연히 구천九天에 솟아올라 옥황께 조회하매, 주궁패궐珠宮貝闕에 상운祥雲이 어리고 옥대금전玉臺錦殿에 서일瑞日이 비친 듯하여 진실로 몸이 인간 세상에 있음을 깨닫지 못하였다. 옥황 소상 옆에 또 한 소상이 있는데, 여인의 모습이며 낭랑娘娘을 위한 것인가 싶었다.

누각에서 내려오니 누 밑에 또한 칸칸이 온갖 소상이 있었으나, 이루 볼 길이 없었다. 옥소궁 앞으로 정전에 못 미처 또 큰 집이 있고 그 안에 남녀 소상을 가로 앉혔다. 상탁과 기물이 비록 정전에 미치지 못하나 또한 매우 사려하고, 현판에 '육덕지전六德之殿' 네 자를 써 놓았다. 이 집 좌우로 월랑을 지어 동서 월랑이 이어졌으니, 칸칸이 신령의 벼슬 이름을 패에 쓰고 맡은 직책을 알게 하였다. 소상 앞으로 각각 작은 상을 만들어 다스리는 모습을 하였으나 이루 구경할 길이 없었다.

동쪽 월랑으로 돌아 대강 보니 그 모습을 이루 다 기록하지 못하나, 대저 온갖 죄인을 다스리는 모양이다. 흉녕凶獰한 귀졸鬼卒이 칼과 철쇄를 가지고 결박하여 꿇리고 혹 칼로 사지를 베며 배를 갈라 온갖 혹독

한 형벌을 갖추고, 혹 얼굴을 변하여 온갖 짐승이 되게 하였으니, 일신의 반이 넘게 짐승 모양이 되고, 미처 변하지 않는 이는 옆에서 그 거동을 보고 울며 근심하는 모양이 천연하여 매우 아니꼬웠다. 신령의 소상은 다 상을 찡그리고 눈을 부릅떠 위엄을 보이는 모양이요, 죄인의 거동은 다 겁내고 서러워하여 애긍哀矜히 비는 형상이다. 다 눈에 유리를 박아 산 사람의 정신이 있으니, 인력의 공교함이 또한 이상하였다.

그 중에 음란한 죄인을 다스리는 곳에서는 남녀를 양쪽에 매어 앉혔는데 다 의복을 다 벗기고 여러 귀졸이 온갖 흉독한 형벌을 베풀어 못 견뎌 하는 거동을 차마 볼 수 없게 하였으니, 이는 천만 죄악에 음풍淫風이 으뜸으로 사람이 제일 경계할 일인 고로 각별히 흉하게 만든 것이다. 그 거동을 보니 비록 거짓인 줄을 짐작하나 마음이 절로 송연하여 사나운 염려를 감히 맹동盲動치 못할 듯하니, 어리석은 백성이 두려워하게 하여 또한 교화에 도움이 될 듯하다.

정전 좌우로 뜰에 큰 비를 무수히 세우고, 그 중 누런 기와로 집을 인 곳은 황제의 글이라 한다. 전문 안에 서너 관원이 의복이 선명하니, 가슴에 흉배를 붙이고 혹 목에 염주를 걸었으니, 이는 우리나라 사신을 접대하는 통관들이다. 역관들이 그 앞에 나아가 허리를 굽혀 공손히 절하고 매우 공경하였다. 통관이 들어가기를 재촉하여 일행이 다 떠나는데, 여기서부터는 사행이 나발과 일산日傘을 물리치고 사모관대를 갖추어 안마鞍馬로 들어갔다.

사행은 관복이 다 비단이요 낡지 않은 것이라 오히려 첨시瞻視(우러러 봄)의 빛이 있으려니와, 나머지 군관 원역員役(아전)의 옷은 다 길에 입고 오던 것이라 수천 리 모래바람에 더럽기 여지없다. 또 역관들은 길에서 의복이 상한다 하여 다 떨어진 여벌을 입었으니, 이곳에 이르러 제도는 비록 배로 귀하나 추려한 행장과 잔열한 거동이 실로 부끄러웠다. 자문咨文 바리는 누런 기를 꽂아 앞에 모시고, 그 뒤에 통관들

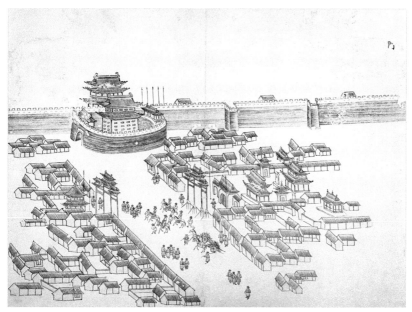

≪연행도≫ 중 〈조양문〉, 숭실대 한국기독교박물관 소장

이 쌍쌍이 섰으니, 저희 나라의 법도인가 싶었다.

묘당 문을 나와 서쪽 패루로 드니 조양문朝陽門 3층 누각이 반공에 솟아 있고, 남쪽에 붉은 칠을 한 담이 길게 둘러 있고 그 안에 첩첩한 누각이 또한 성하니, 그 이름을 미처 묻지 못하였다.

성 밖 해자垓子에 이르니 다리와 난간이 매우 웅장하고, 문 밖에 이르매 구경하는 사람이 배나 많아 겨우 가운데 한 가닥 길을 통하는데, 좌우로 몰려 선 사람이 빈틈이 없을 듯하니 인민의 번성함을 가히 볼 수 있다. 이즈음은 예로부터 도적질하는 놈이 많아 행구를 자주 잃고 안장 고들개(안장의 가슴걸이에 다는 방울)를 베어 가는 까닭에 일행이 서로 단단히 타일러 경계하며 살피었다.

조양문 제도는 세 층이요 청기와로 이었고 앞으로 옹성甕城을 둘렀다. 그 안은 둥글어 사면이 100여 보요, 북쪽에 큰 문을 내고 남쪽으로 성문을 대하여 적루敵樓를 지었는데, 높이는 거의 성문과 다름이 없었다. 적루를 이어서 벽돌을 쌓아 올리고 층층이 작은 문을 내어 문짝을 막고 세 구멍을 내었으니, 활 쏘고 총을 놓아 도적을 막게 하기 위함이다. 성 두께는 20여 보요 높이가 8~9장이다. 그 웅장한 제양은 심양과 산해관이 감히 비하지 못하였다. 문으로 들어가니 다섯 봉우리 산이 있어 그 위에 각각 층층한 집이 있으니 만세산萬歲山인가 싶었다.

수 리를 가서 네거리에 이르니 사면에 각각 패루를 세웠는데 이것이 사패루四牌樓라 이르는 곳이다. 이즈음에 이르니 시사가 더욱 번성하였다. 남쪽 패루로 나와 남으로 향하니 길 가운데 또한 장막과 가가假家(가게)를 지어 온갖 물화를 벌이고 온갖 술업術業(음양 복서 등의 일)하는 사람이 앉았으나 이루 다 기록하지 못하였다.

좌우에 구경하는 사람이 '운지文的 우지武的'하는 소리가 끊이지 않으니 '운지'는 문관文官을 이름이고 '우지'는 무관武官을 이르는 것으로, 우리 일행을 각각 가리켜 이르는 것이다. 나는 군복을 입고 공작우를 달았는 고로 다 우지라 일컬으니 우스웠다. 길에서 사람들의 말을 들으면 아이와 무식한 사람들은 다 웃으며 말하기를,

"저것이 무슨 모양인가?"

하고, 약간 식견이 있는 사람들은,

"이것이 옛날 의관이네."

하였다. 남쪽의 큰 성문을 바라보니 이는 동남쪽 문이니, 이름은 숭문문崇文門이요, 혹 하다문哈達門[30]이라 일컬었다. 문에서 100여 보를 못 미처 서쪽으로 꺾어 큰 다리를 건너니 이름은 옥하교玉河橋이다. 이 다리에 이르러 북쪽을 바라보자 또 난간이 있는 다리가 있다. 그 다리

---

30 숭문문은 원나라 때 문명문文明門, 속칭으로 합달문哈達門 또는 합덕문哈德門이라 하였다. 청초 학자 주이존朱彝尊의 『일하구문고日下舊聞考』에 "합달대왕부가 이 성문 안에 있어 이로 인해 성문이름이 되었다哈達大王府在門內, 因名之."라고 하여, 원나라 때부터 민간에서 널리 불리던 이름인 것을 알 수 있다.

북쪽에 수문을 웅장히 내고 그 위에 붉은 칠을 한 담을 둘러 누런 기와로 이었으니 이는 궁장宮墻인가 싶었다.

관에 이르니 남쪽 성 밑이라 문이 성을 대하였다. 문 밖에서 말을 내려 들어가니 문 안에 정당이 있어 자문을 모셨다. 정당 뒤에 세 겹으로 집이 있고 모두 가운데로 문을 내었으니, 정당 바로 뒤는 상사의 숙소요, 그 뒤는 부사의 숙소이며 그 뒤는 계부께서 머무시는 곳이다. 4~5일 전에 행차의 서자書者(구실아치)들이 먼저 들어와 캉을 청소하고, 앞으로 대를 세우고 안팎으로 종이를 발라 바람을 막고, 가운데 문을 내어 문염자를 드리웠으며, 위는 수숫대로 반자를 만들고 한편에 칸을 막아 협방夾房을 만들었는데 매우 정쇄하였다. 계부의 숙소 맞은편에 벽 하나를 사이에 두고 캉 하나가 있는데, 이는 내가 있을 곳이다. 또한 정결히 꾸며 계부의 숙소와 거의 다름이 없는지라 종려棕櫚로 횃대를 매고 앞으로 채녀采女의 그림 한 장을 붙였다. 문염자를 드리우고 방에 올라앉으니, 매우 조용하고 정결하여 우리나라의 방사房舍와 다름이 없었다.

12월 28일 예부에 자문을 바치는 데 따라가다

안날 수역이 들어와 아문의 말을 전하여 아뢰기를,

"내일 예부 관원이 일찍 자문을 받을 것이니, 해 돋기 전에 사행은 예부로 나오시라고 합니다."

하였다. 이날 새벽에 사행이 관복을 갖추고 예부로 나아갈 때 당상역 관堂上譯官과 두 상통사上通事와 상부방 건량역관이 따랐다. 나는 비록 직책이 없으나 이미 구경을 위하여 들어왔으니, 온갖 것이 구경 아니 되는 것이 없고, 또 연고 없이는 아문을 열어 놓지 않는지라 드디어 군복을 입고 따라갔다.

문을 나와 성 밑을 따라 서쪽으로 수백 보를 가니, 길 어귀에 두 기둥 사이에 나무를 높이 달고 붉은 칠을 하여 우리나라의 홍살문 모양이니 이것이 이문里門인가 싶었다. 앞으로 나아가니 큰길이 있고 남쪽의 3층 성문이 매우 웅장하였다. 안에는 좌우로 시사市肆가 벌여져 있고 거마와 행인이 매우 성하였는데, 이것이 황성의 남쪽 가운데에 있는 정양문正陽門이다. 아문 안에서 북쪽으로 100여 보를 들어가면 이문을 마주하여 또 큰 문이 있는데 이름은 태청문太淸門이다. 2층으로

전문대가에서 본 정양문(전루)

된 문으로, 누런 기와로 이었고, 세 문을 다 무지개 모양으로 둥글게
만들었으며 이 문 앞쪽 좌우로 석사자石獅子 둘을 앉혔는데 높이가 두
길이나 된다.

　석사자 남쪽은 주홍칠을 한 목책을 세웠는데 그 빛이 찬란하고, 목
책 끝을 이어서 옥 같은 돌로 아로새긴 난간을 세웠는데, 양쪽 길을
막아 남쪽으로 꺾어 양끝이 서로 향하게 하였다. 난간과 책문 안이 남
북으로 수십 보이고 동서로 오륙십 보다. 두 문 사이로 10여 보 길을
통하게 하였으나, 태청문은 대궐문이라 세 문을 모두 닫는 고로 난간
안은 행인이 다니는 일이 없고, 목책 북쪽 석사자 밑으로 동서로 통하
는 길이 있어 보행하게 하고 거마車馬는 금하였다. 난간 밖으로 양쪽에
각각 큰길이 있어 행인이 통행하게 하였다. 태청문 좌우로 붉은 담을
높이 쌓고 또한 누런 기와로 이어서 북쪽으로 뻗어 있으니 이것이 궁
장宮牆(성벽)이다.

드디어 동쪽 난간 밖으로 가니 동쪽으로 큰길이 있고 길 어귀에 큰 패루를 세웠으니, 위에 현판을 붙여 골목 이름을 새기고 금으로 메웠다. 말을 타고 이곳에 이르러 사면으로 돌아보니 눈이 어지럽고 마음이 놀라웠다. 북경의 번성함은 전에 익히 들었고 『김가재일기』를 보아도 거의 짐작할 듯했으나, 진실로 귀로 듣는 것이 눈으로 보는 것만 같지 못하니 어찌 이 지경에 이를 줄을 생각하였겠는가.

패루로 들어 동쪽으로 100여 보를 행하여 북으로 꺾어서 이윽히 가니, 길 동쪽에 삼문을 웅장히 세우고 양쪽에 검고 둥근 나무 발을 여럿을 박아서 가로누여 놓았는데 이것은 예부의 안문이다. 자문을 실은 말은 정문으로 들어가 가운데 도로를 통해 바로 정당에 올라 짐을 부리고, 사행은 남쪽 협문으로 들어 말에서 내려 들어갔다.

관원이 아직 오지 않아 드디어 정당正堂에 올라 집 제도를 구경하였다. 큰 문 안에 한 칸 문이 있는데 두 기둥이 패루 모양이다. 정당은 길이와 넓이가 수십 칸이고 규모는 웅장하나 바닥에는 벽돌을 깔았을 뿐 단청도 아니 하였으니 묘당廟堂의 사치함에 비하면 극히 누추하였다. 가운데 큰 현판에 금자金字로 새기기를 '인청찬화寅淸贊化'라 하였으니, 옹정擁正의 어필이라 이르고, 주벽主壁하여 양쪽 기둥에 긴 패를 붙이고 각각 10여 자 글을 썼는데 다 예부관원을 계칙戒飭한 말이었다. 뜰 앞에 좌우로 월랑을 지어 전문殿門까지 이었는데 각각 수십 칸이다. 칸칸이 문염자를 드리우고 문 위에 현판을 붙여 소당所當을 표했으니, 이는 예부낭청들이 머무는 곳이다.

이날 아침이 심히 차고 관원이 일찍이 온다고 해서 일행이 다 식전에 왔는지라, 사행이 당상역관을 불러 그 잘못 거행함을 꾸짖으니 역관들이 민망히 여겨 정당 북쪽에 빈집을 빌려 사행을 쉬시게 하였다. 그 집은 현판에 '사무청司務廳'이라 하였는데, 비록 앞에 문이 있어 바람을 면할 수 있었으나 그 안이 극히 황폐하고 쓸쓸하여 머물 곳이 아니로되 할 수 없이 일행이 그 안에서 기다렸다. 잡다한 사람들 여럿이 문 앞에 이르러 서로 말하며 구경하거늘 내 더불어 말을 수작하는데, 하나가 사행의 벼슬을 묻고는 부사의 돈피獤皮, 사모紗帽, 이엄耳掩을 가리켜 여러 번 칭찬하였다. 이들은 다 나이가 젊고 무식한 부류이다.

"누빈 명주를 가져 왔으면 사고자 합니다."

한 사람이 역관에게 물었다. 역관이 대답하기를,

"우리는 관원이라 이런 매매를 모르니 우리 하인들에게 물으시오."

하였다. 그 중 한 사람이 위인為人이 적이 조촐하였는데 곁의 사람이 가리켜 말하기를,

"이 사람은 벼슬이 있는 분입니다."

하였다. 내가 말하기를,

"벼슬이 있으면 어찌하여 징자를 아니 붙였소?"

하니, 그 사람이 말하기를,

"시방은 아니 붙였으나 관대를 입으면 긴 징자를 붙입니다."

하였다. 그의 벼슬 이름을 묻자 홍려시鴻臚寺[31] 관원이라 하니, 우리나라의 인의引儀(통례원의 종6품 문관) 벼슬인가 싶었다.

이윽고 예부 대인이 온다 하니, 그 사람들이 다 비켜 갔다. 대인은 예부 좌시랑左侍郞이니 성은 정程이고 한인漢人이라 하였다. 정당까지 교자轎子를 타고 들어오니 장帳을 드리웠으니 상은 보지 못하고 삼면에 큰 유리를 붙였으니 밖은 보게 하였다.

교자 제도는 우리나라 가마 모양이로되, 채(가마 양쪽 옆으로 맨 긴 나무) 중간에 매었으니 비록 목이 낮아 적이 답답한 듯하나, 교군轎軍이 설사 실족失足하는 일이 있어도 땅에 놓일 따름이요, 거꾸러질 염려는 없었다. 메는 법은 두 련채 끝에 짧은 연초[32]를 가로지르고 연초 가운데에 줄을 매어 놓은 다음 긴 연초 하나를 그 줄에 끼워 두 사람이 어

---

31 홍려시는 빈객 접대, 조회나 의례를 관장하는 관청이다.
32 연초는 곧 올가미套索로, 수레나 가마를 멜 때 멍에에 가로로 대는 나무를 말한다.

깨에 각각 메었는데, 하나는 작은 연초 안으로 들어서고 다른 하나는 그 밖으로 서서 앞뒤를 합하여 사람 넷이 메었는데 다 가운데 한 줄을 메었으니, 좁은 길이라도 다니기 어렵지 않을 것이요, 긴 연초를 휘돌게 만들고 사이에 또 줄이 들어 있는 고로 교자 안이 매우 편하여 크게 요동하는 일이 없었다. 교자 앞에 두 사람이 가로서서 무슨 소리를 높이 외치니, 우리나라 대간의 알도喝道[33] 소리 같고, 둘이 가면서 서로 외치니 소리가 끊어지지 않았다.

시랑이 바로 정당 뒷문으로 들어가 옷을 갈아입은 후에 나온다 하더니, 이윽고 역관들이 들어와 사행을 정당으로 모셨다. 그 뒤를 따라 들어가 보니 가운데 큰 탁자 하나를 놓아 그 위에 누런 보를 덮었고 큰 탁자 앞으로 두어 걸음을 물려 작은 탁자를 놓아 그 위에 자문궤咨文櫃 여럿을 놓았다.

사행이 작은 탁자 앞에 나아가 기다리더니 뒷문에서 알도 소리가 나고, 시랑이 걸어 나와 왼편의 탁자를 향해 서고, 그 아래에 또 한 관원이 섰는데 적이 뒤로 물러섰으니 이는 예부낭중이며, 그 아래에 선 자는 찬례贊禮 벼슬이니 아까 홍려시 관원이라 하던 사람이다. 셋이 다 조복朝服을 갖추었는데 마래기는 다름이 없으나 다만 위에 드리운 영자纓子가 두께가 한 치나 되고, 징자 또한 평상시에 다는 것과 달라 높이가 반 뼘이 되며 층층이 곱게 새기고 도금을 하였다.

시랑은 그 위에 검은 구슬을 박아 썼는데 2품 벼슬이요, 그 나머지는 도금한 것뿐이니 8~9품 벼슬이다. 의복이 또한 평상시 입은 것과 다르지 않았고, 앞뒤에 각각 흉배를 붙였으니 우리나라 제도에 비하면 너비가 적이 좁고, 목에 접견이라는 것을 썼는데, 가장자리는 연잎 모양이며 가로로 길고 가운데 구멍을 뚫어 쓰니 양쪽 어깨를 덮어 천연히 칼을 쓴 모양이라 소견이 괴이하다. 이 밖에는 목에 염주를 드리우

---

33 알도는 벼슬아치가 지나갈 때 소리를 질러 행인을 비키게 하던 일을 말한다.

고 마제수구馬蹄袖口(말발굽처럼 생긴 소매)를 풀어 손등을 덮었을 따름이요, 다 평상시 모양이니 오랑캐의 제도는 오로지 간편함을 취하였다.

상사께서 작은 탁자 앞에 나아가 꿇어앉으시니, 상통사 역관들이 탁자 좌우에 섰다가 궤 하나를 마주 들어 상사께 드리면, 상사께서 두 손으로 붙들어 위로 향하여 한 번을 밀어 올린다. 상통사가 들어 통관을 주면 통관이 받아 탁자의 누런 보 위에 놓고, 버거(다음)는 부사께 드려 상사께서 하던 대로 밀어 올리고, 또 그 다음 계부께 드려 계부께서 다시 밀어 올린다. 자문이 여러 궤 되니, 이 길이 사은謝恩 자문이 여러 개이고, 황제와 황태후, 황후에게 각각 하였다.

삼사를 차차 들여 올리기를 마치시면 찬례가 소리를 높여 '고두叩頭하라' 하니, 말은 만주의 말이요, 소리는 우리나라 사람이 창하는 소리와 같다. 소리를 마치면 통관과 역관이 옆에서 '고두하오' 하고, 삼사신이 일시에 앉은 채로 엎드려 머리를 땅에 닿게 한 후에 도로 일어나 앉았다. 이리 하기를 세 번 하여 삼고두례三叩頭禮를 이룬 뒤, 찬례가 또 소리하여 '일어나라' 하고, 일어선 후에는 소리하여 '물러가라' 하였다. 시랑과 낭중은 다만 소매를 늘어뜨리고 섰다가 찬례의 소리를 마치매 즉시 몸을 돌려 뒷문으로 들어가니, 거동이 심히 공순하여 어려워하는 모양이요, 조금도 교만하고 뽐내는 기상이 없었다.

일행이 모두 문을 나와 관으로 돌아왔다. 일행이 갓 들어오자마자 문을 열어 바깥 사람이 임의로 들어오니, 매매하는 상고들이 홍정을 맞추고자 하여 각 방에 무수히 출입하고, 내 방에도 여럿이 들어와 성을 묻고 '노야'라 일컬으며 매우 관곡히 구는 사람이 많으니 우스웠다. 장사치 하나가 들어와 건량관과 더불어 여러 말을 하기에 물으니, 성은 오가吳哥이고 대통관 오림포의 아우이고, 길에 함께 오던 통관 쌍림雙林의 아재비였다. 건량관이 이르기를,

"이 사람은 조선말을 더러 알고 인물이 극히 소탈하니 더불어 말을 하십시오."

했다. 내가 우리말로 성과 나이를 물으니 비록 분명하지는 않았지만 알아듣게 말하였다. 북경 통관은 다 조선의 피를 가진 사람의 자손을 시켰다. 오림포의 집은 근본 성이 고가高哥로되, 자손이 만주의 법을 좇아 이름으로 칭호를 삼았다. 이러하므로 이번 길에 고가 역관이 하나 있었는데, 길에 올 때 쌍림이 제 동생이라 하여 극히 관곡히 대접하니, 그 역관은 심히 부끄러워하고 다른 역관이 다 조롱하여 보채니 우스웠다.

내가 오가에게 일러 말하기를,

"그대 근본이 우리와 한가지니 우리를 만나 필연 배로 반가웠을 것입니다."

하니, 오가가 말하기를,

"나는 조선 사람을 보면 아비를 본 듯합니다."

하였다. 내가 말하기를,

"몸이 대국의 사람이 되었으니 체면이 높아 우리에게 비하지 못할 것입니다."

하니, 오가가 머리를 가리켜 말하기를,

"이리 되었으니 서럽습니다."

하였다.

오후에 음식물이 들어오니 상사에게 매일 주는 것은 고기 닷 근, 닭 세 마리, 거위 한 마리, 강어江魚(민물생선) 세 마리, 타락駝酪(우유) 한 그릇, 두부 세 근, 백면白麪(밀가루) 두 근, 김치 세 근, 술 여섯 병, 청차淸茶 넉 냥, 화초(후추) 한 돈, 장과醬瓜(오이지) 넉 냥, 청장(맑은 간장) 엿 냥, 반장盤醬 여덟 냥, 식초 열 냥, 들기름 세 종, 황초 세 짝, 생강 닷 냥, 큰 마늘 열 통, 소주 한 병, 수유(버터) 석 냥, 세분 한 근 반, 마른 대추 한 근, 포도 한 근, 빈과蘋果(능금) 열다섯 개, 감 열다섯 개, 배 열다섯 개, 사과 열다섯 개, 소금 두 냥, 쌀 두 되, 땔나무 서른 근이다.

부사에게 주는 것은 매일 고기 한 근 반, 닭 한 마리, 거위 한 마리,

강어 한 마리, 백면 한 근, 두부 두 근, 김치 세 근, 청차 한 냥, 화초 한 돈, 장과 넉 냥, 초 열 냥, 술 여섯 병, 참기름 한 냥, 들기름 한 종지, 소금 한 냥, 쌀 두 되, 땔나무 열일곱 근이다.

서장관은 부사와 같으나 나무 두 근이 덜하였다. 삼사신을 합하여 매일 한양漢羊 하나, 상사에게는 매일 몽고양 하나, 부사와 서장관을 합하여 매일 타락 한 그릇을 주고, 또 5일마다 마른 대추 닷 근, 포도 닷 근, 빈과 쉰 개, 배 쉰 개, 사과 일흔 다섯 개를 합하여 주는 것이 각 방에 돌아가며 찾아오니, 이는 행중 전례前例였다.

정관正官 27명에게 매일 각각 주는 것은 고기 두 근, 닭 한 마리, 딤채 한 근, 술 한 병, 두부 한 근, 화초 오 푼, 찻잎 닷 돈, 반장 넉 냥, 청장 두 냥, 등유 한 종, 참기름 너 돈, 백면 한 근, 소금 한 냥, 쌀 한 되, 땔나무 열 근이다.

상賞 주는 종인從人 30명에게 매일 각각 주는 것은 고기 한 근 반, 백면 반 근, 딤채 두 냥, 소금 한 냥, 쌀 한 되, 나무 네 근이며, 매일 합하여 같이 주는 것은 술 여섯 병, 등유 여섯 종이다. 상 없는 종인 274명에게 매일 각각 주는 것은 고기 반근, 딤채 넉 냥, 반장 두 냥, 소금 한 냥, 쌀 한 되, 땔나무 네 근이다.

정관正官이라 하는 것은 북경에서 우리나라의 사행 관원을 예로부터 30명으로 정하여, 삼사신에게 역관과 군관을 다 메우게 하는 것이다. 정관에 들면 상은賞銀 외에 상사단을 얻고 정관에 들지 못하면 상은을 모아주는 것이 있어 든 사람과 다름이 없으나, 장사모를 주는 일이 없는 고로 역관을 다 메운 후에 군관 중에 가자[34]가 높은 사람으로 수를 채운다. 그밖에 관상감觀象監, 사자관寫字官, 의원醫員, 화원畵員은 비록 가자가 있으나 그 중에는 들지 못하는데, 역관의 형세와 군관의 안정을

---

[34] 가자는 조선시대에, 관원들의 임기가 찼거나 근무 성적이 좋은 경우 품계를 올려 주던 일, 또는 그 올린 품계를 말한다.

당치 못하기 때문이다. 이로써 예부터 칭원稱寃이 있다고 한다. 상 주는 종인從人이란 말은 정관 삼십 명에게 종인 한 명씩을 상 주는 명목을 말하고, 그 밖은 일행 상하를 합하여 상없는 종인이라고 이르는 것이니, 닷새마다 한 번씩 닷새의 것을 모두 들인다.

덕유가 닭 세 마리와 제육, 양육과 기름과 숯을 타왔는데 이것은 역관들에게서 받아온 것이다. 덕유와 마부를 주어 나누어 먹으라 하고 이후에는 다시 와서 아뢰지 말라고 하였다. 『김가재일기』에 상은과 상사단에 관해 구차한 말이 있고 근래에 와 자제군관을 다 정관으로 넣어왔는지라, 이번에는 의주에서부터 수역에게 정관에 아니 들고 상은을 아니 쓰겠다고 일렀다. 이날 정관을 분정分定하는데, 내 이름이 빠졌다고 건량관이 심히 불평하여 수역에게 그르다 하거늘, 내가 말하기를,

"상은도 아니 쓰기로 정하였는데 정관에 들어 상사단 얻기를 내 어찌 구하겠는가? 비록 정관에 넣어도 나는 결단코 들지 않을 것이니, 수역이 나의 의향을 알아 넣지 않은 것은 나를 대접하는 것일세."

하였다. 그런데도 건량관이 믿지 않고 화를 내니 우스웠다. 삼사신의 찬물은 각 방 서자들이 찾아 약간씩 떼어먹는 것이 있고, 역관과 군관과 하인의 양찬은 군노 두 놈이 받아 약간씩 나누어 주고 나머지는 제 낭탁으로 삼았으나, 군노의 구실이 극히 고된 까닭에 역관들도 전부터 이심已甚히(지나치게 심하게) 찾지 않는다 하였다.

<small>12월 29일</small> 홍려시 연의에 가다

간밤부터 집집마다 지총紙銃을 놓으니 주야에 소리가 그치지 아니하여 습진習陣의 총 쏘는 소리 같았다. 북경의 번성함을 이로도 짐작할 것이로되, 허다한 화약을 긴요치 않은 일에 헛되이 허비하니 괴이하였다.

식후에 일행이 홍려시鴻臚寺 연의演儀에 가니, 홍려시는 조회하는 절차를 주관하는 마을(관청)이요, 연의란 말은 습의習儀를 이름이니, 외국 사신이 중국 예절이 익지 못하다 하여, 즉일 조참朝參하는 위의를 미리 익히게 함이었다. 정관에 드는 이는 사모관대紗帽冠帶를 갖추고 역관 중에 여러 번째 오는 이는 일행이 처음 들어와 구경하고자 하는 이의 이름을 빌려 조참에 참여하게 하였다.

정양문 안으로 어제 가던 길을 좇아서 예부 앞에 채 미치지 못하여 동쪽 큰길로 향하는데 길 어귀에 또 큰 패루가 있으니, 현판에 금자金字로 '부문赴門' 두 자를 썼다. 100여 보를 행하여 또 북쪽 길로 이윽히 행하매 한 마을(관청)이 있으니 이곳이 홍려시다. 아문제도는 대강 예부와 같고 습의하는 곳은 마을 북쪽에 있으니, 두어 층 섬돌을 높이 쌓고 섬돌 위에 팔각 정자를 세웠으니 크기 네댓 칸이요, 그 안에 용패龍牌를 세웠으니 금자로 '황제만만세皇帝萬萬歲'라 썼다. 섬 아래는 붉은 목책을 세워 삼면으로 에워 막고 두 편으로 문을 내었으니 너비가 7~8칸이요, 길이가 20여 칸이다. 섬 아래 4~5칸 떨어져 좌우로 한 자 패를 세우고 또 4~5칸을 물려 또한 두 패를 가로세웠으니, 이는 반열班列로 서는 위차位次를 표함이다.

정자 동쪽에 5~6칸 빈집이 있으니 일행이 그 안에 머물러 기다리는데, 역관들이 이르기를,

"서쪽 집에 유구국琉球國 사신이 왔습니다."

하였다. 이에 역관을 데리고 목책 밖으로 돌아 그곳에 이르니, 두 사신이 비단 방석에 앉았다가 여러 사람이 들어옴을 보고 창황히 일어나 방석에 내려 허리를 굽혀 공순히 예를 하고 섰는데, 여러 역관이 다 웃을 따름이요 하나도 답례하는 이 없고, 나도 뒤에서 미처 문을 들지 못하였는지라 또한 답읍答揖할 겨를이 없어 한 가에서 보니, 여러 역관과 사람들이 구경을 다투어 서로 밀리어 잡난雜難하기 한량없었다. 통관 두엇이 역관들을 꾸짖어,

"비켜서라."

하되, 듣지 아니하고 다 함께 나아가니, 유구국 사신은 그 거동을 보고 구석에 물러서서 대단히 두려워하는 기색이었다. 내 또한 역관과 하인을 꾸짖어 비켜 세우고, 두 사신에게 자리를 가리켜 앉으라 하는 뜻을 보이니, 두 사신이 방석에 나아가 꿇어앉는데, 심히 공손하고 두려워하는 기색이었다. 우리나라가 비록 예의지방으로 일컬으나 마음이 조급하고 체모를 돌아보지 아니하여 무례한 거동이 타국 사람의 괴이히 여김을 면치 못하니 통분하였다. 내 사신의 앞에 나가가 무슨 말을 묻고자 하니, 통관들이 그 요란히 구는 것을 노하여, 다 밀며 나가라 하고, 유구국 사신은 정신이 아득하여 하는 거동이다. 오래 있지 못하여 즉시 나왔다.

그 의복 제도는 머리를 빗어 상투를 묶었는데 방석 틀듯이 하고, 작은 비녀 둘로 가로 꽂고 위에 관을 써 머리털을 쓸어 넣었다. 사신 둘과 통관 하나는 누른 관을 썼는데, 무늬 있는 비단으로 대엿 겹을 감아 테를 만들어 길이 네댓 치고, 위를 막았으니 대강 제양은 우리나라 금관 모양이다. 검은 관을 쓴 사람이 일곱이니, 그 관은 우리나라 별감別監의 왕자王子 건巾 모양 같은데, 위에 막은 것이 둥글고 밖으로 두어 치를 나와 화양건華陽巾[35] 제도 같았다. 두 사신은 속에 좁은 소매를 한 옷을 입었는데 오랑캐 의복 같고, 위에는 검은 비단으로 벌통 소매를 한 큰 옷을 입었으니, 길이는 겨우 무릎에 이르렀다. 두 사신은 누른 금띠를 둘렀으니 너비가 서너 치 되고, 통관은 붉은 띠를 둘렀고, 일곱 사람은 다 잿빛 비단에 소매가 좁은 의복을 입었으니, 그들 모두 사행을 따르는 이들인가 싶었다. 이로 보니 그 나라 풍속이 관대의 예는 다 소매가 좁은 의복을 입는가 싶었다.

이윽고 통관이 사신을 인도하여 서쪽 책문 안에 세우는데, 삼사신이 앞으로 한 줄에 서고 그 뒤로 스물일곱 정관이 세 줄로 늘어섰다. 유구국 사신이 또한 북쪽으로 반열을 정하여 섰다. 마을 안에서 알도 소리가 나고 관원이 나오니, 이는 홍려시 소경少卿 벼슬이라 검은 징자를 붙였으니, 이품 벼슬인가 싶었다.

소경이 바로 사신이 서 있는 곳으로 나아가 앞에서 낯을 들어 자세히 보고, 또 유구국 사신 앞에 가 둘러본 후에 섬돌 위에 올라 서쪽에 서고, 찬의贊儀 하나가 또한 조복을 갖추고 동쪽 섬 위에 섰다. 통관이 일행을 인도하여 남쪽 패 앞에 반열을 정제하여 세우고, 찬의가 한 소리 창을 마치매, 북쪽 패 앞으로 일시에 나아가 연하여 창 소리를 높여 세 번 꿇고 아홉 번 고두하는 예를 이룬 후에 일어서서 뒤로 두어 걸음을 걸어 몸을 돌려 차례로 물러나게 하였다. 통관들이 앞뒤에 서

---

35 화양건은 옛날 도가나 은거 생활을 하던 사람들이 쓰던 쓰개의 한 가지이다.

서 일시에 하라 하고 여러 번 이르니, 첫 번은 종시 정제치 못하였다. 일행이 도로 물러서고 통관들이 창을 시켜, 천천히 걸어 예수禮數하는 모양을 하여 일행을 보게 한 후에, 고쳐 두세 번을 익혀 정제한 후에 물러섰다. 유구국 사행을 또 인도하여 익히게 하니, 두 사신이 앞줄에 서고 통관 하나는 뒤로 서고, 검은 옷을 입은 일곱 사람은 참여하지 않았다.

유구국 사신은 우리나라 사행의 행례함을 먼저 보았고 사람이 많지 않으므로 실수하는 일이 없었으나 모두 두려워하는 거동이 많았다. 상사는 낯빛이 희고 조촐하여 글하는 사람 같으나 다만 조심이 과하여 몸을 떨어 진정치 못하니, 대강 소졸疏拙한 풍속인가 싶었다. 우리나라 일행은 해마다 들어와 이목이 익을 뿐 아니라, 조금도 조심하는 기색이 없으니, 이로 보면 우리나라 풍속이 심히 당돌한가 싶었다.

예를 마치고 관으로 돌아오니, 일행의 복태ト駄(짐바리)를 책문에서부터 말에 이루 다 실을 길이 없어 건량의 짐과 방물 세례를 모두 수레를 세내어 조수照數하여 만들었는지라, 이날 건량 짐이 많이 들어왔다. 순안順安 하인 세팔世八은 북경을 30여 차례 다녔는지라, 중국말을 잘하고 구경하는 곳을 모르는 데가 없었는데, 이번은 나이가 늙었으므로 소임을 얻지 못하여 사마군司馬軍 명목으로 들어왔다. 이날 불러 구경할 곳을 묻고 따라다닐 수 있는지 물으니, 저도 또한 소원이라 하였다. 대개 이번 길에서 구경할 곳을 빠뜨린 곳이 적고, 길 찾기를 걱정하지 아니 한 것은 오로지 세팔을 얻은 덕이었다.

한참 후에 광록시光祿寺에서 세찬상歲饌床을 삼방(삼사신의 거처)에 각각 하나씩 들여왔다. 광록시는 외국 사신 대접하는 마을(관청)이니, 우리나라 예빈禮賓 같은 곳이다. 세찬상을 큰 탁자에 주석 대접 40여 그릇을 놓았으니, 여러 가지 떡과 온갖 과일을 담았는데, 떡이 모양은 각각 다르나 맛은 한가지요, 거친 음식 같으나 속은 설탕도 아니 넣고, 먹을 것이 없으니 관청 음식이라 비음만 하여[36] 우리나라 일과 다름이 없었다. 역관이 들어와 내일 4경(새벽 1시~3시)에 일행이 조참에 들어갈 것이라고 아뢰고, 저녁에 원역과 하인이 들어와 과세문안過歲問安을 하고, 각각 집 생각하는 말을 이르니, 마음이 심히 좋지 않았다. 불을 켠 후에 부방에 갔더니, 부사께서 말씀하시기를,

"내일 조참에 어찌 하겠는가?"

하시기에, 내 아뢰길,

"이미 이곳에 이르렀으니 조참하는 거동을 응당 보암직할 것이나, 『김가재일기』를 보니 가재는 아니 들어갔습니다. 저도 또한 안 들어가기로 정하였습니다."

하였다. 부사께서 말씀하시기를,

"조참은 큰 구경이요, 또 그대 삼촌이 이미 들어가니, 오랑캐의 조정에 한 번 꿇기를 어이 홀로 면코자 하는가?"

하시니, 내가 아뢰기를,

"삼촌은 벼슬이 있어 나라 명을 받자왔으니, 이보다 심한 일이라도 사양치 못할 것이거니와, 저는 벼슬이 없고 나라 명이 없으니, 일시 구경을 위하여 스스로 몸을 욕되게 하는 것이 제 본심이 아니요, 또 이곳에 이르러 비록 허물이 없으나 선비 몸으로 관대를 갖추는 것이 심히 편치 아니합니다."

하니, 부사께서 웃으셨다.

---

36 '비음하다', 또는 '비옴하다'는 '분장하다, 꾸미다'는 뜻의 옛말이다.

북경에서
새해를 맞이하다

전문대가의 정월 풍경

정양문에 이르니 수레와 인마가 길을 메우고 있으나, 서로 먼저 가려고 다투는 일이 없고 잡되게 소리치는 일이 없어, 온후하고 안중한 기상이 우리나라에 비할 바가 아니다. 수레에는 비단 장막을 두르고 말에는 수놓은 안장을 드리워 화려한 채색이 눈부시며, 또 새해를 맞이하여 세배하는 사람이 많으니, 다 금수의복에 치장을 매우 선명하게 하였다. 문 안에 오래 머물며 그 물색을 구경하매, 남으로 삼층 문루가 하늘에 닿을 듯하고, 북으로 태청문의 웅장한 제도와 붉은 칠한 궁장이 좌우로 둘려 있었다.

병술년(1766) 정월 초1일 **조참에 따라가다**

　4경(새벽 1시~3시) 초에 일어나 소세梳洗를 마친 후에 아문에서 재촉
이 성화같았다. 일행을 좇아 들어갈 때 길에서 갖옷 하나를 빌려왔으
나 추위가 그리 심하지 않아 다만 무명옷을 입고 왔었는데 이날은 추
울 뿐만 아니라 한데서 밤을 지내기에 건량관의 갖옷과 돼지가죽 휘
양을 빌려 입고 갔다. 말 앞에 덕유로 하여금 초롱을 들려 인도하게
하니, 이곳 초롱은 다 철사로 둥글게 우리를 얽어 안으로 장지 한 벌
을 바르고, 쇠로 또 바탕을 만들어 육초(쇠기름으로 만든 초)를 켰다. 바
탕 위에 두 기둥을 세워 위에 잡는 대를 만들고 철사 우리를 내려 씌
우니 매우 튼튼하고 간편하였다.
　정양문 안으로 들어가 서쪽 큰길을 좇아가는데 온 성 안에 지포 놓
는 소리가 진동하고, 왕왕 길가 집에서 지포에 불을 질러 문 밖으로
내치니, 소리 벽력같아 말이 놀라고 불빛이 번개 같았다. 곳곳에 붉은
종이로 바른 등에 불을 켜서 높이 걸었으니, 이는 묘당 깃대에 달린
등이다. 보름 전에는 밤마다 켠다 하니, 우리나라 초파일에 깃대에 등
을 켜는 법이 여기서 났는가 싶었다. 길에 수레와 말이 매우 많은데,

다 앞에 초롱을 달고 초롱에 각각 벼슬 이름을 크게 썼으니, 다 조참에 들어가는 관원인가 싶었다.

수 리를 가서 한 문을 들어가니, 이는 서장안문西長安門이다. 문 제도는 외기둥에 나무를 가로 얹은 이문里門 모양이었다. 이 문을 들어 동으로 100여 보를 행하니 큰 문이 있는데, 비록 한 층이나 단청과 제도가 웅장하니, 이것이 곧 서화문西華門이다. 이 문 밖은 사람이 가득하고 초롱이 휘황하니, 다 관원과 의장 군병이었다. 덕유가 이르기를,

"문 앞에 코끼리가 섰습니다."

하거늘, 말에서 내려 나아가 보니 빛이 검고 크기가 집채 같으니 소견에 괴이하나, 불빛에 자세히 보지 못하고, 여러 통관들이 문에서 사행을 기다리다가 들어오는 것을 보고 들어가기를 재촉하니 오래 머물지 못하였다.

여기서부터는 일행이 다 말에서 내려 들어갔다. 문을 들어 동북을 바라보니 인적이 전혀 없고 밤이 어두워 좌우의 집 제도를 보지 못하니, 다만 극히 너르고 문 안부터는 바닥에 다 벽돌을 깔았다. 북쪽으로 향하여 100여 보를 행하여 한 다리를 건너니, 좌우 돌난간의 높이가 어깨에 이르고, 불빛에 보매 희기가 백옥 같고 새김이 기이하나 바빠서 멈추지 못하였다. 또 수십 보를 가서 큰 문을 들어가니 이 문이 천안문天安門이다. 문 안으로 들어가니 위는 둥근 무지개 모양인데 누런 흙을 발랐고, 깊고 너르기가 은연히 굴 속 같으니 그 웅장한 제도를 상상할 것이다. 하인을 시켜 두께를 밟게 하니 스물일곱 발이다.

이윽히 행하매 길가에 큰 돌기둥이 섰으니, 이름이 경천주擎天柱이다. 제양과 새김이 기교하고 굉려宏麗하나 어두워서 자세히 보지 못하였다. 또 수백 보를 가 다시 큰 문을 드니 이는 단문端門[1]으로 제도가

---

[1] 고대 중국의 궁전宮殿제도에서 정전正殿 앞에 있는 정문을 말한다. 곧 자금성 천안문과 오문 사이에 있는 문을 가리킨다.

〈만국래조도〉, 북경고궁박물원 소장

천안문과 한가지다. 이 문을 들어가니 뜰 동쪽에서 풍류소리가 있어, 종성鐘聲과 생황이 극히 청아하나 어두운 가운데 그 자태를 보지 못하니 더욱 기이하였다. 그 소리가 점점 안으로 들어가거늘, 역관에게 물으니,

"황제 앞에서 연주하는 풍류인데, 익히며 들어가는가 싶습니다."

하였다. 천천히 걸으며 그 소리를 자세히 들으니, 음률은 우리나라 우조羽調에 가깝고, 맑고 높아 인간의 소리 같지 않았다. 다만 곡절이 번촉繁促하여 유원幽遠한 기상이 없고, 조격調格이 얇아 혼후渾厚한 맛이 적으니, 북방의 초쇄礁殺(촉급함)한 소리요, 중국의 고악古樂이 아닌가 싶었다.

이곳에 이르니 뜰 좌우에 월랑이 각각 오륙십 칸이요, 칸칸마다 처마에 초롱을 달았으니 모두 관원이 머무는 곳인가 싶었다. 역관과 하인이 먼저 들어와 서쪽 월랑 한 칸을 빌려 사행이 앉으시게 하니, 서쪽 벽 밑에 캉이 있어 사행이 앉으시고, 그 나머지는 캉 아래에 머물거나 혹 문 밖 처마 밑에 앉아 황제가 나오기를 기다렸다. 양쪽에 다큰 문이 있어 곁칸과 통하였는데 칸칸마다 다 관원이 가득하여 여럿이 들어와 일행을 구경하는데, 이곳은 서쪽 월랑이라 다 호반 벼슬인가 싶었다. 한 관원이 들어와 삼사신의 벼슬을 묻기에 내가 대답하고 저희 벼슬을 물으니 인무장경印務章京[2]이라 하고 나에게 이르기를,

"그대 사신의 의관이 진정 옛 제도이니, 그대의 나라가 예의지방입니다."

하며 매우 경탄하였다. 내가 그 사람의 만한滿漢을 분변코자 하여 그 성을 물으니, 한인의 성이다. 내가 말하기를,

"노야께서는 필연 한인이십니다."

하자, 그 사람이 말하기를,

---

2 인무장경은 청나라 도통都統(팔기군의 우두머리)의 관인을 관장하고 공문서 작성을 담당하는 벼슬아치이다. 인방장경印房章京이라고도 한다.

"천하가 한가지니 어찌 만한에 다름이 있겠습니까?"

하였다. 부사께서 말씀하시기를,

"필연 한군인가 싶다."

하니, 그 사람이 알아듣고 말하기를,

"노야께서 아십니다."

하였다. 한 젊은 관원이 들어왔는데, 나이 20여 세요 검은 징자를 붙였으니 품수가 높았다. 그 성을 물으니 만주 사람이고, 벼슬은 공신功臣의 자손으로 승습承襲하는 품직인가 싶었다. 얼굴이 희고 단아하여 선비 같거늘 내 묻기를,

"그대의 상이 이리 청수淸秀하니 필연 문장이 높을 것입니다."

하자, 그 사람이 웃고 말하기를,

"활을 쏘고 말 달리기를 익히니 문장을 어이 알겠습니까?"

하였다. 곁칸에 한 사람이 들어와 나에게 사신의 작품爵品을 물어서 내가 대답하자, 그 사람이 놀라 말하기를,

"작품이 다르면 어찌 한 캉 위에 앉아 분별이 없습니까? 대국은 이런 일이 없습니다."

하였다. 내가 대답하기를,

"캉이 좁고 본국의 조장朝章(조정의 의례 제도)과 다르므로 위의를 차리지 못합니다."

하였으나, 우리나라의 체모 없음이 도처에 웃음이 되니 부끄러웠다. 통관이 여러 번 들어와 말하기를,

"황제가 출궁할 때는 정관 외에는 나가지 마시오."

하고, 하인 중 흰옷을 더욱 경계하여 역관들이 무수히 타일러 경계하였다. 우리나라 사람이 조심함이 전혀 없고 남의 말을 잘 듣지 아니함을 민망히 여기는 거동이다. 나는 검은 군복을 입었으니 응당 허물치 않을 듯하나, 오히려 중국의 뜻을 모르니 혹 욕된 일이 있을까 하여 당상역관을 불러 통관에게 이르라 하니 역관이 말하기를,

"통관에게 이미 일렀으니 염려하지 마십시오."
하였다. 월랑 북쪽에 큰 문이 있으니 이는 오문午門으로 혹 오봉문五鳳門
이라 일컬었다. 이윽고 오문 안에서 큰 북을 울리니 우리나라의 인정
人定 소리 같았다. 처음에는 드물게 치더니 차차 자주 쳤으며, 오문 안
에서 큰 등불이 쌍쌍이 나오는데 사이를 두어 칸씩 띄워 다 땅에 놓거
늘 역관에게 물으니,

"이것은 양각등羊角燈으로 어로御路 좌우로 늘어놓습니다."
하였다. 양각등은 양의 뿔을 다듬어 만든 것으로, 멀리서 보니 유리로
만든 듯하다. 수십 쌍이 흘러나오더니 종소리가 점점 빨라졌다. 통관
이 들어와 사행을 인도하여 월랑 앞으로 10여 보를 나아가 한 줄로
앉혔다. 대국 법은 박석薄石에 앉을 뿐이며, 자리를 깔지 못하되, 역관
들이 통관에게 일러 각각 도듬(높아지도록 밑을 괴는 물건)을 깔았다. 통
관이 앞에 나와 둘러보고 관대 자락으로 둘러서 도듬 끝을 덮어 흔적
을 감추라고 하고, 역관에게 이르기를,

"대국 각로閣老도 못하는 일을 사신이 하신다."
하고, 생색을 드러냈다. 사신 뒤로 27정관이 세 줄로 늘어앉고, 하졸
에 검은 옷을 입은 부류는 그 뒤로 섰다. 나도 사신의 뒤에 몸을 감추
어 앉았으니 좌우를 바라보니 관원과 군병이 많이 있을 듯하나, 어두
운 가운데 뵈는 것이 없고 또한 사면이 적적하여 숨소리도 듣지 못했
다. 우리나라 사람이 혹 서로 말하는 소리가 있으면 통관이 손을 저어
말릴 따름이요, 또한 소리를 내지 못하니 법령의 엄숙하기가 이러하
였다.

종을 매우 빠르게 친 후에 다시 드물게 두어 번을 치고 소리를 마
치매, 어로 좌우에 수십 쌍의 양각등이 일시에 공중에 높이 달리니,
그 다는 제도는 어두워서 볼 길이 없고, 이 등이 달리자 좌우 월랑에
달린 등이 일시에 꺼지니, 조금도 들쭉날쭉 하는 일이 없어 한 사람의
손으로 덮치는 듯하였다.

통관이 나와 손만 둘러 보이고 말을 하지 않으니, 황제가 출궁함을 짐작할 수 있었다. 그 거동을 보니 절로 마음이 송연悚然하여 숨을 또한 크게 쉬지 못하였다. 앉은 곳은 행랑에서 10여 보를 들어온 곳인데, 양각등 달린 곳이 오히려 사오십 보 밖이라 사방이 침침하여 뵈는 것이 없더니, 이윽고 오문 안에서 박석에 말굽 소리 어지럽게 일어나니, 그 모양을 보지 못하고, 다만 양각등 사이로 여러 말이 늘어서서 달려가는 거동을 희미하게 알 수 있었다.

이때 사신과 일행이 다 몸을 굽히고 머리만 들어 황제가 나가는 모습을 보고자 했으나 뜰에 말굽 소리만 가득할 뿐이요, 검은 그림자에다만 말 다리를 분변할 따름이다. 문 안에서 홍사초롱 한 쌍이 어로 가운데로 완만히 나오는데, 내 뒤에 엎드린 역관이 뒤에서 손으로 밀며 가만히 말하기를,

"황제가 갑니다."

하였다. 초롱 뒤를 자세히 바라보니, 채색 교자에 비단 장막을 드리우고 여덟 사람이 메었는데, 황제가 탄 것인가 싶었다. 교자가 지나갈 때 말굽 소리가 배로 많을 뿐 아무 소리도 없고, 황제 전후에 시위하여 가는 군병이 수백을 넘지 못한 듯하니 극히 간략하였다.

홍사초롱이 단문端門 밖에 나가매 오래지 않아 말굽 소리가 그치고 달았던 양각등이 일시에 땅에 놓였다. 통관이 일어나 사신과 일행에게 다 들어가 쉬라고 하여 사신을 따라 행랑 안에 다시 들어가 쉬었다. 부방 건량청에서 의이薏苡(율무) 한 그릇과 열구자탕悅口子湯(신선로)을 차려왔거늘, 먹은 후에 곁 캉에 관원 두어 명이 앉아 있고 캉 아래에 종인이 차를 데우고 있어 하인을 불러 차 한 그릇을 얻어 오라 하니 그 사람이 어렵게 여기지 않고 여러 그릇을 내어 사신께 드리고, 다음으로 나를 먹이며 말하기를,

"이것은 황제 어공御供에 쓰는 단물로 달인 것이니 예사 물이 아닙니다."

하였다. 대개 황성 안의 물맛이 다
짜고 구려 먹지 못할 것이로되, 대
궐 안에 어공에 쓰는 우물이 있어
맛이 맑고 차다 하였다.

琉球國

〈만국래조도〉 중 유구국 사신

유구국 사신이 가까이 앉아 있다
하거늘, 부사께서 역관에게 한 분을
데려오라 하니, 이윽고 종인 하나를
데리고 왔다. 부사께서 필묵을 얻어
써서 말씀하셨다.

"언제 나라를 떠났으며, 어디서 배를 내려 북경에 언제 들어오셨습
니까?"

그 사람이 또한 써서 말하기를,

"저희들은 복건성에 이르러 육지에 내려 육로로 북경에 이르렀습니
다."

하였다. 아래 말을 미처 쓰지 못하여, 황상이 돌아온다고 하고 통관이
문에 이르러 사신에게 나옴을 재촉하니, 부사께서 그 말을 듣고 다시
청하지 않았다. 통관 서종현은 나이가 젊은 까닭에 그 거동을 보고 급
히 들어와 유구국 사람을 발로 차며 말하기를,

"나를 죽이고자 하는가?"

하니, 그 사람이 붓을 던지고 황황히 달아났다. 부사께서 심히 통분해
하셨으나 하릴없었다.

일행이 월랑 문을 나와 이전 앉았던 곳에 전처럼 앉았더니, 양각등
이 일시에 달리고 단문端門 밖에서 군악 소리가 점점 가까워오니, 북과
나발이 극히 웅장하여 땅이 움직일 듯하고, 태평소와 바라鈸鑼(타악기)
소리가 의연히 우리나라 군악 같았다. 이때 동이 미처 트지 못하였는
지라 어두운 가운데 아무것도 분변치 못하나 다만 붉은 원선圓扇(둥근
부채)[3]이 무수히 늘어서 천천히 들어가니, 이는 좌우의 내관內官인가 싶

었다. 홍사초롱이 단문으로 들어오더니, 군악 소리 일시에 그치고 말굽 소리가 어지럽게 나며, 종과 생황으로 아악을 전후에 연주하는데, 그 곡조는 들어올 때 듣던 소리였다. 사롱紗籠이 오문 안으로 들어가니 양각등이 일시에 꺼지고 월랑에 등불이 다시 각각 달리니 이는 이곳 법령인가 싶은데, 출입의 좌우에 불을 밝히지 않는 까닭은 알지 못하겠다. 일행이 다 물러나와 월랑으로 들어오니 대개 처음은 황제의 나감을 지송祗送하는 것이고, 나중에 황제가 들어옴을 지영祗迎하는 것이다.

식경이 지나니 동이 텄다고 하거늘, 문을 나가 두루 보니 뜰의 너르기가 동서 월랑 사이는 100여 보이고, 오문과 단문 사이는 200여 보였다. 바닥에 모두 벽돌을 깔았으며 다 옆으로 세웠으니, 이러하므로 깨진 벽돌이 없고 다만 닳을 뿐이다. 가운데 어로 좌우로 군악 기구를 벌여놓았는데, 대개 그 수가 30쌍이고 그 중 북이 여남은 쌍으로 다 은 칠한 틀에 얹었다. 나발과 태평소와 홍사초롱 등 온갖 군악이 있는데, 맡은 군사는 붉은 옷에 다 금빛 같은 누런 무늬를 굵게 수를 놓았고 머리에 쓴 것은 붉은 전립이요, 그 위에 누런 깃을 꽂았다.

오문 밖에 좌우로 오색의 수레 다섯을 놓았는데, 그 제양은 한가지요 다만 뚜껑과 휘장을 각각 오방빛을 응하였으니, 흰빛과 검은빛은 서쪽에 놓고 푸른빛과 붉은빛과 누런빛은 동쪽에 놓았다. 가까이 나아가 그 제양을 보니, 수레의 높이 한길 반 남짓하고 좌우에 주홍칠한 사다리를 놓아 사람이 오르내리게 하고, 그 위에 돌아가며 두어 자 난간을 세웠는데 새김과 채색이 별양 빛났다. 가운데는 가마 모양으로 꾸몄는데 크기는 한 칸 남짓하고, 뚜껑과 사면을 온갖 구슬과 금옥으로 꾸미고 뒤로 큰 기 한 쌍을 비껴 꽂았으며, 바탕 빛은 다 수레 빛과 같게 하고 기마다 수繡로 용호를 그렸다.

---

3 『연기』에는 이를 노부鹵薄라 하였는데 이는 의장을 갖춘 제왕의 행렬, 임금이 거둥할 때의 의장을 가리킨다.

한 수레에 코끼리 하나씩을 매었
는데, 코끼리 모양은 밝은 후에야
비로소 자세히 볼 수 있었다. 높이
거의 세 길이 되고 형체가 방박磅礴
하여[4] 돼지 모양 같고, 온몸이 순전
히 잿빛이요, 털이 심히 가늘어 멀
리서 보면 털 같지 않았다. 큰 귀는
키 모양 같아 아래로 드리우고, 굽
은 눈이 작지 아니하나 형체에 비

〈만국래조도〉에 보이는 코끼리

하면 별양 작아 보이고, 입 좌우로 뻗은 어금니 길이가 4~5자이요, 긴
코는 땅에 닿으니 거의 두 발이 될 것이며, 코끝이 새부리 같고 꼬리
는 총이 없어 쥐꼬리 같은데 또한 땅에 드리웠다. 발은 둥글고 다리에
비해 아주 크지는 않으니, 대나무마디를 베어 세운 모양 같았다.

대개 천하에 제일 큰 짐승이로되 한 곳에 서 있으면 가볍게 움직이
지 않고, 형상이 매우 투박하고 둔탁하여 보기에는 특별히 맹렬한 기
운이 없으나, 사나운 호표虎彪를 능히 제어하니 괴이한 일이다. 코가 아
주 길어 우리나라 사람이 코끼리라고 이름을 지었으니, 코를 둘러 사
람을 한 번 치면 골육이 썩어서 문드러지고 호표를 또한 코로 제어한
다고 하니, 이러하므로 낯익은 사람 외에는 가까이 나아가지 못하게
하였다.

전에 들으니 코끼리는 남방에서 나는 짐승으로, 함정을 놓아 잡아
넣은 후에 황제의 조서詔書를 읽어 듣게 하여 머리를 숙이고 순하게
듣는 것은 즉시 함정 밖으로 내어도 조금도 거스르는 일이 없고, 조서
를 듣고도 머리를 숙이지 않으면 이는 기르지 못할 것이라 즉시 죽인
다고 하였다. 이 짐승이 또한 마음이 극히 영靈한 것이니, 옛적 당唐 명

---

4 '방박하다'는 '아무지다敦實'의 옛말이다.

황明皇(당 6대 황제 현종의 시호, 재위 712~756)이 여러 코끼리에게 춤추기를 가르쳐 매양 잔치할 적이면 문득 뜰에 쌍쌍이 세워 풍류 곡조를 따라 춤추게 하더니, 후에 안녹산의 난으로 명황이 촉蜀으로 쫓기어 들어가고, 녹산이 경성을 웅거하여 참람僭濫히 황제라 일컫고 후원에 모든 장수를 모아 큰 잔치를 벌였다. 이때 춤추는 코끼리를 뜰에 세우고 풍류를 연주하여 춤을 추게 하니 여러 코끼리가 몸을 움직이지 않고 다만 눈물이 비 오듯 하며 소리를 길게 하여 슬피 우는 것이었다. 녹산이 크게 노하여 여러 코끼리를 일시에 찢어 죽였는데, 난세를 당하여 충절을 고치지 아니하니 또한 범상치 않은 짐승이다.

좌우에 여러 사람이 있어 다 붉은 옷을 입고 머리에 누런 깃을 꽂았으니, 이는 맡아 기르는 사람으로 이름을 상노象奴라 하였다. 상노가 짚 한줌에 소금을 넣어 조그만 꾸러미를 만들어 던지면 코끼리가 코를 둘러 그 꾸러미를 받는데, 부리를 안으로 굽혀 손으로 쥐는 듯하여 휘어서 입에 넣으니 소견에 우스웠다. 두어 사람이 큰 궤 하나를 메어다가 그 앞에 놓고 열거늘, 나아가 보니 다 안장 모양으로 매우 크게 만들어 코끼리 형체에 맞게 하고, 삼거리(말안장에 장식한 가슴걸이)에 온갖 구슬을 무수히 얽었으니 극히 찬란하였다.

한 사람이 코끼리의 오른쪽 앞다리를 손으로 치며 무슨 소리 두어 마디를 하더니, 코끼리 몸을 진중히 움직여 오른쪽 다리 마디를 굽혀 적이 내밀었다. 그 사람이 큰 홍사줄을 코끼리 등 너머로 쳐서 두어 사람에게 잡히고, 그 다리 마디에 올라가 홍사줄을 붙들고 등으로 기어 올라가 걸터앉으니, 의연히 큰 집 위에 아이가 올라앉은 모양이라 그 크고 높은 줄을 이로 좇아 알 수 있었다.

또 한 사람이 다리에 올라서고, 한 사람은 아래에서 안장 기구를 성기면 차차 받아 올려 앞뒤로 얽는데, 푸른 무명으로 귀를 덮고 안장 가운데 금꼭지를 세운 모양은 가마 꼭지 같고 길이는 한 길이 넘었다. 이 꼭지를 올릴 때는 예닐곱 사람이 줄로 당겨 몹시 애를 써서 올리니 매우 무거운가 싶었다. 이는 줄을 매는 것이니 우리나라 쌍교의 소대양 제도와 같은 것이다. 안장 기구를 다 맞춘 뒤에 수레 좌우의 큰 홍사줄 두 가닥을 꼭지와 가슴에 매었는데, 다섯 수레를 다 같은 제도로 매어 세웠다.

여러 관원들이 어지럽게 뜰을 거닐며 서로 만나니, 혹 손목을 잡고 흔들며 은근한 거동을 하고, 혹 물러섰다가 웃으며 다시 두 손을 잡고 흔드는 모양이 은연히 닭 싸우듯 하니 우스웠다. 유구국 사람 하나가 나와서 구경하거늘, 역관을 시켜 무슨 말을 물어보라고 하니, 그 사람이 비록 통관은 아니나 복건성에서 육지에 내려 7천 리를 들어왔는지라 약간 중국말을 통하였으나 자세히 알아듣지 못하였다. 그 임금의 성은 상가尚哥라 하고, 중국의 온갖 서적이 다 있으나 글자의 음音은 중국과 다르다 하였다. 한 관원이 역관 변한기邊翰基를 보고 반가워하는 거동이로되 말을 하지 못하거늘, 물으니 회자국回子國 오랑캐로 사로잡혀 들어와 벼슬을 주었는데 지금도 중국어를 하지 못하고, 몇 해 전에 들어와 그 상을 보았더니 알아보고 반가워한다 하였다.

해가 높이 뜬 후에 통관이 일행을 인도하여 어로 서쪽에 북향하여 앉혔다. 오문 밖으로 좌우에 어로를 끼고 무수한 관원이 반열을 정제하여 늘어앉고, 유구국 사신은 우리나라 사신의 뒤로 앉았다. 이윽고 일시에 세 번 절하고 아홉 번 고두하는 예를 하니 역관이 이르기를,

"이것은 황제가 천관千官과 외국 사신을 거느리고 황태후에게 조알朝謁하는 것입니다."

하였다. 이 예를 마치자 오문 누각 위에서 북 소리가 웅장히 나더니, 좌우 천관이 동서로 반을 나눠 양쪽 협문으로 들어가니, 동쪽은 좌액문左掖門이요 서쪽은 우액문右掖門이다. 사행이 그 뒤를 따라 우액문으로 들어가니, 나는 그 문 밖에 이르러 떨어졌다. 이때 들어가지 못하는 것이 심히 답답하였다.

대국 법은 관원이 오문 안으로 들어갈 때 비록 재상이라도 다 손수

방석을 들고 들어가나 우리나라 사행은 역관들이 도듬을 들고 들어갔다. 일행이 다 들어간 후에 문 옆에 의지하여 안을 바라보니 문이 깊어 보지 못하고 다만 옥 같은 돌난간이 첩첩하였다. 갑군이 소리치며 금하기에 물러나와 두루 거닐다가, 다섯 수레 앞에 각각 한 관원이 품복을 갖추고 엄숙히 섰으니, 이는 수레 일을 맡은 관원이다. 혹 수레가로 가까이 가면 갑군을 불러 금하라 하니 혹 다칠까 염려함이었다.

서쪽에 큰 문이 있어 그 문으로 나가니, 문 밖에 지키는 갑군들이 여럿이 있는데, 다 옷걸이 같은 틀을 세우고 그 위에 창을 꽂고 활과 화살을 동개에 넣어 걸었다. 이 문 서쪽으로 수십 보를 나아가니 또 큰 문이 잠겨 있고 그 안에 수목이 심히 많으니, 이는 사직社稷이라 하였다. 이 문 북쪽에 담을 의지하여 큰 비를 세웠는데, '대소 관원이 하마下馬하라'라 하고 그 옆에 청서清書와 몽고서로 번역하여 써두었다. 비 밖으로 안마와 태평차 여러 개가 있고 다 휘황하게 꾸몄으니, 관원이 타고 온 것인가 싶었다.

이 뒤에 담이 매우 낮거늘 나아가보니, 담 안에 큰 물이 있는데 너비 50여 보요, 길이가 사오백 보나 되었다. 사방을 다 숙석熟石(다듬은 돌)으로 쌓았으니, 이는 궁성 해자垓字인가 싶었다. 해자 북쪽에는 길이 있고 길 북쪽에는 궁성이 웅장히 둘려 있으며, 성 위에 세 층 집이 있는데 다섯 마루로 제도가 신교하였다. 가운데 마루에 누런 꼭지를 얹어 빛이 특별히 찬란하니, 이는 풍마동風磨銅[5]이다. 풍마동은 외국 소산所産으로 구리 같은 쇠이니, 바람을 쏘이면 빛이 점점 찬란하다 하였다.

도로 문으로 들어가 기다리는데 오문 안에서 종소리가 나니 의장과 군악 기구를 한꺼번에 물리고 코끼리 안장을 또한 끌러 궤 속에 넣었다. 상노 하나가 목에 올라앉아 두어 자 요구쇠撓鉤釗(갈고리)로 목을 찍

---

5 풍마동은 명나라 선덕(1426~1435) 연간에 태국에서 조공한 순동이다. 선로宣爐도 이를 재료로 만든 것이다.

자금성 각루. 맨 꼭대기에 뾰족한 것이 풍마동으로 만든 꼭지다.

어 당기며 무슨 소리를 하자, 코끼리가 몸을 움직여 단문을 향하여 나가니, 극히 천천히 걷는데도 수레바퀴는 별양 급하게 구르니, 빨리 가는 줄을 알겠다. 요구쇠로 목을 찍어 피가 흐르는데 별을 보면 즉시 아무니, 이렇게 하지 않으면 제어할 길이 없는가 싶었다. 수레 셋은 코끼리에 매여 나가고, 둘은 말 여섯에 매여 나가는데, 말이 코끼리를 겨우 따라가니 코끼리의 힘을 짐작할 만하였다.

오문 밖에 나아가 사행을 맞이하여 나올 때 무수한 관원이 다 물러나오는데 추종이 없이 손수 방석을 들고 나오는 거동이 극히 체모 없어 보이나, 법도가 간략하고 또한 조정이 엄숙할 도리道理이다. 오문 안은 태화문太和門이요, 태화문 안은 태화전太和殿이니, 황제가 있는 정전正殿이다. 조참할 때면 여러 문을 다 열고 문이 줄로 친 듯하여 감히 그 길을 건너지 못하더니, 조참을 파한 후에는 정문을 다 닫았다.

일행이 어로를 건너 단문 동쪽의 협문으로 나가니, 길가에 또 경천주를 세웠는데 밤에 보던 것과 함께 좌우에 세워 한 쌍이 되는 것이다. 그 모양을 자세히 보니 높이가 세 길 남짓하고 온 돌로 하나의 기둥을 만들어 세웠으며, 돌 빛이 희고 윤택하기가 옥 같고, 아래위에 용을 돋우어 새겼는데 비늘과 발톱에 생기발랄하여 가까이 가지 못하였다.

천안문을 나와 사행이 초상輻床을 놓고 잠깐 쉬는데, 동서 협문에서 관원이 말을 타고 나갔다. 왼쪽에 견마를 들리고 여남은 추종이 뒤에서 호위하여 가니, 하나는 늙고 하나는 젊은데 둘이 다 친왕親王인가 싶었다. 천안문 밖으로 10여 보를 물려 돌사자를 세우고 사자 밖으로 문을 응하여 다섯 다리를 만들었다. 밑으로 각각 세 개의 무지개 문을 내고 위에는 각각 돌난간을 세웠는데, 매우 정결하니 작년에 고쳐 세운 것이라 하였다.[6]

오문 밖의 두 젊은 관원이 사행 앞에 와서 서로 말하며 익히 보더니, 이곳까지 따라와 서서 가지 않았다. 하인이 물리고 비키라 하여도 두 사람이 웃고 노하는 기색이 없었다. 그 얼굴이 다 단정하여 매우 사랑스럽거늘, 내가 나아가 말하기를,

"노야께서는 무슨 벼슬이십니까?"

하였더니, 두 사람이 내 말을 듣고 크게 기뻐하여 벼슬 이름을 이르니 다 문신文臣 한림翰林이다. 두 사람이 또한 사신의 벼슬을 묻거늘, 내 대답하고 그 성을 물으니, 한 사람은 오가吳哥이고 한 사람은 팽가彭哥이니 다 한인이요, 오가는 산동 사람이고 팽가는 하남 사람이라 하였다. 내가 말하기를,

"노야께서 오래 머물며 가지 않는 것은 무슨 뜻입니까?"

두 사람이 말하기를,

"그대의 의관을 구경코자 했습니다."

---

6 지금 북경의 천안문과 그 앞 광장 사이에 있는 장안가長安街를 말한다.

내가 말하기를,

"우리 의관이 감히 대국에 비치 못할 바이거늘 노야께서는 무슨 구경이 있겠습니까?"

두 사람이 서로 보며 웃고 대답하지 않았다. 바야흐로 무슨 말을 수작하고자 하는데 사행이 일어나시어, 홀로 떨어지지 못하여 내가 말하기를,

"바빠서 말을 못하니 후에 노야의 집으로 찾아가리다."

하니, 두 사람이 다 기쁜 얼굴로 말하기를,

"편치 않습니다感到不安."

하였다. 동으로 큰 문을 나가니 이것은 동화문東華門이다. 문 밖에 수레와 안마가 무수히 섰으니 이는 다 관원들이 타고 온 것이다. 말을 타고 관에 돌아올 때 동장안문東長安門으로 나오니, 문 제도는 서장안문과 같았다. 길에 흰 종잇조각이 덮였으니, 다 밤에 지총을 놓은 것이라 한다.

식후에 상방에서 세찬 두 상을 해서 보냈는데 매우 풍성하였다. 삼방에 배행陪行하여 온 역관을 다 청하여 같이 먹었다. 이날 거문고 궤를 열어보니 약간 상한 곳이 있거늘, 대강 손을 보아 밤에 두어 곡조를 희롱하여 객회를 위로하니, 평중과 건량관이 들어와 노래를 불러 서로 화답하고 밤이 깊은 후에 파하였다.

정월 초2일 관에 머물다

　이날부터는 군복을 벗고 누비 중치막中赤莫(양반의 겉옷)에 혁대를 차고 머리에 흰 모관을 썼다. 이곳은 상복을 입은 사람 외에는 흰 관과 흰 옷이 없는지라, 우리나라 일을 익히 모르는 이는 혹 들어와 보고 수상히 여기니, 대개 북경 들어가는 사람은 흰옷을 더욱 금함직하다. 장사치들이 연이어 나들며 인사하기를,

　"무사히 해를 지냈습니까過年乎?"

하니, 이 풍속은 우리나라와 다름이 없었다. 한 사람이 들어와 말을 은근히 하거늘, 그 성을 물으니, 왕가王哥였다. 대개 이곳이 왕가가 매우 많았다. 왕가 말하기를,

　"노야께선 이곳에 몇 번째 오셨습니까?"

　내가 말하기를,

　"나는 역관과 달라 벼슬이 없는 사람이라 이번이 처음입니다."

　왕가가 말하기를,

　"처음이면 어찌 말을 능히 하십니까?"

　내 말하기를,

"들어올 때 약간 배웠으나 무슨 말을 능히 하겠습니까?"

왕가가 말하기를,

"노야께서 흥정할 것을 다 나에게 맡기는 게 어떻습니까?"

내 말하기를,

"나는 가난한 선비입니다. 구경을 위하여 왔으니 무슨 매매할 것이 있겠습니까?"

왕가가 웃으며 믿지 아니하는 기색이었다. 왕가가 내 중치막을 보고 여러 번 좋다고 일컬었다. 대개 이곳이 온갖 의복을 다 사내가 만드는 까닭에 잔누비(잘게 누빈 누비)를 하지 못하고 혹 누비가 있으나 쟁틀[7]처럼 만들어 길이로 매어 놓고 가를 안으로 누볐으니 극히 성글어 정제히 이루어 놓지 못한다. 이러하므로 우리나라 누비를 보면 매우 귀하게 여기니, 하졸들이 많이 해서 들여와 값을 귀하게 받는다 하였다. 왕가가 새끼손가락에 백통白銅 가락지 하나를 꼈거늘, 그 연고를 물으니 왕가가 말하기를,

"우리 법에 무슨 경계할 일이 있으면 이것을 껴 잊지 말고자 함이니, 이름을 계지戒指라 합니다. 내 연전에 술을 많이 먹어 대단한 허물이 있어 이를 껴 술을 그치고자 한 것입니다."

하였다. 왕문거가 들어와 뵈거늘, 그 머무는 곳을 물으니, 하다문哈德門 밖에 머문다 하고 믿기 어려운 말을 누누이 하니, 전후에 내게서 주는 것을 얻고자 하여 미리 제 고행苦行을 나타내는 것이다. 문거가 오래 머리를 깎지 않아 털이 길었거늘, 그 연고를 물으니 말하기를,

"할아버지 상복이 있으니 백일까지는 깎지 않습니다."

하니, 저희 예법인가 싶었다. 이날은 부사의 생일이다. 삼방 건량에서 약간 음식을 차려 부방에 모여서 놀 때, 내 거문고를 타고 평중과 여

---

7 쟁틀은 곧 재양틀로, 풀을 먹여 꿰어 매어 널어 말리거나 다리는 데 쓰는 틀이다. 재양은 명주나 모시붙이를 풀을 먹여 반반하게 펴서 말리거나 다리는 일을 말한다.

러 역관이 노래를 부르며 날을 보냈다. 날마다 시달려 기운이 피폐할 뿐 아니라 아문衙門이 출입을 엄히 막아 임의로 나가지 못하니 심히 울적하나 하릴없었다. 전부터 자제군관子弟軍官으로 들어온 사람이 다 구경을 전주專主하여 못갈 데를 위격違格으로 들어가고 혹 날이 저물어도 돌아오지 않았는 고로, 아문이 이 일을 익히 알아 역관과 하인은 늘 출입을 금지하지 않아도 자제군관은 다 출입에 지목指目하고 함부로 나들게 못하니 더욱 민망하였다.

황제가 정조正朝에 나가는 곳은 혹 이르기를 여러 황제의 영당靈堂이라 하니, 우리나라 영희전永禧殿(조선조 역대 왕의 영정을 모신 곳)과 같은가 싶은데 종묘에 아니 가고 영당에 먼저 가는 일이 괴이하다. 또 혹 이르기를 등장군鄧將軍의 묘당이라 하니, 등장군은 처음 일어날 때 공신이라 하는데, 태묘太廟에 미처 가지 못하여 공신의 사당에 먼저 다니는 것이 이치 밖의 일이다.

또 혹 이르기를 대명大明 장수 유정劉綎은 영웅이나, 오랑캐를 멸할 뜻을 이루지 못하고 죽어 원혼이 되어 정령이 자주 보여 황제를 침노하는 고로, 국초 때의 소상을 만들어 묘당에 위하고 앞에 사람 하나를 동여매어 꿇어앉혔으니, 이는 황제로 처음 일어났던 조상 누르하치의 상이라 한다. 이로써 그 한을 풀어 작란作亂을 그치게 하였다고 하니, 이는 믿기 힘든 말이요, 설사 이러한 묘당이라도 대대로 위하기를 이렇게 중히 할 리 없을 것이다.

또 혹 이르기를 누르하치가 싸움 하던 온갖 군기와 의복을 갖추어 놓고 훗날 임금이 창업의 어려움을 알게 한 것이라 반드시 정초에 먼저 간다 하니, 이 말이 그 중에서 근사하나 종시 말이 다르니 자세히 알 길이 없고 저희도 분명히 알지 못하는 일이 심히 괴이하였다.

내가 자는 캉이 작은 한 칸이요, 북쪽에 칸을 막아 협방을 만들고 약간 행장을 넣었으니 다른 사람을 용납할 길이 없어 밤이면 혼자 촉을 대하여 극히 고적하니 또한 서책을 봄 직하나 창졸간에 얻을 것도 없고 구경할 일만 밤낮으로 생각하여 글 곁을 가지 못하니, 도리어 생각만 많아진다. 덕유는 캉 앞에 대와 삿자리를 얻어 조그만 방 모양으로 만들고 밤이면 그 안에 들어가 자니 추위를 적이 면할 수 있었다.

저녁 식후에 부방 캉 앞을 지나 앞뜰에 거닐어 가니, 동쪽 담 밖에서 말 소리가 요란하게 났다. 담 밑 남쪽으로 10여 보 떨어진 곳에 중문이 있거늘, 문을 의지하여 밖을 바라보니 그 밖은 뜰이 아주 널렀다. 일행에 들어온 수백 필 말을 줄줄이 늘어서서 매어 놓았는데 다 쇠말뚝을 땅에 박고 고삐만 매었으니, 이러므로 밤낮으로 서로 싸우니 매우 요란하였다. 이 문을 나가면 남쪽으로 담이 막히고, 또 중문 하나가 있으니 이 밖은 아문으로 대사와 통관이 밤낮으로 지키고 있었다.

정당 앞으로 큰 문이 있는데 사신이 출입할 때면 열고 평상시는 굳게 봉하여, 일행 출입을 다 이 문으로 다녀 아문 앞으로 나들게 하니, 내외에 잡되게 출입을 못하게 함이었다. 해 진 후면 아문에 있는 갑군이 가죽 채찍을 들고 여럿이 각 방을 다니며 바깥 사람을 몰아내니, 그 소리가 극히 흉하고 봉화 들 때만 되면 군노 놈이 각방에 들어와 문을 닫으라고 고하고, 아침에 해가 돋은 후면 또 문을 열라고 고하니 다 이 문을 이르는 것이다. 낮에는 바깥출입을 단단히 막지는 아니하지만 밤에는 내보내는 일이 없고, 혹 나가서 자는 일이 있으면 아문에 큰일이 날 뿐 아니라, 사행이 또한 엄금하였다.

황성 안은 큰길에 군포軍鋪를 연이어 지어 갑군 서넛씩 지키게 하고, 성 위에 또한 100보에 군포 하나씩 지어 군사를 항상 두니, 밤이면 목탁을 조급하게 쳐서 잠을 이루지 못하게 한다. 초경에는 한 마치요, 이경에는 두 마치요, 차차 더하여 오경에 다섯 마치를 치니, 조선관이 남쪽 성 밑이라 밤에 이 목탁 소리를 들어 시각을 알았다.

정월 초3일 **관에 머물다**

일어나 소세를 하고 나니 당상 역관들이 들어와 보거늘, 오늘 나가 구경할 일을 의논하였다. 역관들이 말하기를,

"보름 전에는 예전부터 아문이 구경을 금하니 주선할 길이 없습니다."

하였다. 내 말하기를,

"만 리를 가족과 이별하여 들어온 뜻은 오로지 구경을 위함이니 내게는 또한 큰일이거늘, 그대가 날 위해 힘써 주선치 아니하니 심히 애달프구려."

하니, 역관들이 말하기를,

"그런 줄을 모르지 않으나, 임의로 하지 못하는 것을 어찌 하겠습니까?"

하였다. 내 또 말하기를,

"내 약간 중국말을 아는지라, 친히 아문에 나아가 이 사연을 일러 간절히 청하고, 또 이곳 일이 인정을 쓰지 아니하면 되는 일이 없어 내 약간 가져온 것이 있으니 통관과 대사에게 면피를 두터이 주어 내

스스로 얼굴을 익히고 그대에게 수고로움을 끼치지 말고자 하니 어떠합니까?"

하니, 여러 역관이 말하기를,

"이는 전에 없는 일이지만 재물을 아끼지 아니하고 손수 보기를 괴로이 여기지 아니하면 무슨 일을 도모치 못하겠습니까?"

하였다. 내 말하기를,

"내 들어올 때에 남의 꾸지람을 돌아보지 아니하고 팔포八包[8]를 팔아 수백 냥 은을 가져온 것은 오로지 이 일을 위함이니, 무엇이 아까울 것이 있으며, 또 제 비록 머리를 깎았으나 대국의 관원이니, 내 외국 조그만 선비 몸으로 어찌 한 번 몸을 굽힘을 괴로이 여기리까."

하니, 역관들이 다 웃고 말하기를,

"진실로 그러하다면 구경이 잘 될 뿐 아니라, 또한 우리를 막지 않을 것입니다."

하였다. 내 말하기를,

"오늘부터는 내 몸이 성하고 구경할 마음이 심히 바빠 천천히 못할 것이니, 식후에 친히 아문에 나아가 대사와 통관을 보고자 하니 이 사연을 먼저 통해 주시오."

하니, 역관들이 웃고 갔다.

식후에 어의御醫 김정신의 갓을 빌려 쓰고 덕유를 데리고 아문으로 나가니, 상통사上通事 이익李瀷이 먼저 통하고 밖에 서 있었다. 먼저 아문제도를 보니 정당이 두세 칸 남짓하고, 북쪽과 동서쪽에 벽을 의지하여 긴 반등을 놓았으니, 이는 관원들이 앉는 곳이다. 북쪽 반등 앞으로 높은 탁자 하나를 놓고 탁자 위에 벼루 하나와 사기 필산筆山을 놓았으니, 필산이라 하는 것은 뫼 모양으로 만든 것인데 다섯 봉우리

---

8 팔포는 조선시대에, 중국 청나라에 가는 사신이 여비로 쓰기 위하여 가져갈 수 있도록 허용한 인삼 여덟 꾸러미를 말한다. 가져간 인삼을 중국 돈으로 바꾸어 썼는데, 숙종 때부터는 그 값에 해당하는 은을 대신 가져갔다.

를 세워 그 틈에 붓을 걸어 놓게 만든 것으로 필통 같이 쓰는 것이다. 그 위에 붓 두엇을 얹었고, 한쪽에 필통 같은 것 한 쌍을 놓고 각각 여남은 대쪽을 꽂았으니, 한 층에 꽂은 것은 '청차聽差' 두 자를 썼으니, 이는 사람 불러오는 것으로, 우리나라 관청의 사람 불러오는 패 같은 것이다. 한 층에 꽂은 것은 '행장行杖' 두 자를 썼으니, 이는 매질할 때 수를 헤아리는 것이다.

정당 아래 뜰 동쪽에 한 집이 있으니, 이는 캉이 있어 통관과 대사가 자는 곳이고, 남으로 담을 싸고 가운데 문이 있으니, 이 문 밖은 큰길이다. 문 안에 한 칸 남직한 면장面墻을 쌓아 밖이 막히게 하였다. 내정당 안에서 금 징자 붙인 관원이 나가니 이는 대사다. 대사는 회동관會同館 관원으로 외국 사행을 담당하는 관원이다. 이익이 대사에게 일러 말하기를,

"우리 삼대인(서장관)의 궁자公子가 뵙고자 합니다."

하니, 대사가 나를 보고 손을 들어 올라오라 하거늘, 내 따라 안에 들어가니 대사 반등에 앉고 나를 또 앉으라 하거늘, 내 말하기를,

"감히 앉지 못합니다."

하니, 대사 여러 번 앉으라 하거늘, 내 동쪽 반등에 앉아 한훤寒喧(날씨에 관한 인사)을 파한 후에 성을 물으니,

"사가史哥입니다."

하고, 나이는 오십이다. 북쪽 벽에 긴 패를 가로 붙이고 두 구절 글을 써 새겼으니, 이는 대사의 글씨이다. 이익이 또 말하기를,

"대사께서 문필이 무던하십니다."

하였다. 다만 몸집이 작고 얼굴이 못생겼으며 인정이 적어 뵈는 인물이요, 10여 년을 대사 벼슬을 하며 조선 사람을 해마다 보는 까닭에 조금도 반겨 대접하는 거동이 없으니 통분하였다. 이윽고 늙은 통관하나가 들어오는데 나이 늙은 사람이니 이는 성이 양가楊哥였다. 내 또한 그 앞에 나아가 손을 들어 인사 하니, 양 통관이 이익을 돌아보며

말하기를,

"이 분은 누구십니까?"

하였다. 이익이 말하기를,

"이 사람은 우리 삼대인의 궁자인데, 아문을 뵈러 왔습니다."

하니, 양 통관이 머리를 끄덕이며 말하기를,

"그러하군요."

하고, 내 자와 나이를 물었다. 이익이 또 말하기를,

"이 궁자는 전에 오던 궁자와 다릅니다. 중국말을 능히 하고, 오로지 중국을 구경하고자 하여 왔는데, 출입할 때에도 아문을 속일 뜻이 없습니다. 이러하므로 친히 아문에 나와 대감들을 뵈니, 대감도 이전 일을 아시듯, 어느 궁자가 아문에 나와 뵈는 이가 있었습니까?"

하니, 양 통관이 또한 그러하다 하였다. 양 통관은 거동이 극히 용하고 능통한 인물이다. 대사가 뜰아래 캉으로 내려가거늘, 내 따라 내려가 두어 말을 수작한 후에 내 말하기를,

"나는 구경을 위하여 온 사람입니다. 출입이 모두 아문에 달려 있으니 노야께서 헤아려 주시기 바랍니다."

하니, 대사 말하기를,

"무엇이 어렵겠습니까? 보름이 지난 후면 내 갑군 하나를 분부하여 구경하게 하리다."

하였다. 내 말하기를,

"노야께서 헤아려주시니 고맙습니다만 40일 유관留官이 여러 날이 아니니, 보름 후를 어이 기다리겠습니까. 오늘 내일이라도 나가도록 허락하심이 어떠하십니까?"

하니, 대사가 말하기를,

"6~7일 내에는 조정 재상이 세배를 위하여 길에 가득하니, 만일 만나면 우리에게 큰 생경生梗(불상사)이 될 것이라, 내 어찌 내어 보내겠소. 며칠 지난 후에 사람을 정하여 나가게 하리다."

내 여러 번 간청하고 이익이 또한 옆에서 여러 말을 하니 대사가 눈살을 찡그리고 종시 거리를 두려고 하거늘, 내 이익에게,

"그만 두게. 노하게 하면 안 되네."

하고 이윽히 앉았더니, 대사가 말하기를,

"문 밖에 나가면 세배하는 행인이 봄직 할 것이요, 좌우 여러 푸자의 물화를 보는 것도 좋을 것이니 아직은 멀리 갈 생각을 마십시오."

하거늘, 내 말하기를,

"노야의 말씀이 좋습니다."

하고, 즉시 이익을 데리고 문 밖을 나가니, 문 앞은 큰길이요, 길 남쪽은 성이다. 성 위에 군사 두엇이 여장女墻(성가퀴)을 의지하여 아래를 보니, 이는 성 위의 군포를 수직하는 군사니 한 군포에 다섯 번씩을 들어 주야에 성 위에서 내리는 일이 없고, 혹 제 부모가 죽어도 부고를 알리지 못한다 하였다. 대저 북경 성은 우리나라와 달라 안팎이 다름이 없으니, 안쪽에는 한 여장을 베풀고 성 앞으로 따로 섬돌을 쌓아 삼사십 층을 만들어 성에 오르내리는 길을 삼았으니, 섬돌 바깥에 또 한 여장을 세우고 성 밑에 이르러서는 좌우에 각각 붉은 칠을 한 문을 내고 자물쇠로 굳게 잠갔는데, 하루에 한 번씩 열어 군사의 밥을 지을 물을 길어 들인다 하였다.

아문 담 밖에 두어간 삿집誰屋을 짓고 여남은 사람이 들었으니, 이는 아문을 지키는 갑군甲軍이다. 다 의복이 남루하고 모양이 추악하였다. 마침 부방군관 안세홍이 상방을 따라온 의원 최가를 데리고 제 친한 장사치 임가의 병을 보아주러 가고 있었다. 이익이 함께 가기를 청하거늘 드디어 따라가는데, 동쪽으로 두어 집을 건너 또 두어 문을 지나 한 캉으로 들어가니, 이는 임가의 푸자다. 대저 조선 매매하는 장사치들이 사행이 들어오면 근처 집을 세를 주고 방을 빌려 물화를 쌓았으니 제 본디 있는 집이 아니었다. 임가는 나이가 젊고 인물이 조촐한데, 병이 들어 수색을 띠었으니 소견이 가련하다. 내가 누구인지 물은

후에 캉에 올라앉으라 하고 즉시 차를 권하였다. 최가를 또한 캉에 올려 앉게 한 후 병증을 의논하여 맥을 잡힌 후에 약을 구하여, 최가가 무슨 약 종류를 적어 주니, 임가가 이를 가지고 여러 번 사례하였다.

캉 아래 두루 탁자를 놓고 온갖 물건을 펼쳐 놓았는데 매매하는 물화 외에도 일용 집물을 각별히 치례하여 두루 펼쳐 놓았으니, 이는 기구를 보여 흥성興成(홍정)이 모이게 함인가 싶었다. 주석朱錫 등경燈檠 하나가 놓였는데 초를 켜는 곳과 기름 켜는 곳이 다 있어 제양이 심히 기교하니, 서양국에서 나온 것이라 하였다.

역관 서넛이 먼저 와 있어 서로 물화들을 보며 값을 의논하는데 극히 용속하고, 저희 기색이 또한 내가 앉은 줄을 심히 괴로이 여기는 거동이거늘, 즉시 먼저 돌아왔다. 오후에 부방과 상방에 잠깐 다닌 후에 여러 역관의 캉으로 차례로 들어가 그 머무는 거동을 보니 다 장인을 데리고 캉을 고치매, 종려와 삿자리를 두루 끌어와 막으니 극히 번잡하였다.

이날은 일행 찬물饌物을 들이는 날이다. 제독이 아문에 왔다 하니 제독은 또한 회동관 관원이로되 품이 높았다. 대인이라 일컫고 사행의 대소 사정을 그에게 다 취품取稟(웃어른에게 여쭘)하여 결정한다 하였다. 두어 역관을 데리고 다시 아문으로 나가니 제독이 돌아갔다. 앞에 알도 소리를 길게 하니 예부에서 시랑의 앞에서 하던 소리와 같았다. 정당 앞에 이르니 통관 서종현과 오림포, 박보수 이렇게 세 사람이 나란히 앉아 있거늘, 그 앞에 나아가 손을 들어 각각 인사하였다. 다 일어나 맞이하고, 역관에게 물으니, 역관이 내가 누구인 줄을 일렀다. 그러니 다 앉으라 하고, 역관과 아주 달리 대접하니, 우리나라 일을 익히 알았다. 서로 말하여 한훤을 수작하는데, 오통관이 말하기를,

"궁자께서는 필연 첫 길이로되 말을 능히 하시니 괴이합니다."

하고, 서통관이 말하기를,

"궁자께서 하시는 말씀이 문자를 많이 쓰니 필연 글을 하시는가 싶

습니다.”

역관이 말하기를,

“궁자께서는 우리나라 선비요, 글을 합니다.”

하니, 서통관이 말하기를,

“그러하면 궁자의 글씨 두어 장을 받고자 합니다.”

하거늘, 내 웃어 말하기를,

“내 글도 잘 못 하거니와 필법이 극히 졸하니 어찌 감히 대국 눈을 더럽히겠습니까.”

하였다. 서통관이 말하기를,

“겸손이 지나치십니다.”

하며, 여러 통관이 서로 보며 내 말하는 것을 가장 귀하게 여기는 기색이 있으니, 이로 인연하여 자연 안정顔情이 나고 구경할 도리가 나올 듯하였다. 내 문 밖에 나가 구경하기를 청하니, 통관들이 말하기를,

“아직 멀리 가지 못할 것이니, 근처로 다니며 보십시오.”

하였다. 드디어 문을 나니 역관이 말하기를,

“자제군관이 통관과 사귀어 말한 적은 전에 없던 일입니다. 그 기색을 보니 감사하는 모양입니다. 구경할 일이 걱정 없습니다.”

하였다. 서쪽 길가로 천천히 다니니, 좌우에 집들이 다 장사치가 머무는 곳이다. 혹 지나감을 보면 반드시 청하여 캉에 앉게 하고 차를 권하니, 이는 흥정을 맞추고자 함이다. 길가에 한 묘당이 있으니 청기와로 담을 이고, 안팎으로 다 벽으로 기이하게 물상을 새겨 극히 휘황하였다. 역관이 이르기를,

“전에 들으니 이는 왕의 원당이니, 이 왕이 일찍 죽고 그 아내가 자색이 있었습니다. 옹정 황제가 그 뜻을 앗아 비빈으로 삼으니, 그 여인이 마지못하여 령을 좇고 그 왕을 위하여 원당을 세우고 싶다고 하니, 옹정이 묘당을 세워 사치를 궁극히 하여 그 여인의 뜻을 위로하였습니다.”

하였다. 옹정이 비록 오랑캐 임금이나 천하를 일통한 높은 위를 당하여 이런 금수禽獸의 행실을 어찌 하리오. 역관이 이곳 일을 전하는 말이 거짓 소문이 반이 넘으니, 이 말을 또한 믿지 못할 것이다. 묘당 문을 굳게 닫아 들어가 볼 길이 없고, 안문 밖에 큰 비를 세웠는데 돌난간을 굳게 둘러막았으니 자세히 알아보지 못하였다. 큰 문 안에 여러 캉이 있어 중이 지켜 있는 곳이로되, 다 상고를 세주어 각각 물화를 쌓고 장사치들이 가득 찼다.

도로 큰 문을 나오더니 문 옆에 방균점邦均店 항가가 섬돌에 걸터앉아 발을 벗고 티눈을 파는 사람을 시켜 티눈을 파게 하였다. 이곳은 티눈을 파 주고 값을 받는 장사가 있으니 사람의 생리가 어려운 줄 알겠다. 내 항가를 보고 평안하냐 하니, 대답이 변변치 않은데, 이는 내가 매매가 없는 줄을 알 뿐 아니라 길에서 답례하지 않은 것을 여태껏 노여워하는 것이다.

관에 돌아와 세주와 건량마두를 불러 구경에 쓸 것과 아문에 면피할 지선紙扇(종이와 부채)을 예서 파는 값으로 얻어오라 하니, 대장지 스무 권과 중장지 열 권과 광별선 100자루였다. 대장지 한 권에 값이 정은丁銀[9] 한 냥 서푼이요, 중장지는 한 냥이요, 광별선 하나에 한 돈이다. 또 백지 스무 권을 샀다. 저녁때에 역관 홍명복洪命福이 기별하기를 통관 서종현이 제 캉에 조용히 앉아 있으니 면피를 주고자 하거든 이때 주라고 하였다.

드디어 대장지 한 권과 중장지 두 권과 광별선 세 자루와 먹 석 장과 청심원 세 개를 봉하여 위에 발기(목록)를 써 보내었다. 또 기별하기를, 서통관이 왕의 분부로 조선 붓 백병을 얻으려고 하나, 얻을 데가 없어 하니 다소간 얻어 주면 크게 체면이 설 것이라 하였거늘, 행장을 뒤지니 전주 붓을 색실로 무늬를 놓아 동인 것 세 자루가 있거늘

---

9 정은은 순은 70%가 들어간 은이다.

보내었다. 이윽고 홍명복이 통관을 보내고 들어와 이르기를,

　"통관이 면피를 받고 크게 감사하여 이르기를 '궁자는 우리에게 구할 일이 없는데 무슨 뜻으로 이를 주시는가' 하거늘 대답하기를 '무슨 뜻이 있겠습니까? 대감과 이미 사귀었고 마침 행중에 가져온 것이 있어 그리 하는가 싶습니다'라고 하니, 통관이 또 이르기를 '내 이 뜻을 갚고자 하니 궁자께서 좋아하는 것이 무엇이 있으신가' 물으니 대답하기를 '궁자 무슨 좋아하는 것이 있으리오. 다만 구경을 탐하는 사람이니 출입을 막지 않으면 이것이 크게 갚는 것이 될 것입니다' 하니, 서통관이 말하기를 '출입하는 일은 내 극진히 주선하리다' 하고 붓 세 자루를 더욱 감격하여 하되, 다만 실로 동인 것이 이상한 별제라 이것을 왕에게 드려 만일 이런 것을 또 얻어 들이라 하면 얻을 곳이 없을 것이니, 이것은 제 집에 두고 보고자 하노라 하니, 출입할 길이 이제는 쉬울 것입니다."

하였다.

정양문 밖으로 가서 희자 공연을 보다

식전에 종이와 부채, 먹, 청심원을 어제대로 봉하여 이익을 시켜 아
문의 대사에게 전하라 하니, 이익이 전하고 들어와 말하기를,

"대사가 여러 가지를 받고 심히 좋아하는 기색이니 수일 뒤면 출입
을 막지 않을 것입니다."

하였다. 내가 말하기를,

"내 면피를 주는 의사는 금명일 출입을 허락해 달라는 것인데, 수일
후를 어찌 기다리겠는가?"

이익이 말하기를,

"이것은 전에 없는 일이니 대사 또한 임의로 허락지 않을 것입니다."

하고 나갔다. 건량마두 덕형은 북경을 여러 번 다니고 아문에 권력이
있는지라, 이때 들어와 말하기를,

"오늘 정양문 밖에서 희자戲子 공연을 여러 곳에서 하는지라 매우
볼 만합니다. 아까 아문의 대사에게 구경할 말을 이르니, 대사가 이미
면피를 받았는지라 쾌히 허락하였습니다. 그러니 일찍 나감이 해롭지
않을 것입니다."

하나, 하인의 말이라 믿기 어렵고 대사가 어제 했던 말이 있어 '갑군을 정해 주마'라 한 것이니, 만일 내 하인만 데리고 나가면 혹 제 말을 기다리지 아니하여 가만히 나가는지 의심하면, 행색이 괴리될 뿐 아니라 혹 욕된 일이 있을까 하여 주저하였다. 이익이 다시 들어왔거늘, 내가 덕형의 말을 하면서 아문을 탐지해 보라 하니, 이익이 듣고 심히 불평하며 나가더니, 이윽고 덕형이 들어와 말하기를,

"아문은 쾌히 허락하여 조금도 걸릴 일이 없고 또 대사가 말하기를 궁자가 구경을 하려 하면 자기가 이미 알았으니 사람을 여러 명 데리고 가지 말고 임의로 나갈 것이요, 구태여 아문에 다시 말을 말라고 하였으니, 만일 역관으로 하여금 다시 누누이 청하면 일이 도로 커집니다. 대사가 예사로 출입하는 것을 예부터 금령禁令을 내렸는지라 아문이 또한 드러내 놓고 허락하기를 어렵게 여깁니다."

하니, 그 말이 매우 일리가 있었으나 이미 이익에게 말해서 어쩔 수가 없었다. 덕형이 또 말하기를,

"전부터 자제군관의 구경하는 일로 인하여 사달이 난 적이 잦았습니다. 이러하므로 그 출입하는 일을 역관들이 심히 민망히 여기니 만일 역관을 오로지 믿으면 출입이 막힐 적이 많습니다."

하였다. 또 이르기를,

"당상역관들이 저를 불러 마음대로 아문에 말을 통하고, 구경할 길을 일찍이 열어 사달 날 것을 염려하지 않는다고 크게 꾸짖어 매우 민망하였습니다."

했다. 역관의 일이 또한 괴이치 아니하거니와 구경하기를 오로지 역관이 주선해 주기를 믿었더니, 도리어 역관의 조롱함을 입으니 통분하였다. 이윽고 이익이 다시 들어와 이르기를,

"아문에 누누이 청하여 허락을 받았으니 염려하실 일 없습니다."

하며 자랑하는 기색이 있으니 우스웠다. 내가 이익에게 말하기를,

"대사가 어제 이르기를 출입할 때 갑군 하나를 정하여 주리라 하더

니 아니하는 것은 무슨 뜻인가?"

하니, 이익이 말하기를,

"어제 한 말은 대사가 구경을 임의로 못하게 하려는 일이니, 갑군을 데리고 가면 왕래가 제게 구애될 것이니 무슨 구경을 자유롭게 하겠습니까? 갑군을 아니 주는 것은 대사의 좋은 뜻입니다."

하였다. 식후에 군복을 입고 세팔과 덕유와 덕형을 데리고 나가면서 계부께 나가는 사연을 여쭈었더니, 부디 일찍 돌아와 아문에 욕이 없게 하라고 하셨다. 평중이 또한 그 마두를 데리고 같이 갔다. 아문에 이르렀더니, 대사가 계단 위에 서 있기에 나아가 인사하자, 대사가 웃는 낯으로 각별히 관곡하게 대접하며 말하였다.

"구경을 하고자 하면 내가 이미 알고 있으니 다른 염려 말고, 다시 역관에게 번거롭게 말하지 마십시오."

어제 볼 때는 아주 인정이 없었는데 하룻밤 사이에 이렇게 관곡하고 허락이 십분 쾌한 것을 보니, 속담에 '돈이 있으면 가히 귀신이라도 부린다'고 하는 말이 그르지 않았다. 문을 나오는데 성번이 벌써 쫓아 나와 군이 따라가겠다고 하니, 여러 사람이 어려워하나 떨치지 못해 함께 가고, 평중은 들어올 때부터 함께 다닐 것을 언약하였는지라 말리지 못하였다.

낙타 예닐곱이 관 앞으로 지나가거늘 그 모양을 자세히 보니, 높이는 사람의 길이로 한 길 반이 되며, 다리가 극히 길고 몸은 매우 가늘어 호박 모양 같다. 꼬리와 발은 소 같고, 목은 오리의 목 같으며, 머리는 아주 작고 부리는 뾰족하여 뱀의 머리 같다. 그 모양은 심히 섬세하여 보이나 힘이 세서 짐을 많이 싣고, 다리가 길어 하루에 여러 리를 가는가 싶었다. 등의 앞뒤에 두드러진 떼살이 있으니, 이것은 저절로 생긴 길마(소의 등에 얹은 안장) 모양이다. 따로 길마를 얹지 아니하고 제 길마에 바를 걸어 짐을 실으니 이상한 짐승이요, 또 소금을 먹이지 아니하면 그 떼살이 없어져 짐을 싣지 못하는 고로, 부리려 하면 미리 소금을 먹인다고 하였다. 이 짐승은 북방 소산이라 몰고 가는 사람이 다 추악하고, 뒤에 하나는 맨등에 타고 가니 다 몽고 사람이었다.

길 가운데 티끌을 까불러 무엇을 줍는 사람이 많으니, 이는 혹 떨어진 돈닙(동전)을 얻으려 함이다. 예전에 『김가재일기』에서 이 말을 보았더니 과연 거짓말이 아니었다. 사람의 생계도 어려운 줄을 알려니와 조그만 재물도 헛되게 버리는 것이 없으니, 대국의 주밀한 풍습이 또한 귀하였다.

정양문에 이르니 수레와 인마가 길을 메우고 있으나, 서로 먼저 가려고 다투는 일이 없고 잡되게 소리치는 일이 없어, 온후하고 안중한 기상이 우리나라에 비할 바가 아니다. 수레에는 비단 장막을 두르고 말에는 수놓은 안장을 드리워 화려한 채색이 눈부시며, 또 새해를 맞이하여 세배하는 사람이 많으니, 다 금수의복에 치장을 아주 선명하게 하였다.

문 안에 오래 머물며 그 물색을 구경하매, 남으로 3층 문루가 하늘에 닿을 듯하고, 북으로 태청문의 웅장한 제도와 붉은 칠한 궁장이 좌우로 둘려 있었다. 문 앞으로 붉은 목책과 옥 같은 돌난간이 서로 빛을 다투고, 길 양쪽에 정제한 시사市肆의 현판과 그림의 온갖 채색이 극히 어지럽다.

이 가운데 무수한 거마가 서로 왕래하니 박석에 바퀴 구르는 소리가 벽력같아 지척의 말을 분변치 못하니 실로 천하에 장관이다. 이곳에 앉아 우리나라의 기상을 생각하니 쓸쓸하고 가련하여 절로 탄식이 나는 줄을 깨닫지 못하고, 심양의 번화함도 여기에 비하면 또한 쇠잔하기가 여지없었다. 슬프다! 이런 번화한 기물을 오랑캐에 맡기고 백년이 넘도록 능히 회복할 모책이 없으니 만여 리 중국 가운데 어찌 사람이 있다 하겠는가?

문을 나서니 문 밖이 둥글어, 너르기 오륙십 보요, 남쪽에는 적루敵樓가 있어 조양문 제도와 같으나, 다만 밑으로 큰 문을 내어 굳게 닫았으니 황제가 드나들게 한 곳인가 싶었고, 다른 문에는 없는 제도이니 남쪽은 특별히 달리하였는가 싶었다. 동서로 다 협문이 있어 거마를 통하니 매우 북적북적하여 다니기 극히 어려우니, 세시歲時에 사람이 더욱 많은가 싶었다. 동쪽 협문으로 나가니 문 안에 삿집을 짓고 앞에 작은 기를 세워 팔자八字 보는 곳이라 썼기에 들어가 보니, 한 사람이 교의에 앉아 있다. 그 앞에 탁자가 놓여 있고, 탁자 위에 수통과 필묵을 놓았으니 추수推數하여 값을 받는 사람인가 싶었는데, 바빠서 즉시 나왔다.

문을 나와 동으로 10여 보를 행하니, 남쪽으로 조그만 골목이 있어 우리나라 행랑의 뒷골 같거늘, 그리 들어가니 길이 심히 좁아 두어 칸 너비로되, 좌우로 아로새긴 창호와 기이한 채색에 눈을 뜨지 못할 듯하였다. 온갖 상품을 총총히 벌였으니 다 잡물화雜物貨 파는 시사로되, 그 사치한 거동이 문 안 저자에 비하면 또한 열 배나 더하였다.

한 푸자에 두어 사람이 앉았는데, 마래기 모양이 앞뒤가 길고 위는 붉은 가죽으로 우리나라 전립 운두 모양으로 만들었다. 들어가 보니 상이 극히 흉험하고 눈이 별양 깊으니, 이는 회자국 사람이다. 옆에 한 갑군이 환도를 차고 섰으니, 그 사람이 극히 사나운 부류라 출입에 갑군이 호위하여 다닌다 하였다. 그 푸자에 조그만 짐승이 탁자에 앉았거늘, 그 이름을 물으니 괴(고양이)라 하되, 모양은 비록 괴 같으나 털이 매우 길어 삽살개 같으니 종류가 다른가 싶었다. 시사 처마에 나무로 우리를 정쇄하게 만들어 달고 그 안에 여러 가지 새를 넣었으니, 양쪽에 지저귀는 소리가 은연히 수풀 가운데 있는 듯하였다.

한 푸자의 바람벽에 선반을 그리고 그 위에 책과 온갖 그릇을 놓았는데, 다 따로 놓인 듯하거늘 내가 평중에게 한번 보라고 하였다. 평중이 보고 나서 그릇이 이상하다고 하며 그림인 줄을 모르기에 내가 말하기를,

"그것이 그림인 줄 모르는군요."

하자 평중이 여러 번 보고 끝내 믿지 않으니 우스웠다. 그 안에 앉은

상고들이 또한 우리 거동을 보고 그 수작함을 짐작하여 다 웃고, 한 명이 기롱하여 말하기를,

"진짜를 보고 그림으로 아는가 싶습니다."

하였다. 길가에 이따금씩 이층집이 있어 문이 열린 곳을 바라보니, 사람이 마주 앉아 술병을 여러 개 벌여 놓고 혹 풍류소리가 나는데, 주루酒樓에서 노는 사람인가 싶었다.

한 집에 이르니 이 집은 전부터 희자 노는 집이다. 세팔이 들어가 보고서 아직 시작하지 않았다 하거늘, 또 10여 보를 내려가 한 집으로 들어가니 바야흐로 시작하였다. 세팔을 따라 한 문으로 같이 들어가니 그 안에 일층 누각이 있어 사다리를 놓았거늘, 그 위에 오르니 수백 명의 사람이 모여 있으나 희자는 미처 시작하지 않았다. 동쪽으로 한 사람이 교의에 앉았는데 금 징자를 달았고, 인물이 매우 단아하거늘, 그 옆에 나아가 마주 앉아 물었다.

"노야께서는 무슨 벼슬입니까?"

그 사람이 말을 듣고 크게 기뻐 대답하였으나 알아듣지 못하였다. 탁자에 써 뵈라고 하자 국자감國子監이 업業이라고 썼다. 그 성을 물으니 은가殷哥라 하고 거동이 극히 한아閑雅(조용하고 품위가 있음)하여 글 하는 모양이었다. 장차 더불어 수작을 하고자 하는데, 주인이 내 앞에 와서 나에게 다른 데로 가라고 하였다. 내가 뿌리치고 앉아 그 사람과 말을 시작하니, 주인이 크게 소리를 질러 은가에게 내가 가지 않음을 노하여 꾸짖기를,

"어찌 만류하는가?"

하니, 은가가 듣고 크게 노하여 말하기를,

"네 어인 놈이냐? 이 사람이 나에게 말을 물어서 내가 대답했을 뿐 만류하지 않았는데, 네 어이하여 내 탓을 하느냐?"

하고 서로 크게 다투었다. 내 즉시 일어나 주인을 이끌어 갈 곳을 이르고 다투지 말라 하니, 주인이 즉시 서쪽 누 위에 빈 교의를 가리켜

앉으라고 하였다. 내가 앉은 후에 세팔을 불러 말하기를,

"은가를 청하여 오게."

하였다. 세팔이 가더니 돌아와 말하기를,

"각각 자리를 정하였고, 주인의 욕된 말이 있으니, 오지 못합니다."

하였다. 이곳 법이 한 자리를 정하면 연고 없이 옮기는 일이 없고, 남의 자리에 어지럽게 앉는 일이 없었다. 주인 놈이 욕되이 굴던 일이 통분하고, 또 놀이가 미처 시작하지 않아서 앉아 기다리기가 극히 궁금하였다. 덕형이 말하기를,

"이곳은 다 아이들을 모아 놀음을 시키는데, 물색과 절차가 대단치 않으니 다른 데로 갑시다."

하였다. 이에 일어나 누각을 내려오면서 덕유를 보내 은가의 집을 묻고 다시 만나기를 청하라고 했다. 덕유가 돌아와 말하기를,

"집은 하다문哈德門 밖이니 다시 보자고 합니다."

하였으나 덕유가 말을 분명히 알지 못하여서 그 말을 믿지 못하였다. 문을 나와 두어 골목을 돌아 한 집에 이르니, 안에서 풍류소리가 진동하며 바야흐로 놀이가 펼쳐졌다. 큰 문 안에 대여섯 사람이 교의에 앉았고, 앞에 긴 탁자를 놓아 돈과 셈판과 발기책을 놓았다. 모두 의복이 선명하고 인물이 준수하니 이는 희자의 주인이었다.

대개 희자라 하는 것은 우리나라의 산대놀이와 같은데, 모두 소설 중에서 옛 좋은 사적을 모방하여 그때의 의관으로 그때 사람의 모양을 각각 만들어 그 거동을 하니, 그 사적을 아는 이는 진짜 그 거동을 보는 듯할 것이다. 이러하므로 사족士族의 이목을 극진히 끌었으니, 중국에 이 희자가 생긴 지 오래되었으며 대명 적에 극히 성행하였다. 여항에서 할 뿐만 아니라, 궁중에서 마을(관청)을 설치해 밤낮으로 익혀 천자의 놀이로 삼았다. 그때 여러 명신名臣들이 간하였지만 종시 없애지 못하였으니, 이것이 사람을 혹하게 하는 줄을 알 것이다.

또 전에 들으니 이 오랑캐가 처음으로 중국을 통일할 때의 구왕九

王[10]은 황제[11]의 아재비요, 천하영웅이었다. 제 손으로 천하를 평정하였지만 황제의 자리를 취하지 않고 당초 물러가려 할 때 천하의 유명한 희자를 다 모아 수일을 크게 놀고, 수십 척 배에 사람과 기물을 가득히 실어 거짓으로 놀러 가노라 하고 물 가운데로 들어가니, 밤에 가만히 사람으로 하여금 여러 배를 일시에 구멍을 뚫어 사람과 기물이 다 물에 잠기게 하였다. 이는 백성의 부질없는 허비를 금하고 황제의 어지러운 놀음을 막고자 한 것이라 하나, 종시 끊어지지 아니하여 근래에 더욱 성하고 황제의 놀음에 또한 자주 베푼다 하였다.

이 놀음에 다 주관하는 사람이 있어 물력을 내어 집을 먼저 장만하고, 온갖 그릇과 기구를 갖추어 밤낮으로 공연을 하며 구경하는 사람들에게 돈과 은을 받아 그것으로 생리를 삼으니, 적게 해도 은 육칠만 냥이 들고, 크게 차리려 하면 10여만 냥이 든다 하였다. 세팔이 들어가 주인에게 구경하기를 청하니 주인이 말하기를,

"구경하는 사람이 다 예약하여 맞추었는지라 오늘은 앉을 곳이 없어 못 볼 것입니다."

하거늘, 세팔이 여러 번 간청하니 주인이 안에 있는 사람을 불러 무슨 말을 하고 세팔에게 말하기를,

"군이 보고자 하거든 당신 노야 한 명만 들어가되 값을 먼저 낸 후에야 들어갈 수 있소이다."

하니, 한 사람이 종일 보는 값이 소전小錢 닷 돈이다. 즉시 닷 돈을 내어 탁자에 놓으니, 주인이 발기책에 치부置簿하고 작고 붉은 종이 한

---

10 구왕은 곧 도르곤多爾袞(1612~1650)으로, 청나라 초기의 황족이며 누르하치의 열넷째 아들이다. 숭덕崇德 원년(1636)에 화석예친왕和碩睿親王의 직위에 봉해졌는데, 그 서열이 여러 왕 가운데 아홉째인 까닭에 조선에서 그를 보통 구왕이라 불렀다. 홍타이지 사후 어린 조카인 순치제가 제위에 오르자 섭정이 되어, 청나라의 천하통일을 주도했다.

11 순치제順治帝는 중국 청나라의 제3대 황제(1638~1661, 재위 1643~1661)로, 이름은 복림福臨, 묘호는 세조世祖다. 그가 재위에 있을 때 베이징을 도읍으로 정하고 중국을 통일하였으며, 한족漢族을 등용하고 유교 정치를 폈다.

조각을 내어 두어 자를 써 주거늘, 보니 '사람 하나에 닷 돈씩 받았으니 구경을 허하라'는 말이로되, 여남은 글자를 판에 새겨 박은 것이요, 사람 수와 돈 수만을 그때그때 메우게 한 것이다. 그 홍지紅紙를 가지고 안문으로 드니, 또 한 교의에 사람이 앉아 홍지를 내라 하거늘 내어 주니, 그 사람이 보고 사다리로 올라가며 따라오라고 하였다.

그 뒤를 따라 올라가 먼저 그 차린 제도와 구경하는 절차를 보니, 집 제도는 열세 마루이고, 사면이 열다섯 칸이니 동쪽 벽을 의지하여 희대戲臺를 만들고 서너 칸 장막을 꾸몄으며 삼면에 비단 장막을 드리워 막았으니, 이는 몸을 감추어 온갖 단장을 꾸미고 나오는 곳이다. 장막 좌우로 문을 내고 문에 비단 발을 드리웠으니, 이는 희자들이 나드는 문이요, 장막 밖으로 장막을 의지하여 두어 칸 탁자를 높이 꾸미고 그 위에 여남은 사람이 늘어앉았는데, 이는 풍류하는 사람을 앉히는 곳이다. 생황笙簧, 현자絃子(삼현금), 저笛, 호금胡琴과 작은 북, 큰 징, 검은 아박牙拍[12]은 다 풍류하는 악기다.

탁자 아래는 넓이가 예닐곱 칸으로 삼면에 기교하게 새긴 난간을 둘렀고, 그 안에 비단 자리를 깔고 온갖 기물을 벌였으니, 이는 희자 놀리는 곳이다. 장막 앞으로 두 현판을 붙여 채색을 기이하게 꾸미고 금색 글자로 각각 네 자를 썼으니 하나는 '옥색금성玉色金聲'[13]이라 하고 다른 하나는 '윤색태평潤色太平'[14]이라 하였다. 희대 가장자리에 돌아가며 각색의 기이한 등을 걸었다. 유리등은 혹 둥글고 혹 길어 각각 빛이 다르고, 양각등은 온갖 화초를 진채眞彩로 영롱히 그렸다. 사등紗燈은 화류로 우리를 만들고 가는 깁(명주실로 바탕을 조금 거칠게 짠 비단)을 바른 것으로, 그 위에 산수와 인물을 그려 담채淡彩를 조촐히 썼다.

---

12 타악기의 하나. 상아나 고래 뼈, 소뼈, 사슴 뼈 따위로 만든 작은 박으로 우리나라는 고려 시대부터 쓰였다. 아박무를 출 때에 두 손아귀에 넣고 박자를 맞추며 친다.

13 옥색금성은 굳은 절개를 뜻한다.

14 윤색태평은 태평세월을 보좌한다는 뜻이다.

여러 가지 등에 오색실로 층층이 유소流蘇(장식으로 다는 여러 가닥의 실)를 매어 줄줄이 드리웠으니, 이는 다 기구를 갖추어 사람의 눈을 혼란하게 함이었다.

희대 앞으로 대여섯 걸음을 물려 난간을 세우고 그 안에 여러 줄 반등을 벌였다. 위층에는 삼면으로 다락을 만들고 또한 난간을 둘렀으니, 합하여 수십 칸이 될 듯하였다. 또한 층층이 반등을 놓았는데, 이는 다 구경하는 사람을 앉게 한 곳이다. 앞에는 반등을 낮게 놓고 뒤로 차차 좌판을 돋우어 층층이 높게 만들었는데, 이는 사람이 겹겹이 앉아도 앞이 막히지 않게 함이었다. 세 반등씩 귀를 맞추어 한 반등에 세 사람이 앉게 하고, 가운데 탁자 하나를 놓아 아홉 사람이 한 탁자를 같이 쓰니, 이는 몸을 의지하여 쉬도록 함이었다. 탁자 삼면에 각각 홍띠 셋을 붙였는데, 이는 밖에서 맡아 온 것으로 각각 사람의 자리를 표하는 것이다. 홍띠는 붙였으나 자리를 비우고 사람이 앉지 아니한 곳이 있으니, 이는 남이 정한 곳을 잡되게 앗지 아니하고 자리를 비워 임자를 기다리는 것이다. 탁자 위 작은 접시에 풀을 담아 놓았으니 이는 홍띠를 붙이기 위한 것이다.

큰 접시에 검은 수박씨를 가득히 담았으니, 이것은 여러 사람이 한 가지로 먹게 하기 위함이다. 차보아를 각각 놓아 찻잎을 담고 두어 사람이 차관에 물을 끓여 돌아가며 빈 보아마다 그치지 않고 연이어 부어 놓으니, 이는 구경하는 사람에게 차를 권하는 것이다. 나무 바탕 가운데 가는 기둥을 세우고 철사로 세 벌이줄을 매어 그 위에 실 같은 향을 가득히 감고 한끝에 붙여 저물도록 끊어지지 않게 하였으니, 이는 사람의 담뱃불을 예비한 것이다.

사람이 천명에 가까웠으나, 사방이 조용하여 희자의 노래와 말하는 소리가 역력히 들리니, 이는 풍속이 간정簡淨하여 시끄럽게 떠드는 것을 즐기지 않기 때문이다. 누 위에 삼면으로 창을 내어 햇빛을 통하게 하였는데, 이는 안이 어둡지 않게 하기 위함이요, 이 층 삼면에 다 붉은 장막을 덮은 듯하여 눈이 부셔 뜨기 어려우니, 이는 뭇사람의 머리 위에 드리운 붉은 실 영자纓子였다. 간간이 각색 징자를 붙인 사람이 있었으니, 이것은 벼슬이 있는 사람이 구경을 부끄러워하지 않음을 알 수 있었다. 희자의 거동이 극히 우스운 장면에 이르자 홀연히 벽력이 울려 집이 무너지는 듯했는데, 이는 뭇사람이 일시에 웃는 소리였다.

그 사람이 홍띠를 가지고 두루 살피는데 한 곳도 빈 데가 없는 것이다. 홍띠를 도로 주며 말하기를,

"앉을 데가 없으니 훗날 오십시오."

하였다. 어쩔 수 없이 반등 뒤로 섰는데, 평중과 여러 하인이 다 억지로 올라앉는 것이었다. 내 앞에 빈자리 하나가 있고 탁자 위에 홍띠만 붙어 있어서 세팔을 불러 그 자리를 빌려 보라 하였다. 세팔이 나아가 그 옆에 앉은 사람에게 말하기를,

"우리 노야께서는 처음 들어온 사람이기에 이곳을 구경코자 하여 왔더니 자리를 얻을 길이 없어 보지 못하십니다. 이 빈자리를 잠깐 빌려 앉았다가 맡은 사람이 오거든 즉시 비워 드림이 어떠하겠습니까?"

하니, 그 사람이 말하기를,

"내가 알 바 아니니 아무렇게나 하시오."

하였다. 극히 구차하나, 하릴없어 잠깐 들어가 앉으니, 옆에 앉은 사람이 다 싫어하는 기색이니 외국 사람과 한데 앉는 것을 괴롭게 여기는가 싶었다.[15]

접시에 담긴 수박씨를 서로 까서 집어 먹기에 나도 또한 두어 개를 집어 먹으며 그 노는 거동을 아래로 내려다보니, 한 사람이 여인의 모

---

15 여기에는 보이지 않지만, 『연기』 「장희」에는 다음과 같은 말이 기록되어 있다. "내가 처음부터 억지를 쓴 것이 이미 그들의 풍속에 크게 어긋났고, 빈틈을 타서 자리를 차지한 것은 정말 우리나라의 악습이었으며, 당장을 즐기기 위해 내일을 기다리지 못하는 것도 역시 우리나라 사람들의 조급한 성격인 것이다. 희주戲主와 방자가 이것을 허락한 것은 예속禮俗으로서 구속하고 싶지 않아서 그렇게 한 것 같다蓋余自初强聒, 旣大違其俗, 乘虛攘座, 眞東國之惡習, 而苟悅目下, 不俟明日, 又東人之躁性. 其戲主及幫子之許之, 若不欲拘以禮俗然也."

양을 꾸몄는데 의복과 수식이 찬란할 뿐 아니라 자색이 또한 기이하였다. 난간 안으로 다니며 공중을 향하여 손을 저으며 무슨 사설을 무수히 하는데 원망하는 기색을 띠었으니, 말이 서러운 사연인가 싶었다. 몸을 두루 틀며 왕왕이 턱을 받치고 머리를 기울여 온갖 요괴로운 태도를 부리니 분명 음란한 여자가 지아비에게 뜻을 얻지 못하여 원망하는가 싶었다. 이윽히 말을 하다가 소리를 높여 노래를 부르니 탁자 위의 여러 가지 풍류를 일시에 연주하여 그 곡조를 맞추고, 노래를 그치매 풍류 또한 그치니, 노는 법이 그러한가 싶었다.

이윽고 한 사람이 안에서 나오는데 나올 적이면 징을 여러 번 요란히 빠르게 쳤으니 이것이 또한 법이었다. 그 사람은 얼굴에 먹으로 광대처럼 흉하게 그리고 좌우로 뛰놀며 그 여자를 얼렀지만, 그 여자는 본체를 아니 하고 무슨 말을 계속하였다. 안에서 어떤 사람이 나오는데 관원의 모양이었다. 머리에 망건을 쓰고 사모관대를 갖춘 모양이 은연한 우리나라의 의관이라, 이것은 대명 때의 제도인가 싶었다. 이곳 사람이 걸음을 천천히 걷는 일이 없었는데 이 대목에서 한 사람은 문을 나매 어깨를 높이고 배를 내밀어 극히 진중히 걸었다. 이로 보면 희자 놀음이 비록 잡된 희롱이나, 한관漢官의 위의를 징험할 것이니 기특한 일이다. 그 사람은 나이가 젊고 얼굴이 두툼하고 잘생겼는데, 털로 수염을 만들어 턱에 끼웠으니 극히 우스웠다. 그 사람이 나오는데 뒤에 여러 추종 같은 사람이 따라와 교의를 내어 와 올려 앉히니, 여자가 그 관원을 보며 더욱 원망하는 기색이 있고 무슨 말을 연이어 하였다. 내 곁에 앉은 사람이 말하기를,

"당신 나라에도 이 놀이가 있습니까?"

내가 말하기를,

"있으나 법이 다릅니다."

그 사람이 말하기를,

"저 여자가 어떻습니까?"

내 말하기를,

"얼굴은 기자其姿하거니와 진짜 여자가 아니니 볼 것이 어이 있겠습니까?"

그 사람이 머리를 혼들면서,

"진짜 여자이지, 남자가 아닙니다."

하였는데, 이는 내가 외국 사람이라 하여 업신여겨 속이려는 것이다. 이윽고 그 관원이 교의에 누워 자는 모양을 하니, 비단 휘장을 앞으로 가리고 여러 사람이 장막 밖으로 모셨다. 드디어 장막을 헤치고 관원이 일어앉자 심히 분노한 기색이다. 이때는 그 여자가 들어가고 안에서 깃발과 군악 기구를 들고 일제히 나와 관원의 앞에 늘어섰으나, 무슨 일인 줄을 모르니 매우 무미하고 말과 노래도 알아들을 길이 없었다. 곁의 사람에게 물으니, 대명 정덕황제正德皇帝(재위 1506~1521)의 비치원翡翠園[16] 고적이며, 그 관원은 찰원 벼슬이라 하였다.

이윽고 자리의 임자가 들어왔거늘, 내 즉시 일어나 자리를 주고 그 밖으로 끼어 서 있으니 극히 피곤하였다. 또 놀음은 기괴한 거동이 색색이 나오나 사실을 알 길이 없으니, 또한 볼 것이 없었다. 곧 여러 사람을 데리고 누를 내려오니, 그 아래는 적이 빈 곳이 있었다. 여럿이 머물러 보았지만 종시 무미해서 돌아오려 하는데, 차관을 든 사람이 차 값을 내고 가라 하였다. 내 차를 먹은 일이 없는지라 말하기를,

"네 차를 주지 않고 공연히 값을 받고자 하느냐? 한 그릇을 가져오면 내 먹고 값을 줄 것이다."

하니, 좌우에 듣는 사람이 다 웃었다. 그 사람이 차를 부어 왔거늘 먹은 후에 소전 한 푼을 주고 문을 나와 큰길을 쫓아왔다.

---

16 「비취원」은 청나라 초기 희곡작가인 주백학朱白崔(생몰년 미상, 자는 소신素臣, 강소성江蘇省 오현인吳縣人)의 작품이다. 대강의 줄거리는 세력 있는 벼슬아치 마봉麻逢이 서덕박舒德溥의 집을 뺏으려고 꾀를 써서 서덕박을 모함하는데, 후에 마봉은 반란에 가담하여 체포당하고 서덕박의 아들은 장원 급제하여 아비의 억울한 모함을 푼다는 내용이다.

정양문을 미치지 못해 큰길을 빗겨 다섯 칸의 패루를 세웠는데 제도와 단청이 매우 굉려하였다. 패루 안으로 돌다리를 놓고 좌우로 돌난간을 세웠는데 물상을 기이하게 새겨 수십 칸을 뻗었으니, 이것이 해자垓字 다리였다. 이 다리를 건너 서쪽 저자 골로 들어가 북으로 향하였는데, 길가에 음식 파는 가게가 있어 들어가 위엔샤오元宵 한 그릇을 사 먹었다. 위엔샤오라 하는 것은 정월 대보름에 먹는 음식이다. 우리나라 새알심 모양으로 만들어 속에 설탕을 넣고 물에 삶아 그릇에 더운물을 뜨고 여러 개씩 넣어 주니, 아주 먹을 만한 음식이다. 교의에 앉아 먹는데 한 사람이 쫓아 들어와 음식을 사 먹거늘, 그 성을 물으니 송가宋哥라고 하고, 있는 곳을 물으니 산동사람이라 했다. 몇 마디 묻고 대답했다.

"산동山東은 옛 제齊·노魯 두 나라 땅인데, 어느 지방입니까?"

"노나라 지방입니다."

"그러하면 공자가 사셨던 궐리闕里에서 얼마나 됩니까?"

"90리입니다."

"그곳에 공자의 자손이 몇 집이 있습니까?"

"매우 번성하여 천 가구가 넘습니다."

"조정에 벼슬하는 사람도 있습니까?"

"대대로 세습하는 벼슬도 있고, 그밖에 벼슬하는 사람이 여러 명 있습니다."

"우리는 비록 외국 사람이나 나라의 풍속이 공부자를 매우 존숭하여 그 자손을 한 번 보고자 하는 바람이 있으니, 나를 위하여 한 명 보게 하는 것이 어떠합니까?"

"다 이 모양이니 볼 것이 어이 있겠습니까?"

이는 머리를 깎아 오랑캐 제도를 좇음을 이르는 것이다. 그 말을 들으니 마음이 극히 슬프고 참혹하며, 그 사람의 말이 또한 용속하지 않았다. 내가 또 물었다.

"그대의 머리에 징자를 붙였으니 무슨 벼슬이며, 서울에는 무슨 일로 왔습니까?"

"저는 벼슬이 없고 거인擧人으로 과거를 보러 왔습니다."

거인이란 말은 향시鄕試를 한 사람의 칭호인데, 옛적 향공진사鄕貢進仕였다. 바야흐로 여러 말을 묻고자 하는데 주인이 들어와 무슨 말을 지껄이며 꾸짖는 거동이다. 송가가 서둘러 일어나 다시 보자며 즉시 나가니, 내가 미처 만류하지 못하여 극히 애달팠다. 세팔에게 물으니, 주인 놈이 부질없이 오래 앉아 자기의 매매를 해롭게 한다며 꾸짖자, 그 선비가 불안하여 즉시 일어나 가는 것이라 하였다. 내가 또한 일어나 그 사람을 따르고자 하여 문을 나갔으나 간 곳이 없었다.

정양문에 들어가 길가 푸자에 앉아 쉬며 행인을 구경하였다. 한 사람이 새 의복을 선명히 입고 걸어가는데, 수레 모는 사람이 바삐 달려 그 사람을 진 데 넘어뜨리니 선명한 의복이 다 더러워졌다. 우리나라 사람 같으면 필연 크게 노하여 큰 욕설이 있을 듯한데, 즉시 일어나 희미하게 웃고는 흙을 털고 천천히 걸어가며 조금도 노하는 기색이 없으니, 중국 사람의 넓은 국량을 종시 당하기 어려웠다.

아문에 이르니 대사와 여러 통관이 앉아 있었다. 서종현이 일어나 맞이하며 웃어 말하기를,

"어디를 갔다 오셨습니까?"

하니 내가,

"구경하고 옵니다."

하였더니, 내가 중국어로 말하는 것을 보고 여러 통관이 다 크게 웃었다. 계부께서 부방에 앉아 계신다고 해서 바로 부방으로 들어가니, 상사 또한 앉아 계셨다. 구경했던 일을 대강 말하니, 부사께서 듣고 역관을 불러 사행이 희자 공연을 한 번 나가 보고자 하는 뜻을 아문에 의논해 보라 하셨다. 이날은 첫 번 출입이라 혹 아문에 말이 있을까 하여 해 지기 전에 돌아왔다.

정월 초5일 태학 부학 문승상묘 옹화궁 네 곳을 보다

어제 들어올 때 여러 통관을 다 보았고, 면피를 골고루 주지 않으면 일이 공정치 못할 뿐 아니라 혹 훼방하는 일이 있을 듯하였다. 그 중 박보수朴寶樹는 인물이 극히 사나워 역관들이 다 괴로이 여기니 더욱 아니 줄 수 없었다. 식전에 면피 다섯 가지를 봉투에 싸서 오림포烏林哺와 박보수와 보수의 형인 보옥寶玉과 양가에게 다 보냈다.

역관들이 들어와 제독 대인의 의사를 부사께 고하기를,

"희자 놀이는 다 잡된 거동이라 대인이 볼 만한 것이 아니고, 또 그 곳에 사람이 많이 모여 인사도 모르는 사람과 취한 사람이 이따금씩 있을 것이니 탈이 날 염려가 있고, 혹 한 놈이라도 취하여 사행의 갓을 벗겨 가지고 달아나면 필연 나에게 찾아 달라 할 것이니, 내 어디 가서 찾아주겠는가? 아마도 위태로운 곳이니 갈 곳이 못 되네'라 했습니다."

하였다. 이것은 제독의 염려가 지나쳐 평계하는 말이지만, 잡된 놀이라는 말이 극히 정대하여 다시 말을 세우지 못하였다. 부사께서 또한 그 평계하는 바를 통분히 여겼으나 할 수 없었다. 대개 사신으로 이곳에 들어오면 온갖 일이 체면에 거리껴 출입을 마음대로 하지 못하니 구경을 널리 할 길이 없었다. 역관 하나가 말하기를,

"정양문 밖에 희자 노는 곳이 많은데, 그 중 큰 곳이 하나 있으니, 이는 황제가 장만하여 준 곳입니다. 해마다 그 세를 받아 쓰는 고로 기물과 음식이 별양 사치스러워 그곳은 다 형세 있고 부유한 사람이 모이고 가난한 사람들은 감히 참여하지 못합니다. 하루 노는데 한 사람의 음식 값으로 은 예닐곱 냥을 받으니, 그 음식이 또한 극히 풍성하여 이루 먹지 못합니다."

하였다. 세팔을 불러 오늘 나갈 길을 의논하니 세팔이 말하기를,

"아문에 이미 면피를 주었으니 출입을 막지 않을 것이므로, 아무데나 가려 해도 걱정이 없습니다. 다만 이곳의 제일 구경이 서산西山이요, 그곳은 황제가 노니는 곳이라 마음대로 다니지 못하는 곳이니, 아문이 매일 이곳을 염려하여 말을 타고 가는 것을 보면 필연 의심이 있을 것입니다. 또 말을 가진 역졸들이 대개 무식하고 사나워 전부터 혹 작란하는 폐가 있으므로, 아문이 더욱 이것을 염려합니다. 말을 타고 가지 말고 수레를 세내어 타면, 하루 삯이 잔돈 석 냥을 넘지 않습니다."

하였다. 드디어 덕유에게 은 두어 냥을 주어 잔돈으로 바꾸어 출입에 쓰게 하니, 황성에서는 천은天銀(순은) 한 냥을 소전 여덟 냥으로 바꿀 수 있었다.

황성 안은 구경할 곳이 많지만 그 중 태학太學이 먼저 볼 만하였다. 또 전에 들으니 그 안에 십삼성十三省[17] 글 잘하는 선비를 많이 모아 놓고 글을 읽힌다 하니, 만일 그러하면 의젓한 선비를 혹 얻어 볼 도

---

17 십삼성은 명나라 때 중국의 행정구역을 말한다. 명은 '양경兩京 십삼성'을 설치하여 중국의 행정구역을 나누었는데, 경사(북직예)·섬서·산동·산서·하남(이상 북5성), 남경(남직예)·절강·강서·호광·사천(이상 중5성), 광동·복건·광서·귀주·운남(이상 남5성)이 그것이다. 반면 청조는 가경제까지 중국 대륙을 직예·강소·안휘·산서·산동·하남·섬서·감숙·절강·강서·호북·호남·사천·복건·광동·광서·운남·귀주 등 십팔성으로 나누어 통치하였으며, 오늘날 요동 지역을 성경, 길림, 흑룡강 등 세 곳으로 나누어 도통할부를 두었다.

리가 있을 듯싶었다. 해서 이날 태학으로 먼저 가기를 정하니, 역관 홍명복이 듣고 가기를 청하였다. 홍명복은 젊은 역관 중에 한어를 가장 잘하는지라, 드디어 밥을 먹은 후에 같이 문을 나가며 성번과 세팔, 덕유를 데리고 갔다. 아문에 이르자 여러 통관이 웃으며 대접이 극히 관곡하니 우스웠다.

큰 문을 나와 동으로 100여 보를 가서 옥하교玉河橋에 이르러 다리 가에 머무르며, 세팔과 덕유를 보내어 수레를 얻어 오라 하였다. 옥하교는 우리나라 오간수문五間水門과 같은 곳이니, 다리의 남쪽은 성이고 성 밑에 또한 여러 수문을 내었는데, 다 쇠로 살문箭門을 웅장히 만들어 굳게 잠갔다. 성안의 물이 다 이 다리로 모여 나가고 공세貢稅를 실은 조선漕船이 이 수문을 열고 성 안으로 통하여 들어온다 하였다.

이윽고 수레 하나를 세내어 왔으니 종일에 소전 석 냥이었다. 휘장이 적이 낡아 비록 선명치 못하나 족히 앉을 만하고 노새 하나를 매었다. 이날은 태학에 가는지라 군복이 극히 가당치 아니하거늘 무명 도포를 입고 갓을 썼으니, 수레 안은 갓을 더욱 용납하지 못하였다. 갓을 벗어 덕유에게 들리고 들어가 앉는데, 홍명복을 안으로 앉히고 나는 앞으로 나앉고 성번은 문 앞으로 앉혔다.

북으로 수십 보를 행하니 서쪽으로 큰길이 있는데, 이것은 정양문으로 통하는 길이다. 서쪽을 바라보니 길가에 큰 문이 있고 그 안에 둥근 탑이 있거늘 물으니, 세팔이 이르기를,

"이는 옥하관玉河舘으로 예로부터 조선 사신이 드는 곳이었으나, 중년에 아라사俄羅斯에게 앗겼다고 합니다. 아라사는 북방 오랑캐로 코가 별양 크고 극히 흉악한 인물이라 이러하므로 대비달자大鼻獐子라 일컬으니, 우리나라에 나오는 서피黍皮(담비 모피의 일종)와 좋은 석경은 다 아라사의 소산입니다."

하였다. 홍명복이 말하기를,

"아라사는 성정이 영악하여 황제도 심히 괴로이 여깁니다. 조공을

해마다 하지 않는데 군사가 극히 강포하므로 변방의 작란을 염려하여 중국의 출입을 허하고 물화 매매를 통하나, 밖에 나가면 홍정을 억매抑賣하는 것이 많고 혹 사람을 상하게 하며 여자를 겁탈하니, 몇해 전에 여러 놈이 길가와 나와 사람을 쳐 죽이고 재물을 겁탈했답니다. 황제가 듣고 크게 노하여 태청문에 친히 앉아 군사를 크게 모으고 위의를 성하게 차려 두어 놈의 목을 베니, 이후에는 작란이 적이 나아졌습니다."

하였다. 100여 보를 가니 길 서쪽에 큰 문이 있어 문 밖에 환도를 찬 갑군 두어 명이 지키고 징자를 붙인 사람이 앉았으니, 이것은 왕의 집이다. 문 안에 뜰이 극히 너르고 북으로 꺾으면 또 큰 문이 있는데, 문밖에 석사자石獅子 한 쌍을 세우고 준마에 수안장繡鞍裝을 지우고 여러 필을 매었다. 이 집을 지나 수십 보를 행하매 또 길이 있으니 너비가 오륙십 보라, 이것은 동장안문東長安門으로 통하는 길이다. 동으로 큰 다리를 건너니 수레 모는 사람을 불러 다리 이름을 물으니, 북옥하교北玉河橋라 하였다.

　이 다리를 건너 북쪽 골목으로 들어가니 이 길 서쪽은 궁장宮墻이다. 궁장이라 하는 것은 대궐에 궁성이 있고 궁성 사면에 수백 보를 물려 담을 쌓아 둘러놓은 것이다. 궁장 안에는 온갖 마을(관청)이 있고 또한 여염과 시사가 번성한데, 잡다한 사람이 임의로 출입하는 곳이다. 담 높이는 네다섯 길이요, 벽장으로 쌓고 붉은 흙을 발랐는데, 빛이 극히 찬란하고, 그 위에는 누런 기와로 이었다. 북으로 4~5리를 뻗었는데 바르기가 화살대 같다. 길 동쪽은 모두 마을 집이로되, 문이 다 낮고 제양이 쓸쓸한 것이 소민小民들이 사는 곳인가 싶었다.

　궁장을 쫓아 북쪽 가로 이르러 동으로 꺾어 수백 보를 가니 남북으로 또 큰길이 있는데, 남으로는 하다문이요, 북으로는 안정문安定門이었다. 두 문 사이는 10여 리가 되는데 바르기가 줄로 친 듯했다. 대개 황성 안은 크고 작은 골목에 굽은 길이 없고 넓이가 균적하여 한 곳도 굽은 곳이 없으니, 대국의 엄정한 규모를 여기서도 알 수 있다. 이 길을 나가니 좌우에 시사가 매우 번성하나 정양문 밖에 비하면 또한 미치지 못하였다. 홍명복이 이르기를,

"정양문 밖에 황제가 장만하여 세를 받는 푸자가 많고, 또 물화를 성 안으로 들이면 또 세를 물리기에 성 밖이 배로 성합니다."

하였다. 길 가운데로 또한 장막을 치고 온갖 물화를 벌였으며, 곳곳에서 장막 안의 탁자 위에 산통과 서책을 놓고 교의에 외롭게 앉은 사람은 다 점 봐 주는 사람이다. 이따금 장막 안에서 징을 치며 괴이한 모양을 하여 우리나라 광대의 모양 같은데, 이는 행인을 달래어 돈을 비는 사람이다. 상여 기구를 곳곳에 놓았으니, 이는 우리나라 상두도가 (장의사) 같은 곳이다. 상여는 대체로 매우 웅장하여 길이가 일곱에서 여덟 발이고, 몸피가 두어 아름이었다. 다 주홍칠을 찬란히 하여 소견에 극히 혼란하였다. 또한 북틀 모양으로 만들어, 크기가 한 칸에 가득한 것이 있어 역시 주홍칠을 영롱히 하고 주석에 도금하여 두루 장식을 박았는데, 이는 명정銘旌을 세우는 틀이다. 대저 북경의 온갖 것이 다 간편하였는데, 홀로 상여기구만 이렇게 장대하니 이상하였다.

길가에 왕왕이 단청한 집의 문 앞으로 높은 대에 작은 기를 달고, 기에 '결정모방潔淨茅房' 네 자를 썼는데, 이것은 '조촐한 뒷간'이란 말이다. 길가에 뒷간을 지어 행인의 뒤 보는 곳으로 삼아 돈을 받고, 거름을 모아 수레에 실어 농장으로 내가니 북경 사람의 주밀周密하기가 이러하였다. 집 처마에 교의 모양 같은 것을 놓았는데, 주홍칠을 찬란히 하고 가는 나무를 여러 개 얹었으며 나무를 잘게 얽어 틈마다 손바닥만 한 종이를 접어 무수히 세웠다. 이것은 우리나라 측목廁木[18] 대신에 쓰는 것이다.

시사에서 파는 물건은 왕왕이 쓸데없는 것이 많았다. 종이나 나무

---

[18] 측목은 밑씻개로 쓰는 가늘고 짧은 나뭇가지나 나뭇잎을 말한다.

로 조그만 수레와 온갖 짐승과 인물을 만들었으니, 다 아이들 가지고 놀게 하는 것인가 싶었다. 혹 원숭이를 만들어서 대 끝에 얹어 들고 가는데, 원숭이가 두 팔을 둘러 춤추는 모양을 하고 있어 극히 우스웠다. 세팔이 말하기를 이는 매매하는 사람이 이것을 가지고 행인을 많이 모이게 해서 제 매매에 유익하게 하기 위한 것이라고 하였다.

북으로 안정문安定門을 향하여 수백 보를 가니, 동쪽에 큰 패루가 있는데 '육현방育賢房' 세 자가 쎄어 있으니 어진 이를 기른다는 말로, 이 골목 안에 부학府學이 있는데 선비들을 가르치는 곳이다. 패루에 들어가 동으로 수십 보를 행하여 부학이 있으니, 부학이라 하는 것은 황성 안을 두 고을로 나눠 동쪽은 대흥현大興縣이고 서쪽은 완평현宛平縣으로 두 고을이 다 순천부順天府[19]에 속하였다. 순천부는 우리나라의 한성부와 같아서 성 안 백성을 다스리고 선비를 가르치게 하였으니, 이것이 순천부학이다. 그 안에 성현의 위판位版을 봉안하고 선비의 과거를 관리하는 집이 있는데, 우리나라의 향교鄕校와 같은 곳이다.

부학府學 동쪽에 문승상文丞相의 묘당이 있으니 전부터 사행이 보던 곳이다. 큰 문 밖에서 말에서 내려 들어가는데 한 사람이 나와 인도하여 들어가니 지키는 사람인가 싶다. 사당집은 겨우 서너 칸이며 단청이 퇴락하고 사면이 무너져 없어졌고, 티끌이 상탁에 가득하였으니 소견이 참연하였다. 문승상은 송나라 정승 문천상文天祥으로 충절이 천고에 유명한 사람이었으니, 송나라가 위급한 때를 당하여 빈손으로 사직을 붙들고자 하다가 마침내 시운을 이기지 못하여 나라가 망하고 몸이 사로잡혔다. 원나라 군신이 그 충절을 착하게 여겨 부디 항복을 받고자 하여 백 가지로 달래었으나 끝내 듣지 않았다. 그리하여 용뇌龍腦[20]를 삼키고 이레를 굶어 죽기를 도모하니, 원 세조 홀필렬忽必烈(쿠빌라이)이 그

---

19 순천부는 명·청대에 북경 지역을 이르는 말이다.

20 용뇌는 용뇌수로부터 얻은 결정체다. 방향성芳香性이 있으며 중풍이나 담, 열병 따위로 정신이 혼미한 데나 인후통 따위의 치료에 쓴다.

문승상 사당

뜻을 빼앗지 못할 줄 알고 시시柴市(땔나무 시장) 가운데서 목을 베었다.

이날 바람이 크게 일어나고 낮인데도 어두워져 날씨가 매우 수참하였다(을씨년스럽고 구슬프다). 원 세조가 뉘우치고 무서워하여 벼슬을 추증하고 신주를 베풀어 시시柴市에 단을 쌓고 제전祭奠을 벌여 영혼을 위로하니 바람과 우레가 더욱 진동하여 신주를 넘어뜨렸다. 원 세조 더욱 경동하여 급히 벼슬을 고쳐 송나라의 본 벼슬 이름을 쓰자, 즉시 하늘이 맑고 바람이 그치니, 대개 분울한 혼백이 즉시 흩어지지 않고, 또 죽은 후라도 원나라의 벼슬을 더한 것에 노한 때문이었다.

이곳은 본래 원나라 때의 도읍이다. 이러하므로 대명大明 홍무洪武 연간에 비로소 부학 근처에 사당을 세워 충절을 정표하고 훗사람을 흥기興起하게 하였다. 탁자 앞에 나아가 두 번 절하고 소상을 우러러보니 모대帽帶를 갖추고 홀圭을 잡았으며, 얼굴이 심히 단아하여 아름다운 선비의 기상이었다.

이곳은 곳곳에 묘당을 숭상하여 긴요치 않은 소상에도 사치를 지극히 하였으나, 만고충절을 귀히 여길 줄 전혀 모르니 애달픈 일이다. 안으로 현판을 붙이고 '만고강상萬古綱常' 네 자를 썼는데, 강희康熙의 어필御筆이라 한다. 탁자 뒤로 벽 가운데에 깨진 옛 비를 둥글게 다듬어 끼웠는데, 옛 운휘장군雲麾將軍의 비[21]다. 이 옹李邕[22]이 썼다고 하였으나 박락剝落하여 글자를 분명히 알 수 없고, 운휘장군이 언제 때의 사람인지도 알 수 없었다.

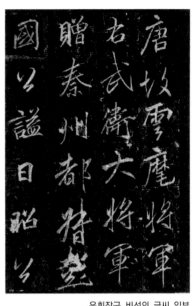

운휘장군 비석의 글씨 일부

문을 나와 부학으로 들어가니 대성전大成殿이 남향하여 있고 가운데에 공자의 위판을 모셨는데 '지성서자공자지위至聖逝者孔子之位'라 썼다. 위판 앞으로 탁자를 놓고 탁자 앞으로 좌우에 각각 두 위판을 모셨는데, 안자顔子와 증자曾子, 자사子思와 맹자孟子의 것이요, 동서 벽 밑으로 각각 다섯 위판을 모셨는데, 공자의 문인 중 덕행이 높은 이들이다.

정전 밖으로 뜰 좌우에 각각 월랑月廊이 있어, 공자의 문인과 역대 공덕이 있는 유현을 배향하였다. 동쪽으로 세 칸 집이 있어 여러 위판이 있고 현판에 '명환사名宦祠'라 하였는데, 이것은 순천부 역대에 이름난 사람을 위하여 만든 곳으로, 우리나라 향현鄕賢 같은 것인가 싶었다. 중문 밖에 조그만 못이 있는데 반달 형상이니, 이는 주나라의 반수泮水제도[23]였다. 못 위에 다리 셋을 놓고 다리 위에 각각 돌난간을

---

21 운휘장군의 비는 당나라의 유명한 서화가인 이사훈李思訓(651~716)의 비이다. 720년에 세웠으며, 섬서陝西 포성현蒲城縣에 있다.

22 이옹(678~747)은 중국 당나라의 서예가이자 문인으로 자는 태화泰和이다. 행서行書에 능하여 그가 쓴 비서碑書가 팔백이라고 전한다.

23 주나라 제후의 학교 앞에 반원형의 연못이 있어 이를 반수라 한다. 이로 인해 학교를 반궁이라 칭한다. 『시경』 「반수」 참조.

국자감패루

세웠으며, 다리를 건너 큰 문이 있으니 영성문櫺星門이라 하였다.

정전 안에는 등경 틀과 북틀이 있는데 태상시太常寺에 악기를 감추어 놓았다가 제향 때면 가져온다 하였다. 명륜당에 여러 비를 세웠는데, 명나라 때 어필과 유명한 필법이 혹 있었으나 바빠서 보지 못하였다. 대저 집이 두루 낡고 안팎에 티끌이 가득하였으며, 선비 하나가 머무르는 이 없으니 소견에 한심하였다.

도로 패루 밖으로 나와 큰길을 쫓아 북으로 수십 보를 행하니 동쪽에 패루가 있어 대흥현大興縣이라 하였는데, 마을이 그 안에 있는가 싶었다. 다시 수백 보를 행하여 또 패루가 있어 숭교방崇敎坊이라 하였으니, 사람 가르침을 숭상한다는 말이다. 이 패루에 들어가 동으로 100여 보를 행하니 다시 큰 패루가 있는데, 제도와 채색이 매우 빛났다.

동쪽으로 칠팔십 보에 또 패루가 있는데 국자감國子監이라 썼고, 옆에 만주 글자로 번역하여 썼으니, 국자감은 태학을 이르는 것으로 천자의 학이다. 현판에 만주 글자로 쓴 것은 천자의 학을 표한 것인데, 성인聖人의 위판을 모신 곳을 오히려 오랑캐의 글자로 더럽혔으니 통분하였다. 두 패루 사이에 정문이 있으며 문 밖으로 면장面墻을 쌓았는데 청기와로 이었다.

담 안에는 좌우로 붉은 목책을 두르고 목책 밖 양쪽에 갑군 서넛이 있어 틀에 창과 궁시를 걸었다. 길 남쪽으로 긴 담이 있고 작은 문을 내었거늘 물으니 선비들이 머무는 곳이라 하였다. 문 밖에 수레를 머물게 하고 세팔을 들여보내 먼저 통하라 하였더니 돌아와 말하기를,

"안문이 잠겨 있고 사람이 없는데, 새해 보름 전에는 예로부터 머무는 이가 없습니다."

하였다. 태학을 먼저 찾은 것은 선비를 찾기 위함이었는데, 이런 줄을 미처 알지 못하였으니 애달팠다. 할 수 없어 정전 제도를 구경하고자 하여 서쪽 협문으로 들어가 동쪽으로 한 문 앞에 이르니 현판에 '지경문持敬門'이라 하였는데, 이 문 안은 대성전大成殿 뜰이다. 문이 잠겨 있어 세팔이 지키는 사람을 찾아 열쇠를 가지고 왔으나, 먼저 면피를 내라고 하며 좋은 종이와 부채를 달라고 하였다. 마침 가져온 것이 없을 뿐 아니라, 이곳은 다른 데와 달라 성현의 위판을 모신 곳이어서 회뢰賄賂를 주고 들어가 보기를 구하는 것이 더욱 마땅치 않았다. 식경을 다투다가 끝까지 듣지 않아 그만 물러나왔다.

서쪽에 큰 집들이 있거늘 두루 다니며 구경하니 큰 비들이 무수히 있어 이루 볼 길이 없었다. 대성전 집 용마루가 담 위로 아득하게 보이고 그 앞으로 여러 집이 있었다. 누런 기와와 푸른 기와로 첩첩이 이었으나 들어가 보지 못하니 통분하였다. 세팔이 말하기를,

"북쪽에 한 집이 있는데 전에 보니 유구국 사신이 머물러 글을 읽던 곳이니, 만일 그대로 있다면 또한 구경이 될 것입니다."

하였다. 지경문 앞으로 북향하여 가는데 사내와 계집이 따라오며 청심원을 달라고 해서 극히 괴로웠다. 세팔이 앞서가더니 돌아와 말하기를,

"그 집은 있으나 사람이 없으니 괴이합니다."

했다. 길가에 작은 집이 있고 그 안에 서너 사람이 있기에 들어가 보니 모두 다 태학의 서반序班들로 우리나라의 서리胥吏 같은 것이다. 무

슨 문서들을 쓰기에 유구국 선비의 거처를 물으니, 몇 해 전에 다 돌아가고 없다고 하였다. 이 집 서쪽에 큰 문이 있으니 세팔이 청심원 두어 개를 주고 문을 열어 들어가 보았다. 정당은 매우 웅위하고 앞으로 다 분합分閤[24]을 만들어 달았거늘 들어가 보니 아무것도 없었고, 다만 큰 현판 하나가 있어 '친군사親君師' 세 자를 전자篆字로 새겼는데 '어버이와 임금과 스승'이란 뜻이다. 앞뜰의 넓이가 100여 칸이고 서쪽에는 수십 칸 월랑이 있어 규모가 또한 굉려하였다. 세팔이 말하기를,

"전에 들으니 과거 보는 곳이라고 합니다."

하였으나 자세하지는 않았다. 월랑 첫 칸에 현판이 있어 '박사청博士廳'이라 하였는데, 문틈으로 그 안을 보니 약간의 상탁이 있을 뿐 빈 곳이었다. 뜰 가운데 죽은 나무가 하나 있었는데 크기가 두어 아름이고, 죽은 지 오래되어 반 넘게 썩었으니 무슨 나무인 줄을 알 길이 없었다. 또 사면으로 높이 대를 쌓고 대 위에 주홍색 난간을 둘렀는데, 필연 천 년 고목인 것 같았다. 무슨 사적이 있나 싶었지만 알 길이 없었다.[25] 세팔이 말하기를,

"몇 해 전에 서장관이 이 나무를 대수로이 찾아보며 옛 일기에 이 나무가 들어 있다고 하였습니다."

하기에, 『김가재일기』를 상고하니 지경문 북쪽에는 족적이 이르지 않았으니, 누구의 일기에 있는 줄을 알지 못하였다. 도로 문을 나오니 이 안은 다 태학의 대문 안인데, 혹 여염집이 있어 여자와 아이들이 많이 따라오며 구경하였다. 수레를 타고 지경문 앞으로 지나가는데, 또 사람 하나가 있어 진짜 청심원 하나를 주면 문을 열어 보여 주겠다고 하니 정상情狀이 통분하여 물리치고 나왔다.

동으로 100여 보를 행하매 또 남북으로 큰길이 있다. 이 길을 건너

---

24 분합은 대청 앞에 드리는 네 쪽으로 된 긴 창살문이다.
25 『연기』「태학」에는 "히노재가 손수 심은 것이다許魯齋所手種也."라 기록하였다. 히노재는 원나라의 학자 허형許衡(1209~1281)이다.

니 남쪽으로 붉은 담이 천여 보를 뻗치고 담 안으로 첩첩한 누각이 웅장하기가 비할 데 없으니 이것이 옹화궁雍和宮으로 옹정황제雍正皇帝의 원당願堂이다. 옹정은 지금 황제의 아버지이고 강희황제의 넷째 아들로, 강희가 죽은 후에 옹정이 친왕으로서 황제의 위를 이었다. 옹정이 죽은 후에 그가 친왕이었을 때 있던 집을 인연하여 원당으로 만들고, 몽고 중 수천 명을 다 승가의 제도를 모방하여 지키게 하였으니, 지은 지 오래되지 않았고 사치를 궁극히 한 곳이다.

남향한 이층 문이 극히 굉걸하고 남쪽으로 수십 보를 물려 문을 대하여 10여 칸의 누각을 지었는데, 단청이 영롱하니, 이것은 희자를 놀리는 집인가 싶었다. 대개 큰 묘당 앞에는 다 희대를 지었는데, 그 의사를 알 수 없었다.

동서로 한 쌍의 패루를 지었는데 기교하기가 이상하고, 서쪽으로 길을 따라 붉은 목책을 세워 가로막고 문을 내었는데, 문 밖에 예닐곱 갑군이 창검과 궁시를 세우고 엄히 지키어 사람을 들이지 않았다. 문 옆에 갑군들이 머무는 집이 있거늘 들어가 앉았더니, 세팔이 갑군에게 각각 청심원을 주고 이윽히 달래어 겨우 바깥문으로 들어 패루를 지나 큰 문 앞에 이르렀다. 큰 문을 엄히 봉한 것으로 보아 황제가 출

옹화궁

옹화궁 현판

입하는 문인가 싶고, 서쪽으로 작은 문이 있어 사람이 다니거늘 그 문을 들어가고자 하니, 그 안에 또 갑군이 있어 막고 들이지 아니하니 세팔도 하릴없어 하였다.

서쪽 패루 밑에 라마승喇嘛僧 하나가 섰는데 누런 비단옷을 입고 누런 마래기를 썼으며 인물이 극히 준수하여 품직이 있는 중인가 싶었다. 홍명복에게 나아가 달래 보라 하니, 홍명복이 그 앞에 가 인사를 공손히 하고 말하기를,

"우리는 외국 사람입니다. 이곳을 구경하고자 해서 왔더니 문 지키는 사람이 허락하지 않으니 심히 쓸쓸합니다. 노야의 주선함을 바랍니다."

하니, 그 중이 기색이 매우 온화하여 말하기를,

"어찌 그러하겠습니까? 그대들은 해마다 들어와 이곳을 여러 번 구경하였는데, 외국 사람이라 하여 전부터 막는 일이 없으니 어찌 그렇겠소?"

하고, 바야흐로 사람을 불러 이르고자 하더니, 책문 밖에서 한 사람이 수레에서 내려 들어오는데 다홍성성전多紅猩猩氈[26] 옷을 입었으니, 빛이 찬란하여 눈이 부시고 모양 또한 품직이 있는 사람이었다. 누런 옷을 입은 중이 그 사람을 보고 이 사연을 이르자 그 사람이 듣고 희미하게 웃으며 우리를 가리켜 들어오라 하니, 즉시 그 뒤를 따라 문을 들었다.

문 안이 또한 광활하고 좌우에 다 집이 늘어져 있는데, 중들이 머무는 곳이었다. 붉은 옷을 입은 사람이 동쪽 집으로 들어가서 어디로 간 줄을 모르니, 다시 막힘을 염려하여 세팔에게 그 사람을 찾아보라 하니, 세팔이 말하기를 이 문을 든 후에는 염려 없다고 하였다.

세팔을 앞세워 인도하라 하고 100여 보를 나아가니 또 한 문이 있는데, 현판에 '옹화궁'이라 쓰고 앞에 만주 글자와 몽고 글자를 또 썼

---

26 다홍성성전은 성성이(오랑우탄)의 핏빛같이 진한 홍색의 모전을 말한다.

다. 동쪽 협문으로 들어가니 그 안이 극히 너르고 좌우에 또한 깃대한 쌍을 세웠으니 높이가 수십 장이 되었다. 그 끝을 치밀어 보지 못할 듯하고 양쪽에 이층집을 각각 표묘히 지었는데, 한편은 종을 달고한편은 북을 달았다.

남향하여 정전이 있는데 현판을 '옹화궁'이라 하였으며, 집 지은 제도의 궁사극치窮奢極侈는 이를 것이 없었다. 또 섬돌 쌓은 벽돌에 각색유리 빛을 만들어 기이한 빛에 눈을 놀래니, 이 한 가지를 보면 다른것은 거의 짐작할 만하다. 정전 동쪽에 협문이 있거늘 그 문으로 들어가니 또 한 전이 있다. 전 앞에 10여 보를 물려 섬돌 위에 청동 향로하나를 놓았으니 높이는 두 길 반이요, 아래위에 온갖 짐승과 화초를아로새겨 그 제작이 극히 신비하고 공교하였다.

또 서쪽 협문으로 들어가니 가운데 삼층집이 구름에 닿을 듯하고,좌우로 각각 이층집이 있었다. 위층으로 공중에 누각을 지어 서로 길을 통하였는데, 누 밑이 땅에서 여러 길(한 길은 2.4~3m)이 되었다. 아래에서 바라보니 인력으로 만든 것같이 않고 세간에 있는 제양이 아닌듯하였다. 비록 진시황의 아방궁阿房宮과 한 무제의 건장궁建章宮이라도필연 이보다 나을 것이 없으리라. 천하 재물과 백성의 근력을 부질없는 곳에 헛되이 허비하니, 황제의 거조는 극히 허랑虛浪하거니와, 중국의 넓은 역량을 족히 짐작할 수 있었다.

여러 전의 문을 다 잠갔는지라, 라마승 여럿이 따라 들어왔으나, 다만 청심원을 달라 하고 문을 열라고 하면 황상이 내일 이곳에 거동하는 까닭에 열지 못한다 하니, 여러 번 달래어 일렀으나 종시 듣지 않았다. 할 수 없이 도로 정전 앞으로 나왔다. 세팔이 말하기를,

"이곳에 궁을 지키는 고자(내시)가 하나 있으니, 전에 두어 번 보아면분面分(앞면)이 있으니 찾아보겠습니다."

하고 가더니, 이윽고 돌아와 말하기를 그 고자를 찾았으니 그가 있는곳으로 가자고 하거늘 정전 동쪽으로 갔다. 한 사람이 뜰에 나와 섰는

데 몸집이 두어 아름이나 되고 매우 웅장하였다. 우리를 보고 웃으며 뜻이 극히 관곡하였다. 교의(의자)를 내오라 하여 마주 앉아 성과 나이를 물었다. 내가 또한 그 성과 벼슬을 물으니,

"성은 백가이고 6품 벼슬이니 수궁守宮 태감太監입니다."

하였다. 내가 말하기를,

"우리는 외국의 작은 사람인데 노야께서는 어찌 이리 관곡히 대접하십니까?"

하자, 태감이 웃으며 말하기를,

"외국 사람을 어찌 만홀漫忽히 하겠습니까?"

하였다. 각각 차를 권하여서 마시며 여러 말을 수작하였는데, 세팔이 구경하고자 하는 뜻을 이르자, 태감이 즉시 젊은 태감 하나를 불러 무슨 말을 일렀다. 이윽고 열쇠를 가지고 와 들어가기를 청하였다. 내가 태감에게 손을 들어 감사하다고 하고 젊은 태감의 성을 묻자 풍가라고 하였는데, 인물이 극히 순근醇謹하였다.

도로 동쪽의 협문으로 들어가 정문을 여니 분합의 높이가 두어 길이요, 온갖 화초를 새기고 바른 종이는 다 우리나라 백면지白綿紙였다. 그 안의 규모는 대강 우리나라 법당 모양이요, 탁자 위에 부처 셋을 앉혔으니 높이가 서너 길이요, 부처 전형은 우리나라와 같았다. 바닥이 너르기 열두어 칸이요, 한 장 담毯을 가득히 깔았는데 용호 문양을 기이하게 놓았으니, 신을 벗었으나 혼란한 채색에 차마 들어가지 못하였다. 부처 앞으로 긴 탁자를 놓고 그 위에 향로와 향합과 촛대와 꽃 꽂는 병과 여러 가지 기완器玩을 벌였는데, 그 찬란함을 이루 형용할 수 없다. 꽃 꽂은 병은 네댓 쌍으로 다 서양국 소산이다. 다 구리로 만들고 겉에 사기를 입혀 온갖 채색으로 무늬를 놓았으니, 영롱하고 공교하여 이상한 제작이다. 온갖 기이한 꽃은 다 비단으로 만들었는데 그 중에 산호 가지를 두어 자 꽂았으니 모양이 기이하여 여러 번 가리켜 중국의 기구를 일컬었다. 풍가가 말하기를,

"이는 진짜가 아닙니다."

하거늘 앞에 나아가 자세히 보니 과연 진짜가 아니었다. 천하의 기구를 사치스럽게 하였지만, 오히려 산호를 얻지 못하여 거짓 것을 꽂았으니 이상한 일이로되, 풍가의 진실한 마음이 외국 사람을 속이지 않으니 중국의 풍속이 실로 기특하였다.

한편에 두어 자 산 모양을 만들었는데 수풀과 성지와 인물을 모두 새겼거늘 풍가에게 물으니 수미산須彌山 제도를 모방한 것이라고 하였다. 탁자 아래에 절하는 자리를 놓았는데 누런 보를 덮었으니 이는 황상이 절하는 곳이고, 뒤로 붉은 자리를 놓았으니 이는 모든 왕들이 절하는 곳이라 하였다. 동서로 여러 불상을 앉히고 탁자 앞에 다 절하는 자리를 놓았다.

서둘러 본 후에 문을 나와 뜰로 내려가 동쪽 월랑문을 열어 들어가 보니 너르기 10여 칸이요, 탁자 위에 일여덟 소상을 앉혔는데 다 상이 흉험하여 사람의 모양 같지 않거늘, 풍가에게 물으니 풍가 또한 그 이름을 모른다고 하였다. 탁자 앞으로 좌우에 두 소상을 세웠는데 다 갑주甲冑한 장군의 모양이니 긴 창을 들고 눈을 부릅떠 소견이 늠름하였다. 문 좌우로 각각 큰 곰을 세웠는데 털과 눈동자가 살아 있는 듯하니, 처음 보매 극히 놀랍고, 나아가 자세히 보니 목에 상아로 패를 만들어 걸었다. 들어 보니 씌어 있기를 '아무 해에 황제가 성경盛京(심양)에 거동하여 사냥하고 친히 쏘아 잡은 것이다'라 하였다.

대개 곰을 잡은 후에 통째로 껍질을 벗겨다가 그 속에 무엇으로 메우고, 눈청을 검은 유리로 만들어 세운 것이다. 높이는 어깨에 가득하고 길이는 거의 세 발이 되는데, 둘을 가로로 세웠다. 곰의 뒤로 한 편은 갈범(줄무늬가 있는 범, 칡범)을 세우고 한편은 표범(점무늬가 있는 범)을 세웠으니, 다 상아 패를 달아 황제가 친히 잡은 것임을 기록하였으니, 대개 그 재주와 위엄을 자랑한 의사인가 싶었다. 소상마다 앞에 여남은 발을 드리웠는데, 다 범과 사슴과 곰의 가죽으로 가장자리를 꾸미고 각색의 드림을 갖추어 드리웠다. 풍가가 말하기를 모두 다 황제가 손수 잡은 것이라 하였다.

소상 앞으로 틀을 놓고 이상한 병기를 여남은 꽂고, 상아패를 모두 달아 그 출처를 기록하였으니, 모두가 외국에서 진공한 기물이었다. 그 중 하나가 조총 모양으로 위에 창 모양을 만들고 두 가닥이 있어 도리깨 제도 같으니 매우 이상한 병기였다. 패에 그 무기 근수와 화약 넣는 수와 철환의 대소를 썼으나, 다 기록하지 못하였다. 북쪽 벽 밑으로 낮은 탁자 위에 교의 모양으로 두어 자 높이를 꾸며 놓았는데, 온갖 채색으로 화초와 새와 짐승을 새겨 매우 혼란하거늘 풍가에게 물으니, 양의 기름으로 만든 것이라고 하였다. 그 안에 온갖 음식과 과일을 기이한 그릇에 담아놓고 가운데 큰 조개껍데기 같은 그릇에 굽을 받쳐놓고 금빛 같은 술을 가득 부어놓았다. 풍가에게 그 이름을 물으니 풍가가 제 머리를 가리켜 말하기를 천령개天靈蓋라 하니 사람의 머리뼈를 말하는 것이다. 내가 놀라 말하였다.

"사람의 머리뼈로 어이하여 술그릇을 만듭니까?"

풍가가 말하기를,

"이것은 달자韃子의 천령개인데 몇 해 전에 북방이 도적질하여 변방을 크게 어지럽히니, 황상이 친히 군사를 거느려 평정하고 그 괴수의 머리를 깨쳐 이 그릇을 만들었습니다."

하였다. 대개 이것은 옛 조양자趙襄子가 지백知伯의 머리뼈로 마시는 그릇을 만든 것을 뜻하며,[27] 또한 그 도적을 멸한 공을 나타냄이다. 풍가가 또 말하기를,

"그 달자의 다리뼈로는 주라朱喇[28]를 만들어 군중이 불게 합니다."

---

27 조양자趙襄子는 춘추시대 진晉의 제후다. 조양자가 지백知伯, 한韓, 위魏와 함께 범중항씨范中行氏의 땅을 나눠 가진 뒤, 땅을 더 요구하는 지백의 청을 거절하자 지백, 한, 위 등 3가家의 공격을 받고 진양성晉陽城으로 달아나 지백의 군대를 대파大破한 뒤 그의 해골을 오줌바가지로 썼다는 고사를 말한다. 『국어國語』 「진어晉語」와 『사기史記』 「조세가趙世家」에 자세한 내용이 있다.

하거늘, 이는 듣지 못하던 법이니 대저 흉악한 도적인가 싶었다. 사면으로 돌아보니 다 괴이한 귀신과 영악한 짐승과 맹렬한 병기와 음참한 기물이 벌여져 있어서 오래 머물 곳이 아니었다.

즉시 문을 나오니 또 협문으로 들어가 삼층 전을 열거늘 들어가 보니 안으로는 삼층이 다 통하였으니 그 높이에는 이를 것이 없고, 전면에 온갖 기이한 비단으로 주렴을 만들어 여러 문에 드리웠다. 진주 보패寶貝로 가장자리를 꾸미고 각색 실로 유소流蘇를 매어 가장자리에 줄줄이 걸었다. 한끝을 치니 여러 발이 흔들려 구슬이 서로 부딪치는 소리가 패옥 같아 그 사치한 거동을 짐작할 수 있다.

발을 들고 위를 바라보니 중앙에 금부처 하나를 세웠는데 둘레는 예닐곱 칸에 가득하고 길이는 수십 장 높은 집 반자(지붕 밑을 바르거나 막아서 평평하게 만든 천장)에 닿았으니, 그 웅장한 제도를 상상할 수 있었다. 우리나라에 또한 두어 곳 큰 불상이 있으나 여기에 비하면 조그만 동자童子라 이를 것이다. 목에 백팔염주를 걸었는데, 한 알이 거의 말斗만 하였다. 빛이 혼란하여 금패金貝 같거늘 풍가에게 물으니 또한 진짜가 아니라고 하였다. 비록 만든 것이라도 중국 기구가 아니면 이룰 수 없는 일이다.

안쪽 줄에는 여러 가지 등을 걸었는데 다 각색 구슬로 두루 얽어매어 그 찬란한 거동을 붓으로 기록하지 못하였다. 집 안에는 벽을 의지하여 층층이 난간을 두르고 다 오르내리는 사다리를 놓았다. 위층에 사람 하나가 올라가 난간을 의지하여 굽어보는데, 아래에서 바라보니 조그만 아이 형상이다. 그 위에 오르면 더욱 장관이 될 것 같아 풍가에게 올라보기를 청했으나, 풍가가 머리를 가로저으며 못 오른다 하고, 날이 또한 늦어 돌아갈 길이 바빴다.

드디어 문을 나오니 동쪽 이층집 문을 열거늘, 들어가 보니 또한 두

---

28 주라는 원래 소라 껍데기에 붉은 칠을 해 만든 대각大角을 말한다.

층이 통하고 가운데로 이 층 윤당輪堂이라 하는 것을 세웠으니 여덟 면이요, 몸피는 여남은 아름이다. 층층이 문을 내었으나 다 굳게 닫혀 있으니 그 안은 보지 못하였으나, 전에 들으니 이것을 돌리는 곳이 있어 한 번 돌리면 팔면에 여러 문이 일시에 열리고 그 안에 온갖 불상이 앉아 있으며, 거꾸로 돌리면 여러 문이 또 일시에 절로 닫힌다 하였다. 풍가에게 돌리기를 청하나 풍가가 말하기를,

"이는 한 번 돌리면 상하기 쉬울 뿐 아니라, 사람이 적어 돌리지 못합니다."

하니 둘러대는 말인가 싶으나 하릴없었다. 그 돌리는 법을 가르쳐 달라고 하니, 문을 나와 서쪽 섬돌 위에 벽돌 하나를 들어 보이니 그 안에 구멍이 있고 어둡기 굴 속 같았다. 사람이 그 속을 들어가 돌리는 곳인데 윤당 밑으로 무슨 고동이 있는가 싶었다. 이 밖에 볼 곳이 무수하나 풍가가 심히 어려이 여길 뿐 아니라 날이 저물어 이를 볼 길이 없었다.

드디어 훗날을 언약하고 여러 문을 나 바깥에 이르니, 백 태감이 문밖에서 기다리다가 손을 들어 캉으로 잠깐 들어가 차를 마시라 하였다. 한가지로 들어가니 캉 위에 올려 앉히고 수작이 극히 곡진하더니, 이윽고 주홍칠한 탁자를 내어오고 열대여섯 접시에 온갖 음식과 과일을 담아 벌여 놓고 먹기를 권하니, 대저 태감의 인물이 심히 너그럽고 우리나라 사람을 자주 보지 않은 고로 극히 귀히 여기는 거동이다. 홍명복과 탁자를 대하여 마주 앉아 여러 말로 고마운 사연과 불안한 뜻을 이르고 함께 먹었다.

이때 날이 늦었으니, 매우 허기졌을 뿐 아니라, 음식이 다 정결하고 향기롭기 이상하여 여러 가지 떡을 다 중계中階[29] 모양으로 올려 담았는데, 다 채색으로 화초문을 공교히 놓았고, 접시와 기명이 별양 정묘하고 그림이 이상하였다. 홍명복이 차를 마시며 나에게 이르기를,

---

29 중계는 집의 기초가 되도록 한 층을 높게 쌓아 올린 단을 말한다.

"음식도 좋거니와 그릇이 욕심이 납니다."

하니 우스웠다. 먹기를 마치고 이를 물려 성번 등에게 주고자 했는데, 성번 등에게 또 한 상을 하여 밖에서 대접하여 이루 다 먹지 못한다 하니, 그 후한 대접이 극히 불안하고 감격스러웠다. 날이 늦어 세팔이 돌아가기를 재촉하거늘, 드디어 훗날 기약을 머무르고 물러오니, 태감이 또한 멀리 와 보내고 관곡한 거동이 종시 다름이 없었다.

큰 문을 나와 큰길을 좇아 돌아올 때, 말을 탄 한 사람이 수레 앞에 와서 한 손에 가죽 채를 들고 수레를 내리라 하거늘, 세팔을 불러 물으니, 뒤에 공주 행차가 온다 하였다. 수레 앞에 내려서니 교자에 검은 장을 드리우고 사람 넷이 매었는데, 다 겹옷을 입고 땀을 흘리며 팔을 저어 힘쓰는 모양이 극히 무거운 거동이다. 앞으로 두 쌍 말 탄 사람을 세웠으니, 한 쌍은 환자宦者이고, 한 쌍은 가죽 채찍을 들었으니 갑군인가 싶었다. 뒤에는 한 줄로 일여덟 사람이 다 말을 타고 늘어서서 갔다. 대저 중국 법이 친왕 밖에는 하마下馬시키는 법이 없으니, 공주는 친왕과 같이 하는가 싶은데, 여인의 행차에 여자 시녀를 데리지 않으니 괴이하였다.

오던 길을 버리고 남으로 큰길을 좇아 돌아올 때 한 네거리에 이르니, 네 편으로 다 패루를 세우고 좌우에 시사가 매우 번성하니, 이는 사패루四牌樓라 이르는 곳이다. 서로 꺾어 한 곳에 이르니 좌우에 문을 무수히 내고 두 기둥을 세우고 위에 나무를 가로 얹어 말고삐를 높이 매고, 약을 먹이는 곳이 여러 곳 있으니, 세팔이 이르기를,

"이는 말을 매매하는 곳입니다."

하였다. 한 곳에 이르니 세팔이 들어가 구경하기를 청하거늘, 물으니 이는 꽃을 파는 푸자이다. 수레를 내려 들어가니, 주인이 꽃 있는 곳으로 인도하여 들어가 보라 하니, 10여 칸을 움 모양으로 만들고 위로 창을 내었다. 들어가니 그 안에 백 가지 화초를 놓았는데, 정월 초생初生을 당하여 3~4월에 피는 꽃을 일시에 피워 좌우로 보니 겨울인 줄

을 깨닫지 못하였다. 각색 매화와 도화와 모란과 작약과 이 밖에 이름도 모르는 꽃이 혹은 만발한 것도 있고, 혹 반만 핀 것도 있으니, 거의 다 화분에 심어 이따금 기이하고 사와[30] 공교히 지은 것이 있으니, 값을 가지고 사 가는 사람이 줄을 이었다. 이것이 비록 일시 완호玩好함을 위함이요 긴요치 않은 것이나, 겨울에 꽃을 피워 조화의 공교를 앗으니, 중국 사람의 재력을 당할 길이 없다.

이 집 뒤로 또 한 집이 있는데, 그 안은 덥기가 여름 같고, 온갖 나무를 무수히 감추어 다 잎이 피어 여름 거동 같으니 더욱 이상한 일이로되, 그 나무들은 모두 보지 못하던 것이다. 혹 겨울에 잎이 지지 않는 나무인가 싶었으나, 잎이 엷고 왕왕 씩씩하여 갓 피는 잎이 있으니 모를 일이었다. 세팔이 이르기를,

"이 뒤에 새 파는 푸자가 있어 온갖 새 짐승이 없는 것이 없으니 한 번 봄 직합니다."

하거늘, 찾아보라 하였더니, 이윽고 돌아와 이르기를,

"다른 데로 옮겨가고 없네요."

하였다. 이 푸자 서쪽에 큰 절이 있어 이름은 융복사隆福寺이니, 달마다 8, 9, 10 세 날에 큰 장이 모여 온갖 물화를 매매하는 곳이다. 그 집의 제도 또한 웅장하나 바빠 들어가지 못하였다.

관에 돌아오니 해가 미처 지지 않았다. 계부께서 머무시는 숙소 문 앞에 붕어 넣은 그릇을 걸었으니, 이곳에서 흔히 파는 것이다. 하인이 사다가 보시게 걸었다고 하였다. 그 그릇은 작은 합 모양이요, 유리 같아서 이상하게 맑으니, 참쌀 풀로 만든 것이라 겨울에 쓰고 여름에는 다 녹는다 하니, 대저 이상한 제도다. 값이 지극히 싸고, 아이들 가지고 노는 온갖 그릇을 이것으로 만들어 파는 것이 많으니, 극히 흔한 것인가 싶었다. 그 속에 물을 담고 작은 붕어 다섯을 넣었는데, 다 각

---

30 미상이나, 호화롭고 사치스럽다는 뜻인 '사화奢華'라는 낱말인 듯하다.

색 빛이 있어 그 중에 순전이 붉은 것과 아롱진 것이 더욱 기이하다. 아래에서 바라보니 그릇과 물 사이에 가로 끼인 것이 없으니 공중에 달린 거동이 기이하고 한 편에서 보면 고기 하나가 한 뼘이 되어 보이니, 구구한 집물이라도 다 범상치 아니하여 이상하였다.

역관이 옛 글씨 한 축을 들여보내어 팔러 온 것이라 하니, 한漢 나라 때 소무蘇武와 이릉李陵이 하량河梁에서 이별하던 글[31]을 친히 각각 쓴 글씨라 하고, 그 아래 진晉 나라 왕헌지王獻之와 채옹蔡邕과 송나라 때 미불米芾[32]의 서문을 다 친필로 썼다 하니, 분명한 거짓 것이다. 은 80 냥을 값으로 달라 하니, 도로 내어 보냈다.

---

[31] 두 사람은 다 한 무제의 신하로, 소무는 흉노匈奴에 사신으로 갔다가 억류되었고, 이릉은 흉노와 싸우다가 항복했는데, 두 사람은 흉노에서 서로 만나게 되었다. 그 뒤 한나라 소제 昭帝가 흉노와 화친하자 소무는 고국으로 돌아가게 되니, 이릉과 소무는 서로 이별시를 주고받았다.

[32] 미불(1051~1107)은 중국 북송대의 서화가이자 문인이며 자는 원장元章이다.

정월 초6일 관에 머물다

이날은 바람이 심히 사나워 길에 티끌이 가득하여 다니기 어려울 것이요, 또 연하여 구경을 다니면 혹 아문에서 말이 있을 듯하여 종일 관중에서 발을 드리우고 지냈다. 어제 보니 큰길에는 좌우로 수레길을 내어 짐수레와 벼슬 없는 사람이 태평차를 타고 다니게 하고 가운데는 인마와 재상 대인의 수레를 다니게 하였다. 그런데 양쪽 길은 수레 자국이 없고 곳곳에 구렁이 있어 매우 편하지 않았고, 혹 가운데로 들어가면 길가에 갑군이 엄금하여 못 가게 하였다. 대개 큰길에는 수백 보를 띄워 이어서 군포軍鋪를 짓고 갑군이 지키게 하였으니 군포 제도는 세 칸 집이요, 그 안에 캉을 놓고 문 앞에 네모진 주장柱杖을 셋씩 묶어세우고, 그 위에 환도를 걸었다.

북경 흙빛은 잿빛 같고 수레와 인마에 갈려 길 위에 깔린 것이 다 가루 같다. 이러하므로 바람이 적이 일면 티끌이 하늘을 덮고 행인이 눈을 뜨지 못하니, 큰길 가운데로 붉은 칠을 한 바자통을 곳곳에 늘어 놓고 물을 길어 부으며, 때때로 넓은 길에 물을 뿌려 먼지를 재웠다. 길가의 집물을 벌인 저자에는 모두 닭의 깃을 대 끝에 묶어 죽(깃이 달

주해 을병연행록 1

린 화살대) 모양같이 비를 매어 저물도록 먼지를 쓰니 괴이한 땅이다.

의복 파는 저자는 재상 대인이 입는 망룡蟒龍옷과 온갖 선명한 의복을 다 처마 안으로 줄줄이 걸었으니 소견에 찬란하고, 그 밖에 늙은 의복은 처마 밖으로 삿집을 짓고 뫼같이 쌓았는데, 여러 사람이 가운데 들어서서 종일 서로 옮겨 쌓으며 두 손으로 한 가지를 들고 목소리를 높여 노래 부르듯이 무수히 무슨 말을 읊은 후에 쌓는 편으로 던지면 다른 사람이 그 옷을 받아 쌓는다. 그 소리는 자세히 알 길이 없으나 대강 '이 옷이 품질은 좋고 값은 싸니 부디 사서들 입으라' 하는 말을 곡조를 만들어 어깨를 으쓱이며 엇보인[33] 거동을 갖가지로 하여 사람을 우습도록 한다. 이러하므로 그 소리를 특별히 짓궂게 하는 곳은 행인이 무수히 둘러서고 사람이 많이 모이면 더욱 모양을 내어 소리를 높이니, 혹 목이 쉬어 소리를 이루지 못하는 이도 있고, 혹 소리를 잘하지 못하여 사람이 보지 않고 남의 푸자에 많이 모이면 열없어 하는 거동이 더욱 가소로웠다. 대개 이리하여 사람을 모으면 흥정이 잘 되는가 싶었다.

조참 날 만나 본 두 한림翰林을 찾아보려 하였으나, 그 집을 자세히 묻지 못하였는지라 의지하여 찾을 길이 없더니, 관청의 서쪽으로 벽을 사이에 둔 곳은 한림들이 모이는 마을이라 세팔을 보내 한림들이 모이는 날을 물어보라 하니, 세팔이 돌아와 말하기를,

"이 마을은 한림원 서길사庶吉士[34]라 하는 관원이 모이는 곳이고 한림은 오는 일이 없다고 합니다."

하니 하릴없었다. 마침 수역首譯이 진신縉紳 관안官案(관료 명부) 한 벌을 얻어 계부께 들여보냈는데, 이는 대소 관원의 이름과 거주지를 모두

---

33 '엇보다'는 '서로 비슷하게 보거나 잘못 보다'라는 뜻의 북한어이나, 여기서는 '우스꽝스러운' 정도의 뜻으로 쓰인 듯하다.

34 서길사는 옛 중국의 벼슬이름이다. 명明나라 태조가 『서경』에서 '입교서상길사立敎庶常吉士'라고 한 것을 본받아 설치하였는데 새로 진사進士가 된 자들 가운데 학문이 우수한 자나 글씨를 잘 쓰는 자로 임명하였다.

기록한 것이다. 드디어 그 관안을 살피니 두 사람 모두 한림검토관翰林
檢討官 벼슬이니, 오가吳哥는 이름이 상湘이고 팽가彭哥는 이름이 관冠이
다. 이날 두 사람의 성명과 거처를 적어 세팔에게 다시 그곳에 가서
물어보라 하였더니 돌아와 말하기를,

"두 사람이 과연 있으나 집을 자세히 모르니 열이틀날 오면 자세히
알아 가르쳐 주리라 하니 필경 찾을 도리가 있을 것입니다."
하였다.

서반 하나가 들어왔기에 청하여 캉 위에 앉히고 여러 말을 수작했
다. 이 서반은 예부 서반인데 조선 사행이 오면 예부에서 여덟 서반을
정하여 아문의 대소 문서를 거행하게 했다. 서반은 다 남방에서 정하
여 올리는데 이러하니 형세가 가난하여 생리가 극히 어려웠다. 근년
에는 조선의 흥정 중에 서책과 서화와 종이와 향과 필묵은 선비에 속
하고 좋은 물건이라 하여 다 서반이 담당하여 매매를 붙이고 약간의
이익을 떼어 먹으니, 이런고로 이로부터 집물이 점점 귀해지고 서반
외에 가만히 매매하는 일이 있으면 크게 놀라 우리나라의 난전亂廛 잡
죄듯 하였다.

이 서반은 성이 부가傅哥요 나이를 물으니 나와 동갑이거늘 각별히
관곡하게 대접했는데, 저도 매우 귀하게 대한다고 했다. 다만 남방 사
람이라 북방의 소탈한 풍습이 없고, 우리나라 사람의 악착한 심사를
익히 겪었는지라 종시 진실한 거동이 없었다. 내가 부가에게 묻기를,

"지금 중국에 조공하는 나라는 몇이나 됩니까?"

부가가 말하기를,

"조선과 유구국琉球國(지금의 오끼나와에 있었던 왕조)과 안남국安南國(베트
남)과 남장국南掌國(라오스)과 홍모국紅毛國(네덜란드)이니 대개 다섯 나라
이고, 조선 말고는 혹 3년에 한 차례나 5년에 한 차례 합니다. 유구국
은 금년에 왔으니 5년 후에 다시 오게 됩니다."
하고, 부가가 또 말하기를,

"유구국은 조선과 가까울 것이니 서로 통하여 다닙니까?"

하자, 내가 말하기를,

"전에는 통하더니 근년에는 통치 않습니다."

하였다. 부가가 그 곡절을 물었으나, 그 곡절은 우리나라의 부끄러운 일이라 이르지 못하고 모른다고 하니, 부가가 고개를 끄덕이고 나갔다.

유구국은 바다 가운데 있는 나라로 보배와 재물이 많은 곳이요, 우리나라 전라도 땅에서 멀지 않다. 우리나라 초년은 서로 신사信使를 통하더니, 중년에 유구 왕이 바다에 표풍漂風하여 왜국에 사로잡히니 그 세자가 기이한 보패寶貝를 큰 배에 가득히 싣고 장차 외국으로 들어가 회뢰賄賂(뇌물)를 주어 그 아비를 살려 나오고자 하였다. 그러나 또한 바람에 표류하여 제주에 닿았으니 이때 제주 목사는 욕심이 많고 인심이 없는 사람이라 그 보화를 탐하여 세자를 죽이려 하니, 세자가 그 사연을 일러 애긍哀矜히 빌었으나 끝내 듣지 않았다. 세자가 크게 분노하여 온갖 보패를 바다에 잠기게 하고 글을 지어 이렇게 말했다.

요임금의 말을 걸의 옷 입은 몸에는 밝히기 어려우니
형벌을 임하여 어느 겨를에 푸른 하늘에 호소하리오.
세 어진이 땅에 파묻히니 그 누가 대신하리오.
두 아들이 배에 오르매 도적이 어질지 아니하도다.
뼈는 모래밭에 드러나매 이미 풀에 감겨 있고
혼은 고국에 돌아가매 조상할 이 없도다.
죽서루 아래 물은 도도한데
끼친 한은 기필코 만년토록 오열하리라.
堯語難明桀服身 臨刑何暇訴蒼旻
三良入穴人誰贖 二子乘舟賊不仁
骨暴沙場纏有草 魂歸故國吊無親
竹西樓下滔滔水 遺恨分明咽萬春

마침내 목사가 세자를 죽였으니, 이로 인하여 우리나라 신사를 끊고 혹 제주 사람을 만나면 잡아 죽여 그 원수를 갚고자 하니, 이러하므로 제주 백성이 배를 타면 표풍漂風을 염려하여 다 강진康津 해남海南 백성의 호패를 만들어 차고 다닌다 하였다.

저녁 식후에 부방에 갔더니 부사께서 화초분 셋을 얻어 놓았으니 하나는 도화桃花요, 하나는 해당海棠이며, 하나는 수선화水仙花였다. 도화는 나무가 극히 작으나 꽃이 가득히 피고, 해당은 우리나라의 단화丹花 같은데 다만 빛이 붉고 꽃잎이 적이 크다. 수선화는 뿌리는 마늘 같고 줄기는 파 같고 흰 꽃이 흰초薲草 같은데 약간 향기가 있고 봉오리는 고개를 숙여 아래로 드리웠다가 피려 하면 잠깐 사이에 꼿꼿이 일어서니 또한 이상한 물성이라, 북경에서는 매우 숭상하여 극히 번성하였다. 사행이 역관에게 분부하여 환술하는 사람을 불러오라 하니 역관들이 들어와 아뢰기를,

"보름 전에는 온갖 아문에 인을 봉하고 공무를 폐하니, 재상 대인들이 할 일이 없어 이것을 두루 불러 놀이를 하는지라 얻을 길이 없습니다."

하였다.

정월 초7일 **관에 머물다**

식전에 세팔을 불러 천주당 보기를 의논하니 세팔이 말하기를,

"이전에는 천주당 사람이 조선 사람을 각별히 대접하고 구경 가는 사람을 막는 일이 없었습니다. 그런데 근래에는 구경 사람이 혹 잡되이 보채고 자리와 그림을 더럽히는 고로 심히 괴로이 여겨서 막고 들이지 않는다 하니, 미리 통하지 않으면 들어가기를 장담할 수 없을 것입니다."

하거늘, 드디어 세팔로 하여금 먼저 나아가 내일 가고자 하는 뜻을 통하라 하였다.

천주당은 서양국 사람이 머무는 곳으로 서양국은 서쪽 바다 가운데 있는 나라요, 중국에서 수만 리 밖이다. 옛날에는 중국과 통하는 일이 없었는데, 대명大明 만력萬曆 연간에 이마두利瑪竇라 하는 사람이 비로소 중국에 들어왔다. 이마두는 천하에 이상한 사람이었으니, 스스로 말하기를 '20여 세에 천하를 구경할 뜻이 있어 나라를 떠나 천하를 두루 보고, 땅 밑으로 돌아 중국에 들어왔다'고 하였다. 그 말은 비록 미덥지 아니하나 대개 천문 성상星象(별자리의 모양)과 산수 역법을 모르는

북경에서 새해를 맞이하다   319

것이 없는데, 다 근본을 속속들이 살피고 증거를 밝혀 하나도 억측한 말이 없으니, 대개 천고에 기이한 재주이다. 또 저희 학문을 중국에 전하니, 그 학문의 대강은 하늘을 존숭하여 하늘 섬기기를 불도의 부처 섬기듯이 하고, 사람을 권하여 아침저녁으로 예배하고 착한 일을 힘써 복을 구하라고 하니, 대개 중국 성인의 도道와 다르고 이적의 교회여서 족히 말할 것이 없다.

다만 천지의 도수度數와 책력冊曆의 근본을 낱낱이 의논하여 세월의 절후를 틀리지 않게 한 일은, 또한 옛사람이 미치지 못할 것이다. 또 그 나라의 풍속이 공교하고 이상하여 온갖 기계를 매우 정묘하게 만드니 이러하므로 이마두가 죽은 후에 그 나라 사람이 연이어 중국에 통하기를 그치지 않았고, 근래에는 작품爵品을 주어 후록厚祿을 먹이고 책력 만드는 것을 오로지 이들에게 맡겼다. 그 사람들이 한 번 나오면 돌아가는 일이 없는데 각각 집을 지어 따로 거처를 정하고 중국 사람들과 섞이지 않았다.

동서남북 네 집이 있어 이름을 천주당이라 하는데, 이는 '하늘을 주로 한다'는 말이다. 그 중 서천주당35의 건물과 기물이 더 이상하니, 두 사람이 있는데 한 명은 유송령劉松齡36이요 다른 한 명은 포우관鮑友管37이니, 두 사람 다 나이가 많고 소견이 높았다. 이곳은 전부터 우리나라 사람이 출입하는 곳이었다.

이윽고 세팔이 들어와 말하기를,

"큰 서통관이 아문에 들어와 문을 엄히 막아 출입을 통치 않습니다."

---

35 남천주당의 잘못이다.

36 유송령Augustin von Hallerstein(1703~1774)은 슬로베니아 출신 선교사로 건륭초기에 중국에 와 흠천감에서 35년간 일을 했다.

37 포우관Anton Gogeisl(1701~1771)은 독일 선교사로 1736년에 중국에 와서 유송령과 함께 흠천감에서 일하였다.

하니, 큰 서통관의 이름은 종맹宗孟으로 서종현徐宗顯의 사촌형이다. 종맹의 형 서종순徐宗順은 대통관으로 부임하여 권력이 양국에 진동하였다. 종순이 죽은 후에 종맹이 그 대를 이어 또한 권세를 부리는데, 우리나라 말을 능히 하고 성정이 능활能猾하여 여러 번 칙사勅使를 데리고 우리나라에 다니니 대소의 일이 다 종맹의 손에서 결정되었다. 또 욕심이 끝이 없고 사람됨이 불량하니 우리나라 역관들이 감히 그 뜻을 어기지 못하고 극히 두려워한다.

제 사는 곳이 황성에서 40리 밖이라 병이 있어 들어오지 못하다가 이날 아침에 들어왔는데 마침 통관 오림포가 제 집에서 음식을 갖추고 일행 역관을 청하여 노는 것이다. 이러하므로 서종맹이 들어와도 역관들이 나아가 대접하지 못하였다. 이에 종맹이 크게 노하여 문을 엄히 막았는데, 이는 우리나라 사람을 가두어 곤욕을 치르게 하려는 의사였다.

갑군이 문을 엄히 지켜 안팎이 서로 말을 통하지 못하게 하고, 물 긷는 사마군 또한 전립을 벗어 갑군에게 맡기고 즉시 들어온 뜻을 보이게 하고, 수를 헤아려 부질없는 사람을 내보내지 않으니 구경할 일이 극히 낭패였다. 역관들이 들어와 그 연고를 물으니 다 기색이 좋지 않아 기운을 펴지 못하고 다만 서로 말하기를,

"종맹이 죽지 않으면 북경을 다니기 어려울 것이다."
하며, 혹 말하기를,

"비록 그러하나 사나운 가운데 슬기로운 것이 있는 법, 변통하기 어려운 일을 능히 주선하는 이가 없는 것이 어려운 것이네."
하였다. 구경할 일을 의논하는데 모두 말하기를,

"4~5일 안은 변통할 길이 없으니 조금 진정하기를 기다리세."
하니, 대개 종맹의 성정을 두려워하여 말하기를 다 어렵게 여기는 거동이다. 역관들이 나가거늘 세팔과 덕형을 불러 의논하니 세팔이 말하기를,

"서통관이 비록 성정이 불량하나 소탈한 곳이 있으니, 만일 먼저 사람을 보내 말을 잘하여 온화하고 공손한 뜻을 보이며 이다음에 나가기를 청하면 필연 허락할 법이 있겠습니다."

하였다. 덕형이 말하기를,

"오늘 일은 역관 때문에 노한 것일 뿐만 아니라 전부터 이곳 장사치들이 아문에 먼저 세를 바친 후에 아문이 방을 붙여 온갖 매매를 허락하였으니, 이러하므로 조선 사람을 막을 뿐 아니라 이곳 장사치의 출입을 막아 그 세를 바치라고 재촉하는 뜻입니다. 만일 말을 잘하여 달래면 오래 막히는 것을 걱정하지 않아도 될 것입니다."

세팔이 말하기를,

"덕형은 전부터 매매하는 것이 많은 까닭에 아문에 권력이 있고 서통관이 또한 사랑하는지라 만일 덕형을 보내면 일이 쉬울 것입니다."

하거늘, 드디어 덕형을 바삐 내보냈다. 그랬더니 이윽고 돌아와 이르기를,

"아문에 나아가 이 사연을 이르는데 서통관이 대사와 다른 통관의 말을 들었기에 쾌히 허락하여 이르기를 '궁자의 구경하는 뜻을 내 이미 알았으니, 사람을 적게 데리고 임의대로 다니라' 하고 또 대신 내게 문안 전갈을 보내더이다."

했다. 그리고 우리나라 사연으로 전갈하던 말을 전하거늘 내가 말하기를,

"제 이미 전갈을 부쳤으니 내가 대답하지 않으면 필연 무례하게 여길 것이니, 즉시 사람을 보내어 안부를 묻고 구경을 허락한 것에 사례하는 것이 어떠하겠는가?"

하였다. 세팔과 덕형이 다 말하기를,

"만일 그렇게 하면 크게 감사하게 여길 것입니다."

하였다. 이에 덕유를 시켜 아문에 나가 말씀을 공손히 하라 하였더니, 돌아와 말하기를,

"서통관이 전갈을 듣고 웃으며 매우 좋아했습니다. 저희 수역을 따라와 여러 번 전갈을 듣고 다녔지만 그 사연이 매우 거만하여 다만 안부를 알고자 한다고 했으나, 이번에는 문안(웃어른에게 안부를 여쭘)을 알고 못내 아뢴다고 하니, 조선 일을 익히 알고 대답이 서로 다른 줄을 아는 것입니다."

하니 우스웠다. 천주당 일이 심히 바빠 덕유를 다시 불러 세팔을 데리고 내보내 줄 것을 청하라 하니, 과연 즉시 내보냈다. 세팔이 천주당에 다녀와서 말하기를,

"두 사람은 보지 못하였고, 문 지키는 갑군에게 청심원을 주며 여러 번 달래자 두어 번 들어갔다 나와 말하기를, '20일에 서로 볼 날이 있으려니와 그 전에는 계속해서 나라 일이 있어 틈이 없노라' 하였습니다."

하니, 기다리는 일밖에는 할 일이 없었다. 이곳은 온갖 구경을 하거나 아무 사람을 만나도 청심원이 없으면 안정顔情[38]을 낼 길이 없으나 진짜 것으로는 이을 길이 없어 하인들이 파는 작은 청심원 200환을 은 닷 돈을 주고 사다가 세팔에게 맡겨 놓고 이번 구경에 쓰라고 하였다.

이날 부방에서 세찬 두 상을 차려 보내었는데, 극히 풍성하여 한 상에 수십 그릇을 놓았다. 한 상은 약간 먹은 후에 성번 등과 하인들을 주고, 한 상은 덕유를 불러 아문의 여러 통관들과 대사에게 전갈을 이르고 외국 음식이 먹음직스럽지 아니하되 한번 하저下箸(젓가락을 댐)하여 보내는 뜻을 살피라 하니, 덕유가 듣고 머뭇거려 즉시 가지 아니하였다. 그 곡절을 물으니 덕유가 말하기를,

"아문에 음식을 보내는 것은 전례 없는 일입니다. 만일 역관이 들으면 죄책이 돌아올까 합니다."

하니, 대개 내가 아문을 사귀는 일을 역관들이 좋아하지 않고, 또 마

---

[38] 안정은 사람을 여러 차례 대면하여 생기는 정을 말한다.

두馬頭의 북경 다니는 길이 역관에게 매였는지라, 이러하므로 덕유 또한 역관을 두려워 내 분부를 거스르고자 한 것이다. 내 노하여 꾸짖어 말하기를,

"네 이미 나를 따라왔으니 죽으나 사나 내 말을 거스르지 못할 것이니 어찌 역관의 꾸지람을 돌아보느냐?"

하니, 덕유 마지못하여 가지고 갔다. 이윽고 돌아와 이르기를,

"서통관이 전갈을 듣고 상을 받아 놓으며 희색이 낯에 가득하여 감격함을 이기지 못하는 거동이요, 전갈을 대답하고 음식을 먹은 후에 즉시 친히 들어가 궁자를 보고 사례하리라 하니, 오래지 않아 들어올 것입니다."

하였다. 여럿이 음식을 먹다가 이 말을 듣고 서로 지껄이며 대단한 생광生光(영광스러워 체면이 섬)으로 아는지라 극히 우스웠다.

대개 서종맹은 탐욕스럽고 비패鄙悖하여 족히 더불어 사귈 인물이 아니다. 허나 『김가재일기』를 보아도 통관들의 집에 나가 혹 밥을 먹으며 혹 잠도 자고 서로 접대하는 것을 사양치 않았으니, 이는 옛 사람들의 변통이 있는 것이다. 하물며 이번 일은 서종맹의 뜻을 얻지 못하면 출입을 뜻대로 못할 것이요, 혹 가만히 도망 다니면 일이 더욱 구차할 뿐 아니라 필연 욕된 일을 자주 만날 것이니, 마지못하여 먼저 전갈을 부쳐 공근한 예를 베풀고 다음으로 음식을 보내어 대접하는 뜻을 나타내었다. 비록 일이 권수權數(권모술수)에 가깝고 유자의 간솔한 법문이 아니로되, 당초 종적이 이미 나의 본색이 아니고, 만 리 고행이 오로지 구경을 위한 것이니, 어찌 조그만 절목을 위하여 일시의 변통을 두지 않으리오. 덕형이 들어와 말했다.

"아까 아문을 지나오는데 서통관이 음식을 먹으며 극히 감사하여 친히 사례를 하리라 하니, 이제는 구경 일이 걱정 없을 것입니다. 당초 역관들은 4~5일 전은 주선할 길이 없다 하더니, 이 일을 알면 필연 소인이 기간幾諫(노여움을 사지 않도록 온건히 간함)한 것을 즐기지 않을 것

이니 극히 민망합니다.”

덕형의 말이 과히 염려하는 법도 있거니와 대저 역관들이 구경을 반드시 막고자 하는 거동은 분명하니, 그 뜻을 헤아리지 못하겠다.

계부께서 계신 곳에 가 서종맹의 말을 여쭙고 웃었다. 이때 건량관이 들어와 음식 보낸 일을 듣고 아뢰었다.

“이전에 자제군관으로 들어오는 이 여럿이로되 한 번도 통관을 이리 대접한 일이 없으니 필연 대단히 감격하여 할 것이니, 구경을 임의로 할 뿐 아니라 행중 범사에도 유익한 일이 없지 않을 것입니다. 몇 해 전에 재상이 서장으로 들어와 그때에 마침 행중에 일이 있어 일행이 근심하더니, 서종맹이 문 앞을 지나가는 것을 보고 그 서장이 소리를 높여 이르기를 ‘대감은 우리 낯을 보아 일을 주선하시오’ 하니 서종맹이 듣고 크게 감사하여 나가 역관에게 이르기를 ‘그대 삼대인이 친히 나에게 이르니 내 어찌 힘써 주선치 않겠습니까’ 하니 드디어 그 일을 무사히 처리하였다고 합니다.”

이윽고 덕유 창황이 들어와 고하기를,

“서 대감이 들어옵니다.”

하니, 다른 하인들이 난리였다.

내 즉시 캉으로 돌아오려고 바깥문을 드니 서종맹이 이미 들어오고 오림포가 그 뒤에 따라왔다. 캉 아래 머물러 들어오기를 기다리니 문을 들어왔다. 그 모양을 먼저 보니 신장이 8~9척으로 우리나라에서 흔히 보지 못하던 키다. 검은 상에 약간의 구레나룻이 반쯤 세었고, 긴 눈이 사나운 기운을 띠었으며, 큰 입이 사람을 넣을 듯하니 대개 늙은 범의 상이다. 험피險詖한[39] 중에 슬거운[40] 인물이요, 머리에 흰 징자를 붙였으니 5품 벼슬이요, 손에 작은 막대를 집었으니 스스로

---

39 ‘험피하다’는 사람됨이 음험하고 바르지 못하다는 말이다.
40 ‘슬겁다’는 마음씨가 너그럽고 미덥다는 말이다.

존중함을 보이고자 함이었다. 내 손을 들어 읍하고 말하였다.

"내 먼저 나아가 후한 뜻을 사례해야 하거늘, 대감께서 먼저 몸을 굽혀 누추한 곳에 이르니 편치 않습니다."

종맹이 말하기를,

"주인으로 있으며 손님의 음식을 먼저 받아먹으니 어찌 부끄럽지 않겠습니까? 궁자는 귀한 사람이거늘 우리를 사람으로 알아 대접을 극진이 하니 매우 감사하게 여깁니다."

하고, 캉에 먼저 오르기를 청하였다. 내가 또한 읍하여 먼저 오르라고 하니, 종맹이 먼저 올라 사양치 아니하고 자리에 기대어 앉으며 그저 앉자고 하니, 이는 우리나라 인사를 쓰는 말이다. 대저 역관과 군관이 다 통관에게 우리나라 법으로 절하여 대접하는지라, 내 의사를 짐작하되 모르는 체하고, 그저 앉아 먼저 들어옴을 여러 번 감사하다고, 통관이 또 말하였다.

"전에는 궁자로 들어오는 이가 우리를 보면 다 몸을 감추고 사람을 대접하지 않으니, 평생에 괴이하게 여겼는데, 궁자는 그렇지 아니하니 진정 사귈 만한 분입니다."

이때 건량관이 들어와 절하며 뵈는데, 다만 몸을 굽혀 희미하게 대답할 따름이요, 또 건량관이 즉시 나와 뵈지 아니한 것을 매우 불평하며 하는 말이다. 건량관이 말하기를,

"있는 곳이 깊은 연고로 즉시 알지 못하였으니, 만일 알았으면 어찌 즉시 나아가지 않았겠습니까."

하였다. 종맹이 말하기를,

"궁자는 귀한 분이요 처음 오시는 길인데 오히려 내가 온 것을 듣고 여러 번 전갈을 부쳤으니 그대는 어찌 모른다 하는가?"

말하며 더불어 여러 말을 수작하는데 계속해서 궁자가 우리를 사람으로 대접한다고 말하니 우스웠다. 이때 거문고를 벽에 세워 두었더니 오림포가 그 이름을 물었다. 종맹이 들은 바 있어 말하기를,

"이것은 거문고로다. 조선 풍류이니 우리 형님이 있을 때에 하나를 두었다. 궁자는 선비라 이것을 가져왔느니라."

하였다. 오림포가 한 번 듣기를 청하거늘, 드디어 한 곡조를 타고 건량관에게 노래를 부르게 하니, 종맹이,

"그 소리 심히 청고淸高하니 과연 선비의 곡조입니다."

하였다. 이어 별곡 한 곡조를 타니 오림포가 제 무릎을 치며 우리말로,

"좋을시고."

하니, 좌중이 다 크게 웃었다. 종맹이 또 건량관에게 일러 말하기를,

"궁자를 보니 진정 선비입니다. 중국 선비는 이렇지 못합니다."

하거늘, 내가 웃으며 말하기를,

"외국 조그만 사람이 어찌 중국 선비에게 비기겠습니까?"

하였다. 종맹이 말하기를,

"중국 사습士習(선비의 풍습)이 가없습니다."

하니, 내가 말하기를,

"중국 선비 중에 필연 거문고를 타는 이가 있을 것이니, 한 사람 만나 볼 수 있게 해 주시면 매우 감사하겠습니다."

하니, 종맹이,

"찾은 후에 기별하리다."

하였다. 대저 종맹은 여러 통관 중에 우리말을 가장 잘한다고 이르지만 오히려 자세하지 못하며, 내 하는 말을 알아듣지 못하는가 싶었다. 종맹이 또 말하기를,

"궁자께서는 중국말을 모르는 것이 없으니 더욱 기이한 일입니다."

하며 식경을 앉아 여러 수작을 하고는, 갈 때가 되어 일어나 나가면서 말하기를,

"이리 만난 후에 내 칙사勅使를 나가거나, 궁자께서 사신을 들어오거나 다시 만날 길이 있을 것이니, 어찌 반갑지 않겠습니까?"

하며, 캉을 내려 돌아보면서 말하기를,

"나오지 마십시오."

하였다. 대개 중국 법은 손님이 돌아갈 때 반드시 대문 밖에 나가서 보내는데, 우리나라에는 이 풍속이 없는 줄 알아서 이른 말이다. 내가,

"어찌 아니 나가 보내 드리겠습니까."

하며 캉에 내려 문에 이르니, 종맹이 돌아보며,

"들어가십시오."

하고 나갔다. 저녁에 여러 역관이 들어와 서종맹의 일을 극한 생광으로 치하하는 말이 많으니 극히 가소로운 일이요, 종맹의 권세를 또한 짐작할 수 있었다. 대저 북경 통관은 우리나라 역관과 같아 극히 천한 벼슬이지만, 종맹의 족속은 다 왕의 집에 결연하여 그 형세를 빙자한다. 고로 제독이 높은 벼슬이로되, 오히려 종맹을 '노야'라 일컫고 극진히 대접한다 하였다. 역관이 혹 말하기를,

"서종맹의 사나움은 두 나라에 유명하거늘, 한 상 음식으로 일조에 그 마음을 굴복시키니 이상한 일입니다."

하고 일컬으니 우스웠다.

　이익李瀷이 당금唐琴 하나와 생황 하나를 얻어 왔다. 당금은 푸른 옥과 수정으로 꾸미고 바탕은 파초 잎 모양으로 만들었으니 제작이 이미 기이하고, 그 소리를 들으니 아담하고 청아하여 과연 성인의 기물이었다. 이번 길에 나라에서 장악원掌樂院 악사樂士를 들여보내 당금과 생황을 사 오게 하고 겸하여 그 곡조를 배워 오라고 하였다. 이러하므로 이익이 악사를 데리고 두 가지 곡조 배우기를 도모하여 당금을 타는 이를 두루 찾아보니, 정양문 밖에 타는 사람이 있다 하여 내일 가만히 문을 나와 찾아보고자 한다고 하였다. 당금과 생황은 다 파는 것인데, 당금은 값이 천은天銀 일백오십 냥이라 사지 못한다고 하였다.

정월 초8일 **관에 머무르며 환술을 보다**

이날은 출입에 걱정이 없으나 환술하는 사람이 들어온다 하니, 이것이 또한 이상한 구경이라 나가지 못하였다. 이번에 관상감觀象監 관원이 들어왔는데, 성명은 이덕성李德星이다. 책력冊曆 만드는 법을 질정質正하러 왔으나, 천주당을 마음대로 출입하지 못하니 심히 민망해 하였다. 이날 이덕성을 청해서 함께 다니기를 언약하고 내가 말하기를,

"이곳 구경이 천주당으로 으뜸으로 이를 뿐 아니라, 그대는 경영하는 일이 있으니 어찌 20일 후를 기다겠는가? 이곳 일이 면피面皮(선물) 곧 없으면 되는 일이 없으니 먼저 편지를 써서 보고자 하는 뜻을 간절히 이르고 약간 면피를 보내어 나의 성의를 보이고 저희의 뜻을 감동케 함이 어떠한가?"

하였다. 이덕성이 듣고 좋다고 해서 드디어 장지壯紙 두 권과 부채 세 병과 먹 석 장과 청심원 네 환을 폐백幣帛으로 삼고 편지를 만들어 홍명복을 불러서 쓰게 하니, 그 글이 이러하였다.

엎드려 생각건대, 새해에 큰 복을 받으셨으리라 믿습니다. 비卑(자신을

낮추어 이르는 말) 등은 사는 곳이 궁벽하고 소견이 고루해서 하늘의 도수와 의기의 제양을 진실로 알 만한 재주가 아닌데, 망령스럽게도 스스로 헤아리지 아니하여 배우려는 뜻이 평생에 맺혔습니다. 그윽이 들으니 두 분 선생의 학문이 하늘의 근원을 궁구하고 식견이 역리의 기묘함에 사무쳐 그 지극히 높고 깊음에 대개 천백 세를 세어도 미칠 이가 없을 것입니다. 비 등은 몸이 바닷가에 엎드려 마음이 천당에 달렸으되, 오직 지경에 한정이 있어 한갓 우러르는 마음을 품었더니 다행히 사신을 따라 몸이 이곳에 이르러 한 번 경광耿光(높은 덕)을 우러러 보아 거의 숙원을 이루게 되었습니다. 다만 저어컨대 외국의 천한 자취라 다른 사람의 꺼림을 염려하여 날이 오래 되도록 주저하여 감히 나아가지 못하고 망령됨을 피하지 않고 두어 줄 글로 대강 정성을 펴고자 합니다. 두어 가지 토산은 의젓하지 않으나 옛사람이 서로 만날 때 폐백을 주고받은 일을 본받은 것이니, 오직 선생께서 헤아려 살피시기 바랍니다.

봉투 겉면에 '유선생劉先生 포선생鮑先生 첨감僉鑒 좌전座前'이라 하고, 세팔에게 주어 답장을 받아오라 하였다.

이익이 악사를 데리고 정양문 밖에 다녀왔다 하기에 불러 그 타는 법과 곡조의 호불호好不好를 물으니, 대단히 칭찬하며 우리나라 소리가 여기에 비치 못하리라 하였다.

세팔이 답장을 받아왔는데 붉은 종이 두 장에 하나는 '연가권제年家眷弟 유송령은 돈수배頓首拜하노라'라 쓰고 다른 하나는 '연가권제 포우관은 돈수배하노라'고 썼을 뿐이었다. 또 작은 홍지 두 장에 각각 '영사領謝' 두 자를 썼는데 이것은 주는 것을 받아 사례한다는 말이다.

'연가권제'라는 말은 동년同年의 집에 사랑하는 아이라는 말이다. 중국의 옛 풍속에 과거에 동방한 사람과 서로 각별히 사귀고 자손까지 서로 끊어지지 않으므로 두 집 자손을 서로 '연가권제'라 일컬으니, '동년'은 과거科擧의 동방同榜을 이르는 것이다. 후세에 이런 뜻으로 인연하여 연가年家가 아닌 것에도 통용하여 썼다. 수만 리 밖의 당치 않은 사람에게 문득 이런 칭호를 일컬으니 극히 우스웠다.

편지 사연에 대답하지 않은 것은 서양국이 중국 진서眞書를 모르는지라, 두 사람이 중국에 들어와 진서를 약간 배웠으나 능히 쓰지 못하므로, 20여 자 글도 또한 남을 빌려 쓴다고 했다. 내일 오라 하는데 또한 말로 전하였다.

환술幻術하는 사람이 들어오거늘 부방(부사의 거처)의 캉 앞에 교의를 놓아 삼사신이 앉으시고 일행이 모여 보았다. 대개 세 사람이 다 높은 탁자 하나를 가운데 놓고 그 위에 붉은 담요 한 장을 펼치니, 한 사람이 탁자 앞에 나와 탁자를 고쳐 쓸고 담요를 여러 번 털어 다시 펴 놓았다. 그런 뒤에 우리나라 사람 둘을 정해 달라 하거늘 사마군 둘을 시켜 주니, 탁자 좌우에 세우고 무슨 말을 무수히 하나 알아들을 길이 없고, 대강 제 재주의 신이함을 자랑하고 부채와 종이를 많이 달라는 말이었다.

이윽고 마래기를 벗어 두루 털고, 다시 제 입은 옷을 위의 것부터 차차 벗으며 무슨 사설을 하여 양쪽에 섰던 사람에게 이르니 대강 몸에 아무것도 감춘 것이 없음을 밝히는 말이다. 나중에 벌건 살을 드러내 두루 보이며 웃어 말하기를,

"약간의 재주를 자랑코자 하다가 이런 추위에 얼어 죽게 생겼구나."

하고, 다시 입으니 좌우가 크게 웃었다. 대개 그 말하는 거동은 오직 사람 웃기기를 주로 하는 광대의 모양이다. 옷을 입은 후에 바지의 대님을 끌러 양쪽으로 무수히 털고 바지 위로 다리를 주무르며 볼기를 두드려 감춘 것이 없음을 보였다. 대개 온 몸의 의복을 거의 다 여지없이 벗어 보였고, 바지는 삼승 겹바지 한 벌을 입어 감춘 것이 없다는 것이 적실하였다.

탁자 위의 담요를 다시 털어 앞뒤의 두 사람으로 하여금 담요 위를 두 손으로 여러 번 문질러 그 아래 위에 아무것도 없음을 보였다. 좌

우 수백 명의 눈이 모여 그곳을 보니, 비록 바늘이라도 가히 감추지 못할 지경이었다.

아무리 보아도 있는 것이 없음을 수백 명이 아는 바이러니, 이때 무슨 말을 연이어 하고 조그맣고 검은 삼승포三升布를 두 사람에게 주어 무수히 털어 담요 위에 펼친 후에 손으로 공중을 가리키며 무슨 사설을 연이어 하고 빈손으로 공중을 향하여 무엇을 쥐어 검은 보 안으로 넣는 모양을 하는데, 허공에 쥘 것이 어이 있겠으며, 검은 보와 붉은 담요가 편히 깔리어 조금도 다름이 없더니, 계속 말을 하며 검은 보 가운데를 손으로 모아 쥐어 차차 위로 당기는데, 들락날락하며 조롱을 무수히 하다가 홀연 위로 번개같이 들치니, 담요 위에 큰 대접이 놓이고 대접 위에 여러 가지 과일 서너 되를 정제히 괴어 놓았다.

과일 가운데서 참새 다섯이 놀라 일어나며, 혹 집 위에 앉고 혹 공중으로 날아가니 좌우에 보는 사람이 다 일시에 혀를 차며 웃으니, 그 사람이 또한 웃으며 좌우를 돌아보고 술업術業을 자랑하는 기색이다. 밤 두어 개를 집어 두 사람을 먹였는데, 진짜 밤이고 거짓 것이 아니었다. 제 동무 한 사람이 그 대접을 들고 문으로 내어 가니, 감추는 술법은 못하는가 싶었다.

다시 담요를 털어 펴고 검은 보를 전처럼 놓은 후에 또 한 번을 두루 치니, 큰 푼자盆子(대야) 하나가 놓였는데, 물이 가득히 담겨 있고 물 가운데 붉은 붕어 대여섯이 꼬리를 치며 뛰노니, 좌우가 또 일시에 혀를 찼다.

그 사람은 푼자를 들고 밖으로 나가고 다른 사람이 탁자 앞에 들어서서 술업을 부리는데, 제 품속에서 두어 자나 되는 가는 노끈을 내어 한 손에 양끝을 잡고 가운데를 구부려 길게 늘인 다음에 옆에 섰던 두 사람으로 하여금 칼로 가운데를 자르고 즉시 그 자른 데에 침을 문혀 붙이는 거동을 하였다. 한 손으로 붙인 곳을 쥐고 양끝을 각각 양쪽 사람에게 쥐게 한 후에, 무슨 말을 하며 한 편 사람에게 한쪽 끝을 놓으라 하고 다른 한편 사람에게 노끈을 당기라고 하니, 전과 다름없이 긴 노끈이었다. 다시 한 끝을 잡고 두어 번을 튕기니 끊어진 노끈이 아니었으며 맨 흔적도 없었다.

그 노끈을 품에 넣은 뒤에 다시 큰 노끈 두 가닥을 내어 각각 대략 소전 열 닢을 꿰어 양끝을 서로 이어 한 가닥을 만들었는데, 이은 매듭이 매우 커서 돈이 서로 통하지 못하였다. 양끝을 두 사람에게 잡게 하고 한 손으로 돈을 모아 잡아 양쪽으로 서로 훑으니 돈이 마디에 걸리는 일이 없어 이미 괴이하더니, 홀연히 손을 놓자 두 사람이 의연히 양끝을 붙들고 서로 당겨도 가운데 맨 것이 또한 풀린 일이 없는데, 홀연 양쪽 돈이 일시에 탁자에 떨어져 하나도 꿰인 것이 없었다.

이 사람이 물러가고 다른 사람이 들어와서 탁자의 붉은 담요를 당겨 땅에 펴고 여러 말을 하며 의복을 벗어 감춘 것이 없음을 보였다. 그리고 담요 가운데를 쥐어 한참을 조롱하다 홀연히 들치니, 큰 대접에 대추가 수북이 괴여 있는데 층층이 줄을 맞추어 하나도 잡되게 놓인 것이 없었다. 그 위에 가화假花 한 가지를 꽂았으니 하인으로 하여금 그 대접을 들고 오라 하여 친히 보니 과연 거짓 것이 아니었다.

이것을 물리친 다음에 또 전처럼 붉은 담요를 들치자 수박씨 한 대접과 과자 한 대접이 나란히 놓여 있는데, 과자는 중계中桂(유밀과의 일종) 같은 것으로 이곳 음식이다. 또 한 번을 들치자 분자에 붕어를 담아 두 번째 보던 것과 한 모양이었다.

이 사람이 물러가고 처음에 환술을 부리던 사람이 다시 탁자 앞에 들어와서, 품에서 흰 뼈로 만든 구슬 다섯을 내어 담요 위에 오방五方을 응하여 벌여 놓았다. 그리고는 한쪽 손에 차례로 집어넣더니 홀연히 그 손을 벌려 좌우를 보이는데 다섯 구슬이 간 곳이 없더니, 그 손으로 공중을 향하여 무엇을 쥐는 모양을 하고 두 손가락을 서로 비비니, 구슬 하나가 홀연히 보이는데 처음에는 아주 작더니 차차 커져서 원래 형상이 나오면 담요 위에 놓고, 연이어 한 모양으로 다섯 구슬을 도로 내어 각각 놓았다.

또 품에서 큰 돈 열다섯 닢을 내어 담요 위에 늘어놓고 하나씩 뒤집어 양쪽 사람을 보이니, 안팎이 예사 돈이요 특별히 다른 일이 없었다. 그러더니 무슨 말을 하며 여러 돈의 차례를 바꾸어 놓으니 홀연히 다 푸른빛이 되고, 또 한 번을 바꾸니 홀연 검은빛으로 변하였고, 또 한 번을 바꾸자 홀연 흰빛으로 변하여, 열다섯 닢 돈이 따라가며 한 빛으로 세 번을 변하였다. 또 품에서 바늘 한 쌈을 내니 그 수가 삼사십 개나 될 듯하였다. 손으로 쥐어 입속에 들이치고, 또 실 한 타래를 내어 입에 머금어 한참을 물고 있더니 홀연히 실 한끝을 잡아 차차 당기니 삼사십 개의 바늘이 낱낱이 꿰어 나왔다.

또 품에서 작은 주머니 세 개를 내니 크기는 밤만 하고, 검은 삼승으로 만든 것이요, 속에 넣은 것은 알지 못하였다. 셋을 담요 위에 벌여 놓은 후에 하나를 집어 왼쪽 사람의 입 속에 넣고, 또 하나를 집어 오른쪽 사람의 입에 넣은 후에 두 사람의 머리를 만지며 혹 꼭뒤(뒤통수의 한복판)를 쳐 한쪽 사람에게는 집어내는 모양을 하고, 한 사람에게는 집어넣는 모양을 하였다. 그리고는 한 사람으로 하여금 입을 벌려 숨을 한 번 길게 쉬도록 하고, 한편 사람으로 하여금 제 입에 든 것을 내어 보라 하니 넣을 때는 하나였는데 낼 적에는 둘이요, 입을 벌려 숨을 쉬던 사람에게 입에 든 것을 내놓으라고 하니 입속을 두루 뒤졌으나 홀연히 간 곳이 없었다.

또 세 주머니를 두 사람의 입에 넣는데 한쪽은 하나이고 다른 한쪽은 둘이니, 종전대로 환술을 부린 뒤에 각각 주머니를 내라 하니, 하나 넣었던 입에 둘이 들고 둘을 넣었던 입에는 하나가 들었으니 다시 두어 번을 바꾸어 넣어도 필경은 서로 바뀌었다. 그 머금었던 사마군이 또한 처음 보는지라 제 머리와 입을 닫을 때는 매우 단단히 머금어 혹 손이 들어갈까 저어하더니, 입을 열매 의연히 바뀌어 있으니, 두 사마군이 다 수상히 여기고 열없어 하는 거동이 극히 우스웠다.

그 사람이 여러 말로 조롱하다가 그 주머니를 하나씩 두 사람에게 나눠 넣고 다시 여러 말을 하다가 두 사람으로 하여금 주머니를 이로 물라 하니 두 사람이 두어 번을 물더니 얼굴을 찡그리며 일시에 뱉으니, 검은 주머니는 보지 못하고 다만 낙타의 똥 한 덩이를 씹었는지라, 좌우에 보는 사람이 일시에 크게 웃었다.

세 건량관으로 하여금 각각 종이와 부채를 주어 내보내니, 하인들이 말하기를,

"이 밖에 이상한 법이 많지만 주는 것이 적어 다 하지 않습니다."

하였다. 대개 환술하는 사람은 다 천한 부류요, 사람들의 집과 거리로 다니며 이 재주를 부려 보는 사람의 돈을 얻어 생리를 삼으니, 사행에게 뵈려고 하면 행중 공용은公用銀 여덟 냥을 주는데, 통관의 종들이 거만하여 더러 떼어먹는다고 하였다. 캉으로 돌아와 쉬는데 덕유가 들어와,

"그 사람들이 아문을 나가는데 통관들이 또 시켜서 보고 있습니다."

하거늘, 갓을 빌려 쓰고 즉시 아문으로 나가니, 서종맹이 반등에 앉았다가 반겨 일어나 인사하고 물었다.

"환술을 보니 어떻습니까?"

내가 말하기를,

"극히 신통하여 소국 재주가 미칠 바 아닙니다."

하니, 서종맹이 웃고 반등을 가리켜 같이 앉아서 보자고 하거늘, 한편에 앉아 보니 다섯 구슬로 안에서 하던 법과 같다. 또 보아(보시기) 둘을 가져오라고 하여 탁자 위에 놓고 검은 보를 덮은 후에 공중을 향하여 여러 말을 하며 손으로 물 수水 자를 여러 번 쓰고 빈 것을 쥐어 보 밑으로 넣는 모양을 하더니, 보를 들치자 누런 술이 보아에 가득하였다. 한 보아는 제 마시고 한 보아는 옆에 선 우리나라 사람을 줘 먹으라고 하니, 그 맛이 과연 술이요, 매우 좋다 하였다.

마신 후에 두 보아를 탁자 위에 엎어 놓고 또 여러 말을 하더니, 왼

손에 큰 보아를 받들어 높이 공중을 향하고 오른손으로 작은 보아를 들어 큰 보아 안에 넣어 무엇을 뜨는 모양을 하니, 첫 번은 뜨이는 것이 없더니 서너 번 뒤에는 점점이 떨어지는 것이 있고 여남은 번 후에는 제법 흐르는 것이 있어서 내려서 탁자에 놓으니 또한 술이 가득 담겨 있었다.

또 보아 하나를 보에 두어 번을 말아 그 모양을 두루 보이고 다른 사람을 주어 그 보 한 끝을 잡고 털라 하니, 그 사람이 처음에는 보아가 떨어져 깨질까 염려하여 주저하더니, 그 사람이 여러 번 터는 모양을 가리켜 의심을 말라 하니, 마지못하여 한끝을 잡고 시험하여 한 번을 떨치니 매우 가볍고, 보아도 떨어지는 일이 없으니 괴이하게 여겨 두어 번을 힘써 뿌리치고 나중에 보를 헤쳐 보니 보아는 간 곳이 없었다. 여러 사람이 다 놀라 의심하더니 그 사람이 웃으며 제 품속에서 집어내었다. 대개 이런 법은 필연 보에 넣은 후에 도로 빼내어 품속에 넣었을 것이로되, 손쓰기를 민첩히 하여 마치 사람이 미처 알아보지 못하게 하니 이상하였다.

파하여 보낸 후에 서종맹이 말하기를,

"풍류 하는 사람을 얻은 후에 기별할 것이니 부디 어려이 여기지 말고 내 집으로 나오십시오."

하거늘 내 허락하고 들어왔다. 저녁에 덕형이 들어와 서종맹의 전갈을 전하여 말하기를,

"풍류 하는 사람을 이미 내일로 맞추었으니 부디 집으로 와서 같이 듣게 하고, 약간의 음식과 밥을 장만하였으니 부디 식전에 나오시라 합니다."

하였다. 내가 말하기를,

"그 집에 가는 것이 또한 구경이고 풍류를 듣는 것은 더욱 뜻하던 일이나, 다만 천주당을 내일로 맞추었으니 가히 기회를 놓치지 못할 것인데 어찌 하면 좋겠는가?"

하니, 덕형이 말하기를,

"풍류와 음식을 장만하는 것은 후한 뜻이요, 또 이미 여러 사람을 맞추었으니 만일 못 가겠다 하면 필연 부끄럽고 열없게 여길 것이니, 식전에 일찍 나가 밥과 음식을 파하고 풍류를 들은 후에 천주당을 가도 늦지 않을 것입니다."

하였다. 드디어 덕형으로 하여금 그 사연을 일러 내일 가고자 하는 뜻과 식후에 천주당으로 갈 예정임을 미리 이르라고 하였다.

저녁 식후에 부사께서 사람을 보내 기이한 구경이 있으니 바삐 와 보라 하셨다. 즉시 가니 앞에 탁자를 놓고 위에 두어 가지 구경할 것을 놓았으니, 그 하나는 네모진 그릇이니 높이는 두어 치(약 6cm)요, 너비는 사방 일여덟 치(약 24cm)이니 종이로 겹쳐 붙여 만든 것이다. 한편을 벌려서 두 머리를 맞추니 한쪽은 높고 한쪽은 낮아 층층한 돌계단 모양이고, 다리가 열개 정도 되었다. 따로 두어 치의 동자를 만들었는데 허리와 사지를 따로 만들어 한 곳에 어우르고 위에는 고운 비단으로 의복을 입히고 낯에 성적成赤(분을 바르고 연지를 찍는 일)을 이상히 하여 소견에 극히 요망하였다. 위층에 그 동자를 세웠는데 두 팔로 땅을 짚고 머리는 두 팔 사이로 아래를 향하고 두 다리는 위로 향하게 하여 거꾸로 세워 손을 떼면, 그 동자가 홀연히 재주를 넘는데 층층이 한 번씩 넘어 땅에 이르러서는 두 팔을 짚고 엎드려 절하는 모양을 하였다. 여러 번을 다시 올려 세워도 번번이 그 모양이 변하지 않으며 그 재주넘는 거동은 우리나라 재주꾼 모양이었다. 위층에 한 번 세운 뒤에는 다시 사람의 손을 붙이지 않았는데도 여러 번 몸을 뒤쳐서 차차 넘어가는 모양이 극히 우습다. 대개 동자의 속에 가죽 통이 있고 통 속에는 수은을 넣었는데, 반만 넣어 아래위로 오르내려 절로 재주를 넘게 한 것이다.

다른 하나는 늙은 사람의 형상을 만들었는데 이마가 넓고 흰 수염이 배에 이르니 옛 그림의 남극노인南極老人[41] 모양이요, 왼팔은 너른 소매를 늘어뜨리고 오른손에 지팡이를 짚었으니 영락없이 진짜 사람의 모양이었다. 조그만 쇳조각이 있어 우리나라 가께수리(왜궤인 가께스즈리懸掛硯를 뜻하는 외래어) 열쇠 같으니, 노인의 옷을 들고서 그 쇠를 등 쪽에 넣어 두어 번을 틀어 놓으면, 탁자 위에서 그 노인이 발을 움직여 절로 걷는데, 걸음을 따라 지팡이를 들어 옮겨 짚으며 고개를 끄덕이고 나룻을 움직여 진짜 노인의 거동이니 보는 사람이 다 절도絶倒하였다.

또 하나는 작은 수레를 만들고 그 안에 고운 여자를 단장을 휘황하게 하여 앉히고, 다른 여자는 수레의 뒤채를 잡아 미는 형상이다. 수레 밑에 쇳조각을 넣어 두어 번을 틀면 수레를 미는 여자가 어깨를 높여 밀며 절로 가는 모양이 산 사람과 다름이 없었다.

또 하나는 작은 배를 만들고 배 위에 꽃분 두어 개와 학 하나를 세우고 사람 하나가 삿대를 들었으니 사공의 모양이다. 배 옆으로 쇳조각을 넣어 두어 번 틀어놓으면 사공이 삿대를 들어 배를 저으니 배가 절로 행하고 사공이 팔을 걷어붙이며 삿대를 부리는 거동이 또한 사람의 모양이다. 이 세 가지 것이 다 탁자 위에서 둥글게 돌아다니는데 서너 번을 틀면 차차 천천히 돌아가고 그쳐서 가지 않거든 쇠를 넣어 다시 틀어 놓으면 의구히 돌아가니, 이것은 그 속에 이어진 바퀴를 여러 개 넣고 양장철羊腸鐵이라 하는 쇠를 감아 자명종을 돌게 하는 법과 같은가 싶었다. 그 출처를 물으니 남경 사람이 왕의 집에 선물한 것인데 역관이 장사치를 통해 빌려왔다고 하였다.

---

41 고대 중국에서 남극노인성의 화신化身이라고 여긴 노인을 이르는 말이다. 이 별이 나타나면 태평하고 나타나지 않으면 전란이 있다고 하며, 수명을 관장한다고 한다.

죽을 먹은 후에 덕형이 들어와 말하기를, 서통관이 저를 불러 부디 식전에 나오기를 청한다고 하여 바야흐로 나가려고 하는데, 건량관이 또한 가겠다고 해서 함께 갔다. 이날은 눈이 날리고 바람이 크게 불어 날씨가 심히 찼다. 이덕성이 내가 가는 것을 듣고 들어와 천주당 다닐 일을 묻거늘, 식후에 가기로 언약하였는데, 홍명복이 또 함께 가고자 하였다.

문을 나가 서쪽 성 밑으로 100여 보를 행하여 한 집에 이르니, 대문이 큰길을 임하여 성을 마주하고 있고, 문 한가운데 큰 등을 높이 달아 등 위에 '호부戶部' 두 자를 썼으니 이는 서종맹 조카의 집으로 종맹의 형 종순宗順의 아들이며, 시방 호부낭중의 벼슬이다. 종맹은 성 안에 집이 없는 고로 들어올 때면 조카의 집에 머문다고 한다. 문 안에 머물고 덕유를 들여보내 먼저 통하라 하니, 건량관이 말하기를,

"이곳의 법이 손님이 오면 주인이 문 밖에 나와 맞아들이니 만일 먼저 통하면 주인을 나오게 하는 일이 되니 바로 들어가는 것이 해롭지 않습니다."

하거늘, 드디어 큰 문으로 들어가 서쪽으로 꺾어 중문에 드니 북쪽에 남향하여 큰 집이 있었다. 종맹이 우리가 오는 것을 듣고 발을 들고 막대를 짚어 계단으로 내려오거늘, 내가 나아가 읍하고 친히 나오는 것이 불안하다 하였다. 종맹이 웃고 팔을 들어 나를 앞세워 들어가자 하였는데 내가 두어 번 사양하여 나중에 들어가기를 청하였다. 종맹이 말하기를,

"이 집은 나의 집입니다. 내 어찌 앞서겠습니까? 궁자는 사양을 과도하게 하십니다."

하였다. 건량관이 말하기를,

"조선의 예문은 주인이 먼저 문에 들어와 손님을 인도하는지라, 이러하므로 궁자께서 앞서기를 감히 못 하는 것입니다."

하니, 종맹이 말하기를,

"내 어이 모르겠습니까. 다만 중국에 들어왔으니 중국 법을 좇는 것이 옳습니다."

하였다. 내가 앞서 문을 들어 서쪽 캉 아래에 서니 종맹이 들어와 캉 위의 주벽主壁한 자리를 가리켜 나에게 올라앉으라 하니, 붉은 가죽에 그림 그린 방석을 가운데 놓아두었다. 내가 사양하며 말하기를,

"내 나이 젊고 선비의 몸인데 어찌 대감의 상좌에 앉음을 감히 평안히 여기겠습니까?"

하니, 건량관이 또 나의 뜻을 여러 말로 이르는데 종맹이 종시 듣지 않고 또 말하기를,

"궁자가 올라앉지 않으면 내가 청하여 온 뜻이 아닙니다."

하여, 내가 드디어 캉에 올라 방석 위에 꿇어앉았다. 종맹이 또 여러 번 편히 앉으라고 청하거늘, 내가 말하기를,

"상좌에 앉음이 이미 불안한데, 어찌 편히 앉겠습니까?"

하자, 종맹이 눈썹을 찡그리며,

"그렇지 않습니다."

하거늘 즉시 편히 앉았다. 종맹이 캉 앞에서 건량관과 대하고 앉아 말하기를,

"음식이 먹음직하지 않고 풍악이 들음직하지 아니하나, 궁자를 청하여 하루 객회客懷를 위로하고 나를 대접하는 후의를 갚고자 합니다." 하고, 즉시 차를 내오며 여러 말을 수작하였다.

그 집 규모는 10여 칸이요, 북쪽 벽 밑에 긴 캉이 있으며, 캉 위에 비단자리를 깔았고 벽에는 담채淡彩로 산수山水를 그렸다. 좌우 기둥에 각각 긴 현판을 붙여 두 구절 글을 새겨 붙이고 반자(방이나 마루의 천장을 평평하게 만들어 놓은 시설)에 등燈 서너 개를 걸었는데, 다 화류樺榴(자단의 목재)로 만들어 깁(비단)을 바르고 그림을 정쇄하게 그렸다.

열다섯 교의를 두 줄로 놓고 동쪽에 높은 탁자 두엇을 놓았으며 탁자 위에 약간의 가재도구를 놓았는데, 이 집은 호부낭중이 거처하는 집이다. 낭중이 문무의 재주가 다 없으나 제 아비 종순이 일생을 조선 통관으로 있어서 집이 부유한 고로 수만 냥의 은을 들여 이 벼슬을 하였으며, 오래되지 않아 좋은 원이 되어 간다 하였다.

이윽고 종맹이 사람을 불러 무슨 말을 하였는데, 풍류하는 사람을 재촉하는 것이었다. 그 사람이 대답하기를 아직 안 왔다고 하니, 종맹이 눈살을 찡그리며 여러 번 걱정하는 거동이었다. 그 사람이 즉시 나가더니 소경 하나를 인도하여 들어오는데 소경은 의복이 남루하여 빌어먹는 모양이요, 손에 현자를 들었으니 풍류하는 악공이다. 종맹이 무엇이라 이르니 북쪽 반등으로 인도하여 앉히고 풍류하기를 권하는 모양이었다. 그 소경이 웃으며 현자를 들어 줄을 고르는데 내가 종맹에게 말하기를,

"앉은 곳이 가깝지 않으니 가까이 나아가 자세히 듣고자 합니다." 하자, 종맹이 웃으며 말하기를,

"궁자는 풍류 묘리를 아는 사람이라 자세히 듣고자 하는군요." 하고, 즉시 사람을 불러 말을 이르니, 그 사람이 교의 하나를 옮겨 소

경의 앞에 놓고 앉기를 청하거늘 즉시 내려가 마주 앉았다. 종맹이 소경을 불러 웃으며 무슨 말을 이르니, 대강 외국의 음률을 아는 사람이니 각별히 잘하라고 이르는 말이다. 소경이 또한 웃고 대답한 후에 줄을 고르고 잠깐 타더니 인하여 소리를 높여 가사를 부르니 현자와 가사 소리가 공교히 어울렸다. 또 한 사람이 들어와 소경의 곁에 앉으니 머리에 흰 징자를 붙여 무슨 작품爵品이 있는가 싶었다. 탁자 위의 비파琵琶를 가져오라 하고는 가사를 맞추어 일시에 연주하니, 곡조는 비록 매우 번촉하나 세 소리가 한마디도 어긋나는 곳이 없으니 또한 들음직하였다. 종맹이 캉 위에 앉아 곡조에 맞추어 무릎을 치며 좋다 일컫고 나에게 말하기를,

"궁자께선 그 노랫말을 아시는지요?"

하거늘, 내가 말하기를,

"범상한 말도 알아듣기 어려워하는데 가사 말을 어찌 알겠습니까?"

하였다. 종맹이 웃고 말하기를,

"이것은 삼국시대 사적으로 가사를 만든 것인데 황충黃忠이 장사長沙에서 크게 싸움하던 이야기지요."

하고, 마디마다 우리말로 옮겨 이르는데, 분명히 알아듣지 못하였다.

이윽고 역관 예닐곱 명이 뒤따라 들어오니, 다 은이 많고 흥정을 널리 하는 부류였다. 각각 교의에 앉히고 차를 내오는데, 오림포와 서종현 두 통관이 또 들어오거늘 내가 일어나 읍하여 인사하고 앉았다.

이윽고 한 사람이 들어오는데 나이가 적이 많고 의복이 선명하였다. 이 사람은 종맹의 삼촌이고 종현의 아버지인데, 칭호를 '류다예六大爺'라 하는 사람이었다. 일행이 모두 일어나 맞이하는데 나 또한 일어서자, 류다예가 내 앞에 와 앉으라 하고, 또한 교의에 앉았다. 종현은 교의에서 내려 캉 위에 종맹과 같이 걸터앉았으니, 예법이 전혀 없는 일이었다. 이때 차가 나오고 풍류와 가사를 연하여 시키더니 종맹이 일어나 나에게 말하기를,

"날이 늦었고 궁자께서 시장할 듯하니 다른 캉으로 들어가 조용히 밥을 먹는 것이 어떠하겠습니까?"

내가 말하기를,

"우리말에 온갖 일은 주인을 따르라 하였으니 하물며 밥 먹기를 어찌 사양하겠습니까?"

하니, 종맹이 크게 웃고 같이 문을 나와 뜰을 건너 남쪽 집으로 들어가니, 또한 캉이 정쇄하고 깨끗하며 상탁床卓이 정제하였다. 나를 캉 위에 앉히고 사람을 불러 말을 이르더니 이윽고 세 역관을 청하여 오니 당상역관과 부유한 역관이다. 그 나머지 역관들은 두 통관과 한가지로 건너편 캉에 앉았는데, 청하지 않으니 그 뜻을 몰랐다. 나는 세 역관과 한가지로 캉 위에 앉고 종맹은 아래 교의에 앉았거늘 내가 당상역관에게 불안해하는 뜻을 이르라 하니, 종맹이 듣고 말하기를,

"궁자의 인사는 매우 곡진합니다. 주인은 아무데 앉아도 허물이 없으니 염려하지 마십시오."

하고, 사람을 불러 음식을 재촉하였다. 한 사람이 붉은 탁자를 들어다가 캉 위에 놓고 서너 가지 과일과 두 그릇의 열구자탕과 큰 대접에 제육과 생채와 생선을 담아 연이어 내오니, 이루 다 먹을 길이 없었다. 나중에 밥을 내왔으나 과일과 고기를 먹은 끝이고, 나미糯米(찹쌀)로 지은 밥이라 한 그릇을 먹고, 여러 번 권하나 먹을 길이 없어 물러앉으니 종맹이 심히 무료無聊하게 여기는 기색이었다. 내 배불리 먹은 것을 여러 번 감사하다고 하고 역관들이 또 말하기를,

"궁자께서 본래 음식을 많이 먹지 못하십니다."

하였다. 역관 하나가 종맹에게 일러 말하기를,

"대감댁 제육 다루는 법은 북경에도 당할 이가 없을 것입니다."

하자, 종맹이 말하기를,

"어찌 그러하겠습니까? 우리 형님이 계실 때에는 음식을 장만하여도 이리 쓸쓸하지 아니 하더니, 이제는 여기에서 일이 없고 나는 집이

멀리 있어 객중에 초라하게 차리니 어찌 먹음직하겠습니까?"
하였다.

먹기를 마치고 탁자를 물린 뒤에 종맹이 일어나 도로 큰 캉으로 가기를 청하거늘, 한가지로 처음 앉았던 곳으로 들어가니 여러 역관이 다 밥을 먹고 갓 물리던 참이다. 한 사람이 들어와 비파를 타며 가사를 부르니 대저 한 음률이요, 특별히 신기한 것이 없는데 저들은 다 무릎을 치며 좋다고 일컬었다. 종맹이 나에게 여러 번 호부好否를 묻거늘, 내가 억지로 좋다고 하였으나 저절로 무미하게 여기는 기색을 덮지는 못하였다. 종맹이 매우 무색하게 여기는 기색이요 사람을 불러 연하여 무슨 재촉을 하는 말이 있으니, 대저 여러 악공을 불렀으나 미처 오지 못하였는가 싶었다.

이때 이덕성이 홍명복을 데리고 문 밖에 이르러 천주당에 가기를 재촉하거늘, 내가 건량관을 불러 종맹에게 이 사연을 이르고 먼저 일어나 가기를 청하려 하니, 종맹이 듣고 매우 탐탁지 않게 여기는 기색이다. 오림포가 나에게 가만히 말하기를,

"오늘 모꼬지는 오직 궁자를 위한 것이니, 어찌 먼저 일어나 가고자 하십니까? 서 대감이 매우 부끄러워하는 기색이 있으니 어찌 먼저 주인의 좋은 뜻을 저버리려 하십니까?"
하니, 내 말하기를,

"대감이 후한 뜻으로 나를 청하여 음식을 먹이고 풍류를 들려주시니 감사함이 극진한지라 어찌 먼저 일어날 뜻이 있겠습니까마는, 천주당 사람들과 오늘 만나기를 정녕히 서로 약속하였는지라 어기기가 어렵고, 또 이 사연을 어제 저녁에 서 대감에게 이미 알렸으니 어찌 과도히 염려하겠습니까? 나는 글 읽는 선비라 평생에 사람과 신의를 잃는 것을 매우 어렵게 여기니 이 뜻을 서 대감께서 아뢰어 가도록 허락함이 어떠하겠습니까?"
하였다. 오림포가 말하기를,

"천주당에 무엇이 볼 게 있습니까?"

하니, 내가 말하기를,

"천주당의 기이한 구경이 우리나라에 또한 유명하니 대감이 어찌 듣지 못하였습니까?"

하였다. 오림포가 웃고 일어나 종맹에게 말하였으나 종맹이 종시 노하는 기색이라 역관들이 다 나에게 권하여 가지 말라고 하였다. 내가 어쩔 수 없어 종맹의 앞에 나아가 말하기를,

"제가 어찌 먼저 일어나려 하리오마는 천주당과의 신의를 잃지 말고자 하였더니, 대감이 이미 미안하게 여기면 저 또한 가기를 억지로 청하지 못합니다."

하니, 종맹이 일어나서 희미하게 웃으며 말하기를,

"신의를 잃지 않는 것은 진정 선비의 일입니다. 내가 어찌 머무르게 할 뜻이 있겠습니까?"

하고, 바삐 가라고 하였다. 내가 말하기를,

"대감께서 제가 가는 것에 미련을 가지시면 이는 후한 뜻을 저버리는 것입니다. 어찌 작은 언약을 돌아보겠습니까? 천주당은 이제 사람을 보내어 그 사연을 이르고 훗날로 다시 언약해도 해롭지 않습니다."

하니, 종맹이 웃으며 말하였다.

"궁자께서는 어찌 나를 의심하십니까? 신의를 잃지 않고자 하는 것은 궁자의 옳은 일이니 내가 어찌 미련을 갖겠습니까? 염려 말고 가십시오."

내가 말하기를,

"대감이 조금이라도 미련히 여기는 마음이 내가 어찌 감히 갈 뜻이 있겠습니까?"

하니, 종맹이 말하였다.

"내 마음은 조금도 염려할 일이 없으니, 궁자는 천주당을 가서 언제 돌아오겠습니까?"

내가 말하였다.

"잠깐 나아가 언약을 이룬 후에 즉시 돌아오겠습니다."

종맹이 다시 말하였다.

"그러하면 내가 부른 악공이 오거든 궁자를 위하여 관중으로 들여보내 여러 대인들과 한가지로 듣게 할 것이니, 그러면 내가 노여워하지 않음을 쾌히 아시겠습니까?"

내가 말하기를,

"그렇다면 더욱 감사함을 이기지 못할 것입니다."

하고, 즉시 일어나 여러 통관에게 마지못하여 먼저 가는 뜻을 이르고 나갈 때 종맹에게 읍하여 간다고 하였더니 종맹이 말하기를,

"내가 또한 문 밖에 가 보내겠습니다."

했다. 그리고 나더러 앞서 나가라고 하거늘 내가 문을 먼저 나오는데 역관 두어 명이 내 앞에 나가는 것이었다. 그러자 종맹이 꾸짖어 말하기를,

"궁자께서 미처 나가지 못하였는데 그대는 어찌 문을 나가는가?"

하고는 중문 밖에 이르러,

"빨리 다녀오십시오."

하고는 들어갔다. 문 밖에 이르러 내 건량관에게 음식을 두 곳에서 나눠 먹이는 이유를 물으니 건량관이 말하기를,

"오늘 청한 역관이 다 매매가 많은 부류요, 따로 청하여 먹이는 세 역관은 행중에 권력 있는 당상과 제일 은이 많은 역관입니다. 큰 캉에 차려온 음식은 극히 간략하여 겨우 먹을 만하니, 종맹의 역량의 넉넉함이 본래 이러합니다."

하였다. 내가 말하기를,

"그러하면 내가 또한 무슨 매매가 있고 은이 많은 것으로 여겼는가?"

하니, 건량관이 말하기를,

"이는 다른 뜻이 아니라 저를 대접함에 각별히 감사하여 그 뜻을 갚고자 하는 것으로 다른 마음은 없습니다."

하였다. 드디어 이덕성, 홍명복과 한 수레에 올라 천주당으로 향하는데, 조그만 나귀를 매어 세 사람을 이기지 못할 듯하였으나 조금도 어려워하는 모양이 없으니 이상하였다.

이날 바람이 크게 일어 길에 먼지가 하늘을 덮었으니 눈을 뜰 길이 없는지라 풍안경風眼鏡을 끼고 갔다. 정양문 지나 서쪽 성 밑으로 수 리를 가니 멀리서 바라보매 이 층 성문이 티끌 가운

북경의 남천주당

데 날아갈 듯 높이 솟아 있으니 이것이 선무문宣武門이다. 이 문 안으로 마루 없는 높은 집이 공중에 솟아 있고, 기와 이은 제도와 집 위에 세운 기물이 다 그림에서도 보지 못하던 모양이라 묻지 않아도 천주당인 줄을 짐작할 수 있었다.

문 앞에 이르러 수레에서 내려 세팔을 시켜 먼저 들어가 통하라 하니 세팔이 들어갔다. 문 지키는 사람의 성은 장가이니 언약한 줄을 아는지라 즉시 들어가기를 청한다 하거늘, 셋이 함께 그 사람을 따라 들어갔다.

큰 문을 들어가니 서쪽으로 또 문이 있으니, 이는 안으로 통하는 문이다. 동쪽에 벽돌로 담을 정결히 쌓고 가운데 문 하나를 내었는데, 반만 열려 있어 문 밖의 첩첩한 집들이 은은하게 보였다. 세팔을 불러

그곳을 물으니 세팔이 웃으며 말하기를,

"이것은 진짜 문이 아니라 담에 그림을 그려 구경하는 사람에게 재주를 보이려고 한 것입니다."

하였다. 내가 이상히 여겨 두어 걸음을 나아가보니, 과연 담에 그린 그림이고 진짜 문이 아니었다. 이만 보아도 서양국 그림재주를 상상할 수 있었다. 서쪽 문을 드니 남향하여 큰 집이 있는데 아로새긴 창과 비단 발이 다 예사 제도와 달랐고, 발을 들고 문을 드니 그 안이 너르기 7~8칸이다. 바닥에는 벽돌을 깔았고, 교의 세 쌍을 가운데 가로 놓았는데, 다 화류(자단나무)로 만들었고 기이한 비단으로 방석을 정결히 만들어 그 위에 얹었다. 서쪽 벽에는 천하 지도를 붙이고 동쪽 벽에는 천문도天文圖를 붙였는데, 조금 퇴색하였으나 대강 보아도 매우 자세하고 분명하여 우리나라에서 보지 못하던 본이었다. 동쪽 벽 밑에 교자 하나를 놓았는데 주인이 타는 것인가 싶었다. 양쪽 벽 밑으로 다니며 그림을 구경하는데 장가가 말하기를,

"제가 먼저 들어가 통하겠습니다."

하고 가더니 이윽고 뒷문으로 들어와 들어가기를 청하였다. 뒷문으로 들어가자 좌우에 첩첩한 집이 있고, 뜰을 건너 두어 층 섬돌을 올라 남향한 큰 집으로 들어가니, 이곳은 손님 대접하는 정당正堂이다. 북쪽의 주벽을 의지하여 한 발 남짓 네모진 병풍을 세웠으니, 수묵으로 산수를 기이하게 그렸다.

그 앞으로 탁자 하나를 놓았으니, 그 제양은 연잎 모양이요, 옻칠 위에 이금泥金으로 화초를 그렸으며, 외다리를 세우고 그 아래에 네 굽을 달았는데, 모두 새김과 채색이 이상하였다. 탁자 좌우로 세 쌍 교의를 놓고 교의 앞으로 조그만 그릇에 등겨를 가득히 담아 각각 놓았으니, 이것은 침을 뱉게 한 것이다.

좌우 바람벽에 산수와 화초, 인물을 가득히 그렸는데 다 진짜 형상이요, 공중에 드러나니, 몇 발자국 물러서면 종시 그림인 줄을 믿지

못할 듯하였다. 사람의 생기와 눈동자가 완연히 산 사람의 거동이라 차마 가까이 나아가지 못할 듯하였고, 높은 바위에 폭포가 내리는 모양은 의연히 소리를 들으며 옷이 젖을 듯하였다. 또 성 위에 외로운 내煙와 수풀 가운데 층층한 누각이 아무리 보아도 벽 위에 진짜 풍경을 베푼 듯하였다.

이윽고 장가가 들어와 말하기를 대인들이 나오신다 해서 창황히 문을 나가 맞이하였다. 두 사람이 문 밖에 섰거늘 나아가 공순히 읍하고 물러서니, 두 사람이 또한 공순히 대답하고 손을 먼저 들어가라 하거늘 두어 번 사양한 후에 먼저 들어가 문에 들어섰다. 두 사람이 또한 교의를 가리켜 앉으라고 하여, 또 사양한 후에 함께 앉으니 두 사람은 서쪽 교의에 앉고 우리는 동쪽 교의에 앉았다.

자리를 정하고 탁자 위에 다섯 그릇의 차를 벌여 놓으니, 주인이 먼저 한 그릇을 마시며 권하거늘 다 감사함을 표하고 마셨다. 차 맛이 매우 청렬하고 향기로워, 차도 보통 것과 다른 법이 있거니와, 이상한 제도와 공교한 집물에 마음이 취하고 이목이 현란하여 심상한 기물이라도 또한 우러러보는 까닭인가 싶었다.

유송령은 나이가 예순 둘이요, 포우관 나이가 예순 넷이었다. 유송령은 양람亮藍(암청색) 징자를 붙였으니 종2품 벼슬이요, 포우관은 암백暗白(회색) 징자를 붙였으니 6품 벼슬이었다. 이러하므로 송령이 나이가 적으나 우관의 위에 앉았다.

두 사람이 다 머리를 깎았고 온몸에 오랑캐 복장을 하여 중국 사람과 분변이 없고, 나이가 많아 수염과 머리가 세었으나 얼굴은 젊은이 기색이며, 두 눈이 깊고 맹렬하여 노른 눈동자에 이상한 정신이 사람을 쏘는 듯하였다. 홍명복을 시켜 말을 통하니 서로 알아듣지 못하는 말이 많아 매우 답답하였다. 홍명복이 말하기를,

"귀국이 중국의 어느 편에 있으며 거리는 얼마나 됩니까?"

하자, 유송령이 말하기를,

"중국에서 남쪽으로 수만 리 밖이요, 대서양 사람입니다."
하였다. 홍명복이 말하기를,

"대서양의 땅 넓이가 얼마나 됩니까?"
하니, 유송령이 말하기를,

"세 성省이 있으니 땅은 넓지 않으나 인
재는 매우 성합니다."
하고, 또 말하기를,

"사대부주四大部洲를 아십니까?"

홍명복이 말하기를,

"어찌 모르겠습니까?"

유송령이 말하기를,

사대부주를 형상화한 그림

"조선은 동승신주東勝身洲[42]의 지방입니다."

홍명복이 묻기를,

"그대는 어느 해에 중국에 왔습니까?"

유송령이 답하기를,

"중국에 이른 지 스물여섯 해입니다."

홍명복이 묻기를,

"서양국의 복색이 중국과 다름이 없습니까?"

유송령이 답하기를,

"우리 본래 복색은 이러한 일이 없어 머리를 깎지 않고 의복이 너
르나, 우리가 중국에 들어와 중국의 녹을 먹는지라 마지못하여 중국
제도를 하고 있습니다."

홍명복이 말하기를,

---

42 동승신주는 불교에서 말하는 4주洲의 하나로, 수미산 동쪽으로 칠금산七金山(수미산의 둘레
를 일곱 겹으로 싸고 있는 일곱 산인 지쌍산·지축산·담목산·선견산·마이산·상비산·지변
산으로, 모두 황금빛이다)과 철위산鐵圍山(지변산을 둘러싸고 있는 아홉 산 가운데 가장 밖
에 있는 산) 사이 바다 가운데 있으며 사람들이 사는 세계를 말한다. 이 땅 사람들은 몸이
매우 훌륭하므로 승신주勝身洲라 한다.

"글자는 중국과 다름이 없습니까?"

유송령이 말하기를,

"다만 우리 글자를 쓸 뿐이라 중국 글자를 아는 일이 없습니다."

홍명복이 묻기를,

"그러하면 그대는 중국 글을 모릅니까?"

유송령이 말하기를,

"중국에 들어와 비로소 한자를 배워 약간 글자를 알고, 성명 또한 본성이 아니라 중국에 들어온 후 지은 것입니다."

홍명복이 이덕성을 가리키며 말하기를,

"이 사람은 우리나라 흠천감欽天監의 관원으로 그대에게 책력 만드는 법과 성신星辰의 도수度數를 배우고자 합니다."

유송령이 말하기를,

"어찌 감히 당하리오. 다만 벼슬이 우리와 한가지이니 마음이 각별합니다."

하고 나를 가리켜 묻기를,

"이 사람은 무슨 벼슬입니까?"

홍명복이 말하기를,

"이 분은 우리 삼대인의 궁자로 벼슬이 없어 선비의 몸으로 중국을 구경하고자 왔는데, 그대의 높은 의론에 참여하여 듣고자 합니다."

이때에 수작한 말이 많았으나 다 기록하지 못하였다. 내가 말하기를,

"천주당은 유명한 곳이라 한 번 구경코자 하니 사람을 불러 인도하게 함이 어떠하겠습니까?"

유송령이 말하기를,

"어찌 사람을 시키겠습니까? 내가 함께 가겠습니다."

하고 즉시 일어나 뒷문으로 인도하였다. 따라 들어가니 뒤에 또한 뜰이 너르고 뜰 가로 온갖 화초분을 놓았으며, 서쪽으로 꺾어 수십 칸 행각이 있어 칸칸이 비단 발을 드리웠으니, 사람들이 머무는 곳인가

싶었다. 화초분은 빈 것이 많고 뜰에 여남은 흙무덤이 있으니, 이는 화초를 묻은 곳인가 싶었다. 동쪽 처마로 돌아 북으로 꺾어 두 번 문을 드니 이곳이 천주를 위한 묘당이다. 그 안에 남북으로 여남은 칸이요, 동서는 5~6칸이요 높이는 7~8장이다. 네 벽과 반자를 다 벽돌로 만들고 나무 가지 하나 들인 곳이 없었으니, 이미 그 이상한 제도를 짐작할 수 있었다. 북쪽 벽 위 한가운데 한 사람의 화상을 그렸으니 여인의 의상이요, 머리를 풀어 좌우로 드리우고 눈을 찡그려 먼 데를 바라보니 무한한 생각과 근심하는 기색이다. 이것이 곧 천주라 하는 사람이니, 형체와 의복이 다 공중에 서 있는 모양이고, 선 곳은 깊은 감실龕室 같으니, 처음 볼 때는 소상으로만 여겼더니 가까이 간 후에 그림인 줄을 깨달았으나, 눈동자가 사람을 보는 듯하니, 천하에 이상한 화격畵格이다.

동서 벽에 각각 여러 화상을 그렸는데, 다 머리털을 드리우고 장삼 같은 긴 옷을 입었으니, 이는 서양국 의복 제도인가 싶었다. 화상 위로 각각 칭호를 썼는데, 다 서양 사람 중에 천주학문을 숭상하고 명망이 높은 사람이었으나, 이마두利瑪竇와 탕약망湯若望 두 사람밖에는 알지 못하였다. 천주화상 아래로 10여 쌍 꽃 꽂은 병과 온갖 기이한 기물을 벌여 놓았는데, 다 서양국의 화기이고 기묘한 제양이라 이루 기록하지 못하였다. 두어 칸을 물려 가운데 높은 탁자를 놓고 그 위에 향로와 향합香盒과 온갖 보배로운 집물을 벌여 놓고, 한편에 아로새긴 책상을 놓고 그 위에 누런 비단보를 덮었다. 유송령이 그 보를 헤치고 한 권 책을 내어 말하기를,

"이것을 보십시오."

하기에 나아가 보니, 다 황제와 후비后妃의 복록福祿을 축원하는 말이다. 유송령이 비록 나이가 많고 천문 역상에 소견이 높았으나, 이렇듯 도리에 어긋나고 아첨하는 일을 스스로 나타내 외국 사람에게 자랑하고자 하니, 극히 비루하고 용속하여 먼 나라 이적의 풍습을 벗지 못한

일이다. 양쪽 바람벽의 위층에는 화상이고, 아래층에는 온갖 누각과 인물을 그렸는데, 채색과 기물이 천연하고 이상할 뿐 아니라, 인물의 형상이 두어 칸을 물러서면 아무리 보아도 그림으로 알 길이 없었다.

남쪽으로 벽을 의지하여 높은 누각을 만들고 난간 안으로 기이한 악기를 벌였으니, 이는 서양국 사람이 만든 것으로 천주에게 제사할 때 연주하는 풍류(파이프 오르간)였다. 올라가 보기를 청하자 유송령이 매우 지탄指彈하다가 여러 번 청한 후에야 열쇠를 가져오라고 하여 서쪽의 한 문을 열었다.

그 안으로 들어가니 두어 길 채색한 사다리를 놓았거늘, 이 사다리를 올라 또 한 층을 오르니 곧 누 뒤에 이르렀다. 나아가 그 풍류 제작을 자세히 보니, 큰 나무로 틀을 만들었는데 사면이 막혀 은연히 궤 모양이요, 장광長廣이 한 발 남짓하고 높이는 한 길이다. 그 안은 보지 못하고 다만 틀 밖으로 오륙십 쇠 통을 장단長短이 층층하도록 정제히 세웠으니, 모두 백철로 만든 통이요, 젓대(대금) 모양이로되, 짧은 통은 틀 안에 들어 있으니 그 대소를 보지 못하나, 긴 통은 틀 위로 두어 자가 높고, 둘레는 두어 움큼이다. 대개 길이와 둘레를 차차 줄였는데, 이는 음률의 청탁고저淸濁高低를 맞추어 만든 것이다.

틀 동쪽에 두어 보를 물려 두어 자 궤를 놓았고, 그 뒤로 두세 칸을 물려 큰 뒤주 같은 틀을 놓았다. 틀 위에는 부드러운 가죽을 덮었는데 큰 전대纏帶 모양이다. 아랫부리에는 틀을 둘러 단단히 붙였으니 바람도 통치 못할 것이요, 윗부리에는 넓은 널로 더데[43]를 만들어 또한 단단히 붙였다. 더데 나무에 한 발 남짓한 나무자루를 맞추었으니 더데가 심히 무거워 틀 위에 덮여 있다. 한 사람이 그 자루를 잡아 틀 앞을 의지하여 아래로 누르는데 매우 힘쓰는 거동이었다. 그러자 더데 판

---

43 더데는 더뎅이, 즉 부스럼 딱지나 때가 거듭 붙어서 된 조각이란 말이다. 『연기』에서는 궐자橛子(짧은 말뚝)로 써 놓은 것으로 미루어 말뚝과 같은 나무 조각이란 뜻으로 보인다.

이 두어 자 정도 들리고 구겨진 가죽이 팽팽히 펴졌다. 사람이 자루를 놓은 후에도 무거운 판이 즉시 눌리지 아니하고 팽팽한 가죽에 얹혀 놓였다. 내가 유송령에게 그 소리 듣기를 청하였는데, 유송령이 말하기를,

"풍류를 아는 사람이 마침 병이 들었으니 할 수 없습니다."

하고, 철통을 세운 틀 앞으로 나아갔다. 틀 밖으로 조그만 말뚝 같은 두어 치의 네모진 나무가 줄줄이 구멍에 꽂혔거늘, 유송령이 그 말뚝을 차례로 눌렀다. 위층의 동쪽 첫 말뚝을 누르니, 홀연히 한결같은 저笛 소리가 다락 위에 가득하였다. 웅장한 가운데 극히 정완貞婉(정숙하고 온순함)하고 심원한 가운데 극히 유랑嚠喨(소리가 맑음)하니 이는 옛 풍류의 황종黃鐘 소리를 본뜬 것인가 싶다. 말뚝을 놓으니 그 소리가 손을 따라 그치고 그 다음 말뚝을 누르니 처음 소리에 비하면 적이 작고 높았다. 차차 눌러 아래층 서쪽에 이르자 극진히 가늘고 높았으니, 이는 율려律呂[44]의 응종應鐘[45]을 응한 것인 듯하다. 대개 생황 제도를 근본으로 하여 천하에 참치參差한[46] 음률을 갖추었으니, 이는 고금에 희한한 제작이다.

내가 나아가 그 말뚝을 두어 번 오르내려 짚은 후에 우리나라 풍류 잡는 법을 따라 짚으니 거의 곡조를 이룰 듯하여 유송령이 듣고 희미하게 웃었다. 여럿이 다투어 짚어 반향反響이 지난 후에는 홀연 눌러도 소리가 나지 않아 동쪽 틀 위를 보니 가죽이 접혔고 더데 판이 틀 위에 눌렸던 것이다.

대개 이 악기 제도는 바람을 빌려 소리를 나게 하는데, 바람을 빌리는 법은 풀무 제도와 한가지다. 그 고동은 오직 동쪽 틀에 있으니, 자루를 누르면 가죽이 차차 펴져 어느 구석의 구멍도 절로 열리니 바깥

---

44 율려는 음률과 악률, 즉 가락을 뜻한다.

45 12율 가운데 하나로, 음력 10월에 배당되어 10월의 다른 이름으로 쓰인다.

46 참치는 고르지 않다는 뜻이나, 여기서는 '들어보지 못한 기이한' 정도의 뜻으로 쓰인 듯하다.

바람을 틀 안에 가득히 넣은 후에 자루를 놓아 바람을 밀면 들어오던 구멍이 절로 막히고 통 밑을 향하여 맹렬히 밀어댄다. 통 밑에 비록 각각 구멍이 있으나 또한 조그만 더데를 만들어 단단히 막은 까닭에 말뚝을 눌러 틀 안에 고동을 당겨 구멍이 열린 후에야 비로소 바람이 통하여 소리를 이룬다. 소리의 청탁고저는 각각 통의 대소장단을 따라 음률을 다르게 하는 것이다. 그 틀 속은 비록 열어 보지 못하나 겉으로 보아도 그 대강의 제작을 짐작할 수 있었다. 내 유송령을 향하여 그 소리 나는 곡절을 형용하여 이르니, 유송령이 웃으며,

"옳은 말씀입니다."

하였다. 누각을 내려와 다른 구경을 청하니, 유송령이 앞서 나가며 따라오라고 하였다. 그 뒤를 쫓아 문을 나와 서쪽의 한 집에 이르니, 이는 자명종을 갖춘 집이다. 정당에서 말을 수작할 때 때때로 웅장한 종소리가 들렸으니, 이곳에서 나는 소리였다.

먼저 그 집 제양을 보니 서너 길의 표묘한 집을 지었으니 너르기 서너 칸이다. 남쪽 처마는 다 널로 빈지[47]를 쌓았고, 가운데 한 아름 쇠고리를 박고, 고리 위에 12시와 96각을 그리고 각각 서양국 글자로 시각을 표하였다. 가운데 조그맣고 둥근 구멍에 쇠막대 부리 두어 치를 나오게 하고, 그 위에 가로로 쇠를 박아 시각을 가리키게 하였다. 문 안으로 드니 위에 또 한 누가 있으니 남쪽은 두 발 사다리를 세웠고, 북쪽은 누가 터져 있어 큰 줄 두 가닥을 가로로 드리웠는데, 실은 한 가닥이고 그네 줄 모양이었다. 그 줄에 말斗만한 큰 추를 꿰었으니 연알[48] 모양이다. 아래에서 들으니 다만 도는 소리만 들릴 뿐이고, 그 제양制樣은 볼 길이 없었다. 올라가 보기를 청하자 유송령이 말하기를,

"누 위가 매우 좁아 여러 사람을 용납하지 못합니다. 한 명만 올라

---

47 빈지는 한 짝씩 끼웠다 떼었다 하게 만든 문을 말한다.
48 연알은 약재를 갈 때 약연에 굴리는 쇠를 말한다.

가되 머리에 쓴 것은 벗고 오르십시오."

하고, 나를 향하여 말하기를,

　"그대만 올라가십시오."

하거늘, 내가 즉시 전립을 벗어 세팔에게 맡기고 누 위에 오르니 너르기 두어 칸이요, 기이한 기계를 가득히 벌였으니 무수한 바퀴들이 서로 얽혀 창졸간에 살필 길이 없으나, 대개 자명종 제도를 바탕으로 하여 형체를 키우고 기계를 변통하였으니, 바퀴 하나의 크기가 혹 한 아름이 넘고, 한편에 여러 가지 이상한 기계를 잡란하게 베풀었다. 그 서쪽에 작은 종 다섯을 달고 그 옆에 큰 종 하나를 달았는데, 각각 망치를 갖추고 철사를 두루 늘여 서로 응하게 만들었다. 대강 이러할 따름이고, 그 공교한 법은 말로 이루 기록하지 못하였다.

　누를 내려와 문을 나가니 비단 발을 드리운 서쪽 집에서 청아한 소리가 들리거늘, 홍명복에게 물으니 저희가 머무는 캉이라고 하였다. 들어가 보기를 청하라 하니 여러 번 간청하였는데, 종시 응답하지 않고 매우 어렵게 여기는 기색이었다. 드디어 도로 정당에 이르러 두어 말을 수작하고 훗날 기약을 머무르고 문을 나와 대문에 이르니 두 사람이 문 밖에 이르러 여러 번 들어가기를 청하였지만 듣지 않고 수레에 오른 후에야 비로소 들어갔다.

　동쪽 성 밑으로 다섯 코끼리를 몰아오는데 거느린 사람이 다 붉은 옷을 입고 코끼리 앞마다 두 사람이 창을 메고 가로서서 인도하여 가니, 이는 내일 황제가 천단에 거동하는 날이라 의장을 먼저 익히고 돌아오는 것이라 하였다. 정양문 안에 이르니 또 코끼리를 몰아갔다. 하나가 물 담긴 구유 앞에 나아가 물을 마시는데 코끝을 늘어뜨려 물을 쥐어 휘어다가 입에 넣으니, 사람의 손쓰는 모양이라 소견이 우스웠다. 서종맹의 집 앞을 지나니 세팔을 보내어 종맹의 유무를 물으니 풍류를 거느리고 관중으로 들어갔다 하였다.

　관에 들어 아문 앞에 이르니 서종현, 오림포 두 통관이 반등에 앉았

다가 내가 들어오는 것을 보고 창황이 내려와 내 손을 잡으며,

"잘 다녀오셨습니까?"

하였다. 또 종현이 말하기를,

"부방에 바야흐로 풍류를 베풀었으니 한가지로 들어가 봅시다."

하고, 손목을 이끌어 안문으로 들어가니 극히 괴로웠으나 할 수 없어 같이 부방에 이르렀다. 대여섯 가지 풍류를 일시에 연주하여 소리가 한데 어우러져 한마디도 어긋나는 곳이 없었으니, 비록 빠르고 자잘하여 유원한 의미는 없으나, 그 정숙한 재주와 상쾌한 소리는 또한 들음직하였다. 풍류 기계는 여섯 가지이니, 현자와 생황, 호금과 비파, 그리고 작은 양금과 큰 양금이다. 두 양금은 다 탁자 위에 비스듬히 눕히고 타는 사람이 교의에 올라앉아 두 손에 각각 대쪽을 들고 서로 쇠줄을 두드렸다. 캉 앞에 올라앉으니 역관 하나가 들어와 이르기를,

"서종맹이 문 밖에 와서 전하여 이르기를 풍류를 데려왔는데 궁자에게 들려주지 못하여 답답하였더니 일찍이 돌아와 같이 들으니 극히 다행이라고 하십니다."

하였다. 내가 즉시 문 밖에 나가니 종맹이 과연 들어와 섰거늘, 앞에 나아가 풍류를 들려준 것에 고마움을 표하고 아침에 먼저 일어나 미안한 뜻을 말하며 누누이 사례하였다. 종맹이 또한 여러 번 그러지 말라 하고 즉시 나갔다. 도로 들어가 풍류를 듣는데, 오림포와 서종현이 다 무릎을 치며 매우 즐기는 거동이었다. 반향을 듣고 서장관이 각각 지전을 주라고 해서 파하고 보냈다.

정월 초10일 진가의 푸자에 다녀오다

이날은 황제가 천단에 가는지라 출입을 더욱 금하였다. 뿐만 아니라 바람이 종일 불어 눈을 뜨지 못할 정도라 캉 문을 닫고 누워 지냈다. 어제 밤에 건량관이 들어왔거늘, 조용히 구경할 일을 의논하였다. 내가 말하기를,

"내 팔포八包를 팔아 남의 시비를 돌아보지 아니한 것은 오로지 구경함을 위한 것이니, 올 때에 쓰인 수와 앞으로 쓸 비용을 다 제하여도 100여 냥이 남을 것이니, 적지 않은 재물을 조용히 변통하여 처리할 길이 없으니 어찌하여야 옳겠는가?"

하니, 건량관이 말하기를,

"이것이 뭐 어렵겠습니까? 만일 비단과 온갖 이익이 남는 물화를 장만하여 우리 역관의 매매와 다름이 없으면 또한 본심이 아니요, 남의 시비가 있겠지만 좋은 서책과 약간 아담한 집물을 장만하여 가면 이는 선비 본색이니 어느 사람이 그르다 하겠습니까?"

내가 말하기를,

"이 말은 내 뜻을 떠보려는 말이네. 비단과 서책이 무슨 다름이 있

겠는가. 사람의 시비도 괴로운데 예와 풍속이 다르고 인심이 측량키 어려우니 어찌 혐의를 피할 수 있겠는가?"

건량관이 말하기를,

"그러하면 100여 냥 은이 적지 아니한지라 땅에 버리지 못하고 물에 잠그지 못하니, 어느 곳에 말없이 구처區處(사물을 변통하여 처리함)하겠습니까?"

내가 말하기를,

"내 들으니 이곳에 남방 선비들이 과거를 보러 왔다가 과거에 떨어진 후 치행하여 돌아갈 길이 없다고 하니, 부모처자를 이별하고 타향에 유락流落한 형세가 매우 불쌍할 것이네. 이런 사람을 돌보아 그 불쌍한 자취를 적실이 알거든 백금을 주어, 이로 하여금 자장資裝(행장)을 차려 고향으로 돌아가도록 하겠네."

건량관이 이르기를,

"설사 그런 사람을 준다 해도 그와 같은 사람이 필연 하나 둘이 아닐 것이니, 이미 다 구제하지 못하면 한 사람을 건질 뿐이니 부질없는 일이요, 또 그런 사람을 만날 수 있을지 모르겠습니다."

내가 말하기를,

"그러하면 저번에 문승상 묘당을 보니 집이 황폐하고 소상과 상탁이 여지없이 무너져 내려, 만고충절을 존모尊慕할 줄을 알지 못하니, 이는 중국 사람의 부끄러운 일일세. 내 이 은 100여 냥을 내어 묘당 지키는 사람에게 맡겨 서둘러 보수하게 하면 나의 존모하는 성의를 펼 뿐 아니라 중국 사람으로 하여금 조선의 충절을 흠모하는 풍속을 알릴 수 있을 것이네."

건량관이 말하기를,

"좋은 생각입니다. 조선의 적지 않은 생광이 될 듯합니다. 허나 집을 보수하고 소상과 상탁을 새 것으로 바꾸고자 하면 100여 냥으로는 그 재력을 당치 못할 것이요, 또 이곳 풍속이 사람을 속이고 재물을 도적함이 우리나라와 다름없으니, 만일 일을 이루지 못하고 중간에 사특邪慝한 폐가 있으면 어찌 헛되지 않겠습니까? 또 들으니 그 묘당에 이미 황제 어필로 현판을 달았다 하니 필연 사사로이 고치지 못할 것입니다."

내가 말하기를,

"그대 말이 매우 일리가 있네. 이는 다시 탐지하여 의논할 도리가 있겠으나 이 일이 되지 못하면 어디에도 이름이 있게 처치할 도리가 없으니, 삼방에 따라온 하인과 상부방 주자廚子(요리사), 군노 등을 차등하여 나누어 주는 것이 어떠하겠는가?"

건량관이 말하기를,

"이리 처치한다면 가장 쾌활하고 가난한 하졸에게 큰 은택이 될 것입니다. 허나 이미 아니 가지려 한다면 일가친척에 가난한 사람이 많으니 행중에 넣었다가 나누어 주어도 해롭지는 아니 할 것입니다."

내가 말하기를,

"내 어이 이 일을 생각지 아니하였겠는가마는 내 이미 혐의를 피하여 남의 시비를 면코자 하니, 일가를 비록 주고자 한들 이미 행중에 가져가면 다른 사람이 그 곡절을 어찌 다 알겠는가? 옹졸한 풍속과 험궂은 인심에 시비를 두려워 마음을 폐치 못하니 스스로 겸연하고 부끄럽네."

이 수작을 파하니 밤이 깊었다. 아침에 일어나니 기운이 심히 편치 않았다. 일전에 농마두龍馬頭 덕형에게 용한 선비 한 사람 얻어 볼 것을 의논하였더니, 덕형이 이르기를,

"근처 두어 푸자에 남방 선비 머무는 곳이 있으니 인물이 다 조촐하고 과거 보러 온 기재들입니다. 종일 서책을 보거늘, 이 말씀을 이르고 한번 만나고자 하는 뜻을 이르니, 다 말하기를, '우리는 먼 데서 과거를 위하여 온 사람이라, 어찌 감히 외국 사람을 사귀겠소' 하고, 대놓고 싫어하니 하릴없고, 여기 유친왕愉君王은 황제의 사촌이니, 유

친왕의 아들이 있는데, 나이 30여 세요 집에 만권 서적을 쌓아 놓고 글 용한 선비를 많이 모은답니다. 만일 한 번 사귀면 좋은 서적과 선비들을 많이 볼 것입니다. 또 그 집에 문시종이 있으니, 크기 호두 같고 천하에 이상한 보배라 또한 기이한 구경일 것입니다."

하거늘, 내가 말하였다.

"남방 선비가 이미 어려이 여기면 마음이 극히 용속한지라, 족히 더불어 말하는 것이 없다. 유친왕의 아들은 비록 한인이 아니요, 황제의 지친이라 더욱 편치 않지만, 내 들어온 길이 체면에 구애할 행색이 아니요, 하물며 문시종은 내 한번 보기를 원하는 것이니 네 서둘러 만나기를 도모하라."

덕형이 말하기를,

"근처 푸자에 한 사람이 있으니 성은 진가陳哥요, 조선과 매매를 일삼으니, 저는 비록 무식하나 이 왕자의 집에 수시로 드나들며 서로 벗으로 일컫는 사이입니다. 일전에 진가에게 이 사연을 일렀더니, 진가가 즉시 왕자에게 전하였으며 왕자 또한 듣고 크게 기뻐 부디 만나고자 한다 하니, 조만간 진가의 푸자에 오는 일이 있으면 필연 서로 만나게 할 것입니다."

하였다. 오후에 부방에 앉아 있는데 덕유가 들어와 덕형의 뜻을 고하기를,

"저번 약속한 선비가 진가에 이르러 만나기를 청합니다."

하거늘, 즉시 흰 중치막에 갓을 쓰고 덕유를 데리고 관문을 나가 진가의 문 밖에 이르니, 길 가운데 빈 태평차 하나가 놓여 있는데 제도와 휘장이 극히 선명하니 이는 왕자가 타고 온 것이다. 그 옆에는 아주 큰 준마에 수놓은 안장을 지워 다섯을 가지런히 세웠으니 이는 따라온 추종이 타고 온 것이다. 덕유 들어가 통하니 덕형이 먼저 나와 이르되,

"왕자가 푸자 안에서 기다리는데 그 모양을 처음 보니 극히 소탈하

여 숫저운(순박하고 진실한) 사람이라, 필연 반겨할 것입니다. 다만 진가가 이르기를, 조선 사람이 예법이 전혀 없고 사람을 업신여기니 만일 궁자께서 교만하여 왕자를 소홀히 여기고 말을 삼가지 아니하면 내게 도리어 무색할 것이니 이를 염려한다 합니다."

하거늘, 내 덕형에게 말하기를,

"그러하면 날로 하여금 왕자의 앞에 나아가 절하여 뵈려고 하느냐? 만일 이러할진대 내 황제에게도 절하기를 욕되이 여겨 조참에 들어가지 아니하였거든 어찌 제 앞에 가서 무릎을 꿇겠느냐?"

덕형이 말하기를,

"그런 뜻이 아니라 진가가 역관들이 저희 대접함을 보고 궁자는 높은 사람이니 혹 능멸함이 있을까 염려함입니다."

내 말하기를,

"절을 하라 하면 내 들어가지 못하겠으나, 그게 아니면 내 어찌 사람을 업신여기겠느냐? 하물며 그는 친왕의 아들이니 이미 보고자 하면 어찌 교만한 기색을 부리겠느냐? 내 저의 기색을 보아가며 대접을 극진히 할 것이니 바삐 들어가 통하라."

하였다. 덕형이 들어가더니 진가가 창황이 문 밖에 나와 읍하며 맞이하거늘, 내 또한 손을 들어 인사로 답하였다. 진가는 나이 육십에 가깝고 얼굴이 조금 모침貌侵하였으나,[49] 다만 눈이 맹렬하여 매우 조졸하고 옹종한 인물이다. 진가가 들어가기를 청하거늘, 내 앞서 들어가 캉 문을 드니 대엿 사람이 늘어섰는데, 다 인물이 준수하고 금수 의복이 온몸에 찬란하였다. 내 문 안에 들어서서 왕가에게 나아가 읍하고자 하되 여러 사람을 분변할 길이 없고 또 그 사람들이 한편에 비켜서서 가장 공경하는 거동이라, 왕자의 기상이 아니거늘 바야흐로 주저하였다. 덕형이 말하기를,

---

[49] '모침하다'는 됨됨이가 작고 옹졸하다는 말이다.

"이는 다 왕자의 추종입니다. 왕자는 안 캉에 있으니 들어가 보십시오."

하거늘, 드디어 진가에게 들어가 통하라 하고 그 뒤를 좇아 북쪽 문을 드니, 서쪽 캉 위에 한 사람이 앉아 있다가, 내 들어가는 것을 보고 창황히 내려와 손을 잡고 인사를 하거늘, 내 또 손을 들어 읍하고 한어의 존대한 어법을 가려 공순한 기색으로 대답하였다. 왕자가 캉 앞에 나아가 캉 위에 주벽한 자리를 가리켜 말하기를,

"청컨대 앉으시기 바랍니다."

하거늘, 내 말하기를,

"나는 외국의 평범한 사람입니다. 어찌 감히 높은 자리를 당하겠습니까?"

하였다. 그 자리를 보니 용을 그린 붉은 담요라 더욱 앉음 직하지 아니하거늘 여러 번 사양하는데, 왕자가 재삼 권하여, 내 말하기를,

"저 자리는 내 앉지 못할 것이니 캉 앞에 앉기를 청합니다."

하고, 먼저 캉에 올라 옆으로 앉았다. 왕자가 마지못해 또한 캉 전에 걸터앉으며 내가 꿇어앉음을 보고 눈살을 찡그리고 손을 저으며 진가에게 이르기를,

"편히 앉기를 권하라."

하니, 진가 여러 번 스스로 편히 하라 하거늘, 내 말하기를,

"내 앉은 법은 우리나라 선비의 예삿일이요, 하물며 귀인의 앞이라 어찌 편히 앉겠습니까?"

하였다. 왕자 더욱 머리를 흔들며 잠시 불안해하는 모양이거늘, 이에 편히 앉아 서로 말을 수작하였다.

왕자는 조선 사람을 흔히 보지 못하였는지라 서로 열 마디 말 가운데 두어 말을 통하니 심히 답답하고 덕형이 옆에서 약간 말을 전하되 또한 분명치 못하고, 진가는 산서山西 사람이라 말소리가 북경과 다르지만 조선 사람을 많이 겪은 고로 적이 통하기가 나았다. 서로 알아듣

지 못하는 말은 반나마 진가를 시켜 서로 통하였다.

　왕자의 나이를 물으니 서른하나요, 몸집이 장대하여 신장이 8~9척이 넘고 허리 한 아름이 넘을 것이다. 검은 낯빛에 험히 얽었고 수염이 전혀 없어 환자宦者의 형상 같으니, 잠깐 보아도 유아幽雅한 기상이 별로 없으니, 덕형이 초용憔容(마른 모습)타 전하던 말은 잘못 들은 것이라 짐작하였다. 다만 빼어난 눈썹에 모진 이마요, 긴 눈을 가볍게 돌리지 아니 하니 맹렬한 가운데 슬기로운 기상이 있었다.

　내 진가에게 말하기를,

　"내 흰 옷을 입었으니 중국 복식과 다를 것이라 마음이 불안합니다."

　진가가 말하기를,

　"각각 풍속을 좇으니 무슨 불안함이 있겠습니까."

　내 말하기를,

　"내 중국을 처음 왔는지라 중국 체면을 전혀 모르니 왕자를 뭐라고 일컬어야 합니까?"

　진가가 말하기를,

　"예예爺爺라 합니다."

　내 말하기를,

　"예예는 글을 얼마나 읽었습니까?"

　왕자 말하기를,

　"사서와 시전을 읽었으나 우리는 활쏘기와 말달리기와 만주말과 몽고말을 일삼는 고로 글 읽을 겨를이 적습니다."

　내 말하기를,

　"글 읽기는 사람의 제일이거늘 어찌 궁마를 힘쓰고 문장을 다스리지 아니하십니까?"

　왕자가 말하기를,

　"황상이 궁마와 말타기를 권하여 배우게 하시니 자연 글에 미치지 못합니다."

또 말하기를,

"궁자는 필연 문장이 높을 것입니다."

내 말하기를,

"나는 선비 사업을 숭상하여 약간 문장을 알지만 평생에 기골이 잔약하여 궁마의 재주를 배우지 못하니 짐짓 썩은 선비라, 어찌 장부의 호준한 사업에 비하겠습니까?"

하였다. 왕자 허리에 조그만 옥병을 차고 때때로 병을 기울여 가는 가루를 손가락에 묻혀 코에 대고 기운을 들이켜 코 속에 들어가게 하니, 이는 서양국 비연鼻煙이라 하는 것이니 코에 넣는 담배란 말이다. 내 진가에게 일러 말하기를,

"저것이 비연인가 싶으니, 코에 넣으면 무슨 좋은 일이 있습니까?"

진가가 말하기를,

"무슨 좋은 일이 있겠습니까?"

왕자 듣고 말하기를,

"비연을 쓰고자 합니까?"

내 말하기를,

"전에 시험한 일이 없으니 쓰기를 구하지 아니합니다."

왕자가 진가를 돌아보며 말하기를,

"비연을 어찌 좋은 일이 없다 하는가?"

하니, 진가가 웃고 이윽히 서로 다투나 그 말을 알아듣지 못하였다. 대개 비연이 근본은 서양국 소산이요, 지금 중국이 많이 숭상하나 다만 한인이 쓰는 일은 절연히 보지 못하고, 청인(만주족)은 그것을 차지 않은 이가 적으니 괴이하였다. 진가가 그릇을 열고 큰 종이 한 장을 내어 내 앞에 놓으니 붉은 빛이요, 몸이 비단 같으니 이는 이름이 견지繭紙니 당지唐紙 중 상품을 이르는 것이다. 그 위에 반항半行으로 칠언절구 하나를 썼으니 필법이 매우 순수하고 정숙하였다. 아래 '전여성錢汝誠[50]은 쓰노라' 하였거늘, 내가 글씨를 좋다 일컫고 그 사람을 물으

니, 왕자가 말하기를, "이는 예부시랑 벼슬이요, 우아거五阿哥의 사부師父입니다."

하니, 우아거는 다섯째 아기를 이름이니 황제의 다섯째 아들이다.[51] 가장 영준하여 민심이 많이 돌아가고 황제 또한 총애하여 장래에 제위를 전하고자 한다 하였다. 내가 진가에게 일러 말하기를,

"상공은 무슨 일을 합니까?"

진가 말하기를,

"매매를 숭상하고 오경(새벽 3~5시)이면 천주당에 나아가 머리를 조아리고 경을 읽고 돌아옵니다."

내 말하기를,

"이는 무슨 뜻입니까?"

진가가 말하기를,

"후생의 복록福祿을 구함입니다."

내 묻기를,

"외우는 경은 무슨 말입니까?"

진가가 말하기를,

"다른 말이 아니라 행실을 닦고 마음을 다스려 후생의 복을 구하라는 뜻입니다."

내 말하기를,

"진실로 이러하면 금생에 복을 얻을지니 어찌 후생을 기다리겠습니까? 우리는 공부자를 존숭하고 천주학문은 듣지 못하였으나 다만 몸

---

50 전여성(1722~1779)은 자가 입지立之, 호는 동록東麓으로 절강浙江 가흥인嘉興人이다. 건륭 무진년(1748)에 벼슬길에 나아가 내각학사內閣學士, 병부좌시랑兵部左侍郎, 순천부부윤順天府府尹, 호부좌시랑戶部侍郎, 형부좌시랑刑部左侍郎 등을 역임하고, 『사고전서四庫全書』 등을 편찬하는 데 관여하였다. 문학과 그림으로 널리 이름이 알려졌다.

51 우아거는 건륭의 후궁 유귀비 소생 영순친왕榮純親王 영기永琪(1741~1766)를 말한다. 건륭은 총명한 우아거를 사랑스럽게 여기고 제위를 이를 아들로 여겼으나, 불행하게도 우아거는 요절하였다. 대신 효의순황후 소생인 15째 아들 가친왕嘉親王 영염永琰(1760~1820, 후에 옹염顒琰으로 개명)이 제위를 이었는데, 곧 영염이 청조 제7대 황제 가경제嘉慶帝다.

을 닦고 마음을 다스린다 함은 공부자의 가르침이 다르지 않습니다. 상공이 비록 몸소 매매를 하나 능히 이런 일을 유심히 하니 매우 기특합니다만 매매하는 중에도 사람을 속이기를 일삼지 아니하면 또한 복을 받을 도리입니다."

하니, 진가 이 말이 옳다 하고 일어나 갔다. 왕자가 나를 향하여 여러 말을 하는데 다 알아듣지 못하나, 대강 진가를 기리는 말이요, 나를 사귀고자 하는 의사이다. 내 말하기를,

"나는 중국을 처음 들어온 사람이라 말을 서로 통할 길이 없으니 붓과 벼루를 내어 서로 글로 수작함이 어떠합니까?"

왕자 또한 알아듣지 못하여,

"무슨 말씀인지요?"

하고 물러앉으니 극히 답답하였다. 이윽고 진가가 들어오거늘 왕자 허리 아래에서 무엇을 내어 진가를 보이며 무엇이라 이르거늘, 진가가 말하기를,

"궁자께서 보시겠습니까?"

내 말하기를,

"그것이 이름이 무엇입니까?"

진가가 말하기를,

"문시종입니다."

내 말하기를,

"이는 평생에 한번 보기를 원하던 것입니다."

왕자가 듣고 즉시 끈을 풀어 나를 주거늘 받아 그 제양을 보니 크기는 둥근 장기짝 같았다. 붉은 가죽으로 주머니를 만들어 넣었으니, 한편은 돈짝만 한 구멍을 내고 더데를 드러나게 하였으니 더데 안으로 시각을 새기고 가리키는 바늘 두 개가 꽂혀 있으니, 시와 각을 나누어 가리키게 한 것인가 싶고, 재깍거리는 소리 한결같이 그치지 아니하니 그 속을 미처 보지 못하여도 이상한 보배에 기물인 줄 짐작할

수 있었다. 내 도로 왕자를 주고 말하기를,

"이는 천하의 보배거니와 그 묘리를 알 길이 없으니 잠깐 가르쳐 알게 함이 어떠합니까?"

왕자 대답하기를,

"문시종은 '시時를 묻다'라는 말입니다. 어느 때가 일러도 무슨 시인지 알고자 하면 여기를 물으면 알 것이요, 묻는 법은 말로 묻는 것이 아니라 뒤에 자루 같은 조그만 둥근 쇠를 엄지손가락으로 적이 누르고 즉시 놓으면 시를 알 수 있습니다."

즉시 혼잣말로,

"무슨 시뇨?"

하고, 한 번을 누르니 홀연히 그 안에서 기이한 종소리 열두 마치를 뚜렷하게 치고 사이를 띄워 거듭 두 번씩 치기를 세 차례를 하고 그치니, 왕자가 말하기를,

"첫 번 열두 마치는 이는 정오正午를 친 것이요, 이어 거듭 치기를 세 차례 한 것은 각을 친 것입니다. 지금 시각이 곧 정오 이각이 되었고, 한 시각 안은 열 번을 고쳐 물어도 종 치는 수를 변치 아니합니다."

내 말하기를,

"우리나라에 자명종이 여러 개가 있고, 나 또한 이런 기계를 여러 번 보았으되, 이같이 공교하고 신이한 것은 들어 보지 않았습니다. 청컨대 그 속을 열어 잠깐 보고자 합니다."

왕자 즉시 그 잠긴 것을 열어 나를 주며,

"자세히 보십시오."

하거늘, 손에 들어 그 제작을 보내 대강은 자명종 제작이요, 속에 양장철을 넣어 하루 한 번씩 틀어 절로 돌게 하였으니, 바퀴와 기둥이 털끝 같으니 눈이 어지러워 자세히 분간치 못하였다. 실로 귀신의 재주요, 사람의 수단이 아닐 것이라, 그 제도를 창졸간에 기록하지 못하

였다. 보기를 마치매 도로 왕자를 주어 말하기를,

"이는 천하의 보배입니다."

왕자 왼편 허리에서 또 하나를 끌러 내어 말하기를,

"또 이것을 보십시오."

하였다. 대체로 문시종과 같으나 종치는 것이 없으니 그 이름을 물으니 왕자 말하기를,

"이는 이름을 일표日表라 합니다. 황상을 좌우에 뫼시니 번거로이 종소리를 내지 못합니다. 대신 이것을 들어 보아 시각의 이르고 늦음을 알 수 있습니다."

또한 그 속을 여러 차례 본 후에 도로 주었다. 이윽고 한 사람이 들어와 붉은 탁자를 들어 두 사이에 놓더니 다른 사람이 차례로 그림 그린 붉은 그릇을 받들어 들어오는데, 꽃그림이 있는 큰 대접에 온갖 과일과 음식을 담아 탁자에 벌이니 누른 배와 반 붉은 사과와 검은 포도는 남쪽에서 갓 따온 것 같고, 감자·유자·개암·수박씨·살구씨·건포도·귤병을 다 각각 접시에 수북이 괴었고, 산사편과 복숭아편과 또 무슨 여러 가지 편이 있으나 이를 묻지 못했다. 스무 남은 접시를 벌이고 또 한 사람이 조그만 잔 둘을 들여 양쪽에 놓고 술병을 들어 양쪽에 가득 부으니 그 빛이 맑고 노란 것이 짐짓 호박색 같았다. 왕자가 한 손에 잔을 들고 나를 권하거늘, 내 말하기를,

"나는 평생에 술을 먹지 못하니 예예께서는 스스로 드시고 나의 불공함을 허물치 마시기 바랍니다."

왕자 말하기를,

"어찌 그러십니까? 세 잔만 마시면 다시 권하지 않겠습니다."

하고, 누누이 권하니 내 여러 번 사양하다가 나중에 말하기를,

"우리나라에 금주령이 있어 비록 먹고자 해도 왕법을 두려워합니다."

하였다. 왕자 듣지 아니하고 계속해서 한 잔만 마셔라 하고 잔을 들고 내 마시기를 기다리니, 내 말하기를,

"도저히 마시지 못하겠습니다. 잠깐 입에 닿아 마시는 뜻을 표하리니 예예는 양대로 마시고 내 죄를 용서하십시오."

하고, 즉시 내 앞에 놓인 잔을 들어 입에 대니 청결한 기운과 이상한 향내 코에 쏘이니 필연 중국의 아름다운 술인 듯했다. 한 모금 마실 마음이 홀연 생겼으나 금주령을 지키던 경계를 하루아침에 파하지 못하여 도로 내려 탁자에 놓으니, 왕자가 보고 가장 무안해 하는 기색이나 또한 권치 못할 줄을 알았다.

제 손에 든 술을 마시기를 마치매 젓가락을 들어 여러 음식을 가리키며 이것이 맛이 좋으니 많이 먹으라 하며 연이어 권하되, 그 음식을 이루 먹을 길이 없고 다만 여러 가지를 조금씩 맛을 보았다. 계속해서 다른 음식을 갈아서 들이더니 내가 먹지 못하는 것을 보고 가장 무미하게 여기는 기색이다. 그만 하여 물리며 들이지 말라 하니, 이때 먹는 양이 적은 것을 실로 애달파 했으나 하릴없었다. 먹기를 마치고 탁자를 물린 후에 왕자 말하기를,

"이후에 어느 해에 다시 들어오십니까?"

내 대답하기를,

"나는 벼슬이 없는 선비의 몸이라 다시 올 기약을 정하지 못합니다. 예예께서 혹 우리나라에 칙사勅使로 오시면 다시 만날 도리가 있을 것입니다."

왕자 말하기를,

"나는 칙사를 맡는 일이 없습니다. 이후 칙사가 나갈 일 있으면 편지를 부치리다."

하였다. 왕자가 진가를 향하여 무슨 말을 여러 번 하며 좋은 궁자라 일컫고 덕형을 불러 이르기를,

"너희 궁자께서 좋아하는 것이 무엇이냐? 내 면피面皮를 주고자 하니 아무것이라도 이르라."

덕형이 머뭇거려 답하지 못하니, 내 즉시 진가에게 말하기를,

"나는 평생에 사랑하는 것이 없고, 하물며 예예의 후한 대접을 갚지 못하고 어찌 면피를 바라겠습니까? 또 예예의 후한 대접이 진정 큰 면피입니다."

하였다. 진가가 왕자에게 전하니 왕자가 머리를 끄덕이고 다시 묻지 아니하니, 대략 한나절을 수작하여 혹 진가와 기롱하는 기색이 있으나 종시 희미하게 웃는 모습도 보지 못하고 내 하는 말을 알아들으면 대답을 길게 하고, 마음에 조금도 거리끼는 기상이 없으니 진실로 진중한 인물이요, 작은 그릇이 아니었다. 내 진가에게 일러 말하기를,

"문시종은 기이한 보배라 내 미처 자세히 보지 못하였고 또 우리 대인께 한 번 자랑코자 하지만 예예께 청하기를 어려이 여깁니다."

왕자가 듣고 일표와 문시종을 끌러 주며 말하기를,

"무엇이 어렵습니까? 가져가십시오."

내 말하기를,

"극히 감사합니다. 수일 후에 즉시 돌려보내겠습니다."

하고 일표는 허리띠에 차고 문시종은 주머니를 열어 넣으며 말하기를,

"이 두 가지는 천하의 극한 보배라 내 극진히 조심하리니 만일 상함이 있으면 어찌 부끄럽지 않겠습니까?"

왕자 혀를 차고 한데를 보며 말하기를,

"상한들 무슨 관계가 있습니까?"

내 진가에게 말하기를,

"예예께서 다시 이곳에 이르면 즉시 나와 뵐 것이니 부디 알려 주십시오."

왕자를 향하여 여러 번 감사하다고 하니, 왕자 말하기를,

"음식이 좋지 못하여 궁자가 먹지 못하니 부끄럽습니다."

왕자 내 찬 칼을 보고자 하니, 내 칼을 빼서 뵈니 왕자 또한 제 찬 칼을 빼어 뵈며 말하기를,

"이것은 조선 나무로 꾸민 것입니다."

하거늘, 보니 우리나라 가시나무로 자루와 집을 만들었다. 따라온 사람들이 여러 번 들어와 재촉하는 거동이 있거늘 내 말하기를,

"우리 돌아갈 날이 멀었으니 다시 볼 날이 있을 것입니다."

하고, 즉시 일어나니 왕자 캉에 내려,

"다시 뵙겠습니다."

하고, 거동이 심히 관곡하였다. 문을 나서니 진가가 나와 보내고 들어 갔다. 덕형이 따라오며 이르기를,

"오늘 황제가 천단에 거동하는 날입니다. 왕자도 따라갔다가 돌아 오는 길이라 따라온 사람이 30명이 넘고 의복이 휘황하여 처음 들어 올 때 위의와 모양이 심히 두려워, 진가에게 말하기를, '우리 궁자는 글하는 선비라 이 위의를 보면 필연 들어오기를 즐겨 아니할 것입니 다' 하니, 진가가 들어가더니 즉시 대엿 사람 남기고 다 돌려보냈습니 다. 음식은 집에서 장만하여 왔는데 그 사람에게 물으니 30냥이 넘게 들인 것이라 하고 반도 들이지 못하여 물려내니 밖에서 이를 다 먹지 못했습니다."

하였다. 아문에 이르니 대사와 서종현이 있거늘, 캉에 들어가 이윽히 말하다가 들어갔다.

정월 11일 **유리창에 가다**

이날은 황제가 천단제를 마치고 새벽녘에 돌아왔는지라, 길에 출입을 금하지 않을 것이라 하거늘 드디어 밥을 재촉해 나가기를 꾀하였다. 북경에 유명한 저자가 있으니 이름은 유리창琉璃廠이다. 그곳에서 파는 기물이 다 서책과 완호玩好(도자기 등 즐기는 물건)와 선비의 집물이다. 이러므로 저자에 다니는 사람 중에는 왕왕 글하는 선비와 낙방한 남방의 거자擧子가 많으니, 그 서책과 집물을 한 번 구경함직 하거니와 혹 의젓한 선비를 만날까 하여 가기를 도모하였다. 역관 김복서金復瑞가 말하기를,

"그 중에 한 사람이 있으니 이름은 장경張經이요, 인장 새기기와 그림 그리기를 약간 합니다. 또 근래에 흠천감의 벼슬을 하였는지라 천문과 역법에 필연 익숙할 것입니다."

하였다. 이날 이덕성과 함께 약간의 면피를 가지고 간다고 하거늘, 드디어 두 사람을 데리고 가기를 청하였더니 평중이 듣고 동행하기를 청하였다. 식후에 즉시 문을 나와 아문 앞에 이르니, 대사가 섬돌에 앉았다가 웃으며 말하기를,

"오늘은 날씨가 아주 좋아서 정히 나가 구경할 만합니다."

하였다. 내가 손을 들어 사례하고 말하기를,

"이번에 구경을 거리낌 없이 하는 것은 다 노야의 은혜입니다."

하고, 큰 문을 나가 진자의 푸자에 머무르면서 세 사람을 기다렸는데, 이날 세팔은 따라오지 아니하였다.

문시종 종치게 하는 법과 잠긴 것을 여는 법을 자세하게 묻지 못하였더니, 허리에 찬 것을 끌러 진가에게 물으니 진가가 여러 번 손으로 시험하여 가르치고 말하기를,

"이것은 서양국에서 나온 것이라 값을 헤아리면 은으로 100냥에 가까울 것이니, 가볍게 남의 손에 내어놓을 것이 아닙니다. 허나 예예爺爺께서 궁자를 처음 보았음에도 마음에 깊이 사귀고자 하는 뜻이 있어 조금도 빌려 주기를 아끼지 않은 것입니다."

하였다. 내가 말하기를,

"예예께서 귀한 몸으로 나 같이 낮은 사람을 한 번 보고 대접이 곡진하며, 이런 보물을 아끼지 아니하니 어찌 감사하지 않겠습니까? 어제의 풍성한 음식을 내 먹는 양이 적어 많이 먹지 못하고, 또 방금邦禁에 구애되어 권하는 술을 종시 그 뜻을 받지 못하여 심히 불안합니다."

하니, 진가가 말하기를,

"그 음식은 오로지 궁자를 위하여 차려 온 것이고, 술이 또한 이곳에서 빚은 술이 아니라 남방에서 올라온 것으로 유명하고 아름다운 상품입니다. 그런데 궁자가 전혀 마시지 아니하여 예예께서 심히 무례하다 여기더니, 내가 여러 번 그 곡절을 이르자 나중에는 쾌히 알아들으셨습니다."

하였다. 이윽고 차를 권하는데 계화차桂花茶가 연이어 나오니 매우 향기로워 다른 차가 비치 못할 것이다. 여러 번 칭찬하니 진가가 그

계화차

릇을 열고 두어 줌을 내어 덕유에게 맡기니 여러 번 말리되 듣지 아니하였다.

차 그릇을 내오는 아이는 나이가 열서너 살이요, 한쪽 눈이 멀었으나 인물이 매우 영리하였다. 그 성명을 물으니 석화룡石化龍이라 하고, 진가의 생질甥姪이라 했다. 그 글 읽은 바를 물으니 천주학문의 문답한 글이니, 대개 진가가 천주학문을 깊이 숭상하는지라 생질을 또한 이런 연유로 가르치는 것이다.

그 읽는 책을 가져오라 하여 초초히 보니 대강 불경佛經에 가까운데, 그 중 유가儒家의 공부에 합하는 말이 또한 많았다. 진가는 무식한 사람이라 그 참된 학문을 배우지 못하고 다만 날마다 예배하고 경을 읽어 후생의 복을 구하였는데, 제 말은 비록 불도를 엄히 배척하나 기실은 불도와 다름이 없었다.

평중과 이덕성과 김복서가 뒤따라 나왔거늘, 차를 다 마신 후에 함께 유리창으로 향하였다. 100여 보를 가니 길 남쪽에 세 사람이 방아를 찧거늘 들어가 그 모양을 보니, 길이는 한 발 남짓하고 외다리며 돌공이로되, 크기는 두어 움큼이고 길이는 두 뼘이 못되었다. 한 방아에 사람 하나씩 디디는데 겨울날에 겹옷을 입고 땀을 흘리니 아주 힘든 거동이다. 셋을 나란히 걸어 세 사람이 일시에 찧는데 잠깐도 쉬는 때가 없었다. 하루 사이에 곡식 찧는 수를 물으니, 한 방아에 두 섬 벼를 넉넉히 찧는다 하였다.

정양문을 나와 서쪽 길로 100여 보를 가니, 저자에 벌인 물건이며 의복과 인물이 배나 휘황하였다. 상원上元(정월 보름)이 가까웠는지라 저자마다 기이한 등을 줄줄이 걸고 탁자 위에 관왕關王의 화상을 모시고, 그 앞에 이상한 화기에 온갖 과일을 담아 한 줄로 벌이고, 과일 위에 모두 다 비단 조화를 꽂아 채색이 서로 비치는데, 이것은 한 해의 매매가 흥성하기를 기도하는 뜻이다.

또 서쪽으로 두어 골목을 들어가니 좌우에 푸자가 점점 성하고 길가에 약간의 완호와 물건을 벌여 놓았는데, 모두 다 향로와 도서와 아담한 그릇이었다. 길가에 머물러 구경하는데 김복서가 말하기를,

"유리창에 이르면 무수한 기명을 이루 다 구경하지 못할 것입니다. 이것들은 족히 볼 것이 없습니다."

하였다. 드디어 지나치고 몇 리를 가니, 이곳은 길이 좁고 좌우 저자에 달린 패와 드리운 휘장이 길을 막아 행인이 겨우 지나갈 만하였다. 저자의 처마 곳곳에 나무 우리를 걸어 여러 가지 새를 넣었는데, 지저귀는 소리가 서로 응하니 은연히 몸이 수풀 속에 있는 듯하였다.

수백 보를 가니 길 가운데 큰 문이 있고 문 위에 현판을 붙여 금자로 '유리창琉璃廠' 석 자를 새겼다. 이 문으로 드니 좌우에 몇 리를 이어 저자를 벌였고, 서쪽에 또한 이문을 내었으니 이곳이 유리창이라 일컬었다. 유리창이라 하는 말은 그 가운데에 기와 굽는 곳이 있어 관원이 맡아 각색 유리 빛으로 기와를 구워 나라의 궁실에 책임지고 바치

오늘날 유리창 거리

는지라, 저자의 이름을 또한 이로 일컫는 것이다. 문으로 들어가니 좌우의 집들이 몹시 낮고 좁아 다른 곳의 번화한 모습이 적으나, 집집에 벌인 것이 다 조촐한 집물이고 출입하는 사람이 왕왕 선비의 단아한 태도가 있으니 기특하였다.

먼저 서책 푸자를 찾으니 이 안에 대개 일여덟 곳이 있다. 남쪽의 한 푸자에 가장 보암직한 서책이 많다 하거늘, 그 푸자로 들어가 반등에 나란히 앉으니, 주인이 나와 인사하고 무슨 책을 사고자 하는가를 물었다. 김복서가 대답하기를,

"좋은 책이 있으면 사고자 하거니와 값을 가져오지 않았으니 먼저 어떤지를 보고자 합니다."

하니, 주인이 탁자를 가리키며,

"사고자 하는 책이 있거든 임의로 보십시오."

하였다. 일어나 두루 바라보니 삼면에 층층이 탁자를 만들어 높이는 두세 길이요, 칸칸이 서책을 가득히 쌓아 책갑冊匣마다 종이로 쪽지를 붙여 이름을 표하였다. 대개 경서經書와 역사서와 제자백가 등 없는 책이 없고, 그 중 듣지 못한 이름이 반이 넘었으나, 창졸간에 이루 볼 길이 없고 이윽히 바라보니 머리 뒤꼭지가 아프고 정신이 어질하여 그 이름을 이루 살피지 못하였다. 양쪽에는 반등을 놓고 값이 적은 책을 잡되게 쌓았는데, 이것은 다 소설 잡서와 과거에 쓰는 글이니 우리나라 동인 사집私集과 같은 것이다. 두어 권을 빼어 보니 다 박은(찍은) 책이고 공역工役이 극히 세밀하여 중국의 기구와 근검한 풍속을 짐작할 수 있었다.

다른 푸자로 들어가니 이곳은 기완器玩 푸자다. 유리그릇과 옥그릇과 색색이 기이한 화기(꽃을 그린 도자기)와 온갖 도서들과 여러 가지 필통, 필산筆山과 문방기구를 층층이 벌였다. 또 처마 밖으로 두어 층 탁자를 놓고 그 중 빛난 것을 가려 길가에 벌였으니, 행인의 눈을 놀라게 하여 집물이 화려함을 자랑하는 것이었다. 그 물건을 이루 기록

하지 못하지만 그 중에 서양국 화기는 안쪽은 구리요 겉은 사기니 튼튼하고 공교하기가 이상한 그릇이었다.

각색 술병이 있는데 혹 무지갯빛이요 양쪽에 귀를 달고 도금한 고리를 끼었는데 찬란한 광채는 말로 전하지 못할 것이다. 화류樺榴(자단 목재)로 공교히 새겨 틀을 만들고 조그만 종과 석경을 가운데 달았는데, 두드려도 소리는 나지 아니하니 이것은 옛 제도를 눈으로만 보게 함이다.

또 온갖 짐승을 구리로 만들어 세웠는데 혹 사람을 만들어 사슴과 범에 태웠으니, 이것은 신선의 거동이요, 혹 닭을 만들어 털과 깃을 붙이고 검은 수정으로 눈동자를 만들어 천연히 닭의 모양이었다.

또 백동으로 화로를 만들었는데 둥글기가 큰 뒤웅박 같고 겉에 온갖 화초를 새겨 구멍을 통하고, 안으로는 고동을 만들어 따로 화로를 넣었는데 임의로 뒹굴어도 재와 불이 엎어지지 않게 하였으니, 이는 겨울에 이불 안에 넣게 한 법이다.

대저 이런 기괴한 집물들이 좌우에 현란하여 이루 그 이름을 묻지 못하고, 눈이 어지러워 다 구경하지 못하였다. 대개 이곳의 푸자가 천수에 가까운데 이런 부류의 기물을 벌인 곳이 열에 칠팔이 넘을 것이다.

안경 파는 푸자는 각색 안경을 좌우에 무수히 걸었고, 거울 파는 푸자는 삼면 바람벽에 줄줄이 거울을 달았는데, 왕왕 큰 것은 사면 서너 뼘이 될 듯했다. 처마에 들어서매 사람과 온갖 기물이 두루 비쳐 정신이 현황眩慌하고 집이 깊어 첩첩이 기물을 벌여 놓고 사람이 다니는 모양이요, 벽이 막힌 줄을 깨닫지 못하였다. 왕왕 기이한 나무로 틀을 만들어 두 기둥에 아로새긴 운각雲刻(구름 형상을 새긴 조각)을 붙이고 한 자 남짓 석경石鏡을 두 기둥에 반만 끼웠으니 매우 사치스러운 제도다. 처마 밖으로 둥근 쇠거울을 틀에 얹었는데, 외기둥 아래에 네 굽을 괴고 거울 양쪽에서 다 빛을 내어 햇빛에 비치게 하니, 광채가 혼란하고 눈이 부셔 보지 못할 듯하였다. 이것은 거울로 쓰는 것이 아니고 좌우에 벌여 놓아 광채만 보게 하는 것이다.

필묵과 벼루를 파는 푸자는 혹 현판에 '호필휘묵단연湖筆徽墨端硯'이라 새겼는데, 호주湖州의 붓[52]과 휘주徽州의 먹[53]과 단주端州의 벼루[54]라 이름이니, 다 각각의 소산을 이르는 곳이다. 길가에 그림과 글씨를 땅에 펼쳐 놓고 벽돌로 네 귀를 짓눌러 놓았는데 서법과 화격이 기이한 것이 많았으나, 먼지와 흙에 두루 더럽혀지고 혹 인마에 짓밟힘을 면하지 못하니 괴이했다. 한 푸자를 들어서니 새김질하는 장인이 여럿 앉아 온갖 인물의 괴이한 광대를 새기고 집안 한편에 헐어진 온갖 광대를 무수히 넣었는데, 다 괴이한 귀신의 형상이었다. 그 쓰는 데를 물으니 주인이 대답하기를 희자 놀음에 쓰는 것이라고 하였다.

그림 푸자로 들어가니 한 늙은 사람이 눈에 안경을 끼고 깁(비단)에 화초와 새 짐승을 바야흐로 그리는데, 쟁帧子(그림족자)처럼 틀을 만들어 깁을 메워 탁자에 얹고 교의에 앉아 채색을 메웠다. 김복서가 사고자 하여 값을 물으니 늙은 사람이 말하기를,

"이것은 남의 화본畫本을 값을 받고 그려 주는 것이라 팔지 못합니다."

하였다. 그 값을 물었더니, 은 서 돈을 받는다 하였다. 옆으로 여러 탁자를 놓고 서너 아이들이 바야흐로 그림을 그리거늘 나아가 보니 다 남녀의 음란한 거동이다. 이로 보아도 북경의 음란한 풍속을 알 것이요, 아이들에게 먼저 이런 것을 가르치니 괴이했다.

좌우에 인물과 누각을 그려 무수히 걸었으니, 다 서양국의 화법을 모방하였으나 수품手品이 용렬하여 볼 것이 전혀 없었다. 그 중 만수산

---

52 중국 절강성浙江省 북부, 태호太湖 남쪽 기슭에 있는 도시로 호필湖筆이라고 불리는 붓이 유명하다.

53 중국 안휘성 남부, 황산의 동쪽, 신안강 상류에 있는 흡현歙縣은 예로부터 휘묵徽墨라는 이름으로 알려진 먹의 특산지다.

54 중국 광동성 단주(오늘날 조경肇慶시 동쪽의 단계)에서 생산되는 벼루는 중국에서 으뜸으로 친다.

萬壽山 그림 한 장이 있어 한 칸에 가득 붙였으니, 김복서가 이르기를 이는 서산 행궁行宮을 그린 것이라 하니 누각의 제도와 물상의 채색이 매우 빛났다.

악기를 파는 푸자에 들어가니 온갖 악기를 무수히 벌였다. 그 중 거문고는 줄과 꾸민 것이 매우 빛나고 아래위에 금자金字로 문자를 새긴 것이 많았다.

장경張經의 집을 찾아가니 길 북쪽의 조그만 푸자요, 처마에 현판을 걸고 '석가釋迦' 두 자를 새겼는데, 이것은 장경의 별호라 한다. 문으로 들어가 주인을 찾으니 한 젊은 사람이 나오거늘, 장경의 유무를 물었더니 흠천감에 일이 있어 들어갔다고 했다. 젊은 사람은 장경의 막내아이인데, 김복서가 찾아온 뜻을 이르니 그 사람이 교의를 가리켜 앉기를 청하고 즉시 각각 차를 내왔다.

이 집이 또한 기완을 파는 푸자라 좌우 탁자에 여러 가지를 벌였다. 그 중 서양국 사기로 만든 것이 있으니, 이름이 '여의如意'라고 하는 것이다. 중국 사람이 손에 쥐고 다니는 것이니, 기호嗜好와 제작이 아주 공교하거늘 그 값을 물으니 은 50냥이라고 하였다. 주인이 돌아올 때를 기다리지 못하여 잠깐 쉬고 나왔다.

문을 나오니 10여 쌍의 깃발이 길을 덮고 그 뒤에 붉은 양산과 여러 가지 의장을 쌍쌍이 벌이고 생황과 태평소와 온갖 군악이 진동하거늘 길가에 멈춰 서서 구경하였다. 처음에는 무슨 장수의 위의로 알았더니 뒤에 흰 옷 입은 사람이 무수히 따라오고 가운데 한 사람이 일여덟 살 아이를 안았는데 또한 흰 옷을 입히고 머리에 굴관屈冠 같은 제도를 씌우고 굵은 배로 덮었으니, 이는 너울羅兀(부녀자의 외출용 쓰개) 모양이다. 길 가는 사람에게 그 행색을 물으니, 인가에서 영장永葬하고 반혼返魂하는 의식이며 일여덟 살 되는 아이는 그 상인喪人이라 하였다.

100여 보를 가니 북쪽에 너른 빈터가 있어 무수한 사람이 첩첩이 에워 무엇을 구경하는 거동이었다. 길가 언덕에 사람을 헤치고 겨우 올라가 바라보니, 사람들이 무리를 지은 가운데 10여 칸을 비우고 환술幻術하는 사람을 앉혀 재주를 구경하는 것이다. 그 자세한 거동은 보지 못하나, 공중에 서너 길 막대를 세우고 막대 끝에 큰 화대접 하나를 얹고, 아래에서 그 막대를 무수히 흔드니 그 대접이 막대 위에서 돌기를 쉬지 않고 종시 떨어지지 않아 소견에 괴이하였다.

구경하는 사람이 서로 밀쳐 오래 머물지 못하여 즉시 내려와 길을 찾아오는데 길가 집 안에 한 사람이 몹시 지저귀고 구경하는 사람이 여럿 있었다. 문으로 들어가니 북쪽 구석에 큰 가마 같은 것을 놓고 밖으로 여러 쇠못을 무수히 박아 빈틈이 없게 하고, 그 안에 사람 하나가 들어앉았는데 세 편으로 조그만 구멍을 내어 밖을 보게 하였다.

사람의 의복은 도포 모양이요, 머리털을 깎지 않고 망건 위에 무슨 관을 썼는데 우리나라의 연엽관蓮葉冠 모양이다. 그 모양을 졸연히 보니 아주 놀라운데, 그 사람이 내가 들어오는 것을 보고 손을 치며 나오라 하여 심히 반기는 모습이었다. 곁에 선 사람들이 또한 나아가기를 권하거늘, 그 연고를 몰라 앞으로 들어가니 그 사람이 손으로 두루 두들기며 소리를 높여 무슨 말을 무수히 지껄이니 그 거동이 미친 사람의 모양이었다. 그 말을 자세히 알아듣지 못하나, 대강은 어느 곳 관왕의 묘당이 퇴락하여 중수를 도모하는데 은전을 도우라고 하는 사연이다. 옆에 선 사람이 말하기를,

"저 사람이 저 속에 들어간 지 10여 일이 되었는데, 밥을 먹지 아니하고 관왕을 위하여 이런 정성을 나타내니 매우 이상합니다."

하였다. 대개 쇠못을 박고 조그만 구멍이 출입을 용납하지 못할 것이니, 사람의 눈을 홀려 재물을 얻고자 하는 의사이다. 그 의관은 비록 도사의 모양이나 망건을 쓴 모양은 다른 데서 보지 못한 법이라 괴이하였다. 가져온 은전이 없을 뿐 아니라 그 거동이 놀랍고 가증하거늘 대답하지 아니하고 섰더니, 그 사람이 말을 못 알아듣는다고 하여 사람을 불러 지필을 가져오라고 하며 기색이 점점 황망하여 소견에 괴

이하거늘 즉시 문을 나왔다.

길가에 붕어 파는 곳이 여럿이니, 한편에 막대를 세워 간유리병[55]을 여럿 걸었는데 대소 모양이 각각 다르다. 큰 그릇에 물을 가득 담고 오색 붕어를 풀어 놓았는데, 사 가는 사람을 만나면 병에 붕어를 넣어 주었다.[56]

이때 날이 늦어 너무 시장하거늘 덕유를 시켜 음식 파는 푸자를 찾아 한 집으로 들어가니, 음식을 먹는 사람이 집 안에 가득하고 심히 추잡하여 앉을 만하지 않았다. 마지못하여 한편의 빈 곳으로 들어가 앉았더니 먼저 차를 내오고 위엔샤오元宵와 두어 가지 떡을 갖다 놓았다. 다 먹고 난 뒤 옆집에서 풍류와 소리가 진동하여 김복서가 들어가 보기를 청하거늘 함께 문으로 들어갔다. 안이 아주 너르고 좌우에 수십 명이 늘어앉았는데 다 술에 취한 거동이요, 그 가운데 서너 사람이 앉아 생황과 저를 불고 있었다. 그 사람들이 우리가 들어가는 것을 보고 혹 일어나 앉기를 청하고 혹 술잔을 들어 먹기를 권하는데 그 거동이 다 사나운 인물이요, 매우 취한 모양이 많으니 혹 곤경을 만날까 염려하여 즉시 나왔다.

한 푸자에 들어가니 안팎에 기완器玩을 많이 벌이고 상 위에 거문고 대여섯을 얹었기에 주인을 불러,

"타는 사람이 있습니까?"

물으니 대답하기를,

"당신네 관으로 들어갔는데 어찌 보지 못하였소이까?"

하였다. 대개 이 주인이 악사가 사귀는 사람이다. 이날 악사가 이미 청해 갔는지라 공교롭게 서로 어긋나 그 소리를 듣지 못하니 애달팠다. 정양문으로 돌아가는데 부사께서 사람을 보내 거문고 타는 사람

---

55 간유리병은 일부러 표면을 거칠게 하여 투명하지 않은 유리인 간유리로 만든 병을 말한다.

56 옛날 북경에는 붕어를 소금어小金魚로 부르고 '연연유여年年有余'란 의미를 지닌 길한 동물로 여기며 매년 납월이나 정월에 금붕어를 사서 집에 기르는 풍습이 성행했다.

이 들어왔으니 바삐 돌아와 한가지로 들으라고 하셨다. 날이 늦었고 몸이 가빠 미처 따라갈 수가 없는지라 그 하인을 먼저 돌려보내고 천천히 돌아갔다.

일행의 서책 매매는 다 서반序班이 담당하여 이익을 취하는지라, 이날 서반 한 명이 나를 따라 곳곳에서 지키며 떠나지 아니하였다. 대개 내가 은이 많고 서책을 널리 사리라 여겨 혹 이곳에 이르러 잠상潛商(불법 매매)하는 폐가 있을까 하여 살피는 일이니 심히 괴로웠다. 여러 번 달래어 이르고 먼저 돌아가라 하여도 듣지 않고, 한가지로 유리창 이문里門을 나간 후에야 웃고 먼저 돌아갔다.

정양문을 들어 관으로 돌아올 때 서종맹의 집 문 앞을 지나니, 문 밖에 휘장을 두르고 그 안에서 징을 치며 괴이한 소리로 노래를 부르고 휘장 위로 색색이 광대를 내어 놀리니, 문 안에 여러 여인이 모두 보며 다 웃고 즐거워하는 거동이다. 그 중에 젊은 여인 두엇이 처녀인 듯하고, 붉은 쾌자快子(옛 전복戰服의 하나)를 위에 입었다. 김복서가 말하기를 이는 서종순의 손녀요, 그 나머지 여인은 다 종순의 권속이라 하였다. 관에 들어가니 부사께서 거문고를 들은 일을 전하며 말씀하시기를,

"그 곡조는 자못 빨라 유원한 기상이 적으나 아담하고 청렬하여 과연 성인의 악기이니 우리나라에 전하지 못함이 극히 애달픈지라, 나라의 악사를 보내서 배워 오라 하였네. 허나 악사의 용렬한 재주로 수십 일 사이에 한 곡조를 이룰 가망이 없으니, 그대가 출입을 한동안 그치고 친히 곡조를 익혀 우리나라에 전함이 어떠한가?"

하셨다. 내가 아뢰기를,

"제가 동국의 음률을 약간 알지만 중국 풍류와 조격이 다르니, 수십 일 사이에 그 묘한 수법을 미처 옮기지는 못할 것입니다. 차라리 쾌한 구경을 임의로 다니는 것이 좋을 듯합니다."

하니, 부사께서 웃으셨다. 이날 나갈 때 마음에 생각하기를, '유리창에

서책과 기완이 많으니 만일 사려고 한다면 재력이 미치지 못할 것이요, 또한 부질없는 물건을 가지고자 하는 것은 심술의 병이 되리라' 하여 다만 눈으로 볼 따름이요 조금도 유념함이 없더니, 돌아와 앉으매 마음이 창연하여 무엇을 잃은 듯하였다. 완호에 마음을 옮기고 욕심을 제어하기 어려운 것이 이러하였다.

옹화궁과 태학에 가다

아침에 서종맹이 건량관을 아문에 청하여 이르기를,

"궁자의 대접하는 뜻을 잊지 못하여, 마침 화분 넷을 얻었으니 삼대 인께 내 뜻을 드리시게."

하니, 건량관이 들어와 이 말을 전하고 네 화분을 들여오니 두 개는 천엽홍매千葉紅梅요, 하나는 해당海棠이요, 하나는 난초다. 홍매는 분홍 빛이며, 꽃잎은 도화桃花와 다름이 없고, 해당은 우리나라 산단화山丹花 같은 것이다. 다 꽃이 반만 피고 난초는 약간 향기가 있으니 가장 보 암직한 화초요, 또 정월 보름 전에 꽃을 피워 3~4월 거동이다. 이는 꽃 파는 푸자에서 값을 주고 사 왔다 하였다. 세 화분은 계부 계신 캉 앞에 놓고, 매화 분 하나는 내가 있는 캉에 놓은 후에 건량관을 다시 보내어 감사하는 뜻을 이르라 하였다.

이날 사행이 옹화궁雍和宮을 구경하고자 하여 역관들이 아문에 일러 제독에게 통하니 쾌히 허락하고, 다만 사달을 일으키지 않도록 사람 을 적게 데려가라 하였다. 옹화궁은 북경 제일의 묘당이라 사람마다 한 번 보기를 원하고, 또 초초悄悄한 행색으로는 들어갈 수가 없을 것이며 부채와 청심원을 많이 허비할 것이다. 이러하므로 일행 역관과 하인이 다투어 따라오니 자연 50명이 넘어 이루 금할 길이 없었다. 상사는 병들어 가지 못하고 부사 또한 성치 못하여 가기를 어렵게 여기거늘, 내 말씀드리기를,

"달포를 달려온 끝에 줄곧 출입을 그치니 기운이 나을 때가 없을 것입니다. 한 번 답답한 마음을 풀어 후련하게 하면 약 먹는 효과가 여기에 비치 못할 것이니, 청컨대 오갈 길에 한 번이라도 덧나면 그 허물을 내 당하겠습니다."

하니, 부사께서 웃으시며 마지못해 함께 갔다. 사행 출입은 아문 앞으로 다니기 서로 불편한지라 전부터 정문을 열어 왕래하게 하였다. 사행이 타신 수레는 각 방 건량에서 서자^{胥資}[57]로 값을 맞추어 세를 얻으니 다 휘장이 선명하고 옆에 깁을 붙여 밖을 보게 하고 앞으로 파리채 하나를 걸었으니 나무 살이요, 비단 두어 오리(올, 실을 세는 단위)를 매어 두르게 하였다. 계부께서 타신 수레 뒤에 세주를 앉히고 나는 문 앞에 앉아 갔다.

옥하교를 건너 하다문^{哈德門} 큰길에 이르러 북으로 사패루^{四牌樓}를 지나 옹화궁에 이르렀다. 문 밖에 멈춰 세팔을 먼저 들여보내어 백 태감에게 일행이 구경하고자 하는 뜻을 이르라 하였다. 전부터 사행이 보고자 하는 곳은 상통사 역관이 제 마두를 시켜 지선^{紙扇}과 청심원을 가지고 미리 통하여 날을 기약하였다. 이러하므로 이날은 들어가기를 금치 아니하였다. 문 앞에 한 10여 세 되는 아이가 나에게 이르기를,

"저번에 왔던 사람이 또 왔습니다."

하거늘 괴이하게 여겨 물으니, 그 아이 말하기를,

"의복은 비록 다르나 얼굴은 분명히 전에 왔던 사람입니다."

---

[57] 서자는 서로 자뢰하다, 곧 여럿이 각각 얼마씩의 돈을 내어 거둔다는 말인 추렴하다는 뜻이다.

하니, 대개 첫 번째 올 때는 도포에
갓을 썼는데 그 아이가 그때 보았
는가 싶었다. 이윽고 세팔이 나와
이르기를,

"백 태감이 사행이 오심을 듣고
관원을 바삐 청하여 뜰에 교의를 놓
고 기다립니다."

하니 일행이 문을 들어가는데, 이때
오림포와 양 통관이 따라왔다. 양

옹화궁의 옛 모습

통관이 나를 찾아 손을 이끌어 함께 가자 하니 마지못하여 앞서 길을
인도하였다. 아문으로 들어 뜰 동쪽에 이르니 백 태감이 관원을 데리
고 앞에 와 사행을 맞이하는데 대접이 관곡하고, 동쪽 비각 처마에 높
은 섬돌이 있으니 그 위에 비단 방석을 깔아 사행을 앉으라고 청하고
두 사람은 섬 아래 교의를 놓고 앉았다. 내 백 태감의 앞에 나아가 읍
하여 인사하니 태감이 일어나 대답하되, 극히 반기는 거동이요, 즉시
사람을 불러 방석을 가져오라 하여 섬 위에 사행 자리와 한가지로 놓
고 앉으라 하였다. 내 대답하지 않고 섬 아래에 섰더니 태감이 또한
앉지 아니하고 여러 번 권하는지라, 역관 하나가 이르기를,

"대인이 앉은 곳이라 감히 함께 앉지 못합니다."

하니, 태감이 듣고 말하기를,

"예법이 매우 좋습니다."

하였다. 차를 내온 후에 사행이 들어가 구경하기를 청하니, 태감이 관
원을 돌아보아 두어 말을 이르더니 관원이 일어나 길을 인도하였다.
동쪽 협문을 들어가 정전을 열고 일행이 들어가 구경하는데, 사람이
여럿이라 자연히 잡란하고 기구를 닳게 하며 자리를 더럽히니 관원과
여러 중들이 다 민망히 여기는 기색이요, 두 통관이 또한 문을 막아
사람을 금하되 종시 막지 못하였다. 정전 구경을 마치고 다른 문을 열

기를 청하니, 여러 중들이 다 노색이 있고 다시 구경을 허할 뜻이 없거늘, 내 그 관원에게 일러,

"우리 일행이 사람이 많으니 괴로이 여김이 괴이치 아니합니다. 이후는 잡사람을 금할 것이니 염려치 마십시오."

하여 여러 번 이르니 관원이 마지못하여 뒤로 들어가더니, 정전 북쪽에 또한 큰 집이 있었다. 문을 연 후에 관원이 문 밖에 머물고 나를 불러 잡인을 금하라 하거늘, 내 또한 문을 들지 아니하고 사행이 들어가신 후에 역관을 꾸짖어 금하였으나 두어 역관이 듣지 아니하고 빈틈을 타 들어갔다. 이러니 관원이 보고 '할 수 없다' 하거늘, 내 그 역관을 꾸짖어 즉시 도로 나오라 하니, 대저 이러하므로 사행을 따르면 구경이 이루어지 못하였다. 그 집 안은 너르기가 수십 칸이요, 줄줄이 붉은 탁자를 놓고 탁자 앞에 누런 비단으로 방석을 만들어 폈거늘, 관원에게 물으니,

"중들의 경 읽는 곳이니 500명이 앉는 자리이며, 황제를 위하여 복을 구합니다."

하였다. 이 집은 불상을 아니 앉히고 다른 집물도 벌여 놓은 것이 없으나 붉은 탁자와 누런 방석이 다 선명 찬란하고 행렬이 정제하니, 또한 대국의 규모와 기구를 볼 수 있었다. 윤장輪藏[58] 세운 집을 보고자 하니, 중들과 통관이 서로 말하며 못 열겠다고 하였으나 여러 번 청한 후에 문을 열었다. 내 여러 역관에게 관원을 달래어 윤장을 돌리라 하니 다 머리를 흔들며 못한다 하고 양 통관이 나를 불러 말하기를,

"궁자는 예법을 아시니 이곳이 중한 땅임을 아실 것입니다. 또한 윤장은 가벼이 돌리지 못하는 것이라, 황상이 친히 나오신 후에 한 번 들리고 한 번을 돌리면 100여 냥 은을 허비하여 보수하니, 다른 사람

---

[58] 윤장은 곧 전륜장轉輪藏으로, 경문經文을 넣어 두기 위하여 나무로 만든 책궤다. 여덟 면으로 된 책장에 중심대를 달아 돌아가도록 만든다.

들 예법을 모르고 괴로이 돌리기를 청하니 궁자께서 바삐 금하여 우리에게 죄책이 없게 하십시오."

하였다. 오림포 또 나와 여러 말을 하거늘, 내가,

"우리 사행이 해마다 들어와 아니 보는 것이 없는데, 그대 어찌 사람을 속이십니까? 이것은 북경의 제일 기이한 구경이니 어찌 잠깐 뵈기를 아끼리오. 만일 상하는 일이 있으면 그 수보하는 허비는 우리가 담당할 것이니 염려 마십시오."

하고 여러 번 간청하였으나 종시 듣지 아니하니 하릴없었다. 내 말하기를,

"윤장은 비록 뵈지 아니하나 관음전 큰 부처를 또한 아니 보이고자 하십니까?"

하니, 오림포 웃으며 말하기를,

"관음전 있는 줄은 어이 아십니까?"

하였다. 내 웃으며 말하기를,

"내 비록 조선에 있으나 중국 일을 모를 것이 없습니다."

하니, 오림포 또한 크게 웃고 관원을 청하여 문을 열어 보였다. 후에 또 다른 문을 열어 보이라 하니,

"이 밖에는 볼 것이 없으니 어디를 보고자 하십니까?"

하여, 내 말하기를,

"정전 앞으로 동쪽 행랑에 기이한 구경이 있으니 어찌 속이고자 하십니까?"

모두 희미하게 웃으며 대답하지 아니하니, 이윽히 힐난하다가 그 집 앞에 이르러 내 말하기를,

"이 안에 기이한 볼 것이 많으니 역관과 하인을 모두 물리치고 다만 사신만 들어가 보시게 하면 내 또한 들어가지 않으리니 바삐 여십시오."

하니, 다 웃고 대답하지 않았다. 드디어 역관과 하인을 다 밖으로 내

보내고 문을 걸어 사람을 지킨 후에 문을 열라 하니 오히려 주저하는 거동이거늘, 내 말하기를,

"만일 사신 외에 한 사람이라도 들어가면 내 감당하리다."

하니, 오림포 듣고 대소하고 중을 권하여 비로소 문을 열어 사행을 들어가게 하였다. 내 이때 섬 아래 멀리 앉았더니 관원이 내가 들어가지 않는 것을 보고 오림포를 불러 청하여 뵈라 이르니 오림포가 웃으며 나를 불렀다. 이때 평중이 내 뒤에 앉아 들어가지 못함을 한탄하거늘, 내 평중을 이끌고 문 앞에 나아가 관원에게 이르기를,

"나는 보기를 원치 않으니 이 사람을 내 대신 보도록 허락하시오."

하니, 웃고 다 들어가라 하였다. 내가 또 문 앞에 나아가 달자의 머리를 뼈로 만든 술그릇을 가리켜 사행을 보게 하니, 오림포 이르기를,

"그것이 무슨 구경이 있습니까?"

하여, 내 말하기를,

"황상께서 변방의 공을 이루고 달자의 머리로 술그릇을 만들었으니 어찌 보암직하지 않으리오."

하였다. 오림포가 내 손목을 잡고 크게 웃으며 말하기를,

"나는 듣지 못한 일을 능히 아시니, 과연 모르는 일이 없습니다."

하였다. 이 밖에도 보지 못한 곳이 많으나, 관원이 심히 어려이 여기고 통관들이 더욱 괴로이 막으니 어쩔 수 없었다. 문을 나 정전 뜰에 이르니 백 태감이 저 있는 집으로 사행을 청하여 음식을 내오는데 매우 풍성하고, 나와 역관들을 다 각각 대접하여 이루 먹지 못하였다. 사행이 가져온 찬합을 내어 약과와 전복, 광어를 태감과 관원에게 권하고 탁자에 남은 떡과 과일 두어 가지를 찬합에 넣으니 태감이 매우 기뻐하는 기색이다. 차를 무수히 내어와 사행이 그 아름다움을 여러 번 칭찬하니, 태감이 듣고 사람을 불러 덩이차 한 뭉치를 가져오라 하여 손으로 가운데를 가리키며 이르기를,

"두 대인께 나누어 드려라."

하였다. 건량에서 가져온 종이와 부채를 드려 태감과 관원에게 나누어 보내는데, 다 빛과 제양이 괴이하여 쓸데없는 것이었다. 부사께서 건량관을 꾸짖었으나 다른 것을 창졸간에 얻지 못하니 할 수 없었다. 대개 역관들이 재물을 아끼기를 오로지 하여 이런 곳에 무색하고 체면이 상함을 생각지 않으니 통분하였다. 나는 처음 대접을 받고 그때 가져온 것이 없어 지금껏 답례를 못하다가, 이날 비로소 대장지大壯紙 한 권과 부채 세 자루와 청심원 셋을 백 태감에게 주고, 부채 하나와 청심원 둘을 풍가를 불러 주었다. 통관들이 돌아가기를 재촉하니 음식을 물리고 떠나고자 하니 태감과 관원이 뜰에 와서 보내고 성관誠款이 한결 같으니 기특하였다.

문을 나서 태학으로 향하였다. 큰길 가운데는 행인의 수레를 막으나 사행은 금치 아니하니 이는 중국과 같이 대접하는 일이요, 수레 앞에 말 탄 갑군 한 쌍이 손에 가죽채찍을 들어 길을 인도하니 이는 또한 중국 관원의 위의를 차리는 것이다. 태학에 이르러 두 통관이 먼저 들어가니, 이윽고 문을 열어 일행을 들였다. 문 안이 너르기 사면 100여 보요, 측백側柏과 향나무가 뜰에 가득하여 다 행렬이 정제하고, 좌우에 줄줄이 무수한 비를 세웠다. 이는 과거 방목榜目을 새긴 것으로, 식년式年마다 새 비를 세워 그 해 출신 한 수백여 명의 성명을 기록하였으니, 원나라 때부터 시작하여 지금까지 폐치 아니하였는가 싶었다. 뜰 앞에 한 관원이 머리에 금 징자를 붙이고 사행을 맞이하여 길을 인도하니 이는 태학을 지키는 관원이다. 내 나아가 그 성명을 물으니 성이 중국 성이 아니거늘, 다시 물으니 만주 사람이라 하였다.

북으로 협문을 들어 정전 뜰에 이르니 천여 칸 너른 뜰에 다 벽돌을 깔았고 서너층 높은 섬에 난간이 정제하고, 삼층 정전이 황기와로 덮였으니 대개 태화전 규모와 방불하다. 정전 현판에 '선사묘先師廟' 세 자를 새겼고 그 옆에 만주 글자를 썼으니 이는 황제의 태학을 표함이다. 정전 좌우로 월랑을 지어 각각 남으로 꺾어 동서로 수십 칸을 세

우고 칸칸이 배향한 위판을 봉하였다. 사행이 정전 안에 봉심奉審[59]하기를 청하니, 통관이 말하기를,

"전에는 사행이 태학에 이르매 관대를 갖추고 뜰에 서서 예배한 후에 비로소 올라가 봉심하였으나, 이번은 관대를 지니지 아니하였으니 예배를 하지 못할 것이요, 예배를 하지 못하면 정문을 열지 못할 것입니다."

하였다. 부사께서 듣고 말하기를,

"우리나라 성묘에도 무시無時의 사알私謁을 금하니 비록 관대를 가졌다고 한들 어찌 감히 예배를 하리오."

하여, 내 그 뜻을 통관과 관에게 이르고 문을 열지 말라 하였다. 동쪽 월랑에 나아가 문틈으로 안을 들여다보니 탁자 위에 한 줄로 위판을 세웠는데, 위에 돌을 덮지 않았으니 제주題主[60]한 글씨를 뚜렷하게 보이게 하고 옆에 각각 만주 글자를 썼으니, 정전 위판은 비록 보지 못하였으나 이로 미루어 보면 필연 똑같이 어지럽혔을 것이다. 이 같은 엄중한 곳에 저희 글자로 성현의 신위를 더럽혔으니 통분한 일이다. 뜰 가운데 섬돌을 연이어 어로御路를 넓게 만들고 남쪽에 큰 문이 있으니 이는 황제가 출입하는 문이다.

문 안에 석고石鼓 열둘을 늘어놓았으니, 석고라 하는 말은 돌로 만든 북이라 이른 말이다. 옛적 주 선왕周宣王이 나라가 어지러운 끝을 이어 천하를 다스려 중흥 사업을 이루고 천하 제후를 모아 크게 사냥하여 군사의 일을 강론하니 고금의 장한 공업功業이요, 희한한 사적이다. 이에 돌을 다듬어 북 모양을 만들고 신하를 명하여 글을 지어 그 위에 새기니 공을 기록하여 후세에 드리우기 위함이었다. 이것이 역대에 전하여 하우씨夏禹氏 구정九鼎과 함께 천하의 보배가 되었다. 구정은 진

---

59 봉심은 임금의 명으로 능이나 묘를 살피는 일을 말한다.
60 제주는 신주를 모시는 일을 말한다.

한秦漢 즈음에 잃어버리고 오직 이것이 지금까지 전하니 실로 천하의 중한 글씨다. 그 높이는 네댓 뼘이요, 둥근 몸피는 두 아름이 차지 못하고, 새긴 글자는 두루 박락剝落하여 성한 곳이 적고 약간 자획이 남았으나 옛 전자篆字(전서체)라 더욱 분변치 못하였으나, 예부터 고적古蹟을 숭상하여 종이에 고적을 박아 세상에 전하니 이러하므로 먹이 돌에 옮아 거뭇하였다. 앞으로 조그만 비를 세우고 10여 줄 글을 새겨 석고의 사적을 기록하였으니 후세 사람의 글이다. 내가 석고를 어루만지며 이윽히 구경하는데, 오림포가 웃으며 말하기를,

"이것이 무슨 구경이 있습니까?"

하니, 내 대답하기를,

"이것이 제일 고적이니 중국의 으뜸 구경입니다."

하였다. 오림포 또한 웃으며 이르기를,

"궁자께서 그 하나를 가져가도 해롭지 않을 것입니다."

하기에, 내 말하기를,

"그대 나를 위하여 책문 밖으로 내어 주면 내 친히 등에 지고 가리다."

하니, 오림포가 크게 웃었다. 문을 나서 일행이 잠깐 쉬더니 양 통관이 곁에 와 앉거늘, 내 말하기를,

"그대 우리를 위하여 매우 애쓰십니다."

하니, 양 통관이 이르기를,

"고생은 내 사양치 아니하니 만일 좋은 청심원을 얻으면 내 고생을 두려워하지 않으리라."

하였다. 대개 통관들도 저희 구하는 것이 많은데 청심원을 가장 귀하게 여겼다. 양가는 늙은 통관이로되 극히 용렬한 인물이라 이런 구차한 말을 부끄럽게 여기지 않는다. 지키는 관원이 함께 섰거늘, 내 묻기를,

"태학은 천하 선비가 모이는 곳으로 우리 사행이 선비를 구경하고

자 하니 머무는 곳으로 인도해 주시오."

하니, 관원이 말하기를,

　"보름 전은 모이지 아니하니 보름 후에 다시 와 보십시오."

하였다. 즉시 문을 나가니, 양 통관이 상통사의 마두를 불러 청심원 서넛을 가져오라 하여 관원을 주며 싼 것을 열어 보이며 말하기를,

　"진짜 것이요, 가장 좋은 것입니다."

하니, 그 청심원은 작고 거짓 것이라 쓸데없는 것이로되, 관원은 처음 보는지라 진위를 모르고 기뻐하는 기색이 있으니 우스웠다.

　문승상묘로 향하였다. 통관들이 돌아가기를 재촉하며 다른 길로 가는 것을 심히 민망히 여겨 문 앞에서 이윽히 다투었다. 양 통관이 나에게 말하기를,

　"문승상 묘당이 무엇이 볼 것이 있습니까?"

하여, 내 말하기를,

　"문승상은 송나라 유명한 사람입니다. 그 충절을 존모하여 한 번 예배를 하여 정성을 펴고자 하는 것이니 무슨 구경이 있겠습니까?"

하니, 양 통관이 머리를 끄덕이고 다시 말을 아니 하였다. 드디어 승상묘에 이르러 한 사람이 나와 맞이하여 인도하거늘, 내 묻기를,

　"그대가 묘당을 맡은 사람입니까?"

하니, 그 사람이 그러하다 하였다. 내 말하기를,

　"이미 묘당을 지킨다면 집이 무너지고 소상이 헐어졌으니 무엇을 지킨다 하겠습니까?"

하니, 그 사람이 말하기를,

　"이 묘당은 황상이 주관하는 것이니 어찌 사사로이 고치겠습니까?"

하였다. 내 말하기를,

　"그러하면 어찌 황상께 아뢰지 아니합니까?"

하니, 그 사람이 웃어 말하기를,

　"재상들이 아뢰지 아니하니 내 알 바가 아닙니다."

하니, 전에 건량관과 의논하던 일이 있어 그 일의 기미를 알고자 하여 이 말을 물었던 것인데 이미 황제가 관리하는 곳이면 하릴없었다. 예배를 파하고 돌아왔다.

갑군 허가許哥는 해마다 아문에 대령하여 사행 상하의 사환을 공손히 도와주고, 조선말을 능히 알아 온갖 수작을 다 통하였다. 나를 서방님이라고 일컫고 세주를 고직庫直님이라 일컫더니 이날 사행을 따라왔다. 내가 계부께서 타신 수레에 앉음을 보고 수레 하나를 세를 얻어 함께 돌아가기를 청하여 함께 앉았다. 내 묻기를,

"옹화궁 동쪽 월랑에 온갖 짐승의 가죽을 벌였으니 무슨 의사입니까?"

하니, 허가가 말하기를,

"이는 다 황상께서 친히 잡은 것입니다. 재주를 자랑하고 공적을 드러내기 위한 것입니다."

하였다. 내 말하기를,

"옹화궁이 구경할 것이 많았으나, 당신네 통관들이 엄히 막아 보지 못하게 하니 통분합니다."

하니, 허가가 말하기를,

"사신 행차는 사람이 많은지라 통관이 무슨 일이 생길까 염려하여 그리 하는 것이니, 오늘도 궁자의 낯을 보지 않았으면 더욱 어려웠을 것입니다."

하였다. 내 말하기를,

"통관이 사행의 출입에 부단히 따라다니는 것은 무슨 뜻입니까?"

하니, 허가가 말하기를,

"지난해에 사행이 서산을 구경하고 돌아올 때, 원명원에 이르러 한 집을 구경코자 하여 마두를 시켜 문을 열라 하니, 이는 황상이 노니는 곳이라 지키는 사람이 엄히 막아 열어 주지 않았습니다. 사신이 크게 노하여 그 마두를 수레 앞에서 볼기를 쳐 소리가 진동하니, 궁 지키는

관원이 그 거동을 보고 놀라 즉시 예부로 통하여 사행 출입을 살피라 하였습니다. 이에 예부에서 아문을 각별히 타일러 경계하고 통관들이 죄책을 당하였으니, 이러하므로 출입을 백 가지로 막고자 하고 친히 따라와 살피는 것입니다."

하였다. 돌아오는 길에 화초 푸자에 들어가 화초를 구경하고 관에 돌아오니 날이 이미 저물었다. 상방으로 바로 들어가니 캉 앞에 앵무새 한 쌍을 앉혔는데 전에 보지 못하던 것이다. 그 모양을 자세히 보니 노랗기 금빛 같고 붉은 발이요, 푸른 부리니, 크기는 치雉(꿩) 같고 눈이 심히 영매하고 사람을 보면 반겨 소리하여 조금도 슬퍼하지 않는다. 혹 사람이 혀를 내어 어르면 즉시 부리를 혀에 대어 침을 찍어 먹으니 대저 요괴로운 짐승이다. 말을 시키는데 종시 하지 못하니, 아직 어려 미처 배우지 못하였다 하였다. 백통白銅으로 틀을 만들어 앉히고 가는 쇠사슬로 발을 매어 놓았다.

정월 13일 **천주당과 유리창에 가다**

　문시종과 일표를 지니고 있기가 매우 불안하고 음식 대접한 회례를 마지못하여, 두어 가지를 종이에 단단히 봉하고 대장지 한 권과 각색 선자지扇子紙 한 권과 화전지花箋紙 한 권, 부채 스무 자루, 진사辰砂 다섯 개, 미선尾扇[61] 두 자루, 진묵 한 동과 청심원 열 환을 한 데 봉하여, 덕형에게 주어 진가에게 맡겨 왕자에게 전하게 하였다. 한인과 다르고 친왕의 아들이라 서로 편지를 통하기가 극히 불편하여 간지 한 장에 물목을 적고 아래에 다음과 같이 썼다.

　저번에 후한 대접을 입으니 감사하여 갚을 바를 알지 못하겠습니다. 약간의 토산이 의젓하지 아니하나, 우선 변변찮은 정성을 표합니다.

　해동의 아모 배拜.

---

[61] 미선은 대오리의 한끝을 가늘게 쪼개어 둥글게 펴고 실로 엮은 뒤, 종이로 앞뒤를 바른 둥그스름한 모양의 부채를 말한다.

식후에 이덕성을 데리고 천주당에 다시 갔다. 홍명복은 일이 있을 뿐 아니라 말을 종시 분명하게 통치 못하니, 차라리 지필로 서로 수작하느니만 같지 못하다 하여 이덕성과 한가지로 갔다. 천주당에 이르니 문 지키는 장가가 말하기를,

"유 대인劉大人은 일이 있어 흠천감에 나가고 포 대인鮑大人이 혼자 있으나 재상 대인들이 여럿 와 있어 만나 보지 못할 것이니 19, 20일 사이에 다시 오면 필연 조용히 만날 것입니다."

하였다. 과연 문 밖에 수레와 안장을 휘황하게 얹은 말 여럿이 매여 있고 징자를 붙인 관원 두엇이 나왔다. 세팔이 말하기를,

"포우관이 중문 안에서 손님을 보내고 우리를 보고는 바삐 몸을 숨겨 도로 들어가니 보기를 어려워하는가 싶고, 이때 상원이 가까워 천주당에 기도하는 재상이 많이 다녀서 필연 외국사람 보기를 더욱 불편하게 여기는가 싶습니다."

하거늘, 드디어 장가를 시켜 19일 기약을 재삼 언약하고 이덕성에게 주어 관으로 돌아가게 하고, 덕유를 데리고 걸어 성문 안에 이르렀다.

황성 남쪽에 세 문이 있으니 가운데는 정양문正陽門이요, 동쪽은 숭문문崇文門이니 혹 하다문哈德門이라 일컫고 서쪽은 이 문이 있으니 두층 문루와 옹성 제도와 모양이 하다문과 같았다. 문 밖에 삯파는 수레가 길가로 1백여 보를 늘어섰거늘, 하나를 삯을 내어 탔다. 수레 임자에게 가는 곳을 먼저 이르고 값을 정하라 하였다. 처음 계획은 성 밖으로 두루 구경하고 저녁에 원근을 헤아려 값을 주려고 하여, 여러 수레를 물으니 종시 듣지 아니하거늘 마지못하여 유리창으로 값을 정하고 문 밖을 나니, 좌우에 시사와 행인이 비록 정양문에 미치지 못하나 또한 극히 번성하였다. 여남은 사람이 준마를 타고 궁시와 각각 병기를 들었는데 다 의복이 선명하고 인물이 준수하였다. 큰길에 말을 놓아 나가니 필연 사냥 가는 사람인가 싶었다. 두어 골목을 들어 유리창 서쪽 문 밖에 이르니 수레 말을 멈추어 가지 아니하거늘 그 연고를 물

으니, 대답하기를,

"삯을 예까지 언약하였으니 어디를 가라 합니까?"

하니, 이때 길이 걷기 어려우나 하릴없어 수레를 내려 걸어서 갔다. 역관 이익이 악사를 데리고 마주 오거늘, 그 가는 곳을 물으니,

"유가의 푸자에 거문고를 배우러 갑니다."

하거늘, 드디어 함께 푸자에 이르렀다. 유가가 읍하고 맞이하고 차를 내어 오거늘, 그 인물을 보니 매우 정긴精緊하여 유아한 태도가 있었다. 머리에 징자를 붙였거늘 벼슬을 물으니, 태상시관太常寺官이니 우리나라 전악典樂 같은 벼슬이다. 있는 곳을 물으니 산서 사람이요, 나이는 30여 세였다. 안팎에 온갖 기완을 가득히 펼쳐 놓았는데, 그 중 인장이 탁자에 가득하니 또한 인장을 잘 새긴다 하였다. 두어 말을 수작하더니 한 사람이 들어와 교의에 안거늘, 그 성을 물으니 살가薩哥라 하였다. 유가가 말하기를,

"이는 나의 동관이요, 또한 거문고를 잘 탑니다."

하였다. 내 유가에게 이르기를,

"우리는 외국 사람이니 중국의 높은 풍류를 한 번 듣고자 합니다. 그대 한 번 타기를 아끼지 마십시오."

하니, 유가가 말하기를,

"거문고는 조용한 곳에서 들어야 하는데, 이곳은 사람이 번다하고 매매를 숭상하니 어찌 겨를이 있겠습니까?"

하였다. 여러 번 청하였으나 듣지 아니하더니 악사가 무명 한 필과 청심원을 내어 폐백으로 유가를 주고 배우기를 청하니 유가 사양하지 아니하고 받아서 감추고, 내일 살가를 데리고 관에 들어가 조용히 곡조를 의논하라 하였다. 내가 이익을 시켜 한 곡조를 다시 청하라 하니 여러 번 권한 후에 거문고를 탁자에 올려놓고 교의에 앉아 타거늘, 그 곡조를 물으니 '평사낙안平沙落雁'62이라 하였다. 두 장을 묻지 못하여 여러 사람이 연하여 들어오고 집이 좁아 용납키 어려웠다. 유가가 타

기를 그치고 손님을 대접하거늘, 내 교의를 내려 바깥 캉에 앉았다. 캉 위에 거문고 예닐곱을 걸었으니, 그 중 하나가 제작이 매우 정치精緻하고 위에 '석상청천石上淸泉' 네 자를 새겼거늘, 내려 그 소리를 들으니 가장 청렬하여 그 중에 뛰어났다. 유가를 불러 사고자 하는 뜻을 이르니, 유가가 말하기를,

"이는 재상의 집에서 줄을 고쳐 매러 온 것이니 팔 것이 아닙니다."

하였다. 내가 다시 들어가 살가에게 공순하게 말을 이르고 한 곡조를 듣기를 청하니, 살가 또한 사양하다가 강잉하여(마지못해) 두어 장을 타서 들려주었다. 대개 곡조는 유원한 맛은 적으나 아담한 음율은 우리나라 풍류가 비하지 못할 것이요, 손 놀리는 거동이 극히 민속하여 쉽게 배우지 못할 것 같았다. 살가가 오른손 집게손가락과 가운뎃손가락에 별도로 쇠뿔로 손톱 모양을 만들어 붙였으니, 이는 줄잡는 데 쓰는 것이리라.

악사가 은 닷 냥을 주고 거문고 하나를 샀으나 값이 적어 소리와 제작이 의젓하지 못하였다. 매매하는 사람이 연이어 들어오니 유가가 심히 분주하여 내일 기약을 정하고 돌아왔다. 이익이 수레 하나를 세내어 셋이 타고 돌아와 관문을 못미처 수레에서 내리니 약재 파는 유가가 제 푸자 문 밖에 섰다가 내가 오는 것을 보고 반겨서 이르기를,

"나는 관중을 마음대로 출입하지 못하니 궁자를 찾아가지 못하거니와, 궁자는 내 푸자를 날마다 지나치시나 한 번을 들어오시지 아니하니 무슨 생광이 있겠습니까?"

내 웃고 함께 그 푸자로 들어가니 좌우에 쌓은 것이 다 약재뿐이요, 집물들이 볼 것이 없으니 가난한 상고인가 싶었다. 유가가 이익에게

---

62 평사낙안平沙落雁은 거문고의 곡명으로 명나라 숭정 7년(1634)에 간행된 『고음정종古音正宗』에 처음 쓰였다. 기러기의 원대한 뜻을 빌어 은자의 가슴에 품은 원대한 뜻을 비유한 말이다. 회화에서는 소상팔경瀟湘八景의 하나로 전해온다. 이때의 평사낙안은 오늘날 호남성 형양衡陽시의 회안봉回雁峰을 가리킨다.

이르기를,

"나는 산활算猾이 적은 사람이라 매매하는 은냥을 얻은 것이 많이 없으니, 그대 나를 위하여 주선함이 어떠합니까?"

대개 유가가 나를 청하여 들인 것이 내게 매매를 맞추고자 하는 것이나, 나에게 바로 말하기 어려이 여겨 이익에게 이르는가 싶었다. 이익이 대답하길,

"매매하는 역관이 따로 있는지라 우리는 나라 직책을 맡아 왔으니 무슨 매매가 있겠습니까? 약간 은냥을 가져왔으나 이는 우리나라 재상의 서책과 필묵을 별부別付63한 것이니 그대에게 미칠 것이 없습니다."

하였다. 또 내가 말하기를,

"나는 가난한 선비라 구경을 위할 따름이요, 매매할 은냥이 없으니 그대 응당 짐작할 것입니다."

하였다. 유가가 말하기를,

"궁자는 비록 가진 것이 없으나 다른 사람에게 한 번 입을 열어 이르면 누가 감히 듣지 않겠습니까?"

내 말하기를,

"매매 일체는 사신도 관여하는 일이 없으니 내 무슨 권력으로 다른 사람을 분부하겠소?"

유가가 듣고 믿지 아니하는 기색이다. 일어나 관문 앞에 이르니 진가가 지나다가 나를 보고 아침에 보낸 물건 말을 하고자 하는데, 이때 여러 역관이 문 앞에 섰는지라 말이 번거롭거늘, 내 손을 들어 바쁘니 다시 보자 하고 서둘러 지나가니 진가가 그 곡절을 모르고 매우 무안해 하는 기색이었다.

---

63 별부는 왕실에서 특별히 중국에 물건을 주문하는 일을 말한다.

정월 14일 법장사에 가다

아침에 일어나 덕형을 불러 부채 두 자루와 청심원 둘을 진가에게
주라 하고 어제 저녁에 말을 응답하지 못한 연고를 이르라고 하였다.
덕형이 돌아와 말하기를,

"진가가 매우 노색이 있어 말하기를, '너의 궁자가 사람을 업신여기
는 것이다. 이르는 말에 대답지 아니하니 다시 만나도 낯이 없을 것이
다' 하거늘, 그 곡절을 누누이 이르고 부채와 청심원을 주니 비로소
진가가 알아들었으나 종시 좁은 인물이라 기색이 쾌치 않았습니다."
하였다. 유가와 살가 두 사람이 오늘 들어오기로 언약하여 이번에 만
나기를 계획하였으나, 계부께서 상부사와 함께 법장사 탑을 가 보고
자 하셨다. 나 또한 가는 길에 유리창을 들러 서책 집물을 구경코자
하는 마음이 있었고, 또 계부께서 나를 여러 번 다니고 약간 말을 통
한다 하여 함께 가기를 간권懇勸하니 마지못해 함께 가기로 하였다. 식
후에 계부께서 타신 수레 앞에 앉아 정양문을 나가 유리창에 이르렀
다. 이곳은 전후 사행이 흔히 다니지 않은 곳이라 길이 좁고 구경하는
사람이 좌우에 모여 섰으니 수레를 겨우 용납하였다. 한 책사에 이르

러 여러 가지 서적을 내어 구경하는데 서반 하나가 따라와 엿보거늘 내 불러 이르되,

"네 의심이 과도하도다. 사행이 어찌 조그만 손리損利를 아껴 이곳에 와 흥정을 가만히 하고자 하겠는가?"

서반이 웃고 말하기를,

"이곳은 나의 푸자입니다. 사행이 사고자 하는 서책이 있거든 이름을 알아 관으로 들여가고자 하는 것이니 어찌 잠상潛商을 염려하겠습니까."

하였다. 보기를 파한 후 수레를 돌려 돌아왔다. 정양문 큰길을 건너 동쪽 골목으로 들어 동으로 행하니, 길가에 기완 파는 푸자 있거늘, 계부를 뫼시고 들어가 구경하였다. 서너 칸 집에 온갖 집물이 무수히 쌓여 있으니 유리창 큰 푸자와 다름이 없고, 그 중에 주석朱錫 자물쇠 셋을 놓았으니 길이 세 뼘이요, 너비 한 뼘으로 우리나라 성문 자물쇠 같으니 크고 튼실하여 과연 대국의 기물이었다. 그 값을 물으니 하나에 은 닷 냥이라 하였다.

하다문 큰길에 이르러 남쪽으로 꺾어 수 리를 가니, 여염이 점점 희소하고 곳곳이 밭을 가꾸어 온갖 나물을 심고 바자(울타리)를 둘렀으니 은연한 교외 경색景色이다. 남으로 바라보매 성이 둘러져 있고 가운데 큰 문이 있으니 이것이 안정문安定門[64]이다. 황성 남쪽에 별도로 외성을 둘러 너르기 거의 성안을 당하되 다만 빈 곳이 반이 넘고 이즈음 이르러는 집이 쓸쓸하여 다 가난한 모양이요, 조선 사람을 흔히 보지 못하는지라 아이와 어른이 두루 몰려와 구경하였다.

길가에 활 쏘는 사람이 있거늘 수레를 멈추고 내가 내려 그 활을 달라 하여 두어 번 당기니 심히 물러 우리나라 군두드러기[65] 같고 살

---

64 영정문永定門의 잘못이다.
65 군두드러기는 장롱의 문에 네모 또는 여덟모로 깎아서 문짝의 테두리를 장식한, 가운데 도톰한 나무를 말한다.

천단

을 보니 축이 없고 깃이 넓으니 멀리 갈 길이 없었다. 그 사람을 주어 한 번 쏘아 보라 하니, 그 사람이 웃고 두어 개를 쏘되 다 수십 보를 넘지 못하니, 대개 이 궁시는 초학初學을 익히게 한 것이고 실제로 쏘는 것이 아닌가 싶었다.

안정문에서 수백 보를 미치지 못하여 서너 길 높은 담이 웅장히 둘러져 있고 담 안에 수목이 가득하니, 길 서쪽은 지단地壇[66]이요, 동쪽은 천단天壇이니 황제가 하늘과 땅에 제를 올리는 곳이다. 천단 안은 집이 굉려하고 구경할 곳이 많다. 이전에는 구경을 막지 않아 『김가재 일기』에는 천단을 구경한 말이 있으나, 근년은 일절 엄금하여 볼 길이 없다 하였다.

---

66 선농단先農壇의 잘못이다. 지단은 북경 외성 북쪽에 있다.

천단 북쪽으로 가니 담 길이 한편에 수
리를 뻗었으니 그 안이 너른 줄을 짐작할
것이요, 위에 누른 기와를 이고 흙에 붉은
칠을 영롱히 하였으니 극히 장려한 제도
였다. 동북쪽으로 높은 탑이 공중에 날아
갈 듯 솟아 있고, 그 앞에 첩첩한 누각이
있으니 이것이 곧 법장사法藏寺[67]다. 수레
를 바삐 몰아 전문에 이르니 구경하는 사
람이 무수히 모여 있는데, 반이 넘게 어깨
에 활을 메고 의복 기색이 다 호방하고 사
나운 인물이다. 서로 하는 말을 들으면 의
복 거동을 웃으며 조롱하니 다 기하旗下 군
사인가 싶었다.

법장사탑의 옛 모습

문 안에 들어가니 여러 법당이 다 무너
져 있다. 중을 찾으니 동쪽 집에서 두어 중이 나와 맞이하는데, 다 의
복이 남루하고 무식한 인물이었다. 법당으로 들어가니 불상이 타락하
고 자리와 탁자에 티끌이 가득하여 소견이 수절愁絶하거늘, 중에게 그
곡절을 물으니, 말이 몽롱하여 알 길이 없었다.

탑 구경하기를 청하니 중이 열쇠를 가지고 북쪽 문을 열거늘, 들어
가니 그 안이 매우 널렀다. 그러나 담이 무너지고 수풀이 거칠어 사람
이 자주 이르는 곳이 아니었다. 가운데 탑을 세웠으니 여덟 면이요, 일
곱 층이니 아래층에 집을 꾸미고 문을 내었다. 문을 드니 그 안이 어둡

---

67 법장사는 지금 북경의 동남쪽 철길 서쪽에 위치해 있었다. 처음에는 미타사彌陀寺라 했는데
벽돌탑을 지으면서 백탑사 혹은 법탑사法塔寺라 불리었다. 금나라 대정大定(1161~1189) 연간
에 처음 건설되었으며 명나라 경태景泰 2년(1451)에 고쳐 지으면서 이름을 법장사로 바꿨
다. 청나라 때에 이미 절은 황폐해졌고 오로지 탑만 남았다. 탑은 7층으로 높이가 30여 미
터에 이르며 팔각형이다. 안은 올라갈 수 있도록 만들어 놓았으며 창을 내어 밖을 내다볼
수 있었으나 1965년경에 없어졌다.

기가 굴 속 같아 지척을 분별치 못하여 중이 앞에서 인도하고 그 뒤를 따랐다. 동쪽 벽을 의지하여 층층이 사다리를 놓았는데, 손으로 더듬어 수십 층을 오르니 비로소 밝은 빛이 점점 비추었다. 서둘러 밝은 곳에 이르니 팔면에 창을 내어 밖을 바라보게 하였고, 길을 돌려내어 사람을 통하게 하였으나 심히 좁아 두 사람의 몸을 겨우 용납하였다.

2층을 지나니 또 사다리를 오르고 여전히 어두웠다. 밝은 곳에 이른 후의 창살을 좇아 사면을 대하니 점점 오를수록 소견이 더욱 광활하다. 길 낸 안쪽은 바람벽을 의지하여 면면이 감실을 만들고 조그만 부처를 칸칸마다 앉혔다. 상층에 오르니 황성 안이 여기서 아니 뵈는 곳이 없었다. 이전에 한 사람이 이르되,

"북경의 온갖 구경이 있으나 법장사 탑에 올라 황성을 굽어보는 것이 제일 기관奇觀이다."

하니, 과연 그 말이 그르지 아니하였다. 대저 북경은 사면 평지라 50리 안은 산이 없고, 궁성 북쪽에 다섯 봉우리 조산造山이 있어 이름을 만세산萬歲山[68]이라 하되, 이는 황제가 노는 곳이라 바깥사람이 출입하지 못하니 올라 구경하지 못할 것이다. 또 성 위에 오르면 성내의 여염이 필연 장관이 될 것이로되 법령이 지엄하여 사람을 올리지 아니하니, 이 탑을 오르지 못하면 황성의 장려한 제도와 수십 만 즐비한 여염의 진짜 형상을 알 길이 없었다.

동쪽은 외성이 내성에 이어 남쪽으로 뻗었고 두 층 문이 있으니 이는 동편문東便門이다. 성 안은 여염이 매우 드문드문하여 내성에 비하지 못하고, 성 밖은 무성한 수풀이 들을 덮고 틈틈이 누각이 은은히 비치니 이는 팔리포의 무성한 분원墳園이다. 남쪽은 성 밖의 수풀이 매우 성하고 분원 제양이 적으니 이는 황제가 사냥하는 곳이요, 수풀 밖으로 구름이 희미하고 하늘이 낮으니 큰 바다가 멀지 않을 것이다.

---

[68] 만세산은 오늘날 자금성 뒤에 자리한 경산景山의 옛 이름이다.

서쪽으로 천단을 굽어보니 네모진 담 안의 첩첩한 궁실이 다 행렬이 정제하고 가운데 여러 계층의 둥근 지붕을 얹은 집이 있으니 높기가 구름 밖으로 솟아 있고 자줏빛 기와를 이었으니 단층이 서로 눈부시어 혼란스런 광채가 말로 기록하지 못할 지경이다. 이는 상제上帝께 제祭 하는 곳이다. 또 두 층 성문이 수풀 사이에 출몰하니 이는 서편문西便門이요, 성 밖으로 희미한 봉우리가 서북을 둘렀으니 이는 서산西山과 옥천산玉泉山이다.

북쪽은 내성 안팎의 크고 작은 골목을 한 곳도 감추고 있지 않고 만세산 앞으로 첩첩한 궁궐이 황홀하고 장려하여 인간 제작이 아니요, 성안에 가득한 여염이 내烟 속에 잠기고 수풀에 감추어져 그 끝을 보지 못하였다. 쌍쌍이 붉은 깃대와 층층이 높은 탑이 곳곳에 솟아 있으니 이는 불도를 숭상하는 사찰이 번성한 까닭이다. 대개 그 이상한 기상을 이루 형용하여 전할 길이 없으나 당나라 때 한 사람이 두 구절 시를 써서 이르기를,

구름 속 황성은 한 쌍 봉궐이요
비 오는 봄의 숲은 수많은 인가로다.[69]
雲裏帝城雙鳳闕 雨中春樹萬人家

하였으니, 이 글말을 생각하면 거의 이곳 기상을 상상할 수 있을 것이다.

상사께서는 아래층 문에 들자 정신이 어지러워 오르지 못하시고, 좇아온 두어 역관이 또한 어두움을 보고 두어 번 오르고자 하다가 도로 내려갔다. 층층이 우리나라 사람의 제명이 있으니 혹 100년 전 사람의 필적이 완연하였다. 부사께서 평중을 시켜 일행 중 상층에 오른 사람

---

69 이 시는 왕유王維가 지은 〈봉화성제봉래향여경각도중유춘우중춘망지작응제시奉和聖製蓬萊向興慶閣道中留春雨中春望之作應制時〉라는 작품이다.

을 차례로 이름을 쓰게 하고 상사는 오르지 못한 고로 쓰지 않았다.

대저 이곳 구경이 다른 데 없는 기이한 경치가 있으나 다만 팔면에 다 각각 창을 내고 가운데 바람벽이 막혔으니 사방을 한 눈으로 돌아보지 못하고, 여덟 문이 심히 적고 붙박이 광창光窓이라 창살 틈으로 바라보니 종시 시원하지 못하였다.

탑을 내려와 동쪽 빈 터에서 일행이 쉬는 동안 좌우에 구경하는 사람이 수백이 넘었다. 따라온 갑군을 불러 사람을 치우라 하여 갑군이 가죽채찍을 들어 무슨 소리를 하니 사람들이 다 웃고 물러섰다. 갑군이 채를 들고 사행 앞에 와 웃으며 말하기를,

"이 채에 황상의 법령이 달렸으니 뉘 감히 듣지 아니하리까?"

하였다.

소년 하나가 적이 조촐하고 의복이 선명한데 웃옷의 옆을 틔웠으니 이곳 종실 의복 제양이다. 내가 불러서 그 성을 물으니 만주의 성이요, 가까운 종친이라 하였다. 따라온 사람이 자랑하여 이르기를,

"우리 노야께서는 황상의 친척입니다. 오래지 않아 높은 벼슬을 할 것이며, 지체가 아주 높습니다."

하였다. 소년의 허리에 유리 비연鼻煙통을 찼는데 극히 빛났다. 내가 희롱하여 그 통을 달라 하니 소년이 진정으로 알아듣고 즉시 끌러 주며 조금도 아끼는 기색이 없거늘, 내 말하기를,

"아까 말은 그대에게 농담을 한 것입니다. 우리는 비연을 쓰지 아니하니 이것을 가져 무엇 하겠습니까."

소년이 즉시 도로 차고 청심원 하나를 구하니, 이때 가져온 것이 없어 주지 못하였는데, 부사께서 듣고 소년을 불러 여러 말을 묻고 청심원을 내어 주며 이르시기를,

"어른이 주는 것을 받으며 절을 아니 하지 못하리라."

하시니, 소년이 말하기를,

"청심원을 얻으면 어찌 절을 아니 하겠습니까?"

하더니, 손에 받아 보고 따라온 사람을 맡긴 후에 밖을 향하여 창황히 뛰어 달리니 절하는 것을 욕되게 여기는 의사요, 거동이 잡되고 경박하며 무식한 인물이었다. 중들이 머무는 캉으로 들어가 각각 찬합을 내어 요기를 하고 관으로 돌아왔다.

날이 과히 저물지 아니 하였는지라 바삐 이익을 불러 유가가 아직 있는지 물으니, 바야흐로 관 밖에 머무르며 아직 돌아가지 않았다 하거늘, 즉시 청하여 오라 하였다. 이윽고 악사가 거문고를 들리고 유가와 함께 들어오거늘, 캉 위에 맞이하여 앉혔다. 살가는 바야흐로 형부刑部의 필첩식筆帖式[70] 벼슬을 다니는지라 관중의 출입을 불편하게 여겨 바로 돌아갔다 하였다. 유가가 우리나라 거문고를 보고 그 이름을 물은 후에 소리 듣기를 청하거늘, 내 두어 곡조를 탄 후에 그 호부好否를 물으니, 유가 겉으로 좋다고 이르나 극히 무미하게 여기는 기색이었다. 내가 유가에게 이르기를,

"외국 풍류는 족히 들을 것이 없어 중국 높은 곡조를 듣고자 하는데, 마지못하여 주인 먼저 한 고비(대목)를 잡았으니 그대 한 번 수고함을 어찌 사양하리오."

유가가 억지로 평사낙안平沙落雁 10여 장을 타고 날이 저물었다 하며 즉시 나가고자 하거늘, 여러 번 붙잡고 다른 곡조를 다시 듣고 싶다고 하였다. 유가가 마지못하여 두어 곡조를 총총히 타고 이르기를,

"우리는 거문고를 탁자에 얹지 아니하면 타지 못하니 이러하므로 소리를 내지 못합니다."

하였다. 나중에 곡조의 이름을 물으니, 사현조思賢操라 하였다. 약과와 전약과 광어, 전복을 얻어 권하니 유가가 단것을 먹지 못한다고 하고 조금 맛본 후에 그치고 서둘러 나갔다. 캉을 내려 문 밖에 나가 보내니 유가가 여러 번 사양하고 이르기를,

---

70 필첩식은 문서의 작성 번역 관리 등을 맡은 청대의 하급 관리다.

"그대의 사람대접하는 예법이 중국과 다름이 없습니다."

하였다. 저녁에 악사를 불러 그 배운 곡조를 물으니, 다만 줄 고르는 법을 배울 뿐이요, 곡조는 미처 의논치 못하였다 하였다. 덕형이 들어와 이르기를,

"아침에 진가가 왕자의 답례하는 면피를 가져왔으니, 그 중 누런 비단 2통은 북경 도성 안에 있는 것이 아니고 남방에서 왕의 집으로 들어온 것이라 값이 귀한 것이요, 우리나라에 내어 가더라도 쓸데없는 것이거늘, 즉시 진가에게 이르기를 '우리 궁자는 선비라 이런 비단을 결단코 즐겨 받지 않으실 것이니 제가 감히 이 말을 통하지 못하겠습니다' 하니, 진가가 듣고 왕자의 집에 다시 가 다녀와 이르기를 '예예께서 이 말을 듣고 매우 무안하여 이르시기를, 만일 내가 주는 것을 받지 아니하면 지난번 가져온 면피를 도로 보낼 것이다' 하니 진가가 사이에서 극히 난처해하였습니다."

하였다. 내 이르기를,

"무늬 있는 비단은 우리나라의 금령이 있을 뿐 아니라 내 무엇에 쓸 데가 있겠느냐. 부디 면피를 주고자 하면 필묵 두어 가지로 족히 정을 표할 것이니 진가에게 그리 일러라."

하니, 덕형이 또 이르기를,

"왕자가 면피를 받지 아니한 것을 듣고 진가에게 이르기를 '문시종은 이미 빌렸던 것이니 어찌 도로 찾겠느냐? 또 제 이미 사랑하는 것이니 이로 면피를 줌이 해롭지 아니할 것이다' 하더라 하니 만일 이것을 다시 보내면 어찌 하겠습니까."

하였다. 내 이르기를,

"이것은 기이한 보배니 남의 것을 경솔하게 가지지 못할 것이다. 또 내 이미 빌려 보아 사랑하는 뜻을 뵈고 그 후에 약간 면피를 주어 저의 뜻을 기리고 저의 주는 비단을 받지 아니한 것이니, 이것은 내 행적이 오로지 문시종을 얻고자 하는 뜻으로 여긴 것이리라. 제 비록 이리 의

심치 아니하여도 내 혐의쩍은 일은 피할 것이다. 문시종은 열 번을 보내어도 결단코 받아가지지 않으리니 이 뜻을 진가에게 즉각 일러라."
하였다.

정월 15일 관중에 머무르다

이날은 몸이 심히 성치 못하고 바람이 일어나 사면 담 밖에 티끌이 하늘에 덮였으니 종일 관중에 머물러 나가지 못하였다. 이날은 상원上元(정월보름)이다. 중국 풍속은 예부터 상원에 등을 밝히고 사흘 밤을 이어가니, 구경이 천하의 장관이다. 허나 해가 지면 곧 문을 닫으니 나갈 길이 없고 푸자의 처마에 색색이 걸린 등이 낮에 보아도 또한 기이한 구경이로되, 바람에 막히어 종일 발을 드리우고 외로이 누웠으니 극히 궁금하였다. 또한 몽고 사람들이 머무는 관이 멀지 않아 이날 몽학蒙學 역관 이억성과 시간을 맞추어 함께 가고자 했는데, 이 또한 바람으로 약속을 취소했다. 한 역관이 들어와 구경 다니는 말을 의논하는데, 그 역관이 말하기를,

"이곳 옥하관玉河舘은 예부터 조선 사신이 머무는 곳인데 근년에 아라사에게 앗겼습니다. 몇 해 전에 석경을 사고자 하여 관으로 들어가니 그 중 아라사 수십 인이 있었는데 다 생김새가 사나웠습니다. 내가 들어가는 것을 보고 저희 개를 불러 무슨 소리를 하여, 개가 홀연 큰 입을 벌리고 크게 짖으며 앞으로 나아오니, 대저 우리를 업신여기고

겁내는 거동을 보고자 한 것입니다. 급히 허리의 칼을 빼어 맹렬히 꾸짖으니, 그 개가 감히 달려들지 못하자 여러 아라사 다 크게 웃으며 개를 꾸짖고 나를 청하여 앉혔습니다. 내 또한 웃고 교의에 나아가니 필경 대접하는 거동은 극히 소탈하였습니다. 탁자 위에 무슨 그릇을 놓았거늘, 나아가 보니 둥근 소반 같고 높이 두어 뼘이니, 그 위에 하늘 도수를 그리고 여러 가지 바퀴를 층층이 끼우고, 그 위에 무슨 소리가 나며 차차 돌아가는 거동이니 자명종 제도에 가까웠습니다. 그 쓰는 곳을 물으니 하늘 모양을 모방한 그릇이라 하니 그 속은 자세히 보지 못하였으나 대저 이상한 그릇이었습니다."

하였다. 당상 역관들이 사행이 밤에 나가 관등觀燈할 일을 아문에 여러 번 청하여 허락을 받으니 대저 이전에는 밤에 나가는 일은 일절 허하는 일이 없더니 수년 만에 비로소 길을 열었다 하였다. 서종맹이 덕형을 불러 이르기를,

"오늘밤에 사행이 관등을 하게 하여 궁자께서 삼대인(서장관)을 뫼시고 나갈 것이니 나는 함께 다니며 구경할 것이다. 내 집 앞에 화포火砲 두어 충을 놓아 사행들이 보시게 할 것이니, 이 말을 궁자에게 전하여 부디 내 집으로 바로 오게 하라."

하고, 즉시 제 종을 불러 은을 주어 보내었다고 한다. 날이 저물자 바람이 점점 더 세어지고 먼지가 달빛을 덮고 행인이 눈을 뜨지 못하니, 일행이 밤이 늦도록 주저하다가 끝내 나가지 못하였다.

황성을 두루 유람하다

자금성 해자의 설경

서쪽 성 밑으로 행하여 서북으로 바라보니 여염이 끊어지고 무성한 수풀 가운데 층층한 누각이 은영하니 다 왕공 재상의 분원墳園이요, 수풀 밖으로는 가없는 들이다. 서북쪽으로 희미한 원산遠山이 둘렀으니 이는 옥천산玉泉山이다. 천천히 가 수문가에 이르니 물소리 진동하여 지척의 말을 통치 못하였다. 나귀를 내려 물가에 앉으니 수십 일을 진애塵埃 총중叢中에 쫓기어 들 빛을 보지 못하였더니, 이곳에 이르매 마음이 쾌청하여 시사 가운데 다니던 기상이 아니었다.

정월 16일 밤에 등불을 구경하다

이날 비로소 문을 열어 상고商賈를 들이니 아문에 세 바치는 수를 정하고, 제독이 매매를 허하는 방문을 써 아문 담 밖에 붙이고, 대소 매매하는 사람을 임의로 통하게 하였다. 연전은 사행 떠나기를 임하여 매매를 통하는지라 이러하므로 길이 지체되고 흥정하는 물건이 더욱 난잡하였다.

근년에는 차차 변통하여 미리 상고를 들이니 값과 물건을 천천히 생각할 뿐 아니라 또 이로 인하여 역관이 중간에서 돌아갈 기한을 조종하는 폐단이 예같이 심하지는 않았다. 세후歲後부터는 상고를 일절 엄금하여 관중이 심히 조용하더니, 이날은 무수한 상고들이 방방마다 가득하다. 소소한 물건을 품고 들어오는 부류는 다 적은 매매라, 10여 세 아이들이 왕왕 값을 속이고 말로 조롱하는 거동이 어른보다 심하니 북경이 상고를 숭상함이 이러하였다.

오림포의 아우가 들어와 보고 비밀히 이르기를,

“행중에 은화를 가져 온 역관들이 각각 단골을 두어 오로지 친분을 봅니다. 나는 전부터 단골이 없는 고로 은을 전혀 얻지 못하니, 우리 새로 사귀어 친한 정분을 생각하여 두어 역관에게 한 마디 분부하기를 어렵게 여기지 않으신다면 매우 감사하리다."

하거늘, 내가 말하기를,

 "내 무슨 형세로 역관들을 분부하겠습니까? 또 분부하는 일이 있어도 각각 저의 단골이 있으니 필연 듣지 않을 것입니다."

하였다. 오가가 매우 불평하여 말하기를,

 "이는 핑계를 대는 말입니다. 한 번 말을 하면 뉘 감히 듣지 않겠습니까."

하거늘, 내 웃으며 말하기를,

 "행중 사정을 그대가 알지 못하는군요. 서 대감이 말 한마디 있으면 일행이 감히 어기지 못합니다. 이번 매매도 거의 다 서 대감의 분부니 낸들 어이하겠습니까."

하니, 오가가 또한 머리를 끄덕이며 크게 웃고 창황히 나갔다. 이 밖에 상고들이 연이어 들어오니, 발을 들어 나의 행색을 보고 다 도로 나갔다. 그 중 우가와 왕가는 여러 번 보아 앉기를 청하여도 듣지 않고 창황히 나가니 그 분주해 하는 거동이 이상하였다. 식후에 어의御醫 김정신의 캉에 앉았더니, 서반 하나가 궤 하나를 끼고 들어와 열어 놓으니 향내가 방에 가득하였다. 이궁정離宮錠과 칠죽향, 염주향과 자계패, 그리고 통주향通州香과 이 밖에 이름 모를 향 여남은 가지가 궤에 가득히 찼으니 임의로 가려서 잡으라 하고 여러 사람이 각각 가려 가진 후에 품속에서 치부책置簿冊을 내어 개수만 적을 뿐이고 값을 의논하지 않거늘, 그 연고를 물으니 역관들이 이르기를,

 "전부터 물화를 미리 바치고 값은 떠나기를 임하여 비로소 결정하니, 이는 다 바쁜 때에 값의 고하高下를 임의로 다투지 못하게 하는 계교計巧입니다."

하였다.

 또 한 사람이 들어오는데 품에서 담뱃대 한 봉을 내어 사라 하니,

다 제작이 용렬하고 모양은 저희 먹는 제양이 아니요, 다 우리나라 것을 모방하였거늘, 그 연고를 물으니 역관이 이르기를,

"저희 쓰는 제양은 백통白銅이 많이 들어가고 값이 귀한지라 마지못하여 우리나라 제양을 따라 백통을 적게 들이니 제양의 정밀하거나 조잡한 것은 의논치 않고 오로지 값만 싸면 많이 사갑니다."

하거늘 내 말하기를,

"하나를 가져가도 쓸 것을 얻어 가는 것이 옳으니 저런 것을 사다가 무엇에 쓰겠소?"

하였다. 역관이 말하기를,

"이것이 어찌 즐겨 하는 일이겠습니까? 길을 돌아가면 일가와 벗의 수응酬應이 많을 뿐 아니라 우리가 이 길 다니는 일이 죄상에 걸리는 일이 많은지라, 아문원역과 문하의 노복의 한정 없는 요구가 이루 감당할 수 없습니다. 이런 고로 수를 많이 하고 정밀하기를 구하지 아니함이요, 또 이런 집물이 이곳에서 볼 때는 극히 용렬하지만, 우리나라에 나간 후에는 다 같은 당물唐物(중국 제품)이라 귀히 여기지 않는 이가 없습니다."

하였다. 저녁 식후에 동쪽 작은 문을 나 일행의 말을 구경하였다. 여러 말들의 똥을 모아 곳곳에 쌓았거늘, 하인에게 물어보라 하니,

"이는 이곳 농사하는 집에서 거름으로 쓰는 것입니다. 사행이 떠난 후면 다투어 값을 주고 사가니, 이는 대사께서 차지하는 것으로 1년에 수십 냥 은을 받습니다."

하였다. 한편에 삿집을 무수히 짓고 상고들이 칸칸마다 가득하여 서로 말을 주고받으니 이는 서울 마두와 의주 상고들이 머무는 곳이다. 건량관이 여러 날 병이 들어 가볍지 않다 하거늘, 가서 물으니 그 있는 캉은 동북쪽 제일 깊은 곳이라 잠깐 보고 돌아왔다. 이날은 밤이 조용하고 달빛이 밝게 비쳐 큰길에 관등觀燈을 언약하였다 하더니, 군노軍奴 한 놈이 들어와 문을 닫는다고 고하였다. 그 곡절을 물으니 역

관이 이르기를,

"오래지 아니하여 도로 열 것입니다. 저녁에 닫는 법은 감히 어기지 못하기 때문입니다."

하였다. 이윽고 당상 역관들이 서종맹의 뜻으로 들어와 고하고 관등하기를 청하니, 계부 상부사와 함께 나갈 때, 상하에 따르는 사람이 수십 인이 넘었다. 역관과 하인이 다 이르기를,

"이전에는 혹 관등을 허하는 적이 있었으나 사행 밖에는 4~5명이 넘지 못하더니, 이번은 서통관이 사행을 제 집으로 청하여 안정을 나타내고자 하는지라 이러하므로 아문이 금하여 막는 이 없으니 이전에 없던 일입니다."

하였다. 아문 앞을 지나 큰 문을 나서 종맹의 집 앞에 이르니 종맹과 여러 통관이 다 문 밖에서 기다렸다. 대문 안으로 교의交椅(접을 수 있는 의자) 셋을 한 줄로 놓아 사행을 앉으시게 하고 문 밖으로 좌우에 각각 반등을 놓고 통관들이 나를 청하여 함께 앉았다. 그런 다음 각각 차와 담배를 내어 오더니 이윽고 종맹이 사람을 불러 탁자 하나를 들어 큰길 남쪽에 성 밑을 향하여 놓으니 앉은 곳에서 열대여섯 걸음이 되었다. 종맹이 당상역관을 불러 이르기를,

"내 사행과 궁자를 위하여 조그만 구경할 것을 장만하였으니 바야흐로 시험하고자 합니다. 비록 보암직하지 아니하나 사행의 한 번 웃으심을 청합니다."

하였다. 대개 북경 풍속이 지포紙砲를 매우 숭상하여 세시歲時부터 비로소 정월 한 달 동안 주야에 그친 적이 없었다. 그 중 크게 만들어 기이한 형상이 나게 한 것은 각각 이름이 있어 물력을 무수히 허비하니, 이는 왕공대인王公大人의 집에서 쓰는 것이요 가난한 백성에게 베푸는 것이 아니었다. 역관이 종맹의 말을 사신에게 전하여 아뢰니, 사행이 감사를 표하고 한 번 보기를 청하였다.

종맹이 즉시 사람을 불러 두어 말을 이르더니, 사람이 지포 하나를

성 밑 탁자 앞에 세웠다. 달빛에 바라보니 길이가 한 자 남짓하고 크기 두어 움큼이요, 붉은 종이로 겉을 발랐으니 우리나라 대홍촉 모양 같았다.

세운 후 그 위에 조그마한 심지가 있으니 심지에 불을 붙이고 그 사람이 바삐 물러서더니 홀연히 통 속에서 괴이한 소리가 물이 끓는듯하고 이상한 불꽃이 공중을 향하여 줄줄이 뿜어내니 어지러운 삼단을 천백 가닥으로 헤친 거동이다. 두어 길 높이로 무수히 뿜어 소견에 놀랍고 괴이하더니 이윽고 한 마디 포성이 웅장히 나더니 위로 두어 치길이 홀연히 꺾어져 땅에 떨어지는데, 네다섯 곳에 각각 흩어져 소리와 불 뿜는 모양이 큰 총과 다름이 없고 나중에는 반드시 큰 포성이 있은 후에 그쳤다. 여러 곳에서 일시에 불빛을 토하니 더욱 기이한 구경이다. 이같이 하기를 네다섯 차례에 이르니 큰 총이 거의 다하였다.

나중에 또 포성이 나는데 매우 웅장하여 일행이 놀랐다. 이것의 이름을 물으니 서종현이 이르기를 '매화포梅花砲'라 하였다. 매화 같은 화포라 이른 것이다. 나중에 큰 포성이 난 후에 동홰(큰 홰) 같은 불빛이 사방으로 흩어지고, 약간 떨어진 종이는 탁자 아래 위에 날릴 뿐이었다. 또 다른 총 하나를 갖다가 놓는데 길이는 첫 번과 같더니 이윽고 포성이 연이어 웅장히 나며 뒤웅¹ 같은 불덩이가 하늘을 향하여 수백 장을 솟아오르는데 첫 번은 하나가 오르고 나중은 여럿이 한꺼번에 오르니 기이하고 웅장한 거동을 상상할 것이다.

이 총을 마친 후에 또 다른 총을 놓고 불을 붙인 후에 총을 붙들어 여러 번 흔드니 홀연히 포성이 연하여 나며 주먹 같은 불덩이가 사면에 무수히 떨어지니 이는 큰 총 속에 작은 총 여러 개를 넣었기 때문이라 하였다. 이 총을 마친 후에 또 다른 총을 세웠는데, 이것은 불을 붙이니 홀연히 한 마디 포성에 총이 갈라져 너른 땅에 두루 흩어져서

---

¹ 뒤웅은 뒤웅박으로, 박을 쪼개지 않고 꼭지 근처에 구멍만 뚫어 속을 파낸 바가지다.

각각 땅에서 두루 뛰놀며 돌아다니니 은연히 용과 뱀이 한 곳에서 엉켜 돌며 싸우는 모양이다. 이것의 이름을 물으니 '파대성破大城'이라 이르니 큰 성을 깬다는 말이다. 역관과 하인이 다 장관이라 일컫고, 이전에 보지 못한 구경이라 하였다.

보기를 마친 후에 일행이 서쪽 길로 향하여 북쪽 작은 골목을 들어 큰길에 이르렀다. 좌우 시사의 문 안과 처마에 무수한 등을 줄줄이 걸었으니 불빛이 밝아 큰길에 서로 비추니, 낮 같은 달빛이 도리어 광채를 아꼈다. 수놓은 안장과 가벼운 수레가 길을 메우고 풍류와 즐기는 거동이 과연 태평 기상이다.

길가 푸자에 잠깐 머물러 등빛과 행인을 구경하였다. 푸자에 달린 등이 많은 곳은 수십이 넘고 적어도 네다섯은 달지 않은 곳이 없으니, 집안으로 내외에 곳곳이 걸어 서로 비추고, 처마의 상탁 집물을 특별히 선명한 것을 가려 줄줄이 벌여 놓았으니, 이는 기구를 자랑하고 노는 사람을 구경케 하기 위한 것이다.

한 푸자로 들어가니 안팎에 걸린 등이 더욱 많고 모양이 여러 가지로되 양각으로 만든 것이 반이 넘고 그 나머지도 다 나무로 만들고 깁으로 발라 인물과 화초를 영롱히 그렸다. 주인이 내가 들어가는 것을 보고 맞이하여 교의에 앉히고 양쪽 기둥에 붙인 글씨를 가리키며 보라 하니 그 체법이 우리나라 사람의 글씨 같거늘, 물으니 과연 우리나라 역관이 써 준 것이라 하였다. 주인이 이르기를,

"조선 은을 다 이 푸자에서 고쳐 불립니다."

하니, 대개 은 불리는 푸자다. 우리나라에서 들어가는 은이 잡것이 많이 섞여 북경에서는 행용에 쓰지 못하였다. 이러하므로 북경 상고들이 우리나라 은을 받은 후에 이 푸자에서 고쳐 불리는가 싶었다.

사행을 모시고 다른 푸자에 들어가니 이는 비단과 실 타는 푸자이다. 주인 네다섯 사람이 나와 대접하는데 다 인물이 조촐하고, 그 사는 곳을 물으니 다 산서山西 사람으로 북경에서 2천 리 밖이라 하였다.

북쪽 벽 위에 관왕 화상을 걸고 앞으로 향로와 향합을 벌이고 화병 한 쌍에 비단 조화를 꽂고 대엿 가지 과일을 벌였으며 위로 현판 하나를 붙였으되 금자金字로 '산서일인山西一人' 네 자를 썼으니 산서의 제일 사람이란 말이다. 내가 주인에게 물으니,

"관왕은 포동2 사람이니 포동이 또한 산서에 속한 땅입니까?"

하니, 주인이 그러하다 하거늘 내 말하기를,

"그러하면 관왕이 당신들 동향 사람이니 각별히 공양함 직합니다."

하니 다 웃었다. 차를 내어 대접하거늘, 먹기를 파한 후에 큰길을 돌아 동으로 행하며 좌우를 구경하고 옥하교에 이르니 이즈음은 저자가 끊어지고 등 달린 곳이 극히 희소하였다. 북쪽을 바라보매 이따금 붉은 등을 공중에 단 곳이 있으니 이는 묘당 깃대에 달린 것이다. 우리나라의 깃대에 등 다는 법이 이 제도인가 싶었다.

관으로 향하여 돌아올 때 서종맹이 문 앞에서 사행이 돌아오는 것을 알고 다시 화포를 놓아 포성이 그치지 아니하고 공중에 화광이 연이어 오르니 멀리서 바라보매 흐르는 별 모양이었다. 문 밖에 이르러 잠깐 멈추더니 부사께서 오가가 우리나라 노래 부르는 것을 듣고 역관을 시켜 한 곡조 부르게 하였다. 처음에 여러 번 사양하였는데 서종현이 우리나라 말로 바삐 부르라 하여 여러 번 재촉하니, 마지못하여 하나를 부르고 창황히 피하여 달아나니 일행이 다 크게 웃었다. 관에 들어가니 밤이 거의 삼경에 이르렀다.

---

2 하동의 잘못이다. 하동은 옛 형주 하동河東 해주解州로 오늘날 산서성山西省 운성運城 지역이다.

정월 17일 **오룡정과 홍인사를 보다**

북경의 황성 북쪽에 큰 연못이 있으니 이름은 태액지太液池³요, 못 가에 한 집이 있으니 이름은 오룡정이다. 전부터 기이한 구경으로 이르는 곳이로되 보름 전은 얼음이 풀리지 못하였으니 참 경치를 볼 길이 없어 지금까지 못하였다. 안날(바로 전날) 세팔을 보내니 돌아와 이르기를,

"수일 사이에 얼음이 풀려 매우 볼 만합니다."

하니, 이날 평중과 함께 가기로 언약하였다.

식후에 홍명복이 『금보琴譜』 다섯을 얻어 왔으니 다 이곳 거문고 타는 법을 의론하고 짚는 제도를 기록한 것이다. 그 중 한 갑이 풍부하고 자세하거늘 잡아 두고 다른 것은 내어 보냈다. 요즘 밤마다 악사를 불러 제가 배운 곡조를 타게 하고, 따라하며 함께 익히니 줄 고르는 법과 평사낙안平沙落雁 네다섯 장을 대강 알았으나, 조격調格이 종시 번촉하고 또 묘한 수법을 옮기지 못하면 부질없는 심력을 허비할 뿐이

---

3 당시의 태액지는 오늘날 북경 자금성 옆의 인공호수인 북해, 중해, 남해를 아울러 가리키던 이름이다.

라 정월 이후는 다시 익히지 아니하였다.

진가의 동무 곽가郭哥 또한 산서 사람이다. 진가의 푸자에서 여러 번 보았더니 이날 들어와 이윽히 앉아 말을 수작하는데 우리 의관을 좋다 여러 번 일컫고, 자기들은 지금 제도에 구애하여 머리를 깎을지언정 어찌 애달픈 마음이 없겠냐고 하였다. 내 말하기를,

"당신들 중에 머리털을 깎지 아니하고 세상을 도망하여 숨어 있는 사람이 필연 있을 것입니다."

하니, 곽가가 말하기를,

"어찌 없겠습니까? 묘당의 곳곳에 있으니 행신이 중과 같은 사람입니다."

하니, 이는 도사를 이름이다. 곽가는 무식한 인물이라 내 뜻을 알아듣지 못하였던 것이다. 식후에 세팔과 덕유를 데리고 평중과 함께 나갈 때 성번이 또한 따라왔다. 옥하교에 이르니 세팔이 먼저 수레를 세내어 왔거늘 평중과 함께 타고 북쪽 옥하교를 지나 궁장 동쪽을 좇아 동안문에 이르니 이 문 안은 자주 다니지 않는 곳이다. 또 수레를 탄 뒤에는 구경할 곳을 임의로 머물게 못하는지라, 수레를 값을 주어 돌려보내고 걸어서 문 안을 들어갔다.

남쪽 궁장 안에 장막을 두르고 수백 명이 모여 섰다. 세팔에게 물어보라 하니, 군사를 몰아 활 쏘는 곳이라 하거늘, 드디어 먼저 나아가 활 쏘는 거동을 보고자 하였다. 궁장 안이 너르기 10여 칸이요, 서쪽에는 큰 개천이 있으니 옥하교로 통하는 개천으로, 궁성 해자垓字에서 내려오는 물이다. 물가를 따라서 가다가 수십 보를 미치지 못하여 홀연 화살 하나가 평중의 발 앞에 박히니 일행이 매우 놀랐다. 이곳은 과녁 세운 데서 여남은 보 밖이요, 행인이 무수히 다니는 곳이니 활 쏘는 재주가 서투름을 짐작할 수 있었다.

장막 앞에 이르니 궁장을 등지고 서쪽으로 향하여 서너 칸 검은 장막을 치고, 그 안에 두어 관원이 교의에 걸터앉아 있다. 교의 앞으로

는 긴 탁자를 가로 놓아 그 위에 필묵
과 벼루, 사기 필산과 여러 장 문서를
놓았고 좌우에 여러 사람이 서있는데
다 의복이 선명하였다. 장막 남쪽에 나
무를 박아 목책을 만들어 북으로 꺾어
10여 칸을 막았으니, 이는 행인과 구경
하는 사람을 난잡하게 들어가지 못하
게 함이었다.

청나라 병사의 활 쏘는 모습

목책 밖으로 구경하는 사람이 무수
히 섰거늘, 겨우 헤치고 들어가 목책을
의지하여 활 쏘는 모양을 보니 일곱 사
람이 한 무리를 지어 목책을 등지고 장막을 향하여 섰는데, 각각 궁시
弓矢를 찼다. 앞머리의 한 사람이 먼저 나아가 북으로 향하여 하나를
쏜 후에 또한 물러나 북쪽 끝에 가 서고, 남쪽 둘째 사람이 나아가 하
나를 쏜 후에 또한 물러나와 끝에 섰다. 연하여 이 법으로 나아가 쏘
게 하고 쏘기를 마치면 일시에 물러나고 다른 무리를 불러들이니, 또
한 일곱 사람이다. 하나씩 돌려 쏘이는 법이 또한 한가지니, 이는 쏘
는 사람을 더욱 어렵게 하여 재주를 보게 한 계교였다.

과녁은 나무로 틀을 만들어 종이를 바르고 가운데와 아래 위 세 곳
에 둥근 관을 그렸으니 관의 둘레는 한 아름 남짓하고 과녁 크기는 우
리나라 기추騎芻[4] 과녁 같았다. 과녁은 비록 작으나 멀기는 30보를 넘
지 못하였다. 우리나라 호반으로 우리나라 궁시를 주어 쏘게 하면 필
연 열에 칠팔은 떨어뜨리지 아니할 듯하되, 이날 쏘는 사람을 20여 명
을 보았으나 종시 하나도 맞추지 못할 뿐 아니라 왕왕 과녁 위로 대엿
길을 지나가고 혹 좌우로 대엿 칸을 비껴가니 천하의 용렬한 사법이

---

4 기추는 말을 타고 달리면서 활을 쏘는 것을 말한다.

다. 오랑캐가 오로지 활 쏘는 재주를 숭상하여 이로써 천하를 제어하는 것이거늘 이리 용렬한 곡절은 알지 못할 일이다.

쏘는 거동을 보면 다 허리를 굽히고 팔을 높이 들어 실제 사법을 갖추고 기색을 볼진대 낯빛을 잃지 않는 이 없고 정신을 가다듬어 매우 긴장하는 모양이니 무슨 상벌이 가볍지 아니한가 싶었으나, 하나도 맞추는 것을 보지 못하니 괴이하였다.

장막 안에 한 관원이 몸집이 매우 장대하고 둥근 얼굴이 화평 수려하여 과연 재상의 풍골이다. 우리가 서 있는 것을 보고 곁 사람을 향하여 무슨 말을 의논하며 오래도록 유의하여 보았다. 마침 활 쏘는 사람이 다 물러가고 목책 안이 비었는데 그 관원이 천천히 교의를 내려 두루 걸으며 곁눈으로 나를 유의하여 보거늘, 그 기색을 보니 내 앞에 와 무슨 말을 하고자 하되, 문득 나아오다가 혹 피하여 달아날까 염려하는 거동이었다. 내 짐짓 머물러 피치 않을 뜻을 보이니 그 관원이 한데를 향하여 천천히 거닐어 내 앞에 이르러서는 이윽히 보다가 말하기를,

"그대 나라에서도 활쏘기를 합니까?"

내 말하기를,

"중국과 한가지입니다."

관원이 말하기를,

"활과 화살의 제도는 어떠합니까?"

내 말하기를,

"여러 가지 모양이 있으나 평상시 쏘는 활과 화살은 중국에 비하면 매우 작습니다."

관원이 묻기를,

"그대가 여기 활 쏘는 재주를 보니 어떠합니까?"

내 말하기를,

"과녁이 멀지 아니 하되 맞추는 이가 적으니 무슨 곡절입니까?"

관원이 말하기를,

"처음 배우는 사람이라 그러합니다."

하고, 또 말하기를,

"그대 만주말을 아십니까?"

내 말하기를,

"나는 북경을 처음 들어온 사람이라 중국말도 익히 알지 못하는데 만주말을 어찌 알겠습니까?"

관원이 말하기를,

"다른 사람도 아는 이가 없습니까?"

내 말하기를,

"역관 중에 혹 아는 이가 있으나 매우 적습니다."

관원이 또 말하기를,

"무슨 등사입니까?"

하니, 이때 내 공작우 달린 전립을 썼는지라 사史 벼슬인가 여긴 것이다. 중국 사 벼슬은 세 등이 있어 이러하므로 몇째 등인 줄을 묻는 것이었다. 내 대답하기를,

"등이 없으니 칠품 벼슬입니다."

하고, 내 또 묻기를,

"노야는 무슨 품이십니까?"

관원이 말하기를,

"일품입니다."

하거늘 그 징자頂子를 보니 과연 산호 징자를 붙였다.[5] 내 즉시 팔을 들어 읍하고 말하기를,

"대인은 높은 벼슬이거늘, 내 체면을 잃었으니 괴이하게 여기지 마

---

5 청나라에서는 관원의 품직에 따라 각기 다른 징자를 달도록 하였는데, 초기에 1품은 홍옥 (루비), 2품은 산호珊瑚를 달았으며 옹정雍正 8년(1730) 개정된 징자제도에 의하면 1품은 밝은 홍색 유리, 2품은 어두운 홍색 유리를 달았다. 여기서 1품 벼슬아치가 산호 징자를 달았다는 것은 약간의 착오가 있는 듯하다.

십시오."

관원이 말하기를,

"무슨 괴이히 여김이 있겠습니까?"

하였다. 이 관원이 필연 우리나라 사람을 익히 보지 못하였는가 싶었으나 말이 극히 분명하여 통하기 어렵지 아니하니 괴이하고, 벼슬이 일품에 이르렀으되 위의와 체면이 조금도 교만하고 당돌한 거동이 없으니, 중국의 간략한 풍속과 관원의 진솔한 기상이 기특하였다.

바야흐로 무슨 말을 묻고자 하는데 세팔이 가기를 재촉하고 구경하는 사람이 서로 밀리어 서 있기 어려웠다. 즉시 물러나 목책 남쪽으로 돌아가니 사람이 무수히 모여 있으며 다 궁시를 가졌으니 활쏘기를 기다리는 거동이다. 그 중 서로 말하며 낙심한 기색이 있는 자는 활쏘기를 다하고 통과하지 못한 것을 한탄하는 모양이다.

두어 사람이 화살 100여 개를 가지고 두루 다니며 사라고 하거늘, 내 나아가 잠깐 보기를 청하니 그 사람이 어려이 여기는 기색이 없고 여럿을 빼어 보이며 사 가라 한다. 그 살이 여러 가지 모양이라 혹 깃이 넓어 우리나라 미전尾箭 모양이요, 혹 깃이 좁고 촉이 별양 날카로우니 이는 싸움과 사냥에 쓰는 것이요, 혹 깃을 털어 놓고 촉이 없는 것은 이는 평상시에 익히는 것이다.

장막 남쪽은 다 몽고인이 머무는 곳이다. 궁장 밑으로 삿자리를 곳곳에 두르고 그 안에 둥근 장막을 쳤으니 이는 몽고 군사를 머물게 해 궁장을 지키게 함이었다. 몽고 장막 앞에 개 한 마리를 앉혔으니, 쇠사슬로 목을 묶어 나무에 매었으니 모양은 우리나라 개와 같으나 크기가 웅장하고 눈이 깊고 누르러 사람을 보는 거동이 극히 사나웠다. 세팔이 이르기를,

"이 개는 몽고인들이 데리고 다니는 것입니다. 사납기가 제어키 어려워 다 쇠사슬로 매어 둡니다."

하였다.

서쪽으로 다리를 건너 물을 따라 북으로 행하였다. 물가는 다 백성이 사는 집이요, 또 다리를 건너 동안문 안에 이르러 큰길을 좇아 서로 행하니, 이즈음은 좌우에 저자가 매우 번성하였다. 길 가운데 큰 돌을 모지게 다듬어 연하여 늘어놓고 여러 사람이 길 위에 석회를 다지니, 이는 어로御路에 박석(얇고 넓적한 돌)을 깔려고 하는가 싶었다. 성 높이는 일여덟 길이요, 아래위로 벽돌을 쌓으니 웅장하기는 비록 큰 성에 미치지 못하나 여장女墻제도와 정치한 규모는 다른 성이 비하지 못할 것이다.

해자 넓이는 30여 보요, 좌우에 서너 길 석축이 한 곳도 흐트러진 데를 보지 못하였다. 궁성 밑으로 해자를 등을 져 그 안에 군사를 감춰 이 구멍으로 시석矢石을 통하여 도적을 막게 하는가 싶었다. 이곳 집이 궁성을 좇아 북으로 둘러 북쪽 신무문神武門에 이르고, 신무문 서쪽으로 서화문西華門에 이르러 거의 10리에 가까웠다. 천하에서 조운漕運⁶하는 곡식을 다 이곳에 저장하니 우리나라 사행의 차하⁷하는 양식을 다 이곳에 와서 타 갔다. 그 재물의 풍요로움을 짐작할 것이다. 곡식 실은 배는 바다를 좇아 통주강으로 올라와 돛대를 내리고 황성 수문과 여러 곳 다리 밑으로 들어와 이 해자에 이르러 배를 닿게 하여 이곳에 쌓는다 하니, 그 기구와 제도가 과연 미칠 바가 아니었다.

남쪽으로 붉은 담이 웅장히 둘러져 있고 그 안에 수목이 울창하니 이는 태묘太廟⁸인가 싶었다. 동화문 밖에는 거마와 대인의 교자轎子가 많이 놓여 있고 군병과 관원들이 출입을 그치지 아니하니 가까이 들어가기 심히 괴로웠다. 집 제도를 앞으로 들어가 구경하고자 하여 해

---

6 조운은 현물로 받아들인 각 지방의 조세를 서울까지 배로 운반하던 제도를 말한다.
7 차하는 상하의 이두 표현으로, 치러 주다 혹은, 뒤를 대어 주다는 뜻이다. 주로 생활비 식량 같은 것을 일정한 액수로 일정한 시기마다 대어 주는 일을 말한다.
8 태묘는 황제의 선조에 배향하기 위해 건축한 사당으로, 오늘날 북경 천안문 광장 동북쪽에 있다.

자금성 성벽과 해자

자 다리에 이르러 난간가로 천천히 나아가니 환도 찬 갑군이 마주 나와 손을 저으며 나가라 하였다.

　도로 물러나 해자 동쪽으로 큰길을 좇아 북으로 행하니 이날 날씨가 매우 덥고 목이 말라 심히 견디기 어려웠다. 길가에 우물이 곳곳에 있으나 맛이 구려 먹지 못하여, 한 음식 파는 푸자를 찾아 들어갔다. 술 마시는 사람이 안팎에 가득하였는데 다 의복이 더럽고 용준한 인물이라 오래 앉아 있기 심히 괴롭거늘 문 안 반등에 잠깐 앉아 차 한 그릇을 사 먹고 즉시 나왔다. 푸자 안의 한 사람이 수숫대로 해금 모양을 만들어 줄을 매어 타며 노래를 부르나 곡조를 변변히 이르지 못하니, 오히려 음식 먹는 사람들이 웃고 즐기게 하려는 의사였다. 계속해서 북으로 향하였다. 길 동쪽에 두 묘당이 있는데 새로 중창하여 금벽이 찬란하거늘, 세팔에게 물으니,

"아마 묘당인 줄은 알지 못하겠으나 전부터 구경하는 곳입니다."
하고, 나아가 들어가고자 하니 두 곳에 다 지키는 사람이 있어 이윽히 달래였으나 종시 듣지 아니하였다.

이윽히 행하다가 서쪽으로 꺾어 두 패루를 지나 신무문神武門 앞에 이르니, 이는 궁성 북문이다. 우리나라 경복궁 북문을 신무문이라 하니 이를 본받았던 것이다. 문은 굳게 닫혔으니 그 안은 엿볼 길이 없다. 북으로 바라보니 만세산(경산) 다섯 봉이 수백 보 밖이요, 가운데 봉이 가장 높았으나 100여 장을 넘지 못할 것이다. 좌우에 각각 두 봉은 차차 낮아 두 편이 비슷하니 분명한 조산造山 모양이다. 가운데 높은 봉에 세 층 집을 표묘히 지었는데 여덟 면이요, 청기와를 이었다. 그 다음 두 봉은 두 층 집이요, 황기와를 이었고, 다음 두 봉에 있는 집은 자지紫的[9] 기와를 이었는데 두 층과 팔면 제도는 한가지다. 멀리서 바라보매 단청과 제도가 공교 장려하여 인간 경색이 아니로되, 다만 흙빛이 더럽고 나무가 많이 드물어 약간 자단과 측백을 심었으니 괴이하였다.

산 밑으로 각색 기와를 층층이 올린 전각이 다 새로 지은 집이요, 큰길을 임하고 신무문을 대하여 큰 문을 내어 현판에 금자로 '옥황묘玉皇廟' 세 자를 새겼거늘, 문 앞에 이르러 안을 보니 뜰이 너르고 단청한 처마에 아로새긴 난간이 좌우에 은영하니 가장 구경함 직한 곳이다.

세팔을 시켜 지키는 갑군에게 청심원과 부채를 주어 잠깐 들어가기를 청하라 하니 오랫동안 듣지 아니하다가 여러 번 보챈 후에 주는 것을 받지 아니하고 이르기를,

"이 문은 출입하지 못하는 곳으로, 서쪽 다른 문이 있으니 그리로 들어오십시오."
하였다. 담 밖으로 100여 보를 행하니 과연 큰 문이 있고 또한 갑군이

---

9 자지는 자줏빛이라는 뜻의 중국어인 자더紫的를 발음대로 표기한 것이다.

지켰거늘 여러 번 달래니 종시 듣지 아니하고 손을 저어 문 근처에도 서지 못하게 하였다. 대개 이곳은 황제가 자주 노니는 곳이라 잡인을 통치 아니하니 첫 번 갑군이 보챔을 괴로이 여겨 속였는가 싶었다.

이 문 앞에 길이 가장 너르고 길 가운데 수백 명이 모이고, 그 안에 환술하는 사람이 바야흐로 기물을 버리고 재주를 베풀거늘, 사람을 헤치고 들어가니 좌우에 여러 개 반등을 늘어놓고 구경하는 사람들 앉혔으니 우리 들어가는 것을 보고 빈자리를 가리켜 앉기를 청하거늘, 평중과 함께 올라앉아 그 거동을 구경하였다. 동쪽 높은 탁자를 놓아 괴이한 기명을 많이 벌여 놓고 탁자 아래 검은 보를 깔았는데, 여러 번 털어 고쳐 펴고 손을 무수히 두드려 그 밑에 감춘 것이 없음을 뵌 후에 뒤로 10여 보를 물러와 무슨 사설을 무수히 하며 여러 번 탁자 밑으로 나아가 보를 들고자 하다가 다시 물러서며 외치며 이르기를,

"구경하는 사람은 상을 많이 주고 재주를 보시오."

하니, 좌우 반등에 앉은 사람과 반등 밖에 서있는 사람이 일시에 각각 소천을 내어 던지니 사방에 비 오듯 하였다. 또한 덕유를 불러 소천을 내라 하여, 5~6푼을 내어 땅에 던지니 한편으로 다른 사람이 돈을 거두어 감추었다. 그 중 한 사람의 의복은 가장 선명한데 돈을 내지 아니하니 사람이 그 앞에 나아가 여러 번 달라 하는데 그 사람이 가져온 것이 없노라 하였다. 그러니 무슨 말로 조롱하는 거동이 있는데 보는 사람이 다 웃고 그 사람이 부끄러워하는 거동이 포복절도하였다.

돈을 다 거두니 다시 소리를 높이고 두어 번 진퇴하더니, 홀연히 보를 들치니 화대접 하나에 수박씨가 가득 고였고 가화 한 가지를 그 위에 꽂았으니 대저 관중에서 보던 모양이다. 좌우 사람이 다 일시에 혀를 차며 기특함을 일컬으니 그 사람이 사면을 돌아보며 재주를 자랑하는 거동이다.

이것을 마친 후에는 큰 대접 하나를 내어 가는 막대 땅에 엎어 얹으니 필연 떨어질 것이로되 종시 대 끝에 박힌 듯하더니, 한 번을 혼

들매 대접이 대 끝에서 핑고(평구, 위에 꼭지가 달린 팽이) 돌아가듯 하였다. 이미 기이한 일이요, 다른 막대로 차차 이어 괴오니 서넛을 내오매 높이 4~5장이로되 괸 나무도 어긋나지 아니하고 대접 돌아가는 동안 함께 쉬지 아니하니 괴이한 일이었다. 괸 데를 차차 빼어 대접을 내린 후에 다시 서너 치 짧은 대 끝에 얹어 한 손에 들어 이윽히 돌리더니 입에 대 하나를 물고 그 위에 대접 얹은 대를 얹으니 소견이 매우 위태하였으나, 또한 떨어지지 아니하고 두 손을 늘어뜨리고 입에 문 대를 천천히 움직이니 대접이 같이 돌아가니 이 재주는 더욱 생각지 못할 일이었다. 탁자 밑으로 투구 갑옷과 기치, 창검을 놓았으니 무슨 보암직한 구경이 있는가 싶었지만, 한 곳에 오래 머물지 못하여 다시 돈을 내어 던져 주고 일어나 큰길을 좇아 수백 보를 향하였다.

홀연히 큰 물이 있는데 너비 오륙십 보요, 좌우에 석축이 극히 정제하고 물을 빗겨 돌다리를 놓았으되, 옥 같은 흰 돌로 온갖 물상을 새겨 좌우의 난간을 꾸미고 다리 양쪽에 각각 패루를 세웠으니 동쪽은 '옥동玉蝀' 두 자를 새기고, 서쪽은 '금오金鰲' 두 자를 새겼다. 이 다리 북쪽은 태액지太液池라 일컫는 곳이니 홀연히 당하매 소견이 황홀하고 비록 천작天作이 아니요 인교의 사치로 궁극히 하였으니 또한 대국 역량을 볼 것이요, 천하의 기구를 짐작할 수 있다. 바삐 다리로 올라가 난간을 의지하여 먼저 아래로 남쪽을 바라보니, 얼음이 풀린 지 오래지 아니한지라 물빛이 비록 극히 맑지 못하나 바람에 희미한 물결이 비단 같고 노는 오리들이 무리를 지어 쌍쌍이 출몰하니 은연한 강호 경치라 성시城市 진애塵埃 중에 있음을 깨닫지 못하였다. 양쪽 석축 위로 두 줄 버들이 천여 보를 그치지 아니하고 버들 안으로 붉은 다락과 단청한 전각이 수풀에 은은하게 비치고 집 멀리 서로 바라보니 그 상쾌하고 장려한 경치는 말로 전하지 못할 것이다.

북으로 바라보매 건넌 언덕이 천여 보 밖이요, 사면 둘레는 창졸에 짐작치 못하나 필연 10여 리를 밑돌지 않을 것이다. 물 가운데 큰 섬

경산공원에서 바라본 태액지. 지금은 북해공원이라 한다. 동그라미 표시된 곳이 오룡정이다.

이 있고 섬 안에 조산을 높이 쌓고, 조산 아래위에 층층이 누각을 지었다. 멀리서 바라보매, 그 제도를 자세히 알지 못하나 다만 여러 집을 다 오색 기와를 새겨 이었으되, 온갖 꽃문을 만들어 햇빛에 비추니 찬란함을 형용치 못할 것이다.

　조산 높은 봉 위에 흰 탑 하나를 세웠으되 높이가 구름 밖에 빼어나고 좌우로 붉은 깃대를 쌍쌍이 세우고 가는 기를 각각 달았으니 너비는 두어 치에 지나지 못할 것이요 길이는 거의 땅에 그을릴 듯하다. 색은 온갖 채색으로 격지隔紙를 두어 층층이 그렸으니 멀리서 바라보매 각색 비단으로 조각을 내어 만든 것 같은지라 그 의사를 모르겠다. 섬 앞으로 다리를 놓아 옥황문 뒤로 통하고 만세산 서쪽을 이었으니 층층한 난간이 인간 경색이 아닐러라.

북쪽 언덕을 바라보매 기이한 누각이 물을 임하여 첩첩이 펼쳐 있으니 이것이 오룡정五龍亭이다. 대개 이곳이 여름에 연꽃이 물에 가득하면 더욱 이상한 구경이 될 듯하였다. 동쪽 패루 밑에 지키는 갑군이 있어 채찍을 두르며 다리에 서있는 사람을 금하니 마지못하여 서쪽 패루 아래에 가서 잠깐 쉬었다. 이때 몸이 가쁘고 다리가 아파 걷기 어려운지라 길가에 수레 하나를 세내어 여럿이 타고 서쪽으로 행하여 길 어귀를 나가니 단 길이 너르기 100여 보요, 좌우에 여러 패루와 아득한 누각이 길을 꼈으니 단청이 서로 눈부시고 눈이 현란하여 어느 곳을 구경해야 할지 몰랐다.

북으로 수십 보를 행하여 오룡정 서쪽 문 앞에 이르러 수레를 내려 돌려보내고 들어가 구경하고자 하였다. 문 밖에 지킨 갑군들이 여럿 있어 엄히 막거늘, 세팔을 시켜 무엇을 주마 하고 여러 번 달래었으나, 그 중 한 사람이 술에 취하여 더욱 막고 종시 듣지 아니하니 하릴없이 그만두고 홍인사弘仁寺를 향하였다.

홍인사는 절 이름이니 황제가 지은 것으로, 세운 지 10여 년이 넘지 않았다. 남으로 행하여 서쪽 작은 골목을 좇아 뒷문을 들어가니 그 안에 겹겹이 무수한 집이 있어 다 라마승이 궁에 머무는 곳이다. 중문을 들어 두어 곳을 들어가니 중들이 가득한데 거동이 다 무식하고 영한한지라, 우리 들어가는 것을 보아도 조금도 맞이하여 대접하는 일이 없고 구경할 곳을 물어도 대답하지 아니하였다.

즉시 나와 남으로 여러 골목을 지나 한 문을 드니 뜰이 너르고 웅장한 법당이 있으니 돌난간과 아로새긴 창호의 새로 한 단청이 찬란함은 이를 것이 없으나, 문이 잠기고 사람이 없으니 안을 볼 길이 없다. 두루 다니며 여러 문을 들어 밖으로 집만 볼 따름이로되, 웅장한 제도와 공교한 형상을 이루 기록하지 못하였다. 큰 법당 뒤로 탑 하나를 세웠는데 높이 수십 장이요, 상층의 높은 기둥을 가운데 세우고 좌우에 일여덟 철사를 늘이고 철사에 수백 개 풍경을 달았으나 대소 장단을 각각 층이 있게 만들었다.

이때 바람이 세차게 불더니 여러 풍경이 일시에 움직여 각각 소리로 서로 응하니 의연한 풍류 곡조를 이루고 법당 처마의 네 귀에 큰 풍경을 달았는데 크기가 종과 같다. 이때 두루 다녀 곳곳에 중문이 열렸으나 종시 사람을 보지 못하고, 너른 뜰과 높은 집 사이에 다만 공중의 풍경 소리를 들으니 또한 이상한 경색이다. 법당 남쪽으로 두어 문을 나니 비로소 바깥 큰 문이 있고 문 안에 갑군과 라마승喇嘛僧 두엇이 있거늘 캉 문 앞에 나아가 공손히 인사하니 안에서 나오는 양을 보았으나 특별히 이상하게 여기는 기색이 없다. 법당 보기를 청하니 라마승이 두어 번 사양하다가 즉시 열쇠를 가지고 한가지로 들어가 정전으로 문을 열어 뵈었다. 들어가니 그 안이 부처 앉힌 것과 상탁 포진布陳과 벌여 놓은 집물이 오로지 옹화궁 정전을 모방하였으며 괴이한 사치를 궁극히 하였을 뿐이다.

보기를 마치니 라마승이 다른 문은 즐겨 열지 않고, 또 이때 날이 저물고 심히 시장하여 오래 머물지 못할 듯하여 즉시 나와 큰 문 옆에 조그만 협문을 나섰다. 문 앞에 큰길이 있고, 좌우에 패루를 세워 채색이 영롱하니, 대개 큰 묘당 앞에는 다 패루 한 쌍을 세우니 우리나라 홍살문 제양이다.

천천히 걸어가며 세팔을 먼저 보내어 음식 푸자를 찾아 들어가니 집안 터가 매우 넓고 사람이 많지 아니하였다. 반등에 탁자를 대하여 앉았더니 국수와 여러 가지 보보와 차를 연하여 내어오거늘, 임의로 가리켜 먹기를 파한 후에 값을 헤아려 주고 문을 나가 수레 하나를 세내어 타고 돌아왔다. 계속해서 남쪽으로 행하여 서안문 앞을 지나 궁장을 좇아 동으로 꺾어 행하니 길 남쪽에 담을 웅장히 쌓고 담 밑으로 돌난간을 두르고 담 안에 2층 집이 있으되 제도와 단층이 이상하거늘, 세팔에게 물으니,

"이 집은 수 년 사이에 새로 세운 것입니다. 그 안은 보지 못하였으

나 담 안에 다 회자국回子國 사람이 머무는 곳입니다."

하였다. 드디어 수레를 멈추고 세팔을 시켜 들어가 보기를 청하라 하니, 세팔이 그 문을 들어가더니 과연 회자국 사람이 여럿이 나와 우리를 도리어 구경하였다. 다 깊은 눈과 굵은 나룻이 전혀 범의 상이니 잠깐 대하기도 극히 괴로운 인물이나, 그 안을 구경하고자 하여 세팔을 시켜 달래니, 그 사람들이 한어를 전혀 알지 못하고 다만 손을 저으니 못 들어감을 이르는 의사다. 입은 의복은 오랑캐 복색과 대강 같으나 다만 마래기 모양이 두 옆이 좁고 남북이 길고 위가 특별히 길어 우리나라 전립 대우10 같고 붉은 가죽으로 쌌다.

아이들 여럿이 나왔으나 혹 큰 아이가 두세 살 아이를 안았으니 다 사로잡아 온 인물인가 싶고, 여인 하나가 문에 섰는데 키가 매우 크고 얼굴이 흉험하기 사나이와 다름이 없고 의복은 잿빛 비단으로 소매 좁은 긴 옷을 입어 땅에 그을리고 머리는 뒤로 땋아 드리워 발뒤축에 닿았는데 붉은 비단으로 머리털을 감아 땋았고, 몸피는 큰 팔뚝 같으니 필연 다리髢(체, 가발)를 넣었던가 싶었다. 문 앞에 머물러 이윽히 힐난하더니 문 안에서 한 사람이 나오니 머리에 금 징자를 붙이고 인물이 극히 은근하고 휴휴休休(너그러움)하였다. 우리를 보고 머무는 곡절을 묻거늘 세팔이 그 곡절을 이르니 그 사람이 듣고 웃거늘, 내 나아가 읍하고 그 성을 물으니 윤가尹哥노라 하니 한족인가 싶었다. 내 윤가에게 말하기를,

"우리 이곳을 잠깐 구경코자 하니 그대가 주선해 주시길 바랍니다."

하니, 윤가 대답하되,

"이곳 사람이 중국에 들어온 지 오래지 아니하니 중국말을 통치 못하고 사람의 예모를 알지 못하니, 처음에 들어가지 못하게 한 것이 괴이치 아니합니다."

---

10 대우는 갓모자, 곧 갓양태 위로 우뚝 솟은 원통 모양의 부분을 말한다.

이윽고 안에서 회자인 하나가 나오니 신장이 8~9척이요, 상하에 비단옷을 입고 낯빛이 희고 누르러 병든 사람 같은데 거동이 저희 중에서 어른인가 싶었고 다른 사람은 다 수혜자(수놓은 신발)를 신었으나 이 사람 신은 것은 우리나라 굽격지(굽 달린 나막신) 모양 같은 것이다. 윤가가 그 사람을 불러 무슨 말을 이르니 비로소 머리를 끄덕이며 앞서 들어가 손을 치며 나오라 하는 거동이다. 그 거동을 보매 덥석 들어가기 위태하거늘 윤가에게 물으니 윤가 관계치 않으리라 하고 함께 들어가자 하거늘, 윤가를 데리고 들어가니 여러 회자들이 어지럽게 앞뒤로 둘러싸며 들어가니 매우 괴로웠다. 두어 문을 들어 한 집안에 큰 비를 가리켜 바라보라 하거늘 그 밑에 나아가 글을 보니 황제가 지은 글이다.

회자를 싸워 이기고 사로잡아 온 말과 저희 풍속을 좇아 묘당을 짓고 저의 존숭하는 귀신을 위하게 하노라

묘당 안을 보고자 하니 선현 집 안으로 들어 큰 집 처마 밖에 세우고 먼저 들어가 문을 크게 열고 문 안에 누른 보를 헤치니 '황제만만세皇帝萬萬歲' 다섯 자를 썼다. 내 나아가고자 하매 여러 회자들이 손을 저어 막거늘 윤가에게 그 연고를 물으니 윤가가 이르기를,

"황상의 용패龍牌를 봉안하였으니 먼저 절을 하고 들어가 구경하시오."

하거늘 창졸에 거절하기 어려운지라, 내 윤가에게 이르기를,

"우리는 체면이 가장 엄한지라 벼슬 없는 사람이면 감히 황상께 절하여 뵈지 못하니, 그 사연을 전하여 주시오."

하니 윤가가 핑계 대는 말로 짐작하는 기색이다. 여러 말을 전하여 이르되 듣지 아니하고 회자 두 사람이 내 두 팔을 잡아 땅으로 당기며 '커트우磕頭 커트우磕頭' 하니, 이는 함께 절하라는 말이다. 회자의 상을 돌아보니 흉험한 얼굴에 대단히 노색을 띠었는지라 무슨 패려悖戾한

(사나운) 욕이 있을 듯하여, 급히 윤가를 보며 눈을 끔적이니 윤가 이 뜻을 짐작하고 두 소매 잡은 손을 풀어 놓게 하였다.

내 드디어 소매를 떨치고 창황히 밖으로 나오니, 평중은 문으로 겨우 들어가다 즉시 도로 나가 기다렸다. 내 바삐 문을 나 그 말을 전하니 평중이 혹 회자들이 좇아와 욕된 일이 있을까 하여 급히 수레에 먼저 들어가니 배를 잡았다. 윤가와 여러 회자들 이미 좇아 나왔는데 회자들은 다 문에 서 있고 나오지 아니하거늘, 내 별선 한 자루를 내어 키 큰 회자를 불러 주니 펴 부쳐 보며 매우 좋아하는 기색이다. 내 윤가에게 일러 말하기를,

"이곳 구경은 오로지 그대 덕택이니 매우 감사합니다."

윤가가 크게 웃고 내 귀에 대고 가만히 일러 말하기를,

"저 무리들은 사람이 아닙니다."

하였다. 내 주머니 속의 큰 청심원 하나를 윤가를 주니 윤가가 여러 번 고마움을 표하고 제 집이 멀지 않으니 잠깐 차를 먹고 가라 청하였다. 날이 저물어 못 가노라 하고, 윤가가 회자에게 하는 말이 중국어와 다르거늘 혹 회자 통관인가 하여 물으니 통관은 아니요 집이 가까운 고로 자연 친하여 말을 통하노라 하였다.

수레를 바삐 몰아 관에 돌아오니 서종맹의 형제가 있거늘, 들어가 인사하였다. 종맹이 오늘 구경한 곳을 묻거늘, 내 오룡정을 보러 갔다가 들어가지 못함을 이르니, 종맹이 이르기를,

"전에는 궁자들은 어디를 가도 아문에 알리는 일이 없고 동으로 가며 거짓으로 서로 가노라 하더니, 이번 궁자는 그렇지 않으니 우리도 무슨 의심이 있겠습니까?"

하였다. 이윽히 말을 주고받다가 들어가니 해가 거의 다 졌다.

정월 18일 유리창에 가다

이날은 계부께서 상부사와 함께 오룡정과 천주당을 보려고 하셨다. 나는 이미 보았을 뿐 아니라 유리창 유가를 다시 찾아보고 거문고를 다시 듣고자 하여 식후에 악사를 데리고 먼저 나갔다.

정양문 안에 이르러 수레를 세내어 악사와 한가지로 타고 푸자에 이르러 좌를 정하였다. 곁에 한 사람이 앉았는데 나이 늙고 금 징자를 붙였거늘 그 성을 물으니 장가요, 유가와 한가지로 거문고 타는 사람이다. 악사가 유가에게 곡조 배우기를 청하니 유가는 매매에 골몰하여 즐겨 대답하지 아니하고 장가를 권하여 가르치라 하였다. 장가는 극히 순양한 인물이라 즉시 거문고를 드리워 줄 고르는 법과 평사낙안 두어 장을 가르쳤으나 말을 통하지 못하여 극히 답답해하는 거동이었다.

내 옆에 앉아 글로 수법을 더러 의논하고 배우기를 마친 후에 장가에게 한번 타 보라고 청하니 장가가 즉시 평사낙안 열두 편을 탔다. 수법이 사뭇 생소하여 다시 다른 곡조를 들어 보고자 하니 즉시 한 곡조를 탔다. 그 이름을 물으니 '어초문답漁樵問答'이라 하는데 '고기 잡는 사람과 나무하는 사람이 묻고 대답한다'는 말이다. '평사낙안'은 '평평한 모래에 떨어지는 기러기'란 말이니 두 곡조에 각각 맞추는 노래가 있을 듯하거늘 장가에게 그 노래를 듣고 싶다고 하니 장가가 이르기를,

"우리는 거문고 곡조를 알 뿐이요, 노래 아는 사람이 따로 있으니 부디 듣고자 하면 이후에 그 사람을 구하여 들으십시오."

하였다. 두 곡조의 오음에 속한 곡조를 물으니 장가가 대답하기를,

"평사낙안은 우음羽音에 속하고, 어초문답은 상음商音에 속합니다."

하였다. 내 글로 써 묻기를,

"우리는 동이東夷 사람으로 중국 풍류를 처음 듣습니다. 아담한 음률을 그윽이 흠모하여 두어 곡조를 배우고자 하니 그대 괴로움을 사양치 아니하겠습니까?"

하니, 장가가 대답하기를,

"조선은 기자의 나라입니다. 성인의 자손이니 어찌 외이外夷라 하겠습니까. 중국 거문고는 본디 성인의 악기입니다. 이로써 마음을 다스리고 성정을 길러 그 천진天眞을 회복코자 하심이니, 다른 악기에 비할 바 아닙니다. 청컨대 노선생께서는 진중히 여겨 배워 익히십시오."

하였다. 내 말하기를,

"우리 돌아갈 날이 한정이 있으니 여러 곡조를 이루 배울 길이 없으나 그대 이미 전코자 하는 뜻이 있으면 조용한 곳을 얻어 묘한 수법을 대강 알려 주는 것이 어떻습니까?"

하니, 장가가 머리를 끄덕이며 이르기를,

"이는 장차 다시 의논이 있을 것입니다."

하였다. 유가를 불러 한 곡조를 듣기를 누누이 청하니 유가가 마지못해 두어 장을 탔다. 수법이 민묘敏妙하고 소리가 청아하여 장가에 미칠 바가 아니로되 종시 곡조를 맡지 아니하고 매양 장가에게 미루어 말하기를,

"곡조는 다름이 없으니 구태여 내 소리를 듣고자 함은 무슨 연고입

니까?"

하였다. 대개 유가는 경솔하여 사람 가르침을 어려이 여길 뿐 아니라 매매에 골몰하여 겨를이 없다. 이미 악사의 면피를 받은 고로 장가를 청하여 대신 가르치게 하는가 싶었다. 유가가 보보 한 그릇을 내어 여러 사람을 권하는데 마침 상통사 이익이 이미 좇아 이르러 함께 먹었다. 이익이 이르기를,

"유가는 태상악관太上樂官이라 태묘와 사직에 쓰는 풍류를 알까 싶으나, 악사를 가르치라 하면 '금령禁令이 엄하여 남을 들리지 못하고 혹 범하는 이 있으면 목이 베인다' 하니 괴이한 일입니다."

하였다.

서쪽 탁자에 인장印章이 무수히 놓였는데 그 값을 물으면 십 배를 부르니 살 길이 없고, 종려椶櫚 필통 하나가 놓였는데 크기 거의 한 아름이 되었다. 값을 물으니 여덟 냥 은을 달라 하였다. 그림 횡축橫軸이 여럿이 꽂혔거늘 하나를 내어 보니 수묵 산수는 명나라 때 동기창董其昌[11]의 그림이라 하여 그 값을 물으니 열석 냥 은을 달라하니 필연 모방한 그림이요, 진품이 아닐 것이다.

여의如意 두엇을 꽂았거늘 하나를 내어 보니 시위쇠로 만든 것이요 그 위에 '당조일품當朝一品' 네 자를 새겼고, 하나는 화양목黃楊木으로 만든 것이거늘, 필연 값이 쌀 것이라 여겨 사서 그 제양을 보려고 값을 물으니 석 냥 은을 달라 하거늘, 내 말하기를,

"이 나무는 극히 천한 것이라 서푼이 싸지 않을 것이거늘 석 냥 은을 달라 합니까?"

하니, 유가 말하기를,

"그대 집물의 묘리를 알지 못하는군요. 어찌 나무에 귀천이 있겠습

---

11 동기창(1555~1636)은 자가 현재玄宰, 호는 사백思白이며, 오늘날 상해에 있는 화정華亭사람이다. 중국 명대의 이름난 문인이자 서화가로 화정파華亭派를 대표하는 인물이다.

니까? 이것은 600년 구물이라 사람이 그 오래됨을 귀하게 여겨 값이 많은 것입니다."

하였다. 날이 늦으매 훗 기약을 머물고 돌아오는데, 길가 푸자의 패에 새기기를 '자명종을 수리하는 곳'이라 하였거늘 혹 자명종이 있는가 하여 들어가 물으니,

"상한 것을 고쳐 주고 값을 받을 따름이요, 있는 것은 없습니다."

하였다. 길에 빌어먹는 거지 하나가 있으니, 상하에 한 조각 의복이 없고 온몸에 진흙 칠을 하여 소견이 흉하고 놀라웠다. 푸자마다 들어가 누워 구르며 흙을 묻히며 돈을 달라 하니 마지못하여 급히 돈을 주고 달래어 내보내었다.

정양문 밖에 이르니 길거리에 자리를 펴고 도사 하나가 앉았으니, 장삼 같은 옷을 입었는데 각색 헝겊으로 조각을 이어 지은 것이다. 앞에 솔뿌리 표주박 하나를 단정히 놓았으니 형상이 가장 기이하고 크기가 작은 말斗만 하였다. 이 표자瓢子를 대하여 팔짱을 지르고 어깨를 높이고 눈을 내리떠 종일을 앉았으나 몸을 움직이지 아니하니, 이는 제 공부工夫를 나타내 양식을 비는 의사인가 싶었다. 문을 드니 마침 사행이 천주당에서 돌아오시거늘, 뒤를 좇아 관에 들어갔다.

정월 19일 **천주당에 가다**

　일관日官 이덕성은 관상감觀象監의 책력冊曆 만드는 법을 질정質正하러
왔다. 천주당에서 조용히 의논하지 못하는 것을 민망하게 여기더니,
이날 약간의 폐백을 갖추어 함께 가기를 청하였다. 내가 장지壯紙(두껍
고 질긴 우리나라 종이), 화전지花箋紙(시나 편지를 쓰는 종이)와 부채를 내주
어 한데 봉하고 식후에 세팔을 데리고 천주당에 이르러 장가를 불러
찾아온 뜻을 통하라 하였다. 장가가 들어갔다가 나와 말하기를,

　"두 대인이 밤이 새도록 천문을 보다가 잠이 들어 아직 깨지 못하
였으니 잠깐 기다십시오."

하거늘, 드디어 수레를 돌려보내고 당으로 올라가 교의에 앉았다. 장
가가 청심원을 얻고자 하거늘, 주머니 속에서 둘을 내주고 이덕성이
또 하나를 내주니, 장가가 기뻐하는 기색으로 말하기를,

　"노야들이 저번에 오셔서 구경할 곳을 남긴 것이 없고, 두 대인과
종일 말을 하였으니, 다시 보고자 하는 것은 무슨 곡절입니까?"

하였다. 내가 말하기를,

　"우리는 두 대인의 높은 식견을 흠모하여 조용히 천문 도수를 의논

하고자 하니, 이번은 구경을 위한 것이 아니라 약간의 폐백을 갖춰 정성을 표하고 배우기를 청하려 하는 것이네."

하자, 장가가 머리를 끄덕였다. 그리고는 오래도록 소식이 없기에 장가에게 여러 번 재촉하니 장가가 말하기를,

"이미 폐백을 가져왔으면 먼저 발기를 적어 대인에게 보이는 것이 어떠하겠습니까?"

했다. 내가 말하기를,

"그 말이 좋으나 지필을 가져오지 않았으니 어찌하겠는가?"

하니, 장가가 나가 필연과 종이를 가져왔다. 이덕성을 시켜 발기를 적으니 세묵 두 필, 청심원 네 환, 장지 두 권, 화전지 한 권, 부채 여섯 자루이다. 장가가 들어가더니 나와 말하기를,

"대인들이 몸이 피곤하여 손님을 볼 길이 없고, 이 면피는 저번 받은 것도 지금 회폐回幣를 못 하였으니 어찌 다시 받을 것이냐고 합니다. 어쩔 수 없으니 훗날 다시 오시지요."

하였다. 내가 말하기를,

"우리의 면피는 정성을 표함이니 무슨 회폐를 받을 뜻이 있으며, 조용히 천문을 강론하여 높은 의론을 듣게 하면 이것이 더 없이 중한 회폐가 될 것이네. 이 말을 다시 통하고 잠깐 보기를 청하게."

하였다. 장가가 들어갔다 나와 말하기를,

"이번은 볼 길이 없고 면피는 받을 뜻이 없으니 내가 알 바 아닙니다."

하였다. 여러 번 다시 청해 보라 하였으나 장가가 도리어 괴롭게 여기는 거동이었다. 내가 말하기를,

"네 말로 청하기를 어렵게 여기는가 싶으니, 내 두어 줄 글로 돌아가는 사연을 적어 줄 테니 대인들에게 전할 수 있겠는가?"

하자, 장가가 허락하였다. 드디어 장가에게 종이를 다시 얻어 이렇게 썼다.

우리들은 높은 덕을 흠모하고 배우기를 원하는 정성이 있거늘, 두 번째 문병門屛[12]에 나왔지만 보지 못하고 무슨 죄를 얻은 듯하여 부끄러움을 이기지 못하겠습니다. 청컨대 길이 하직을 고하고 나아오지 않으려 하니 헤아려 용서함을 바랍니다.

쓰기를 마치고 장가에게 주면서 말하기를,

"우리는 대인에게 무엇을 얻고자 하는 뜻이 아니거늘 대인의 사람 대접이 매우 박절하니 다시 볼 낯이 어찌 있겠나? 이 편지를 전한 후에 즉시 돌아가겠네."

하였다. 장가가 가지고 들어가더니 즉시 돌아와 말하기를,

"대인들이 만나기를 청하니 내당에 먼저 들어가 기다리십시오."

했다. 내가 말하기를,

"대인들이 보기를 괴롭게 여기는데 우리가 어찌 먼저 들어가겠는가?"

하자, 장가가 여러 번 재촉하여 대인들이 내당에 이미 나왔다고 하기에 비로소 장가를 따라 들어갔다. 장가가 내당에 드리운 발을 들어 먼저 앉기를 청하기에 내가 섬돌 아래 멈춰서 말하기를,

"우리가 어찌 먼저 당에 오르겠는가?"

하고, 잠시 섰더니 유송령과 포우관이 과연 함께 나와 친히 발을 들어 먼저 들어가기를 청하였다. 두어 번 사양하다가 먼저 들어가 각각 자리에 앉은 후에 피차 한훤寒喧을 통하였다. 내가 말하기를,

"우리는 중국에 처음 들어온 사람이라 중국어를 익히 알지 못하니, 하고자 하는 말을 서로 통할 길이 없습니다. 청컨대 지필을 얻어 글로 서로 수작하는 것이 어떻겠습니까?"

하니, 유송령이 즉시 사람을 불러 필연과 종이를 가져오라고 하였다.

---

12 문병은 밖에서 집 안이 들여다보이지 않도록 대문이나 중문 안쪽에 가로막아 놓은 담이나 널빤지를 말한다.

또 무슨 말을 하니까 이윽고 한 사람이 들어오는데 모양이 자못 조촐하였다. 교의에서 내려 읍하여 인사하자 유송령이 말하기를,

"이 사람은 남방의 선비입니다. 마침 이곳에 머무르는 까닭에 청하여 수작하는 말을 쓰게 하고자 합니다."

하였다. 대개 두 사람이 중국 글을 약간 아나 글자는 전혀 쓰지 못하는지라, 저희가 대답하는 말을 이 사람에게 일러 글을 만들어 쓰게 하려는 것이다. 우리가 써 보이는 글을 포우관은 전혀 알지 못하는 모양이요, 유송령은 구절을 붙여 읽으며 자세하지 못한 고로 그 선비와 의사를 의논한 후에 비로소 대답하는 말을 쓰게 했다. 이러하므로 종일 수작이 종시 충분하지 못하였다. 그 선비가 탁자 남쪽으로 교의를 놓고 앉거늘, 내가 문자를 써 말하기를,

"비록 존모하는 마음이 있으나 자주 나와 괴로움을 끼치니 극히 불안합니다."

하니, 유송령이 보고 대답이 없거늘, 내가 또 말하기를,

"그윽이 들으니 천주학문이 삼교三敎(유불도)와 더불어 중국에 병행한다 하는데, 우리는 동국 사람이라 홀로 알지 못하니 원컨대 그 대강을 듣고 싶습니다."

유송령이 말하기를,

"천주의 학문은 심히 기특하고 깊습니다. 그대는 어느 대목을 알고자 합니까?"

내가 말하기를,

"유교는 인의仁義를 숭상하고, 노교老敎(도교)는 청정淸淨을 숭상하고, 불교는 공적空寂을 숭상하는데 원컨대 천주의 숭상하는 바를 듣고자 합니다."

유송령이 말하기를,

"천주의 학문은 사람을 가르쳐 천주를 사랑하고, 사람 사랑하기를 내 몸과 같이하게 하는 것입니다."

내가 묻기를,

"천주는 상제上帝를 가리키는 이름입니까? 혹은 특별한 사람이 있어서 칭호를 천주라 하는 것입니까?"

유송령이 말하기를,

"이는 공자의 이른바 '교사郊社의 예는 써 상제上帝를 섬기는 바라郊社之禮所以事上帝也' 함이요, 도가의 옥황상제를 이르는 것이 아닙니다."

하고, 또 말하기를,

"『시전詩傳』 주註에 '상제는 하늘 주재主宰'라 이르지 않았습니까?"

내가 말하기를,

"그윽이 들으니 그대는 겸하여 천문을 살피고 역법을 다스린다 하였습니다. 하늘의 다섯 별이 해마다 돌아가는 도수가 변하니 추보推步 (천체의 운행을 관측함)하는 법 가운데 근년에 고쳐 추보함이 있습니까?"

유송령이 말하기를,

"지금 추보하는 법은 『역상고성曆象考成』에서 의논한 바를 고친 것이 없는데, 근년에 두어 도수가 변하였습니다. 이 연고를 황상께 아뢰어 옛 법을 고치고자 하는데 아직 시작하지 못하였습니다."

하였다. 『역상고성』은 강희황제가 만든 책으로, 하늘의 도수를 산법으로 미루어 책력 만드는 법을 의논한 것이다. 이때 수작한 말이 많지만 다 기록하지 못하고 나중에 내가 이르기를,

"천문 도수는 가볍게 알 수 있는 것이 아니로되 내 망령됨을 잊고 혼천의渾天儀 하나를 만들어 천상을 모방하니, 비록 대강 도수를 얻었으나, 하늘 법상에 참례하여 상고하면 어기고 그름이 많습니다. 이곳에 여러 번 나아와 번거로움을 피치 아니함은, 필연 기이한 의기儀器제도制度가 많이 있을 것이니 한 번 구경하여 미혹하고 닫힌 마음을 깨치고자 하려는 때문입니다."

하였다. 유송령이 대답하기를,

"여러 가지 의기는 관상대에 있으니 아주 봄 직하나 가볍게 들어가

지 못할 것이요, 이곳에는 다만 초솔草率하고 상한 것 하나가 있으니 족히 볼 것이 없습니다."

하였다. 내가,

"비록 초솔하더라도 잠깐 보기를 청합니다."

하니, 유송령이 사람을 불러 무슨 말을 이르더니 즉시 하나를 내왔다. 그 대소는 큰 뒤웅박 같고 종이를 배접褙接하여 만든 것이다. 위에 삼원三元 이십팔수二十八宿의 온갖 성신을 자세하고 풍부하게 그렸다. 주석 고리를 그 위에 끼웠는데 동서로 임의로 돌리고, 남북은 각각 곧은 쇠로 고정시켜 치우쳐 놓지 못하게 하였다. 한 고리의 이름은 적도니 하늘 가운데를 이르는 것이고, 한 고리는 황도黃道이니 일월日月이 다니는 길을 이르는 것이다. 유송령이 두 고리를 돌려 보이며 말하기를,

"이것은 해마다 도수가 틀리는 것을 상고하게 하는 것입니다."

하였다. 포우관이 조그만 그림 한 장을 내왔거늘 보니 관상대 그림이라 한다. 높은 대 위에 사면을 여장女墻으로 두르고 그 안에 천문을 보는 온갖 의기를 벌였으니, 그 그림으로 보아도 기이 신묘하여 한 번 구경할 만하였다. 내가 말하기를,

"이 그림을 보니 관상대를 더욱 보고 싶습니다. 그대는 이미 흠천감의 벼슬을 하고 있어 지키는 사람에게 한 말을 이르면 필연 어기지 못할 것이니 우리를 위하여 한 번 도모함이 어떻겠습니까?"

하니, 유송령이 말하기를,

"관상대는 나라의 중한 기물을 감춘 곳이라 금령禁令이 가장 엄하여 바깥사람이 임의로 출입하지 못합니다. 비록 친왕 대인이라도 황상의 조

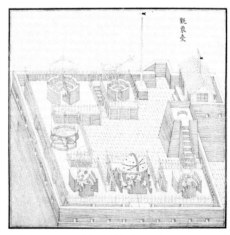

강희 연간 남회인(南懷仁, 1623~1688)의 《신제영대의상도(新制靈臺儀象圖)》 가운데 관상대

서를 얻지 못하니 어찌 들어갈 수 있겠습니까? 이는 우리 힘으로 도모할 바가 아닙니다."

하였다. 이곳에 원경遠鏡이라 하는 것이 있으니 서양국에서 만든 것이요, 우리나라의 천리경千里鏡 제도와 같았다. 먼 데를 보는 안경이라 이르는 것으로, 천만 리 바깥의 터럭 끝을 능히 살필 수 있다. 이러므로 하늘을 엿보며 일월의 형태와 성신의 빛을 분명하게 측량하니 천하에 이상한 도구이다. 이때 구경하기를 청하니 두 사람이 서로 이윽히 의논하고 사람을 불러 말을 이르더니, 이윽고 나가 보기를 허락하였다.

문을 나와 서쪽 월랑으로 나아가니 원경을 이미 내어다가 벌여 놓았다. 그 제도를 자세히 알 길이 없지만 대강을 보니, 둥근 통이 총열13 모양 같으며 푸른 구리로 만들었고, 길이는 두 척 석 자를 넘지 못할 듯하였다. 그 끝에 유리를 붙였고 세우는 틀은 당초 대 모양 같으니, 외기둥이 높이 주척周尺14 서너 자이나 아래에서 굽을 만들어 땅에 세우고 기둥 위에 옆으로 드는 고동을 쇠로 만들어 옆으로 드리워 걸어 놓은 것이 있는데, 제도는 펴 놓은 부채 모양이었다. 그 위에 통을 단단히 세웠는데 각각 고동이 있어 기둥을 움직이지 아니하여도 보고자 하는 곳을 임의로 돌려대게 하였고, 가운데 가는 실에 작은 추를 메달아 드리웠으니 지평을 정하게 한 것이다. 문을 만들어 달았는데 쇠로 사개15를 만들고 가운데 유리로 꾸며서 비록 열지 아니하여도 안을 분명히 살피게 하였다. 그 이상한 제도와 공교한 성령은 이루 전할 길이 없다.

그 대강의 제도는 이러하고 보는 법을 물으니, 조그맣고 짧은 통이

---

13 총열은 총알이 나가는 방향을 정하여 주는 총의 한 부분으로, 긴 원통 모양의 강철로 되어 있다.
14 주척은 자의 하나로, 주례周禮에 규정된 자다. 한 자가 곱자의 여섯 치 육 푼, 즉 23.1cm이다.
15 사개는 기둥 등의 모퉁이를 끼워 맞추기 위하여 서로 맞물리는 끝을 들쭉날쭉하게 파낸 부분, 또는 그런 짜임새를 말한다.

있는데 길이는 한 치 남짓하고 종이를 단단히 배접하여 만든 것이다. 한쪽 머리에 두 층으로 유리를 붙였으니 눈에 대고 한 군데를 바라보니, 침침히 어두워 겨우 희미하게 밝은 빛이 있었다. 유송령이 이 통을 들어 큰 통의 동쪽 부리에 세우고 서쪽 부리가 해를 향하도록 고동을 틀어 단정히 놓은 후에 나를 가리켜 먼저 보라고 하였다. 틀 동쪽으로 조그만 교의를 놓고 그 위에 비단 방석을 깔았는데, 이것은 사람이 걸터앉아 보게 한 것이다. 자리에 나아가 한쪽 눈을 감고 통 안을 엿보니 햇빛이 둥근 형태를 통 끝에 건 듯하고, 조금도 멀리 바라보이는 모양이 아니어서 해 속에 무엇이 있으면 머리털이라도 감추지 못할 듯하였다. 형태는 비록 분명하나 희미한 구름 속에 싸인 듯하고, 눈에 쏘이는 빛이 없어 오래 보아도 조금도 부시지 아니하니 이상한 일이다. 해 가운데 가로로 가는 줄이 있어 띠를 씌운 듯하거늘 그 곡절을 물으니, 유송령이 웃으면서 말하기를,

"그것은 해 속에 있는 것이 아니라 통 안에 가는 철사를 가로 매어 바깥 지평地平을 응하게 한 것입니다."

하였다. 내가 묻기를,

"전에 들으니 해 속에 세 개의 검은 점이 있다고 했는데 보이지 않으니 어떤 이유입니까?"

하니, 유송령이 말하기를,

"검은 점은 셋뿐이 아니라 혹 하나나 둘이 있고 많을 적에는 여덟이 있는데, 시방은 하나도 보이지 않을 때입니다."

하였다. 내가 말하기를,

"점이 이미 있으면 어찌 없을 적이 있으며, 또 달이 고르지 아니함은 무슨 곡절입니까?"

하니, 유송령이 말하기를,

"그대가 그 묘리를 모르는 것입니다. 검은 점이 두루 박혔지만 해의 형태는 이미 둥근 것이고, 주야로 돌아갈 적이면 구르기가 수레바퀴

같은 까닭에 좌우에서 바라보매 이 면에 점이 있으면 혹 저면에 없으며, 이 면이 적으면 혹 저 면에 많을 때가 있습니다."

하였다. 보기를 파하고 정당으로 돌아와 내가 묻기를,

"자명종이 필연 여러 제양이 있을 것이니, 잠깐 보게 해 주시는 것이 어떻겠습니까?"

하자, 유송령이,

"자명종은 다만 다락 위에 베푼 것이 있을 따름이며 다른 것은 없습니다."

하여, 보여 주기를 어렵게 여기는가 싶었다. 올 때 삼방에서 각각 면피 보낸 것이 있어, 세팔을 불러 들여오라 하여 사행의 의사로 전해주라 하니, 어쩔 수 없이 받지만 괴로이 여기는 기색이 있어 회폐를 어렵게 여기는가 싶었다. 내가 말하기를,

"날씨가 심히 차니 귀체貴體의 상함이 있을까 걱정되고, 날이 또한 저물었으니 감히 물러가기를 고하거니와, 그윽이 다시 나와 배우기를 청하고자 하니 한가한 날을 기약하여 가르침이 어떠하겠습니까? 가져온 폐백은 극히 소소하거니와 정성을 표할 따름이니, 만일 받지 아니하면 이것은 다시 보기를 허락하지 않음이니 다시 생각해 주십시오."

하니, 유송령이 말하기를,

"성한 폐백의 후의를 입으니 삼가 받을 것입니다. 청컨대 우리를 대신하여 세 대인에게 사례하는 뜻을 전해 주십시오. 이후에 다시 만나고자 해도 이달 안에는 다시 한가한 날이 없으니 내가 월 후에 다시 상량하여 한 번 모이기를 도모하겠습니다."

하였다. 내가 말하기를,

"우리는 비록 날마다 배우기를 청하고자 하나 진실로 한가한 날이 없을진대 어이하겠습니까?"

하였다. 두 사람이 낀 안경이 별양 작고 꾸민 제양이 기이하거늘, 그 만든 곳을 물으니 서양국에서 만들어온 것이라고 하였다. 수정인가

물으니, 유송령이 웃으며 말하기를,

"수정 안경은 눈이 상하여 끼지 못할 것이고, 이것은 유리로 만든 것입니다."

하였다. 두 사람이 다 비연을 내어 코에 넣는데 담은 그릇은 대모玳瑁로 만든 둥근 합이고, 품에 품고 있었다. 읍하고 물러나와 돌아올 때 이덕성이 말하기를,

"이전에는 천주당 사람이 우리나라 사람을 보면 가장 반겨하며 대접하는 음식이 극히 풍비하고 혹 서양국 소산으로 납폐納幣하는 선물이 적지 아니하더니, 근래에는 우리나라 사람의 보챔을 괴로이 여겨 대접이 이리 낙락하니 통분합니다."

하였다. 해질 무렵에 관에 돌아왔다.

정월 20일 팽 한림 집에 가다

　이번 길은 대국의 번화하고 장려한 규모를 구경하고자 함이나, 근본 계교는 높은 선비를 얻어 중국 사정과 문장 도학의 숭상하는 바를 알고자 하는 것이었다. 이런 고로 북경 성중에 이르러 혹 얼굴이 조촐하여 문사의 태도를 가진 사람이면 비록 길을 가다가 바쁜 때라도 반드시 멈춰 시아처[16] 말을 묻고 그 소견을 시험하였으나, 종시 근가近可한[17] 사람을 보지 못하였다. 역관과 하인에게 누누이 일러 글 용한 선비를 구하라 하였으나 역관은 비록 반연絆緣(인연)한 곳이 있으나 사람을 널리 만남을 심히 민망히 여기고, 하인은 무식하여 사람 고하를 분변할 길이 없으니 필경 할 길이 없었다.

　조참朝參 날 관문 밖에서 수작한 두 한림은 비록 출신出身한 사람이라 사정을 탐지할 곳이 아니로되, 다만 두 사람의 인물이 극히 아정雅正하고 우리나라 사람을 매우 반기고 사랑하는 거동이라 시험하여 한

16　미상이나, '수레에서 내리다'의 뜻의 중국어인 '하차下車'의 발음을 적은 것인 듯하다.
17　'근가하다'는 좋거나 옳다고 할 정도에 거의 가깝다는 말이다.

번 보고자 하였다. 또 나의 길이 직명이 없고 선비 행색이 아니라 구구한 혐의를 볼 것이 없고, 『김가재일기』를 보아도 이원영李元英·마유병馬維屏이 만주 사람이요, 황제에게 근시近侍하는 벼슬이로되, 왕복 수작을 혐의쩍게 여기지 아니하였다.

일전에 세팔에게 두 사람의 집을 찾아보라 하였더니, 한림원에 가 집을 물어 정양문 밖에 4~5일을 다니다가 이 안날에야 비로소 팽 한림의 집을 찾으니, 한림은 집에 있지 아니하나 그 집에 있는 사람을 불러 한번 만나고자 하는 의사를 이르니, 그 사람이 이르기를,

"조참 파한 후에 내 노야를 따라 단문端門 밖에 이르러 자네 노야와 수작하는 모습을 보았네. 우리 노야께서도 돌아온 후에 또한 잊지 못하여 한 번 보고자 하는 말이 있었다네. 오늘 늦은 후에 돌아올 것이니 내 이 말을 전하고, 오 한림을 또한 이리 청하여 기다리게 할 것이니, 염려 말고 내일 너희 노야를 이리 청하여 조용히 만나게 하게."

하였다 한다. 이날 식후에 세팔을 데리고 나갈 때, 마침 의주 방료군관放料軍官이 은 20냥에 나귀 하나를 샀는데 걸음이 매우 재다 하거늘 빌려 타고 정양문을 나가 서쪽 성 밑으로 해자를 따라 서쪽으로 갔다. 해자 너르기 10여 칸이요, 성과 해자 사이에 빈 터가 20여 칸이다. 성을 의지하여 곳곳에 삿집을 짓고, 그 안에 사람이 많이 있어 무슨 역사役事하는 거동이요, 밖으로 '관창官廠' 두 자를 크게 써 붙였으니 관가의 장인을 모아 역사役事시키는 곳이나 바빠서 들어가 보지 못하였다. 성 제도는 밖에서 보니 100보에 옹성雍城[18] 하나를 내었는데 여장女墻 제도는 본성과 다름이 없다. 성 밖으로 3~4칸 너비를 나오고 왕왕이 큰 옹성이 있으니 너비는 다름이 없으나 길이 10여 칸이다. 대저 성 제양이 10여 장 높이에 아래 위가 줄로 친 듯하고 벽돌로 이를 맞추

---

18 옹성은 성문을 보호하고 성을 튼튼히 지키기 위하여 큰 성문 밖에 원형圓形이나 방형方形으로 쌓은 작은 성이다.

어 조그만 틈이 없으니, 사람이 혹 가만히 오르내리고자 하여도 발붙일 곳이 없었다.

수레를 행하여 선무문 동쪽에 이르니 삼사십 명이 모여 바야흐로 말 달리기를 익히고 있었다. 드디어 나귀를 내려 그 거동을 보니, 여러 사람들이 다 체격이 건장하고 의복이 선명하니 다 성장한 군병의 모양이요, 혹 공작우 단 사람도 있고 혹 몽고인도 있으니 각색 군사들이 잡되이 모이는가 싶었다.

말이 뛰는 길은 길이가 사오백 보인데, 한 번 허리를 굽히니 채를 치지 아니하여도 말이 총(말의 갈기나 꼬리의 털)을 떨치고 네 굽을 모아 순식 사이에 아득히 멀어지니, 뛰는 재주도 범상치 않은 법이 있거니와 몸이 이미 크고 다리가 길어 한 번 뛰면 작은 말 두어 번 뜀을 당하였다. 말 탄 사람은 다 기색이 평안하고 한가로워 말 위에서 빈 팔을 뻗어 활 쏘는 모양과 온갖 병기 부리는 거동을 하는데 혹 담뱃대를 물어 번개 같이 달릴 적이라도 오히려 담뱃대가 꺼지지 아니하니 그 익숙한 재주를 짐작할 것이다. 혹 말이 뛰고자 하여도 혁[19]을 거슬러 뛰지 못하게 하고 계속해서 같은 걸음으로 달리니 이는 그 걸음 법을 익히게 함이었다. 이윽고 서쪽 성 밑을 좇아 말 탄 사람이 연하여 모이니 수백을 넘었다. 다투어 말을 달려 빠르고 경첩함을 자랑하는데 그 활 쏘는 법과 병기 부리는 재주는 비록 보지 못하였으나 이만 보아도 융마戎馬의 위엄은 진실로 천하의 으뜸이 될 것이다.

길가에 앉아 이윽히 구경하더니 여러 사람들이 나아와 내 의복을 들어보며 서로 웃으며 말하거늘, 내 중국말로 웃지 말라 하니 여러 사람이 내가 중국어로 말하는 것을 듣고 다 웃으며 다투어 잡된 말을 묻고 혹 침노하는 말이 있었다. 내 정색하고 예법이 없음을 꾸짖으니 말하던 사람은 대소하고, 다른 사람 하나가 나이 적이 많은지라 이르기를,

---

19 혁은 곧 말혁으로, 말안장 양쪽에 장식으로 늘어뜨린 고삐를 말한다.

"이 사람이 매우 청수하여 하졸의 모양이 아니니 업신여기지 못할 것이다."

하고, 하나가 제 어깨에 멘 활을 내어 주며,

"당겨 보십시오."

하거늘, 내 받아 두어 번을 당기니 하나가 말하기를,

"궁품(활 쏘는 자세)이 매우 좋습니다."

하니, 하나가 말하기를,

"저 징자의 공작우를 보게. 호반의 벼슬인가 싶으니 어찌 활을 잘 쏘지 아니하겠는가."

하고, 하나가 물으니,

"만주말을 아십니까?"

하니, 내 만주말로 대답하기를,

"만주말은 알지 못합니다."

하니, 다 웃으며 이르기를,

"알지 못하면 어찌 만주말로 대답하십니까?"

하고, 또 한 사람이 나와 묻기를,

"몽고말을 아십니까?"

하거늘, 내 또 몽고말로 대답하기를,

"몽고말도 모릅니다."

하니, 일시에 대소하고 여러 사람이 만주말과 몽고말로 서로 번갈아 가며 여러 말을 물으니 한 구절을 알아들을 길이 없고 내 아는 말이 또한 두어 구절뿐이라 내 웃으며 한어로 대답하기를,

"나는 중국을 처음 온 사람이라 중국어도 변변히 통치 못하니 만주말과 몽고말을 어찌 알겠소. 마침 두어 구절을 들은 것이 있어 우연히 기롱으로 대답한 것이요, 실은 많이 알지 못하오."

하니, 혹 웃으며,

"그렇군요."

하고, 혹 말하기를,

"처음 들어왔으면 중국어를 어찌 능히 합니까. 필연 수작을 괴로이 여겨 모른다고 핑계를 대는 것입니다."

하였다. 하나가 묻기를,

"그대 저 말 달리는 모습을 보니 어떻습니까?"

하니, 내 말하기를,

"매우 호쾌하여 과연 장부의 일입니다."

하였다. 또 묻기를,

"그대 나라에도 말 달리기를 합니까?"

하니, 대답하기를,

"우리나라 말은 몸집이 아주 작아 중국에 비하지 못하나, 다만 말을 달리고 안장 위에서 혹 일어서며 혹 누우며 혹 다리 밑에 몸을 감추며 혹 걸어 따라가다가 공중에 올라타니 이 두어 가지 재주는 가장 신통합니다."

하였다. 여럿이 이르기를,

"우리도 그대들 재주를 다 하나 시방은 말을 달리고 병기를 쓰지 아니하니 무슨 볼 것이 있으리오. 우리 노야 오래지 아니하여 나올 것이니 잠깐 머물러 재주 시험함을 구경하되 그 중 한 사람이 두어 말을 달려 말 등 위에서 왕래하는 거동이 가장 보암직합니다."

하니, 노야라 일컫는 이는 저희 관원인가 싶었고, 해자 가로 장막을 쳤으니 무슨 시재試才하는 거동이다. 극히 머물러 보고 싶었고 여러 사람이 누누이 만류하여 저희 재주를 자랑하고자 하는 기색이지만, 팽한림의 집에 언약을 저버리지 못하여 내 이르기를,

"그대 사람을 머무르게 하여 재주를 뵈고자 함이 극히 후한 뜻으로 되 내 다른 사람과 언약이 있어 어기지 못하니 하릴없습니다."

하였다. 이때 사람이 점점 모여 수십 명이 에워 섰더니 일시에 흩어져 가거늘, 즉시 나귀를 타고 서로 선무문 밖에 이르러 남으로 큰길을 좇

아 수백 보를 행하였다.

동서로 또 큰길이 있거늘 동쪽 길을 좇아 수백 보를 행하니 북쪽 길을 임하여 문이 있고, 문 밖에 좌우로 수십 자 글을 썼는데, 한림원에서 관원이 문적門籍을 표하여 잡다한 사람이 침입하며 요란하게 구는 일을 금하는 사연이다. 글자마다 주홍으로 둘렀으니 이는 아문 문서를 표함이니 이는 우리나라 문서에 인印 치는 의사다. 황성 안은 골목마다 개인 집에 이런 것 붙인 곳이 무수하여 그 연고를 몰랐으나 이 집을 본 후에 비로소 관원의 집에 표하는 것인 줄을 알았다.

문 밖에 이르러 세팔을 먼저 들여보내 온 뜻을 통하라 하고 나귀를 내려 동쪽 저자 집에 들어앉았더니, 세팔이 나와 이르기를,

"두 한림이 함께 앉았다가 다 반가워하는 기색이요, 바삐 들어오기를 청하라 하니 조금도 염려하실 일이 없습니다."

하거늘, 드디어 천천히 걸어 큰 문을 들어가니 두어 사람이 서 있는데 다 하인의 모양이다. 서쪽으로 꺾어 북으로 중문을 드니 문 안에 면장面墻이 단정히 쌓여 있고, 면장 옆에 팽 한림이 서 있다가, 마중 나와 읍하고 희미하게 웃으며 인사하는 거동이 극히 반기는 모양이다.

면장을 돌아 들어가니 오 한림이 섬돌 아래 섰다가 또한 읍하여 맞이하되 다 관곡한 기색이었다. 팽 한림이 나에게 읍하여 먼저 오르라 하거늘, 내 여러 번 사양하다가 앞서 당으로 올랐다. 두 한림이 따라 올라와 동쪽 교의를 가리켜 앉기를 청하여 두어 번 사양하다가 좌를 정하니, 두 한림은 서쪽 교의에 앉되 오한림이 위에 앉고 가운데 높은 탁자를 놓았다.

먼저 당 안을 둘러보니 넓이 두 칸이고, 길이가 3~4칸이요, 바닥에 벽돌을 깔았다. 서쪽에 칸을 막고 문에 비단장을 드리웠으니 이는 주인이 자는 캉인가 싶었다. 북쪽에 큰 문을 내고 또한 발을 드리웠으니 이는 안으로 통하는 문으로 보였다. 동쪽 벽 밑에 두어 족자를 걸었으니 담채淡彩 산수를 그렸는데 오래된 그림이다. 족자 아래로 낮은 탁자

를 놓고 기이한 화병을 얹어 병 위에 가화 한 가지를 꽂았고, 북쪽에 탁자 서넛을 늘어놓아 약간의 문방 집물을 벌여 놓고, 수백 권 서책을 어지럽게 쌓아 두었다. 두어 말로 서로 한훤寒喧을 이룬 후에 사람 하나가 필연과 종이 두어 장을 탁자 위에 놓거늘, 내 먼저 써 이르기를,

"조참 날 궐문 밖에서 서로 만나 아담한 위의를 잠깐 바라보고, 마음속으로 사모하여 어느 날 잊었겠습니까. 다만 그때 바삐 가 머무는 곳을 자세히 묻지 못하였는지라 수십 일을 두루 찾아보고 이제야 비로소 알았습니다. 망령됨을 잊고 문득 나아왔으니 두 노야는 괴이히 여기지 마십시오."

하니, 두 한림이 손을 들어 감사하다고 하였다. 서로 성명 칭호를 물으니, 오 한림의 이름은 상湘이요, 자는 소헌素軒이요, 별호는 황촌篁村이다. 팽 한림의 이름은 관冠이요, 자는 노의魯宜요, 별호는 장사莊士다. 오상은 39세요, 팽관은 34세이며, 두 사람의 얼굴을 자세히 보니 다 얼굴이 옥 같고 단정 유아하여 과연 학사의 풍채가 있다. 오상은 적이 안정한 성품이요, 팽관은 조금 경박하여 말을 삼가지 아니하고 재주를 견디지 못하는 거동이니 대저 시체時體[20] 인물이요, 원대한 기상이 아니었다. 서로 시하侍下(부모나 조부모를 모시는 처지)와 형제 자녀수를 물으니 오상은 영감하永感下(부모가 죽고 없는 슬픈 처지)요 두 아우와 두 아들이 있노라 하고, 팽관은 구경하俱慶下(부모가 모두 살아계신 기쁜 처지)요 한 아우 있고 아들이 없노라 하였다. 내 두 사람에게 아들 수를 묻는 말로,

"궁낭宮囊이 몇이나 되십니까?"

하니, 팽관이 알아듣지 못하고 오상이 생각하다가 묻기를,

"아들이라 하는 말입니까?"

---

20 시체는 그 시대의 풍습, 유행을 따르거나 지식 따위를 받거나 또는 그런 풍습이나 유행을 말한다.

하거늘,

"그러합니다."

하니, 둘이 다 웃고 대답한 후에 오상이 묻기를,

"궁낭이라 일컫는 말을 어이 알고 계십니까?"

하여, 내 대답하기를,

"연로에서 배운 말입니다."

하니, 둘이 다 무릎을 치며 크게 웃었다. 옆에 한 사람이 서 있는데 나이가 젊고 인물이 매우 단아하거늘 물으니 팽관이 대답하기를,

"성은 주가周哥로 그대를 구경하고자 하여 서 있습니다."

하였다. 머리에 또한 금 징자를 붙였거늘 벼슬을 물으니, 팽관이 말하기를,

"이는 나의 문생門生이라 아직 벼슬이 없고, 국자감 선비이니 태학사에 머물러 글을 읽습니다."

내 묻기를,

"내 일찍 태학에 나아가 선비를 구경하고자 하여 두루 찾았으나 한 사람을 보지 못하니 무슨 연고입니까?"

팽관이 말하기를,

"선비 수백이 있으나 다 태학 맞은 편 남편학南便學21에 머무는 까닭입니다."

하였다. 이때 차를 내오고 팽관이 친히 그릇을 들어 권하고, 사람을 불러 담배를 담아 연하여 들였다. 소년 하나가 나아와 주가와 한가지로 섰거늘, 물으니 팽관의 사촌 아이로 의복이 선명하고 얼굴이 단정하였다. 팽관이 내 벼슬을 묻거늘 내 말하기를,

"나는 벼슬이 없는 사람입니다. 마침 숙부의 사신 길을 따라 군관명호軍官名號를 빌려 중국을 구경하고자 따라왔습니다."

---

21 남편학은 청나라 옹정 9년(1731)에 국자감 거리 남쪽에 세운 학사.

하였다. 또 묻기를,

"과거를 하였습니까?"

내 대답하기를,

"약간 과공科工을 숭상하되 지금 이루지 못하였습니다."

하고, 우리나라 과거법을 묻거늘 대강 대답하였다. 팽관이 또 묻기를,

"이번 길을 돌아가면 무슨 벼슬과 상이 있습니까?"

내 말하기를,

"그런 일이 없을 뿐 아니라 나는 벼슬과 상을 구하여 들어온 사람
이 아닙니다."

팽관이 묻기를,

"귀국은 무슨 글을 읽습니까?"

내 말하기를,

"오로지 중국 글을 숭상하니, 육경六經과 사기史記(사서)를 읽어 중국
과 다름이 없습니다."

하였다. 팽관이 묻기를,

"귀국에 별도로 만든 글자가 있습니까?"

하니, 내 말하기를,

"언문이 있으니 만주 언문과 비록 글자는 다르나 쓰는 곳은 많지
않습니다."

하였다. 또 묻기를,

"기자의 자손이 지금도 있습니까?"

내 대답하기를,

"평양에 기자 분묘와 사당이 있어 그 자손이 지키며 벼슬과 녹을
대로 이으니 자손은 세 성22이 있어 매우 번성합니다."

---

22 전하는 말에 의하면 기자의 후손으로 청주清州 한씨韓氏, 행주幸州 기씨奇氏, 태원太原 선우씨
鮮于氏가 있다고 한다.

또 묻기를,

"귀국에 학문이 제일 높은 사람은 누구를 이릅니까?"

내가,

"학문이 이름은 한가지나 실은 세 가지 분별이 있으니, 의리義理의 학문과 경륜經綸의 학문과 문장文章의 학문입니다. 그대 물음은 어느 학문입니까?"

하고 말로 이르니, 팽관이 웃으며 이르기를,

"이 세 가지 이름은 근본은 한가지니, 그대가 나누어 이름은 무슨 의사입니까?"

내 웃으며 말하기를,

"학문이 어찌 두세 가지겠습니까? 진정 의리의 학문을 숭상하면 경륜과 문장은 그 가운데 나지 않을 것이로되, 후세 학문은 근본을 알지 못하고 이 세 가지로 각각 표준을 세워 하나를 높이매 둘을 이르니, 이러하므로 문장의 학문은 넉넉함을 자랑하고 공교함을 다투어 부질없는 부조浮彫를 숭상하고, 경륜의 학문은 재물을 모으고 군사를 다스려 구차하게 공 이루기를 숭상하고, 의리의 학문은 말로 성명性命의 묘리를 일컫고 글로 정주程朱의 의론을 모방하되 베풀 재주를 생각지 아니하고 덮을 행실을 닦지 아니하여 공연히 생사에 헛이름을 도모하나, 필경은 세 가지 학문이 다 진정한 공부를 이룸이 없습니다. 내 평생에 세상 학문이 끝末을 일삼아 본을 잃으며 겉을 꾸미고 안을 힘쓰지 아니하여, 헛되이 세 가지 명목으로 세상을 속이고 이름을 도적하는 줄을 애달파 합니다. 그대 물음을 당하매 그대의 마음을 모르는 고로 소견을 알고자 하여 세 가지를 나누어 소견을 시험코자 하였더니 그 대답을 들으니 학문의 근본을 깊이 아시니 극히 탄복하여 칭찬함을 이기지 못하겠습니다."

두 사람이 다 크게 웃고 좋은 말이라 여러 번 일컬었다. 팽관이 말하기를,

"그대의 의론은 그러하거니와 이 세 가지 학문을 각각 이르면 어느 사람을 일컫습니까?"

내 말하기를,

"우리나라가 문학을 숭상하여 이런 학문을 일컬을 사람이 손으로 헤아리지 못할 것이로되, 다만 창졸간에 한두 사람을 결정하여 이르지 못하겠습니다."

두 사람이 다 웃었다. 내 묻기를,

"중국 학문의 종장을 일컫는 사람이 본조 이후는 누구를 이릅니까?"

하니, 팽관이 말하기를,

"탕빈湯斌[23]과 육농기陸隴其[24] 두 사람을 이르니, 탕빈은 하남 저주睢州 사람이요, 육농기는 절강 호주湖州 사람입니다."

하였다. 내 묻기를,

"지금 황성 안에도 글을 읽어 몸을 닦고 벼슬을 구하지 아니하는 사람이 있습니까?"

하니, 팽관이 말하기를,

"서쪽 지방에는 일컬을 사람이 많으나 경성에 나오는 이는 다 이익과 영달을 구하고 이런 사람은 오는 일이 없습니다."

하였다. 팽관이 묻기를,

"무슨 서책을 사 가십니까?"

내 말하기를,

---

23 탕빈(1627~1687)은 청나라 초기 성리학자이자 재상이다. 자字는 공백孔伯, 호는 형현荊峴, 만년에는 잠암潛庵이란 호를 썼다. 하남河南 수주睢州인으로 명나라 때 벌열가문 출신이다. 그는 한족 출신으로 청나라에 나아가 벼슬을 하며 청의 문화정책을 이끌었다. 저서로 『탕자유서湯子遺書』 등이 있다.

24 육농기(1630~1692)는 청대의 성리학자다. 원래 이름이 용기龍其였으나, 피휘를 위해 개명했다. 자는 가서稼書로, 절강浙江 평호인平湖人이며, 강희康熙 9년(1670)에 진사가 되어 강남가정江南嘉定, 직예영수지현直隸靈壽知縣, 사천도감찰어사四川道監察御史 등을 역임했다. 주희를 숭상하며 육왕을 배척하여 당시 제일의 유학자로 일컬어졌다. 저서로 『곤면록困勉錄』, 『독서지의讀書志疑』, 『삼어당문집三魚堂文集』 등이 있다.

"나는 가난한 선비라 비록 보암직한 서책이 있어도 값이 없어 사지 못합니다."

하고는, 탁자 위의 새 책 두 벌이 놓였거늘 물으니, 하나는 『두시杜詩』요, 하나는 『좌전左傳』이다. 동쪽에 여러 갑 책을 쌓았거늘 그 이름을 물으니 『외성지서外省志書』라 하는데 우리나라 여지승람 같은 책이다. 한 갑을 보고자 하니 팽관이 손수 한 갑을 들어다가 뵈니 절강의 산천 인물을 기록한 것이다. 팽관이 말하기를,

"본조 『일통지一統志』가 그른 것이 많다 하여 바야흐로 황상이 여러 문신에게 명하여 중수重修하는 중입니다. 우리 둘이 그 소임에 참여하는 고로 이 책을 두었습니다."

하였다. 북쪽 문 밖에 사람의 소리가 있고 발 틈으로 엿보는 거동이 있더니, 팽가의 소년이 발 안에서 서너 살 아이를 안아 내어 오니, 오상이 웃고 그 아이를 안아 무릎에 얹어 희롱하며 나에게 이르기를,

"이는 주인의 딸입니다."

하였다. 그 상을 보니 미목眉目이 매우 소명昭明하고 의복은 특별히 남녀 분별함이 없고, 머리에 또한 적은 마래기를 씌웠는데 소견이 참연하였다. 내 묻기를,

"오삼계는 말년에 무슨 일을 하였으며 어느 곳에 가 죽었습니까?"

팽관이 이르기를,

"참람僭濫히 황제를 일컫고 남방에서 반란을 꾀하다가 마침내 패하여 목이 베였습니다."

내가 또 묻기를,

"여만촌呂晚村[25]은 무슨 죄로 죽었습니까?"

두 사람이 다 빛을 변하고 이윽히 대답하지 아니하더니, 팽관이 말

---

25 여만촌(1629~1683)은 청나라 초기의 사상가로 이름은 유량留良이며 만촌은 그의 호다. 벼슬을 하지 않고 주자학을 숭상해 화이의 구별을 분명히 하였다. 저서로 『여만촌문집呂晚村文集』이 있다.

하기를,

"여만촌은 죄로 죽은 것이 아니라 죽은 후에 죄를 입은 사람이요, 그 자손과 문생이 다 변방으로 귀양을 갔습니다."

하였다. 대개 여만촌은 강희 연간 사람으로 학문이 가장 높고 기절이 있는 사람이었다. 평생에 중국이 멸망하고 이적의 신복이 됨을 부끄러워하여 날마다 수백 문생을 데리고 글을 강론할 때, 먼저 손으로 머리를 가리켜 '이것이 무슨 모양이뇨' 하면 수백 문생이 일시에 머리를 두드리며 각각 소리를 높여 선생의 소리를 응한 후에 서로 강석講席에 나아가니, 대저 여만촌이 중국을 회복할 뜻을 두었다가 마침내 이루지 못하고 죽었다.

그 후에 여러 문생들이 스승의 뜻을 저버리지 아니하여 회복할 계교를 잊지 아니하였다. 그러다가 옹정 연간에 남방에 큰 도적이 일어나니 옹정이 장수를 명하여 수만 군사를 거느려 나가 치게 하였는데, 그 장수의 성은 악가岳哥이니 송나라 때 악비岳飛의 자손이었다. 가는 길이 절강을 지나니 여만촌의 문생이 서로 의논하기를, '우리 선생의 뜻을 이루고자 하여도 틈을 얻지 못하다가 마침 이 기회를 만났으니, 이 사람은 악비의 자손이라 우리 계교를 이르고 충의로 달래면 어찌 감동치 아니하리오' 하였다.

드디어 두어 사람이 군문軍門에 나아가 조용한 틈을 청하여 비밀히 일렀는데, 그 장수가 듣고 크게 놀라 두 사람을 잡아 북경으로 보내니 옹정이 크게 노하여 여러 문생과 만촌의 자손 족속을 많이 죽이고, 남은 이는 변방에 귀양을 보내고 여만촌을 극죄로 마련하여, 그 문집을 다 불사르고 감히 집에 감춘 이는 중죄를 입었다. 그때에 우리나라 사행이 황성을 떠나 돌아오는데 길가에 한 사람이 수십 권 책을 가져 비밀히 전하며 이르기를,

"여만촌문집을 중국에 전할 길이 없어 조선 사람에게 붙여 외국에 두기를 청하노라."

하니, 이때 사신이 의심이 과하여 혹 오랑캐의 시험하는 계교에 속을까 하여 버리고 받지 아니하였는데 그 사람이 탄식하고 돌아갔다. 이러하므로 두 사람이 여만촌의 말을 듣고는 낯빛을 변하니 같은 한인이라 종적이 종시 불안하여 외국 사람과 수작을 더욱 지탄하는 기색이었다. 내 묻기를,

"그대 출신한 지 몇 해가 되었습니까?"

팽관이 말하기를,

"진사 출신으로 즉시 한림을 당하여 지금 9년이 되었습니다. 우리 둘은 동방同榜 출신이요, 벼슬이 또한 같습니다."

내 묻기를,

"이미 9년이 되었으니 어느 해에 벼슬을 옮기며 무슨 벼슬로 옮깁니까?"

하니, 팽관이 말하기를,

"명년에 옮길 것입니다. 옮아갈 벼슬은 미리 정하지 못하나, 첨사부詹事府[26] 중윤中允·찬성贊善과 한림원翰林院 시강侍講·시독侍讀 네 벼슬을 벗어나지 않을 것입니다."

내 묻기를,

"본조에는 공자 자손이 세습하는 벼슬이 있습니까?"

팽관이 말하기를,

"대종大宗은 공작公爵 벼슬을 세습하고 지손支孫은 박사 벼슬을 세습하되, 박사 세습하는 이는 다만 둘이 있습니다."

하였다. 내 묻기를,

"네 가지 예문禮文(관혼상제)은 뉘 말을 좇습니까?"

하니, 팽관이 말하기를,

"다 주자가례를 좇습니다."

---

26 첨사부는 황실의 태자를 보조하는 부서다.

내 말하기를,

"세 가지 예는 가례를 좇으려니와 관례冠禮의 삼가三加[27]하는 예문은 또한 가례를 좇습니까?"

팽관이 고개를 숙이고 손을 두르며 말하기를,

"이는 좇지 아니하고 본조의 제도를 좇습니다."

하고, 두 사람이 다 부끄러운 기색이 있었다. 내 묻기를,

"이곳에 이르러 상사喪事에 풍류를 베품을 보니 가장 괴이하고, 황성 안이 오히려 금치 아니하니 이것이 무슨 곡절입니까?"

팽관이 말하기를,

"이는 북경 미혹한 백성의 일이요, 사대부 집에는 쓰는 일이 없습니다."

하였다. 이때 밖에서 한 관원이 들어왔는데 머리에 양람亮藍 징자를 붙였으니 2품 벼슬이요, 덥수룩한 수염이 반 넘게 세었으니 오륙십 세 가량 되어 보였다. 두 사람이 다 창황이 내려 맞이하여 올리거늘, 나는 다만 교의에 내려섰을 따름이었는데 주객이 몸을 굽혀 서로 읍한 후에 그 관원이 나를 향하여 예수禮數를 하고자 하는 모양이다. 오상이 말하기를,

"이 분은 이 대인입니다."

하되, 내 창졸간에 대답하지 못하니, 팽관이 희미하게 웃으며 이르기를,

"그는 예수를 알지 못합니다."

하였다. 그 관원이 즉시 교의에 앉으니 팽관이 말을 들은 후에 비로소 관원이 예하고자 한 것인 줄을 깨우치니, 이미 교의에 앉았으니 과연 절쇠니[28] 같았다. 마지못하여 도로 교의에 앉았으나 저의 몸이 높은 재상이요, 나이 많으나 오히려 외국 사람을 예로 대접하고자 하였거

---

27 삼가는 관례冠禮를 거행할 때의 초가初加·재가再加·삼가三加의 절차를 말한다.
28 절쇠니는 분명치 않으나 '늙고 쇠한絶衰 사람'이란 뜻으로 보인다.

늘, 나는 우리나라 풍속을 좇아 모르는 사람에게 예수를 베풀지 아니하여, 필경 주인에게 예수를 모른다는 말을 들으니 통분하였다. 내 말하기를,

"귀한 손이 들어오니 내 앉아 있기가 극히 불편합니다. 물러가기를 청합니다."

두 사람이 듣고,

"그렇지 않습니다."

오상이 말하기를,

"이 대인은 하남 사람입니다. 나와 동향이니 무슨 혐의가 있겠습니까."

하였다. 그 관원이 듣고 말하기를,

"어찌 혐의함이 있겠습니까. 내 또한 좋은 말을 함께 듣고자 합니다."

하였다. 내 묻기를,

"이 대인의 성과 벼슬 이름을 알고자 합니다."

팽관이 말하기를,

"성은 이가李哥요, 태상시29소경太常寺少卿 벼슬입니다."

하였다. 내 말하기를,

"그러하면 풍류를 관장하는 벼슬입니다."

팽관이 말하기를,

"그러합니다."

내 말하기를,

"그러하면 태상의 거문고 소리를 한 번 들려주는 것이 어떠합니까?"

이 소경이 말하기를,

"옛 풍류는 잊어버려 전하지 못합니다."

내 맹자 글을 외워 이르기를,

---

29 태상시는 중국 고대에 종묘 제사를 담당하는 관청 기구다.

"지금 풍류가 옛 풍류와 같으니라今之樂猶古之樂."

하니, 다 알아듣지 못하다가 주가가 옆에 섰다가 먼저 알아듣고 다시 외워 이르니, 세 사람이 다 크게 웃었다. 내 또 말하기를,

"옛 풍류는 비록 전하지 못하였으나 요사이 풍류 중에 적이 조촐한 곡조 있을 것이니 어찌 외국 더러운 음률에 비하겠습니까. 원컨대 한번 귀를 씻게 하십시오."

팽관이 말하기를,

"이는 악관의 일이요, 대인의 아는 바 아닙니다."

내 말하기를,

"내 어찌 모르겠습니까? 악관의 타는 사람을 불러 듣게 함이 어떠합니까?"

팽관이 말하기를,

"나라에 제사가 있으면 아악을 베풀고 평상시는 타는 일이 없습니다."

내 말하기를,

"여러 악관이 필연 한가지로 익히는 곳이 있을 것이니 그곳을 가르쳐 나아가 듣게 함이 어떠합니까?"

팽관이 말하기를,

"악부에 있으나 내무부 지방이라 외인이 들어가지 못합니다."

내 말하기를,

"금슬琴瑟을 옛 사람이 간편簡編(책)에 비겼듯이 구태여 악관의 천한 일이라 할 수 없으니, 선비 중에 필연 아는 이가 있을 것입니다."

팽관이 답왈,

"글 읽는 선비 중에 한 벗이 타는 이 있으나, 지금 여기 없습니다."

하였다. 이때 이 소경이 나를 향하여 여러 말을 물으니, 혹 대답하고 혹 글로 써 보이니 가장 답답하여 하는 거동이라 극히 진실하고 소탈한 인품이었다. 우리나라 의복 제도를 누누이 묻거늘 대강 전하고, 내

또 묻기를,

"중국 초모(밀짚모자)는 농부가 쓰는 것이니 이는 명나라 때 제도를 변치 아니 하였습니까?"

이 소경이 말하기를,

"초모는 명나라 제도입니다."

하였다. 이윽히 수작하다가 이 소경이 먼저 돌아갈 때 나를 향하여 다시 보자 하거늘, 내 교의에서 내려 허리를 굽혀 공손히 읍하니 이 소경이 또한 허리를 굽혀 대답하였다. 두 사람이 문에 나가 보내고자 하니 이 소경이 붙잡아 도로 들어가라 하며 이르기를,

"외국 손님이 있으니 어찌 혼자 앉아 있게 합니까?"

하였다. 다시 앉으니 팽관이 사람을 불러 새로 장황裝潢(서책書冊에 표지를 붙여서 장철裝綴하는 일)한 접책 한 권을 내어다 보이며,

"문천상 글씨 진적眞蹟을 보십시오."

하거늘 펴 보니 가문의 족보에 발문跋文을 지은 것이다. 100여 자가 넘지 못하지만 문법이 가장 간아하고 필획이 엄정하고 단단하여 과연 군자의 글이요, 아래 10여 줄 글이 있으니 이는 시방 사람이 문승상 글씨를 찬양하여 발문을 지은 것일 것이다. 다 보고 나자 또 사람을 불러 족자와 횡축 하나를 내어 오니, 횡축은 동기창董其昌의 글씨요, 족자는 문백인文伯仁의 글이니, 그 화격은 자세히 알지 못하나 담채로 산수를 그렸으되, 필법이 가장 세밀하였다. 내 묻기를,

"전조前朝 때 문징명文徵明[30]은 글씨와 그림이 동국에도 유명한 사람이니, 백인伯仁은 징명의 자손이 아닙니까?"

팽관이 이르기를,

"백인은 징명의 손자가 맞습니다."

---

30 문징명(1470~1559)은 초명이 벽壁, 자字는 징명徵明(후에 징중徵仲으로 바뀜), 호는 정운停雲이며 별호로 형산거사衡山居士라 하며, 세인들이 칭하기를 문형산文衡山이라 하였다. 명나라 중기의 가장 저명한 서화가로 오문화파吳門畵派를 창도한 인물이다.

하였다. 내 두 사람에게 선세의 벼슬한 이를 물으니 오상은 대명 이후에 처음으로 사적을 통하였고 팽관은 대대로 2~3품 벼슬을 이었다 하였다. 내 묻기를,

"조선관 서쪽에 한림의 아문이 있으니 노야가 출입하는 곳입니까?"

오상이 말하기를,

"이는 한림 아문이 아니라 서길사청庶吉士廳이니, 서길사는 과거한 사람들을 처음에 서길사 벼슬을 시켜 이 마을(관청)에 다달이 모여 글을 읽힌 후에 3년이 지나면 한림원의 편수編修 검토檢討 벼슬을 합니다."

이때 날이 늦었는지라 내 말하기를,

"오래 앉으매 귀체의 해로움이 있을까 두렵습니다. 청컨대 물러가기를 고하거니와 만일 더러이 여기지 아니하면 후 기약을 머물러 다시 만나기를 바랍니다."

팽관이 사람을 불러 차를 다시 내오라 하고 말하기를,

"천행天幸으로 대아大雅를 받들어 기쁨을 이기지 못하겠습니다. 내일 관중에 나아가 문안을 청하겠습니다."

내 말하기를,

"노야께서 친히 나아오기를 어찌 바라겠습니까? 하물며 내일은 진공 방물을 바치는 날이라 나도 함께 궐중에 나아갈 것이니 만나지 못할 것입니다."

팽관이 오상과 서로 의논하고 말하기를,

"이미 왕림함을 받으니 어찌 회례回禮를 폐하겠습니까. 내일 연고 있으면 23일에 나아갈 것이니 문 앞에 사람을 시켜 기다리게 하여 모르는 사람의 막는 폐가 없게 해 주십시오."

내 말하기를,

"기다리게 하기는 어렵지 아니하되 아문의 사정을 알지 못하니, 만일 막는 일이 있으면 문 밖에 조촐한 곳을 얻어 조용히 말함이 또한 해롭지 않을 것입니다."

팽관이 말하기를,

"그러하면 서길사청에 모이는 것이 좋겠습니다."

하였다. 이날 수작한 말은 많으나 말과 글씨로 잡되게 통하여 이루 기록하지 못하고 수작하던 종이를 가져가기를 청하니, 팽관이 말하기를,

"필법이 용렬하니 대방의 웃음이 될까 저어합니다."

하였다. 차를 다 마시고 물러나와 문 밖에 나가니 두 사람이 길가에 나와 읍하여 보내거늘, 그가 들어가기를 기다려 나귀를 타고자 하여 누누이 들어가기를 청하되 종시 듣지 않고, 안장에 오른 후 둘이 다 웃고 들어갔다. 큰길을 좇아 동쪽을 향하는데, 나귀 수십 필을 매고 서로 매매하는 곳이 있으니 우리나라 마전 같은 곳이다. 여러 사람이 나귀를 이끌고 마주 나와 사라 하되, 혹 탄 나귀를 보고 좋은 나귀를 샀으니 다시 사지 않을 것이라 하였다. 세팔이 이르기를,

"이 대인이 교자를 타고 위의와 추종이 매우 성한데 문에 들어서는 혼자 들어가고 추종이 다 문 밖에서 기다리니 팽 한림을 존대하는 일인가 싶습니다."

하였다. 정양문 밖 길을 좇아 관으로 돌아왔다.

정월 21일 관에 머물다

이날 진공進貢하는 방물方物을 바친다고 하였으나 어제 저녁에 돌아와 들으니 아문에서 아직 받지 아니하니 언제일지 기약이 없다고 하였다. 그 연고를 물으니 역관들이 말하기를,

"아직 자세한 사정은 듣지 못했으나 대강 황제의 후궁 중 특별히 총애하는 귀비 하나가 있는데, 황후와 싸움을 하는 연고로 황제에게 죄를 얻어 당초에 폐할 거조擧措가 있을 것이나, 아직 결단치 아니하였답니다. 방물 중에 황후에게 바칠 것이 있으나, 중국은 십삼성十三省에 조서詔書하여 황후에 방물을 바치지 말라 하였는데, 외국은 미리 알게 하는 것이 좋지 않다 하여 예부에서 의논을 결정치 못하고 있어 고로 바칠 기약이 없습니다."

하였다. 이미 방물을 바치지 아니하면 이날 일 없이 관중에 머무니 두 사람이 오고자 하던 기약을 저버린 것이 애달프다. 또 혹 23일 바치는 일이 있으면 서로 어긋날 염려가 있어 드디어 식전에 장지 두 권과 화전지 한 권과 부채 여섯 자루를 봉하고 편지를 써 덕유를 보냈는데 그 편지에 다음과 같이 썼다.

해동海東 아모我某는 삼가 절하여 오 선생, 팽 선생 두 좌하에 글을 이룹니다. 엎디어 생각건대 밤이 돌아오매 신명이 호위하여 더욱 복을 받았으리라 생각합니다. 아모는 동이의 보잘것없는 사람이라 몸소 문하에 나아간 것은 비록 사모하는 마음에서였으나, 귀한 자리를 들어 여죄를 얻을까 염려했습니다. 그러나 두 분 선생이 낯빛을 뵈이며 회포를 열어 관곡한 수작이 해가 저묾을 깨치지 못하니, 진실로 천한 자취가 등용하는 기쁨이 있을 뿐이 아니라 두 분 선생께서 널리 사랑하여 원로遠路 간격이 없으니 또한 성한 덕의 한 끝을 볼 수 있었습니다. 아깝게도 기품이 미천하고 지경地境이 한정이 있어 책보를 등에 지고 의심을 질문하여 강론하는 말석에 참여치 못함을 애달파 합니다.

진공하는 방물을 오늘 바칠까 여겼더니 돌아와 들으니, 마침 뜻밖의 연고로 기약을 못하였습니다. 오늘은 관중에 머물러 몸이 한가할지니 미리 알지 못하여 오늘 왕림하고자 하던 성한 뜻을 저버리니 매우 애달픕니다. 삼가 사람을 전위專委하여 연고를 고하고, 두어 가지 토산이 비록 의젓하지 아니하나 변변찮은 정을 표합니다. 군자가 서로 보매 폐백을 잡음은 옛사람의 예문이 있으니 다행히 물리치지 아니함을 바랍니다.

이윽고 덕유가 돌아와 이르기를,
"그 집에 이르러 편지를 전하고자 하니 문을 지키는 사람이 먼저 들어갔다 나와 이르기를 '노야께서 일찍 출입하고 없으니 도로 가져가 훗날 오시오' 하니 그 기색이 핑계 대는 말이었습니다. 여러 번 편지를 들여가라 이르니 그 사람이 두어 번 들어가더니 나와 봉한 것을 열어 편지만 내어 달라 하여 들어가더니 도로 내어다가 주며 이르길, '편지와 면피를 다 받지 못하니 도로 가져가고, 그 곡절은 23일 만나면 서로 말이 있을 것이오' 하거늘 다시 누누이 일렀으나 종시 듣지 아니하니 하릴없어 도로 가져왔습니다."
하니, 어제 수작하던 기색을 보면 편지를 받지 않은 것이 가장 괴이하였다. 덕유가 잘못 전한 일이 있을까 하여 세팔을 불러 다시 가 곡절을 알아오라 하였더니, 마침 아문의 일이 있어 사람의 출입을 엄히 금하니 가지 못하였다.

대저 사행의 일행 하졸이 사오백 명이요, 그 중 의주 사람이 거의 반이 되고 마두로 들어온 부류는 거의 다 도적질을 일삼는다. 이러므로 들어올 때의 사람마다 백지 수십 권을 반전盤纏(노자)으로 주는 것이 있으나 한 권을 가져오는 일이 없고, 강을 건널 때면 더러운 의복이 걸인의 모양이로되, 도로 나올 때면 양피 등걸이(의자의 등 부분에 씌우는 덮개)와 약간의 당물을 아니 가져가는 놈이 없으니 그 소상이 통분하고 나라의 욕됨이 적지 아니하나 사행이 이를 금지할 길이 없었다.

일전에 마두 세 놈이 융복사 장에 가 장사치의 물화를 도적질하다가 임자에게 들켜 욕을 보자, 세 놈이 서로 의논하고 도리어 물화 임자를 붙들어 거짓말로 젖히고 무수히 때려 유혈이 낭자하였다. 전부터 이곳 사람이 혹 조선 사람을 욕되게 하는 일이 있으면 예부에서 황제에게 아뢰고 형부로 보내어 각별히 다스렸다. 이러므로 구경하는 사람이 감히 말리지 못하였던 것이다. 그 매 맞은 사람이 즉시 회동관으로 나아가 제독에게 고하고 상처를 보였는데, 제독이 크게 노할 뿐 아니라 우리나라 사람이 당시에 폐단을 일으키는 지경에 이르니 제독의 검찰檢察을 면치 못할 죄책이다. 해서 이날 제독이 친히 아문에 나와 사람의 출입을 엄히 막으니 바깥 장사치 또한 들어오지 못하였다.

당상 역관을 불러 사행에 말을 전하기를, 세 놈의 죄상이 죽어도 아깝지 아니한지라 사행이 엄히 다스리지 아니하면 세 놈을 형부로 보내어 극죄를 베풀리라 하였다. 그래서 이런 일은 서장이 검찰할 일이라 하여 계부께서 사마영장司馬領將[31]을 불러 엄히 분부하기를,

---

[31] 연행의 공식직책에는 사마영장이라는 직함이 보이지는 않지만, 마두를 통솔하는 하급 관리를 가리키는 듯하다.

"세 놈을 사핵査覈하여 들여라."

하였으나 놈이 아침에 문을 열자마자 다시 나가고 없었다. 즉시 역관으로 하여금 제독에게 사연을 통하고 군노와 영장을 보내어 찾아 잡아 오라 하였더니, 오후에 비로소 잡아 왔다. 제독이 또 전하기를,

"만일 엄히 다스리지 아니하면 아문에서 다시 다스릴 것입니다."

하니 일이 매우 욕되었다. 계부께서 캉 밖에 교의를 놓아 앉으신 후 세 놈을 일시에 잡아들이고 일행 하인을 좌우에 늘여 세워 크게 위엄을 베풀었다. 이때 아문, 서반, 갑군과 여러 상고들이 뜰에 가득 모여 구경하였는데, 세 놈을 엄히 수죄數罪(죄를 들추어 냄)하고 일시에 결곤決棍하되 좌우에 곤장 수를 세는 소리를 특별히 크게 하여 관중이 진동하더니, 대여섯 대가 넘으매 살이 터지고 피가 흐르니 뜰에 구경하는 사람이 차마 보지 못하여 혹 눈물을 흘리며 혹 낯을 돌려 견디지 못하는 거동이다. 열 남짓 이를 때 서종맹이 창황히 들어와 역관을 불러 제독의 말을 전하기를,

"그만 다스려도 족히 죄를 경계할지니, 바삐 그치라 합니다."

하였다. 역관을 시켜 대답하기를,

"이놈들의 죄상은 예사롭게 다스리지 못할 것이니, 어찌 그만하여 그치리까?"

하니 종맹이 나갔다가 즉시 들어와 이르기를,

"세 놈의 죄는 가볍지 아니하거니와 만리타국에 함께 들어와 어찌 하루아침에 사람을 죽이고자 합니까? 제독 대인이 가장 무안하여 나로 하여금 말을 잘 하여 빨리 그치게 하라 하니 어찌 제독의 안정을 돌아보지 아니하십니까?"

하였다. 종맹은 사나운 인물로 유명하며, 우리나라 매질을 익히 보았으나, 이때 안색이 없고 거동이 황망하여 체면을 차리지 못하니 대국 인심의 소탈함이 이러하였다. 열다섯을 친 후에 그치고 역관을 시켜 종맹에게 이르기를,

"이놈들의 죄상이 무거울 뿐 아니라 제독 대인이 이로 인하여 가장 경동할 지경에 이르니 더욱 통분한지라 사행이 의논하고 세 놈을 죽이고자 하였더니 제독의 말림을 어기지 못하여 특별히 용서하니, 세 놈이 죽기를 면하고 고향에 돌아감은 제독의 은혜입니다."

하였다. 종맹이 듣고 희색이 낯에 가득하여 나갔다가 도로 들어와 이르기를,

"제독 대인이 매우 감사하여 이 뜻을 사행에 전하라 하였습니다."

하였다. 사마영장들을 검거檢擧치 못한 죄로 다스리고 다른 마두 두 놈이 일전에 술을 먹고 아문 밖에서 대단히 싸웠는지라 이도 한가지로 다스렸다. 저녁에 역관 두엇이 들어왔거늘, 마두의 통분한 말을 수작하는데 한 역관이 이르기를,

"이 폐단은 예부터 있었으나 금할 길이 없고 또 그놈들의 수단이 신통하여, 책문을 들면 주인집의 작두 고두쇠[32]를 도적하여 허리에 차고 다음 참에 들어 또 주인의 고두쇠를 도적하면 주인이 여물 썰기를 당하여 창졸간에 고두쇠를 변통하지 못할 것입니다. 비로소 먼저 도적한 고두쇠를 값을 정하여 제 마소 먹일 값을 제하니 왕래에 고두쇠 하나로 말을 먹이고, 혹 들키는 곳이 있으면 헛맹세와 거짓말로 울어 젖히면 모두 괴로이 여겨 다투지 아니하니 조선의 교활하고 간사한 이름은 오로지 이런 부류에서 나오는 것이라 가장 통분할 일입니다."

하였다.

---

32 고두쇠는 작두나 협도鋏刀 따위의 머리에 가로 끼는 것으로, 날과 기둥을 꿰뚫는 끝이 굽은 쇠다.

정월 22일 **유리창에 가다**

　이날도 문금門禁이 오히려 엄하였다. 식전에 포수월包水月[33]을 불러 이르기를,

　"오늘은 문을 금치 않을 것이니 내가 구경을 다니고자 하는데 어떠합니까?"

　포수월이 이르기를,

　"문금이 어찌 풀리겠습니까? 문 밖에 좌우로 반등을 놓고 여러 갑군이 지키고 섰으니 임의로 출입하지 못할 것이로되 궁자께서 나가고자 하시면 아문이 어찌 막겠습니까?"

　내 이르기를,

　"그러하면 내 유구관琉球館을 다녀오고자 하는데 어렵지 아니하겠습니까?"

　포수월이 이르기를,

---

33 『연기』 「경성기략」에는 포수월을 다음과 같이 기록하였다. "관館의 예속에 허許라는 성을 가진 사람이 있었는데, 호를 포수월이라고 했다. 조선말에 능통하여 종맹宗孟 다음 가는데, 오림포烏林哺 이하 아무도 그를 따를 사람이 없었다."

"무엇이 어렵겠습니까? 다만 대사가 아직 들어오지 아니하였으니 층차로 대사에게 알게 한 후에 가 봄이 해롭지 아니할 것입니다."

대개 대사는 회동관 관원이라 유구국 사행을 아울러 담당하나 유구국은 사람이 적고 인심이 공손하여 서반 두엇이 지켜도 의심이 없었다. 그런고로 대개 이따금 나아가 타일러 경계할 따름이요, 늘 조선관에 와 지킨다 하였다. 포수월이 부채 두 자루를 사고자 하거늘 아승두(승두僧頭, 중의 머리처럼 둘레가 둥근 부채) 두 자루를 거저 주니 매우 감격해 하고, 만일 유구관에 갈 일이 있으면 함께 가리라 하였다. 식후에 서종맹이 덕형을 불러 전갈을 부치니,

"궁자께서 구경을 나가지 아니함은 무슨 연고입니까? 문금이 아무리 엄하여도 궁자의 출입은 막지 아니할 것이니 염려 마십시오."

하였다. 이윽고 종맹이 캉으로 들어왔거늘 맞이하여 상좌에 앉히고 내 먼저 사마군의 일로 일행이 부끄러운 사연을 이르니, 종맹이 말하기를,

"중국인들 도적이 어찌 없으리오. 사오백 사람이 모였으니 이런 일이 괴이치 아니하니 어찌 스스로 겸연히 여기십니까?"

하고, 또 웃으며 이르기를,

"이전에는 문금이 풀어질 때 있으나 이번 같이 창연帳然할 적이 없으니, 이는 다름이 아니라 궁자의 출입을 막지 못할 것이라 다른 곳의 영이 서지 아니하니 어쩔 수 없습니다."

하였다. 대개 이 말은 내게 공을 갖추는 말이요, 문을 금하는 날이면 부디 전하고 나가라 하니 오로지 생색내는 의사였다. 내 말하기를,

"이번 두루 구경함은 모두 대감의 힘이나, 다만 이곳의 관상대와 서산을 보지 못하였으니 매우 답답합니다. 두 곳 구경할 도리는 오로지 대감의 지휘함을 믿습니다."

종맹이 말하기를,

"서산은 사행이 가고자 하면 과연 용이치 아니하거니와 궁자께서

보는 것은 어렵지 아니할 것이니 조만간 내 말을 기다리십시오."

하고, 또 이르기를,

　"관상대는 흔히 구경하는 곳이 아닌데 어찌 들었습니까?"

하였다. 내 이르기를,

　"평생에 천문 도수의 조박糟粕(찌꺼기)을 아는지라 이곳에 들어와 두루 물으니 어찌 듣지 못했겠습니까."

하였다. 상방에서 자명종 하나를 고쳐 들여왔거늘, 이때 빌려다가 캉에 놓았더니 종맹이 보고 묻기를,

　"이것이 무슨 묘리가 있습니까?"

　내 그 곡절을 대강 이르니 종맹이 말하기를,

　"중국말에 이르기를 '선비 문을 나지 아니하여도 널리 천하의 일을 안다秀才不出門 廣知天下事'하였으니 과연 궁자를 이르는 말입니다."

하고, 일어서 나갔다. 식후에 평중과 한가지로 유구관을 보고자 하여 캉 문을 나아가니 서종맹이 뜰 가에 머물러 역관과 말하거늘, 덕유를 시켜 나아가는 사연을 이르니 종맹이 즉시 제 종을 불러 앞서 나가 문에 가 이르라 하였다. 아문에 이르니 양 통관과 오림포·서종현이 앉았거늘 앞에 나아가 손을 들어 예를 하니 다 일어나 반겨 맞이하고 이르기를,

　"바삐 나가 구경하고자 합니까?"

하였다. 내 이르기를,

　"비록 나가고자 하나 어제 사마군의 일이 났으니 무슨 낯으로 구경을 청하겠습니까?"

하니, 오림포와 서종현이 다 웃고 이르기를,

　"무슨 관계가 있습니까?"

하고, 둘이 내 소매를 잡아 이끌어 문 안에 이르러 웃어 말하기를,

　"두 통관이 내어 보내니 뉘 감히 말리는 이 있겠습니까?"

하였다. 내 또한 웃고 문을 나가니 평중이 내 뒤를 따라 나서는데 문

밖에 과연 반등을 걸어 놓고 서너 갑군이 앉아 있다가 평중이 나가는 것을 보고 소매를 잡아 욕되게 굴고자 하거늘, 겨우 달래어 놓였다. 포수월을 찾았으나 들어오지 아니하였고, 세팔을 부르니 내가 갈 줄을 모르고 먼저 팽 한림의 집에 갔다.

유구관을 가고자 하나 길 아는 사람이 없으니 창졸간에 하릴없어 정양문을 향하여 천천히 걸어갔다. 이때 포수월이 들어와 유구관에 가는 뜻을 이르고 함께 가기를 청하였으나, 아문에 무슨 일이 있어 떠나지 못하노라 하고, 대사가 바야흐로 유구관에 있으니 궁자가 한 번 보고자 하는 뜻을 이미 알았는지라 함께 가지 아니하여도 들어가기를 염려치 않으리라고 하였다. 정양문을 나와 유구관을 물었으나 아는 이가 없더니, 덕유가 와 이르기를,

"수레 가진 사람이 안다고 합니다."

하거늘, 드디어 수레를 삯을 맞추어 둘이 타고 갔다. 서쪽 골목을 들어 유리창 길로 향하더니 유리창에 미치지 못하여 한 아문 앞에 이르러 수레를 멈추며 이르기를,

"보고자 하던 곳이 이 아문입니다."

하거늘, 현판에 쓰인 글자를 보니 '사역관四譯館'이라 하였다. 문 안팎에 사람이 없거늘 덕유를 시켜 들어가 보라 하니 그 안이 또한 비었고 사람 하나가 나왔거늘 유구국 사람 머무는 곳을 물으니 말을 알아듣지 못하고 다만 아문이 비어 사람이 없다 하였다. 비로소 잘못 찾은 줄을 깨닫고 덕유를 꾸짖었으나 덕유가 중국어를 변변히 알지 못하니 하릴없었다.

수레를 모는 사람을 친히 불러 유구관에 가고자 하는 뜻을 이르니, 또한 알아듣지 못하고 이윽히 힐난하는 사이 좌우에 길 가는 사람이 무수히 둘러서 그 연고를 물었다. 이에 '유구국' 세 자를 중국 본음으로 이르니 다 알아듣지 못하고 서로 말하며 매우 답답히 여기더니 그 중 한 사람이 적이 조촐한 인물이 있거늘 불러 나오라 하여 '유구관'

세 자를 글씨로 써 뵈니 비로소 깨우쳐 여러 사람이 다 웃었으며, 그 중 하나가 있는 곳과 길을 명백히 가리켰다. 드디어 남으로 행하고자 서로 꺾어 여러 골목을 지나 7~8리를 행하여 유구관에 이르니 마침 제독이 와 앉아 있었다. 문 앞에 서반과 갑군이 여럿이 앉았다가 놀라 이르기를,

"제독 대인이 왔는데 어찌 구경할 뜻을 보이십니까? 대인이 만일 알면 아문에 큰 죄책이 날 것이니 바삐 돌아가시오."

하고, 인하여 손을 헤고 재촉하여 이르기를,

"대인이 이제 조선관으로 향할 것이니 부디 다른 데로 가지 말고 관으로 돌아가시오."

하니, 그 거동이 극히 괴로웠다. 서반을 불러 대사에게 온 뜻을 통하여 달라 하니 서반이 노하여 말하기를,

"대인이 왔으니 대사가 알아도 부질없습니다."

하고, 수레 모는 사람을 꾸짖어 바삐 돌아가라 하였다. 마지못하여 수레를 돌려 유리창으로 향하여 북으로 작은 길로 들어가니 이곳은 빈 터가 많고 집들이 황락하여 벽항僻巷(후미진 골목) 모양이었다.

유리창에 이르러 유가의 푸자를 찾아가니 마침 이익이 악사와 함께 왔거늘, 차를 파한 후에 한 곡조 듣기를 청하니 유가가 마지못해 두어 장을 타고 안팎으로 분주하여 매매에 골몰하고 접대를 괴로이 여기는 기색이거늘, 이윽히 앉았다가 함께 관으로 돌아오니 제독이 바야흐로 아문에 앉아 있었다. 저녁에 세팔이 돌아와 이르기를,

"팽 한림의 집에 나아가 그 곡절을 물으니 문 지키는 사람이 들어가더니 나와 이르기를 '내일 두 노야께서 서길사청으로 갈 것이니 편지를 받지 못한 연고는 서로 만난 후에 말이 있을 것이요, 다른 연고 없으니 염려 말라' 하니 내일 친히 만나면 쾌히 알 것입니다."

하였다.

정월 23일 서길사청에 가 두 한림과 수작하다

이날 문금이 더욱 엄하니 역관들이 이르기를,

"세전 황력 길에 각색 비단을 예닐곱 돈 은을 얻어 주고 샀는지라 이번 일행이 의논하고 도로 낮추려 하되, 서종맹이 여러 상고와 결탁하였는지라 종시 듣지 아니하고 당상 역관들이 여러 번 다툰 것에 노하여 부질없는 소란으로 문금을 죄오니 아주 공동恐動할 일입니다."

하였다. 두 한림이 오늘 오기를 기약하였는지라 머물러 기다리니, 세 팔이 들어와 이르기를,

"두 한림이 서길사청에 와 앉아 만나기를 청합니다."

하였다. 즉시 도포에 갓을 쓰고 문 밖에 나아가니 한 사람이 반겨 인사하거늘 물으니 팽 한림 집 사람이었다. 서길사청에 이르니 큰 문을 닫았거늘 서쪽 협문으로 들어가니 두 한림이 정당 섬 위에 각각 방석을 놓고 앉아 있다가 내 들어옴을 보고 뜰에 내려와 맞이하거늘 서로 읍하여 예수를 파하며 팽관이 말하기를,

"저때 보낸 것은 감히 받지 못하였습니다."

내 묻기를,

"무슨 곡절로 받지 못하였습니까?"

무슨 대답하는 말이 있으나 분명치 아니하였다. 섬에 올라 자리를 정할 때 두 사람이 서쪽 방석에 함께 앉고 동쪽 방석에 나를 앉기를 청하거늘 두어 번 사양하다가 올라앉는데, 신을 벗고 자리에 나아감을 보고 둘이 다 웃다가 무릎을 쓸고 꿇어앉음을 보고 놀라 창황히 편히 앉으라고 권하였다. 대개 옛 풍속이 없어진지 오래인지라 도리어 괴이하게 여기니 극히 용속한 소견이었다. 한 사람이 밖에서 들어와 한림에게 공손히 예수하고 온 뜻을 묻기에 오상이 대답하기를, 조선 노야 한 분을 맞이하여 이야기하러 왔노라 하였다. 이 사람은 아문을 지키는 사람이라 탁자를 들여다가 두 방석 사이에 놓고 차 두 그릇을 두 한림에게 내오니 두 사람이 한 그릇을 들어 내 앞에 놓아 권하였다. 세팔을 불러 주인에게 벼루를 빌려오고 소매에서 종이와 붓을 내니, 팽관이 붓을 달라하여 보고, 또 내 혁대를 달아 보며 이르기를,

"이 띠는 무슨 품수가 있습니까?"

하니, 내 대답하기를,

"베옷과 가죽 띠는 선비 의복이니, 옛글에 '남반혁녀반사男鞶革女鞶絲'라 이른 말을 모르십니까?"

하니, 둘이 다 웃었다. 내 먼저 써 말하기를,

"보낸 것을 받지 아니함은 괴이치 아니하거니와 편지에 대답지 아니함은 무슨 연고입니까?"

팽 한림이 말하기를,

"전번에 내 보낸 것을 받들어 극히 감격하되 다만 중외中外의 다름이 있는지라 서로 편지와 선물을 통치 못하는 고로 마지못하여 도로 보내었습니다."

내 말하기를,

"그러하면 외국 사람이 중국 체면을 모르고 망령되이 금령을 범하였으니 극히 황송하거니와, 옛 일을 볼작시면 자사子思는 중국 사람이

요 계찰季札[34]은 외국 사람이나 갑과 모시를 서로 주고받았으니 옛 사람을 또한 법 받지 못할 일입니까?"

팽관이 말하기를,

"고금의 법금法禁이 다르고 근래에도 혹간 이런 일이 있으나 종시 법례에 어긋나니, 비록 정성을 펴지 못하나 한두 번 청쾌한 의논을 받드니 또한 삼생三生의 연분이 있는 것입니다."

내 말하기를,

"편지는 비록 통치 못하여도 만나서 수작하는 것은 금령이 없습니까?"

팽관이 말하기를,

"상고商賈와 더불어 서로 보는 것은 의법依法한 일이거니와 우리들은 직사職司에 간여한 일이 없으면 자연 서로 친밀치 못합니다."

내 말하기를,

"옛 사람이 또 이르기를 '사람이 신하 밖으로 사귀는 일이 없다人臣無外交事理然'하니, 이 진실로 벼슬이 있는 사람은 금령을 조심하는 것이 괴이하지 아니하니, 접때 문하에 나아감이 극히 망령되고 경솔한지라 뉘우쳐도 믿지 못할 것입니다."

팽관이 말하기를,

"간간히 있는 일이니 무슨 뉘우칠 것이 있겠습니까?"

내 말하기를,

"나는 외국 사람이라 일찍이 안면이 없고, 무엇을 구하여 무엇을 얻고자 함이 아니라 다만 아담한 위의를 사모하여 자연 사랑함을 이기지 못하니, 돌아가기 전에 다시 나아가 높은 의논을 듣고자 하였더니 사정이 그러하고, 또 옛 사람이 이르기를 '나라를 들매 금령을 묻는다

---

34 계찰은 중국 춘추시대 오나라 왕 수몽의 넷째아들이며, '계찰괘검季札掛劍'으로 잘 알려져 있다. 『사기』「오태백열전」에 자세한 내용이 전한다.

入國問禁請' 하였으니 청컨대 다시 나아가지 못할 듯합니다."

하니, 팽관이 말하기를,

"비록 난만히(충분히 많이) 다른 의논을 듣고자 하나 종시 중외의 형적이 다름으로 마음을 펴지 못하니 다만 마음에 잊히지 아니할 뿐입니다."

내 말하기를,

"잊히지 않는 마음은 피차 같으나 체면에 구애하여 뜻을 이르지 못하니, 다만 후신後身이 중국사람 되기를 원할 따름입니다."

둘이 다 크게 웃었다. 팽관이 묻기를,

"조선을 혹 고구려라 일컬으니 무슨 곡절입니까?"

내 말하기를,

"기자의 자손이 나라를 이은 후에 세 나라로 나누었으니, 하나는 신라요 하나는 백제요 하나는 고구려인데 마침내 신라로 통합하고, 신라가 망한 후에 고려라 일컫고, 고려가 망한 후에 조선이 되었습니다."

팽관이 말하기를,

"접때 돌아가서 수작한 사연을 영숙令叔 대인에게 고하였습니까?"

하고, 또 묻기를,

"들으니 영숙 대인은 귀국의 장원 급제요, 재학才學이 가장 높다고 하니 거짓 전함이 아닙니다."

내 말하기를,

"재학은 내 평론할 바 아니로되 장원은 소문이 그르지 아니합니다."

팽관이 묻기를,

"그대는 내년에 다시 들어오십니까?"

내 말하기를,

"나는 벼슬이 없으니 한 번 가면 다시 오지 못할 것이요, 비록 오는 일이 있은들 금령이 있으니 어찌 다시 만남을 계교하겠습니까?"

하니, 둘이 다 웃었다. 만주족과 한족이 혼인을 통하는지 물으니 둘이

다 고개를 저으며 통치 아니한다고 하거늘 내 이르기를,

"관동(산해관 동쪽바깥)의 무식한 백성들은 난만히 통하니 어찌 알지 못합니까?"

팽관이 말하기를,

"관동은 혹 있으려니와 북경 남쪽은 무지한 백성이라도 통치 아니합니다."

하였다. 내 묻기를,

"만주말을 아십니까?"

팽관이 만주 반절 한 줄을 외우며 이르기를,

"일찍 번역한 문장을 배웠으나 종시 말을 알지 못합니다."

하고, 묻기를,

"그대 시율이 아름다울 것이니 더러 듣고자 합니다."

내 말하기를,

"본래 졸한 재주라 시율을 알지 못하거니와, 설사 들은 것이 있은들 편지를 이미 통치 못하니 시율을 어찌 서로 전하겠습니까?"

팽관이 웃으며,

"겸손의 말씀이 과하십니다."

하였다. 또 묻기를,

"귀국에 과거 장원이 과연 문무의 재주를 겸한 후에야 비로소 급제할 수 있습니까?"

하니, 내 말하기를,

"겸한 재주는 급제할 수 있거니와 운수 좋으면 재주 없는 이도 혹 요행으로 급제합니다."

팽관이 크게 웃으며 말하기를,

"천하가 다 그러합니다. 이는 고금에 통한 일입니다."

하였다. 팽관이 글 한 구절을 외워 이르기를,

"다섯 자 난간도 막기를 다하지 못하는데 도리어 반쪽을 남겨 사람

을 둘러보게 하는도다五尺欄干遮不盡 還留一半與人看.' 이는 '한 길 규화一丈葵化'
를 읊은 글이니, 귀국 사람의 글이 아닙니까?"

하니, 내 말하기를,

"이 글은 귀법句法이 이미 청신하고 말씀이 매우 공교하되, 다만 종
전에 듣지 못한 것입니다."

하고, 여만촌의 문집이 있는지를 물으니 팽관이 손을 저으며 없다 하
고 또 이르기를,

"몇 년 전에 개간한 판본이 있었으나 근년에는 없앴습니다."

내 묻기를,

"부인의 의복은 명조 제도를 변치 아니하였습니까?"

팽관이,

"그러합니다."

하고, 묻기를,

"귀국에 탕빈, 육농기 두 사람의 글이 있습니까?"

내 말하기를,

"두 사람의 이름을 처음 들으니 글을 어찌 보았겠습니까?"

팽관이 말하기를,

"탕빈은 『사서강의四書講義』라는 책 네 갑四套이 있습니다. 두 사람은
다 본조의 큰 선비이며, 육 선생은 이미 성묘聖廟에 종사從祀하였습니다."

내 묻기를,

"두 사람이 다 본조에 벼슬하였습니까?"

팽관이 말하기를,

"탕빈은 상서尚書 벼슬이요, 육농기는 어사御史 벼슬입니다."

내 주가의 안부를 물어 말하기를,

"주형은 아름다운 선비라 마음에 잊지 못하니, 태학에 들어가 글 읽
는 때를 알면 나아가 만나고자 합니다."

팽관이 말하기를,

"밖에서 글을 읽고 모여 강하는 날이면 들어갑니다."

내 말하기를,

"이번 모인 후에는 다시 만날 날이 없으니 어찌 섭섭하지 아니하겠습니까?"

팽관이 말하기를,

"장래에 영숙 대인의 자취를 이어 중국의 사신을 받들면 어찌 한 번 보기를 도모치 아니하겠습니까?"

내 대답하기를,

"나는 운수 기궁하고 재주 용졸한지라 이미 과환科宦의 마음을 끊고 전야에 물러가 농사를 힘써 생리를 삼을 것입니다."

하니, 다 웃으며 겸사의 말이라 하였다. 내 묻기를,

"두 노야께서 앞으로 조선 칙사를 당하여 나가면 혹 만날 도리 있을 것입니다."

팽관이 말하기를,

"다른 나라는 혹 한인이 칙사를 맡으나, 조선은 오로지 만주 사람을 보냅니다. 이는 어훈(말소리)이 서로 가까우니 말을 통하게 함입니다."

내 말하기를,

"두 노야는 귀한 사람이라 형적에 구애하여 다시 만나지 못하려와 버슬이 없는 사람은 또한 해롭지 않을 것입니다. 원컨대 여러 동료 중에 아름다운 선비를 소개하여 한 번 높은 의논을 듣게 함이 어떠합니까?"

둘이 서로 이윽히 의논하더니, 팽관이 말하기를,

"부디 사람을 보고자 하면 한 벗이 있어 성은 장가蔣哥요, 문장이 매우 높으니 또한 감생監生입니다. 26일에 유리창 서책 푸자에서 주 감생과 함께 모여 한번 말씀을 나누는 것이 어떠합니까?"

내 좋다 일컫고 이때 세팔이 섬돌 아래 있어 팽관의 종인과 서로 말하니 팽관이 말하기를,

"저 사람은 북경을 몇 번 다녔기에 말을 익히 압니까?"

세팔이 대답하기를,

"서른여덟 번을 들어왔으니 말을 어찌 모르겠습니까."

팽관이 듣고 놀라,

"그러하군요."

하였다. 세팔이 비록 말이 익으나 음을 그릇 쓰는 것이 많고, 무식한 인물이라 오가는 데 쓰는 말을 수작할 뿐이요, 유식한 의론을 당하고 선비를 만나면 전혀 통하지 못하였다. 날이 이미 늦었거늘 내 말하기를,

"다시 볼 날이 없으니 결연한 마음이 다함이 없으나 날이 늦고 일기 심히 차니 두 노야는 일찍 돌아가시고 100년을 보중함을 바랍니다."

하니, 팽관이 경솔한 인물이라 진실한 거동이 적으나, 오상은 가장 서운해 하고 편지 말에 이르러도 가장 무안해 하는 기색이었다. 오상이 이르기를,

"우리는 아문에 공사公事할 일이 있으니 먼저 돌아가십시오."

하거늘, 읍하고 섬을 내려 서쪽 협문으로 향하니, 팽관이 창황히 돌아와 내 허리를 안아 만류하며 이르기를,

"어찌 작은 문으로 나가고자 합니까?"

하고, 사람을 불러 큰 문을 열라 하고 소매를 이끌어 함께 나가자 하였다. 문 밖에 나서서 다시 예를 하여 이별하고 관으로 돌아왔다. 큰 문으로 내어보냄은 오히려 대접하는 의사이나, 대개 그 집에 가 수작할 때는 조금도 간격이 없더니, 편지를 받지 아니하고 두 번 보매 다시 만날 기약을 끊으니, 필연 다른 사람의 놀라는 말을 들은 거동이요, 그 인물이 또한 용속한 시체時體 명관의 거동이요, 문필과 식견이 족히 여러 번 상통할 것이 없었다.

정월 24일 몽고관과 동천주당에 가다

　서종맹이 식전에 들어와 보고 말하기를,

　"처가 병이 있어 오늘 집으로 가니 수일 후에 돌아올 것입니다. 구경할 일은 대사와 다른 통관에게 일렀으니 출입에 염려 마십시오."

하고 나갔다. 식후에 평중과 함께 이억성과 맞추어 몽고관으로 갈 때 이덕성李德星[35]과 김복서가 함께 갔는데, 이어서 동천주당을 구경코자 한 것이다.

　동으로 옥하교에 이르러 물 서쪽으로 수백 보를 가서 또 서쪽 골목을 들어 북으로 꺾어 몽고관에 이르렀다. 문으로 들어가니 문 안에 한 칸 집이 없고 수천 칸의 너른 뜰이다. 사방에 담을 둘렀으니 남쪽 담 밖에 둥근 탑과 첩첩한 높은 집이 있는데, 이것은 옥하관으로 아라사가 있는 곳이다. 뜰 안 곳곳에 몽고 장막을 쳤으니 몽고인이 머무는 곳이요, 낙타 수십 마리가 곳곳에 누웠고, 좌우에 낙타 똥을 두루 깔았는데 이것을 말려서 무엇에 쓴다 하였다. 여러 몽고 사람들이 끊임

---

35 이억성은 몽학역관이며, 이덕성은 일관이다.

없이 출입하는데, 모두 다 의복과 얼굴이 더러워 사람의 모양이 적었다. 의복은 북경 사람과 다름이 없는데, 다만 마래기 선을 누런 털로 둘렀다. 한 사람이 사향을 가지고 사라 하니 김복서가 말하기를,

"몽고 사람들이 파는 사향은 다 가짜라 쓰지 못합니다."

하였다. 이억성이 몽고인 하나를 불러 몽고말로 저희 장수가 머무는 곳을 물으니, 한 장막을 가리키며 이리오라 하고 장막 문을 들고 무슨 말을 하더니 들어가라 하였다. 이억성을 따라 여럿이 들어가니 그 안은 둥글어 너르기 두세 칸이며, 겹삼승으로 만든 장막이었다. 가운데 마루는 한 칸 너비를 헤쳐 햇빛을 통하게 하고, 사면으로 양피 갖옷과 가죽 이불 같은 것을 무수히 깔았는데, 다 가죽이 닳고 털이 더러워 극히 가난한 모양이었다. 그 가운데에 큰 노구爐口(놋쇠나 구리로 만든 작은 솥) 하나를 걸었으니, 이는 밥을 지어 먹는 것이다.

한 사람이 홀로 앉았다가 우리가 들어오는 것을 보고 몸을 적이 움직일 뿐이요, 조금도 대접하는 거동이 없었다. 가로 돌아앉아 그 인물을 자세히 보니 몸집은 매우 장대하고 상하에 비단 의복을 입어 적이 선명했다. 진피眞皮 마래기에 홍보석 징자를 붙였으니 정1품 벼슬이나, 낯과 손이 더러워 일생 씻지 아니하는 모양이다. 얼굴이 무식하고 미혹한 인물이나, 다만 눈동자가 아주 매섭고 힘이 보통 사람보다 뛰어난 모양이었다. 이억성이 불러 약간 수작하였으나 한문과 중국말이 전혀 통하지 않고 또한 몽고 글자와 몽고말도 몰라 대화를 서로 통할 길이 없었다. 이억성에게 그 대답하는 말을 물으니,

"제 벼슬은 정1품이요, 몽고왕의 동실同室이며, 중국에 번藩 살러 왔노라 합니다. 또 들어오는 길이 5천 리 밖이요, 약대를 타고 다닌다 합니다. 몽고에는 여러 부락이 있어 서로 거느리지 아니하니 중국에 조공을 통하지 아니하는 부락이 여럿이라 합니다."

하였다. 처음에 들어가니 매우 괴롭게 여기는 기색이었는데, 이억성이 청심원 하나를 내주며 귀한 약이라고 하니 비로소 흔쾌히 대접하

여 묻는 말에 순순히 대답했다. 제 담배를 억성과 나에게 권하는데 구멍이 막혀 먹지 못하였다. 불이 꺼지면 제 허리에 찬 부시를 쳐 권하는 까닭에 마지못하여 받아먹는데 맛이 괴이하였다. 덕유가 담배를 담아 왔거늘 그 사람에게 권하니 받아먹으며 기뻐하는 기색이었다. 돌아갈 사연을 전하고 문을 나오는데 앉은 곳에서 일어설 뿐이니 예법을 전혀 모르는 인물이다.

큰 문을 나가 두루 저자를 구경하니, 이 근처는 다 몽고와 매매하는 곳이라 좌우에 쌓인 것이 반 넘게 몽고에서 쓰는 것이다. 한 소년이 얼굴이 조촐하고 의복이 적이 선명하거늘 불러서 물으니, 매매를 일삼지 아니하고 글을 읽는다고 하였다. 그 성을 물으니 맹가孟哥라 하기에 맹자의 자손인지를 물으니 웃으며 대답하기를,

"자손이 되는 법은 있지만 몇 대 손인지 알지 못하니 어찌 적실히 이르겠습니까?"

하였다. 제 글 읽는 곳을 물으니 멀지 않다고 하며, 선생과 여러 학도들이 머문다고 하였다. 바야흐로 함께 그 학당에 가고자 하는데 갑자기 두어 갑군이 가죽채찍을 휘두르며 창황히 따라와 고약한 소리로 이르기를,

"아문에서 잡아오라 하여 왔소이다."

하니, 다 놀라 의심하였다. 세팔이 그 곡절을 물으니, 다른 아문이 아니고 통관들이 우리가 몽고관에 간 이야기를 듣고 사달이 날까 염려하여 급히 불러오라 한 것이다. 갑군이 가죽채찍을 들어 '이랴' 하는 거동을 보이며 가기를 재촉하니, 좌우에 섰던 사람이 다 비켜가고 그 소년이 또한 간 곳이 없으니, 대개 이곳이 아문을 두려워하고 근신하는 풍속이다. 갑군의 거동이 매우 통분하였으나 어쩔 수 없이 한가지로 골목을 나와 개천가에 앉아 세팔에게 달래서 돌려보내라고 하니, 갑군이 말하기를,

"내 아문의 영令을 받고 왔는데 어찌 혼자 돌아갈 수 있겠소?"

하며 여전히 재촉하였다. 김
복서에게 권하여 함께 아문에
들어가 사연을 이르라 하였더
니, 이윽고 돌아와 이르기를,
"통관들을 보고 그 연고를
물었더니 다 말하기를 '몽고
는 예법이 없고 조선 사람이
또한 다투기를 즐기는 까닭에
혹 무슨 일이 있을까 염려하
여 갑군을 보냈을 뿐이지 다

동천주당

른 뜻이 아니니, 어찌 잡아오라 하였겠는가' 하고 갑군을 불러 꾸짖거
늘, 인하여 동천주당에 가는 사연을 이르니 다 쾌히 허락하였습니다."
하였다. 드디어 수레를 세내어 덕성과 함께 타고 동천주당으로 향했
다. 북쪽 옥하교를 건너 궁장을 쫓아 100여 보를 행하여 동쪽 골목으
로 들어 큰길로 나가 북으로 1~2리를 가서 천주당에 이르렀다. 집 모
양은 밖에서 바라보니 대강 서천주당[36]과 한가지였다. 대문을 들어가
니 문 지키는 사람이 구태여 막지 않았고 면피를 징색徵索하지 아니하
였는데, 조선 사람이 드물게 다니는 까닭이었다. 동쪽으로 중문을 들
어가니 문 안에 두 사람이 마주앉아 장기를 두고 있었다. 나아가 보고
자 하니 두 사람이 즉시 쓸어버리고 일어나기에 다시 두기를 권하였
지만 종시 듣지 아니하였다. 한 사람이 나와 말하기를,
"조선 사람이 매우 청수하여 다른 외국이 비하지 못할 것입니다."
내가 대답하기를,
"무슨 청수함이 있겠습니까? 우리를 조롱하는 말입니다."

---

[36] 기록에는 서천주당에 갔다는 언급이 없으며, 이전에 간 곳은 선무문宣武門 안에 있는 남당
(남천주당)이다.

하니, 그 사람이 머리를 가로저으며 그렇지 않다고 하였다. 정당正堂
문이 잠겼거늘 지키는 사람을 불러오라 하니, 세팔이 한 소년을 데려
왔다. 열쇠를 가져와 문을 여는데 또한 면피를 구하지 아니하고 인물
이 극히 양순하였다. 그 성을 물었더니 왕가王哥라 하였고 연산역連山驛
사람인데 몇 해 전에 조선 사신이 제 집에 여러 번 머물렀다고 했다.
문을 들어가니 북벽에 천주화상과 좌우에 벌인 집물이 대강 한 모양
이고, 바람벽에 가득한 그림은 더욱 이상하여 그 인물과 온갖 물상이
두어 보를 물러서면 아무리 보아도 그림인 줄을 깨치지 못하였다. 동
쪽 벽에는 층층한 누각을 그리고 여러 사람이 앉았는데, 아래에 깃발
과 의장儀裝을 많이 벌였으니 왕자의 위의와 같았다. 서쪽 벽에는 죽은
사람을 관 위에 얹어 놓고 좌우에 사내와 여인이 혹 서고 혹 엎드려
슬피 우는 모양을 그렸으니, 소견에 아니꼬워 차마 바로 보지 못하였
다. 왕가에게 그 곡절을 물으니 왕가가 이르기를,

"이는 천주가 죽은 모습을 그린 것입니다."

하였다. 이외에 괴상한 형상과 이상한 화격이 무수하였지만 다 기록
하지 못한다.

　서쪽 협문을 나가니 왕가가 문 위를 가리키며 보라고 하거늘, 돌아
보니 문 위에 사람 하나가 무슨 괴상한 짐승에 걸터앉았는데 마음에
놀랍더니 앞에 나아가 자세히 바라보니 진짜 사람이 아니고 그림을
그려 사람의 눈을 놀라게 한 것이다. 서쪽 뜰을 지나 자명종을 둔 누각
위에 올랐더니, 자명종 제도는 서천주당과 다름이 없었다. 이윽히 구
경하고 내려오니 뜰 좌우에 한 쌍의 일영日影(해시계)을 놓았는데, 네모
진 돌 위에 도수를 정제히 새기고 가운데 시각을 알리는 쇠를 꽂았다.
기둥에 철사 한 오리[37]를 꺼내어 남쪽으로 향하여 뜰 가운데 조그만

---

37 오리는 실, 나무, 대 따위의 가늘고 긴 조각을 말하는데, 수량을 나타내는 말 뒤에 쓰여
　실, 나무, 대 따위의 가늘고 긴 조각을 세는 단위로 쓰인다.

관상대. 청대 궁정화가 서양(徐揚)의 〈일월합벽오성연주도(日月合璧五星聯珠圖)〉(1761) 부분, 타이베이국립고궁
박물원 소장.

돌기둥의 한 끝에 매었는데, 쓰는 곳을 물었더니 왕가가 말하기를,
　"그것은 남방을 가리키는 것이니, 별을 보게 한 것입니다."
하였다. 왕가를 불러 다른 구경할 곳을 인도하라 하니, 이때 다른 사
람 하나가 따라와 말하기를,
　"다른 구경이 없으니 어디를 보고자 하십니까?"
하고, 아주 괴로이 여기는 기색이다. 내가 뜰 서쪽으로 혼자 다니며
집 지은 제양을 구경하다가 서쪽을 바라보니, 높은 집이 멀리 반공에
솟아나 있으며 제작이 이상하였다. 마침 아이 하나가 따라다니기에
위연하게 묻기를,
　"네가 저 집을 아느냐?"
　그 아이가 대답하기를,
　"관상대입니다."
　즉시 왕가를 불러 말하기를,
　"관상대는 이곳의 제일 구경이거늘, 너희는 어찌 우리를 속이고 보
여 주지 아니하느냐?"

왕가가 웃으며,

"관상대를 어찌 아십니까?"

하고, 서쪽으로 두어 문을 지나 함께 나아갔다. 북쪽으로 집이 죽 이어져 있는데 칸칸마다 비단 발을 드리웠고 사람이 머무는 거동이었다. 왕가에게 물었더니,

"다 서양국 사람이 자는 캉인데 오늘은 서천주당에 일이 있어 나가고 한 명도 있는 이가 없습니다."

하였다. 또 한 문을 나가니 서너 길 높은 대를 세우고 대 위에 세 집을 지었는데, 가운데 집이 가장 높고 양쪽 집은 적이 낮았다. 여러 층의 섬돌을 지나 대 위에 오르니 서북으로 만세산이 바라보이고, 사면으로 즐비한 여염의 집 마루가 서로 바라보이니 또한 기이한 구경이었다. 집에 다 열쇠를 채웠거늘 왕가를 달래어 문을 열라 하니, 왕가가 말하기를,

"서양국 사람이 열쇠를 가지고 가서 어쩔 수가 없습니다."

하거늘, 핑계를 대는 기색이었다. 문틈으로 안을 엿보니 이상한 의기儀器를 가득 벌였는데 안이 어두워 자세히 보지 못하고, 그 중 두어 자 쇠통을 틀에 얹은 것이 있으니, 이는 원경遠鏡인가 싶었다. 가운데 집은 위를 남쪽으로 향하여 길게 구멍을 통하고, 쇠로 문짝을 만들어 덮었거늘 물으니, 왕가가 말하기를,

"밤에 천문을 볼 때면 이 문을 열어 제치고 집 안에 들어가 남방에 보이는 별을 상고하게 한 것입니다."

하였다. 대 아래 남쪽으로 뜰이 아주 넓고 뜰 가운데 벽돌을 쌓아 기둥 모양을 만들었다. 높이가 한 길이 넘게 줄줄이 세웠는데, 다 행렬이 정제하고 끝에 구멍이 있어 사면에 나무를 꿰어 서로 얹었는데 포도넝쿨을 올리게 한 것이다. 곳곳에 포도나무를 묻은 곳이 있는데 그 수를 대강 세어도 수삼십이 넘었다. 여름에 넝쿨을 올려 잎이 피고, 열매를 맺은 후에는 천여 칸 너른 뜰에 그늘이 가득할 것이니 장한 구

경이 될 듯하였다.

대 아래에 내려 남쪽에 두어 칸 집이 있거늘 왕가를 따라 들어가니, 그 안에 우물 하나가 있었다. 깊이가 여남은 길이고 위에 녹로轆轤(도르래)를 베풀었다. 녹로 한끝에 둥근 말뚝을 여럿 박고 남쪽으로 딴 기둥을 세워 기둥을 가운데로 나무 바퀴 하나를 걸었다. 바퀴 위에 말뚝을 무수히 박아 녹로 말뚝에 서로 걸리게 하였으며, 바퀴 바깥으로 씨아[38] 꼭지 같은 나무를 꺼내어 손으로 돌리게 만들었다. 왕가가 말하기를,

"이 우물은 포도에 물을 주기 위한 것입니다. 여름이면 무수한 두레를 차례로 드리우고 이 바퀴를 한 사람이 돌리면 연이어 물이 올라와 그치지 아니하니, 두루 홈을 놓아 여러 포도에 각각 흘러가게 합니다."

하며 손으로 그 모양을 형용하여 일렀으나, 창졸간에 자세히 알아듣지 못하였다. 한편에 두어 층의 탁자를 두고 두레를 무수히 쌓아 놓았다. 여러 사람들이 주머니 속에서 청심원을 모아 왕가에게 주었고, 나는 청심원 하나와 별선 하나를 주었다.

남쪽으로 작은 문을 나와 큰길에 이르러 수레를 삯 내어 장차 타고자 하는데, 북쪽에서 말 탄 갑군들이 쌍쌍이 늘어서고 그 가운데로 교자 하나를 천천히 몰아오니, 필연 친왕의 행색이었다. 길 가는 사람이 다 좌우로 치우쳐 서거늘, 우리도 길가에 머물러 섰는데, 교자가 가까이 오더니 홀연 멈춰서 장막을 걷어 우리를 보며 희미하게 웃었다. 그 사람의 형상을 자세히 살피지 못하였으나 나룻이 세어 오륙십이 넘은 거동이요, 풍염豊艶한 얼굴이 극히 장대한 인물 같았다. 전후 갑군이 일시에 말을 멈추니 앞뒤에 각각 일곱 쌍이다. 교자 뒤로 예닐곱 말을 탄 사람이 한 줄로 섰는데 화로火爐와 차관茶罐과 무슨 보에 싼 것을 각

---

[38] 씨아는 목화의 씨를 빼는 기구다. 토막나무에 두 개의 기둥을 박고 그 사이에 둥근 나무 두 개를 끼워 손잡이를 돌리면 톱니처럼 마주 돌아가면서 목화의 씨가 빠진다.

각 들었으며, 다 의복이 선명하고 인물이 준수하였다. 갑군 하나가 말을 달려 교자 앞에 나아가 허리를 굽혀 무슨 분부를 듣는 거동이더니 도로 말을 달려 우리 앞으로 나아와 묻기를,

"너희 중 중국말을 아는 이가 있느냐?"

하니, 필연 무슨 말을 묻고자 하는 거동이다. 내 김복서를 권하여 중국어로 대답하고 저의 거동을 보고자 하였으나, 김복서가 즉시 대답하지 못하자, 갑군이 두어 번 묻다가 도로 말을 달려 교자 앞에 이르러 무슨 말을 아뢰니, 장막을 지우고 몰아갔다. 즉시 수레를 타고 뒤를 따라 관으로 향하였다.

옥하교를 건너 개천 서쪽에 이르니 길을 임하여 한 집이 있고, 문밖에 여러 갑군이 창검을 벌이고 지키었는데 왕이 그 집으로 들어가는 것이었다. 세팔이 말하기를,

"이 집은 다른 왕의 집인데, 죽은 지 오래고 황제의 사촌입니다."

하였다. 관문 밖에 이르러 오가의 푸자에 들어가니 오가가 반겨 맞이하여 차를 권하고 침향 한 조각을 내어 화로에 피우니 향내가 집안에 가득했다. 그 연고를 물으니 오가가 말하기를,

"궁자는 귀한 사람입니다. 여기 풍속이 높은 손님을 보면 반드시 향을 피워 대접합니다."

하였다. 좌우에 잡다한 물화를 무수히 쌓았는데, 다 우리나라 사람에게 파는 것이다. 관에 돌아오니 아문이 비었거늘 바로 들어가 저녁 식후에 부방에 앉았더니 한 역관이 들어와 황후의 소문을 전하는데 이러했다.

"궁중에 대대로 전하는 보배 구슬이 있는데 황후가 가진 것입니다. 지난해 황제가 관동으로 사냥하러 갈 때 황후가 따라갔는데, 황제가 우연히 그 구슬을 찾았지만 잃어버리고 얻지 못하였습니다. 황제가 크게 노하여 두루 기찰譏察을 놓아 비밀리에 살폈더니, 한 전당포에 있었습니다. 즉시 그 사람을 잡아 물으니 말하기를 '수일 전에 한 관원

이 이 구슬을 가져와 전당을 잡히고 400냥 은을 가져갔다'고 하였습니다. 그 관원을 구핵究覈하니 황후를 시위侍衛하는 관원이었습니다. 황제가 친히 구슬 얻은 곡절을 국문鞠問[39]하니, 길에 떨어졌기에 얻었다고 하였습니다. 황제가 크게 의심하여 의복을 벗기고 온몸을 수험하니 의복 사이에 편지 한 장이 들었는데, 사연이 의심스럽고 황후의 글씨와 방불하였습니다. 즉시 묻지 아니하고 그 관원의 허리를 베어 죽였는데, 이로부터 황후가 총애를 잃고 더러운 소문이 퍼졌습니다. 바깥 공론은 다 황후를 위하여 원통하게 여기고 중간의 모함이 있었다고 의심하였지만, 황제는 이것으로 인하여 비록 황후의 명호名號를 폐치 아니하나 대접이 극히 박략하였습니다. 황후의 성품이 대단히 조급한지라 황제의 의심함을 알고 머리털을 베어 몸을 헐어 버리니, 황제가 더욱 노하여 냉궁冷宮에 가두고 음식을 변변히 통하지 아니하니, 절로 죽기를 기다린다 합니다."

---

39 국문鞠問은 임금이 중대한 죄인을 국청鞠廳에서 신문하던 일을 말한다.

정월 25일 **북성 밖에 가다**

식후에 평중과 언약하여 북쪽 성 밖을 구경코자 하여, 덕유를 보내어 방료군관放料軍官의 나귀를 진가의 푸자로 가져오라 하고는, 세팔을 데리고 아문에 이르니 오림포와 서종현이 있었다. 나아가 읍하고 이르기를,

"어제 체례體禮를 모르고 망령되이 몽고관에 들어가 여러 노야들의 염려를 끼쳤으니, 극히 불안합니다."

하니, 두 통관이 말하기를,

"어제 김 판사를 보고 그 연고를 이미 일렀으니, 어찌 불안함이 있겠습니까? 몽고는 예법이 전혀 없고 성식性息이 불량하니 궁자에게 혹 욕된 일이 있을까 염려한 것이요, 다른 뜻이 없습니다."

하였다. 내 말하기를,

"성인이 가라사대, '말이 충신하고 행실이 독경하면 비록 만맥의 나라라도 행신이 어렵지 아니하다言忠信 行篤敬 雖蠻貊之邦行矣'[40] 하였으니, 저

---

40 『논어』 「위령공」편에 나오는 말이다.

들이 비록 예법이 없으나 짐승과 다름이 없으니 족가할[41] 것이 있으며, 내 언행을 극진히 조심하면 저도 사람의 마음을 가졌으니 어찌 연고 없는 포악을 부리겠습니까? 나는 선비의 몸이라 언행을 삼가고 사람을 만나면 제 인품을 따라가며 각각 대접하는 인사人事를 전혀 어기지 아니하니, 이후는 어디를 갈지라도 의외의 요단鬧端을 일으켜 노야들의 근심을 끼치지 않으리니 염려를 놓으십시오."

하니, 두 통관이 다 웃고, 오림포 말하기를,

"다른 사람의 출입은 과연 방심치 못하거니와 궁자는 예법을 아는 사람입니다. 어찌 염려함이 있겠습니까?"

하였다. 내 말하기를,

"노야들께서 방심하시면 내 또한 방심하리다."

하니, 두 통관이며 옆에 선 여러 역관들이 다 크게 웃었다. 큰 문을 나서 진가의 푸자에 이르니 진가가 반겨 맞이하고 차를 내오거늘, 한훤寒暄(날씨에 관한 인사)을 파한 후에 내 말하기를,

"저 즈음께 관문 밖에서 서로 만났으나 사람이 많은지라 수작이 번거하여 이르는 말을 대답지 못하였으니, 상공이 필히 괴이하게 여겼을 것입니다. 외국 사람의 자연 조심이 많은 연고요, 상공을 감히 업신여긴 뜻이 아니니 그런 줄을 아시는지요?"

하니, 진가가 말하기를,

"어찌 모르겠습니까? 하물며 전가(덕형)의 이르는 말을 들었으니 어찌 털끝만큼이라도 의심하는 마음이 있으리오."

하고, 또 말하기를,

"예예爺爺에게서 편지 온 것이 있으니 어찌 할까요?"

하였다. 그 편지를 먼저 가져오라 하여 펴 보니 그 편지는 다음과 같다.

---

41 '족가하다'는 '따지다'의 옛말이다.

받들어 한묵翰墨을 얻으니 바람 속의 깊은 향기요, 또 여러 가지 물건이 극히 보배로워 심히 아름다우니 삼가 사례謝禮합니다. 저 즈음께 진형을 통해 살핌을 바랐으나, 마침내 정성을 펴지 못하니 어찌 애달프지 않겠습니까. 후한 뜻에 회답하지 못하고 두어 가지 물건으로 우선 마음을 표하니 다시 살핌을 바랍니다.

납금대하포納錦大荷包 한 쌍	
납사요자하포納紗腰子荷包 한 쌍	
원앙하포鴛鴦荷包 한 쌍	하포는 모두 주머니를 이릅니다.
태평소하포太平小荷包 한 쌍	
남필휘호南筆揮毫 한 갑	남방에서 만든 붓을 이릅니다.
자옥광하묵紫玉光霞墨 한 갑	자옥광은 먹 이름입니다.
고양성장산예묵古樣成莊狻猊墨 한 갑	산예묵[42]도 먹 이름입니다.
단연침니端硯沈泥 한 방	침니는 단주朱朱의 다른 이름입니다.

아래 '양혼兩渾'[43] 두 자를 썼으니 왕자의 이름이다. 보고 나서 진가에게 이르기를,

"내 애초에 면피를 보낸 것은 예예의 후한 대접을 갚고자 함이었으니, 어찌 이런 여러 가지 보물을 받겠습니까?"

진가가 말하기를,

"궁자가 이미 보낸 것이 있으니 어찌 예예의 보낸 것을 홀로 받지 않으시려 합니까? 예예께서 궁자가 보낸 것을 받고 매우 감격하여 즉시 보낸 것이 있었으나, 궁자가 즐겨 받지 아니함을 듣고 대단히 무안

---

42 원문에는 준예묵으로 기록되어 있으나, 산예묵으로 바로 잡는다.

43 양혼은 이름을 서로 아는 사이에서 수신자와 발신자를 모두 밝히지 않을 때 쓰는 상투어다. 발신자는 강희제의 제3황자인 윤지允祉의 손자 보은진국공報恩鎭國公 영산永珊(1746~1797)로 추정된다.

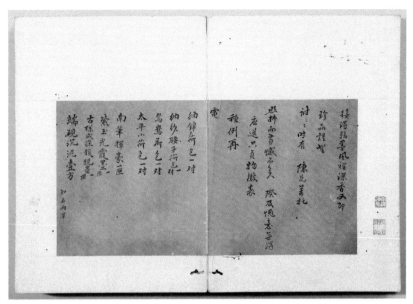

『계남척독』 가운데 양혼의 편지, 한림대학교박물관 소장.

하여, 궁자의 편지와 보낸 것을 도로 가져가라 하거늘 내 이르기를, '궁자는 외국 선비라 보배와 비단은 쓸 데가 없을 것이요, 또 조선에 무늬 있는 비단은 금령이 있으니 받지 않는 것이 당연합니다. 다만 필 묵과 벼루 등은 선비의 집물이라 필연 사양치 아니할 것입니다' 하니, 이를 듣고 이것을 내어 봉하여 나에 맡기며 부디 전하여 받게 하라 한 것입니다. 만일 받지 않으면 궁자가 보낸 것도 돌아올 것이요, 내 낯 도 없어질 것입니다."

내 이르기를,

"그러하면 내 어찌 아니 받겠소."

하고, 편지는 전대에 감추고 봉물은 두었다가 진가를 주어 저녁에 관 으로 들여보내라 하였다. 진가가 또 말하기를,

"봉물 중에 산예묵 한 장은 명나라 때의 귀한 물건입니다. 사람의 헌 데에 갈아 바르면 효험이 신통하니 예예께서 봉하며 이르기를 '이

산예묵. 북경고궁박물원

묵이 형체 극히 적고 쓸 때는 다른 먹에 미치지 못하리니, 필연 중국의 구물 舊物인 줄 모르고 봉한 것을 펼치매 웃으며 이것을 어찌 사람에게 주냐고 할 것이니 어찌 민망치 아니겠는가' 하니 궁자는 그 먹을 부디 등한히 보지 마십시오."

하였다.

　평중이 이미 좇아 왔거늘, 나는 나귀를 타고 평중은 말을 타고 함께 정양문 안을 좇아 회자국 사람 머무는 곳을 지나 서로 큰길을 나가 남으로 선무문을 통하였다. 북으로 꺾어 서화문을 지나 사패루에 이르니, 대저 황성 안에 동서로 십자거리를 임하여 네 어귀에 각각 패루를 세웠으니 이름을 '사패루'라 하였다. 이곳은 서쪽 사패루이니 좌우에 시사가 극히 번성하고, 네 어귀에 다 각각 주루酒樓를 지었으니 공중에 표묘한 난간이 길을 임하여 영롱한 채색이 서로 비치고, 누각 위는 교의와 탁자를 줄줄이 놓고 여러 사람들이 반취한 얼굴로 잔을 전하여 서로 술을 권하고, 누각 아래는 수놓은 안장에 살진 말을 드리운 버드나무 곳곳에 매었으니 과연 중국의 번성한 기상이었다.

　큰길을 좇아 북을 향하니 길 가운데로 장나무44 셋을 연하여 묶어 세우고 새끼줄을 늘여 매었으니 행인이 가운데로 다니지 못하게 함이요, 좌우로 통에 물을 담아 수시로 뿌려 먼지를 나지 않게 하였다. 길가의 번화한 거동은 이루 기록하지 못하나, 한 곳에 사람이 무수히 모여 앉고 가운데 교의에 한 사람이 외로이 앉아 한 손에 책을 들고 소리를 높여 읽으니, 이는 소설을 읽어 값을 받아먹는 사람이다. 뭇 사

---

44 장나무는 물건을 받치거나 버티는 데 쓰는 굵고 긴 나무를 말한다.

람이 귀를 기울이고 듣다가 말이 우스운 곳에 이르면 일시에 크게 웃고, 여러 사람의 웃는 모습을 보면 더욱 소리를 높여 크게 읽는 거동이 우스웠다.

큰 다리를 건너니 이는 오룡정五龍亭 하류요, 궁성 해자로 들어가는 물이다. 개천 언덕은 다 나무를 빽빽이 꽂아 무너지지 않게 하고, 언덕 위는 버들을 심어 가를 보지 못하니 또한 구경이다. 다리를 건너 북으로 바라보매 한 쌍 높은 집이 반공에 빼어나 바다 가운데 신루蜃樓(신기루) 모양이다. 서쪽은 고루鼓樓이고 동쪽은 종루鐘樓이니 인정人定을 달았다. 그 밑에 이르러 제도를 자세히 보니 세 층 집이로되 높이는 100장이 넘을 것이다. 길 가운데 네모진 담을 에웠으니 사방 100여 보요, 가운데 두어 길의 대를 쌓고 대 위에 집을 지었는데 아래층의 네 편으로 통하여 각각 무지개 문이 있으니, 문짝은 베풀지 아니하고 상층은 사면으로 난간을 둘렀는데 다 옥 같은 흰 돌로 기이한 물상을 새겨 꾸몄다. 아래에서 바라보매 비록 자세히 보지 못하나 결단코 인력이 미칠 바가 아닐 듯하였다. 그 위에 올라 난간을 의지하여 성중을 바라보면 필연 장한 구경이 될 것이나 바깥담의 양쪽으로 문을 내어 엄히 잠갔고, 그 위에 오르면 황성이 훤히 내려다 보여 사람을 금할 듯하였다.

이윽히 구경하다가 서쪽으로 꺾어 한 곳에 이르니 큰 문에 '호국사護國寺'[45] 세 자가 쓰여 있고, 문 안에 사람이 무수히 모였다. 세팔이 이르기를,

"전부터 장이 모여 물화를 매매하되 융복사에 미치지 못하고 시방 거의 파할 때라 볼 것이 없습니다."

하거늘, 그저 지나갔다. 이즈음은 연 날리는 아이들이 더욱 많으니, 채색 종이로 온갖 날짐승의 모양을 만들어 큰 것은 왕왕 사방 한 발[46]

---

45 호국사는 원나라 때 창건한 북경의 사찰이다.

이 넘어, 공중에 오르니 은연히 짐승이 날아다니는 모양이다. 종고루 북쪽은 우리나라 사람이 흔히 다니는 곳이 아니니, 사내와 여인이 다투어 구경한다. 길가 문 안에 한 여인이 단장이 선명하고 얼굴이 단정한지라 평중이 말 위에서 손으로 가리키며 곱다고 일컬으니, 그 여인이 사색으로 변하고 사내 하나가 섰다가 대노하여 무수한 욕설을 중얼거리니, 평중은 알아듣지 못하고 여전히 자색을 칭찬하니 절도하였다. 이윽고 여러 아이들이 막대를 들고 '거우리高麗'를 부르며 급히 쫓아오니 필연 욕을 볼 것 같아 나귀를 채쳐 바삐 몰아가니, 세팔과 덕유가 뒤를 막아 말채로 저어 겨우 쫓았다 하였다. 여러 골목을 지나 북쪽 성문에 이르니 이름은 덕승문德勝門이다. 세팔이 이르기를,

"성 안의 서쪽으로 수백 보를 가면 성 밑에 수문이 있어 물들어 오는 모양이 장한 구경입니다."

하거늘, 드디어 문을 나지 아니하고 먼저 성 밑의 길을 좇아 그곳에 이르렀다. 성 밑에 4~5칸 수문이 있는데 쇠로 살문을 웅장히 만들어 달았고 물 위로 돌다리를 놓아 사람을 통하게 하고 다리 남쪽에 담을 두르고 담 안은 물이 널러 큰 모양이고, 물 가운데 바위 하나가 놓였는데 너르기 수십 칸이요 그 위에 4~5칸 묘당을 세웠는데, 새로 지은 집이라 단청이 찬란하였다. 들어가 구경코자 하여 동쪽 작은 문으로 들어 조그만 다리를 건너 묘당 뒤에 이르니, 묘당에서 갑군 하나가 허리에 환도를 차고 급히 나와 이르기를,

"이곳은 황상께서 금하시는 땅이니 어찌 망령되이 들어왔는가?"

하고, 손을 휘저으며 쫓거늘 도로 나와 나귀를 타고 덕승문을 나갔다. 문 제도는 두 층이요, 옹성이 있는데 동쪽은 문이 없고 서쪽에 문을 내었으며 북쪽으로 큰길이 있고 길 좌우로 시사를 벌였다. 말 탄 갑군

---

46 한 발은 두 팔을 양옆으로 펴서 벌렸을 때 한쪽 손끝에서 다른 쪽 손끝까지의 길이를 말한다.

들이 끊임없이 들어오니 세팔이 이르기를,

"성 밖에서 습진習陣하고 돌아오는 군사입니다."

하였다. 서쪽 성 밑으로 행하여 서북으로 바라보니 여염이 끊어지고 무성한 수풀 가운데 층층한 누각이 은영하니 다 왕공 재상의 분원墳園이요, 수풀 밖으로는 가없는 들이다. 서북쪽으로 희미한 원산遠山이 둘렀으니 이는 옥천산玉泉山이다. 천천히 가 수문가에 이르니 물소리 진동하여 지척의 말을 통치 못하였다. 나귀를 내려 물가에 앉으니 수십 일을 진애塵埃 총중叢中에 쫓기어 들 빛을 보지 못하였더니, 이곳에 이르매 마음이 쾌청하여 시사 가운데 다니던 기상이 아니었다.

평중이 물을 임하여 한 팔을 베고 누워 소리를 높여 노래를 부르니 이때 성 밑에 활 쏘는 사람들이 어깨에 활을 메고 물끄러미 보더니 평중의 소리를 듣고 다 수상히 여기거늘, 내 말하기를,

"이는 우리 노래 부르는 소리니 괴이히 여기지 말라."

하니, 다 고개를 끄덕이더니, 소리를 크게 지름을 듣고 다 크게 웃으며 서로 이르기를,

"저것이 무슨 모양이뇨?"

하니, 평중이 그 웃음을 듣되 돌아보지 아니하고 점점 소리를 돋우어 미친 흥을 견디지 못하니, 여러 사람이 더욱 웃으며 혹 희롱하여 욕설이 있거늘, 내 꾸짖어,

"무례하구나."

하니, 그 중에 나이 많은 사람이 욕하는 소년을 꾸짖고 차차 흩어져 갔다.

수문 북쪽에 물이 매우 깊으니 이는 수문 아래 수갑水閘이 있어 물을 잠가 두었기 때문이다. 수갑이라 하는 것은 중국의 저수貯水하는 기이한 제도니, 적은 물을 가두어 수십 리 호수를 만드니 이러하므로 서산 호수와 황성 태액지와 내외 해자 물이 다 옥천산에서 내리는 물인데, 근본은 조그만 개울이로되 천백 석 실은 조공선이 황성 내외로 두루 통하니 고금의 기이한 법이다.

물 좌우에 너덧 길 석축을 웅장하게 쌓았으니, 그 제도는 두 석축 사이가 서너 칸 너비요 병목 같았다. 바닥에 또한 돌을 깔고 양쪽에 돌을 쪼아 위에서 바닥까지 이르러 긴 홈을 내고, 성조목을 위에서 차차 내리 끼우되 두 끝을 양쪽 홈 틈에 끼우고 여럿을 끼워 석축 웃전을 닫은 후는 물이 나무 틈으로 약간 흘러내리나 많지 않고 점점 쌓여 나무 끼인 위로 넘어 흘러 수갑 안으로 절로 깊어지게 함이다. 성조목은 다 양쪽에 쇠고리를 박았으니 이는 줄을 매어 오르내리게 함이다.

배를 통하고자 할 때는 배를 수갑 밖에 대고 여러 성조목을 일시에 빼며 배를 끌어올리고, 여러 배를 다 올린 후는 다 나무를 끼워 물을 막고 내려가는 배도 이 법과 같이 한다. 이러하므로 중국은 성 안에 임의로 배를 통하고 가물 때라도 가둔 물이 갑자기 마르지 아니하고 장마를 당하면 차차 수갑을 열어 물을 흘려버리니 이러하므로 수한水旱의 재앙이 또한 적다.

이 물은 옥천산에서 내려오는데 서산 호수를 넘어 사십 리를 흘러와 황성 내외를 둘러서 통주 강으로 내려간다. 곳곳에 수갑이 있어 물을 잠갔으니 이때는 눈이 녹아 봄물이 바야흐로 나는지라 수갑을 넘어 밖으로 흘러내리니, 바닥은 돌이 깔려 있어 좌우에 안개가 하얗고 폭포 소리 가장 요란하니, 비록 천작天作이 아니나 적이 성시 중 티끌 생각을 잊을 만하다. 수문 뒤로 나무다리를 놓았으니 나귀가 물소리에 놀라고 아래를 굽어보매 더욱 겁내어 여러 번 쳐도 종시 건너지 아니하니, 덕유가 창옷氅衣(벼슬아치가 평상시에 입던 옷)을 벗어 나귀의 머리를 싸고 앞뒤에서 끌고 밀어 겨우 건넜다.

성 밑을 좇아 서쪽으로 천천히 가니 한 편은 해자 물이다. 이즈음은 궁벽하고 낙락한 곳이다. 성 밑에 이따금 활 쏘는 사람이 있으니 수삼십 보 떨어진 곳에 한 발 남짓한 장대를 세우고 장대 가운데 둥근 과녁을 달았으니 한 곳에서 두 사람이 바야흐로 쏘고 있었다. 나귀를 멈춰 섰으니 두 사람이 섰음을 보고 재주를 자랑코자 사법을 치레하여

서직문, 『만수성전초집(萬壽盛典初集)』

두어 날을 쏘았으나 맞추지 못하니 매우 무연해 하는 기색이다.

서북쪽 모퉁이에 이르러 성 위에 북쪽으로 꺾어 세 층 집을 지었는데, 성 밖으로 10여 보를 나갔으니 옹성 모양이요, 층층이 문을 내고 문마다 구멍이 있어 시석矢石을 통하게 하였으니 이는 적루敵樓 제도다. 이어서 성 밑을 좇아 남으로 꺾어 수 리를 가 서직문西直門에 이르니, 이즈음은 여염과 시사가 매우 번성하고 서쪽으로 바라보매 단청한 채각이 각색 기와를 이어 집 마루가 서로 바라보니, 세팔이 이르기를,

"이는 서산 사십 리를 이어 강 좌우로 지은 집이니 황제가 노니는 곳입니다."

하였다.

이때 날이 늦고 적이 시장하거늘 음식 파는 푸자를 찾아서 문 밖으로 해자를 건너 네거리의 이르니, 좌우로 날아갈 듯 즐비한 주루酒樓를

지었으며 난간과 단청을 다 새로 고쳐 금벽이 찬란하거늘, 북쪽 푸자로 들어가 2층 사다리를 올라 누에 이르니 너르기 10여 칸이다. 반등을 줄줄이 놓아 사람을 앉게 하고 난간을 비기매 큰길이 내려다 보였다.

서직문西直門은 황성 안에서 창춘원暢春園, 원명원圓明園, 서산西山 세 곳으로 통하는 문이다. 창춘원은 강희 황제가 있던 궁이고, 원명원은 옹정황제가 있던 궁이며, 서산은 건륭 황제가 지은 집이다. 강희 때부터 황성 대궐에 머물지 아니하고 항상 성 밖에 있으되, 창춘원과 원명원에 다 마을(관청)을 베풀지 아니하고, 각사 관원을 다 황성 안에서 날마다 새벽에 나와 저녁에 물러가게 하였다. 이때 황제 정조 조참을 파한 후 즉시 원명원으로 돌아가 일이 없으면 궁성에 들어가지 아니하니, 이 길이 관원들이 다니는 곳이라 수레와 말이 거리를 메우고 준수한 인물과 선명한 의복이 길을 덮었으니, 행인의 번화함은 정양문이 도리어 비하지 못할 듯하였다. 주인이 올라와 묻기를,

"손님, 무엇을 드시겠습니까?"

하거늘, 내 이르니,

"우리는 술을 먹지 못하니 아무거나 요기할 것을 많이 가져오십시오."

하니, 평중이 듣고 혀를 차며 탄식하여 가로되,

"내 평생에 낙양洛陽, 장안長安 안의 호협한 소년이 수양垂楊에 말을 매고 주루에 올라가 두어 말 술을 취하도록 마시는 것을 흠모하였더니, 오늘 이곳에 이르러 이런 번화한 경물을 대하고 금령에 구애하여 연남燕南의 아름다운 술로 장부의 흉금을 펴지 못하니 세상의 좋은 일이 완비치 못함을 애달파 하노라."

하였다. 내 말하기를,

"그대의 말이 지극히 호상하거니와 장부의 흉중에 짐짓 호상한 기개를 품었으면 자연히 하늘을 깨칠 기운을 금치 못할지니, 어찌 녹녹히 술기운을 빌어 펴기를 기다리리오?"

하니, 평중이 말하기를,

"이는 술의 취미를 모르는 의논이로다. 속담에 이르기를 '호연지기는 곡식 기운에서 난다' 하였으니, 이곳에 이르러 술을 먹지 못하니 기상이 쓸쓸하고 마음이 국축跼縮하니[47] 무엇으로 홍미를 돋아 지기를 활발히 하리오?"

하고, 인하여 탄식하고 난간을 의지하여 길이 휘파람을 불었다. 내 웃으며 말하기를,

"그대 상동문 휘파람을 본받고자 하십니까? 만일 왕이보王夷甫의 밝은 눈을 만나면 산이 높으며 물이 낮음을 어이 어이 알리오."[48]

둘이 크게 웃었다. 주인이 국수 두어 그릇과 보보 두 접시를 갖다가 탁자에 놓고 차를 권하는데 맛이 고약하여 겨우 허기를 진정시켰다. 남쪽 주루에 10여 명이 한 탁자를 대하여 각종 술을 들고 서로 권하며 우리 웃음을 듣고 또한 서로 말하며 웃으니 우리를 조롱하는 거동이다. 평중은 알지 못하여 다만 술 먹는 것을 보고 그 루에 함께 오르지 못함을 애달파 하였다.

누를 내려오니 덕유 이미 소전小錢을 세어 주었는지라 즉시 나귀를 타고 서직문을 지나 남으로 향하여 성 밑을 행하였다. 이 주위는 성이 퇴락한 곳이 많아 무수한 역군役軍이 온갖 기계를 가지고 층층이 늘어서 무너진 곳을 고를 흙을 헤치는데, 날카로운 연장으로 힘써 찍으니 당초에 단단히 쌓은 줄을 알 수 있으며, 해자 가에 새로 구운 벽돌을 한 줄로 100여 보를 쌓았으니 그 수를 헤아리지 못하였다. 역군 하나를 불러 묻기를,

"당신들 역사를 당하면 나라에서 무슨 삯 값을 줍니까?"

역군이 이르기를,

---

47 국축하다는 '국척하다'로, '두려워하거나 삼가고 조심하다'라는 말이다.
48 석륵石勒(오호십육국 시대 후조後趙의 창건자)의 고사다. 이전 석륵은 낙양의 상동문에 기대어 서서 휘파람을 불고 있었다. 마침 왕연(왕이보)이 지나가다가 이를 보고 마음속에 저 사나이는 모반할 뜻을 품고 있다고 여겼는데, 과연 석륵이 유연을 따라 한나라에 붙었다.

"한 달에 여섯 말 쌀과 석 냥 은을 받습니다."

하였다. 이런 공변된 역사에 오히려 백성을 공히 부리지 아니하니, 입국 규모를 짐작할 수 있으며, 100여 년 태평을 누림이 괴이치 아니하였다. 성 위에 역군들이 우리가 지나가는 것을 보고 서로 기롱하여 웃으며 외쳐 이르기를,

"가오리高麗[49] 청심원이다."

하니, 대개 우리나라 청심원이 북경에 유명한 것을 알 수 있다. 부성문 阜成門에 이르니, 이는 황성 서쪽 정문으로 동쪽 조양문朝陽門과 마주한 문이다. 해자 서쪽에 무슨 집이 있어 수백 칸이 넘는데, 다 항렬이 정제하고 두 줄이 담을 에우고 각각 조그만 문을 내었다. 세팔이 이르기를,

"이는 군사들 머무는 곳입니다."

하였다. 부성문을 들어 관으로 돌아올 때, 한 곳에 이르니 큰길에 사람이 무수히 에워 섰거늘 나아가 보니 남쪽 집 앞에 면장面墻이 있고 집 처마에 여러 사람이 반등에 걸터앉았으니 무슨 아문 모양이다. 길가운데 한 사람을 엎어 놓고 가죽채찍으로 볼기를 치되 바지를 벗기지 아니하고, 두 사람은 머리와 손을 붙들고 한 사람은 발을 잡았으니 매 맞는 사람은 별로 못 견디는 모양이다. 연이어 대노야大老爺를 부르니 비는 사연인가 싶고, 바지를 벗기지 아니함은 중국의 후한 풍속이다. 서화문西華門을 지나 관으로 돌아왔다.

---

49 '가오리'는 '고려'의 중국어 발음을 적은 것이다.

정월 26일 유리창에 가서 세 선비와 수작하다

식전에 덕형이 진가의 푸자에서 양혼兩渾이 보낸 것을 가져왔거늘, 받은 후에 덕형이 진가의 말을 전하기를 '이미 보낸 것이 있으니 답장이 있어야 받은 줄을 알리라' 하여 즉시 답장을 써 진가에게로 보냈다.

매양 진형을 통하여 대강 기거를 듣더니 홀연 이 글월을 받들고 겸하여 보배에 후사를 입어 찬란히 행장을 비추니 영화롭고 감격함을 이기지 못하되, 높은 마을이 깊고 엄한지라 몸소 나아가 사례하는 뜻을 이루지 못하니, 정성이 없음이 아니라 종적을 방자히 못함이니 살펴 용서함을 엎드려 바랍니다.

어제 진가가 이르기를,
"예예께서 궁자가 문종을 사랑하는 것을 알고 나에게 누누이 일러 '부디 궁자에게 가져가라' 하셨습니다. 이것이 비록 보배로운 집물이나, 예예는 친왕의 부귀한 집이라 이런 것의 유무는 족히 관계한 일이 아닙니다. 또 비단은 재물이라 궁자가 취하지 아니함이 옳지만 이것은 아담한 집물이요 선비가 가질 만한 것이니, 어찌 군이 사양하여 예예의 후한 뜻을 생각지 아니하십니까?"

하니, 내 말하기를,

"예예의 후한 뜻을 내 어찌 모르리오마는 문종은 천하의 기이한 보배라 하루아침에 공연히 남의 것을 취하는 것이 편치 않을 뿐 아니라, 또 어찌 남의 혐의를 피할 수 있겠습니까? 처음에 며칠을 빌려 사랑하는 뜻을 뵈고 즉시 두어 가지 면피를 보내어 저의 뜻을 달래고 회례하는 비단을 물리쳐 받지 아니한 것을 이제야 생각하니 나의 형적形迹이 오로지 문종을 얻고자 하는 듯합니다. 예예는 장후壯厚한 사람이라 비록 이같이 의심치 아니하나, 내 겸괴謙愧한 자취는 본심을 밝히고자 한 것이니, 예예에게 아무리 죄를 얻어도 가져가지 아니할 것이니 다시 말을 마십시오."

하였고, 이날 덕형에게 일러 진가에게 제 말로 이르라 하였다.

일전에 은 한 냥 엿 돈을 주고 인장에 쓰는 수정 돌 하나를 샀으나 새길 사람을 얻지 못하다가, 김복서가 이르기를,

"유리창 장경의 각법刻法이 매우 정교하여 우리나라 인장을 해마다 무수히 새깁니다."

하거늘, 드디어 김복서를 맡겨 새기기를 청하라 하였다. 이날은 유리창에 팽관이 천거한 선비를 만나기로 한 날이다. 장경은 흠천감 박사 벼슬을 하였는지라 이덕성이 천문역법을 의논코자 하여 김복서와 나가기를 의논하거늘, 드디어 함께 갔다. 관문을 나가 정양문 안에 이르자 서반 하나가 나를 보고 이르기를,

"날마다 구경을 다니니 이 무슨 모양입니까? 제독 대인의 금령을 돌아보지 아니하니 만일 도로 들어가지 아니하면 내 아문에 사연을 이르고 갑군을 보내어 잡아갈 것입니다."

하니, 대저 서반들이 서책 잠상潛商을 염려하여 나의 출입을 특별히 살피는데, 그 중 유리창은 더욱 의심하는 곳이라 이로 인하여 서반이 내

출입을 막고자 함이었다. 내 머리를 숙이고 대답하지 아니하니 서반이 여러 번 벼르고 지나갔다. 혹 갑군이 쫓아올까 염려하여 급히 수레를 얻어 타고 유리창에 이르러 미경재味經齋 서책 푸자에 이르니, 미경재는 푸자 현판에 당호를 표한 것이요, 선비들을 만나기로 한 곳이다. 수레를 멈추어 덕유를 들여보내니 아직 오지 아니하고 주인이 이르기를,

"선비들이 곧 올 것이니 잠깐 기다리십시오."

하거늘, 덕유를 머물러 기다리라 하고 먼저 장경의 집에 이르니 장경이 김복서를 보고 매우 반겨 대접이 은근하였다. 김복서가 나를 가리켜 사귀고자 하는 뜻을 이르고 내게서 가져온 장지 한 권과 부채 세 자루를 준 후에 수정 돌을 맡겨 새겨 달라 하였다. 서반 하나가 뒤쫓아 들어와 함께 앉거늘, 내 말하기를,

"우리 어찌 그대를 속이고 잠상을 계교하겠소. 아까 관문을 나올 때 그대 동무 하나가 우리가 나오는 것을 보고 가장 욕된 말을 했으니, 사람의 본심을 살피지 않고 외국 사람을 침노함이 옳은 일입니까?"

하니, 서반이 웃으며 이르기를,

"어찌 욕되게 함이 있겠소? 나는 마침 지나가다가 다리를 쉬고자 하여 들어왔으니 내 앉았음을 염려 말고 수작을 빨리 하시오."

하고, 가지 아니하더니 덕유가 들어와 이르기를,

"미경재에 선비들이 모여 청합니다."

하였다. 즉시 장경에게 연고를 일러 후일에 다시 만나기를 언약하고 나가니, 이덕성과 김복서는 이곳에서 계속 머무르다가 늦은 후에 함께 돌아가기로 맞추었다. 미경재에 이르러 덕유 먼저 들어가 통하니, 즉시 두 소년이 나와 읍하여 맞이하는데 하나는 주가요 하나는 팽관의 사촌이다. 허리를 굽혀 답례하고 두어 번 사양하다가 앞서 들어가 문을 드니 장 감생이 문 안에서 맞이하였다. 또 예수를 파한 후에 각각 교의에 앉아 두 소년에게 먼저 한훤과 잊지 못하던 말을 이르고, 세 사람의 이름과 사는 곳을 물었다.

장가는 이름이 복이니 하남 사람이다. 장가는 50세요, 주가는 23세요, 팽가는 17세이다. 장가는 단소한 몸집이요, 검은 얼굴에 적은 나룻이 반 남짓 새었고, 치아는 남은 것이 적으니 극히 변변치 못한 인물이다. 의복이 매우 남루하니 가난한 궁유의 모양이로되 다만 눈동자가 맹렬하니 무슨 재주를 품은 듯하고, 거동이 적이 유아儒雅하여 선비 복색을 볼 것이 있다. 주가는 얼굴이 옥 같고 미목이 그린 듯하고 조촐한 태도를 띠었으니 짐짓 아름다운 선비요, 팽가는 낯빛이 검고 나이가 어린 거동이 있으되, 코가 크고 얼굴이 단정하여 극히 준수한 인물이다. 주생은 나이 비록 적으나 문필이 민속하고 소견이 밝고 똑똑하여 팽관이 미칠 바가 아니거늘, 오히려 문생이라 일컬으니 가소로운 일이다. 내 먼저 이르기를,

　　"그대들은 요사이 무슨 글을 공부하십니까?"

하니, 주생이 말하기를,

　　"팔고문장八股文章을 숭상합니다."

하였다. 내 말하기를,

　　"팔고문장은 출신하여 벼슬한 사람들도 쓰는 곳이 있습니까?"

하니, 주생이 말하기를,

　　"황상이 과거를 당하여 시관을 가릴 때 또한 팔고문장으로 시관을 쓰니 이 밖에는 쓰는 곳이 없고, 사장에 이르러서는 한당과 팔고문장을 숭상합니다. 팔고문장은 사서오경으로 제를 내어 경의를 의논하되 여덟 가닥을 나누어 '파제破題·파승破承·개강開講'이라 하는 층절이 있으니 이름을 시문이라 일컫는 것입니다."

하였다. 내 묻기를,

　　"이 글 밖에는 다른 글은 쓰는 것이 없습니까?"

하니, 주생이 말하기를,

　　"이 외에는 시가의 부표附表와 책론策論이 있으니 향시에는 여러 가지 글을 다 씁니다."

하였다. 또 묻기를,

"조선 음식이 중국과 다름이 없습니까?"

하니, 내 말하기를,

"대체로 같으나 쌀이 중국과 다릅니다."

하였다. 주생이 묻기를,

"일전에 듣기를 '조선에 정전법井田法이 지금도 있다' 하니 온 나라에 두루 씁니까?"

하니, 내 말하기를,

"평양에 수백 묘 땅이 있어 기자가 끼친 제도를 징험徵驗할 뿐입니다."

하였다. 주생이 말하기를,

"조선 의관이 또한 기자의 제도입니까?"

하니, 내 말하기를,

"모자는 기자의 제도라 이르되 적실한 징험이 없고, 의복은 오로지 명조의 제도를 준행합니다."

하였다. 장생이 보기를 마치매 명조 제도라 이르는 말을 즉시 찢어버리니 이목의 번거함을 염려하여 조심하는 일이다. 주생이 묻기를,

"집 제도는 중국과 어떠합니까?"

하니, 내 말하기를,

"또한 대강 같으나 옛적 정침제正寢制는 동국에 없을 뿐 아니라 중국에도 또한 보지 못하니 무슨 연고입니까?"

하니, 주생이 말하기를,

"인물이 번성하여 궁실이 많은지라 지형의 편함을 좇으니 옛 제도를 모방치 못함입니다."

하였다. 내 묻기를,

"『대학』 첫 장의 '명덕明德' 두 자는 선비가 우선 알아야 할 것입니다. 그대는 명덕이 무엇이라 생각하십니까?"

하니, 주생이 말하기를,

"이것은 주자朱子 주석에 이미 분명하니 다시 무슨 의논이 있겠습니까?"
하였다. 내 말하기를,

"오히려 명백하지 못하니 높은 의론을 듣고자 합니다."
하니, 주생이 말하기를,

"주자 주석을 명백하지 못하다 하면 무슨 의론을 다시 깨쳐 이르겠습니까?"
하였다. 내 말하기를,

"내 어찌 주자의 주석을 분명치 않다 하겠습니까? 후세 사람이 보기를 분명치 못하니 자세히 가르침을 바라는 것입니다."
하니, 주생이 말하기를,

"명덕은 『중용中庸』에 이른 바 천명지성天命之性라는 뜻입니다."
하였다. 내 말하기를,

"그러하면 사람의 마음이라 이르지 못합니까?"
하니, 주생이 말하기를,

"마음에 담긴 것이 곧 성이니, 마음 밖에 성이 없다는 뜻입니다."
하였다. 내 말하기를,

"마음이 성을 담았으나 어찌 리理와 기운氣運의 논함이 없겠습니까?"
하니, 주생이 말하기를,

"기운을 겸하여 이른 말도 있으며 리를 전주專主하여 이른 말도 있으니 명덕은 전혀 이를 전주하여 이름입니다."
하였다. 내 말하기를,

"허령하고 어둡지 아니하여 모든 리를 좇아 일만 일을 수응한다 함은 주자의 명덕을 이르신 말이니, 갖추며 수응한다 함은 어찌 이를 전주한 말이라 하겠습니까?"
하니, 주생이 말하기를,

"성性이라 하는 것은 체용體用을 겸한 것입니다. 좇았다 함은 성의 체를 이름이요, 수응한다 함은 성의 용을 이름이니, 우리 소견은 이러하거니와 그대는 어떻다 생각하십니까? 원컨대 가르침을 청합니다."
하였다. 내 이르기를,

"선유의 의론을 볼작시면 '성리'라 이른 곳도 있고, '마음'이라 이른
곳도 있고, 마음이 성정을 겸함을 이른 곳도 있으니, 그윽이 들으니
보기를 잘 하여 말로써 뜻을 해롭게 아니하면 세 말이 가히 서로 통하
리라 하니, 이 의론이 좋을 듯합니다."
하고, 내 또 묻기를,

"중국 부인이 작은 신을 신는 법은 어느 때에 시작하였습니까?"
하니, 주생이 말하기를,

"이는 적실한 증거를 듣지 못하였으나, 속설에 이른 말을 볼진대 당
나라 때 시작한 제도인가 여깁니다."
하였다. 내 말하기를,

"나는 외국 사람이라 중국 체례體例를 모르고 망령되이 팽 노야의
집에 나아가 두 노야의 염려를 끼치니, 지금 부끄러움을 이기지 못하
고 행전에 다시 만날 길이 없으니 이 결연決然한 뜻을 일러 주시기를
바랍니다."
하니, 주생이 손을 들어 대답하고 말하기를,

"체례는 비록 그러하나 때때로 있는 일이니 어찌 과도히 염려하십
니까."
하였다. 내 묻기를,

"주역에 시초蓍草를 점하는 법이 있으되, 이 풀은 성세盛世에 생기는
것이니 근래에도 혹 나는 일이 있습니까?"
하니, 주생이 말하기를,

"해마다 나는데, 문왕의 능과 공자 무덤 위에 나고 다른 곳은 나지
않습니다."
하였다. 내 말하기를,

"문승상 묘당이 여지없이 헐어지고 소상에 티끌이 가득하였으나,

아무도 고칠 생각을 하지 않으니 어찌 애달프지 아니하겠습니까? 중국의 긴요치 않은 묘당이 곳곳에 금벽이 휘황하되, 이런 만고 충절을 존숭치 아니하니 중국 사람을 위하여 부끄러워합니다."

주생이 듣고 낯빛을 변하며 가장 겸괴한 기색이었다. 이윽고 말하기를,

"문승상은 글씨로 일컫는 사람이 아니로되, 충의의 기운이 왕왕 한묵翰墨 사이에 드러나니 글씨를 보아도 그 사람을 거의 상상할 수 있습니다."

하였다. 내 말하기를,

"태학은 선비가 모이는 곳이니 한번 나아가 구경코자 하나 인도할 사람이 없으니 어찌하리오."

하니, 주생이 말하기를,

"상정일上丁日은 태학의 석채釋菜[50]하는 날이라, 이날은 선비들이 많이 모이니 한번 보암직하거니와 다만 천자의 태학이니 외국 사신이 편치 못할까 저어합니다."

하였다. 내 말하기를,

"석채의 재계齋戒는 몇 날이며, 태학의 무슨 벼슬이 있으며, 머무는 선비는 몇이나 됩니까?"

하니, 주생이 말하기를,

"재계는 3일뿐이요, 선비는 100여 명이 항상 머물고, 패루·조교·사업 세 벼슬이 있으되 강학하는 날이면 태학으로 나아갑니다."

하였다. 내 묻기를,

"지금 조정에 산림山林 사람이 들어와 벼슬하는 이가 있습니까?"

하니, 주생이 말하기를,

---

[50] 석채는 곧 석전제釋奠祭로, 음력 2월과 8월의 상정일上丁日에 문묘文廟에서 공자에게 지내는 제사를 말한다.

"아무리 산림 사람인들 과거를 말미암지 아니하고 어찌 벼슬에 나아가겠습니까."

하였다. 내 말하기를,

"이미 과거를 말미암으면 어찌 산림 사람이라 이르겠습니까? 송나라로 이르면 이천伊川 선생(정이程頤) 같은 이를 산림 사람이라 이를 것입니다."

하니, 주생이 말하기를,

"지금은 이런 사람이 없습니다."

하였다. 내 말하기를,

"그대는 만 리 가향을 떠나 어느 때에 돌아가려고 합니까?"

하니, 주생이 말하기를,

"작년에 순천부順天府 과거를 보러 왔더니 쓰이지 못하고, 사사로운 연고에 걸리는 일이 있어 돌아갈 기약을 정하지 못하고 있습니다."

하였다. 내 말하기를,

"그대는 출신한 사람과 다르니 우리를 만나는 체례에 구애할 일이 없을 것입니다. 우리 머무는 곳으로 한 번 왕림하시기를 바랍니다."

하니, 주생이 대답하길,

"이곳이 좁고 더러워 오래 만류挽留하지 못할 것입니다. 28일에 함께 관중에 나아가 조용히 만나기를 계교합니다."

하였다. 이때 서반이 따라와 한가지로 앉았거늘, 내 누누이 일러 먼저 돌아가라고 했지만, 서반이 듣지 아니하고 수작하는 말을 살피며 잠시를 떠나지 아니하니 극히 괴로웠다. 푸자 주인의 성은 주가이니, 주생의 일가라 하고, 연하여 차를 내어 오고 담배를 권하였다. 서로 읍하고 문을 나오니 세 사람이 다 길가에 와 보내거늘, 주생과 서로 손을 잡아 기약을 어기지 말라 하였다. 이덕성과 김복서는 함께 돌아가기를 맞추었더니 서로 어긋나 관으로 돌아간 후에야 들어왔다. 이날 계부께서는 상부사와 함께 동천주당에 다녀오셨다.

관에 머물다

이날은 바람이 크게 일어 길에 티끌이 가득하다. 내가 날마다 드나
드니 일행 상하에서 괴이하게 여기지 않는 이가 없으며, 서반들은 유
리창 가는 줄을 더욱 의심하였다. 해서 이날은 관에 머물러 몸을 쉬고
있는데 서반 부가傅哥가 마침 들어왔거늘, 어제 두 서반의 말을 이르고
과히 의심을 말라 하니 부가가 이르기를,

"다른 사람은 과연 의심이 없지 아니하거니와 그대는 염려하는 일
이 없으니 어찌 출입을 막을 뜻이 있겠습니까?"

하였다. 오림포가 들어와 건량관과 함께 이윽고 수작하더니, 건량관이
나에게 간처더赶車的[51] 왕가에게 은을 준 수량을 묻거늘 내 말하기를,

"그 수를 내 어찌 정하리오. 행중 일은 다 수역이 맡아 하니 수역이
주는 수와 같이 할 뿐입니다."

하니, 오림포 하는 말을 알아듣고 대소하여 이르기를,

"처음 들어온 길이로되 행중 사정을 명백히 아십니다."

---

51 '간처더'는 수레꾼, 마부를 일컫는 중국어다.

하였다. 내 오림포에게 말하기를,

"어제 유리창을 갔다가 우연히 두어 선비를 만나 서로 글을 의논하고 수작을 관곡히 하였더니, 그 사람들이 내일 관으로 나아와 서로 만나기를 기약하였으나 아문이 허락지 아니하면 들어올 길이 없으니 나를 위하여 주선함을 바랍니다."

하니, 오림포 말하기를,

"관중은 외인이 통치 못할 곳이라 다른 사람은 나들지 못하거니와, 이 사람은 궁자의 낯을 보아 막지 아닐 것이니 염려 마십시오."

하였다. 간처더 왕가가 들어왔거늘 제 머무는 사정을 물으니 왕가가 눈살을 찡그리며 지내기 어려운 사연을 누누이 이르고,

"만일 2월 보름 전에 돌아가지 못하면 빚을 많이 질 것입니다."

하였다. 대장지 닷 장을 주어 유삼油衫52을 만들어 길에 입고 가라 하고, 장지 한권과 부채 다섯 병과 청심원 셋을 주어 짐에 넣었다가 제 부친에게 전하라 하였다.

이날 팔포八包 값 은을 하졸들에게 나누어주니 대저 팔포 값이 해마다 정한 것이 없으나 이번 길에 은이 넉넉하여 자리를 얻지 못하는지라 값이 전에 비하면 10여 냥이 더하니 한 팔포 2,000냥에 240냥이다. 2,000냥 중에서 일가가 따로 준 은과 나귀 값으로 가져가는 것을 합하여 200냥을 제하고 그 나머지 1,800냥의 값을 받으니 합하여 216냥이다. 이를 모두 수역을 맡겨 쓰는 대로 채응하라 하였더니 수역이 병들어 손수 출납하지 못하여 홍명복·백임대 두 역관을 나누어 맡겼노라 하였다. 발기를 적어 홍명복에게 보내어 친히 간검看儉하여 나누어 주게 하니 아래와 같다.

마두馬頭 장덕유張德裕　　　　　　15냥

---

52 유삼은 기름에 결은 옷이다. 비, 눈 따위를 막기 위하여 옷 위에 껴입는다.

역마부	5냥
간처더 왕가 의자衣資	10냥
박성번朴盛蕃	10냥
김세주金世柱	10냥
차충次忠	5냥
본방 하인 다섯	각 3냥, 합 15냥
서자書者 캉 값	4냥 7전 3푼
상방 건량 고직	3냥
상방 건량 마두	2냥
부방 건량 고직	3냥
부방 건량 마두	2냥
상부방 주자廚子 6명	각 1냥, 합 6냥
본방 역마부 3명	합 4냥
본방 사마군 칠명	합 7냥
본방 도복 마주 2명	합 2냥
마두 세팔世八	5냥
군노 2명	합 2냥
들어올 적 간처더의 점심값	1냥
도복 마주 물 먹인 값	2냥
장명 역인 도수쾌	1냥
숙소 고직	1냥
마두 삿집값	1냥
대장지 이십 수 값	24냥
수장지 십 수 값	7냥
부채 일백 병 값	10냥
간처더 회량	20냥
들어올 적과 북경 유람 때	

수레 세와 음식 값에 쓰인 것   17냥

합   193냥 7전 3푼

원래 수량에 남은 22냥은 홍명복을 맡겨 돌아갈 때에 길에서 쓰이는 부비浮費(일을 하는 데 써서 없어지는 돈)로 사용하라 하였다. 왕가가 들어와 이르기를,

"내 노야를 따라오매 바라는 것이 적지 않았는데, 다만 십 냥 은을 주니 어찌 노야의 사랑하던 보람이 있겠습니까?"

하니, 내 말하기를,

"내 약간 은 냥을 쓰는 것이 있으니 어찌 네게 아끼리오마는, 의자(옷값) 주는 것은 오로지 수역이 수를 정하니 내 비록 더 주고자 하나 행중의 시비를 면치 못하거늘 이는 나의 임의가 아니다. 네 진정 원통하거든 수역에게 고하여 수를 다투면 내 어찌 더 주지 않겠느냐?"

하였다. 왕가가 듣고 노야의 말이 옳다하고 나갔다. 역관의 마두들이 돌아갈 때에 제 관원이 상급 주는 은이 있으나 십 냥이 넘지 못하되, 나는 행색이 역관과 다르고 또 공중의 나누는 은 냥이 있는 고로 홀로 많이 주었더니 덕유가 매우 감사해 하고, 여러 하인들도 전례에 없는 은 냥을 얻는지라 일시에 모여와 누누이 사례하니, 도리어 괴로웠다. 덕유를 시켜 뒤좇아 오는 부류를 밖에서 금하라 하였다. 저녁에 여러 역관이 들어와 포가包價 나눈 일을 다 쾌하다 일컬었다.

정월 28일 관에 머물다

이날도 바람이 여전히 일어날 뿐이 아니라 세 사람을 만나기로 한 날이라 머물러 기다렸다. 식전에 덕유가 바깥 푸자에 나갔더니 들어와 희색이 낯에 가득하였거늘, 그 곡절을 물으니 덕유 말하기를,

"관 북쪽에 실을 파는 왕가의 푸자에 갔더니 홀연히 청하여 교의에 앉히고 대접이 각별하였습니다. 마음이 괴이하여 그 연고를 물으니, 왕가 말하기를, '그대는 대인을 따라온 사람이라 어찌 높이 대접하지 않겠는가' 하거늘 대답하되, '나는 대인을 따라온 사람이 아니라 궁자 노야를 따라왔소이다' 하니, 왕가 말하기를, '내 어제 마침 관에 들어 갔더니 홍 판사 캉에서 여러 사람을 모아 무슨 은을 나누어 주니 여러 사람들이 다 은을 가지고 나가며 아주 기뻐하는 거동이거늘 물러가 여러 사람에게 그 곡절을 물으니 다 궁자의 은덕을 일컫고, 그 나누어 주는 연고를 들으니 궁자 비록 선비 몸이나 대인의 마음이 있으니 그 대가 이 사람을 따라다니니 어찌 체면이 있지 아니한가' 하니 은 냥을 더 얻은 것은 도리어 적은 일이요, 왕가의 치하하고 대접하는 말을 들으니 자연 희색을 덮지 못하겠습니다."

하였다.

이즈음은 소소한 상고들이 방방마다 두루 가득하여 잡다한 기물을 가지고 외치며 사라고 하는 소리가 극히 괴로웠다. 오림포의 종 왕가의 아들은 이름이 혜승이요, 나이 15세다. 인물이 단정하고 성품이 종용하니, 해가 뜨면 캉에 들어와 온갖 말을 대답하되 어음이 가장 분명하여 수작이 극히 상쾌하였다.

또 장사꾼 우가의 아들은 이름이 놈이요, 나이 14세이니 인물이 극히 준수하되 극히 성악하여 들어오면 가찰苛察함을 믿고 장난과 침노하는 말이 많으니 도리어 괴로울 때가 많다.

진가의 생질 석가는 이름은 화룡이요 나이는 13세다. 인물이 극히 영리하여 날마다 들어와 안부를 묻고 진가의 매매하는 일과 왕자가 궁에 출입하는 말을 세세히 이르나, 또한 어음이 요요嫋嫋(갸날프고 떨림)하여 못 알아듣는 말이 적고 혹 알아듣지 못하면 또 다른 말로 반드시 깨치게 일렀다. 새벽마다 진가를 따라 천주당에 가 예배하는 거동을 자랑하니, 관에 머물 날이면 이 세 아이들이 번갈아 가며 모이고 혹 다른 아이들을 데리고 들어와 서로 지껄이며 날을 보내니, 혹 괴로운 적이 많으나 적이 객회를 위로할 만하였다.

서종현이 제 아이 종으로 하여금 차완茶碗 둘과 조그만 납 병에 넣은 차 두 병을 들여보내었으니, 차완은 뚜껑을 갖춘 푸른 화기로, 밑에 '선덕년제宣德年製'[53]라 썼고, 차병은 위에 붉은 종이를 붙이고 '상용주란' 네 자를 썼으니 왕의 집에서 얻은 것으로 품질이 좋은 것이라 하였다. 받은 후에 별선 하나를 내어 그 아이에게 상으로 주니 덕유가 이르기를,

"노야께서 주시는 것을 받고 어찌 절을 아니 하느냐?"

하니, 그 아이 즉시 캉 아래에서 한 다리를 꿇어 공손히 절하고 나갔

---

53 선덕은 명나라 제5대 선종宣宗(1426~1435)의 연호다.

다. 식후에 덕유에게 머물러 있으며 세 사람이 오기를 기다리라 하였더니 오후에 덕유가 들어와 이르기를,

"장생이 홀로 문 밖에 왔거늘 즉시 청하여 들어오라 하는데, 마침 제독이 아문에 앉았는지라 갑군이 엄히 막거늘, 즉시 아문에 들어와 오 통관에게 사연을 이르고 도로 나가니, 장생이 갑군의 거동을 보고 창황히 돌아가는지라 바삐 쫓아가 아문에 통한 사연을 전하고 소매를 붙들어 가기를 청하였으나, 종시 듣지 아니하고 달아나니 어쩔 수 없었습니다."

하니, 필연 덕유의 잘못 주선한 일도 있으려니와 장생이 너무 쌀쌀맞게 거절하는 것도 괴이하였다. 식후에 덕형을 찾았으나 간 곳이 없다 하더니 저녁에 들어왔거늘, 그 연고를 물으니 양혼의 집에서 돌아왔노라 하였다. 그 곡절을 물으니 덕형이 이르기를,

"식후에 진가가 사람을 보내어 불렀거늘 푸자로 나가니 문 밖에 태평차 하나가 매여 있었습니다. 괴이히 여겨 들어가니 한 사람이 있는데 머리에 금 징자를 붙이고 나룻이 없으니 고자鼓子 모양이었습니다. 진가가 이르기를 '예예께서 이 사람을 보내어 그대를 불러오라 하였으며 무슨 말씀이 있을 것이니 함께 가시오' 하거늘 마음에 의심스럽고 염려되어 어려운 뜻을 뵈고, 아문이 만일 알면 큰 죄책이 있으리라 하니, 고자가 이르기를 '내 예예의 분부를 받아 왔으니 그대 아니 가지 못할 것이오. 다른 사람이 알 일이 아니니 염려 말라' 하고 즉시 이끌어 문을 나서, 수레 안에 먼저 들라 하고 앞을 막아 앉아 밖을 보지 못하게 하고, 옥하교를 건너 개천가를 좇아 동쪽 골목으로 들어 한 집으로 들어갔는데 대문이 가장 웅위하여 사가私家 모양이 아니었습니다.

두어 겹 큰 문을 연이어 들어가는데 장을 지우고 앞에 막혀 좌우 집들을 자세히 살피지 못하고 세 번째 문을 들어가서 비로소 수레를 멈춰 내리라 하였습니다. 비로소 내려 보니 두 편에 수십 칸 행각에 칸칸이 비단발을 드리우고 곳곳에 사람들이 모여 섰으니, 다 비단으

로 수놓은 옷을 입고 머리에 각색 징자를 붙여 다 번을 돌며 직을 서는 관원 모양이었습니다. 여럿이 가리켜 웃으며 혹 말하기를 '저것이 무슨 모양입니까?' 하니 이때 이곳에 들어올 줄 미리 알지 못하여 한 벌 선명한 의복이 있으나 입지 못하고 다만 헌 전립과 더러운 옷을 입어 여러 사람의 웃음을 보이니, 가장 무색하였을 뿐 아니라 너른 뜰에 100여 명이 늘어선 가운데 혼자 몸으로 복색이 피폐하니 자연 정신이 어지러워 수레 앞에 쭈그려 앉았습니다.

함께 온 고자가 안으로 들어갔다가 다시 나와 들어가기를 청하거늘, 고자의 뒤를 따라 한 집에 이르니 장려한 제도와 휘황한 단청이 은연한 궁궐 모양이었습니다. 문 좌우로 개 둘을 쇠사슬로 목을 매어 앉혔으니 사람을 보매 눈을 부릅떠 물고자 하는 모양이라 주저하여 나아가지 못하더니, 고자가 개를 꾸짖고 염려 말라 하거늘 뒤를 따라 문을 들어가니 그 안은 왕자가 있는 곳이었습니다. 너르기 수십 칸이요, 비단 휘장과 온갖 기완에 눈이 황홀하여 미처 살피지 못하였으나, 문 안으로 쇠 우리에 한 쌍 앵무를 앉혔으니 사람을 보고 무슨 노래를 끊이지 아니하고, 양쪽으로 꽃분 여러 개를 놓았는데 다 기이한 화초요 화기畵器로 만든 분이었습니다.

왕자가 캉 위에 앉았거늘 캉 아래 나아가 한 다리로 꿇고 머리를 조아려 중국 절하는 법으로 공손히 이르니 왕자가 크게 기뻐 이르기를 '먼 데 사람이 예법을 능히 아니 가장 기특하다' 하였습니다. 드디어 사람을 불러 붙들어 교의에 앉히라 하거늘 엎드려 말하기를 '나는 천한 사람이라 어찌 감히 예예를 대하여 교의에 앉으오리까?' 하니 왕자 웃으며 이르기를 '너는 외국 사람이라 허물이 없을 뿐 아니라 너의 궁자를 한번 청하고자 하나, 필연 즐겨 오지 아니할지라 너를 먼저 청하여 나의 궁자 대접하고자 하는 뜻을 뵘이니 여러 번 사양치 말라' 하고 사람으로 하여금 붙잡아 앉히라 하니 마지못하여 교의에 나아갔습니다.

왕자께서 우리나라 일과 길 다니는 곡절을 대강 묻는데 어음이 자세하지 못하면 지필을 주어 글로 써 뵈라 하여 반나절을 수작하다가, 왕자 홀연 북쪽 발 친 곳을 향하여 혀를 차며 무슨 노래를 하더니 장막 안에서 여러 사람이 일시에 대답하고 발을 헤치매 여러 여인들이 차례로 나와 캉 앞에 늘어서니 왕자 두어 말을 이르되 무슨 음식을 내어오라 하는 거동이었습니다.

여러 여인이 또 일시에 대답하고 들어가니 그 여인들의 얼굴은 감히 자세히 보지 못하였으나 의복과 수식이 다른 데서 보지 못하던 제도요, 장막 안에서 일어나 나오는 것이 있는데 의복과 머리 모양은 여인의 형상이나 몸이 가로 퍼지고 키는 두어 뼘이 넘지 못하는데 왕자가 그것을 불러 여러 가지 사환使喚을 시키니 말과 거동이 매우 영리하였습니다. 소견이 이상하거늘 곁에 선 사람에게 가만히 물으니 이르기를 '이는 사람도 짐승도 아니니 운남雲南 땅에서 생긴 것으로 은 200냥을 주고 사다가 앞에서 부리니라' 하였습니다.

이윽고 한 사람이 높은 탁자를 들어 교의 앞에 놓고 장 안에서 무수한 음식을 저물도록 내어 오는데, 여러 가지 떡과 과일, 그리고 각색 술이었습니다. 먼저 두어 그릇을 벌여 먹기를 마치면 연하여 바꾸어 내어 오니 음식이 다 극진한 사미邪味(이상하고 야릇한 맛)로 이루 먹을 길이 없었습니다.

다 먹고 난 후에 왕자가 시녀를 불러 궤 하나를 내어 와 여러 가지 필묵을 봉하여 주고 전하더니, 홀연히 가로되 '네 글이 넉넉지 못하니 이런 것을 쓸 데가 없으리라' 하고 주머니 두어 쌍 부채 두어 자루를 저를 주거늘 교의에서 내려 절하여 받은 후에 돌아가기를 청했습니다.

그런데 왕자가 또 사람을 불러 무엇을 가져오라 하더니 검은 궤 하나를 들여오는데 궤를 열고 내어 놓는 것이 있으니 자명종 모양이었습니다. 위에 여러 종을 끼워 걸었으니 전에 보지 못한 모양이요, 사면에 유리를 덮어 모양이 황홀하였습니다.

왕자 이르기를 '내 궁자의 후한 뜻에 감격하여 하는지라 저번에 진가를 인연하여 문종을 보내고자 하였더니, 궁자 즐겨 받지 아니하더라 하니 내 가장 부끄러워 마음을 표할 길이 없었다. 이것이 마침 있는 것이라 그윽이 보내고자 하나 궁자의 뜻을 모르는지라 네 돌아가의사를 탐지하라' 하고 이어 허리의 문종을 끌러 내어 사람을 불러 옷고름에 매어 주라 하고 말하기를 '이 문종을 궁자가 이미 가져가지 아니하므로 너를 주는 것이니 가져가라' 하거늘 즉시 사양하여 가로되 '노야도 가져가지 못하니 내 어찌 감히 가져가겠습니까? 노야에게 죄를 얻을까 저어할 뿐이 아니라 평생에 무식한 인물이라 이런 것을 알지 못하니 가져간들 무엇에 쓰겠습니까?'라 하였습니다.

왕자가 가로되 '너희 궁자는 받지 아니하여도 내 하릴없거니와 너는 아랫사람이라 내 말을 어기지 못할 것이다. 네 쓸 곳이 없어 하거든 동국에 돌아가 친한 재상 대인에게 선물함이 해롭지 아니할 듯하니 다시 사양을 말라' 하거늘 감히 다른 말을 못하고 나오는데 다시 불러 이르기를 '조만간 틈을 얻어 궁자를 이리로 청하고자 하니 만일 오지 아니하면 극히 무안할 것이다. 네 돌아가 이 사연을 전하라' 하고 누누이 여러 번 이르거늘 대답만 할 뿐이었습니다.

문을 나가니 함께 왔던 고자가 수레를 세우고 기다리는지라 즉시 수레에 들어 함께 돌아왔습니다. 길에서 고자에게 자세히 물으니 '예예는 유친왕愉君王의 둘째 아들이요, 특별히 총애하는지라, 비록 다른 집에 두었으나 혹 하찮은 사람을 사귈까 하여 여러 관원을 지키게 하여 잡인을 엄히 금하니 진가 밖에는 출입하는 사람이 없는데 너는 외국 사람이라 허물이 없고 비록 왕이 알아도 관계치 아니하려니와, 다만 너희 아문이 만일 들으면 크게 놀라리라' 하고 옥하교를 건너매 수레를 내려 바삐 돌아가라 하여 관에 돌아왔습니다. 날이 이미 저물었는지라 가져온 문종을 혹 죄책이 있을까 하여 들여오지 못하고 진가에게 맡겼습니다."
하였다.

정월 29일 융복사 장을 구경하다

식후에 이덕성, 김복서를 맞추어 유리창 장경을 다시 찾고자 하였다. 아문에 이르러 통관 둘이 앉았거늘 갈 뜻을 이르니, 서종현이 이르기를,

"오늘은 제독 대인이 유리창을 다니러 갔는지라 만일 서로 만나면 필연 좋지 않을 것이니 오늘은 다른 데를 구경하고 내일 유리창을 가시오."

하거늘, 드디어 융복사隆福寺를 향하였다. 관문을 나서니 역관 조명회가 동행하기를 청하거늘 한가지로 수레를 타고 옥하교를 건너 7~8리를 행하여 융복사에 이르렀다. 패루 밖에서 수레를 내려 돌려보내고 바깥 큰 문을 드니 뜰이 매우 널렀으며 사면에 두루 장막을 치고 온갖 비단과 일용 집물을 벌여 놓았으니 휘황찬란하여 형용치 못하였다. 매매하는 사람과 구경하는 사람과 온갖 재주로 돈을 비는 사람이 한데 섞여 어깨가 부딪히고 옷깃이 서로 스치니 과연 사람의 바다라 이를 곳이나, 종시 소리를 높여 싸우며 짖어 댐을 듣지 못하니 간정한 풍속이 실로 이상하였다. 동쪽 뜰로 사람을 헤쳐 천천히 걸어가 한 곳

북경 융복사 거리

에 이르니 무수한 서책을 질질帙帙이 늘어놓았는데 서반 하나가 먼저
와 앉았다가 우리를 보고 희미하게 웃으니 대개 혹 흥정이 있을까 살
피러 온 것이다. 내 기롱하여 이르기를,

"내 수백 냥 은을 가지고 이 서책을 다 사 가고자 하였더니, 그대를
만나니 하릴없소이다."

하니 서반이 또한 웃고 말하기를,

"임의대로 사 갈 것이니 뉘 감히 금하리오? 나는 매매하는 구경을
위하여 왔소이다."

하였다. 동쪽 섬 밑에 이르니 대 위에 온갖 물화를 벌여 놓았는데 그
중 담뱃대 파는 곳에 매우 가늘고 작은 대가 있거늘 물으니,

"아이들이 먹으며 희롱하는 것입니다."

하고, 혹 대통이 매우 커 적은 술잔만 한 것을 물으니,

"한 담배를 피워 여러 사람이 돌려 먹은 것입니다."

하였다. 혹 오목설대[54]의 몸피 크고 길이 한 발이 넘고 통 아래로 두어 치 쇠붙이를 내어 창끝 같으니, 이는 먼 길에 짚고 다니다가 겸하여 담배를 먹게 한 것이라 하였다. 섬돌 밑을 따라 북으로 들어가며 좌우로 둘러보니 한 곳에 사람이 여럿이 모여 무슨 굿 보는 듯한 모양이거늘, 헤치고 들어가니 한 사람이 한가운데 홀로 서서 팔을 걷어붙이며 무슨 말을 대단히 지껄이니 여러 사람이 웃으며 돈을 던졌는데 필연 이야기로 빌어먹는 사람인가 싶었다.

북으로 문을 들어가니 문 밖에 온갖 안장 기계를 늘어놓았는데, 반이 넘게 수놓은 다래[55]와 도금한 삼거리다. 문 안에 여러 탁자를 놓고 무수한 비연통을 줄줄이 놓았으니, 오색 유리와 오색 수정과 온갖 보배에 돌이 없는 것이 없으니 찬란한 빛에 눈이 부셨다. 한 사람이 오른손에 큰 사발을 들었으니 사발에 물이 담겼는데 물빛이 보랏빛이요, 가루를 탄 모양이다. 왼손으로 구부러진 대술을 가져 물을 일변 저으며 일변 떠내어 공중을 향하여 마구 흩으니 술 끝에서 무수한 물방울이 공중에 날리어 사면으로 헤쳐지는데 이윽히 꺼지지 아니하고 햇빛에 비치매 색색이 빛이 다르니 그 곡절을 알지 못하였다. 이 또한 사람의 눈을 기쁘게 하여 돈을 구하는 거동이었다.

두어 문을 드니 한 곳에 사람 하나가 조그만 집 속에 교의를 놓고 외로이 앉아 무슨 사연을 한참 지껄이니, 자세히 알아듣지 못하나 대강은 여러 사람에게 혼자 앉아 있다는 말과 곁에 있는 것이 없다는 말을 누구이 이르는 거동이다. 집 사면의 휘장을 둘렀으되 다 말아서 처마에 얹고 여러 줄을 매어 그 사람이 한손에 모아 쥐었더니, 말하기를 마치매 잡은 줄은 놓으니 사면 휘장이 일시에 덮쳤다. 그 곡절을 모르

---

54 오목설대는 흑단黑檀 줄기의 중심부로 만든 담배설대를 말한다. 흑단은 감나뭇과의 상록 활엽 교목으로, 높이는 6미터 정도이며, 잎은 어긋나고 긴 타원형이다. 재목은 가구, 악기, 지팡이 따위의 재료로 쓴다.

55 다래는 말을 탄 사람의 옷에 흙이 튀지 아니하도록 가죽 같은 것을 말의 안장 양쪽에 늘어 뜨려 놓은 기구다.

고 잠깐 머물러 섰더니 홀연 이 장 속에서 어린 계집의 말하는 소리 나더니 이윽고 두 사람이 말하는 소리요, 이어서 서로 다투어 울며 싸우는 소리 나더니 이윽고 늙은 여인이 싸움을 말려 달래는 소리 같더니, 나중은 흉흉한 사나이 소리로 두 아이를 꾸짖고 늙은 여인과 서로 다투니 두 아이 우는 소리와 남녀의 싸우는 소리가 일시에 났다. 사람이 일시에 웃고 혹 괴이하게 여기는 기색이니 홀연히 줄을 당겨 장을 거두니 의연히 한 사람이 외로이 앉았을 뿐이었다. 웃으며 여러 말로 재주를 자랑하고 돈을 달라 하였다.

서쪽으로 문을 나니 대 위에 온갖 그림을 땅에 벌여 놓고 혹 벽 위에 붙였는데, 값을 물으면 다 열 배를 부르고 사고자 하는 뜻을 뵈면 대답지 아니하고 서로 이르기를,

"제 어찌 그림을 알리오."

하였다. 서쪽 섬돌 위를 돌아 법당 앞에 이르니 너른 대 위에 무수히 벌여 놓은 것이 다 향로 필통과 옛 기완이었다. 화류 필통 하나를 사고자 하니 처음에는 10여 냥을 달라 하더니, 버리고 가는 것을 본 후에 도로 불러 '값을 의논합시다' 하여 서너 번을 흥정하다가 필경에 한 냥 두 돈을 주고 사니, 북경 장사치들이 매매하며 흥정하는 법이 이 같았다. 혹 외국 사람을 업신여겨 그런가 하여 저희 매매하는 곳에 가서 들어 봐도 다름없었다.

역관 두엇이 들어와 향로와 필통을 사되 값을 다투어 서로 흥정하는 거동이 피차에 다름이 없고, 평상시에 서로 친하던 사람이라도 함께 이곳에 이르면 좋은 기물과 값이 헐한 것을 먼저 빼앗길까 염려하여 서로 싸우는 거동이 가소로웠다. 예닐곱 사람이 함께 들어와 기완들을 구경하는데 다 의복이 화려하고 인물이 조출하여 유아한 태도 있거늘 그 앉은 곳을 가까이 나아가 무슨 말을 수작하려고 했으나 그 사람들이 서로를 보며 즉시 일어나 다른 데로 옮겨 가니 아주 괴로이 여기는 기색이었다.

음식 파는 곳을 찾아 두어 가지 떡을 사 먹고, 과일 파는 곳을 나아가 보니 온갖 과일을 벌여 놓았다. 그 중 산사山查를 실에 꿰어 늘어놓았으니 하나의 크기가 탱자 같았으며, 붉고 싱싱하기가 갓 따온 모양이요, 살이 두껍고 맛이 상쾌하여 우리나라 산사가 이에 비하지 못하였다. 서쪽 뜰로 내려 벌인 물화들을 구경하니, 무수한 의복과 온갖 비단이 햇빛에 비치어 찬란한 거동을 이루 형용치 못하였다. 한 곳은 온갖 병기를 벌여 놓았으되, 그 중 도끼 한 쌍이 모양이 넓고 자루가 짧으니, 『수호지』 이규李逵의 판부板斧 모양이다. 작은 손에 여럿을 놓았으니 살이 매우 작아 우리나라 편전片箭 모양이요, 손의 제도는 기록하지 못하겠다.

한 곳에 작은 천리경 여럿을 놓았으니, 모두 길이는 한 뼘이 못 되고 다만 한 층을 빼도록 만든 것인데, 눈에 대고 먼 집 마루와 높은 현판의 글자를 바라보면 크고 분명하여 지척에 있는 것 같았다. 그 중 하나는 쇠로 통을 만들었는데 상한 곳이 많거늘, 다른 통 하나를 사고자 하였다. 이때 라마승 서넛이 또한 사고자 하여 값을 다투다 결정하지 못하고 버리고 가는 거동이거늘, 나아가 값을 묻고자 하는데 라마승이 돌아보고 눈을 찡그리며 노색이 있으니, 제 홍정을 희지을까[56] 하는 거동이었다. 기색이 매우 사나워 욕된 일이 있을까 싶거늘 즉시 버리고 다른 곳에 이르니 칼 하나가 놓여 있는데 너비는 극히 좁으나 길이가 대엿 뼘이 넘고, 쇠 빛이 검고 푸르러 광채 이상하고 슴베[57] 즈음은 완연히 무지갯빛이었다. 그 값을 물으니 15냥을 달라 하거늘 내 이르기를,

"이것이 쓸 데 적은 것인데, 어찌 과한 값을 부릅니까?"
하니, 그 사람이 말하기를,

---

56 '희짓다'는 '남의 일에 방해가 되게 하다'라는 말이다.
57 슴베는 칼, 괭이, 호미 따위의 자루 속에 들어박히는 뾰족하고 긴 부분을 말한다.

"이 칼은 서양국 소산이요, 천하의 보배니 아는 이를 만나면 팔거니와 모르는 사람은 값을 알지 못할 것이니 다시 묻지 마시오."
하였다. 조그만 나무 궤 하나가 있는데 그 안에 색색이 괴이한 연장을 가득히 넣었는데 다 보지 못하던 기계요, 쓸 곳을 창졸에 생각지 못하였다. 필연 서양국 장인이 쓸 것인가 싶다.

쇠로 만든 조총 하나가 있는데 쇠로 둥글게 두 쪽을 만들어 한데 어울렸는데 한쪽은 높이와 둘레가 조금 적으니 한 번을 둘러치면 큰 쪽 안을 포집혀 한편이 열리고 도로 둘러치면 두 쪽이 합하여 둥글게 만든 것이다.

또 위에 쇠더데를 덮고 사면이 처마 모양이요, 처마 밑을 가늘게 구멍을 뚫어 불기운을 통케 하고 앞면을 큰 유리를 부쳤는데, 두께와 둘레가 손바닥 같으니 이것은 이름이 백보등百步燈이다. 100보 밖을 보게 함이요, 밤에 도적을 살피게 한 것이니 사면이 쇠 우리로, 다만 유리로 화광을 통하되 유리 모양이 둥글어 능히 멀리 비추게 만들었으니 도적은 내 몸을 보지 못하게 만든 제양이다. 날이 저물어 관으로 돌아왔다.

정월 30일 유리창에 가다

식후에 이덕성·김복서와 더불어 유리창을 갈 때 역관 변한기邊翰基
가 병이 위중하다 하거늘 잠깐 들어가 병세를 묻고자 갔는데, 서종맹
이 먼저 들어와 앉아 있었다. 내 이르기를,

"이 병이 가볍지 않아 보이나 행중에 의젓한 의원이 없습니다. 중국
에 필연 높은 의원이 있을 것이니, 한 사람을 청하여 약을 의논하는
것이 어떻겠습니까?"

하니, 종맹이 말하기를,

"저 사람의 부친은 나의 지극한 벗이라 어찌 동념同念치 아니하리오
마는, 이곳은 의술을 숭상치 아니하여 혹 일컫는 사람이 있어도 병을
시험하면 다 용렬한 재주라 족히 더불어 의논할 것이 없고, 그 중 한
사람이 가장 높은 술업이 있으되 벼슬이 상서尙書에 이르렀는지라, 이
곳 사람도 감히 나아가 묻지 못하니 하릴없습니다."

하였다. 문을 나오다가 서종현을 만나 유리창을 가고자 하는 뜻을 이
르니 종현이 이르기를,

"제독이 이미 어제 다녀왔으니 오늘은 염려 없습니다."

하였다. 정양문을 나 수레를 세내어 셋이 함께 타고 장경의 집에 이르니 장경의 별호는 석가釋迦요, 혹 석존釋尊이라 일컫고 나이는 30세다. 흠천감 벼슬을 다니는 고로 약간 역법을 통하나 소견이 생소生疎한 곳이 많은지라, 이덕성과 더불어 약간 역법을 의논할 때 대국 책력에 납평臘平을 내지 아니하였기에 곡절을 물으니 장경이 이르기를,

"동지를 혹 납평이라 일컬으니 어찌 또 다른 날이 있겠습니까."

하거늘, 내 말하기를,

"납평은 섣달 절후節侯인데, 어찌 동지와 한날이 됩니까?"

마침 탁자 위에 『강희자전』이 놓였거늘, 납臘자를 상고詳考하여 소견의 그러함을 밝히니 장경이 무연해 하는 기색이다. 한식을 내지 않는 연고를 물으니 대답하기를,

"한식은 개자추介子推[58]의 일이라 절일節日이 됨 직하지 않은 고로 폐하였습니다."

하되, 또한 자세히 모르는 말인가 싶었고, 이 밖에 여러 말을 물었으나 하나도 명백한 의논이 없었다. 내 말하기를,

"중국 역법은 오로지 서양법을 숭상하니 책력을 수정할 때면 천주당 사람이 오로지 맡아 합니까?"

장경이 말하기를,

"어찌 그러하겠습니까. 흠천감에서 여러 관원이 머물러 산算을 두며 천상天象을 살펴 절후를 정하니, 천주당 사람은 외국 사람이라 황상이 비록 벼슬 품을 주어 녹을 먹이나, 책력은 나라의 중한 일이니 어찌 가볍게 간여하게 하겠습니까?"

하였다. 내 묻기를,

---

58 개자추는 중국 춘추시대의 은사隱士다. 진나라 문공이 망명 생활을 할 때 그를 모셨는데 후에 문공이 왕위에 올랐으나 개자추를 등용하지 않았다. 실망한 그는 산에 들어가 살았는데 문공이 산에 불을 질러도 나오지 않고 타 죽었다. 한식은 개자추가 타 죽은 것을 기리기 위하여 행사로 기념한 날로서, 이때 찬밥을 먹는다고 한다.

"역대에 오행의 다섯 빛을 갈아 가며 숭상하니, 본조는 무슨 덕을 씁니까?"

장경이 말하기를,

"토덕土德을 쓰니 이러하므로 황상의 의복 집물이 다 누런빛을 숭상합니다."

하는데, 옆에 한 사람이 있으니 나이 적이 늙고 장경의 친척이다. 수작을 듣고 가로되,

"황상의 누런빛을 숭상함은 중앙을 숭상함이니 역대의 다름이 없고 토색을 숭상하는 연고가 아니오. 전조前朝에는 상하 의복을 붉은빛을 숭상하니 이는 화덕火德을 씀이요, 본조는 다 검은빛을 숭상하니 이는 수덕水德을 씀입니다."

하고 이어 제 옷을 가리키며 말하기를,

"우리 의복을 보시오."

하니, 그 사람의 말이 가장 그럴 듯하였다. 탁자 위에 인장을 여럿 놓아 바야흐로 새기는 중이다. 다 나무로 우리를 짜 돌을 끼웠으되 안에 솜을 넣어 상하지 않게 하고, 양쪽에 쐐기를 박아 요동치지 않게 하였다. 조그만 접책이 있어 제목에 『인보印譜』라 하였으니, 이는 장경이 친히 새긴 인장을 기록한 것인데, 수정과 구리와 상아를 다 각각 표하였다. 그 위에 한 사람이 서문을 지어 썼으되 글과 필법이 매우 정묘하고 아래 '동방달董邦達[59]은 쓰노라' 하였거늘, 그 사람을 물으니 장경이 이르기를,

"지금 예부상서 벼슬이니 전조 때 유명한 동기창董其昌의 5대 손이요, 한나라 때 동중서董仲舒의 후손입니다."

하더라. 서너 갑 책이 있으되 제목에 『인사印史』라 하였으니 '인장의

---

[59] 동방달(1699~1769)은 자字가 부문孚聞 또는 비문非聞이며 호號는 동산東山이다. 절강浙江 부양인富陽人이다. 홍대용이 북경에 갔을 때 예부상서 벼슬에 있었다.

역사'라는 말로, 고금의 이름 있는 사람의 도장을 모아 박은 것이다. 그 중에 거짓 것이 반이 넘는가 싶으나 책이 가장 정밀하고 장황[60]이 기이하거늘, 사고자 하는 뜻을 뵈니 뒤 장경이 이르기를,

"이는 아침저녁으로 상고하는 것이 있고 비싼 값을 주어 간신히 얻은 것이니 팔지 못합니다."

하였다. 여러 가지 향로를 놓았는데 그 중 문왕정文王鼎[61] 둘이 값이 적이 헐하여 천은天銀 석 냥 두 돈을 주고 둘을 샀다. 매매하는 사람과 다른 손들이 끊이지 않아 조용히 수작할 길이 없고, 주인이 괴로이 여기는 기색이 있거늘 즉시 일어났다. 돌아올 때 미경재에 이르러 주가를 찾으니 주가가 반겨 맞이하여 차를 권하거늘, 장생을 만나지 못한 곡절을 이르고 인하여 필묵과 종이를 빌려 장생에게 아래와 같이 편지를 썼다.

일전에 더러운 곳을 욕되이 임하였으나 하인이 잘못 주선하여 헛되이 바라던 뜻을 잃으니 마음 한가운데 결연決然할 뿐 아니라 일을 주도면밀하고 상세하게 생각지 못하여 사나운 풍일에 왕림하신 성한 뜻을 저버리니 허물이 실로 내 몸에 있는지라 어찌 부끄럽지 아니하리오. 외국의 천한 자취라 촉처觸處의 뜻을 펴지 못하니 이제야 생각건대 한 곳에 엎드려 분을 지키며 허물이 적은 일이라 뉘우친들 어이 하겠습니까? 다시 맑은 의논을 받들 날이 없으니 유유한 이 혼이 한 붓을 다하지 못합니다. 마침 미경재를 지나매 이 글을 머물러 더러운 뜻을 펴니 살펴 용서함을 바랍니다.

쓰기를 마치매 주가를 주어,

---

60 비단이나 두꺼운 종이를 발라서 책이나 화첩畵帖, 족자 따위를 꾸미어 만듦, 또는 그런 것을 말한다. 표장表裝.
61 문왕정은 오동烏銅으로 만든 화로를 말한다. 네모반듯하고 운두는 높지 않으며 발이 네 개 달린 솥 모양으로 생겼는데, 주나라 문왕이 만든 것을 모방하여 만든 것이다.

"장생에게 전해 주시오."

하고, 여러 번 경계하여 다른 사람을 뵈지 말라 하였다. 문을 나와 돌아오다가 유가의 푸자에 들어가니 악사가 바야흐로 거문고를 배우는데 유가가 매매에 골몰하여 조금도 반겨하는 기색이 없거늘 즉시 일어나 나왔다.

이때 날이 이미 늦어 가장 시장한지라 덕유를 보내어 요기할 것을 얻어 오라 하니 보보 여러 개를 얻어 왔거늘, 한 푸자에 들어가 앉아 먹었다. 주인이 음식 먹음을 보고 차 세 그릇을 내어다가 다 각각 권하거늘 먹기를 파한 후에 청심원 둘을 주어 그 뜻을 사례하니, 주인이 두어 번 사양하다가 받으며 매우 감사하다 일컬었다.

유리창 이문을 지나 북쪽으로 한 골목을 드니 전에 다니지 못한 곳이었다. 한 집 앞을 지나매 문 안에 풍류 소리가 나되 음률이 가장 평원하여 번촉한 대목이 적으니 은연히 우리나라 풍류에 가까웠다. 들어가 구경코자 하나 문에 사람이 없으니 혹 욕된 일이 있을까 하여 문밖에서 서로 말하며 주저하니, 안에서 한 늙은 여인이 나왔다. 김복서가 이르기를,

"풍류소리가 매우 좋아 잠깐 나아가 듣기를 청합니다."

그 여인이 대답지 아니하고 문을 닫거늘 김복서 이르기를,

"풍류는 여럿이 들음이 해롭지 아니하니, 어찌 문을 닫아 사람을 막습니까?"

하니, 그 여인이 대답하길,

"집에 일이 있는데 바깥사람이 어찌 들어오십니까?"

하였다. 김복서 이르기를,

"이곳이 상가喪家에 풍류하는 법이 있으니 필연 상가인가 싶습니다."

하고 즉시 행하여 두어 골목을 지나니 좌우에 시사들이 극히 번성하였다. 한 곳에 들어가니 길을 임하여 10여 칸 집을 지었는데 난간과 채색이 극히 휘황하고 안 편으로 서너 칸 탁자 위에 다 붉은 담요를

덮었고, 탁자 앞으로 교의와 반등을 쌍쌍이 벌였다. 교의는 새김이 기
교하고 채색이 휘황찬란하니 길 가는 사람을 앉게 한 것이다. 동쪽 교
의에 앉고자 하는데, 아래 위에 순전한 금칠이요 비단 방석을 깔았거
늘, 내 말하기를,

"이 자리는 임금의 기구라도 오히려 사치한 제도라 어찌 범인이 앉
을 곳이겠습니까. 잠깐 사이라도 과분한 재앙이 있을까 저어합니다."

하니, 두 사람이 또한 그러하다 일컫고 다른 교의로 나아가 앉으니 탁
자 안쪽에 여러 사람이 섰는데, 온몸에 의복이 다 선명한 비단과 가벼
운 갖옷이요 인물이 모두 준수하거늘 물으니, 다 한인이요 황성 사람
이라 하였다. 여럿이 탁자에 엎드려 말을 물으니 다 모양이 은근하고
우리를 가장 귀히 여기는 거동이었다. 내 묻기를,

"우리는 외국 사람이라 그대의 소견에 필연 몽고와 다름이 없을 것
입니다."

하니, 그 사람들이 웃어 말하기를,

"어찌 그러하겠소? 조선은 예의지방이라 의관이 옛 제도를 지키고
인물이 모두 청수하니 어찌 바깥 오랑캐로 일컫겠습니까? 몽고는 비
록 사람의 얼굴이나 성품이 영한하여 금수와 다름이 없으니 어찌 이
같이 가까이 청하여 수작을 관곡히 하고자 하리오?"

하였다. 이어 사람을 불러 각각 차를 내어 와 말씀이 극히 공순하고
우리나라에서 『주역』과 『춘추』를 읽느냐 묻거늘 내 대답하기를,

"『주역』은 늘 읽거니와 『춘추』는 읽을 땅이 없어 아니 읽습니다."

하니, 그 연고를 묻거늘 웃으며 대답지 아니하니, 그 중 한 사람이 내
말을 수상히 여기는 기색이었다. 이 골목은 우리나라 사람이 흔히 다
니는 곳이 아니라 잠깐 사이에 사오십 명이 처마에 둘러섰거늘 내 이
르기를,

"우리로 인하여 잡다한 사람이 푸자를 요란케 하니, 그대들이 괴로
이 여길 뿐 아니라 우리도 견디기 어려워 물러가겠습니다."

하니, 여러 사람이 다 크게 웃었다.

해질 때 관에 돌아왔다.

찾아보기

주해 을병연행록 1

ⓒ 정훈식, 2020

1판 1쇄 인쇄__2020년 09월 10일
1판 1쇄 발행__2020년 09월 20일

지은이__홍대용
옮긴이__정훈식
펴낸이__양정섭

펴낸곳__경진출판
      등록__제2010-000004호
      이메일__mykyungjin@daum.net
      사업장주소__서울특별시 금천구 시흥대로 57길(시흥동) 영광빌딩 203호
      전화__070-7550-7776 팩스__02-806-7282

값 37,000원
ISBN 978-89-5996-749-0 94810
ISBN 978-89-5996-748-3 94810(세트)

※ 이 책은 본사와 저자의 허락 없이는 내용의 일부 또는 전체의 무단 전재나 복제, 광전자 매체 수록 등을 금합니다.
※ 잘못된 책은 구입처에서 바꾸어 드립니다.
※ 이 도서의 국립중앙도서관 출판예정도서목록(CIP)은 서지정보유통지원시스템 홈페이지(http://seoji.nl.go.kr)와 국가자료공
   동목록시스템(http://www.nl.go.kr/kolisnet)에서 이용하실 수 있습니다. (CIP제어번호: 2020037949)